古今谭概

（修订本）

〔明〕冯梦龙 编著

栾保群 点校

中华书局

图书在版编目(CIP)数据

　　古今谭概/(明)冯梦龙编著;栾保群点校. —修订本. —北京：中华书局,2018.9(2024.5重印)
　　ISBN 978-7-101-13383-7

　　Ⅰ.古… Ⅱ.①冯…②栾… Ⅲ.笔记小说-小说集-中国-明代 Ⅳ.I242.1

　　中国版本图书馆 CIP 数据核字(2018)第 177734 号

书　　　名　古今谭概(修订本)
编 著 者　〔明〕冯梦龙
点 校 者　栾保群
责任编辑　石　玉
责任印制　管　斌
出版发行　中华书局
　　　　　　(北京市丰台区太平桥西里 38 号　100073)
　　　　　　http://www.zhbc.com.cn
　　　　　　E-mail:zhbc@zhbc.com.cn
印　　　刷　河北新华第一印刷有限责任公司
版　　　次　2007 年 8 月第 1 版
　　　　　　2018 年 9 月第 2 版
　　　　　　2024 年 5 月第 10 次印刷
规　　　格　开本/880×1230 毫米　1/32
　　　　　　印张 20⅛　插页 2　字数 500 千字
印　　　数　25001-26000 册
国际书号　ISBN 978-7-101-13383-7
定　　　价　80.00 元

前　言

　　《古今谭概》即《古今笑》，虽然从取材到语言形式与《笑林》之类的传统笑话集有显著的区别，但自问世以来，人们即把它当做笑话集对待，所谓"名为《谭概》，实则《笑府》"，正是明清之际读者的一般认识。

　　《古今笑》无疑是自有笑话集以来最杰出的一部。从冯梦龙所写的《自叙》及"韵社第五人"的《题古今笑》可以看出，冯氏编纂的《古今笑》显然是愤世嫉俗之作。他从历代正史及野史笔记中搜罗了那么多不仅可笑，而且可愤乃至可悲的人世怪态、病态，略加点评，遂成绝妙漫画，而其目标，则明显是对明帝国末期社会弊病的讽刺和针砭。这正反映了当时忧国忧民的下层知识分子不满现状却又无能为力的思想状态。此书编成于万历四十八年（1620）初，这是明神宗在位的最后一年，北方的后金正以"七大恨"誓师告天，兴兵反明，而明末农民大起义也如地下沸腾的岩浆随时迸发，天崩地坼之势就在目前，可是朝廷上下却是一片醉生梦死。阉党横行、奸宄当道不说，即使是被民众视为正派的士大夫，也是标榜声气，严守门户，把方孝孺的自高名节、空谈误国发展到极致，逞强斗气，售直沽名，崇尚空谈，专责事功，甚至不问是非，只要为自己争得一个刚直之名，不惜朝廷一空，国事崩坏。四十余岁的冯梦龙此时不过是一介书生，他和一群朋友在家乡组织了一个韵社，面对荒唐糜烂的政局，感念国事，"不堪复读《离骚》"，只能用嘲笑一泄愤懑。《古今笑》就是在这样的背景下编成付梓的。

　　这是一部笑话集，但更是一部带有浓厚政治色彩的笑话集。全书三十六部，几乎全是对上层社会各种陋习恶癖、痼疾丑行的嘲笑，即使是"灵迹"、"荒唐"、"妖异"数部，也是颇多影射，不可仅视为谈助的。与一般的笑话集有所区别,本书讽刺的对象更偏向于文人士大夫。除了对"汰侈"、"贪秽"、"鸷忍"、"容悦"这些极其丑恶行为的无情揭露之外,冯梦龙对一些历史上有名的明君贤相、达士高人也丝毫不假以情面。熟悉明末历史的读者将会看到,作者编选的这些故事,对当时的官场和知识界现状是有强烈的针对性的。"天下事被豪爽人决裂者尚少,被迂腐人担误者最多。"冯梦龙所以把"迂腐"列为开篇第一部,显然有深意存焉。而第二部"怪诞",落眼于"做官无大难事,只莫作怪",第三部"痴绝"之"毋为鸥吓,毋为螳怒"等等,都让人联想到对包括东林党人在内的士大夫的影射,但从整体来看,冯氏的初衷自是与人为善、针砭痼疾。冯氏曾说,"余尝劝人观优,从此中讨一个干净面孔"。《古今笑》中一则一则的故事,就是一幕一幕的短剧,作者希望士大夫们对号入座,不要自以为"有学、有守、有识、有体",然后就"背之者为邪,斥之者为谤,养成一个怯病天下,以至于不可复而犹不悟"。遗憾的是,冯梦龙的担忧只是徒劳,明王朝的颓势如将倾之大厦,正人君子也鲜有自省反思者,卤莽灭裂,逞性误国,不仅朋党如水火,就是君臣之间也如水火,仅在数年之后,明朝的天下就被君子小人一起拖进泥塘而终于覆灭。我个人认为,如果冯梦龙的《智囊全集》立意是从正面上标榜事功的话,那么《古今笑》则多是从反面上对空谈无术进行批判。这两部书都是探讨冯氏政治态度的重要材料。

这是一部笑话集,但确切地说,它更多的是一种幽默小品。很多故事往往不会让你开怀大笑,甚至一时间不会感到有什么可笑之处。它的特色是耐人寻味,读后若有领悟,也往往是冷笑、苦笑,甚至是带着辛酸的笑,带着愤怒的笑。特别是由于大量的故事出于真实的记载,便不能不让人多一些现实与历史相挂钩的思索,古人和自己相对应的反省,这是本书卓出于一般笑话集的特色,也是它在今天仍然保有阅读价值的原因。

下面我简单叙述一下本书的书名问题。三十年前,我据文学古籍刊行社影印的王利器藏本校点《古今谭概》时,发现原底本有一些缺页,就到当时的北京图书馆找到原为周作人所藏的《古今笑》,补足了缺页,并选择性地校对了一些可疑之处。因为感觉《古今笑》这书名应该比《古今谭概》好卖,就在出版时把《古今谭概》改名为《古今笑》。在那时我并没有多想这两个书名的孰先孰后,只是考虑哪个书名更能吸引读者。

十年前,中华书局有兴趣再版此书,而我为清初李渔的《序古笑史》"同一书也,始名《谭概》,而问者寥寥,易名《古今笑》,而雅俗并嗜,购之唯恨不早"所误导,认为既然此书原名《古今谭概》,再加以中华书局的身份,就不应该为了销路而违背作者的初衷,所以此书再版时又改名为《古今谭概》。实际上,早在几年前学兄高洪钧先生已经发表了《冯梦龙的俗文学著作及其编年》一文,用四点证据推翻了李渔先有《古今谭概》而后有《古今笑》的说法。冯梦龙为《古今笑》所作的《自叙》落款为"庚申春朝",即万历四十八年(1620)的春天,而刊印者署冯梦龙的室名"墨憨斋"。至于叶昆池能远居刻本《古今谭概》,前有麻城人梅之熉的《叙谭概》,虽然没有落下年月,但高洪钧先生指出,在万历四十八年,梅之熉还不到十八岁。"据杜信孚《明代版刻综录》载,吴县书林叶昆池能远居所刻书有四种,其中包括冯梦龙的《春秋衡库》和《古今谭概》,皆著录为明天启间刻,说明叶昆池能远居在天启间才有之;而在那时,由于年龄和学识的增长,梅之熉也才有能力为《古今谭概》作序。"但为什么李渔要说"始名《谭概》,而问者寥寥,易名《古今笑》,而雅俗并嗜"呢？在《古今笑》刊印时,李渔还不到十岁,当然不可能了解《古今笑》的出版情况,而《古今笑》印行不数年,即改名《古今谭概》,此后直到清代康熙年间,社会上流行的只是《古今谭概》,《古今笑》却很难见到了,这从藏书家徐𤊹的《寿宁冯父母诗序》及《四库全书总目》的《子部·杂家类存目》上都可以看出來。李渔在为朱石钟兄弟把《古今谭概》"笔削"成《古今笑史》(实际印行时为《古笑史》)三十四卷作序时,已经是《古今笑》出版的四十七年之后了,李渔对年幼时《古今笑》改名《古今谭概》的情况并不了解,他说的《谭概》"问者寥寥"本身也不符合事实,"易名"之说,是他为朱氏兄弟的《古今笑史》书名张目而做的想象之辞。

由此可以断定,《古今笑》的书名在先,《古今谭概》是天启以后才改换的。可是斟酌再三,我觉得这次改版重印,还是用《古今谭概》的书名为好。《古今笑》是初名,《古今谭概》是定名。冯氏的"易名"自有本人的考虑,或许是有意让此书与一般的《笑府》《笑林》相区别,或许是感觉《古今笑》不足以体现本书的内容和编纂的动机,或许是故意让此书的书名投合士大夫的品味。不管怎样,从天启到明末,此书就一直保持着《古今谭概》的名字,只是朱石钟兄弟为了扩大销路,才改名为《古笑史》,此时冯梦龙早已作古多年了。

无论是墨憨斋刊印的《古今笑》,还是能远居刊印的《古今谭概》,两个版本错误都很不少,有些错误还很严重,涉及到人名、朝代和事件的叙述,往往不仅是张冠李戴的问题了。在上一版中,我做了些纠正,但限于能力,遗留的问题还很不少。现在有了电子检索的条件,我就尽可能地找出每条的原始出处,用原文校勘本书。(当然本书中有一些是冯梦龙的原创,虽然无从比校,但也没什么错误。)本书与原文有差异,但只要内容不错,一般不改。凡是删改补足之处,仍按通例,把衍出及错误的字句用圆括号圈出,补入和改正后的字句用方括号标识;如有特殊情况,如大段错误无法修补者,文中自有说明。另外,我在一些条目中加了案语,除了注明校改的出处之外,还做了一些提示性的说明,以方便读者的理解。

古今谭概总目

古今谭概细目

迂腐部第一

怪诞部第二

痴绝部第三

专愚部第四

谬误部第五

无术部第六

苦海部第七

不韵部第八

癖嗜部第九

越情部第十

佻达部第十一

矜嫚部第十二

贫俭部第十三

汰侈部第十四

贪秽部第十五

鸷忍部第十六

颜甲部第十八

闺诫部第十九

谲智部第二十一

儇弄部第二十二

机警部第二十三

酬嘲部第二十四

塞语部第二十五

雅浪部第二十六

文戏部第二十七

巧言部第二十八

谈资部第二十九

微词部第三十

灵迹部第三十二

荒唐部第三十三

妖异部第三十四

杂志部第三十六

题古今笑

　　韵社诸兄弟抑郁无聊，不堪复读《离骚》，计唯一笑足以自娱，于是争以笑尚，推社长子犹为笑宗焉。子犹固博物者，至稗编丛说，流览无不遍，凡挥麈而谈，杂以近闻，诸兄弟辄放声狂笑。粲风起而郁云开，夕鸟惊而寒鳞跃，山花为之遍放，林叶为之振落。日夕相聚，抚掌掀髯，不复知有南面王乐矣。一日野步既倦，散憩篱薄间，无可语，复纵谈笑。村塾中忽出腐儒贸贸而前，闻笑声也，揖而丐所以笑者。子犹无已，为举显浅一端，儒亦恍悟，划然长噱。余私与子犹曰："笑能疗腐邪？"子犹曰："固也。夫雷霆不能夺我之笑声，鬼神不能定我之笑局，混沌不能息我之笑机。眼孔小者，吾将笑之使大；心孔塞者，吾将笑之使达。方且破烦蠲忿，夷难解惑，岂特疗腐而已哉！"诸兄弟前曰："吾兄无以笑为社中私，请辑一部鼓吹，以开当世之眉宇。"子犹曰："可。"乃授简小青衣，无问杯余茶罢，有暇辄疏所睹记，错综成帙，颜曰"古今笑"。不分古今，笑同也；分部三十六，笑不同也。笑同而一笑足满古今，笑不同而古今不足满一笑。倘天不摧，地不塌，方今方古，笑亦无穷，即以子犹为千秋笑宗，胡不可？世有三年不开口如杨子者，请先以一编为之疗腐。

韵社第五人题于萧林之碧泓

自　叙

　　龙子犹曰:人但知天下事不认真做不得,而不知人心风俗皆以太认真而至于大坏。何以故？胥庭之世,摽枝野鹿,其人安所得真而认之？尧、舜无所用其让,汤、武无所用其争,孔、墨无所用其教,管、商无所用其术,苏、张无所用其辩,蹻、跖无所用其贼。如此,虽亿万世而泰阶不欹可矣。后世凡认真者,无非认作一件美事。既有一美,便有一不美者为之对,而况所谓美者又未必真美乎！姑浅言之,即如富贵一节,锦裯飘花,本非实在,而每见世俗辈平心自反,庸碌犹人,才顶却进贤冠,便尔面目顿改,肺肠俱变,谄夫媚子又从而逢其不德。此无他,彼自以为真富贵,而旁观者亦遂以彼为真富贵,孰知萤光石火,不足当高人之一笑也。一笑而富贵假,而骄咨忮求之路绝;一笑而功名假,而贪妒毁誉之路绝;一笑而道德亦假,而标榜倡狂之路绝;推之一笑而子孙眷属皆假,而经营顾虑之路绝;一笑而山河大地皆假,而背叛侵凌之路绝。即挽末世而胥庭之,何不可哉,则又安见夫认真之必是,而取笑之必非乎？非谓认真不如取笑也,古今来原无真可认也。无真可认,吾但有笑而已矣。无真可认而强欲认真,吾益有笑而已矣。野菌有异种曰"笑矣乎",误食者辄笑不止,人以为毒。吾愿人人得笑矣乎而食之,大家笑过日子,岂不太平无事亿万世？于是乎集《古今笑》三十六卷。

庚申春朝书于墨憨斋

叙谭概

犹龙《谭概》成，梅子读未终卷，叹曰："士君子得志，则见诸行事；不得志，则托诸空言。老氏云：谈言微中，可以解纷。然则谈何容易！不有学也，不足谈；不有识也，不能谈；不有胆也，不敢谈；不有牢骚郁积于中而无路发摅也，亦不欲谈。夫罗古今于掌上，寄《春秋》于舌端，美可以代舆人之诵，而刺亦不违乡校之公，此诚士君子不得志于时者之快事也！"犹龙曰："不然。子不见夫鸜鹆乎？学语不成，亦足自娱。吾无学无识，且胆销而志冷矣，世何可深谈！谈其一二无害者，是谓概。"梅子曰："有是哉？吾将以子之谈概子之所未谈。"犹龙曰："若是，是旌余罪也！"梅子笑曰："何伤乎？君子不以言举人，圣朝宁以言罪人？知我罪我，吾直为子任之。"于是乎此书遂行于世。

古亭社弟梅之熉惠连述

迂腐部第一

子犹曰：天下事被豪爽人决裂者尚少，被迂腐人担误者最多。何也？豪爽人纵有疏略，譬诸铅刀虽钝，尚赖一割，迂腐则尘饭土羹而已。而彼且自以为有学、有守、有识、有体，背之者为邪，斥之者为谤，养成一个怯病天下，以至于不可复而犹不悟。哀哉！虽然，丙相、温公自是大贤，特摘其一事之迂耳。至如梁伯鸾、程伊川所为，未免已甚，吾并及之，正欲后学大开眼孔，好做事业，非敢为邪为谤也。集《迂腐第一》。

问　　牛

丙吉为丞相，尝出，逢斗者，死伤横道。吉过之不问。已而逢人逐牛，牛喘吐舌，吉止驻，使骑吏问："逐牛行几里矣？"掾(吏)[史]谓丞相前后失问。吉曰："民斗，相杀伤，长安令、京兆尹职所当禁备逐捕，岁竟，丞相课其殿最，奏行赏罚而已。宰相不亲小事，[旁批：事关人命，不犹大于牛喘耶？]非所当于道路(间)[问]也。方春，少阳用事，未可太热，恐牛近行，用暑故喘，此时气失节，恐有伤害。三公典调阴阳，职所当忧，是以问之。"

死伤横道，反不干阴阳之和，而专讨畜生口气，迂腐莫甚于此！友人诘余曰："诚如子言，汉人何以吉为知大体？"余应曰："牛体不大于人耶？"友人大笑。

谨案：据《汉书·丙吉传》校改。

驱 驴 宰 相

王及善才行庸鄙，为内史，时谓"鸠集凤池"。俄迁右相，无他施设,唯不许令史辈将驴入台,终日驱逐,时号"驱驴宰相"。

驱驴出堂,正存相体。

弹 发 御 史

宋御史台仪:凡御史上事,一百日不言,罢为外官。有王平,拜命垂满百日而未言事。同僚讶之,或曰:"王端公有待而发,必大事也。"一日闻进札子,众共侦之,乃弹御膳中有发。其弹词曰:"是何穆若之容,忽睹鬈如之状。"[旁批:工甚。]

"王躬是保",忠孰大焉,是学丙吉样子。

鹅 鸭 谏 议

高宗朝,黄门建言:"近来禁屠,止禁猪羊,圣德好生,宜并禁鹅鸭。"适报金虏南侵,贼中有"龙虎大王"者甚勇。胡侍郎云:"不足虑。此有'鹅鸭谏议',足以当之。"

我朝亦有号"虾蟆给事"者,大类此。

谨案:胡侍郎指胡寅,时任中书舍人。主张抗金,后为秦桧挤陷,谪外州。又,明万历间,给事胡汝宁请禁捕田鸡(即青蛙),以广好生之德,时人呼为"虾蟆给事"。

成、弘、嘉三朝建言

成化间,一御史建言顺适物情,云:"近京地方,行役车辆骡驴相杂。骡性快,力强;驴性缓,力小。今并一处驱驰,物情不便,乞要分别改正。"弘治初,一给事建言处置军国事,云:"京中士人好着马尾衬裙,因此官马被人偷拔鬃尾,有误军国大计,乞要禁革。"嘉靖初,一员外建言崇节俭以变风俗,专论各处茶食铺店所造看桌糖饼:"大者省功而费料,小者料小而费功,乞要擘画定式,功料之间,务在减省,使风俗归厚。”

极小文章,生扭在极大题目上。“肉食者鄙”,信然!

宋　罗　江

庆历中,卫士震惊宫掖,寻捕杀之。时台官宋禧上言:“此失守于防闲故耳。闻蜀罗江狗赤而尾小者,其傲如神。须诏索此狗,豢于掖庭,以备仓卒。”时号为“宋罗江”。

凡乱吠不止者,皆“罗江”也,何必曰“无若宋人然”。

谨案:“无若宋人然”,句出于《孟子·公孙丑上》,下即言“宋人有闵其苗之不长而揠之者”。

罗擒虎、张寻龙

嘉(靖)[定]中,察院罗相上言:“越州多虎,乞行下措置,多方捕杀。”正言张次贤上言:“(人)[八]盘岭乃禁中来龙,乞禁行人。”太学诸生遂有“罗擒虎”、“张寻龙”之对。

谨案:据宋罗大经《鹤林玉露》校改。

引《月令》

甘延寿、陈汤既斩郅支单于首,请悬头槀街蛮夷邸间,以示万里,明犯强汉者,虽远必诛。丞相匡衡议:“《月令》:春,掩骼埋胔之时。宜勿悬。”

还问他斩郅支首是何时?恐不合秋后行刑之律。

谏　折　柳

程颐为讲官。一日讲罢，未退，上偶起凭栏，戏折柳枝。颐进曰："方春发生，不可无故摧折。"上掷枝于地，[旁批：必然。]不乐而罢。

　　遇了孟夫子，好货、好色都自不妨。遇了程夫子，柳条也动一些不得。苦哉，苦哉！

贤　良　相　面

唐肃宗时初诏贤良，一征君首应。上极喜，召对。无他词，但再三瞻望上颜，遽奏曰："微臣有所见，陛下知不？"上曰："不知。"对曰："臣见圣颜瘦于在灵武时。"上曰："宵旰所致耳。"举朝大笑。帝亦知其为妄人，恐塞贤路，[旁批：又学燕昭王。]乃除授一令。

　　举朝官员，还有不管皇帝肥瘦的。此贤良较胜，只怕作令后，反不管百姓肥瘦耳。

京兆尹祷雨

唐代宗朝，京兆尹黎干以久旱祈雨，于朱雀门街造土龙一具，悉召城中巫觋，以身杂入，共舞于龙所。观者嗤笑。弥月不雨，又请祷于文宣王庙。上闻之，戏曰："丘之祷久矣。"

请禅天下

孝昭时，泰山莱芜山南汹汹有数千人声。民视之，有大石自立，高丈五尺。又上林苑中，大柳树断枯卧地，亦自立生。睢孟推《春秋》之意，以为"石立柳生，当有从匹夫为天子者"。即说曰："董仲舒有言：'虽有继体守文之君，不害圣人之受命。'汉家尧后，有传国之运。汉帝宜谁差谁,问;差,择。天下,求索贤人,禅以帝位,而退自封百里,如殷、周二王后,以承顺天命。"使友内官长赐上此书。霍光恶其妖言惑众,诛之。

此等建言,非汉人不敢,然迂亦甚矣!

卦宜娱乐

宋侍读林瑀,自谓洞于《周易》,尝以仁宗时合《易》之《需》:"《需》之《象》曰:'君子以饮食宴乐。'须频宴游,务娱乐,始合卦体而天下治。"仁宗骇其说,斥之。

饮食宴乐,人主自会,不须相劝。

哭天

汉兵盛,莽忧甚,不知所出。崔发言:"《周礼》及《春秋》:国有大灾,则哭以厌之。故《易》称'先号咷而后笑'。宜哭天求救。"莽乃率群臣至南郊,陈其符命本末,因搏心大哭,气尽,伏而叩头。又作告天策千余言。诸生小民(令)[会]旦夕哭,为设(餐)[飧]粥,凡能诵策文者,除以为郎,至五千余人。汉兵入都门,宫中火,莽避火宣室前殿,火辄随之,宫人号呼。时莽绀袡服,带玺韨,持虞帝匕首,天文郎按栻于前,(时日)[日时]加某,莽旋席随斗柄而坐,曰:"天生德于予,汉兵其如予何!"

谨案:据《汉书·王莽传》校改。

《孝经》可退贼、息讼、却病

张角作乱,向栩上便宜:"不须兴兵,但遣将于河上,北向读《孝经》,贼自消灭。"

赵韩王以半部《论语》定天下，《孝经》何不可破贼？

国初有孝子王渐，作《孝经义》五十卷，事亦该备。而渐性鄙朴，凡乡里有斗讼，渐即诣门高声诵《义》一卷。后有病者，亦请渐诵书。

谨案：此篇见《龙城录》。《龙城录》托名唐柳宗元，实为宋人伪作，是"国初"应指宋初。

修 身 为 本

藩司吴梦蜚家有怪，时出以窃饮食，间窃衣饰金银。吴厌苦之，偶诉监司徐公。徐曰："邪不胜正。"朱书"修身为本"四大字，令帖堂中。鬼见，拍手揶揄，且出秽语。徐大怍。

迂 腐 有 种

唐昭宗时，郑綮为相。太原兵至渭北，天子(竭)[渴]于攘却之术。奏对，请于文宣王谥号中加一"哲"字。[旁批：要紧要紧!]后孙珏相梁末帝。唐庄宗兵入汴，帝惶恐不知所为。珏献一策："愿得陛下传国宝，驰入唐军，以缓其行，而待救兵之至。"帝曰："宝不足惜，顾卿之行能了事否？"珏俯首徐思曰："但恐不易耳!"

是祖是孙。

谨案：据孙光宪《北梦琐言》卷七校改。

开元间，上东封泰山。历城令杜丰办供应，以为从幸人多，设有不虞，仓卒不备，乃造凶器三十具，置诸行宫，光彩赫然。有置顿使骇谓刺史："主上封岳祈福，谁造此不祥？"将索治丰。丰逃卧妻床下，诈死得免。时丰子杜钟为兖州参军，掌厩马刍豆，曰："御马至多，临日煮之不给，不若先办。"乃煮粟豆二千余石，热纳窖中，及至，皆臭败矣。

是父是子。

谨案:"有置顿使骇谓刺史",原作"有刺史骇谓"。据《太平广记》卷四百九十四引《纪闻》本文,作"及置顿使入行宫,见棺木陈于幕下,光彩赫然,惊而出谓刺史曰",此处节略失当,改为"有置顿使骇谓刺史"较妥。

治 平 之 学

元胡石塘应聘入京,世祖召见。[趋进张皇],不觉戴笠倾侧。及问所学,对曰:"治国平天下之学。"上笑曰:"自家一笠尚不端正,又能平天下耶?"竟不用。

陈蕃不扫一室,为欲扫清天下。石塘不正笠,意者志不在一笠也。惜哉不以此对! 袁髯公曰:"尔时方温《大学》,想不到此。"

谨案:胡长孺,字汲仲,号石塘。婺州永康人。《元史》入《儒学传》。此则引自《辍耕录》卷二十,原文"不觉戴笠倾侧"前无"趋进张皇"四字,不应略去。

王 太 守 笑

舒(玉)[王]性耽经史,对客语,未尝有笑容。知常州日,值[宾僚]大会,倡优在庭,公忽大笑。僚佐呼优,犒之曰:"汝能使太守开颜,真可赏也!"一人窃疑公笑不由此,乘间问公。公曰:"畴日席上,偶思《咸》、《常》二卦,豁悟微旨。自喜有得,故不觉发笑耳!"

对宾客宜思《同人》卦,对酒食宜思《需》卦。可惜一笑,殊不切景。

谨案:此则引自宋彭乘《墨客挥犀》卷四。原文"舒王"本王安石封爵,(王安石生前曾封舒国公,后改为荆公。卒后,徽宗于崇宁三年追封为舒王。)此误以为人名,而妄改"王"字为"玉",遂使王安石成为"舒玉"。原题作"舒太守笑",今改。《常》卦即《恒》卦,避宋讳也。

许子伯哭

许子伯与友人言次,因及汉无统嗣,幸臣专朝,世俗衰薄,贤者放退,慨然据地悲哭,时称"许[子]伯哭世"。

卓老曰:"人以为淡,我以为趣。"子犹曰:"杞人恐天坠,漆室愁鲁亡。若遇许子伯,泪眼成湘江。"

谨案:据谢承《后汉书》校改。

孝　泌

江泌,字士(深)[清],有孝行,族有与泌同名者,世谓为"孝泌"以别之。然菜不食心,谓其有"生意"。衣敝多虱,以绵置壁前;恐虱饥死,复置衣中。

五谷都有生意,何以独食? 为一虱大费周折,又可笑!

谨案:据《南史·孝义传》校改。

郭逵将略

郭逵伐交州,行师无纪律,其所措置,殆可笑也。进兵有日矣,乃付诸将文字各一大轴,谓之将军下令,字画甚细,节目甚繁。又戒诸将不得漏泄。诸将近灯火窃观之。徐禧尝见之,云:"如一部《尚书》多,禧三日夜读之方竟,则诸将仓卒之际,何暇一一也? 内一事云:'一、交人好乘象,象畏猪声,仰诸军多养猪,如象至,则以锥刺猪,猪既作声,象自退走。'"

反支日　忌日

王莽败,张竦客池阳。知有贼,当去,会反支日,不去,因为贼所杀。

反支果是凶日,在家且得祸,何况出行!

泾州书记薛昌绪,天性迂僻。梁师入境,泾帅宵遁,临行攀鞍,忽记曰:"传语书记,速请上马!"连促之,薛自匿草庵下,出声曰:"传语太师:但请先行,今日辰是某不乐[日]!"泾帅怒,使人提上鞍鞯,捶其马而逐之,尚以物蒙其面,云:"忌日礼不见客。"

好个薛迂僻,忌日草庵匿。不见客,宁见贼。

谨案:据《太平广记》卷五百引《玉堂闲话》校改。

检谱角牴

江陵(顾)[颜]云,偶于市上收得孔明兵书,遂负可将十万,吞并四海。每至论兵,必攘袂叱咤,若真对大敌,时谓之"检谱角牴"。

《杂俎》载《赌钱咒》云:"伊谛弥谛,弥揭罗谛。"念满万遍,呼骰色随意而转。有赵生者信之。诵至千,喜曰:"亦足小胜!"遂与人决赌,连呼不验,丧资而返。(顾)[颜]云何以异此。

谨案:据《太平广记》卷二六二引《北梦琐言》逸文校改。

奇技自献

新莽时,博募奇技可以攻匈奴者,将待以不次之位。言便宜者以万数。或言能渡水不用舟楫,连马接骑,济百万师。或言不持斗粮,服药物,三军不饥。或言能飞,一日千里,可窥匈奴。莽试之。

取大鸟翮为两，头与身皆着毛，通引环纽，飞数百步，堕。莽犹欲获其名，皆拜理军。

李晟、张一中谈兵

成化二年，都察院经历李晟言边务兵机各五事。以荐用旧臣，非所宜言，降调为通判。[旁批：一次。]弘治元年复上疏，言"臣学兵法四十年，得其奇要"。上《战法》一篇，《急务》二篇，高自称许。上命工部试造战车弓弩，俱不可用，坐虚废钱粮，降四级，为云南曲靖卫知事。[旁批：二次。]十年，复上疏言边事，稍迁都察院照磨。十五年，迁郧阳府抚民同知，不肯行。明年，复上疏，愿边方自效，得旨候有西北边兵备员缺推补。正德四年，冒候缺兵备佥事上书，献《安攘六论》。下兵部，参其大言无实，垂老不悟，姑免罪，放回闲住。[旁批：三次。]八年，再冒衔上兵书五种，仍放回。[旁批：四次。]史称其所制全身铁甲，工部铸而俾试之，行数步辄仆焉。

王弇州云：晟既姓李，而名同西平，其小时雅自负矣。据其弘治元年疏，学兵法已四十年，当亦不下五十。至正德八年，且八十余，而气不少沮，亦人妖哉！

张进士一中，初名宽，湖广襄阳人。流贼犯襄阳，宽以翰林检讨自乞赞军务，建策驱流人还乡，累死者以千万计。寻升按察佥事，坐贪淫革职。至是北虏犯塞，潜来京师，上疏请易旗号盔甲皆为黄色，牌面皆作虎形，曰："黄为中央之土，以克北方之水。虎惊胡马之目，见必惧退，然后以神枪药箭射之。"且自谓秘机，不敢详于副封，奏疏乞留中不出。下兵部，参其庸妄干进，罢之。

献 策 官 衔

高邮学正夏有文，弘治末献书阙下，曰《万世保丰永亨管见》。上嘉之，更"管见"二字曰"策"。夏遂书官衔云"献万世保丰永亨管见天子改为策字高邮州学正夏有文"。

刘、王辱骂

刘宽尝坐客,遣苍头市酒。去久,大醉而还。客不堪之,骂曰:"畜产!"宽须臾遣人视奴无恙否,顾左右曰:"此人被骂畜产,辱莫甚焉,吾惧其自杀耳。"

王昕在东莱,获杀其同行侣者,诘之,未服。昕从容谓曰:"彼物故不归,卿无恙而返,何以自明?"邢邵见文襄,北齐高澄。说此以为笑乐。昕闻之,诣邵曰:"卿不识造化!"还谓人曰:"子才应死,我骂之极深。"

罚人食肉

李载仁,唐之后也。避乱江陵,高季兴署观察推官。性迂缓,不食猪肉。一日将赴召,方上马,部曲相殴。载仁怒,命急于厨中取饼及猪肉,令相殴者对餐之,复戒曰:"如敢再犯,必于猪肉中加之以酥!"

河　南　令

宋子京留守西都。有同年为河南令,好述利便。以农家艺麦费耕耨,改用长锥刺地下种,自旦至暮,不能一亩。又值蝗灾,科民畜鸡,云:"不唯去蝗之害,兼得畜鸡之利。"克期令民悉呈所畜。群鸡既集,纷然格斗,势不能止,逐之飞走,尘埃障天。百姓喧阗不已,相传为笑。

　　据《孟子》,则畜鸡极是王政,但恨不得鸡坊小儿作都司晨耳。

归、王吏治

归太仆有光谪官吴兴。每治事,胥吏辈环挤案旁,几不容坐。归以硃笔饱蘸,捉向诸人,曰:"诸君若不速退,我便洒将来也!"合堂大笑。

吾苏王中吴先生,厚德而拙于吏治。由乡科为县令,每视事有疑,辄密缄条纸,质之记室。一日拆封,见吏匿银,怪之,亟为传问,得教云:"此弊也,宜重惩。"王为点头。久之拆完,王问吏何以匿银,吏坚讳。搜之不得,怒责十板。既退,余怒未息,述诸记室。记室曰:"何不监追赃物,而轻释乃尔?"王摇首曰:"使不得! 责至七八板时,彼羞极,面俱发赤矣!"

掾史养名

汉朱博迁琅琊太守。齐(部)[郡]舒缓养名,博新视事,右曹掾史皆移病卧。博问其故,对言:"惶恐! 故事二千石新到,辄遣吏存问致意,乃敢起就职。"博奋髯抵几曰:"齐儿欲以此为俗耶?"[旁批:此岂迁耶?]皆斥罢之,白巾走出府门。郡中大惊。

谨案:据《汉书·朱博传》校改。

不禁盗坟

一朝士赋性甚迁,知河中府龙门县。有薛少卿者寄籍于县,坟茔松槚忽经盗砍,因诣县投牒陈诉。朝士判曰:"周文王之苑囿,尚得刍荛;薛少卿之坟茔,乃禁樵采?"

昌州佳郡

李丹授昌州倅,以去家远,乃改鄂州。彭渊材闻之,吐饭大步往谒李,曰:"谁为大夫谋? 昌,佳郡也!"李惊曰:"何以知其佳?"渊材曰:"海棠无香,昌州海棠独香,非佳郡乎?"

渊材尝言:"平生就死无恨,唯有五事不甘耳!"人问其故。渊材曰:"第一恨鲥鱼多骨,第二恨金橘太酸,第三恨菁菜性冷,第四恨海棠无香,第五恨曾子固不能诗。"闻者大笑。

谨案:彭几,字渊材。北宋元丰间浙江新昌人,进士,精乐律。时人有"新昌三奇"之目,渊材即"奇于乐"。

忌　讳

宋(文)[明]帝好忌讳,文书上有"凶"、"败"、"丧"、"亡"等字,悉避之。改"骎"字为"马"边"瓜",以字似"祸"故也。移床修壁,使文士撰祝,设太牢,祭土神。江谧言及"白门",上变色曰:"白汝家门!"后梁萧詧恶人发白。汉汝南陈伯敬终身不言"死"。

民间俗讳,各处有之,而吴中为甚。如舟行讳"住"讳"翻",以箸为"快儿",幡布为"抹布"。讳"离"、"散",以梨为"圆果",伞为"竖笠"。讳"狼籍",以郎槌为"兴哥"。讳"恼躁",以谢灶为"谢欢喜"。此皆俚俗可笑处。今士大夫亦有犯俗称"快儿"者。

谨案:据《宋书·明帝纪》校改。

谢在杭云:余所见缙绅中有恶鸦鸣者,日课吏卒左右,彀弓挟弹,如防敌然。值大雪,即不出,恶其白也。官文书一切"史"字、"丁"字、"孝"字、"老"字,皆禁不得用。

湖友华济之常言:其郡守某忌讳特甚。初下车,丁长孺来谒贺。怒其姓,拒之再三。涓人解其意,改"丁"为"千",乃欣然出见。一日,御史台有大狱当谳,牍中有"病故"字,吏以指掩之,守见文义不续,以笔击去吏指。忽睹此字,勃然色变,急取文书于案桌足下旋转数次,口诵"乾元亨利贞"。合堂匿笑。

柳冕为秀才,性多忌讳,应举时,有语"落"字者,忿然见于词色。仆夫犯之,辄加箠楚。常谓"安乐"为"安康"。闻榜出,遣仆视之。须臾,仆还,冕迎门曰:"得否?"仆曰:"秀才康了。"

龙骧多讳

《厌胜章》言:"枭乃天毒所产鬼,闻者必罹殃祸。急向枭连吐十三口,然后静坐,存北斗一时许,可禳焉。"汉蒙州刺史龙骧,武人,极讳己名。又父名嗜,子名邛,亦讳之。故郡人呼枭曰"吐十三",鹊曰"喜奈何",蛩曰"秋风"。部属私相告云:"使君祖讳饭,亦当称甑粥耶?"

> 谨案:天毒即天竺。"汉"指五代时的南汉。"枭"音与"骧"近,"鹊"音与"嗜"近,"蛩"与"邛"同音。

讳　父　名

则天父名頀,改华州为(秦)[太]州。章宪太后父名通,改通州为同州。朱温父名诚,以其旁类戊,改戊己为武己。杨行密父名怤,与"夫"同音,凡御史大夫、光禄大夫,皆去"夫"字。

> "御史大"、"光禄大",是何官衔?何不曰"大御史"、"大光禄"?

> 谨案:据宋周密《齐东野语》卷四校改。

唐李贺以父名晋,终身不举进士。

> 韩昌黎曰:"父名晋,不举进士。若父名仁,子遂不得为人乎?"陈锡玄曰:"此讳而近愚者也。杜衍帅并州,吏请家讳。公曰:'我无讳,讳取枉法赃耳!'斯则达人大观。"

袁德师,给事中高之子。九日出糕啖客,袁独凄然不食。北齐刘臻性好啖蚬,以音同父讳,呼为扁螺。

范晔以父名泰,不拜太子詹事。吕希纯以父名公著,辞著作郎。刘温叟父名岳,终身不听乐,不游嵩、(华)[岱]。

谨案:据宋周密《齐东野语》卷四校改。

徐(积)[绩]父名石,平生不用石器,不践石。遇石桥,使人负之而趋。

谨案:据宋周密《齐东野语》卷四校改。

王逸少父讳正,每书正月为初月,或一月。而其名诸子曰徽之、献之、操之,其孙又名直之。三世同用"之"字,此更不可解。

讳 己 名

田登作郡,怒人触其名,犯者必笞,举州皆谓灯为"火"。值上元放灯,吏揭榜于市曰:"本州依例放火三日。"

俗语云:"只许州官放火,不许百姓点灯。"本此。

宋宗室有名宗汉者,恶人犯其名,谓汉子曰"兵士",举宫皆然。其妻供罗汉,其子授《汉书》,宫中人曰:"今日夫人召僧供十八大阿罗兵士,太保请官教点《兵士书》。"

石虎时号虎为"(王)[黄]猛",朱全忠时号钟为"大圣铜"。又李甘家号柑子为"金轮藏",杨虞卿家号鱼为"水花羊",陆[象]先家号(牛)[象]为"钝公子",李栖筠家号犀为"独笋牛",俱以避讳故也。至如天成、长兴中,称牛曰"格耳",则以屠牛禁严,特隐其名。而僧家谓酒为"般若汤",鱼为"水梭龙",鸡为"钻篱菜",巧言文过,尤可恶也。

谨案:据宋陶谷《清异录》卷上校改。

求七十二世祖坟

熊安生在山东时,或诳之曰:"某村故冢,是晋河南将军熊光。去今七十二世,内有碑,为村人埋匿。"安生掘地求之,不得,连年讼焉。冀州长史郑大[谨]判曰:"七十二世,乃羲皇上人;河南将军,晋无此号。"安生率其族向冢而号。

谨案:据《北史·儒林传》校改。

束 带 耕 田

[郭]原平墓下有数十亩田,不属原平。每农月,耕者袒裸。原平不欲使慢其坟墓,乃归卖家资,买此田。三农之月,辄束带垂泣,躬自耕垦。

古者诸侯籍田,冕而青纮,躬秉耒以耕,亦如此光景。

谨案:据《南史·孝义传》校改。

束带应兄语

刘祭酒弟琎,方轨正直。祭酒尝夜呼琎,欲与共语。琎不时答,下床著衣立,然后应。祭酒怪其久,琎曰:"向束带未竟。"

谨案:刘祭酒,刘瓛,刘宋时州辟祭酒主簿。

王、刘庄卧

王文公凝,(靖)[清]修重德,冠[绝]当世。每就寝息,必叉手而卧,以梦寐中恐见先灵也。

见先灵更须衣冠束带、俯首鞠躬,何但叉手?

谨案:据《北梦琐言》卷三校改。

五代刘词,常被甲枕戈而卧。谓人曰:"吾以此取富贵,岂可一日辄忘?"

中进士的,便当席书寝砚;做财主的,便当卧粪寝灰。

谨案:按《新五代史·刘词传》,刘词原话为:"我以此取富贵,岂可一日辄忘之? 且人情易习,若一堕其筋力,有事何以报国?"今截去后半,意思便全然不同。

读　父　书

顾(恺)[悌]读父书,每句应诺。见《韵府》。

谨案:据《三国志·吴书·顾雍传》注引《吴录》校改。

敬　　妻

樊英常病卧便室中,英妻遣婢拜问,英答拜。或问之,英曰:"妻,齐也。"

谨案:樊英,东汉人。习《京氏易》,兼明《五经》。

唐薛昌绪与妻会,必有礼容,先命女仆通语再三,然后秉烛造室,至于高谈虚论,茶果而退。或欲就宿,必请曰:"某以继嗣事重,辄欲卜其嘉会。"候报可,方入,礼亦如之。

妻犯斋禁

周太常泽,字穉都,清洁守礼。尝卧病斋宫,妻窥问所苦。周以为干犯斋禁,大怒,收送诏狱。时人为之语曰:"生世不谐,作太常妻。一岁三百六十日,三百五十九日斋,一日不斋醉如泥。"

百　忌　历

李戴仁性迂缓。娶阎氏,年甚少,与之异室,私约曰:"有兴则见。"一夕,阎忽叩户。戴仁急取《百忌历》看之,大惊曰:"今夜河魁在房,不可行事。"谢到而已,阎惭去。

又汉陈伯敬,与妻交合,必择时日,遣媵御将命,往复数四。

拱　手　对　妾

温公未有子,清河郡君为置一妾,一日乘间俾盛饰送入书房。公略不顾。妾思所以尝之,取一帙问曰:"中丞,此是何书?"公拱手庄色对曰:"此是《尚书》。"妾乃逡巡而退。

问安、求嗣

《国朝史余》云:陈献章入内室,必请命于太夫人,曰:"献章求嗣。"顾主事余庆面质之,因正色曰:"是何言?太夫人孀妇也!"陈嘿然。常熟周木,尝朝叩父寝室。父问谁,曰:"周木问安。"父不应。顷之,又往,曰:"周木问安。"父怒起,叱之曰:"老人酣寝,何用问为?"时人取以为对,曰:"周木问安,献章求嗣。"

不　近　妓

王琨性谨慎。颜师伯豪贵,设女乐要琨,酒炙皆命妓传行。每及琨席,必令致床上,回面避之,俟其去,方敢饮啖。

此等客,颜不必请;此等席,王不必赴。

谨案:王琨,南朝宋齐时人。历官吴兴太守、光禄大夫。谦恭谨慎,老而不渝。《南史》有传。颜师伯,宋孝武帝时为侍中,亲幸隆密,群臣莫二。多纳货贿,家累千金。

蔡君谟守福唐时,会李(太)[泰]伯与陈烈于望海亭,以歌者侑酒。方举板一拍,陈惊怖越席,攀木逾墙而去。

又是一个"陈惊座"!

谨案:据《类说》卷十八校改。李遘字泰伯。

杨忠襄公邦乂,少处郡庠,足不涉茶房酒肆。同舍欲坏其守,拉之出饮,托言朋旧家,实娼馆也。公初不疑,酒数行,娼艳妆而出。公愕然趋归,取其衣焚之,流涕自责。[旁批:扯淡!]

心 中 有 妓

两程夫子赴一士夫宴,有妓侑觞。伊川拂衣起,明道尽欢而罢。次日,伊川过明道斋中,愠犹未解。明道曰:"昨日座中有妓,吾心中却无妓。今日斋中无妓,汝心中却有妓。"伊川自谓不及。[旁批:真不及。]

欲 黥 妓 面

江东有县尹,欲黥妓女之面,[旁批:其志可嘉。]以息诲淫之风。咨访邑中长者。曰:"曾伏观祖训有云:子孙做皇帝,不用黥刺剕劓闭割之刑。臣下敢有奏用此刑者,犯人凌迟,全家处死。"县尹乃悚然流汗,事遂寝。

李退夫秽语

宋冲晦处士李退夫者,为事矫异,居京师北郊。一日种胡荽,俗传口诵秽语则茂,退夫撒种,密诵曰"夫妇之道,人伦之本"云云,不绝于口。忽有客至,命其子毕之。子执余种曰:"大人已曾上闻。"故皇祐中馆阁或谈语,则曰:"宜撒胡荽一巡。"

"夫妇"果是秽语,处士不错。肖胤雅言,便令胡荾不茂。

雅　　言

李献臣好为雅言。知郑州时,孙次公为陕漕,罢,赴阙,先遣一使臣入京。所遣乃献臣故吏,到郑庭参,献臣甚喜,欲令左右延饭,乃问之曰:"餐来未?"[旁批:亦怪。]使臣误意餐者谓次公也,遽对曰:"离长安日,都运已治装。"献臣曰:"不问孙待制,官人餐来未?"其人惭沮而言曰:"不敢仰昧,为三司军将日,曾吃却十三。"盖鄙语谓遭杖为餐。献臣掩口曰:"官人误也,问曾与未曾餐饭,欲奉留一食耳。"

本欲雅言,自费唇舌。

汪司马南溟喜摹古。一日其媳与夫竞宠,割去夫势。僮仓惶趋报。坐客惊问,汪徐徐应曰:"儿妇下儿子腐刑。"

谨案:汪道昆,字伯玉,号南溟。安徽歙县人。与张居正同龄,与王世贞为同年进士,官至兵部侍郎,故称"司马"。精古文辞,简而有法,"后五子"之一,又与王世贞并称"两司马"。

昆山周用斋不识道路,每至转弯,必拱立道左,向人曰:"问津。"[旁批:怪。]负担者不解其义,因指义井与之。

诵经称小人

燕北风俗,不问士庶,皆自称"小人"。宣和间,有辽国右金吾卫上将军韩正归朝,授检校少保节度使,对中人以上说话,即称"小人",中人以下,即称"我家"。每日到漏舍诵《天童经》数十遍,其声朗然。且云:"对天童岂可称我?"自"皇天生我"以下二十余句,凡称"我"者,皆改为"小人":"皇天生小人,皇地载小人,日月照小人,北斗辅小人"云云。诵毕,赞叹云:"这天童极灵圣。"傍一人云:"若无灵圣,如何持得许多小人耶?"

雅与不雅,总成迂腐。

匍　匐　图

福州陈烈,动遵古礼。蔡君谟居丧莆田,烈往吊之。将至境,语门人曰:"《诗》云:'凡民有丧,匍匐救之。'今将与二三子行此礼。"于是乌巾襕鞹,偕二十诸生,望门以手据地,膝行号恸而入。妇人望之皆走。君谟匿笑受吊。即时李遘画《匍匐图》。

灭　　灶

梁伯鸾少孤,尝独止,不与人同食。比舍先炊已,呼伯鸾及热釜炊。伯鸾曰:"童子鸿不因人热者也!"灭灶更燃之。

事莫妙于善因。伯鸾心术,未免太冷。

谨案:梁鸿,字伯鸾。新莽、东汉初时人。即妻孟光与之举案齐眉者。此时梁鸿在太学受业。

怀　糒

《物理论》云:吕子义,当世清贤士也。有旧人往存省,嫌其设酒食,怀干糒而往。主人荣其降己,乃盛为馔。义出怀中干糒,求一杯冷水而食之。

饮食必以钱

《风俗通》云:安陵清者(郝)[项]仲山,每饮马渭水,投三钱于水中。[旁批:水也不响。]颍川郝子廉亦然。又郝尝过姊家饭,密留五十钱席下而去。《后汉书》:范丹尝看姊病,设食,丹出门留钱百文。姊追送之。丹见里中刍稾僮更相怒曰："言汝清高,岂范史云辈乎?"丹叹曰："吾之微志,乃在僮竖之口。不可不勉!"遂弃钱而去。[旁批:太过。]

　　谨案:按项仲山事见于《太平御览》卷四二六引《三辅决录》,郝子廉事方出《风俗通义》。而《太平御览》卷四二六又引《风俗通》曰:颍川黄子廉者,每饮马,投钱于水中。

别 驾 拾 桑

隋赵轨为齐州别驾,东邻有桑椹落其家,轨悉拾还之。

　　别驾亦有公事,哪得此闲工夫?后周张元,性廉洁。南邻有杏二树,杏熟,多落元园中,悉拾以还主。子犹曰:这又是赵轨作俑。

　　谨案:按《隋书·赵轨传》原文为"轨遣人悉拾还其主",并非自己亲自拾送。且诫其诸子曰:"吾非以此求名,意者非机杼之物,不愿侵人。汝等宜以为诫。"

却　　衣

轩惟行,名(轨)[轖],鹿邑人,清介,四时一布袍。尝督漕淮上,严冬忽堕水,援出,裹被坐。有司急进衣,却去,竟俟衣干。

　　幸有被裹,不然,不学陈三冻杀乎?

　　谨案:轩轖,明永乐进士,天顺初为刑部尚书。《明史》有传。

埋　　羹

王琏为宁波守,自奉俭约。一日见馔兼鱼肉,大怒,命撤而瘗之。世号"埋羹太守"。

太好名,太作业。

谨案:王琏,字器之,山东日照人。博通经史。洪武末,以贤能荐,授宁波知府。《明史》有传。

珠　玉　报

贵州廉使孔公,苦节自励。土官以明珠宝玉来献,公悉于堂上椎碎之。遂为土官下火蛊,行抵浙江,火自口出,高数丈而死。

不受可也,椎碎何说? 暴殄天物,死宜矣。

谨案:孔公指孔镛,《明史》有传,弘治初以右副都御史巡抚贵州,二年召为工部右侍郎,道病卒。

仇、管省过

郭林宗谓仇季(知)[智]曰:"子尝有过否?"季(知)[智]曰:"吾尝饭牛,牛不食,鞭牛一下,至今戚戚耳!"

管宁泛海,舟[欲]覆,曰:"吾尝一朝科头,三晨晏起,过必在此!"

谨案:据《海录碎事》卷八校补"欲"字,《太平御览》三六四引《吴苑》亦云"遭风,船垂倾没",实未覆也。

顾　协

《北史》:顾协少时,将聘舅息女,未成婚而协母亡。免丧后,不复娶。年六十余,此女犹未他适。协义而迎之,卒无嗣。

此等嫁娶,是亦不可以已乎?

吴征士学问

吴征士与弼，一日出获，手为镰伤，流血不止。举视伤处，曰："若血不即止，而吾收之，即是为尔所胜。"言已而获如故。又往游武夷，过逆旅，索宿钱至多三文。坚不与。或劝之，曰："即此便暴殄天物！"乃负担夜去。

吴康斋召至京师，常以两手大指食指作圈，曰："令太极常在眼前。"长安浮薄少年竞以芦菔投其中，戏侮之，公亦不顾。

谨案：吴与弼，字子傅，号康斋。《明史》入《儒林传》。

太　极　冤

娄谅自负道学，佩一象环，名太极圈。桑悦怪而作色曰："吾今乃知太极扁而中虚！"作《太极诉冤状》，一时传诵。

谨案：娄谅，字克贞，江西上饶人。与陈献章俱为吴与弼高弟。桑悦，常熟人。以才名吴中，书过目辄焚弃，曰已在吾腹中矣。

心　学　二　图

天顺初，漳州布衣陈剩夫，名真晟，诣阙献"心学二图"。其一为《天地圣人之图》，大书一"心"字，以上一点规而大之，虚其中曰"太极"，左曰"静"，作十六点黑，右曰"动"，作十六点白；自是如旋螺状，凡十点弯而向左；又各作十八点，如前而大，每一点包二卦，以为"太极生生之义尽于此矣"。其一为《君子法天之图》，亦大书一"心"字，其上点规而大之，虚其中曰"敬"，左曰"静"，右曰"动"，各作互圆相入，左半黑而白，白复黑，右半白而黑，黑复白，即太极之阴阳动静也。下礼部，掌部事侍郎邹干不知说云何，为寝其事。

万 物 一 体

一儒者谈"万物一体"。忽有腐儒进曰:"设遇猛虎,此时何以一体?"又一腐儒解之曰:"有道之人,尚且降龙伏虎,即遇猛虎,必能骑在虎背,决不为虎所食。"周海门笑而语之曰:"骑在虎背,还是两体,定是食下虎肚,方是一体。"闻者大笑。

谨案:周汝登,别号海门,浙江嵊县人。万历五年进士。欲合儒释而会通之,辑《圣学宗传》,尽采先儒语类禅者以入。

茶 具

范蜀公与温公游嵩山,以黑木盒盛茶。温公见之,惊曰:"景仁乃有茶具耶!"

谢在杭曰:"一木盒盛茶,何损清介,而至惊骇?宋人腐烂乃尔!"子犹曰:此箕子啼象箸之意也。

装 胡 桃

相国吴石湖一日宴客,以胡桃装就而后笼罩。公屡装不就。一僮先以桃下罩,用碟盛起。公抚膺叹曰:"民伪日滋矣!"

谨案:吴石湖,不详,疑指吴宽,苏州长洲人。成化时状元。弘治间为礼部尚书,入内阁。

怪诞部第二

　　子犹曰：人情厌故而乐新，虽雅不欲怪，辄耳眈之。然究竟怪非美事。纣为长夜之饮，通国之人皆失日，以问箕子，箕子不对。箕子非不能对也，以为独知怪矣。楚王爱细腰，使群臣俱减餐焉。议者谓六宫可也，群臣腰细何为？不知出宫忽见腰围如许，王必怪，怪则不测，即微王令，能勿减餐乎哉？夫使人常所怪而怪所常，则怪反故而常反新矣。新故须臾，何人情之不远犹也？昔富平孙冢宰在位日，诸进士谒选，齐往受教。孙曰："做官无大难事，只莫作怪！"真名臣之言乎，岂唯做官！集《怪诞第二》。

天　文　冠

　　新莽好怪，制天文冠，使司命冠之。乘乾车，驾坤马，左苍龙，右白虎，前朱鸟，后玄武，右仗威节，左负威斗，号曰赤星，以尊新室之威命。司命孔仁妻坐祝诅事连及，自杀。仁见莽，免冠谢。莽使尚书劾仁"擅免天文冠，大不敬"。有诏勿问，更易新冠。

　　到王莽身上，《周官》、井田俱属怪诞，不止天文冠已也。

大　　像

　　天后宠僧怀义，为作夹纻大像，小指中犹容十数人，构天堂以居焉。又杀牛取血画大像，首高二百尺，云怀义刺膝血为之。张于天津桥南，忽大风起，裂像为数百段。

《酉阳杂俎》载札青事

上都市肆恶少,好为札青。有张干者,札左膊曰"生不怕京兆尹",右膊曰"死不畏阎罗王"。又有王(刁)[力]奴,以钱五千召札工,(于)[可]胸腹为山池亭院,草木飞走,无不毕具,细若设色。京兆尹薛元赏悉杖杀之。[旁批:痛快!]又高陵县捉得镂身者宋元素,札七十一处,刺左臂曰:"昔日已前家未贫,千金不惜结交亲。及至凄惶觅知己,行尽关山无一人。"右膊札葫芦,上札出人首,如傀儡戏所谓"郭公"者。县吏不解,问之,言葫芦精也。

蜀市人赵高,满背镂毗沙门天王。吏欲杖其背,见天王辄止,恃此转为坊市患。李夷简擒而杖之,叱杖子打天王,尽则已。[旁批:痛快!]经旬日,高祖衣历门叫呼,乞"修理天王功德钱"。

段成式门下驺路神通,背刺天王像,自言能得神力。每朔望,具乳糜,焚香祖坐,使妻儿供养其背而拜焉。[旁批:该死!]

贞元中,荆州市中有鬻札者,制为印,[旁批:更怪。]上簇针为众物状,如蟾蜴鸟兽,随人所欲印之,刷以石墨,精细如画焉。

天下事久必成套,无怪不常,即札印一事可见。

荆州街(男)子葛清,自颈已下,通札白居易诗。段成式尝与荆客陈至呼观之,令其自解。背上亦能暗记,反手指其札处,至"不是花中偏爱菊",则有一人持杯临菊丛;"黄夹缬(寨)[林]寒有叶",则指一树,树上挂缬寨,寨纹绝细。凡札三十余首,体无完肤。陈至呼为"白舍人行诗图"。

蜀小将韦少卿,少不喜书,嗜好札青。其季父尝令解衣,视胸上札一树,树杪集鸟数(千)[十],其下悬镜,镜鼻系索,有人止于侧牵之。叔不解,问焉。少卿笑曰:"叔不曾读张燕公诗,云'挽镜寒鸦集'耶?"叔大笑不已。

陈锡玄曰:此直以亲之枝供儿戏耳,可谓非夷俗耶? 独有一道士为郭威、冯晖雕刺,则有异焉。刺郭于项,右作雀,左作谷粟。刺冯以脐作瓮,中作雁数只。戒曰:"他日雀衔谷,雁出瓮,是尔亨日。"后郭祖秉麾,雀谷稍近;比登极,雀遂衔谷。而冯是时为帅,雁亦自瓮中累累出矣。一时雕刺,却寄先征,异哉!

谨案:据《酉阳杂俎》卷八校改。

剃　眉

彭渊材初见范文正公画像,惊喜再拜,前磬折,称"新昌布衣彭几幸获拜谒"。既罢,熟视曰:"有奇德者必有奇形。"乃引镜自照,又抚其须曰:"大略似之矣,但只无耳毫数茎耳,年大当十相具足也。"又至庐山太平观,见狄梁公像,眉目入鬓,又前再赞曰:"有宋进士彭几谨拜谒。"又熟视久之,呼刀镊者使(刺)[剃]其眉尾,令作卓枝入鬓之状。家人辈望见惊笑。渊材怒曰:"何笑!吾前见范文正公恨无耳毫,今见狄梁公不敢不剃眉,何笑之乎?"

《笑林》评曰:"见晋王克用,即当剔目;遇娄相师德,更须折足矣。"子犹曰:"此等人,宜黥其面强学狄青,刖其膝使学孙膑。"或问其故,曰:"这花脸如何行得通?"

谨案:原题作"刺眉",依文义改。据《墨客挥犀》卷二校改。

异　服

进士曹奎作大袖袍。杨(衍)[卫]问曰:"袖何须此大?"奎曰:"要盛天下苍生。"(衍)[卫]笑曰:"盛得一个苍生矣!"

今吾苏遍地曹奎矣!

谨案:据四库本《类说》校改。

翟耆年好奇,巾服一如唐人,自名唐装。一日往见许彦周。彦周鬐髻,著犊鼻裤,蹑高屐出迎。翟愕然。彦周徐曰:"吾晋装也,公何怪?"

只容得你唐装?

北齐(宋)[宗]道晖,阜城人,与同郡熊安生并称经师。道晖好著高翅帽、大屐。州将初临,辄服以谒见,仰头举肘,拜于屐上,自言"学士比三公"。后齐任城王湝鞭之,道晖徐呼:"安伟,安伟!"出谓人曰:"我受鞭,不(著)[汉]体。"复蹑屐翩翩而去。冀州为之语曰:"显公钟,宋公鼓,(宋)[宗]道晖屐,李洛姬肚。"谓之"四大"。显公,沙门也;宋公,安德太守;[洛姬,妇人也。]

今人称颂经师,必以绛帐为贤,而以高帽大屐为丑,不知道晖特迂怪可笑耳,未若马融之可耻也。融以一代大儒,门生满天下,而谄事梁冀,献《西第颂》。又李固之诛,疏草实出融手,视高帽大屐岸然于任城王之前者,相去何啻千里!

谨案:据《北史·儒林传》校改。

元祐中,米元章居京师,被服怪异。戴高檐帽,既坐轿,为顶盖所碍,遂撤去,露顶而坐。一日出保康门,遇晁以道。以道大笑。下轿握手,问曰:"晁四,你道似甚底?"晁云:"我道你似鬼章!"二人抚掌绝倒。时西边获贼寨首领鬼章,槛车入京,故以为戏。

蜀中日者费孝先筮《易》,以丹青寓吉凶,谓之"卦影"。其后转相祖述。画人物不常,鸟或四足,兽或两足,人或儒冠而僧衣,故为怪以见象。米元章好怪,常戴俗帽,衣深衣,而蹑朝靴,人目为"活卦影"。

假面假衣冠

张幼于燕居,多用假面。少与山僧处嘿厚。一日往京觅官,过别。张笑谓曰："我儒人尚无宦情,汝反不禁中热耶?"及拜官归,乘马相访。张星冠羽服,戴假面出迎,口不发一辞,推以乘骑,观者载道,马不得前。又郁山人璠,携村妓至,曰："妇能诗,请联句。"坐方洽,其夫忽以儒衣冠登座,讶客不当近其内。客欲散,止之曰:"吾当以干戚解围。"仍用羽服假面与揖逊,夫惊而逸。

假面对假僧、假儒正妙!

张籹幼于晚年改名籹。尝过江阴薛世和。薛方拜鸿胪归。见架上衣冠,门有系马,竟服其衣冠,乘马张盖,报张、薛二孝廉之谒。二公具衣冠送迎,宾主略不相讶。

世上衣冠半假也,幼于特为拈示。

谨案:张献翼,字幼于,号可一居士,晚年改名籹。苏州长洲人,一说昆山人。嘉靖中国子监生。与兄凤翼、燕翼并有才名,时称"三张"。放荡不羁,言行诡异。年七十余,因色为盗所杀。

宴死　祭生

黄彪夜看张籹,见其斋中设筵,籹独居主人位,嘿若谈对。问其故,答曰:"今日宴死友张之象、董宜阳、何良傅、莫如忠、周思兼五人。我念所至,辄与心语。"彪笑曰:"以公所邀,谅诸君必赴。"

诸君奇客,张奇情,黄亦奇语。

张孝资与张籹善,尝谓籹曰:"予倘先君殁,当烦设祭。及吾未也,盍先诸?"籹奇其意,为卜日,悬祭文,设几筵笾豆。孝资至,先延之后阁,令傧相赞礼,伶人奏乐,出之,正襟危坐,助祭者朗诵祭章,声伎满堂,香烟缭绕。籹赠以诗云:"祭是生前设,魂非死后招。"

金陵史痴名忠,字廷直。年逾八十,预命发引,已随而行,谓之"生殡"。孝资生祭类之。

张幼于赎罪

张居士腊月朔谒家庙,楼匾忽堕。张曰:"此祖宗怒我也!"因沐浴茹素,作"自责文",囚服长跽谢过,凡七日,以巨石压顶,令家奴下杖数十。已而口占"赎罪文",备述生平读书好客之事。因起更衣,插花披锦,鼓乐导之而出,曰:"祖宗释我矣!"

苏、湛引过

苏世长在陕,邑里犯法,不能禁,乃引咎自挞于市廛五百。人疾其诡,鞭之流血,[世]长不胜痛楚而走。

> 侧身修行足矣,而成汤以身代牺;闭阁思过足矣,而世长以身受挞。是皆已甚也!鞭之流血,长不容不走矣;倘桑林之神真欲奉享,不知商王意下如何。

> 谨案:苏世长,初为隋都水少监,炀帝死,投王世充,为行台右仆射。世充败,归唐,曾任陕州长史。《新唐书》有传。

湛子文朴令江夏,勤省过失,设有小愆,辄以状自劾,使吏望阙[宣读],呼名,己唯诺示改。

> 虚文可厌!

> 谨案:据宋范公偁《过庭录》校补。湛朴,字子文,北宋末人。临民御政,必稽参条理然后行。范纯仁曾举荐其才。

殓如封角

司马文正公薨,程正叔以臆说殓之,如封角状。东坡嫉其怪妄,怒诋曰:"此岂'信物一角,附上阎罗大王'者耶!"

　　唐末吴尧卿以佣保起家，托附权势，盗用盐铁钱六十万缗。及广陵陷，军人识尧卿者，咸请啖之。毕师铎不许，夜令易服而遁。至楚州，为雠所杀，弃尸衢中。其妻以纸絮苇棺敛之。未及就圹，好事者题其上云："信物一角，附至阿鼻地狱。请去斜封，送上阎罗大王。"时人以为笑端。苏语本此。

饲　　犬

　　畅师文好奇尚怪。总帅汪公张具延饮。主人方送正饭，师文忽颐使其童，泻羹于地，罗笼饼其侧。主命再供。既至，又复如前，径推案上马而去。后使人问之，因作色曰："独不见其犬乎？或寝或吪，列于庭下，是不以犬见待，且必以犬见噬也！吾故饲之而出耳。"

　　犬客并列，亦是主人不谨，莫怪！莫怪！

　　谨案：畅师文，字纯甫。元时人。师从大儒许衡。官至翰林学士。《元史》有传。

洁　　疾

　　畅纯父有洁疾。与人饮，必欲至尽，以巾拭爵，干而后授之，则喜；自饮亦然。食物多自手制，水唯饮前桶，薪必以尺，葱必以寸。一日，刘时中与文子方同过，值其濯足。畅闻二人至，辍洗而迎，曰："适有佳味，可供佳客。"遂于卧内取四大桃置案上，以二桃洗于濯足水中，持啖二人。子方与时中云："公洗者公自享之，勿以二桃污三士也。"因于案上各取一颗，大笑而去。

　　纯父过以洁自信。

　　齐王思远性简洁，客诣己者，衣服垢秽则不前，必(刑)[形]仪新楚，乃与促膝。及客去，犹令二人交帚拂其坐处。

同时丘明士蓬首散发,终日酣醉。(李)[季]珪之曰:"吾见王思远,便忆丘明士;见丘明士,便忆王思远。"

　　谨案:据《南齐书·王思远传》校改。

(宗)[宋庾]炳之性洁,宾客造之者,去未出户,辄令拭席洗床。

　　谨案:据《宋书·庚炳之传》校改。

遂安令刘澄有洁癖,在县扫拂郭邑,路无横草,水剪虫秽,百姓不堪。[旁批:大不絜矩。]

　　谨案:刘澄,南齐时人。事见《南史》。

王维居辋川,地不容微尘,日有十数帚扫治。专使两僮缚帚,有时不给。

王思微好洁,左右提衣,必用白纸裹手指。宅中有犬污屋栋,思微令门生洗之,意犹未已,更令刮削;复言未足,遂令易柱。

　　谨案:事见《金楼子》,思微应是南朝时人。

荆公夫人吴,性好洁,与公不合。公自江宁乞归私第,有一官藤床,吴假用未还。官吏来索,左右莫敢言。公直跣而登床,[旁批:妙计!]偃仰良久。吴望见,即命送还。又尝为长女制衣赠甥,裂绮将成,忽有猫卧其旁,夫人将衣置浴室下,任其腐败,终不与人。

　　荆公终日不梳洗,虮虱满衣,当是月老错配。

米元章有洁疾,盥手以银为斗,置长柄,俾奴仆执以泻水于手,呼为"水斗"。已而两手相拍至干,都不用巾拭。有客造元章者,去必濯其坐榻。巾帽亦时时洗涤。又朝靴偶为他人所持,必甚恶之,因屡洗,遂损不可穿。

周仁熟与米芾交契。一日,芾言:"得一研,非世间物,殆天地秘藏,待我识之。"答曰:"公虽名博识,所得之物,真赝各半,特善夸耳。"芾方发笥检取,周亦随起,索巾涤手者再,若欲敬观状。芾喜出研。周称赏不已,且云:"诚为尤物,未知发墨何如?"命取水,未至,亟以唾点磨墨。芾变色,曰:"一何先恭后倨? 研污矣,不可用!"周遂取归。或作子瞻唾研,非也。

芾初见徽宗,命书《周官篇》于御屏。书毕,掷笔于地,大言曰:"一洗二王恶札,照耀皇宋万年!"周殿撰谓芾善夸,诚不谬。周非欲砚,特以米好洁,聊资嬉笑耳。周后复以砚归米,米竟不取。

倪 云 林 事

倪云林名瓒,元镇其字也。性好洁。文房(拾)〔什〕物,两僮轮转拂尘,须臾弗停。庭前有梧桐树,旦夕汲水揩洗,竟至槁死。尝留友人宿斋中,虑有污损,夜三四起,潜听焉。微闻嗽声,大恶之,凌晨令童索痰痕,不得,童惧笞,拾败叶上有积垢似痰痕以塞责。倪掩鼻闭目,令持弃三里外。其寓邹氏日,邹塾师有婿曰金宣伯,一日来访。倪闻宣伯儒者,倒屣迎之。见其言貌粗率,大怒,掌其颊。宣伯愧忿,不见主人而去。邹出,颇怪之。倪曰:"宣伯面目可憎,语言无味,吾斥去之矣!"初,张士诚弟士信,闻倪善画,使人持绢,侑以重币,欲求其笔。倪怒曰:"倪瓒不能为王门画师!"即裂去其绢。士信深衔之。一日,士信与诸文士游太湖,闻小舟中有异香。士信曰:"此必一胜流。"急傍舟近之,乃倪也。士信大怒,即欲手刃之。诸人力为营救,然犹鞭倪数十。倪竟不吐一语。后有人问之,曰:"君被窘辱而一语不发,何也?"倪曰:"一说便俗。"

或又言:元镇因香被执,囚于有司,每传食,命狱卒举案齐眉。卒问其故,不答。旁曰:"恐汝唾沫及饭耳。"卒怒,锁之溺器侧。众虽为祈免,愤哽竟成脾泄。今人以太祖投之厕中,谬也。

又闻倪元镇嗜茶,其用果按者名"清泉白石",非佳客不供。

有客请见且弥月矣，倪鉴其诚，许之。客丰神飘洒，倪甚欣洽，命进此茶。客因渴，再及而尽。倪便停盏入内，终不出。客请其故。倪曰："遇清泉白石不徐徐赏味，定非雅士。"又倪有清秘阁，人所罕到；有白马，极护惜。会母病，请葛仙翁诊视。时天雨，葛要以白马相迎。既乘马，乱行泥淖中，人马俱污。及门，先求登清秘阁。倪不敢拒。葛蹑屐而上，咳唾狼籍，古玩书籍翻覆殆遍。倪自是遂废此阁，终身不登。或云倪有仙骨，葛以此破其迂僻，冀得度世，惜乎其不悟也。

倪元镇于女色少所当意。一日眷金陵赵歌姬，留宿别业，心疑不洁，俾之浴。既登榻，以手自顶至踵，且扪且嗅。扪至阴，复俾浴。凡再四，东方既白，不复作巫山之梦。

同时杨廉夫耽好声色，每会间，见歌儿足小，即脱其鞋，载盏行酒，谓之"金莲杯"。一日与倪会饮，杨脱妓鞋传觞。倪怒，翻案而起。杨亦色变，席遂散。后二公竟不复面。

恶　妇　人

梁萧詧恶见妇人，虽相去数步，亦云"遥闻其臭"。

世间逐臭之人又何多也！

《朝野异闻》载何、颜学问

嘉、隆间，讲学盛行，而楚人颜山农之说最奇，谓"贪财好色，皆从性生，天机所发，不可阏之，第勿留滞胸中而已"。门人罗汝芳成进士，戒且勿廷对。罗不从。明年遇之淮上，笞之十五，挟以游。罗唯唯惟命。后至南都，以挟诈人财事发，捕之官，笞五十，不哀祈，亦不转侧，困图圄且死。罗力救之，得出。出则大詈不已，谓："狱我者尚知我，而汝不知我也！"罗亦唯唯。

何心隐者,其才高于颜山农,而狠幻过之。尝言:"天地一杀机也。尧不能杀舜,[旁批:奇谈!]舜不能杀禹,故以天下让。汤、武能杀桀、纣,故得天下。"少尝师事山农。山农有例:师事之者,必先殴三拳,而后受拜。心隐既事山农,察其所行,意甚悔。一日,值山农之淫于村妇也,匿隐处,[旁批:正是天机,不知心隐何以相左?]俟其出而扼之,亦殴三拳,使拜削弟子籍。

按颜谪戍归,八十余尚无恙,而何竟为张江陵所杀,幸与不幸耳。然江陵未相时,访耿御史,坐席未暖而去。何从屏后窥之,便谓"此人能杀我",亦异矣哉!

谨案:《朝野异闻》为王世贞(弇州)所著,又名《国朝丛记》。黄宗羲《明儒学案》于"泰州学派"下云:"今之言诸公者,大概本弇州之《国朝丛记》,弇州盖因当时爱书节略之,岂可为信?"

陈 公 戒 酒

南京陈公镐善酒。督学山东时,父虑其废事,寓书戒之。乃出俸金,命工制一大碗,可容二斤许,镌八字于内,云:"父命戒酒,止饮三杯。"士林传笑。

按:公为山东提学时,夜至济阳公馆。庖人供膳无箸,恐公怒责,公略不为意。或请启门外索,弗许。庖人乃削柳条为箸。公曰:"礼与食孰重?"竟不夜餐。亦迂介之士也。子犹曰:"簠簋始于土硎,安知削柳非箸之始乎?迂儒不知礼意,但立异取名耳。不然,胡不并三杯戒之?"

谨案:陈镐,南京人,明成化进士。历任山东督学副使、都御史、湖广巡抚。

浴　　酒

石裕造酒数斛,忽解衣入其中,恣沐浴而出,告子弟曰:"吾平生饮酒,恨毛发未识其味。今日聊以设之,庶无厚薄。"

洞 天 圣 酒

虢国夫人就屋梁悬鹿肠,其中结之,有宴则解开,于梁上注酒,号"洞天圣酒"。

谨案:按《白孔六帖》、《云仙杂记》于"洞天圣酒"后均多"将军"二字。

杨希古佞佛

杨希古性迂僻,酷嗜佛法。尝设道场于第,每凌旦,辄入其内,以身俯地,俾僧据其上,诵《金刚经》三遍。

谨案:杨希古,唐末人,出身望族。后陷黄巢军中,黄巢称帝,以为四相之一。

暴 城 隍

万历己丑,苏郡大旱。时石楚阳为守,清惠素闻,祷雨特切。乃舁城隍于雩坛,与之对坐,去盖,暴烈日中。神像皴裂,而石感暑疾几殆。《狯园》谓江公铎,误也。

谨案:石昆玉,字楚阳,黄梅人。万历时为苏州知府,执法不阿。

项王庙

《夷坚支》：和州士人杜默，累举不成名，性英傥不羁。因过乌江，入谒项王庙。时正被酒沾醉，才炷香拜讫，径升偶坐，据神颈，拊其首而恸，大声语曰："大王，有相亏者！英雄如大王，而不能得天下；文章如杜默，而进取不得官！"语毕，又大恸，泪如迸泉。庙祝畏其获罪，扶掖以出，秉烛检视神像，垂泪亦未已。

以愤王遇歌豪，正如重歌"拔山"，那得不泪！石介作"三豪诗"，谓杜默歌豪，石曼卿诗豪，欧阳永叔文豪。

谨案：苏轼对歌豪杜默颇不许可，《志林》云："杜默之歌少见于世，初不知之，后闻其一篇，云'学海波中老龙，圣人门前大虫'，皆此等语。甚矣介之无识也！吾观杜默豪气，正是京东学究饮私酒食瘴死牛肉，醉饱后所发者也。作诗狂怪，至卢仝、马异极矣，若更求奇，便作杜默矣。"

李状元刺

相传马状元铎母，马氏妾也。嫡妒不容，再嫁同邑李氏，复生一子，名马，后亦中状元。上喜其文，御笔于"马"旁加"其"字，名李骐。越三日，胪传凡三唱，无应者。上曰："即李马也。"骐乃受诏。每投刺，"骐"字黑书"马"，朱书"其"。

相传徐髯翁受武宗知遇，曾以御手凭其左肩。遂制一龙爪于肩上，与人揖，只下右手。亦怪事也。

一母生二状元，奇哉！宋陈了翁之父尚书与潘义荣之父交厚。潘无子，陈有妾宜子，乃以借之，即了翁之母也。未几，潘生子名良贵，其母遂往来两家焉。一母生二名儒，亦前所未有。

谨案：原题误作"马状元刺"，据文义改。"宋陈了翁之父尚书与潘义荣之父交厚”，原作“宋陈尚书与潘荣之交厚”，大误，据宋周密《齐东野语》卷十六校改。

诗 文 好 怪

罗玘为文，率奇古险怪。居金陵时，每有撰造，必栖踞乔木之颠，霞思天想。或时闭坐一室，客于隙间窥，见其容色枯槁，有死人气。都穆乞伊考志铭，铭成，语穆曰：“我为此铭瞑去四五度矣！”

怪道志铭多说鬼话！

刘几有文名。欧公知贡举，得几卷，曰：“天地轧，万物茁，圣人发。”公续之曰：“秀才刺，试官刷！”以朱笔（直）〔横〕勒之。

谨案：据宋沈括《梦溪笔谈》卷九校改。横刷方可称勒，直字不妥。

卢仝号玉川子，诗体与马异俱尚险怪。二人“结交诗”云：“同不同，异不异，是谓大同而小异。”

亭 馆 奇 名

江西（右）〔古〕喻萧大山，好奇之士，名其堂曰“堂堂堂”，轩曰“轩轩轩”，亭曰“亭亭亭”。陈越经江西，萧邀饮，遍历亭馆以观其匾。至一洞，因戏之曰：“何不云‘洞洞洞’？”萧为不怪。

谨案：据蒋一葵《尧山堂外纪》卷八十四校改。按“陈越”，《尧山堂外纪》作“陈钺”，（陈钺为巨珰汪直之党，曾官兵部尚书。）而《说郛》录仇远《稗史》，作“越东持节某”。不知孰是。

晒　腹　书

郝隆七月七日出日中仰卧。人问其故，答曰：“我晒书。”

东坡谓晨饮为"浇书"。李黄门谓午睡为"摊饭"。

谨案：郝隆，东晋时人。恃才傲物，曾为桓温南蛮参军。李黄门即李清臣，字邦直。北宋时人。欧阳修壮其文，以比苏轼。徽宗时为门下侍郎，人称李黄门。

解 语 神 枢

苗耽进士尝自外游归，途[遇]疾甚，不堪登升。适有舁棺而回者，以其价贱，即(就)[憇]而寝息其中。至洛东门，阍者不知其中有人，诘其来由。耽谓其讶己，徐答曰："衣冠道路得病，贫不能致他物相与，无怪也！"阍者曰："吾守此三十年矣，未尝见有解语神枢！"

谨案：据唐人《玉泉子》校改。

陆　　舟

张思光给假东去。世祖问："卿往何处？"答云："臣陆处无屋，舟居非水。"后日，上以问其从兄思曼。思曼曰："融近东出，未有居止，权牵小船于岸上住。"

谨案：张融，字思光。《南齐书》有传。

痴绝部第三

　　子犹曰：虎头三绝，痴居一焉，痴不可乎？得斯趣者，人天大受用处也。碗大一片赤县神州，众生塞满，原属假合，若复件件认真，争竞何已？故直须以痴趣破之。过则骄，不及则愚，是各有不受用处。若夫妒、爱、贪、嗔，还以认真受诸苦恼。至痴而恶焉，则畜生而已矣。毋为鸥吓，毋为螳怒；不望痴福，且违痴祸。集《痴绝第三》。

痴　　趣

陶渊明日用铜钵煮粥为食，遇发火，则再拜曰："非有是火，何以充腹？"

贾岛常以岁除，取一年所得诗，祭以酒，曰："劳吾精神，以是补之。"

方镕隐天门山，以棕榈叶拂书，号曰"无尘子"，月以酒脯祭之。

韩退之尝登华山巅，穷极幽险，心悸目眩，不能下，发狂号哭，投书与家人别。华阴令百计取之，方能下。

　　便知心术胜章子厚。

　　谨案：《宋史·章惇传》：惇与苏轼游南山，抵仙游潭，潭下临绝壁万仞，横木其上。惇揖轼书壁，轼惧不敢书。惇平步过之，垂索挽树，摄衣而下，以漆墨濡笔大书石壁曰："苏轼、章惇来。"既还，神彩不动，轼拊其背曰："君他日必能杀人。"惇曰："何也？"轼曰："能自判命者，能杀人也。"

张旭大醉，以头濡墨而书。

苏　州　痴

苏人好游。袁中郎诗云："苏人三件大奇事，六月荷花二十四，中秋无月虎丘山，重阳有雨治平寺。"

此正苏州人一生大正经处。

米　颠　事

米元章知无为军，见州廨立石甚奇，命取袍笏拜之，呼曰"石丈"。言事者闻而论之，朝廷传以为笑。或语芾曰："诚有否？"芾徐曰："吾何尝拜？乃揖之耳。"［旁批：更妙。］

宋徽宗在艮岳，召米芾至，令书一大屏，指御案间端砚，使就用之。芾书成，即捧砚跪请曰："此砚经臣濡染，不堪复以进御。"上大笑，因以赐之。

只痴进，不痴出。

米元章一帖云："承借剩员，其人不名，自称曰'张大伯'。是何老物，辄欲为人父之兄？若为大叔，犹之可也。"

米元章尝为书画学博士，后迁礼部员外郎，数遭白（管）［简］，逐出。一日，以书抵蔡京，诉其流落，且言"举室百指，行至陈留，独得一舟如许大"，遂画一艇于行间。京哂焉。时弹文正谓其颠，而芾又历告诸执政，自谓："久任中外，并被大臣知遇，举主累数十百，皆用吏能为称首，一无有以颠蒙者。"世遂传《米老辨颠帖》。

谨案：据宋蔡絛《铁围山丛谈》卷四校改。

东坡在维扬，一日设客，皆名士。米元章亦在座，酒半，忽起曰："世人皆以芾为颠，愿质之子瞻！"公答曰："吾从众！"

唯不自谓痴，乃真痴。今则痴人比比是矣。饰痴态以售其奸,借痴名以宽其谤,此又古人中所未有也。

米芾好奇,葬其亲润州山间,不封不树。尝自诧于人,言莫有知其穴者。有王相者,素与米游,甚狎,独知之。米一日与客游山,因至墓所,周览之次,相忽溲于草间。[旁批:恶甚。]米色变,意甚怒,然业已讳之,竟不敢止相。[旁批:苦哉!]

米芾方择婿,会建康段拂字去尘,芾择之,曰:"既拂矣,又去尘,真吾婿也!"以女妻之。

去　髯

郭恕先放旷不羁,尤不与俗人伍。宋太宗闻其名,召赴阙,馆于内侍者窦神兴舍。恕先长髯而美,一日忽尽去之。神兴惊问其故,曰:"聊以效颦。"

谨案:郭忠恕,字恕先。五代宋初大画家。

畏　痴

涓(石)[蜀]梁性畏,见己之影,以为鬼也,惊而死。

谨案:此故事初见于《荀子·解蔽》,原文为:"夏首之南有人焉,曰涓蜀梁,其为人也,愚而善畏。明月而宵行,俯见其影,以为伏鬼也,仰视其发,以为立魅也,背而走,比至其家,失气而死,岂不哀哉!"王世贞《弇州四部稿》卷一五八节其语,误为"涓石梁"。本篇应即由《弇州四部稿》转录。

陆念先生平畏鬼,畏水,畏狗。夜寝,必拥持一人乃安,不然亦与连榻,不得远去数武。近道未尝就舟,适远当渡阔处,则洪饮取醉,重衾蒙首,闷卧舻中。或故牵之出,即狂呼哀鸣,不啻就死。行街市中,见犬必避人后。或闻猜猜声,辄狂奔无地。欲访客,必令一人前驱卫之。徐声远寓韩氏园,庭蓄驯鹤。陆诣徐,偶应门无人,立俟户外。良久，徐始觉，因调之曰："公畏鹤如狗，奈天下笑何！"

骄　　痴

顾长康体中痴黠各半，矜伐过实。诸少年因相称誉，以为戏弄。为散骑常侍，与谢瞻连省。夜于月下长咏，自云"得先贤风制"。瞻每遥赞之，长康弥自力忘倦。瞻将眠，语捶脚人令代。恺之不觉有异，遂讽咏达旦。

> 捶脚人何必不如白家老妪，得他赞亦自好。

子美善郑广文，尝以《花卿》及《姜楚公画鹰歌》示郑。郑曰："足下此诗可以疗疾。"他日郑妻病，杜曰："尔但言'子璋骷髅血模糊，手提掷还崔大夫'。如不瘥，即云'观者徒惊帖壁飞，画师不是无心学'。未间，更有'昔日太宗拳毛𬳿，近时郭家狮子花'。如又不瘥，虽和、扁不能为矣！"

顾恺之以一厨画寄桓玄。玄发厨后，窃之，而缄闭如故。后恺之来启，已空，笑曰："妙画通灵，变化去矣！"

喜　得　句

荮门老儒朱野航，颇攻诗。馆于王氏。与主人晚酌罢，主人入内。适月上，朱得句云："万事不如杯在手，一年几见月当头。"喜极发狂，大叫叩扉，呼主人起。举家皇骇，疑是火盗。及出问，始知，乃取酒更酌。

> 一酒也，先生赏诗，主人压惊。

闽人周朴，性喜吟诗。每遇景物，搜奇抉思，日旰忘返，苟得句，则欣然自快。时适野，逢一负薪者，忽持之，厉声曰："我得之矣！句云：'子孙何处为闲客，松柏被人伐作薪。'"［旁批：诗殊不见得。］樵夫矍然惊骇，掣臂弃薪而走。遇徼卒，疑樵者为偷儿，执而讯之。朴徐往告卒曰："适见负薪,因得句耳。"卒乃释之。一士人欲戏之,一日跨驴于路,见朴来,故欹帽掩面,吟朴旧诗云："禹力不到处,河声流向东。"朴闻,遽随其后。士促驴而去,略不顾。行数里,追及,语曰:"仆诗'河声流向西',非'向东'也。"士人颔之而已。闽中传以为笑。

<h2 style="text-align:center">太　史　公</h2>

山人某姓者,自负其才,傍无一人。途中闻乞儿化钱声甚凄惋,问曰:"如此哀求,能得几何? 若叫一声'太史公爷爷',当以百钱赏汝。"乞儿连唤三声,某倾囊中钱与之,一笑而去。乞儿问人云:"太史公是何物,值钱乃尔?"

<h2 style="text-align:center">金　老　童</h2>

乌程金生,七十余犹应童子试,为文鄙俚,而高自矜期,人见之无不笑者。因绐之云:"凡文章,令人赞美,尚非其至;若奇快之极,不禁欢笑。古名人之笔,赞美有之,其能发人笑者,即王、唐不数数也!"金信之,自是有笑其文者,金亦随之抚掌。尝对人云:"吾某文为某某先生所笑。"以此自炫焉。遇缙绅,辄拜称门生,冀其荐达。缙绅亦利其呈课,以为笑端。适陈令经正。试士,缙绅预言老童之状,令独标其名为一案,召语之曰:"汝的是奇才,不愧案首。惜汝齿长,留作来生未了事可也。"金逢人辄道令之知而不举,以为忌才,欲持卷讼之学道。众言:"令惜汝才,奈何仇之?"苦谕乃止。

余亲见此老数艺,犹记其"牛羊父母"题破云:"二兽归二亲,弟肆杀兄论也。""校人烹之"破云:"校人方畜鱼之命,而必熟之焉。"又自言:"曾诣友人家,值会课,题为'闵子骞冉伯牛'。众方搁笔,苦于难破,吾破之曰:'四贤中二贤,德行中可取也。'友人见我二'中'字切题,喜极,无不笑倒者。"

愚　痴

顾恺之痴信小术。桓玄尝以一柳叶绐之，曰："此蝉翳叶也。以自蔽，人不见己。"恺之引叶蔽己，玄佯眄而溺之。恺之信玄不见己，受溺而珍叶焉。

裴（令）[休相]公性慕禅林，往往挂衲，所生子女，多名"师女"、"僧儿"。潜令婢妾承事禅师，留其圣种。

> 谨案：据何光远《鉴戒录》校改。"裴令公"多指裴度，无指裴休者。

则天内宴甚乐，河内王懿宗忽起奏曰："臣急告君，子急告父！"则天大惊，引前问之。对曰："臣封物承前府家自征，近敕州县征送，大有损折。"则天怒曰："朕诸亲会饮甚欢，汝是亲王，为[三]二百户封，几惊杀我！"敕令曳下。

> 谨案：据张鹭《朝野金载》校。"三二百户"，言户数之少，不足道也。"三"字不可删。

黄鲁直有痴弟，畜漆琴而不御，虫虱入焉。鲁直嘲之曰："龙池生壁虱。"而未有对。鲁直之兄大临，见床下以溺器畜生鱼，问之，其弟也。大呼曰："可对'虎子养溪鱼'。"

昆山孙嘿斋名云，进士。乃孙性骏，已破家尽矣，唯余两坐机。一日见携鳖过者，欲买而无钱，以一机与换之。其人将机售邻家，得米二斗。邻家意欲成对。其人曰："易耳。"乃复以鳖往换。孙顿足曰："何不早来？果有一机，适已碎作薪，煮鳖矣！"

妒　痴

李益有妒痴，闲妻妾过虐，每夜撒灰扃户，以验动静。

> 据小说：李十郎负霍小玉，其痴疾乃霍为祟而然。

　　昆山陈梧亭言：其邑某秀才亦有痴疾，而性更迂缓。夜在家，尝伏暗处，俟其妻过，据前拥之。妻惊呼，则大喜曰："吾家出一贞妇矣！"一日，唤土工甚急，继之以怒。工方为大家治屋，屡辞不获，乃舍而就之。问何造作，指门内壁间一隙曰："为塞此。"工愠曰："拨忙而来，宜先其急者。"答曰："汝何知！此隙虽小，间壁有瘦长汉，尽可钻入，吾是以汲汲也。"又岁中藏橘，腐溃不可食，乃携于桥栏上，每双数而掷之河中。人问曰："既弃，何数为？"答曰："虽弃物，亦要一见数目。"

爱　　痴

　　尾生与女子期于梁，女子不来，水至不去，抱梁柱而死。

　　　　万世情痴之祖。

　　荀奉倩与妇至笃。冬月，妇病热，乃出中庭，自取冷，还以身熨之。吴下韦生貌劣而善媚，于冬月宿名妓金儿家。妓每欲用余桶，韦辄先之，候桶暖方使乘坐。

　　　　按：奉倩竟以伤逝不寿，同脱火宅，固所愿也。韦生终与金儿谐好，岂余桶债不了耶？

　　吴中陈体方以诗名。有妓黄秀云，性黠慧，喜诗，谬谓体方曰："吾必嫁君。然君家贫，乞诗百首为聘。"体方信之，苦吟至六十余章，神竭而殁，情致清婉。方苦吟时，人多笑其老耄被绐，而欣然每夸于人，以为奇遇。

　　　　按：体方每有吟咏，必先索酒。将死，头戴野花，肩舆遍游田前，狂醉三日乃逝。亦异人也！

宠　　妃

　　齐后主宠冯淑妃。周师之攻晋州也，羽书告急，帝方猎，欲还。

妃请更杀一围,从之,城遂没。帝至,作地道攻之,城陷十余步,将士乘势欲入。帝敕且止,召妃共观之。妃妆点不获时至,周人以木拒塞城,遂不下。

后燕慕容熙宠爱苻后。从伐高句骊,至辽东,为冲车地道以攻之。城且陷,欲与后乘辇而入,不听将士先登。由是城守复完,攻之不克。未几苻后死,熙悲号气绝,久而复苏。大殓已讫,复启其棺,与之交接。服斩缞食粥,制百僚于阁内设位哭临,使有司案检,有泪者以为忠孝,无则罪之。群臣震惧,无不含辛致泪焉。

眇　娼

秦少游云:娼有眇一目者,贫不能自赡,乃西游京师。有少年从数骑出河上,见而悦之,遂大嬖幸,取置别第中,嗳嚅伺奉,惟恐不当其意。有书生嘲之,少年忿曰:"自余得若人,还视世之女子,无不余一目者。夫佳目得一足矣,奚以多焉?"

内 园 小 儿

《幸蜀记》:唐僖宗宠内园小儿张浪狗。一日以无马告,因密与百金,俾自买之。浪狗求得马,置宣徽南院中。帝因独行往观,绕马左右,连称好马。其马未调,忽尔腾跃,踏帝左胁,遂昏倒。浪狗惊惶,以银盂注尿灌之。良久方苏,伪称气疾,医人候脉,谓是膀胱气,投治不效而崩。

> 其密与百金也,如窃簪饵婢;其独行观马也,如顽童背师;其倒地灌尿也,如无赖吃打,全然不象皇帝矣!

爱　子

《清波杂志》:端拱二年,河南府言:前郓州刺史穆彦璋,以爱子死,不愿生,挺身入山林饲饿虎。

嗔　　痴

《吕氏春秋》：齐庄公时，有士曰宾卑聚，梦有壮子叱之，唾其面。惕然而寤，终夜坐，不自快。明日告其友曰："吾少好勇，年六十无所挫辱。今夜辱吾，将索其形，期得之则可，不得将死之。"每朝与其友俱立乎衢，三日不得，却而自（殁）〔杀〕。

> 谨案：据《太平御览》卷四百引《吕氏春秋》校。今《吕氏春秋》无此条。

常熟秦廷善，性多憨怪，尝阅史至不平时，必拊案切齿。一日观秦桧杀岳飞，大怒，且拍且骂。妻劝之曰："家惟十（九）〔几〕，已碎其八矣，留此吃饭亦好。"廷善叱之曰："汝与秦桧通奸耶？"遂痛击之。

贪　　痴

玄宗欲相牛仙客，虑时议不协，问于高力士，力士亦以为不可。上怒曰："即当相康晉！"盖举极不可者言耳。左右窃报晉即拜相。晉以为然，乃盛服趋朝，就列，延颈，〔旁批：不自量。〕冀有成命。时人笑之。

世庙时，通州虏急，怒大司马丁汝夔，置之辟。缙绅见而叹曰："仕途之险如此，有何宦情！"中一人笑曰："若使兵部尚书一日杀一个，只索抛却。若使一月杀一个，还要做他！"〔旁批：不怕死。〕

王溥父祚，致仕家居。呼一瞽者问寿，历举八十、九十，以至百岁，皆云："未也，此寿星命，最少亦须一百三四十岁！"祚喜甚，令更推中间莫有疾厄否。瞽者细数至百二十岁时，曰："只此年流星欠利。"祚便惊愕。瞽者曰："无伤也，微苦脏腑，寻便安耳。"祚回顾子孙在后侍立者曰："尔辈切记，此年莫着我吃冷汤水！"〔旁批：不死意欲何为。〕

庐山九天使者庙有道士，忘其姓名，体貌魁岸，饮啖酒肉，有兼人之量。晚节服饵丹砂,躁于冲举。魏王之镇浔阳也,郡斋有双鹤,因风所飘,憩于道馆,回翔嘹唳,若自天降。道士且惊且喜,焚香端简,前瞻云霓,自谓当赴上天之召,命山童控而乘之。羽仪清弱,莫胜其载,毛伤背折,血洒庭除,抑按久之,是夕皆毙。翌日,驯养者诘知其状,诉于公府,王不之罪。处士陈沆闻之,为绝句以讽云:"噉肉先生欲上升,黄云踏破紫云崩。龙腰鹤背无多力,传语麻姑借大鹏。"

近年浙中一士夫学仙,屏居已久,妄自意身轻,可以飞举,乃于园中累案数层,登而试之。两臂才张,遽尔坠损,医药弥月始愈。

相位,至尊也,而极不可者亦作妄想;杀,惨祸也,而慕兵部尚书者不怕一月杀一个。富贵之迷人如此哉! 富贵不已则思寿,寿不已则思仙。痴而贪,犹可言也,贪而痴,不可言矣。有梦贷人以钱者,早遇其人,索偿甚急。其人怒曰:"汝梦耶?"梦者曰:"固也。汝即梦中偿我亦可,但不得赖。"此以痴而贪者也。秦皇、汉武竭天下之力以求神仙,梁武三舍身同泰寺,群臣出钱赎之,此以贪而痴者也。

恶　痴

齐文宣晚年留情沉湎,肆行淫暴。或袒露形体,涂傅粉黛,游行市肆。或使刘桃枝、崔季舒负之而行,担胡鼓而拍之,歌讴不息。或持牟槊游行市廛,问妇人曰:"天子何如?"答曰:"颠颠痴痴,何成天子!"遂杀之。裴谒之好直谏,文宣临以白刃,颜色不变。帝曰:"痴汉何敢尔?"杨愔曰:"彼望陛下杀以取后世名耳!"帝投刃叹曰:"小子望我杀以成名,我终不成尔名!"

文宣尝醉至北宫。适太后坐一小榻,帝手自举床,后便坠落,颇伤。既醒,大惭,遂令多聚柴欲自焚。太后惊惧,亲自持挽。乃令高归彦执杖,口自责疏,脱背就罚,敕归彦:"杖不出血,当斩汝!"太后涕泣抱持,乃许笞脚五十。

三台构木高二十七丈,两栋相距二百余尺,工匠危怯,皆系绳自防。帝登脊疾走,都无怖畏,时复雅舞,折旋中节。又召死囚以席为翅,从台飞下,免其罪戮。

文宣宠幸薛嫔,忽疑其与清河王岳通,无故斩首,藏之于怀。出东山宴,劝酬始合,忽探出头,投于栤上。支解其尸,弄其髀为琵琶,一座莫不丧胆。帝方收取,对之流泪,叹惜云:"佳人难再得!"载尸出葬,自被发步哭送之。

幼主戏令黑衣为羌兵,鼓噪陵城,而亲率内参临拒。[旁批:今演武装倭子何异,总儿戏耳。]又自晋阳东巡,单马驰骛,衣解发散而归。又好不急之务。一夜索蝎至急,民间一蝎价与珠等,及旦征得三升。又于华林园立贫穷村舍,帝自弊衣为乞食儿。又为穷儿之市,亲自交易。

隋炀帝于景华宫征求萤火,得数斛。夜出游山放之,光遍岩谷。

明帝崩,东昏恶灵在太极殿,欲速葬。徐孝嗣固争,得逾月。每当哭,辄推喉痛。太中大夫羊阐入临,号恸俯仰,帻遂脱地。帝辍哭大笑。

东昏每出游走,恶人见之,驱斥百姓,惟置空宅。一月率二十余出,既往,无定处。尉司常虑得罪,应旦出,夜便驱逐,有不及披衣徒跣走出者,或病人不便扶持,中道弃之,多死。一产妇不能行,帝入其室,令剖腹视男女焉。[旁批:恶极矣。]

东昏开渠立堤,躬自引船。堤上设店,坐而屠肉。百姓歌曰:"阅武堂,种杨柳。至尊屠肉,潘妃沽酒。"

先是郁林王尝曰:"佛法言:有福生帝王家。今见作天王,便是大罪,动见拘束,不如市边屠沽儿百倍!"宝卷殆其故智耳。

唐太子承乾,好狎群小,尝募亡奴,盗民间牛马,自临烹煮,与所幸厮役共食之。又与汉王元昌善,朝夕同游戏,大呼交战,击刺流血，以为笑乐。

风　流　箭

宝历中，帝造纸箭、竹皮弓，纸间密贮龙麝香末。每宫嫔群聚，帝射之。中，有浓香触体，了无楚害，宫中名"风流箭"，为之语曰："风流箭，中的人人愿！"

痴　畜　生

鹅性痴，见人辄伸颈相吓，故俗称痴人为"鹅头"。

螳螂怒臂，以当车辙。

鳜鱼性痴，见人则树其鬣，谓人惧己也。

海中乌鲗鱼，有八足，能集足攒口，缩口藏腹。腹含墨，值渔艇至，即喷墨以自蔽。渔视水黑，辄投网获之。

锦鸡爱其毛羽，自照水，因而有溺死者。

陕西出半翅鸟，倍大如（鹘）［鹌］鹑，肉味亦如之。性极痴，又谓之"半痴"，亦曰"痴半斤"。好视红物，飞不远辄下歇。人着红裙袄以诱之，则近身，凝视不去，故可得。

　　谨案：据《戒庵老人漫笔》校改。

蚺蛇大者如柱，性喜花，（尝）［常］出逐鹿食。寨兵数辈，满头插花趋赴，蛇必驻视。渐近，竞拊其首，大呼"红娘子"，蛇头亦俯不动。壮士大刀断其首，众奔散。伺之有顷，蛇身觉，奋迅腾掷，旁小木尽拔，力竭乃毙。数十人舁之，一村饱其肉。

　　螳螂，嗔痴也。鹅与鳜，骄痴也。乌鲗，愚痴也。锦鸡，爱痴也。半翅、蚺蛇，爱痴亦贪痴也。故痴趣非人不能领，若恶痴，则畜生之不若矣！

专愚部第四

子犹曰：人有盗范氏钟者，负之有声，惧人之闻，遽自掩其耳。太行、王屋二山，高万仞，愚公年九十，面山而居，恶而欲移之。二事人皆以为至愚，抑知秦政之鞭石为移山，曹瞒之分香为掩耳乎？彼自谓一世之英雄，孰知乃千古之愚人也。故夫杨广与刘禅同亡，国忠与苍梧齐蔽。平生凶狡，徒作笑柄；静言思之，不愚有几？集《专愚第四》。

昏　主

刘玄称帝，群臣列位，低头以手刮席，汗流不止。

司马文王问刘禅："思蜀否？"禅曰："此间乐，不思。"郤正教禅："若再问，宜泣对曰：'先墓在蜀，无日不思。'"会王复问，禅如正言，因闭眼。〔旁批：愚态。〕王曰："何乃似郤正语？"禅惊视〔旁批：愚态〕曰："诚如尊命！"〔旁批：宛然。〕

　　大受用福人。

晋惠帝在华林园闻虾蟆声，问左右曰："此鸣者为官乎？为私乎？"侍中贾胤对曰："在官地为官，在私地为私。"时天下荒馑，百姓多饿死。帝闻之，曰："何不食肉糜？"

晋阳失守，齐后主出奔。斛律孝卿请帝亲劳将士，为帝撰辞，且曰："宜慷慨流涕，感激人心。"众既集，帝不复记所受言，遂大笑。左右亦群哈，将士莫不解体。

王太后疾笃，使呼宋主子业。子业曰："病人间多鬼，那可往？"太后怒，谓侍者："取刀来剖我腹，那得生宁馨儿？"

隋兵入台城，群臣劝依梁武见侯景故事。后主曰："吾自有计。"

乃挟宫人十余出景阳殿，欲投井中。袁宪及夏侯公韵苦谏，不从，以身蔽井。后主与争，久之方得入。军人呼井不应，欲下石，乃闻叫声。以绳引之，怪其太重，乃与张贵妃、孔贵嫔同（束）〔乘〕而上。后人名为"辱井"。初，贺若弼拔京口，彼人密启告急。叔宝为饮酒，遂不省之。高颎至，犹见启在床上，未开封也。叔宝既谒隋主，愿得一官号。隋主曰："叔宝全无心肝！"

　　谨案：据《南史·陈本纪》校改。

　　杨玄感败。帝命推其党与，曰："玄感一呼而从者十万，益知天下人不欲多，多则相聚为盗耳。不尽加诛，无以惩后！"由是所杀三万余人。帝后至东都，顾盼街衢，谓侍臣曰："犹大有人在！"

　　笑话有独民县知县，如杨广之言，须作独民国皇帝方可。〇二刘、晋惠，皆土偶也。齐、宋三主，皆乳竖也。若杨广之才气，自足笼罩天下，而"不欲人多"一语，其愚乃甚于前六主者。迨星象示异，而始引镜自照，曰："好头颈，谁当斫之？"此话又前六主所不肯说者矣。故天愚可开，人愚不可开。

逃债　埋钱

　　周赧王为诸侯所侵逼，名为天子，实与家人无异。贯于民，无以偿，乃登台避之，因名曰"逃债台"。

　　宋明帝彧。奢费过度，府藏空虚，乃令小黄门于殿内埋钱，以为私藏。

　　周赧王是"债主"，宋明帝是"地藏王"。

反　　贼

　　张丰好方术。有道士言丰当为天子，以五采囊裹石，系丰肘，云"石中有玉玺"。丰信之，遂反。既当斩，犹曰："肘后有玉玺。"旁人为椎破之,乃知被诈,仰天曰:"当死无恨!"

　　谨案:张丰,东汉初为涿郡太守。

　　南燕慕容德建平四年,妖贼王始聚众泰山,自号"太平皇帝",父
囦为太上皇,兄林为征东将军,泰为征西将军。德遣车骑将军王镇
讨擒之。人谓之曰:"何为妖妄,自贻族灭?父及兄弟何在?"始曰:
"太上皇蒙尘在外,征东、征西为乱兵所杀。如朕今日,复何聊赖!"
其妻赵氏怒曰:"君止坐此口,以至于死,如何临刑犹自不革?"答曰:
"皇后不达天命,自古及今,岂有不亡之国哉!"行刑者以刀环筑其
口。始曰:"朕今为卿所苦,崩即崩尔,终当不易尊号。"

蠢父　蠢子

　　苏州徐检庵侍郎,老而无子,晚年二妾怀孕,小言争竞,已坠其
一矣。其一临蓐欲产,徐预使日者推一吉时,以其尚早,劝令忍勿
生。逾时子母俱毙。《狯园》谓巨室子妇,误。

　　　受了小夫人性躁的亏。○养子不肖,有不如无。徐公不
　　愚! 但不知老夫人生徐公时,曾忍不曾忍?

　　谨案:徐显卿,字高望,号检庵。苏州长洲人。隆庆戊辰进
　　士,官至吏部侍郎。

　　《稗史》:吴蠢子年三十,倚父为生,父年五十矣。遇星家推父寿
当八十,子当六十二。蠢子泣曰:"我父寿止八十,我到六十以后,那
二年靠谁养活?"[旁批:真可泣。]

　　　徐公正防此一着!

　　《韩非子》云:东家母死,哭之不哀。西家子曰:"社胡不速死?
吾哭之必哀。"齐人谓母为社。

蠢　夫

苍梧绕孔子时人。娶妻而美,以让其兄。

> 考《南蛮传》,乌浒人如是。乌浒在广州南,交州北,见《南州异物志》。

> 谨案:《史通·模拟》有云:"昔谢承《家语》有云:苍梧绕娶妻而美,以让其兄。虽则为让,非让道也。"又《扬子法言》曰:"士有姓孔字仲尼,其文是也,其质非也。如向之诸子所拟古作,其殆苍梧之让、姓孔而字仲尼者欤?"并未言苍梧绕与孔子同时。

杨国忠出使江浙。逾年,妇在家产男,名朏。国忠归,妇告以"远念成疾,忽昼梦尔我交会,因得孕"。国忠以为夫妇相念,情感所至,欢然不疑。

> 老贼多诈!

平原陶丘氏娶妇,色甚令,复相敬重。及生男,妇母来看,年老矣。母既去,陶遣妇颇急。妇请罪,陶曰:"顷见夫人衰齿可憎,亦恐新妇老后,必复如此,是以相遣,实无他也。"

> 佛家作五不净想,亦是如此,莫笑莫笑!

越中一士登科,即于省中娶妾。同年友问曰:"新人安在?"答曰:"寄于湖上萧寺。"同年云:"僧俗恐不便。"答曰:"已扃之矣。"同年云:"其如水火何?"答曰:"锁钥乃付彼处。"

呆　谕　德

唐顺宗在东宫。韦渠[牟]荐崔邠拜谕德,为侍书[于东宫]。邠触事面墙,对东宫曰:"某山野鄙人,不识朝典,见陛下合称臣否?"东宫笑曰:"卿是宫僚,自合知也。"

安禄山曰："臣不知太子是何官?"类此。然彼诈愚,此真愚。

谨案:据唐韦绚《刘宾客嘉话录》校改。

呆　刺　史

周定州刺史孙彦高,被突厥围城,不敢诣厅,文符须征发者,于小窗接入。锁州宅门,及报贼登垒,乃身入柜中,令奴曰："牢掌钥匙,贼来,慎勿与!"

谨案:此"周"为武则天之周。

呆　参　军

杭州参军独孤守忠,领租船赴都。夜半急集船人,至则无别语,但曰："逆风必不得张帆。"

呆　县　丞

南皮丞郭务静,初上,典王庆[通判]案。郭曰："尔何姓?"庆曰"姓王"。须臾,庆又来,又问何姓,庆又曰"姓王"。郭怪愕良久,仰看庆曰："南皮佐史总姓王。"又一日,与主簿刘思庄语,曰:"夜来一贼从内房出。"刘问："亡何物?"郭曰："无所亡。"刘曰："不亡物,安知为贼?"郭曰："但见其踉跄而走,[旁批:安知非奸。]未免致疑耳。"

谨案:据唐张鷟《朝野佥载》校。

山东马信由监生为长洲县丞,性朴实。一日乘舟谒上官,上官问曰："船泊何处?"对曰："船在河里。"上官怒,叱之曰："真草包!"信又应声曰："草包也在船里。"

按:信清谨奉法,一无所染,后以荐擢,至今县治有去思碑焉。子犹曰:"如此草包,岂不胜近来金囊玉箧?"

呆 主 簿

德清有马主簿,本富家子,愚不谙事。忽一晚三更时,扣大令门甚急。令以为非火即盗,惊惶而出。簿云:"我思四月间田蚕两值,百姓甚忙,何不出示,使百姓四月种田,十月养蚕,何如?"令曰:"十月间安得有叶?"簿无以对,徐云:"夜深矣,请睡罢。"自以后每夜出,其妻必绐以"倭子在外,不可出"。遇圣节,其妻曰:"可出行礼。"簿摇手曰:"且慢且慢,有倭子在外。"

智 短 汉

则天朝大禁屠杀。御史娄师德使至陕,庖人进肉。问:"何为有此?"庖人曰:"豺咬杀羊。"师德曰:"豺大解事!"又进鲙,复问之。庖人曰:"豺咬杀鱼。"师德叱曰:"智短汉,何不道是獭?"

> 谨案:据《太平广记》引《御史台记》,文末尚有一句:"厨人即云:'是獭!'师德亦为荐之。"留此句更妙。

服 槐 子

(道)[进]士黄可,孤寒朴野。尝谒舍人潘佑,潘教以服槐子,可丰肌却老,未详言服法。次日,潘入朝,方辨色,见槐树烟雾中有人若猿狙状,追视之,可也。怪问其故,乃拥槐徐对曰:"昨蒙指教,特斋戒而掇之。"[旁批:古今服金丹丧命者皆此类也。]潘大噱而去。

> 谨案:据宋郑文宝《南唐近事》校改。

诵 判

周沈子荣诵判二百道,赴天官试,竟日不下笔。人问荣,荣曰:

"与平日诵判绝不相当。有一道事迹同而人名别,遂曳白而出。"来年选判水(碓)[砲],又搁笔。人问荣,荣曰:"我诵水(碓)[砲]是蓝田,今[问]富平,如何下笔?"

谨案:据唐张鹭《朝野佥载》校改。周指武周。

拙 对

《谐史》:河南一士夫延师教子,其子不慧。出对曰:"门前绿水流将去。"子对云:"屋里青山跳出来。"士夫甚怒。一日士夫偕馆宾诣一道观拜客。道士有号彭青山者,脚跛,闻士夫至,跳出相迎。馆宾谓士夫曰:"昨令公子所谓'屋里青山跳出来',信有之矣。"士夫乃大笑。

商季子悟道

商季子笃好玄,挟赀游四方,但遇黄冠士,辄下拜求焉。偶一猾觊其赀,自炫得道,诱之从游。季子时时趣授道,猾以未得便,唯唯而已。一日至江浒,猾绐云:"道在是矣!"曰:"何在?"曰:"在舟樯杪,若自升求之。"乃置赀囊樯下,遽援樯而升。猾自下抵掌连呼趣之曰:"升!升!"至杪犹趣曰"升"。季子升无可升,忽大悟:"此理只在实处,虽欲从之,末由也已!"抱樯欢呼曰:"得矣!得矣!"猾挈赀疾走。季子既下,犹欢跃不已。观者曰:"咄!彼猾也,挈若赀去矣!"季子曰:"否否!吾师乎!吾师乎!此亦以教我也!"

唐皎注官

贞观中,唐皎除吏部侍郎,常引人入铨,问:"何方稳便?"或云其家在蜀,乃注与吴。复有云"亲老先住江南",即唱之陇右。有一信都人希河朔,因绐云:"愿得江淮。"即注与河北一尉。由是大为选人所欺。

检觅凤毛

宋武帝尝称"谢超宗殊有凤毛"。超宗父名凤。右卫将军刘道隆在坐，出候超宗，曰："闻君有异物，欲觅一见。"谢谦言无有。道隆武人，正触其父讳曰："方侍宴，至尊说君有凤毛。"谢徒跣还内。道隆谓检觅凤毛，待至暗而去。

门蝇　背龙

《北史》：厍狄伏连居室患蝇，杖门者曰："何故听入？"

左右皆蝇营之辈，偏自不觉。

宋仁宗时，大名府有营兵，背生肉蜿蜒如龙。时程天球判大名，见之骇曰："此大犯禁！"乃囚其人于狱，具奏于朝。上览其奏，笑曰："此赘耳，何罪？"即令释之。

周世宗以方面大耳为罪。背肉如龙，真可疑矣！

回　　回

夷人党护族类，固其习性同然，而回回尤甚。京师隆福寺成，民人纵观，寺僧云集。一回回忽持斧上殿，杀僧二人，伤者二三人。即时执送法司鞫问，云："见寺中新作轮藏，其下推轮者，皆刻我教门形像。悯其经年推运辛苦，是以雠而杀之。"

孔子恶作俑，这回子恼得不错。

不 知 忌 日

权龙(褒)[襄]不知忌日，谓府(吏)[史]曰："何名私忌？"对曰："父母亡日，请假，布衣蔬食，独坐房中不出。"权至母忌日，于房中静坐,有青狗突入,大怒曰:"冲破我忌日!"更陈牒,改作明朝,好作忌日。

依桓玄不立忌日,惟立忌时,更便。或谓桓玄非礼。余笑曰:"今士君子之辈不忌日,不忌时,专一'忌刻',又何也?"金熙宗时,移书宋境曰:"皇帝生日,本是七月。今为南朝使人冒暑不便,已权作九月一日。"若生日可权,忌日亦可改矣。

唐文宗开成元年,诏曰:"去年重阳取十九日,今改九月十三日为重阳。"又张说上《大衍历序》,宋璟上《千秋表》,并以八月五日为端午。苏子瞻云:"菊花开时即重九。"在海南艺菊九畹,以十一月望与客泛酒作重九。古人不拘类如此。在今日,则为笑话矣。

谨案:据唐张鷟《朝野佥载》校改。龙襄为左卫将军。

性　　忘

唐三原令阎玄一性忘。曾至州,于主人舍坐。州史前过,以为县典也,呼欲杖之。史曰:"某州佐也。"玄一惭谢。须臾县典至,玄一疑即州佐也,执手引坐。典曰:"某县佐也。"又惭而止。

唐临朐丞张藏用善忘。尝召一匠不至,大怒,使擒之。匠既到,适邻邑令遣人赍牒来。藏用读毕,便令剥赍牒者,笞之至十。起谢杖,因请其罪,藏用方悔其误,乃命里正持一器饮之,而更视他事。少顷,忽见里正,指酒曰:"此何物?"里正曰:"酒也。"藏用曰:"何妨饮之。"里正拜饮。藏用遂入衙斋。赍牒人竟不得饮,扶杖而出。

性　糊　涂

沂州刺史李元晶,怒司功郄承明,欲笞之,先令屏外剥进。承明狡猾,值博士刘琮琚来,绐以"上怒来迟,令汝剥入"。琮琚以为实,便脱衣,承明转遣吏卒擒进,乃自逸。元晶见剥至,辄命杖数十。琮珽起谢曰:"蒙恩赐杖,请示罪名。"元晶始觉误笞,怒曰:"为承明所卖!"亦不追治。

唐张利涉昼寝,忽惊觉,索马入州,叩刺史邓恽,谢曰:"闻公欲赐责,死罪死罪!"恽曰:"无之。"涉曰:"司功某甲所言也。"恽大怒,呼某甲,欲加杖。甲苦诉无此语。涉乃徐悟,前请曰:"望公舍之,涉恐是梦中见说耳。"

王皓,字季高,少立名行,性懦缓。曾从齐文宣北伐,乘一赤马,旦蒙霜气,遂不复识,自言失马。虞候为求,不获。须臾日出,马体霜尽,系在目前,方云:"我马尚在。"

李文礼性迟缓,时为扬州司马。有吏自京还,得长史家书,云姊亡。李仓卒闻之,便大恸。吏曰:"是长史姊。"李徐悟曰:"我无姊,向亦怪道。"

> 不是性缓,还是性急。无姊且哭,况有姊乎?李公定多情者。

马速非良

李东阳尝得良马,送陈师召。骑入朝,归,成诗二章,怪而还其马,曰:"吾旧所乘马,朝回必成六诗。此马止二诗,非良也。"东阳笑曰:"马以善走为良。"公思之良久,复骑而去。

不知骰色

李西涯尝与陈师召掷骰,得幺,指曰:"吾度其下是六。"反之,果六;色色皆然。师召大惊,语人曰:"西涯天才也!"或曰:"绐公耳!上幺下六,骰子定数,何足为异?"师召笑曰:"然则我亦可为。"因诣西涯。西涯已先度其必至,别置六骰,错乱其数矣。师召屡揣之,不中,乃叹曰:"公真不可及也,岂欺我哉!"

周 用 斋 事

昆山周用斋先生,性绝驶。幼时每为同学诱至城上,则盘桓而不能下。其处馆也,值黄梅时,见主家暴衣,问其故。曰:"凡物此候不经日色,必招湿气。"周因暴书囊,并启束脩陈之。馆童窃数件去。周往视,讶其减少。童绐云:"为烈日所销耳。"偶舟行,见来船过舟甚速,讶问之。仆以"两来船"对。乃笑曰:"造舟者何愚也?倘尽造两来船,岂不快耶?"后成进士,过吏部堂,令通大乡贯。周误以为"大乡官",乃对曰:"敝乡有状元申瑶老。"吏部知其驶,麾使去。出谓同人曰:"尚有王荆老未言,适堂上色颇不豫,想为此也。"又曾往娄东吊王司马,时元美遭先司马之难。误诣王学士宅。荆石以省亲在告。学士锦衣出迓,周不审视,遽称"尊公可怜"者再。学士曰:"老父幸无恙。"周曰:"公尚未知尊人耗耶?已为朝廷置法矣!"学士笑曰:"得无吊凤洲乎?"周悟非是,急解素服言别。学士命交原刺。周曰:"不须见还,即烦公致意可也。"其愦愦多此类。

又闻先生诸事愦愦,独工时艺。初仕为县令,既升堂,端坐不语。吏请金书以尝之。周怒曰:"贼狗奴!才想得一佳破,为汝扰乱矣!"偶有迎谒,道中为一门子所诱,识其味。既归乡,童仆皆蔑远之。独老门公殷勤启事,遂与之昵;无节,因病死。

广 东 先 达 事

罗汝珍言:其乡肉价每斤一分八厘。有先达为下所欺,必用三分。偶于他席上谈肉甚贵。主人云:"不贵也,止一分八厘耳。"归以责仆。仆曰:"有之,但非佳肉。"明日如数市臭肉以进。食之不美,更不思他席所食之佳,辄准前价。又使仆鬶银,每偷取,辄绐曰:"银散则折也。"某未信。明日仆乃取大银鬶而未殊者予曰:"裂如许大孔,能不折乎?"

左　道

晋孙泰师事钱塘杜子恭。子恭有异术,尝就人借瓜刀,其主求之,子恭曰:"当即相还。"既而刀主行至嘉兴,有鱼跃入船中,破之,得刀。子恭死,泰传其术。及泰为道子所诛,其从子恩逃入海。众谓泰蝉蜕仙去,就海中从恩。后寇临海,为太守辛景所破,穷蹙自沉于海而死。妖党及妓妾皆谓之"水仙",相随溺者以百数。〔旁批:至死不悟。〕

事魔吃菜法

事魔食菜法:其魁为"魔王",佐者曰"魔翁"、"魔母"。以张角为祖,虽死汤镬,不敢言"角"字。谓人生为苦,若杀之,是救其苦也,谓之"度人"。度人多,则可以成佛。即身被杀,又谓"得度",由是轻生嗜杀。方腊之乱,其徒肆起。

佛　骨

唐懿宗遣使迎佛骨。有言宪宗迎佛骨,寻晏驾者,上曰:"朕生得见之,死亦无恨。"比至京,降楼膜拜,流涕沾臆。

佛牙是金刚钻,佛骨又是何物?

方　士

客有教燕王为不死之道者。王使人学之,学未就而客死。王大怒,诛之。王不知客之欺己,而诛学者之晚也。

《稗史》:钟生好仙,多方学修炼之术。每向人曰:"做得半日仙人而死,亦所瞑目!"

李抱贞晚喜方士,饵孙季长所治丹,至二万丸,遂不能食。且死,以巅肪谷漆下之,疾少间,益服三千丸而卒。

留都一守备建玉皇阁于私第,延方士炼丹。方士知其有玉绦环,价甚高,绐曰:"玉皇好系玉绦环。"即献之。方士并窃丹鼎而去。时许石城作诗嘲云:"堆金积玉已如山,又向仙门学炼丹。空里得来空里去,玉皇原不系绦环。"

脉　　望

《北梦琐言》:张尚书少子,尝闻壁鱼入道函中,蠹食"神仙"字,身有五色,是名"脉望",吞之则仙。遂多书"神仙"字,碎剪入瓶中,捉壁鱼投之,冀得蠹食。不能得,忽成心疾。

　　谨案:事见《北梦琐言》卷一二,无"是名脉望"四字。云蠹鱼食神仙字者名脉望,见于《酉阳杂俎》续集卷二。

宋人、郑人等

宋有澄子者,亡缁衣。求之途,见妇人衣缁者,辄欲取之。妇人不与。澄子曰:"子不如速与我。我所亡者纺缁也,今子衣禅缁也。以禅缁当纺缁,子岂不得哉?"

郑县人卖豚,人问其价,曰:"道远日暮,安暇语汝!"

郢人欲为大室,使人求三大围之木。人与之车毂,跪而度之,曰:"大虽有余,长实不足。"

魏人夜暴疾,命门人钻火,是夕阴暝,督促颇急。门人忿然曰:"君责人亦大无理! 今暗如漆,须得火照之,可觅钻火具耳!"

郑人有欲买履者,先自度其足,而置之其坐。至市,忘操之。已得履,乃曰:"吾忘持度。"反归取之。及反,市罢,遂不得履。人曰:"何不试之以足?"曰:"宁信度,无自信也。"

郑县人卜子,使其妻为裤。请式,曰:"象故裤。"妻乃毁其新,令如故裤。

郑人有得车軛者,而不知其名。问人曰:"此何种也?"曰:"车軛。"俄而复得一,又问之,曰:"车軛。"怒曰:"是何车軛之多也?"以为欺己,因与之斗。

汉人过吴,吴人设笋。问知是竹,归而煮其床篑,不熟。曰:"吴人轞辘,欺我如此!"

昔有越人善泅。生子方晬,其母浮之水上。人怪问之,则曰:"其父善泅,子必能之。"

　　周之世卿,赵之使将,皆越妪之智也。

楚人有涉江者,其剑自舟中坠于水,遽刻其舟曰:"是吾剑所坠处也。"舟去及岸,从刻处入水求之。

　　此与胶柱鼓瑟、守株待兔,皆战国策士之寓言也。

楚　　王

楚王佩玦逐兔,患其破也,因佩两玦以为豫。两玦相触,破乃愈迅。

虾蟆为马

伯乐令其子执《马经》画样求马,经年无似者。更求之,得一大虾蟆,归白父曰:"得一马,隆颅跌目,脊郁缩,但蹄不如,累趋。"伯乐笑曰:"此马好跳踯,不堪御也。"

艾　　子

齐人献木履于宣王,略无刻斫之迹。王曰:"此履岂非出于生乎?"艾子曰:"鞋楦是其核也。"

沈　屯　子

沈屯子入市，听唱书，至杨文广被围柳城，内乏粮，外阻救，蹙然兴叹不已。友拉之归，日夜忧念不置，曰："文广围困至此，何由得解？"家人因劝出游以纾其意。忽见担竹入市者，则又念曰："竹末甚锐，道上行人必有受其刺者。"归益忧病。家人为之请巫。巫曰："稽冥籍，若来世当轮回作女人。所适夫，麻哈回也，貌甚陋。"沈忧病转剧。亲友来省者慰曰："善自宽，病乃愈耳。"曰："若欲吾宽，须杨文广围解，负竹者归家，麻哈回作休书见付乃得也。"

迁 仙 别 记 吴下张夷令所辑，余摘其尤廿四条。

迁公出，遭酒人于道，见殴，但叉手听之，终不发言。或问公何意，曰："倘毙我，彼自抵命，吾正欲其尔尔！"

迁公与卫隐君奕，卫着白子。公大败，积死子如山，枰中一望浩白。公痛懊曰："老子命蹇，拈着黑棋！"

陈孝廉喜奕，公以棋劣，故得近，每受饶四子。一日奕罢，公适输四子，色然惊顾曰："顷若不见饶，定是和局！"

公过屠肆，见砧旁棋局甚设，一癞头奴取子布算。公便跨柜坐，与奴奕，大败；拈子掷地，欲碎其局。奴曰："此主人棋，何与尔事？"公曰："若然，即败亦何与我事？"便回面作喜，拾子更着。

"烟锁池塘柳"，五字寓五行，昔称"鳏对"。公一日夸向客曰："吾得所以对之矣！'冀粟陈献忠'，意取'东西南北中'也。"

乡居有偷儿夜瞰公室。公适归，遇之。偷儿大恐，弃其所衣羊裘而遁。公拾得之，大喜。自是羊裘在念，入城，虽丙夜必归。至家，门庭晏然，必蹙额曰："何无贼？"

公性酷忌僧，口讳"僧"字；遇诸途，必索水涤目；如狭巷不及避，肩相摩，必解衣浣之，七日而后服。有馈以诗扇者，中有"竹院逢僧"之句，辄掷还曰："咄！此晦君当自受之！"

张夷令曰:"如今和尚惯持疏簿,见之果是晦气。"

尝集谢光禄所,试雨前新茶。坐客虚吸缓引,寻味良苦。独到公,才上口,碗脱手矣。光禄曰:"好知味者!"公曰:"吾去年饮法亦如是。"

公读书未识字,每附会知文,见制义,辄胡乱甲乙之。尝谓谢茂才曰:"凡文章以趣胜,须作得有趣,才有趣,若作得无趣,便无趣矣。"谢曰:"善!"遂书诸绅,终身诵之。[旁批:师明弟子哲。]

黄驾部圃中凿池起土,累岸如丘,草丛生之。公一日游池上,抠衣拨草而过,心厌之,谓黄曰:"尔时开池,何必挑土? 不挑,是草应在水底矣。"

杨太医安称诗,高咏其"立夏诗"云:"昨夜春归去,今日景风生。"公听之,骤征其解。或戏应曰:"此令亲何景峰讳春者,昨夜恶发暴亡,今日再生。太医作诗庆之耳。"公径起急走,诣何。值何正啖饭,公雪涕被面,掣其箸曰:"兄魂魄初复,神观未定,饭且少进。"何大怪疑,以为祟,且唾且骂,驱闭门外。公怒,遂与何绝交。

公病目,将就医。适犬卧阶阴,公跨之,误蹴其项,狗逐啮公裳裂。公举似医。医故熟公,调之曰:"此当是狗病目耳。不尔,何止败君裳?"公退思:"吠主小事,暮夜无以司儆。"乃调药先饮狗,而以余沥自服。

汪刺史自官还,公谒之。偶有执贽刺史者,中有双鹅。少选,鹅以喙插翅而伏。公忽讯刺史曰:"使鹅作梦,还复梦鹅否?"[旁批:奇问似禅机。]刺史大笑,曰:"君夜来何梦?"

马肝有大毒,能杀人,故汉武帝云:"文成食马肝而死。"客有语次及此者,公适闻之,发辩曰:"客诳语耳! 肝故在马腹中,马何以不死?"客戏曰:"马无百年之寿,以有肝故也。"公大悟。家有畜马,便刳其肝,马立毙。公掷刀叹曰:"信哉毒也! 去之尚不可活,况留肝乎?"

公尝宴客,酒酣,隐几熟睡。及觉,便谓经宿,张目视客曰:"今日未尝奉招,何复见降?"客曰:"怪君昨日不送客耳。"

尝过袁洗马,见袁手把一编,且阅且走。公便问:"何书?"洗马曰:"廿一史。"公曰:"吾久闻廿一史名,意谓兼车充栋,看来百余叶耳!幸便借我,抄讫送还,何如?"

里中有富家行聘,盛筐筥而过公门者。公夫妇并观之,相谓曰:"吾与尔试度其币金几何?"妇曰:"可二百金。"公曰:"有五百。"妇谓必无,公谓必有,争持至久,遂相詈殴。妇曰:"吾不耐尔,竟作三百金何如?"公犹诟谇不已。邻人共来劝解。公曰:"尚有二百金未明白,可是细事!"

公尝醉走,经鲁参政宅,便当门呕哕。其阍人呵之曰:"何物酒狂,向人门户泄泻!"公睨视曰:"自是汝门户不合向我口耳!"其人不觉失笑,曰:"吾家门户旧矣,岂今日造而对汝口?"公指其嘴曰:"老子此口,颇亦有年!"

兄试南都,将发榜,命公往侦之。已而获荐,公注目榜纸,略不移瞬,至日暮犹不去。兄急令人寻索,见公于榜下瞻瞩甚苦,呼之曰:"胡不去?守此何益?"曰:"世多有同姓名人,吾去,设有来冒兄名者,可若何?"

雨中,借人衣着之出,道泞失足,跌损一臂,衣亦少污。从者掖公起,为之摩痛甚力。公止之曰:"汝第取水来涤吾衣,臂坏无与尔事。"从者曰:"身之不恤,而念一衣乎?"公曰:"臂是我家物,何人向我索讨?"

公家藏宋笺数幅,偶吴中有名卿善书画者至,或讽之曰:"君纸佳甚,何不持向某公索其翰墨,用供清玩?"公曰:"尔欲坏吾纸耶?蓄宋笺,固当需宋人画。"

久雨屋漏,一夜数徙床,卒无干处,妻儿交诉。公急呼匠者葺治,劳费良苦。工毕,天忽开霁,竟月晴朗。公日夕仰屋叹曰:"命劣之人,才葺屋便无雨,岂不白折了也!"

家有一坐头,绝低矮。公每坐,必取瓮片支其四足。后不胜烦,忽思得策,呼侍者移置楼上坐。及坐时低如故,乃曰:"人言楼高,浪得名耳!"遂命毁楼。

《广记》:甲乙斗,乙被啮下鼻,讼之官。甲称乙自啮。官曰:"人鼻高口低,岂能啮乎?"甲曰:"彼踏床子就啮之!"似此。

丁未闰六月朔,雷雨大作,公阻王孝廉斋中,抵暮不得返。颦蹙曰:"闰月,天地之余数耳,奈何认真若此,而风雨雷霆之不惮烦也!"

物 性 之 愚

《交趾异物志》:翠鸟先高作巢以避患。及生子,爱之,恐坠,稍下作巢。子长羽毛,复益爱之,又更下巢,而人遂得而取之矣。《水经注》:猩猩知往而不知来,山谷间常数十为群。里人以酒并糟设于路侧,织草为屦,更相连结。猩猩见酒及屦,知里人设张,则知张者祖先姓字。乃呼名云:"奴欲张我!"舍而去,复自再三,相谓曰:"试共尝酒。"及饮其味,逮乎醉,因取屦着之而踬,乃为人擒,无遗者。

　　谨案:猩猩事见唐裴炎《猩猩铭序》,其他诸书亦多言及者,唯不见于《水经注》。

鲋鱼入网辄伏者,惜其鳞也。

白鹇爱其尾,栖必高枝。每天雨,恐污其尾,坚伏不动。雨久,多有饥死者。又孔雀爱尾,潜则露尾,人因取之。

虫有蚘者,一身两口,争食,因相龁以死。

兽有猱,小而善缘,利爪。虎首痒,辄使猱爬搔之。久而成穴,虎殊快,不觉也。猱徐取其脑啖之,而以其余奉虎。虎谓其忠,益爱近之。久之,虎脑空,痛发,迹猱,猱则已走避高木。虎跳踉大吼,乃死。

　　翠鸟,姑息之父也。猩猩,多欲之人也。石崇之拒孙秀,鲥
鱼也。孙景卿之守财,白鹇也。蔡元长父子,其蚯乎? 周之用
荣夷,唐之任裴延龄,其虎之猱乎?

谬误部第五

子犹曰:谬误原无定名,譬之郑人争年,后息者胜耳。喙长三尺,则"枕流漱石",语自不错。若论灾发妖兴,贼民横路,即太极之生天、生地、生人,亦是第一误事,将谁使正之? 齐有人,命其狗为"富",命其子为"乐"。方祭,狗入于室,叱之曰:"富出!"其子死,哭曰:"乐乎! 乐乎!"人以为误也,而孰知其非误也,然而不可谓非误也。夫不误犹误,何况真误? 集《谬误第五》。

祠　　庙

欧公《归田录》云:世俗传讹,惟祠庙之名为甚。今成都显圣寺者,本名蒲池寺,周显德中广之,更名显圣,而俚俗多沿旧名,今传为"菩提寺"矣。江中有大小孤山,以独立得名,而世俗传"孤"为"姑"。江侧有大石矶,谓之澎浪矶,遂传为"彭郎矶",云彭郎,小姑婿也。予尝登小孤庙,像乃一妇,而敕额为"圣母庙",岂止俚俗之谬哉! 西京龙门山,夹伊水上,自端(阙)[门]望之如双阙,故谓之"阙塞",而山口有庙曰"阙口庙"。予尝见其庙像甚勇,手持屠刀尖锐,按膝而坐。问之,云:"此乃豁口大王也。"此尤可笑。

汲郡有肖像"三仁"并及商纣者,谓之"四王"。

陈锡玄曰:"推此类,知淫祠之可毁者多矣!"

温州有"杜拾遗庙",后讹为"杜十姨",塑妇人像。邑人以"五撮须相公"无妇,移以配之。五撮须,盖伍子胥也。又江陵[有]村[民]事子胥,误呼"(伍)[五]髭须",乃塑五丈夫,皆多须者。每祷祭,辄云"一髭须"、"二髭须"至"五髭须"。

谢在杭曰：阆州有"陈拾遗庙"，乃陈子昂也。讹为"十姨"，更肖女像，崇奉甚严。拾遗之官，误人如此！子昂屈为妇人犹可，独奈何令子美为鸱夷子妻乎！

谨案：据宋曾慥《类说》卷四三校改。

陈州厄台寺，相传孔子绝粮处，旧榜"文宣王"，因风雨洗剥，但存"王"字及"宣"字下一画。僧遂附会为"一字王佛"。

为传"一贯"故，称"一字王"有何不可？又《元史》载：西南夷，惟白人一种好佛。胡元收附后，分置路府，诏所在立文庙，蛮目为"汉佛"。米元章写《高丽经》，亦以孔子为佛，颜渊为菩萨，则称佛又宜矣。○宋吏胥辈以苍颉造字，故祖之，每祭，呼为"苍王"。更可笑。

蔡伯喈

江南一驿吏，以干事自任。典郡者初至，吏曰："驿中毕备，请阅之。"刺史入酒室，见一像，问之，曰："是杜康。"又入茶室，见一像，问之，曰："是陆鸿渐。"刺史大喜。又一室，诸菜毕备，亦有一像，问之，曰："蔡伯喈。"刺史大笑，曰："此不必。"

若到饭堂，必肖米元章像，到马坊，必肖司马迁像矣。

于进士则，谒外亲于汧阳，未至十余里，饭于野店。旁有紫荆树，村民祠以为神，呼曰"紫相公"。则烹茶，因以一杯置相公前，策马径去，是夜梦峨冠紫衣人来见，自陈紫相公，主一方菜蔬之属。隶有天平吏掌丰，辣判官主俭。然皆嗜茶，而奉祠者鲜供此品。蚤蒙厚饮，可谓非常之惠。因口占赠诗，有"降酒先生丰韵高，搅银公子更清豪"之句。盖则是日以小分须银匙打茶，故目为"搅银公子"。则家蔬圃中祠之，年年获收。菜室中宜设此像。

茶　　神

《唐传载》云:时有鬻茶之家,陶为陆羽像,置炀器间,谓之茶神。有交易,则以茶祭之;无,则以釜汤沃之。

鬼　　误

《谑浪》:楚俗信鬼,有病必祷焉。尝夜祷于北郭门外,好事者遇之,窃翳身于莽,而投以砂砾。祷者恐,稍远去;益投,益远去,乃攫其肉而食焉。人以为灵也,祷益盛,而北郭门之灵鬼遂著。其后祷者不失肉,即反谓鬼不享而忧之。

《续笑林》:有赴饮夜归者,值大雨,持盖自蔽,见一人立檐下溜,即投伞下同行。久之,不语,疑为鬼也,以足撩之,偶不相值,愈益恐,因奋力挤之桥下而趋。值炊糕者晨起,亟奔入其门,告以遇鬼。俄顷复见一人,遍体沾湿,踉跄而至,号呼"有鬼",亦投其家。二人相视愕然,不觉大笑。

凶　宅　误

袁继谦郎中,顷居青社。假一第,素多凶怪,昏暝即不敢出户庭,合门惊惧。忽一夕闻吼[声],(呼)若[有呼于]瓮中[者],声至浊。举家怖惧,谓其必怪之尤者,穴窗窥之。是夕月晦,见一物苍黑色,来往庭中,似黄狗身,而首不能举。乃以铁挝击其脑,忽轰然一声,家犬惊吼而去。盖其日庄上输油至,犬以首入油瓮中,不能出故也。举家大笑,遂安寝。

　　谨案:据《太平广记》卷四三八引《玉堂闲话》校改。

洪都村中一大家,厅楼崇敞。每夜声响特异,以为妖,避而虚其室。有道士过门,称自龙虎山来。其家大喜,邀入,与约妖除当厚酬。道士入居之。夜见硕鼠尾巨如椎,跃入破柱,从柱击出,斩之。

盖鼠尾始被啮流血，行沙中，沾沙重，既干，巨如椎；其作响皆是物，非妖也。道士乃山下鬻赝符者，幸获重赂，其名遂著。

庐　山　精

《稗史》：唐刘秉仁为江州刺史，自京将一橐驼至郡，放之庐山下。野人见而大惊，鸣鼓率众射杀之，乃以状白州，曰："某日获庐山精于某处。"刘命致之，乃所放驼耳。

惊　潮

海上每遇八月，秋涛大作，潮声夜吼，震撼城市。至正间，有达鲁不花者初至，闻此，夜不敢卧，因呼门者问之。门者从睡中应曰："潮上来也！"既觉，自知失答，连曰："祸到！祸到！"狂走而出。不花惊趋入内，呼其妻曰："本冀作官荣耀，不意今夕共作水鬼！"合门号恸。外巡徼闻哭，以为有变，传报正佐诸官，皆颠倒衣裳来救。及叩门，不花恐水涌入，坚闭不纳。同僚破扉排墙而入，见不花夫妇及奴婢皆升屋大呼"救我"。同僚询知其实，忍笑而散。

　　谨案："门者从睡中应曰"数句，删略不当，易于误解。元姚桐寿《乐郊私语》原文为："门者熟睡，呼之再三，始从梦中答曰：'潮上来也。'及觉，知是官问，惧其答迟，连声曰：'祸到也，祸到也！'"

甘　子　布

益州进柑，例以纸裹。后长(史)[吏]易布，犹虑损坏。俄有御史姓甘名子布者至驿，驿吏驰报。长(史)[吏]疑敕御史来推布裹柑子事，参谒后，但叙布裹柑子为敬。御史初不解，久方悟，付之一笑。

　　谨案："长吏易布"，《大唐新语》原文为"长吏嫌纸不敬，代以细布"。

皮遐叔

卢尚书弘宣，与弟卢衢州简辞同在京。一日衢州早出归，尚书问有何除改，答云："无大除改，唯皮遐叔蜀中刺史。"尚书不知"皮"是"遐叔"姓，谓是宗人，低头久之，曰："我（弥节）[弥]当家，没处得卢皮遐来。"衢州为言之，皆大笑。

> 谨案：据周勋初《唐语林校证》，"弥"后衍"节"字，而"弥"字为"弥"字之误。"我弥"，即"我们"，"当家"即"本家"。

同姓议婚

唐张守信为余杭守，爱富阳尉张瑶，欲以女妻之，为具衣装矣。女之保母问曰："欲以女适何人？"守信以张瑶对。保母曰："女婿姓张，不知主翁之女何姓？"守信方悟，乃止。

唐［殿中侍］御史李逢年娶妇郑，不合，去之。尝属益府（尹）［户］曹李（睨）［睨］更求一妇。睨言兵曹李（扎）［札］妹新寡可娶，叩札，札亦许诺，约日成婚。及期，逢年饰装往迎，中道忽惊曰："李睨过矣！"因诣睨曰："君思札妹为复何姓？"睨亦惊，过李札曰："吾乃大误！但知为公求好婿，为御史求好妇，都不思姓氏！"各懊恨而退。

> 谨案：据《太平广记》卷二四二引《纪闻》校改。文中"札"字俱误作"扎"，"睨"字俱误作"睨"。

疑 姓

阳伯博任山南一县丞，其妻陆氏，名家女也。县令妇姓伍。他日会诸官之妇，既相见，县令妇问："赞府夫人何姓？"答曰："姓陆。"次问主簿夫人，答曰："姓（戚）［漆］。"县令妇勃然入内。诸夫人不知所以,欲却回。县令闻之,遽入问其妇。妇曰:"赞府妇云姓陆,主簿妇云姓戚,以吾姓伍,故相弄耳! 余官妇赖吾不问,必曰姓八、姓九矣!"令大笑曰:"人各有姓。"复令妇出。

令妇所疑不错,只是不合姓伍。子犹曰:"姓六、姓七,正是两家谦让处。还是令妇错怪。"

谨案:据《封氏闻见记》卷十校改。

兄　弟　误

张伯喈、仲喈兄弟,貌绝相类。仲喈妻妆竟,忽见伯喈,戏曰:"今日妆好不?"伯喈曰:"我伯喈也。"妻急趋避。须臾又见伯喈,复以为仲喈,告云:"向大错误。"伯喈云:"我故伯喈。"

长洲刘宪副瀚之族,有兄弟二人,初本孪生,貌极相肖。市有鬻青梅者,梅甚大,其兄戏与决赌云:"能顿食百颗。"市人云:"果尔,当尽以担中梅相饷。"刘食其半,佯称便,旋入门。而其弟代之出,食至尽。众莫能辨,遂为所胜。

意　气

虞啸父为孝武侍中。帝从容谓曰:"卿在(阁)[门]下,初不闻有献替。"虞家富春近海,误谓帝望其意气,对曰:"天时尚暖,鱼鳖虾蜅未可致。寻当有献。"帝抚掌大笑。

馈献曰"意气",二字亦新。

谨案:据《世说新语·纰漏》校改。

误　食

王敦初尚主,如厕,见漆箱盛干枣,本以塞鼻。王谓厕上亦下果,遂至食尽。既还,婢擎金澡盘盛水,琉璃盘盛澡豆。因倒著水中而饮之,谓是干饭。群婢掩口。

鸡 舌 香

桓帝侍中迺存,年老口臭,上出鸡舌香与含之。鸡舌颇小,辛螫不敢咀咽,嫌有过赐毒,归舍辞诀。家人哀泣,莫知其故,求舐其药,出在口香,乃咸嗤笑。

常 春 藤

唐姜抚云:"服太湖常春藤、终南山旱藕,可长生。"玄宗诏使自求之。民间以藤渍酒,[旁批:金丹之类。]多暴死,抚逃去。

宣和问,王定观好学能诗,少年为殿中监,宠甚渥。一日召入禁中,曰:"朕近得异人制丹砂,服之可以长生。炼治经岁,色如紫金,卿为试之。"定观忻跃拜命,取而服之。才下咽,觉胸中烦躁之甚,俄顷烟从口出。急扶归,已不救。既殓,闻柩中剥啄声,莫测所以。已而火出其内,顷刻遂成烈焰,屋庐尽焚,延燎十数家方息。异药之误人类如此!

谨案:姜抚,自言通仙人不死术。《新唐书》有传,言此事较详。

医 误

金华戴元礼,国初名医,尝被召至南京。见一医家,迎求溢户,酬应不间。戴意必深于术者,注目焉,按方发剂,皆无他异;退而怪之,日往视焉。偶一人求药者,既去,追而告之曰:"临煎时下锡一块。"麾之去。戴始大异之,念无以锡入煎剂法,特叩之。答曰:"是古方。"戴求得其书,乃"錫"字耳。戴急为正之。

误　　造

　　贞元中,给事中郑云逵,与国医王彦伯邻居。尝有萧俛求医,误造郑。郑为诊之,曰:"热风颇甚。"又请药方,郑曰:"药方即不如东家王供奉。"俛既觉失错,惊遽趋出。是时京师有乖仪者,必曰"热风"。

　　唐临济令李回,娶张氏。张父为庐州长史,告老归,以婿薄其女,往临济辱之。误至全节县,入厅大骂。邑令惊怪,使执而鞭之。困极,乃告以故。令驰报回,回至乃解。

　　(北齐)[隋]刘臻位仪同,恍惚多误。有刘讷者亦任仪同,俱为太子学士。臻住城南,讷住城西。臻欲寻讷,谓从者曰:"汝知刘仪同家乎?"从者谓臻欲还家,于是引之而去。既叩门,尚未悟,犹谓至讷家,乃大呼曰:"刘仪同可出矣!"其子迎于门,臻惊曰:"汝亦来耶?"子曰:"此是大人家。"于是顾盼久之,乃悟,始叱从者曰:"汝(无)大[无]意,吾欲造刘讷耳!"

　　谨案:据《隋书·文学·刘臻传》校改。刘臻,先仕梁,后仕西魏、北周,未入北齐,入隋后方为仪同。

陈　太　常

　　陈音,字师召,莆田人,有文行而性恍惚。一日朝回,语从者曰:"今日访某官。"从者不闻,引辔归舍。师召谓至其家矣,升堂周览,曰:"境界全似我家。"又睹壁间画,曰:"我家物,缘何挂此?"既家僮出,叱之曰:"汝何亦来此?"僮曰:"故是家。"师召始悟。

　　陈师召检书,得友人招饮帖,忘其昔所藏也,如期往,累茶不退。主人请其来故,曰:"赴君饮耳。"主人讶之,难于致诘,具酒。饮罢,方忆去年此日曾邀饮也。

　　下次请此等客,只是口邀。

刑部郎中浙江杨某,字文卿。而山西杨文卿为户部郎中。一日浙江杨氏招师召饮,而师召造山西杨氏。时文卿尚寝,闻其来,亟起迎之。坐久,师召不见酒肴,乃谓曰:"觞酒豆肉足矣,毋劳盛馔。"文卿愕然,应曰:"诺。"入告家人,使治具。俄而浙江使人至,白以"主翁久候"。师召始悟曰:"乃汝主耶? 吾误矣!"一笑而去。

陈师召尝信宿具馔邀客,早尽忘之,径造其家双陆。将午不申宿约,客反治具留餐。顷之,家人来促上席。师召未审视,疑是别家来招,怒谓之曰:"汝请我主人去,我竟何如?"

陈师召清旦入朝,误置冠缨于背。及见同僚垂缨,俯视领下,怪其独无。一人遽持缨而正曰:"公自有缨,但无背后眼耳。"李西涯赠诗有"十年犹未识冠缨"之句。

陈音不事修饰,蓬垢自喜。官四品,夫人鬻得金狮绯袍,不知为武臣服。公亦不察,衣袍肖像。李西涯见之,遽题曰:"观其鬓则齐,观其衣则非。若人也,可信而可疑。使蓬其鬓,更其衣,呜呼庶几!"

陈音尝考满,误入户部。见入税银者,惊曰:"贿赂公行,至此已极!"

翁　肃

闽人翁肃守江州,昏耄。代者至,既交割,犹居右偏,代者不校也。罢起转身,复将入州宅。代者揽衣止之,曰:"这个使不得!"

犯胡讳

石勒制法甚严,兼讳"胡"尤峻,有醉胡乘马,突入府门。勒大怒,谓门吏冯翥曰:"向驰马入门,为是何人,而故纵之?"翥惶遽忘讳,对曰:"向有醉胡乘马驰入,甚呵止之而不可,所谓互乡难与言,非小臣所能制。"勒笑曰:"胡正自难与言。"恕而不罪。

樊坦性廉,而疏朴多误。由参军擢章武内史,入辞勒。勒见坦衣敝,大惊曰:"贫何至此?"坦对曰:"顷遭羯胡无道,资财荡尽,是以穷敝。"勒笑曰："羯贼乃尔大胆！孤当相偿耳。"坦大惧。勒曰："孤律自防俗士，不关卿辈。"乃厚赐之。

犯　　名

元绛，字厚之，知福州日，有吏白事。公曰："如何行遣？"吏对曰："合依原降指挥。"公曰："元绛未尝指挥。"吏悚而退。

仆射韩皋病疮。医人傅药不濡，曰："天寒膏硬耳。"皋笑曰："韩皋实是硬。"

　　按：皋字仲闻，貌类父滉。既孤，不复视镜。真硬汉也！

杨诚斋，名万里。为监司时，巡历至一郡。郡守张宴，有官妓叶少歌《贺新郎》词送酒，其中有"万里云帆何时到"。诚斋遽曰："万里昨日到。"太守大惭，即监系官妓。

一日触三人

唐郜昂与韦陟交善，因话国朝宰相谁最无德。昂误对曰："韦安石也。"寻自觉，惊走。路逢吉温，温问："何故仓惶如此？"答曰："适与韦尚书话国朝宰相最无德者，本欲言吉顼，误言韦安石。"既[而又失]言，(又)[复]鞭马而走。抵房相琯之第，执手慰问，复舍顼以房融为对。言讫大惭，趋出。昂有时称，忽一日而犯三人，举朝嗟叹，唯韦陟遂与绝交。

　　谨案：据《唐国史补》校改。

姓　　误

何敬容在选日，客有姓吉者诣之。敬容问曰："卿与丙吉远近？"答曰："如明公之与萧何。"

语　　误

元帝皇子生,普赐群臣,殷洪乔谢曰:"皇子诞育,普天同庆,臣无勋焉,而猥颁厚赉。"帝笑曰:"此事岂可使卿有勋耶?"

刘髦二子俱登进士。长子妇入京,公送登舟,以手援之。郡守见而笑。公曰:"府公笑我乎? 若跌入水,尤可笑也!"次妇入京,公时卧疾,呼之床前,曰:"老年头风,可买一帕寄回。"明旦登程,诸亲毕会,忽呼子妇曰:"毋忘昨夜枕上之嘱。"众骇然,问其故,乃始抚掌。

五 字 皆 错

渊明《读〈山海经〉》诗曰:"精卫衔微木,将以填沧海。刑天舞干戚,猛志故常在。"有作渊明诗跋尾者,谓"形夭无千岁",莫晓其意。后读《山海经》云:"刑天,兽名,好衔干戚而舞。"乃知五字皆错。

> 《酉阳杂俎》云:天山有神,名(刑天)[形天]。黄帝时,与帝争神。帝断其首。乃曰:"吾以乳为目,脐为口。"操干戚而舞不止。

> 谨案:《酉阳杂俎·诺皋记上》原文作"天山有神,是为浑澒",后方云"形天与帝争神"云云。按冯氏引《酉阳杂俎》,正为证"刑天"有作"形天"者,此处不应书作"刑天"。

曹元宠《题村学堂图》云:"此老方扪虱,众雏争附火。想当训诲间,都都平丈我。"昔有宿儒过村学中,闻其训"都都平丈我",知其讹也,校正之。学童皆骇散。时人为之语曰:"都都平丈我,学生满堂坐。郁郁乎文哉,学生都不来。"

瞎　字　不　识

臧武仲,名纥,音切为"瞎",而世多误呼为"乞"。萧颖士闻人误呼,因曰:"汝纥字也不识。"后人遂误以为"瞎字也不识"。

《放生池记》

高文虎作《西(河)[湖]放生池记》,有"鸟兽鱼鳖咸若",本夏事,引为商事。太学诸生为谑词哂其误。陈晦行草制,以"舜卜禹用昆命元龟"字,有倪侍郎驳之。陈疏辩"古今命相,多用此语"。擢陈台端,[劾]倪罢去。时嘲云:"舍人旧错夏商鳖,御史新争舜禹龟。"

> 谨案:据宋刘克庄《后村诗话》校改。

射　策　误

宋制科题,有"尧舜禹汤所举如何",乃汉时宫中谒者赵尧举春,李舜举夏,倪汤举秋,贡禹举冬,各职天子所服也。又"汤周福祚",乃张汤、杜周也。当时士子以唐、虞、三代为对,遂无一人合者。

> 近时文宗出论题,有"孔子不知孟子之事",合场茫然不知。乃《论语》"陈司败章"圈外注也。苏紫溪先生视学浙中,有知人之鉴,而出题险僻,如"一至一,二至二,三句三圣人,四句四孔子",场中多有搁笔而出者。

科场中进士程文,多可笑者。治平中,国学试策,问"体貌大臣"。进士策对曰:"若文相公、富相公,皆大臣之有体者;若冯当世、沈文通,皆大臣之有貌者。"意谓文、富丰硕,冯、沈美少也。刘厚甫遂目沈、冯为"有貌大臣"。

诗 鬼 正 误

虞文靖在宜黄时,尝倚楼吟诗,有"五更鼓角吹残雪"之句。忽隔溪一童揖而言曰:"角可吹,鼓不可吹。"亟命召之,已失所在,盖诗鬼也。

谨案:元虞集,谥文靖。

高　塘

濠州西有高塘馆,附近淮水。御史阎敬爱宿此馆,题诗曰:"借问襄王安在哉,山川此地胜阳台。今朝寓宿高唐馆,神女何曾入梦来?"轺轩来往,莫不吟讽言佳。有李和风者至,又题诗曰:"高唐不是这高塘,淮畔江南各一方。若向此中求荐枕,参差笑杀楚襄王。"读者莫不解颜。

草诀百韵歌

有云《草诀百韵歌》乃右军所作。杨用修戏曰:"字莫高于羲之,得羲之自作《草韵》,奇矣。更得子美《诗学大成》、孔子《四书活套》,足称三绝。"

吏　牒

《祝氏猥谈》云:一大将乞翰林某诗,专令一吏候之,免其他役。吏始甚德之。既逾改火,吏不胜躁,具牒呈其将,言:"蒙委领某翰林文字,为渠展转支延,已及半载,显是本官不能作诗,虚词诳脱。"

马 疑 司 马

绍圣间,马从一监南京排岸司。适漕使至,随众迎谒。漕一见,即怒叱之曰："闻汝不职，未欲按汝，尚敢来见耶？"从一惶恐，自陈"湖湘人，迎亲就禄"，求哀不已。漕察其语，南音也，乃稍霁威，曰："湖南亦有司马氏耶？"从一答曰："某姓马，监排岸司耳。"漕乃微笑曰："然则勉力职事可也。"初盖认为温公族人，故欲害之。自此从一刺谒，削去"司"字。

王彦辅《麈史》乖谬二事

京西宪按行，至一邑，辱县尉张伯豪，斥使下骑而步，且行且数其不才。既入传舍，有虞候白言："提刑适骂官员，乃［王］陶中丞女婿。"宪矍然曰："何不早告我？"亟召尉，与之坐。茶罢，乃曰："闻君有才，适来聊相沮。君词色俱不变，前途岂易量耶！"即命书吏立发荐章与之。

某路宪至一郡，因料兵，见护戎年高，谓守倅曰："护戎老不任事，何可容也？"守、倅并默然。戎抗声曰："我本不欲来，为小儿辈所强，今果受辱！"宪问："小儿谓谁？"曰："外甥章得象也。"盖是时方为宰相。宪曰："虽年高，顾精神不减，不知服何药？"戎曰："素无服饵。"宪又曰："好个健老儿！"惠酒而去。

语云"朝里无人莫做官"，只为有此辈花脸。

谨案：此则采自《夷坚支乙》卷四"再书徐大夫误"条。原书"陶中丞"上有"五"字，或云"五"字为"王"字之误。而今本《麈史》卷三仅言"是中丞婿"，并"陶"字亦无。

误　　答

许诚言为琅琊太守，有囚缢死狱中，乃执去年修狱吏典鞭之。典曰："小人职修狱，犴牢破坏当笞，今贼乃自缢也。"诚言怒曰："汝胥吏，又典狱，举动自合笞耳！"

虽误,却是快语。

误　黥

(陈)[陆]东官苏州时,因断流罪,命黥其面,有"特刺配"字。黥毕,幕中相与白曰:"凡言'特'者,罪不至是,而出于朝廷一时之旨,非有司所得行。"东即以"特刺"改"准条",再黥之。后有荐其才于政府者,曰:"得非人面上起草稿者乎?"

谨案:据北宋魏泰《东轩笔录》卷十校改。

译　误

元时,达鲁花赤为政,不通汉语,动辄询译者。江南有僧,田为豪家所侵,投牒讼之。豪厚赂译。既入,达鲁花赤问:"僧讼何事?"译曰:"僧言天旱,欲自焚以求雨耳。"达鲁花赤大称赞,命持牒上。译业别为一牒,即易之以进;览毕,判可。僧不知也,出门,则豪已积薪通衢,数十人舁僧畀火中焚之。

胡元闰位,天地反覆,即此一事可见耳。

防 误 得 误

桓温将举殷浩为尚书令,先致书闻浩。浩欣然答书,虑有谬误,开闭数四,竟达空函。

不 误 为 误

后唐刘夫人,少因兵乱,与父相失。及贵宠,其父刘山叟负药囊诣宫门,[旁批:此时不肯舍却药囊,亦可笑。]请见。时诸嫔御争以门第相尚,后恐为己辱,即曰:"妾离家时,父已亡殁,安得有是?"命驱出杖之。帝尝于宫中敝服携筐,装刘山叟寻女,以为戏笑。

闽中一娼,色且衰,求嫁不遂,乃决之术士。云:"年至六十,当享富贵之养。"娼以为不然。后数年,闽人有子从幼为阉人者,闻其母尚存,遣人求得之,馆于外第。翌日出拜,见其貌鄙陋,耻之,不拜而去,语左右曰:"此非吾母,当更求之也。"左右窥其意,至闽求美仪观者,乃得老娼以归。至则相向恸哭,日隆奉养,阅十数年而殁。

　　贫父受杖,肥娼受养。颠之倒之,势利榜样。

不　误　反　误

有一狠子,生平多逆父旨。父临死,嘱曰:"必葬我水中!"冀其逆命得葬土中。至是狠子曰:"生平逆父命,今死,不敢违旨也。"乃筑沙潭水心以葬。

误　而　不　误

隆庆时,绍兴岑郡侯有姬方娠。一人偶冲道,缚至府,问曰:"汝何业?"曰:"卖卜。"岑曰:"我夫人有娠,弄璋乎?弄瓦乎?"其人不识所谓,漫应曰:"璋也弄,瓦也弄。"怒而责之。未几,果双生一子一女。卜者名大著。

吴下管生,失一小青衣,问占于柳华岳,得"剥床以肤"爻。柳素昧文理,连昧"以肤"二字,忽曰:"汝有姨夫乎,试往其家索之,可得也。"管如其言,果获之。柳名益起。

一书生礼奎神甚虔,同侪戏之,以经书文七首置神座下。书生得之,喜曰:"神赐也!"稽首受而读之。及试命题,一如所读,竟登第。

不　伏　误

陈彭年摄太常,导驾误行黄道。有司止之。彭年正色回顾曰:

"自有典故!"礼曹畏其该洽,不敢诘。

天顺间,钱塘张锡作文极捷,而事多杜撰。有问者,则高声应曰:"出《太平广记》。"以其帙多难卒辨也。类此。

误　福

毕士安作相,有婿皇甫泌放纵,累戒不悛。毕欲面奏之,甫启口云"臣婿皇甫泌",即值边有警报,不终其说。越数日,又言,值上内逼,遽起遥语曰:"卿累言,朕已知之矣。"俄降旨超转一资,毕竟不敢自明。李吉甫恶吴武陵,欲阻其进。知贡举官怀榜至,未接,先问:"吴武陵及第否?"忽有中使宣敕至。主司恐是旧知,榜尚在怀,即添注武陵姓名;中使去,呈李。李曰:"此人至粗,何以及第?"然名已上榜,无可奈何矣。二事正相类。

怯　误　为　勇

张亮过建安城下,壁垒未固,高丽兵奄至。亮素怯,踞胡床直视不能言。将士见之,疑以为勇,相与奋击。败敌,还报亮,亮犹股栗未宁。

父　僧　误

京师有少尼与一男子情好,欲长留之,不得,乃醉而髡其首,以弟子畜之。后其妻踪迹至寺,得夫以归。夫深自惭悔,且嘱妻:"勿泄,俟吾发长。"时其子商于外,妇每怪姑倍食,又数闻人音,穴壁窥之,正见姑与一僧同卧,忿恚,具白其子。子大怒,取刀入室,抚两人首,其一僧也,即奋刃断僧首。母觉而止之,不及,告以故。子验其首乃大悔。有司谓:"虽非弑逆,然母奸不应子杀。"遂坐死。

婆奸媳

万历辛卯间，阊门外有父子同居者，子商于外，妇事舅姑极柔婉。妪遂疑翁与妇通，乃夜取翁衣帽自饰，潜入妇寝所，试抱持之。妇不得脱，怒甚，以手指毁其面。妪负痛，始去，明旦托病不起。妇潜归父母家，诉之。父往察，翁面无损，归让其女不实。女恚，竟自经。父讼于官，翁亦无以自明。邻里称妪面有伤痕，执妪鞫之，事乃白。时吴中喧传为"婆奸媳"。

　　谨案：文学古籍刊行社影印本，原本为墨笔删去"父子同居者"五字，而于"子商于外"下添"者"字。

罗长官

万历丙戌间，京师有佣工之妇，先与卫军罗姓者交密，呼为"罗长官"，后以隙绝。妇久旷欲动，乃择胡萝卜润之，每寝，执以自娱，快意处亟呼萝卜为"罗长官"。邻人闻之，以为罗君复修好矣。邻有恶少年，素垂涎于妇，调之不从，恨焉。适佣工夜归，与妇寝。恶少不知也，意其独宿，故无声，挟利刀潜入，将迫之。扪枕得双头，误认为罗，怒甚，连斫之而去。事既上，有司不能决。邻人曰："前此每夜其妇必呼其旧好之罗长官。然但闻声，未见其人也。"官以罗妒奸杀人，当重辟。罗极称冤，竟不白。恶少归，嗟叹不已。妻叩之，备述其故。妻亦与一人有私，其所私者，正避匿床下，[旁批：报应不爽。]计欲杀恶少而取其妻，乃以所闻语鸣官。恶少竟得罪，而罗长官乃释。

误哭

今春，吾苏北教场演武。故事：铳手三人，试三铳，铳不响，有罚。第二铳偶走药，火喷面黑，其人诣河头洗涤。而第三铳药线甚迟，铳手惧责，以口吹之，铳忽发，破头而死。而第二人之妇，初时闻其夫为铳伤,仓惶来视,即见死尸横地,以为夫也,便大哭。第三人之妇亦来同看,反以好言解慰。俄而第二人至,二妇俱骇,询之,知其详,于是第三人之妇放声举哀,而前妇收泪,转为解慰焉。

讹　言

至元丁丑六月,民间谣言朝廷将采童男女以授鞑靼为奴婢,且俾父母护送交割。自中原至江南,人家男女年十二三以上,便为婚嫁,扰扰十余日方息。吴僧柏子庭有诗戏之,曰:"一封丹诏未为真,三杯淡酒便成亲。夜来明月楼头望,唯有嫦娥不嫁人。"隆庆戊辰,有私阉火者,名张朝,假传奉旨来浙直选宫女。一时惊婚者众,舆人、厨人无从顾觅,亦如至元故事。有人改子庭诗云:"抵关内使未为真,何必三杯便做亲? 夜来明月楼头望,吓得姮娥要嫁人。"又讹言并选寡妇伴送入京。于是孀居无老少,皆从人,有守制数十年,不得已,亦再适。又有人为诗曰:"大男小女不须愁,富贵贫穷错对头。堪笑一班贞节妇,[旁批:若果贞节,何不死?]也随飞诏去风流。"

蝎　虎　冤

守宫与蜥蜴二种。守宫即蝎虎,常悬壁。蜥蜴毒甚于蛇,又名"蛇医",俗言与龙为亲家,故能致雨。古法用蜥蜴数十,置水瓮中,数十儿持柳枝咒曰:"蜥蜴蜥蜴,兴云吐雾,降雨滂沱,放汝归去。"宋熙宁中,求雨时觅蜥蜴,不能尽得,以蝎虎代之,入水即死。小儿更咒曰:"冤苦冤苦,我是蝎虎。似尔昏沉,怎得甘雨!"

国初,大江之岸尝崩,人言下有猪婆龙。对者恐犯国姓,只言下有鼋。太祖恶与"元"同音,令捕殆尽。物之称冤者,岂独壁虎哉?

谨案:据宋彭乘《墨客挥犀》卷三所载祈雨,原文为"古法,令坊巷各以大瓮贮水插柳枝,泛蜥蜴,使青衣小儿环绕呼曰"云云,非手持柳枝也。

马　　冤

舞马已散在人间,禄山尝睹其舞而心爱之,自是因以数匹卖于范阳。其后转为田承嗣所得,不之知也,杂战马中,置之外栈。忽一日,军中享士,乐作,马舞不能已。厮养皆谓其为妖,操箠击之。马谓其舞不中节,愈加抑扬顿挫。厩吏遽以马怪白之,箠至死。时人亦有知其舞马者,以暴故,终不敢言。

无术部第六

子犹曰：夫人饭肠酒腑，不用古今浸灌，则草木而已。温岐"悔读《南华》第二篇"，而梅询见老卒卧日中，羡之，闻其不识字，曰"更快活"。此皆有激言之，非通论也。世不结绳，人不面墙，谁能作聋瞽相向？但不当如弥正平开口寻相骂耳。集《无术第六》。

署　　名

厍狄干不能书，每署名，逆上画之，人谓之"穿锥"。又有武将王周者，署名先为"吉"，而后成其外。

《北史》：斛律金不识文字。初名敦，苦其难署，改名为金，从其便易；犹以为难，司马子如乃指屋角令况之。

陆渭南《晚晴》诗"屋角明金字，溪流作㲉文"，用此。"穿锥"、"指屋"是的对。

何敬容为尚书令，不善作草隶，署名"敬"字大作"苟"，小为"文"；"容"字大作"父"，小为"口"。陆倕见而戏之曰："公家苟既奇大，父亦不小。"敬容笑而惭。

江从简尝作《采荷调》以刺何敬容，曰："欲持荷作柱，荷弱不(成)[胜]梁。欲持荷作镜，荷暗本无光。"敬容不悟，唯叹其工。

谨案：据《太平御览》卷九九九引《三国典略》校改。

大字　大诺

宋武帝刘裕。素不能书,刘穆之教以纵笔作大字径尺。帝从之。一纸不过六七字便满。

梁陈伯之为江州,目不知书。得文案,佯视之,唯作大"诺"。

> 唐及五代凡文书皆批曰"诺",犹今批"准"字也。齐江夏王五岁学"凤尾诺"即工,高帝以玉麒麟赐之。草书"诺"字形若凤尾。

造　字

梁曹景宗尚胜,每作书,字有不解,辄意造之。

高　手　笔

司直陈希闵,以非才任官。每秉笔,支颔半日不下,府史目之为"高手笔"。又窜削至多,纸面穿穴,亦名"按孔子"。

不　知　置　辞

齐焦度材涩,欲就高帝求郡,不知置辞。人教之,习诵上口。临自陈,卒忘所教,大言曰:"度启公,度启公,度无食。"帝大笑曰:"卿何忧无食?"赐米百斛。

不　习　仪　式

魏陇西太守游楚上殿,不习仪式。帝令侍中赞引,呼"陇西太守前",楚不觉大应称"诺"。帝笑劳之。

> 谨案:此魏为三国曹魏。

初　　学

张敬儿不识书,由战功起方伯,始学读《孝经》、《论语》。征护军,乃于密室屏人学揖让对答,[旁批:暴贵者大抵皆然。]空中俯仰,妾侍窥笑焉。

照 样 举 笏

宋祖召问武臣军数。其识字者,预写笏上,临问,高举笏,当面见字,随问即对。有一不识字者,不知他人笏上有字,照样举笏,近前大声曰:"启覆陛下,军数都在这里!"

龙战　龙见

朱穆以梁冀地势亲重,望其挟持王室,因推灾异奏记,以劝戒冀,而引《易》卦"龙战于野"之文,又荐种暠、栾巴等。明年,黄龙二见于沛国。冀无学,遂以穆"龙战"之言为验,于是引用暠、巴,而举穆高第,为侍御史。

> 郢书燕说,因误得贞。断章取义,未尝不可。

北齐源师摄祠部,尝白高阿那肱"龙见当雩"。阿那肱惊曰:"何处龙见? 其色何如?"师曰:"龙星初见,礼当雩祭,非真龙也。"阿那肱怒曰:"汉儿多事,强知星宿!"

金熙宗赦草

金熙宗亶,皇统十一年夏,龙见宫中,雷雨大至,破柱而去。亶惧,欲肆赦以禳之。召掌制学士张钧视草,中有"顾兹寡昧"及"眇予小子"之言。文成奏御,译者不解谦冲之义,乃曰:"汉儿强知识,托文字以詈上耳。"亶惊问故,译释之曰:"寡者,孤独无亲。昧者,不晓人事。渺为瞎眼。小子为小孩儿。"宣大怒,遂诛钧。

此等皇帝,真是"不晓事瞎眼小孩儿"也!

谢朓诗　杜荀鹤诗

贞观中,尚药奏求杜若,楚蘅也,生南郡、汉中。敕下度支。有省郎以谢朓诗云"芳洲生杜若",乃委坊州贡之。本州曹官判云:"坊州不出杜若,应由读谢朓诗误。华省名郎,作此判事,岂不畏二十八宿笑人?"

> 杨升庵云:"吴字本从口、从矢,非从天也。而吴元济之乱,童谣有'天上小儿'之谶。又如王恭为'黄头小人','恭'字与'黄'头不同。史谓小儿谣言,乃荧惑星所为。审如是,星宿亦不识古文矣。"苏易简云:"神不能神,随时之态。"子犹曰:"然则唐明宗时,玉帝亦当不识字耶?"

经生多有不省文章。尝一邑有两人同官,其一或举杜荀鹤诗,称赞"也应无计避征徭"之句。其一难之曰:"此诗误矣! 野鹰何尝有征徭乎?"举诗者解曰:"古人有言,岂有失也? 必是当年科取翎毛耳。"

> 炀帝选仪卫,征取鸟羽。有鹤巢于树颠,民往窥之。鹤恐伤其卵,自拔氅毛投地。群臣奏以为瑞。据此,则杜诗便作"野鹰"亦不错。

吕、李二将读诗

张氏据有平江日,其部将左丞吕珍守绍兴,参军陈庶子、饶介之在张左右。一日,陈赋诗,饶染翰,题一纨扇以寄吕,云:"后来江左英贤传,又是淮西保相家。闻说锦袍酣战罢,不惊越女采荷花。"饶素负书名,且诗语俊丽,为作者所称。吕俾人读罢,大怒曰:"吾为主人守边疆,万死锋镝间,岂务爱女子而不惊之耶?见则必杀之!"又元帅李其姓者,杭州庚子之围解,颇著功劳。一士人投之以诗,将有求焉,其诗有"黄金合铸李将军"之句。李大怒,曰:"吾劳苦数年,止是将军,今年才得元帅,乃复令我为将军耶?"命帐下策出之。二事一时相传为笑。

> 九边将帅都若此,山人秋风必少止矣。

刘 述 引 古

刘述字彦思,性庸劣。从子俣疾甚,述往候焉。其父母相对涕泣,述立命酒肉,令俣进之,皆莫知其意,或问之,答曰:"岂不闻《礼》云:'有疾,饮酒食肉可也。'"又尝有丧,值其子亦居忧。客问:"其子安否?"答曰:"所谓'父子聚麀',何劳齿及?"

宋鸿贵读律

宋鸿贵仕齐,为北平府参军。见律有"枭首"罪,误为"浇手",乃生断兵手,以水浇之,然后斩决。

锦 衾 烂 兮

晋康福镇天水日,尝有疾。幕客谒问,福拥锦衾而坐。客退,谓同列曰:"锦衾烂兮!"福闻之,遽召言者,怒之曰:"吾虽产沙陀,亦唐人也,何得呼我为'烂奚'?"

水 厄 对

侍中元乂为萧正德设茗,先问:"卿于水厄多少?"正德不晓意,答曰:"下官虽生水乡,立身以来,未遭阳侯之难。"

三 十 而 立

魏博节度使韩简,性粗质,每对文士,不晓其说,心常耻之。乃召一士人讲《论语》,至《为政》篇。明日喜谓同官曰:"近方知古人禀质瘦弱,年至三十,方能行立。"

> 如此解,则"四十无闻",便是耳聋;"五十知命",便是能算命矣。

董 公 遮

淳熙丁未,洪景卢知举。一考官大笑绝倒。问之,则云:"试卷中有用'董公遮说汉王'事,以'公遮'为董三老之名。"

> 《周亚夫传》"赵涉遮说将军","涉遮"亦赵之名乎?

尧 舜 疑 事

欧[阳]文忠知贡举。省闱故事:士子有疑,许上请。文忠方以复古道自任,将明告以崇雅黜浮,以变文格。至日午,犹有喋喋弗已者。过晡稍闻,与诸公方酌酒赋诗,士又有叩帘者。文忠复出,所问士忽前曰:"诸生欲用尧、舜字,而疑其为一事或二事,唯先生教之。"观者哄然笑。文忠不动色,徐曰:"似此疑事,诚怕其误,但不必用可也。"

> 谨案:据宋岳珂《桯史》卷九校改。

不识羊太傅、陆士衡

张敬儿开府襄阳,欲移羊叔子"堕泪碑"。纲纪白云:"此羊太傅遗德,不宜迁动。"敬儿怒曰:"太傅是谁? 我不识!"

刘道綦封营道侯,凡鄙无识。始兴王浚戏谓曰:"陆士衡诗云'营道无烈心',何意?"道綦曰:"下官初不识士衡,何忽见苦?"

说 韩 信

党进镇许昌。有说话客请见,问:"说何事?"曰:"说韩信。"即杖去。左右问之,党曰:"对我说韩信,对韩信亦说我矣!"

问 欧 阳 修

谢无逸闲居,多从衲子游,不喜对书生。有一举子来谒,坐定,曰:"每欲问公一事,辄忘之。尝闻人言欧阳修,果何如人?"无逸熟视久之,曰:"旧亦一书生,后甚显达,尝参大政。"又问:"能文章否?"无逸曰:"文章也得。"无逸子宗野时七岁,闻之,匿笑而去。

此等举子,如何唤作书生? 唯不喜书生,故来谒者但有此等举子。

谨案:谢逸字无逸,北宋末人。此时距欧阳修辞世尚不久。

不知杜少陵

宋乾道间,林谦之为司业,与正字彭仲举游天竺小饮。论诗,谈到少陵妙处,仲举微醉,忽大呼曰:"杜少陵可杀!"有俗子在邻壁,闻之,遍告人曰:"有一怪事,林司业与彭正字在天竺谋杀人。"或问:"所谋杀为谁?"曰:"杜少陵也,但不知何处人。"闻者绝倒。

班固、王僧孺

张由古有吏才而无学术,累历台省,于众中叹"班固有大才,而文章不入《选》"。或曰:"《两都赋》、《燕山铭》、《典引》等并入《文选》,何得言无?"张曰:"此是班孟坚。吾所笑者,班固也。"又尝谓同官曰："昨买得《王僧孺集》，误以"孺"为"襦"。大有道理。"杜文范知其误，应声曰："文范亦买得'佛袍集'，倍胜'僧襦'。"

司马相如宫刑

相国袁太冲，同二缙绅在宾馆中坐久。一公曰："司马相如日拥文君，好不乐甚！"一公曰："宫刑时却自苦也！"袁闭目摇首曰："温公吃一吓！"司马迁、司马温公。

萧　　望

春明门外当路墓，前有堠，题云"汉太子太傅萧望之墓"。有达官见而怪之，曰："春明门题额正方，加'之'字可耳。如此堠直行书，只合题'萧望墓'，何必'之'字？"

唐有卢鸿一，取《尸子》"鸿常一"之义。而《通鉴纲目》书"征嵩山处士卢鸿为谏议大夫"，误以"鸿"为单名。注《三十国春秋》者，萧方等。盖"方等"佛经名，其弟名方诸、方知。而胡三省注《通鉴》，去"等"字为"萧方"。此犹不知而误也，至于"方朔"、"葛亮"，此何等语？而诗中往往见之。古人姓名，横被削蚀者多矣，岂独萧傅？

倒　　语

《诗林广记》载宋人"嘲倒语"诗，所谓"如何作元解，归去学潜陶"者，人皆知之。景泰中，吾苏一监郡不学，误呼石人为"仲翁"。或作诗嘲云："翁仲将来作仲翁，皆因书读少夫工。马金堂玉如何入？只好州苏作判通。"又《水南翰记》云：英庙大猎时，有祭酒刘某和诗，以"雕弓"作"弓雕"。监生诗诮之曰："雕弓难以作弓雕，似此诗才欠致标。若使是人为酒祭，算来端的负廷朝。"

按韩昌黎作诗,尝倒叶韵,如"珑玲"、"鲜新"、"慨慷"、"莽卤"之类甚多。若出他人之口,又作笑话矣。

字　误

韩昶是吏部子,虽教有义方,而性颇劣。尝为集贤校理,史传有"金根车",箱轮皆以金。昶以为误,悉改为"银"。

吏部公子,宜乎只晓得金银也。

谨案:文中"吏部"专指韩愈,评语失察。

桓玄篡位,尚书误"春蒐"为"春菟"。

假皇帝、假尚书,自合用假军礼。

李林甫无学术。典选部时,选人严迥判语用"杕杜"二字。林甫不识,谓吏部侍郎韦陟曰:"此云杕杜,何也?"陟俛首不敢言。太常少卿姜度,林甫妻舅也。度妻诞子,林甫手书贺之:"闻有弄麞之喜。"客视之,掩口。

《唐书》:吏部侍郎萧炅,素不学。尝读"伏腊"为"伏猎"。严挺之曰:"省中岂容有'伏猎侍郎'!"[旁批:侭多。]《清夜录》:哲宗朝,谢惊试贤良方正,赐进士出身。惊辞云:"敕命未敢抵授。"乃以"祗"为"抵",以"受"为"授"。刘安世奏曰:"唐有伏猎侍郎,今有抵授贤良。"

李建勋罢相江南,出镇豫章。一日游西山田间茅舍,有老叟教村童,公觞于其庐,[连食数梨]。宾僚有曰:"梨号五脏刀斧,不宜多食。"叟笑曰:"《鹖冠[子]》云'五脏刀斧',乃离别之离,非梨也!"就架取小帙,振拂以呈。公大叹服。

谨案:据宋曾慥《类说》卷一八校改。

琵　琶　果

莫廷韩过袁太冲家，见桌上有帖，写"琵琶四斤"，相与大笑。适屠赤水至，而笑容未了，即问其故。屠亦笑曰："枇杷不是此琵琶。"袁曰："只为当年识字差。"莫曰："若使琵琶能结果，满城箫管尽开花。"屠赏极，遂广为延誉。

茄字　鸽字

尚书赵从善子希苍，官绍兴日，令庖人造烧茄。判食次，问吏"茄"字。吏曰："草头下着'加'。"即援笔书"艹"，下用"家"字，乃"蒙"字矣。时人目曰"烧蒙"。

南康王建封不识文义。族子有《动植疏》，俾吏录之。其载鸽事，以传写讹谬，分一字为三，变而为"人日鸟"。建封信之，曰："每人日开宴必首进此味。"

蹲　　鸱

张九龄一日送芋萧炅，书称"蹲鸱"。萧答云："损芋拜嘉，唯蹲鸱未至。然寒家多怪，亦不愿见此恶鸟也。"九龄以书示客，满座大笑。

> 按：蹲鸱，芋也。参军冯光震入集贤院校《文选》，解为"着毛萝卜"，识者笑之。又《颜氏家训》云："芋"字似"羊"，有谢人惠羊而误用"蹲鸱"者。

昭　　执

程覃尹京日，有治声，唯不甚知字。尝有民投牒，乞执状造桥。覃大书"昭执"二字。民见其误，遂白之："合是'照执'，今漏四点。"

覃取笔于"执"字下添四点,为"昭热"。庠舍诸生作传诮焉。

> 既有治声,即不识字可也。只一个"廉"字,做官的几人识
> 得? 乃知识字者原少。

多 感 元 年

权龙襄,景龙中为瀛州刺史。遇新岁,京中人附书云:"改年多
感,敬想同之。"乃将书呈判书以下,云:"有诏改年号为'多感元
年'。"众大笑。龙襄不悟,犹复延颈,怪赦书来迟。

精 觕

宋神宗时,叶温叟提举陕西保甲。一日,御批问:"所隶诸州保
甲精觕如何?"叶上札子言:"臣所教保甲,委是精觕。"帝得奏大笑,
谓侍臣曰:"温叟将谓精觕是精确也。"

生 兵

逆亮南侵,命叶义问视师江上。叶素不习军旅,会刘锜捷书至,
读之,至"金贼又添生兵",顾问吏曰:"生兵是何物?"

> 世牧民者,知百姓是何物? 衡文者,知文章是何物? 掌铨
> 者,又知人才是何物? 天下之不为叶义问者鲜矣!

史 思 明 诗

《芝田录》:史思明以樱桃寄其子,作诗云:"樱桃一篮子,半青
一半黄。一半与怀王,一半与周贽。"群臣请曰:"圣作诚高妙,但以
'一半与周贽'之句移在上,于韵更为稳叶。"思明怒曰:"我儿岂可
使居周贽之下?"

思明长驱至永宁,为子朝义所杀。思明曰:"尔杀我太早。禄山尚得至东都,而尔何亟也?"朝义,即伪封怀王者。

谨案:叶梦得《避暑录话》引《杨文公谈苑》作安禄山事。周赟为史思明伪相,应以史思明作诗为是。

党 进 读 书

党进不识一字。朝廷遣防秋,陛辞,故事例有敷陈。进把笏前跪,移时不能道一字,忽仰[面瞻]天(颜)[表]厉声曰:"(朕)[臣]闻上古,其风朴略。愿官家好将息!"侍卫掩口。后左右问曰:"太尉何故念此二语?"党曰:"要官家知我读书。"

只为"宰相须用读书人"一语所误。

谨案:据宋曾慥《类说》卷五五校改。按唐明皇《孝经序》首句为"朕闻上古,其风朴略"。

邑 丞 通 文

某邑一丞,素不知文,而强效颦作文语。其大令病起,自怜消瘦,丞曰:"堂翁深情厚貌,如何得瘦?"又侍大令饮,而大令将赴别席,辞去。丞曰:"乞其余不足,又顾而之他。"县令修后堂,颇华整。丞趋而进曰:"山节藻棁,何如其智也!"一日,县治捕强盗数人,令严刑讯鞫,盗哀号殊苦。丞从傍抚掌笑曰:"恶人自有恶人磨!"

《笑林》评云:不识一丁人,转喉触讳如此。令大能容耐,正是"识性可与同居"。

中 官 通 文

嘉祐、治平间,有中官杜渐者,好与举子同游,学文谈,不悉是非。居扬州，凡答亲旧书，若此事甚大，必曰"兹务孔洪"，如此甚多。苏子瞻过维扬，苏子容为守，杜在坐。子容少怠，杜遽曰："相公何故溘然？"其后子赡与同会，问典客曰："为谁？"对曰："杜供奉。"子瞻曰："今日不敢睡，直是怕那溘然。"

> 乙未后，时艺陡新，一后学苦心为课，字字推敲，易"常谓"字曰"恒谭"，易"何言之"曰"曷谈旃"，一时传笑。

时有一权珰，与缙绅次。诸缙绅方剧谈，而珰者不能置一语，仰见屋上烟笼葱起，谬曰："焉用佞！"众闻之，疑珰者诮己。及移时，复仰视曰："烟太佞！"四座大笑，疑遂释。

> 俚语有习而不察者，如劝人莫动气，则曰"君子不器"；自谦未曾周备，则曰"周而不比"；赞人话好，则曰"巧言令色"；贺人功名，则曰"侥幸"，俱可笑。

《广记》：唐有内大臣学作别纸言语。凤翔节度使寄柴数车，回书谢云："蒙惠也愚若干。"

> 谨案：《论语·先进》："柴也愚，参也鲁，师也辟，由也喭。"

中 官 出 对

《耳谭》：太监府有历事监生，遇大比，亦是本监考取，类送乡试。一珰不深书义，曰："今不必作文论，只一对佳者，便取。"因出对云："子路乘肥马。"诸生俯首匿笑。一黠者对云："尧舜骑病猪。"珰大称善。

> 阉人主文事，故可笑，不必对也。王振用事时，台中有疏，请振判国子监，如唐鱼朝恩故事者，更可笑。

史 学

《王莽传》赞云："紫色蛙声，余分闰位。"谓以伪乱真也。颜之推共人言及莽状，一俊士自许史学，名价甚高，乃云："王莽非直鸱目虎吻，亦且紫色蛙声。"

强作解字

会稽朱某以贩茶鬻官，皆呼为"茶官"，素不学。偶于姻家遇词客，印证今古，谈及宣尼，击节曰："据如此说，是一才子矣！"又言冯妇，则曰："果是当时一美妇人，予闻久矣！"近临溪人姚京，与村学究孙一经夏日纳凉。顷之云翳，孙曰："必有大风。"姚诘之，曰："夏云多奇风。"闻者肠断。

> 谨案：顾恺之诗："春水满四泽，夏云多奇峰。"

庆元间，有士人姜夔上书，乞正奉常雅乐。诏赴太常同寺官校正。乐师赍出大乐。首见锦瑟，指问何乐。众方讶其正乐不识乐器。既知为瑟，乃令乐师曰："弹之。"师曰："《语》云'鼓瑟希'，未闻弹之。"众官咸笑而散，其议遂寝。

《公　羊　传》

《广记》：有甲欲谒见邑宰，问左右曰："令何所好？"或语曰："好《公羊传》。"后入见，令问："君读何书？"答曰："唯业《公羊传》。""试问谁杀陈他者？"甲良久对曰："平生实不杀陈他。"令知谬误，因复戏之曰："君不杀陈他，谓是谁杀？"于是大怖，徒跣走出。人问其故，乃大语曰："见明府，便以死事见访，后直不敢复来，遇赦当出耳。"

> 近有村翁，自炫儿聪明，习《春秋经》者。或问云："读过《左传》否？"答曰："《左传》未知，但闻其已读'右传'矣。"盖《大学》有"右传之几章"句，儿鲁甚，朝夕温诵，翁所习闻也。

芝 麻 通 鉴

吴人韦政,腹枵然,好谈诗书,语常不继。或嘲之曰:"此非出《芝麻通鉴》上乎?"盖吴人好以芝麻点茶,市中卖者,以零残《通鉴》裹包。一人频买芝麻,积至数页,而以零残语掉舌。人问始末,辄穷曰:"我家《芝麻通鉴》上止此耳。"

《韵府群玉》秀才还只好趁夜航船,况《芝麻通鉴》乎?

谨案:明叶盛《水东日记》卷二:吴思庵先生谈及浅学后进,曰:"此《韵府群玉》秀才,好趁航船尔。"航船,吴中所谓夜航船,接渡往来,船中群坐多人,偶语纷纷,盖言其破碎摘裂之学,只足供谈笑也。

祭文 策问

《谑浪》云:黄陂季生无学,好弄笔。求人文稿曰"文犒",见来耗曰"来报",见唾咳曰"垂亥",每于尺牍中用"呵呵",称医家曰"国首",简褎曰"简艺",租粮曰"相量",写人号下又加"尊号失记",写过己名又书"名具别幅"。此等不可胜数,传为笑谈。一日母死,托邑人段祺作堂祭文。段代为言曰:"某年月日,儿某举亡母枢,就封某山,某不敢索文犒于人,谨写某胸中所有而言曰:呜呼!躬秉来报,二十余年,垂亥不闻,又经一年。人皆呵呵,我泪如泉,方母病剧,国首难寻。仓忙举事,简艺殊深。大荒之后,相量少足。诸亲俱在,无人不哭。尊号失记,母心如烛。各有姓名,具在别幅。"

必是此篇祭文先堂方解,非戏笔也。

钱塘叶生少学识。有假作叶策题问云:"《孝经》一序,义亦难明,且如'韦昭王'是何代之主?'先儒领'是何处之山?孔子之志四时常有也,何以独言'我志在春'?孔子之孝四时常行也,何以独言'秋行在孝'？既曰'夫子殁'，而又何以'鲤趋而过庭'？"

乃知党进背得二句，亦算亏他。

袭　旧

唐阳滔在中书，文皆抄袭。时命制敕甚急，而令史持库钥他适，苦无旧本检阅，乃斫窗跃入得之。时号为"斫窗舍人"。

观斫窗辛苦，方知近来怀挟"蝇头本儿"之贵。

桓帝时，有辟公府掾者，倩人作奏记。人不为作，因语曰："梁国葛龚先作记文可用。"遂从人言誊写，不去龚名姓。府公大惊，罢归。时人语曰："作奏虽工，宜去葛龚。"

若再抄几遍，名姓当累累矣。

改　制　词

唐玄宗尝器重苏颋，欲倚以为相，秘密不欲令左右知。迨夜艾，乃令草诏，访于侍臣曰："外(庭)[廷]谁直宿？"命秉烛召来。至则中书舍人萧嵩。上即以颋姓名授嵩，令草制书。既成，词中有"国之瑰宝"。上寻绎三四，谓嵩曰："颋，瑰之子。朕不欲斥其父名，卿为刊削之。"上仍令撤帐中屏风与嵩。嵩惭惧流汗，笔不能下者久之。上以嵩抒思移时，必当精密，不觉前席以观。唯改曰"国之珍宝"，他无更易。嵩既退，上掷其草于地曰："虚有其表耳！"

谨案：据唐郑处诲《明皇杂录》校改。

判　鸟　翎

唐灵昌尉梁士会，官科鸟翎，里正不送，举牒判曰："官唤鸟翎，何物里正，不送鸟翎？"佐使曰："公大好判，但'鸟翎'太多。"会改曰:"官唤鸟翎,何物里正,不送雁翅?"闻者笑之。

朱 巩 一 联

南唐元宗会群臣赋诗。学士朱巩短于韵语,竟日不能终篇,止进一联,又极鄙俚,乃自炫曰:"好物不在多。"

约 法 三 章

魏长齐雅有体量,而才学非所经。初宦当出,虞存嘲之曰:"与卿约法三章:读者死,文笔者刑,商略抵罪!"魏怡然而笑。

苦海部第七

子犹曰：昔郑光业兄弟遇人献词，句有可嗤者，辄投一巨皮篓中，号曰"苦海"，宴会则取视，以资谐戏。夫为词而足以资人之谐戏，此词便是天地间一种少不得语，犹胜于尘腐蹈袭，如杨升庵所谓"虽布帛菽粟，陈陈相因，不可衣食"也。故余喜而采之。而古诗之病经人指摘者，亦附入之，又以见巨皮箱中，人人有份，莫要轻易便张口笑人也。集《苦海第七》。

采 石 诗

采石江头，李太白墓在焉。往来诗人题咏殆遍。有客书一绝云："采石江边一抔土，李白诗名耀千古。来的去的写两行，鲁般门前掉大斧。"

同 东 集

《悦生堂随抄》云：吴僧法海好作恶诗，萃成帙，刘从事为序。刘序云："师虽习西方之教，颇同东鲁之风，因题曰《同东集》。〔旁批：面骂不知。〕长于譬喻，动有风骚。昔唐小杜既为老杜之次，今师又在小杜之下。"一说，东坡题佛印像，亦有"大杜、小杜"语，疑即此误。

盘 门 诗 伯

万历初，苏州盘门外昆弟二人，忘其姓，一号兰溪，一号兰洲，争以恶诗唱和，高自矜许。或作诗嘲之曰："盘门城外两诗伯，兰溪兰洲同一脉。胸中全无半卷书，纸上空污数行墨。浣花溪头杜少陵，浔阳江口李太白。二公阴灵犹未散，终日在天寻霹雳。有朝头上咶声能,吴语,犹云"响一声"也。打杀两个直娘贼。"

自诒才华

《广记》:北齐并州有士族,好为可笑诗赋,轻蔑邢、魏诸公。众共嘲弄,虚相称赞,必击牛漉酒延之。妻知其妄,屡用泣谏。其人叹曰:"才华不为妻子所容,何况行路!"

阳 俊 之

阳俊之多作五言歌,词荡而拙,世俗流传,名为"阳五伴侣",写卖不绝。俊之遇于市,言其字误,取而改之。卖者曰:"阳五,古之贤人。君何所知,轻敢议论!"俊之大喜,自言:"有集十卷,虽家兄亦不知吾是才士。"

　　谨案:阳俊之,北齐人。附见《北史·阳尼传》。

崔 泰 之

唐黄门崔泰之哭特进李峤诗曰:"台阁神仙地,衣冠君子乡。昨朝犹对坐,今日忽云亡。魂随司命鬼,魄逐见阎王。此时罢欢笑,无复向朝堂。"谓人曰:"作诗须有此真味!"

卢 延 让

卢延让业诗,二十五举方登第。卷中有"狐冲官道过,狗触店门开"之句,张浚每称赏之。又有"贼猫临鼠穴,馋犬舐鱼砧",为成汭所赏。"栗爆烧毡破,猫跳触鼎翻",为王建所赏。卢谓人曰:"平生谒尽公卿,不意得力于狐狗猫鼠!"

包　贺

进士包贺作诗多粗鄙之句,如"苦竹笋抽青橛子,石榴树挂小瓶儿",又"雾是山巾子,船为水靸鞋",又"棹摇船掠鬓,风动水捶胸",俱可笑。世传逸诗云"窗下有时留客宿,斋中无事伴僧眠",号曰"自落便宜诗"。

高　敖　曹

高敖曹尝为杂诗三首。其一:"冢子地握槊,星宿天围棋。开坛瓮张口,卷席床剥皮。"其二:"相送重相送,相送至桥头。培堆两眼泪,难按满胸愁。"其三:"桃生毛弹子,瓠长棒槌儿。墙欹壁凸肚,河冻水生皮。"

权　龙　襄

唐左卫将军权龙襄,性褊急,常自矜能诗。通天年中,为沧州刺史。初到,乃为诗呈州官曰:"遥看沧海城,杨柳郁青青。中央一群汉,聚坐打杯觥。"诸公谢曰:"公有逸才!"襄曰:"不敢,趁韵而已。"又为《喜雨》诗曰:"暗去也没雨,明来也没云。日头赫赤出,地上绿氲氲。"又《皇太子宴夏日赋》诗:"严霜白浩浩,明月赤团团。"太子援笔为赞曰:"龙襄才子,秦州人士。明月昼耀,严霜夏起。如此诗章,趁韵而已。"襄以张易之事出为容山府折冲,后追入,献诗曰:"无事向容山,今日向东都。陛下敕进来,今作右金吾。"上大笑,每呼为权学士,凡与诸学士赋诗,辄令与焉。

龙襄又《秋日述怀》曰:"檐前飞七百,雪白后园强。饱食房里侧,家粪集野蜋。"参军不晓,请释。襄曰:"鹞子檐前飞,值七百文。洗衫挂后园,干白如雪。饱食房中侧卧,闻家中粪堆,集得野泽蜣蜋。"谈者嗤之。

宋 宗 子

哲宗朝，有宗子好为诗，而鄙俚可笑。尝作《即事》诗云："日暖看三织，风高斗两厢。蛙翻白出阔，蚓死紫之长。泼听琵琶凤，馒抛接建章。归来屋里坐，打杀又何妨！"人问其诗意。答曰："始见三蜘蛛织网于檐前，又见二雀斗于两厢廊。有死蛙翻腹，似'出'字，死蚓如'之'字。方吃泼饭，闻邻家作《凤栖梧》。食馒头未毕，闻人报建安章秀才上谒。接章既归，见内门上画钟馗击小鬼，故云'打死又何妨'。"哲宗方欲灼艾，有小内侍诵此诗，笑极，遂罢灸。

相传《登厕》诗有"板侧尿流急，坑深粪落迟"，句法似此。

雪 诗

唐人有张打油，作《雪》诗云："江上一笼统，井上黑窟窿。黄狗身上白，白狗身上肿。"

陆诗伯《雪》诗云："大雪洋洋下，柴米都长价。板凳当柴烧，吓得床儿怕。"又云："玉皇大帝卖私盐，一个苏州拖面煎。"又云："不闻天上打罗橱，满地纷纷都是面。"又云："昨夜玉皇哀诏到，万里江山都带孝。"

陆诗伯曾咏枇杷树云："一株枇杷树，两个大丫叉。"后韵未成，吴匏庵请续之，曰："未结黄金果，先开白玉花。"陆摇首曰："殊脂粉气！"

李 廷 彦

李廷彦献百韵诗于上官，中云："舍弟江南没，家兄塞北亡。"上官恻然，曰："君家凶祸，一至于此！"廷彦曰："实无此事，图对偶亲切耳。"一客谑云："何不言'爱妾眠僧舍，娇妻宿道房'，犹得保全兄弟?"

诗　僧

郎中曹琰,有僧以诗卷投谒。阅首篇,是《登润州甘露阁》云:"下观扬子小。"琰曰:"何不道'卑吠狗儿肥'?"次阅一篇《送僧》云:"猿啼旅思凄。"琰曰:"何不道'犬吠张三嫂'?"坐中大笑。

不　韵　诗

唐冀州参军曲崇裕《送司功入京》诗曰:"崇裕有幸会,得遇明流行。司士向京去,旷野哭声哀。"司功曰:"大才士! 先生其谁?"曰:"吴儿博士教此声韵。"司功曰:"师明弟子哲!"

嘉靖间,有织造太监在杭州,征索不遂,为诗云:"朝廷差我到苏州,府县官员不理咱。有朝一日朝京去,人生何处不相逢。"监司叹曰:"好诗!"答曰:"虽不成诗,叶韵而已。"

《湖海搜奇》云:谢兵马之妻为墙压死。杨天锡往吊,谢泣曰:"寒荆正有孕,今死不成尸,奈何?"杨曰:"此所谓'虽不成尸,压孕而已'。"谢恚曰:"我苦无极,尚尔作戏!"语本此。

重　复　诗

雍熙中,一诗伯作《宿山房即事》诗,曰:"一个孤僧独自归,关门闭户掩柴扉。半夜三更子时分,杜鹃谢豹子规啼。"又《咏老儒》诗曰:"秀才学伯是生员,好睡贪鼾只爱眠。浅陋荒疏无学术,龙钟衰朽驻高年。"

王　大　夫

王祈有竹诗两句,最为得意,为东坡诵之,曰:"叶垂千口剑,干耸万条枪。"苏笑曰："好则好矣,只是十条竹竿共一片叶也。"又苏尝言："看王大夫诗,难得不笑。"

李超无自嘲

李超无逃儒归墨,作诗自嘲云："滚汤呼贼秃,摇铎骂光郎。"

涩　　体

徐彦伯为文,多变奇求新,以"凤闱"为"鸥阃",以"龙门"为"虬户",以"金谷"为"铣溪",以"刍狗"为"卉犬",以"竹马"为"筱骖",以"月兔"为"魄兔",以"风牛"为"焱牸"。后进效之,谓之"涩体"。

虞子匡戏诗

嘉靖中,有好为六朝诗者,不独巧丽,且欲用不经人道之语,易字换句,遂至妄诞不稽。虞子匡一日递一诗示郎仁宝,请商之。仁宝三诵,不知何题。虞曰："吾效时人换字之法,戏改岳武穆《送张紫阳北伐》诗也。"其诗曰："誓律飙雷速,神威震坎隅。遐征逾赵地,力斗越秦墟。骧蹂匈奴颈,戈歼靺鞨躯。旋师谢彤阙,再造故皇都。"岳云："号令风霆迅,天声动北陬。长驱渡河洛,直捣向燕幽。马蹀月氏血,旗袅可汗头。归来报明主,恢复旧神州。"不过逐字换之。遂抚掌相笑。

宋景文修史

宋景文修唐史,好以艰深之辞文浅易之说。欧公思有以训之。一日,大书其壁曰："宵寐匪祯,札闼洪休。"宋见之,曰："非'夜梦不祥,题门大吉'耶? 何必求异如此?"欧公曰："《李靖传》云'震霆不暇掩聪',亦是类也。"宋公惭而改之。

嘲　窃　句

陈亚《嘲窃古人诗句》诗云："昔贤自是堪加罪，非敢言君爱窃词。叵奈古人无意智，预先偷子一联诗。"

僧惠崇能诗，其尤自负者："河分冈势断，春入烧痕青。"崇之子弟嘲曰："河分冈势司空曙，春入烧痕刘长卿。不是师兄多犯古，古人诗句犯师兄。"

潘邠老诗多犯老杜。王直方云："老杜复生，须与潘十厮炒。"

祥符、天禧中，杨大年、钱文禧、晏元献为诗，皆宗李义山，号"西昆体"。后进效之，多窃取义山诗句。尝内宴，优人作戏，有为义山者，衣服破裂，告人曰："吾为馆职诸公挦撦，以至如此！"坐者皆笑。

> 剥取他人口珠，是盗儒也，如何止坐毁坏衣冠律？

李义(甫)[府]《白燕》诗云："镂月为歌扇，裁云作舞衣。自怜回雪影，好取洛川归。"有枣强尉张怀庆，好偷窃名士文章，乃增二字为七言，云："生情镂月为歌扇，出性裁云作舞衣。照鉴自怜回雪影，来时好取洛川归。"时人谓之"活剥张昌龄，生吞郭正一"。

> 谨案：据唐刘肃《大唐新语》卷一三校改。

武太常邦御，以水竹楼求刘楚雄为记，其文曰："淇澳之斐，而瀑布急雨之，而碎玉密云之，而投壶铮铮之，而围棋丁丁之。巨细疾徐，皆先生之甀罄匏丝也。"又曰："氅衣幅巾，见者以为神仙中人。"全用王元之《竹楼记》中语。有戏者曰："昨梦一人，峨冠博带，意甚不平，曰：'我宋学士王禹偁也，昔作郡守，有竹楼一座。今被刘楚雄拆毁，且将楼中之物一一窃去。'问是何物，曰：'楸枰一局，壶矢十二枝，文集十卷，氅衣一袭，幅巾一顶，止遗囊琴一张在焉。'又问：'窃此何焉？'曰：'都贮于太常水竹楼中，故不平也。'"

> 谨案：王禹偁(元之)《竹楼记》中有云："夏宜急雨，有瀑布

声;冬宜密雪,有碎玉声;宜鼓琴,琴调和畅;宜咏诗,诗韵清绝;宜围碁,子声丁丁然;宜投壶,矢声铮铮然。皆竹楼之所助也。"

点 金 成 铁

梁王籍诗云:"蝉噪林愈静,鸟鸣山更幽。"王荆公改用其句曰:"一鸟不鸣山更幽。"山谷笑曰:"此'点金成铁'手也!"

倩 笔

《雪溪纪闻》:湖州吴平山,素不能诗,值座师王荆石公寿,试作八句,求同年沈公节甫改削。沈用其韵更制一首,复嫌于全革,姑举笔点其末二句,而并归之。吴大喜,谓沈所赏语必佳,不忍弃,既书沈诗,而并载己二句于末,遂为十句,重一韵。王公大笑。

平山名秀,鲁而好学。一日止读书七行,至晚犹不成诵,必跪而自督。辛未会试,五策犹富,元驭犹讶其该博,拔置首卷。而一诗乃不通窍如此!

文 当 戒 俗

杨文公尝戒其门人"为文宜避俗语",既而公因作表云:"伏惟陛下,德迈九皇。"门人郑戬请于公曰:"卖韭黄讫,未审何时得卖生菜?"公大笑,易之。

书 马 犬 事

欧阳公在翰林时,尝与同院出游。有奔马毙犬,公曰:"试书其一事。"一曰:"有犬卧于通衢,逸马蹄而杀之。"一曰:"有马逸于街衢,卧犬遭之而毙。"公曰:"使子修史,万卷未已也。"曰:"内翰云何?"公曰:"逸马杀犬于道。"相与一笑。

明 堂 赦 文

胡卫、卢祖在翰林，草明堂赦文云："江淮尽扫于胡尘。"太学生嘲之曰："胡尘已被江淮扫，却道江淮尽扫于。传语胡卢二学士，不如依样画胡卢。"

押　　韵

唐梅权衡，吴人也，入试不持书策，人皆谓奇才。及府题出《青玉案赋》，以"油然易直子谅之心"为韵。场中竞谈"谅"字难押。梅于庭树下，以短筴画地起草。日晡，梅赋先成。张季遐求视所押，以为师模。梅大言曰："押字须商量，争应进士举？"季遐自谦薄劣，乃率数十人请益。梅曰："此韵难押，诸公且厅上坐，听某押处解否。"遂朗吟曰："恍兮惚兮，其中有物。惚兮恍兮，其中有谅。犬蹲其旁，鸥拂其上。"因讲："青玉案者是食案，所以言'犬蹲其傍，鸥拂其上'也。"众大笑。出《乾膜子》。

苗振召试馆职。晏丞相语曰："宜稍温习。"苗曰："岂有三十年作老娘，而倒绷孩儿者乎？"既试赋，韵有"王"字。振押云："率土之滨莫非王。"不中选。晏笑曰："苗君竟倒绷孩儿矣！"

赋

胡旦作《长鲸吞舟赋》云："鱼不知舟在腹中，其乐也融融；人不知舟在腹内，其乐也泄泄。"又曰："双须竿直，两目星悬。"杨孜览而笑曰："许大鱼，眼孔恁小！"

又庆历中，试题为《天子之堂九尺》。赋者曰："成汤当陛而立，不欠一分；孔子历阶而升，止余六寸。"用《孟子》曹交言汤九尺、《史记》言孔子九尺六寸事。

熙宁中，省试《王射虎侯赋》。有一卷云："讲君子必争之艺，饰大人所变之皮。"又欧阳公主文,试《贵老为其近于亲赋》。有一卷云:"睹兹黄耇之状,类我严君之容。"

褚归应试,作《大舜善与人同》,破云:"道虽贯于万世,善犹同于众人。"见黜。一友戏慰曰:"公以'尿罐'对'油筒',宜其黜落。"

> 谨案:"尿"读如水,平声。

经　义

政和中,举子皆试经义。有学生治《周礼》,堂试以《禁宵行者》为题,此生答义云:"宵行之为患者大矣,凡盗贼奸淫为过恶者,白昼不能显行也,必昏夜合徒窃发。踪迹幽暗,虽欲捕治,不可物色。故先王命官曰司寤氏,而立法以禁之,有犯无赦,宜矣!不然,则宰予昼寝,何以得罪于夫子?"学官者甚喜其议论有理,但不晓以宰予为证之意,因召问之。答曰:"昼非寝时也。今宰予正昼而熟寐,其意必待夜间出来胡行乱走耳。"学官为笑而止。

> 使宰我睡寐中惊出一身冷汗。

时　艺

陈白沙献章,当成化初会试,虽负重名,亦投时好,竞出新奇,作《老者安之,朋友信之,少者怀之》题,其破云:"物各有其等,圣人等其等。"考官戏批其傍云:"若要中进士,还须等一等!"

张鳌山提学江北,以《冯妇善搏虎》为题。徐州一士云:"冯妇,一妇人也,而能搏虎;不惟搏也,而又善焉。夫搏虎者何?扼其吭,斩其头,剥其皮,投于五味之中而食之也,岂不美哉!"

王荆湖学博谈及吴郡一士,作《今交九尺四寸以长》题,文中将"九尺以长"、"四寸以长"分股。又一士作《二女果》题,文中二股立柱云:"尧非不欲以之自奉也,舜非不欲以之奉瞽瞍也。"闻者绝倒。

乙卯,王宗师按临苏州,凡童生劣卷俱发回。有一童生作《不占而已矣》题,文中二股柱云:"古之占者,有鬼谷先师其人焉;今之占者,有柳华岳其人焉。"众共哗笑。旁有一人与此童相识,深加叹惜。众问其故,答云:"怪道某阿官不进学,宗师是浙人,怎知我苏州有柳华岳?"众大笑。又一童居近齐门任蒋桥。此桥以任、蒋二土地庙得名也。题出《任土地者次之》,童即以蒋土地与任土地分主客二股。

申于王云:有作《虽使五尺之童适市,莫之或欺》题者,破云:"以可欺之人,居可欺之地,而卒莫之或欺焉,可以见天理之常存,而人心之不死矣。"或嫌其欠简健。他日作《鲁人猎较,孔子亦猎较》,破云:"鲁俗颓,圣人雷。"或又嫌其崛且晦,须不长不短,点切题面字眼,方醒人目。他日又作《子之燕居,申申如也,夭夭如也》,破云:"纪圣人之鸟处,'甲'之出头,而'天'之侧头者也。"

一士作《能近取譬》题文,质于唐六如。唐称赞不已。士又再三求正,唐曰:"细玩'能近取'三字不做,觉偏枯些。"士嘿然而去。

评　唐　诗

杨用修曰:唐诗有极劣者,宋人采入《全唐诗话》,使观者曰:"是亦唐诗一体。"譬之燕、赵多佳人,其间有跛者、眇者、羝者、氲者、疥且痔者,乃专房宠之,曰:"是亦燕、赵佳人之一种。"可乎?

前人诗文之病

简文时,费旭诗有句云"不知是耶非",殷芸诗有"飘飏云母舟"句。帝大笑曰:"旭既不识其父,芸又飘飏其母耶?"

许浑句中多用"水"字,谚曰"许浑千首湿"。又罗隐诗皆有"喜"、"怒"、"哀"、"乐"、"心"、"志"等语,不离一身,故以"罗隐一生身”为对。不若对以“杜甫一生愁”为优。

杨盈川为文，好以古人姓名连用，如“张平子之略谈，陆士衡之所记”，“潘安仁宜其陋矣，仲长统何足知之”，时号为“点鬼簿”。骆丞文好以数对，如“秦地重关一百二，汉家离宫三十六”，时号为“算博士”。李义山为文多检阅书册，左右鳞次，时号“獭祭鱼”。

王禹玉诗多用“珍”、“宝”、“黄金”、“白玉”为对，时号“至宝丹”。有人云：“诗能穷人，且强作富贵语，看如何？”数日搜索，止得一联，云：“胫胫化为红玳瑁，眼睛变作碧琉璃。”为之绝倒。

高英秀辩捷滑稽，尝与赞宁共议古人诗病，云：“李山甫《览汉史》‘王莽弄来曾半破，曹公将去便平沈’，是破船诗。李群玉《咏鹧鸪》‘方穿诘曲崎岖路，又听钩辀格磔声’，是梵语诗。罗隐‘云中鸡犬刘安过，月里笙歌炀帝归’，是见鬼诗。杜荀鹤‘今日遇题题似著，不知题后更谁题’，此卫子诗也，不然安有四蹄？”卫地多驴，故呼驴为卫子。

曹唐《寓金陵佛寺》云：“水底有天春漠漠，人间无路月茫茫。”人谓之“鬼诗”。罗隐《咏牡丹》云：“若教解语应倾国，任是无情也动人。”人谓之“女子诗”。

释贯休有《咏渔父》云：“眼前不见市朝事，耳畔唯闻风水声。”梅圣俞曰：“此患肝肾风也。”又云：“尽日觅不得，有时还自来。”曰：“此是人家失却猫儿。”

贾岛有《哭僧》诗云：“写留行道影，焚却坐禅身。”唐人谓“烧杀一活和尚”。

张祐《柘枝》诗云：“鸳鸯细带抛何处，孔雀罗衫属阿谁？”白乐天每呼为“问头诗”。祐曰：“公亦有《目连经》。《长恨歌》云‘上穷碧落下黄泉，两处茫茫皆不见’，此非目连访母耶？”

孟浩然诗：“春眠不觉晓，处处闻啼鸟。夜来风雨声，花落知多少？”人谓是“孟盲子”。荆公宅乃谢安所居地，有谢公墩。公赋诗曰：“我名公姓偶相同，我宅公墩在眼中。公去我来墩属我，不应墩姓尚随公。"人谓与死人争地界。

　　怜才莫如明皇，而孟老不识，竟以"不才明主弃"之语自绝，真盲子矣！荆公在朝日与人争新法，既罢争墩，亦其性也。

张师锡《老儿诗》五十韵，摹写极工。中有"看经嫌字小"，不免是老僧；"脚软伯秋千"，不免是老妇。

程师孟知洪州，作静堂，自爱之，无日不到，为诗题于石，曰："每日更忙须一到，夜深长是点灯来。"李元规见而笑曰："此是登溷诗。"

　　柳耆卿词有"今宵酒醒何处？杨柳岸，晓风残月"，或戏之曰："'杨柳岸，晓风残月'，此乃艄公登溷处耳。"

刘子仪尝有《赠人》诗云："惠和官尚小，师达禄须干"，取"下惠圣之和"、"子张问达而学干禄"之事。或有除去"官"字，示人曰："此必番僧也，其名达禄须干。"闻者大笑。

有迁楚藩者，李于鳞以诗送之，云："江汉日高天子气，楼台秋入大王风。"一友曰："二语似贺陈友谅登极。"

《古今诗话》：乐天《长恨歌》云："峨嵋山下少人行，旌旗无光日色薄。"峨嵋在嘉州，与幸蜀路全无交涉。杜甫《武侯庙柏》诗云："霜皮溜雨四十围，黛色参天二千尺。"四十围乃径七尺，无乃太细长也。史称防风氏身广九亩，长三丈。按广大尺，九亩乃五十丈四尺，如此防风之身乃一饼耳。此文章之病也。

张文潜常云："子瞻每笑'天边赵盾益可畏，水底右军方熟眠'，谓'汤煿了王羲之也'。"文潜戏谓子瞻云："公诗有'独看红蕖倾白堕'，不知'白堕'是何物？"子瞻云："《洛阳伽蓝记》有刘白堕，善酿酒。"文潜曰："白堕既是人，何以言倾？"子瞻笑曰："魏武《短歌行》云：'何以解忧？惟有杜康。'杜康亦是酿酒人名也。"文潜曰："毕竟用得不当。"时文潜有仆曹某，失去酒器。子瞻笑曰："公且先去理会曹家那汉，却来此间厮魔。"满座大笑。

　　吴人多谓梅子为"曹公",尝望梅止渴也。又谓鹅为"右军"。士写礼帖云:"醋浸曹公一髽,汤燖右军两只。"见者大笑。

九　字　诗附

　　中峰和尚有九字梅花诗云:"昨夜西风吹折千林梢,渡口小艇滚入沙滩坳。野树古梅独卧寒屋角,疏影横斜暗上书窗敲。"卢赞元酴醾花诗:"天将花王国艳殿春色,酴醾洗装素颊相追陪。绝胜浓英缀枝不韵李,堪友横斜照水搀先梅。"

　　诗非不佳,然自一画以添至于四言、五言、七言极矣,复九之,必且十一、十三,以至无穷,如吴中之"急口山歌"而后已。故附于笑末,以为文胜之戒。

不韵部第八

子犹曰:语韵则美于听,事韵则美于传。然韵亦有夙根,不然者,虽复吞灰百斛,洗胃涤肠,求一语一事之几乎韵,不得矣。山谷常嘲一村叟云:"浊气扑不散,清风倒射回。"此犹写貌,未尽传神。极其伎俩,直欲令造化小儿羞涩,何止风伯避尘已也?集《不韵第八》。

汗 臭 汉

余靖不事修饰。作谏百日,因赐对面陈。时方盛暑,上入内云:"被一汗臭汉薰杀! 喷唾在吾面上。"

谨案:余靖,宋仁宗时为谏官。

不 洗 脚

《北史》:阴子春身服垢污,脚常数年不洗,云:"洗辄失财败事。"妇甚恶之,曾劝令一洗。不久,值梁州之败,谓洗脚所致,大恨妇,遂终身不洗。

阊门市居,往来纷沓,泥水踩践,积成块垒,俗呼"长墩",去之败家,任其崎岖,终不敢动。子春"长墩",乃在脚底!

三 鹿 郡 公

袁利见性麤疏,方棠谓:"袁生已封'三鹿郡公'。"

都宪弄鸟

胡少保宗宪,素自负嫪毐之具,醉后辄欹坐肩舆中,以手摩之,东西溺舁夫及从官肩。咸掩目而笑,胡故自若。

> 弄自家鸟,强如呵别人脬,但不雅观耳。

马上食饼

张衡由令史至三品,已团甲,退朝,于路傍见蒸饼新熟,遂买得,于马上食之。为御史弹奏,竟落甲。

> 向闻二卵弃将,今见一饼失官。若在晋人,反为任诞。

> 谨案:张衡为武周时人。《孔丛子》:苟变,战国时人。子思荐之于卫君,曰其材可将五百乘。卫君曰:"吾知其材可将,然变也尝为吏,赋于民而食人二鸡子,以故弗用也。"

决文宣王、亚圣

《岭南[异物]志》:广南际海郡,[多]不立文宣王庙。有刺史不知礼,将释奠,预署二书吏为文宣王、亚圣,鞠躬于门外。或进止不如仪,即判云:"文宣王、亚圣各决若干。"

> 书吏岂胜于有若? 礼拜且不雅,况先以决杖乎?

> 按《唐史》:南中小郡,多无缁流,每宣德音,须假作僧道陪位。昭宗即位,柳韬为宣告使。至一州,有假僧不伏排位。太守王弘大怪而问之。僧曰:"役次未到,差遣偏并。去岁已曾摄文宣王,今年又差作和尚。"闻者绝倒。

> 又:唐有人衣绯于中书门候宰相求官者,问:"前任何职?"答曰:"属教坊,作西方狮子左脚三十年。"亦可笑。

缚 诗 人

《皇明世说》：滕县杨懋忠涉学，好为诗。不得意于诸生，弃去，遍游名山，还过琅琊。捕盗指挥以为盗，执之。杨乞纸笔自供，因题一诗，内有"曾向陈编窃语言"之句。指挥不通文，问曰："陈编是汝伙中人耶？"杨曰："否。是被盗者。"指挥大喜，执送兵备；见其诗，大相知赏，叱出指挥，解杨缚，延上坐，与论诗竟日。既出，指挥来谢罪。杨曰："不因公，何以受知兵宪？但如此荐法，令人一时难堪耳。"

> 绿林豪客，能知李涉诗名；巡风指挥，翻执诗人为盗。

> 谨案：《唐才子传》：李涉才名倾动一时。过九江遇盗，问知是李山人。盗首曰："若是，勿用剽夺。久闻诗名，愿题一篇足矣。"

役 长 史

吴长史稷，归隐，有司莫识其面。里举践更役，误以公名报。令不知，悬之榜。公亲往注其下曰："不能为官，岂能为役？"令闻大愧。

沈 周

沈周名重一时。苏州守求善画者，左右以沈对，便出硃票拘之。沈至，命立庑下献技。沈乃为《焚琴煮鹤图》以进。守不解，曰："亦平平耳。"其明年入觐，见守溪王公。首问："石田先生无恙乎？"守茫然无以应。归以质之从者，则硃票所拘之人也。守大惭恨，踵门谢过焉。

> 昆人时大彬善陶，制小茶壶极精雅。或荐之昆令，善其制，索之；恨少，乃拘之一室，责取三百具。竟以愤死。近徽人程君

房,亦以工墨杀身,论者惜焉。余谓凡一技成名者,皆天下聪明人,乾坤灵气所钟,当路便当爱惜而保全之。若造此恶业,必永断慧根矣!

毁 茶 论

陆羽嗜茶,著《茶经》三篇。李季卿至江南,有荐羽者,召羽煮茶。羽衣野服,挈具而入。公心鄙之,命奴子取钱三十文相酬。羽愧甚,著《毁茶论》。

吴僧文了善烹茶。了游荆南,高保勉白与季兴,延置紫云庵,日试其茶二。保勉父子呼为"汤神",奏授"定水大师",土人目为"乳妖"。一茶之遇不遇如此!

碑 祸

唐玄宗东封泰山,命(张)［苏］许公摩崖为碑。至明八百余年,为林焊磨平,以"忠孝廉节"四大字覆之。

林公岂欲使顽石讲学耶?

谨案:据《弇州四部稿》,为林焊所损者为苏颋《东封颂》,则"张许公"当是"苏许公"之误。明皇时张说与苏颋并称为"燕许大手笔",张封燕国公,苏封许国公。

天圣中,营浮图。姜遵在永兴,悉取汉、唐碑之坚好者以代砖甓。有县尉叩头争之,继之以泣。遵怒,并劾去之。

此县尉定是韵士,惜史逸其名。

花 仇

唐韩弘罢宣武节度,归长安私第,有牡丹杂花,命去之,曰:"吾岂效儿女辈耶?"

扬州琼花,天下无双。炀帝特移栽金陵,而枝叶枯瘁。帝怒,乃杖八十发回,复活一年而死。

> 普天王土,何必金陵? 违性受辱,失此良种。惜不遇花太医为花神洗疮止痛耳。

刮几　垩壁

王羲之尝诣一门生家,设佳馔供给,意甚感之,欲以书相报。见有一新榧几,王便书之,草正相半。门生送往归郡,比还家,其父已削(括)[刮]都尽。[旁批:可惜!]

> 书法开在几上,使门生如何模仿? 削之良是。

> 谨案:据《太平广记》卷二百七引《图书会粹》校改。

玄览禅师性僻,住荆州陟屺寺。张璪于壁间画古松,符载为赞,卫象为赋。览师怒曰:"何疥吾壁?"命加垩焉。

> 寺中留一古迹,便起后人游览之端,贻扰不浅,这和尚有远识!

方　竹　杖

润州甘露寺有僧,道行孤高。李德裕廉问日,以方竹杖一赠焉。方竹杖出大宛国,坚实而正方,节须四面对出。及再镇浙右,其僧尚在。问曰:"竹兄无恙否?"僧曰:"至今宝藏。"公请出观之,则老僧已规圆而漆之矣。公嗟惋弥日。故当时曾有诗云:"削圆方竹杖,漆却断纹琴。"

> 杖取扶衰,圆以便握。但不知此僧岂少一圆竹,而费此工作为也? 大愚大愚!

砚　眼

吴郡陆公庐峰，候选京师。尝于市遇一佳砚，议价未定。既还邸，使门人某者往，以一金易归。讶其不类，某坚证其是。公曰：“前砚有鸲鹆眼，今何无之？”答曰：“某嫌其微凸，偶值石工甚便，幸有余银，已倩为平之矣。”公大惋惜。

鸣　鹅

会稽有姥，养一鹅，善鸣。右军求市不得，遂携亲友就观。姥闻羲之至，烹鹅以待。右军叹惜弥日。

快　牛

王恺有快牛，名“八百里”，常莹其蹄角。王武子语君夫：“我射不如卿，今赌卿牛，以千万对之。”君夫既恃手快，且谓骏物无有杀理，便相然可，令武子先射。武子一起便破的，却据胡床，叱左右：“速探牛心来！”［旁批：恶极。］须臾炙至，一脔便去。［旁批：何说！］

　　彼以为豪，我以为俗。

白　鸥　脯

张佖、陈乔之子，秋晚并游玄武湖。时群鸥游泛，佖子曰：“一轴内本《潇湘》！”乔子俄顾卒吏云：“此白色水禽，可以作脯否？”众谓“张佖子半茎凤毛，陈乔男一堆牛屎”。乔子由是有“陈一堆”及“白鸥脯”之号。

金　鱼

金鱼有“九尾狐”及“紫袍玉带”种种之异，文房畜为清玩，价亦不廉。或以一盆赠张幼于，张转以赠守公。他日守公谓张曰："前惠鱼但美观耳，味殊淡。"盖守北人，已将鱼付爨下也。张但唯唯而已。

谢灵运须

谢灵运须美，临刑，施为南海祇垣寺维摩诘像须。唐中宗时，安乐公主端午斗草，欲广其物，驰驿取之；又恐为他所得，乃剪弃其余。

国公诗

湖州吴主事家素饶，求李西涯文寿其父。时公为学士，鄙其人，不许。吴问其友曰："今朝中爵位极尊者为谁？"曰："英国公太师左柱国也。"吴即缄币求英公。英公令门馆作诗与之。吴得诗，夸于人云："英国当朝第一人，乃为我作诗，何必李学士也！"

　　若使吴公选汉文，定须检卫、霍著作。倘选唐诗，又恐尉迟公不善韵语，如何？

党进画真

党进命画工写真。写成，大怒，诘画师云："我前时见画大虫，犹用金箔贴眼。我消不得一对金眼睛？"

　　画将军须作虎势。

高太监

南京守备太监高隆，人有献名画者，上有空方。隆曰："好好！更须添画一个'三战吕布'。"

五马行春图

沈周作《五马行春图》赠一太守。守怒曰："我岂无一人相随耶?"沈知之,另写随从者送入,因戏之曰:"奈绢短,止画前驱三对。"守喜曰:"今亦足矣!"

> 既画轿前三对头踏,便须画衙中千两黄金,不然总是不象。

障　　簏

祖约好财。客诣祖,见方料视财物,因客至,屏当未尽,余两小簏,置背后,以身障之,强与客语。

> 自知不雅,尚有晋人习气。若今,则恬不知愧矣。

种　　珠

陈继善自江宁尹拜少傅致仕,富于资产,性鄙屑;别墅林池,未尝暂适。既不嗜学,又杜绝宾客。惟自荷一锄,理小圃成畦,以真珠布土壤之间,若种蔬状。记颗俯拾,周而复始,以此为乐焉。

> 种珠尚未得法,须用鲛人泪作粪灌之,方妙。

银　　靴

元宗幼学之年,冯权常给使左右,深所亲幸。每曰:"我富贵,为尔置银靴。"保大初,听政之暇,命亲王及东宫旧僚击鞠。欢极,颁赉有等。语及前事,即日赐银三十斤,以代银靴。权遂命工锻靴穿焉。

黑　牡　丹

晚唐时,京师春游,以牡丹为胜赏。有富人刘训邀客赏花。客至,见其门系水牛累百,笑指曰:"此刘氏黑牡丹也!"

大 厅 胜 寺

李约每于庶人锜前称金陵招隐寺标致。庶人既宴寺中,明日谓曰:"子尝称招隐,昨日游宴,何如中州?"约曰:"某赏者疏野耳。若远山将翠幕遮,古松用采物裹,羶腥涴尘泡泉,音乐乱山鸟声,此则实不如在叔父大厅也!"

> 谨案:李锜,唐宗室,淮南王李神通之后。宪宗时为镇海军节度使,称兵反,废为庶人,被诛。

僧 拒 客

宋吴荆溪云:往岁江行风阻,与友生沿岸野步,穿岭而下,忽见兰若甚多。僧院睹客来,皆扃户不内。独有一院,大敞其户,见一僧跷足而眠,以手书空,顾客殊不介意。窃意此必奇僧也,直入造之。僧虽强起,全无喜容。不得已而问曰:"先达有诗云:'书空跷足睡,路险侧身行。'和尚其庶几乎?"僧曰:"贫道不知何许事,适者指挥侍辈,欲掩关少静耳。"遂不辞而出。

> 寺有如此僧,不如大厅省气。

> 谨案:事见唐冯翊《桂苑丛谈》,与南宋人吴子良(荆溪)何干? 检《桂苑丛谈》,仅云"昔者友人尝语愚云",并未言及吴荆溪。"僧曰"以下数句,今本作:"僧曰:'贫道不知何许事。'适者尽房门拔匙,弃客不辞而出。"

陈 叔 陵

陈始兴王叔陵性不好卧,不饮酒,惟多置殽,昼夜食啖。又好饰虚名,每入朝,常于车中马上执卷读书,高声朗诵,[旁批:厌物!]扬扬自若。

俗 谶

宋时太学各斋,除夕设祭品,用枣子、荔枝、蓼花,取"早离了"之谶。执事者帽而不带,以绦代之,谓之"叨冒"。鄙俗可笑!

今南都乡试前一日,居亭主必煮蹄为饷,取"熟蹄"之谶也。又锡邑呼"中"字如"粽"音,凡大试,则亲友赠笔及定胜糕、米粽各一盒,祝曰:"笔定糕粽。"○又宗师岁考前一日,往往有祷于关圣者。或置等子一件于神前,谓之"一等"。其祝文云:"伏愿瞌睡瞭高,犯规矩而不捉;糊涂宗主,屁文章而乱圈。"更可笑。

俗 礼

北方民家吉凶辄有相礼者,谓之"白席"。韩魏公自枢密归邺,赴一姻家礼席。偶筵中有荔枝,欲啗,白席者遽唱曰:"资政吃荔枝,请众客同吃荔枝!"公憎其饶舌,因置不取。白席者又云:"资政放荔枝矣,请众客放下荔枝!"

俗礼方各不同,总非雅士所宜也。洪武中,翰林应奉唐肃,尝侍膳,食讫,供箸致恭。帝问:"何礼?"对云:"臣少习俗礼。"帝曰:"俗礼可施之天子乎?"坐不敬谪戍濠州。○圣主作用,真快心哉!

方 三 拜

诗人方干,吴人也。王龟大夫重之,既延入内,乃连下两拜。亚相安详以答之,未起间,方又致一拜。时号"方三拜"。

秽　　史

则天荒淫，右补阙朱敬则谏曰："陛下内宠已有薛怀义、张易之、昌宗，欲应足矣。近闻尚食奉御柳模，自言子良宾洁白美须眉；左监门卫祥云阳道壮伟，过于怀义，昨欲自进，堪充供奉。无礼无义，溢于朝听！臣职在谏诤，不敢不言。"则天劳之曰："非卿直言，朕不知此。"赐綵百段。

《旧唐书》详载斯语，当时君臣荐进献纳如此！

杨安国进讲

杨安国言动鄙朴，尝侍讲仁宗。一日讲"一箪食，一瓢饮"，乃操东音曰："颜回甚穷，但有一箩粟米饭，一葫芦浆水。"又讲"自行束修以上"一章，遽启曰："官家，昔孔子教人，也须要钱！"帝哂之。

本是个村学究，差排做大讲官。

志　　文

胡卫道三子：孟名宽，仲名定，季名宕。卫道妻亡，俾友作志。友直书曰："夫人生三子：宽、定、宕。"读者掩鼻。

昔白敏中以姓废婿，胡夫人当以名废志矣。白敏中为相，欲以进士侯温为婿。妻卢曰："已姓白，复婿侯，人必呼白侯矣！"乃止。

判带帽语

《祝氏猥谈》云：一守禁带帽不得露网巾。吏草榜云："前不露边，后不露圈。"守曰："公文贵简，何作对偶语？"吏白："当如何？"守曰："前后不露圈边。"

张忠定判瓦匠乞假云:"天晴瓦屋,雨下和泥。"丁谓判木工状云:"不得将皮补节,削凸见心。"郡守邢公判重造郡门鼓状云:"务须紧绷密钉,晴雨同声。"皆为时所称。此公但以不对偶为简,是未知简而文也。

宣　　水

石曼卿在中书堂。一相曰:"取宣水来!"石曰:"何也?"曰:"宣徽院水甘冷。"石曰:"若司农寺水,当呼为农水也?"坐者大笑。

余寓麻城时,或呼金华酒为金酒。余笑曰:"然则贵县之狗,亦当呼麻狗矣?"坐客有脸麻者,相视一笑。○今村子言吹箫必曰"品箫",言弹琴必曰"操琴",言着棋必曰"下棋",言踢毬必曰"蹴毬",务学雅言,反呈俗态。

于阗国表

宋政和间,有于阗国进玉表章,其首云:"日出东方赫赫大光照见西方五百里国,五百里国内条贯主黑汗王,表上日出东方赫赫大光照见四天下,四天下条贯主阿舅大官家。"又元丰四年,于阗国上表,称:"于阗国偻大福力量知文法黑汗王,书与东方日出处大世界田地主汉阿舅大官家。"

"阿舅"本单于"汉天子,我丈人行"语来。又西羌将举事,必先定约束,号为"立文法"。则夷俗以知文法为尊矣。

元世祖定刑

元世祖定天下之刑,笞、杖、徒、流、绞五等。笞杖罪既定,曰:"天饶他一下,地饶他一下,我饶他一下。应笞一百者,止九十七;杖亦如之。"此虽仁心,亦近于戏矣。

天、地、皇帝三个大人情,止饶三板,执杖者可谓强项!

管 子 治 齐

管子之治齐,为女闾七百,征其夜合之资以佐军国。

此为脂粉钱之始,可怜可怜!

七 世 庙 讳

侯景篡梁,王伟请立七庙。景曰:"何谓七庙?"伟曰:"天子(登)[祭]七世祖考也。"因请七世讳。景曰:"前世吾不复忆,唯阿爷名标,且在朔州,伊那得来哝是?"众皆掩口。

谨案:据《梁书·侯景传》校改。

蜀 先 主

蜀先主起自利、阆,亲骑军各有名号。顾夐戏造武举牒,谓"侍郎李叱叱下进士及第三十余人,姜癫子、张打胸、李嗑蛆、李破肋、李吉了、郝牛屎、陈波斯、罗蛮子等,试《亡命山泽赋》、《到处不生草》诗"。一时传以为笑。

谨案:此蜀先主为五代前蜀王建。

诨 衣

《史讳录》:穆宗以玄绡白书、素纱墨书为衣服,赐承幸官人,皆淫鄙之词,时号诨衣。至广(平)[明]中犹有存者。

谨案:据《云仙杂记》卷七校改。广明,唐僖宗年号。

厕　筹

有客谓胡元瑞曰:"尝客安平,其俗如厕,男女皆用瓦砾代纸,殊可呕哕。"胡笑曰:"安平,唐之博陵,莺莺所产也。"客曰:"大家闺秀,或未必然。"胡因历引古用厕筹事,且云:"厕筹与瓦砾等,吾能不为莺莺要处掩鼻?"客大笑。

效　颦

郭林宗尝于陈、梁间行,遇雨,其巾一角垫而折。其后学者着冠,乃故折其一角,以为"林宗巾"。

潘岳妙有姿容,少时挟弹出洛阳道,妇人遇者,莫不连手共萦之。左太冲绝丑,亦复效岳遨游。于是群妪齐共乱唾之,委顿而返。

《语林》曰:安仁至美,每行,妇人争以果掷之,满车。张孟阳至丑,每行,小儿以瓦石投之,亦满车。

谢安能为洛下诸生咏,有鼻疾,故其音浊。时名流爱其咏,或掩鼻而效之。

苟非安石,鲜不以为近于侮矣。

拟古人名字

东丹国长子奔唐,赐姓李,名华,颇习诗文。甚慕白居易,思配拟之,每通名刺,曰"乡贡进士黄居难,字乐地"。

乐天初至京师,以所业谒顾著作。顾睹姓名,熟视曰:"长安米贵,居大不易。"及披卷,首篇曰:"咸阳原上草,一岁一枯荣。野火烧不尽,春风吹又生。"乃嗟赏曰:"道得个语,居亦何难!"夫李华本欲拟白,而白居自易,黄居自难,乃自作供状耳。○唐又有李姓者,作《姑孰十咏》,自比太白,遂号李赤。后为厕鬼所惑,死于厕。

媚　　猪

南汉主刘銾得波斯女,黑腯而慧艳。嬖之,赐号"媚猪"。

　　猪而曰媚,可笑甚矣! 宁庶人所嬖幸妃名"趣妃",言有趣之妃也,名亦不雅。趣妃后为舒状元芬所得。

相　　婆

王和甫守金陵。荆公退居半山。一日路遇和甫,公入编户家避之。老姥见公带药笼,告之病。公即给以药。姥酬麻线一缕,语公曰:"相公可将归与相婆。"[旁批:事甚奇。]荆公笑而受之。

瓜　　战

昔人喜斗茶,故称茗战。钱氏子弟取雪上瓜,各言子之的数,剖之以视胜负,谓之"瓜战"。然茗犹堪战,瓜则俗矣。

　　蔡君安夏日会食瓜,令坐客征瓜事,各疏所忆,每一条食一片。如此名"瓜战",便不俗。

锻工屠宰

杨升庵云:永昌有锻工,戴东坡巾;屠宰,号"一峰子"。一善谑者,见二人并行,遥谓之曰:"吾读书甚久,不知苏学士善锻铁,罗状元能省牲,信多能哉!"传以为笑。

别　　号

《猥谈》云:道号、别称,古人间自寓怀,非为敬名设也,今则无人不号矣。"松"、"兰"、"泉"、"石",一坐百犯,又兄"山"则弟必"水",伯"松"则仲、叔必"竹"、"梅",父此物,则子孙引此物于不已,愚哉!向见一嫠媪,自称"冰壶老拙",则妇人亦有号矣。又嘉兴女郎朱氏,能诗,自号"静庵",见《说听》。又江西一令讯盗,盗忽对曰:"守愚不敢。"令不解。傍一胥云:"守愚,其号也。"

《挑灯集异》云:无锡一人同客啜茶。见一婢抱一幼儿出,其人即弃茶拱立。客问故,曰:"所抱乃梅窗家叔也。"然则孩提亦有号矣。

印　　章

天顺间,锦衣门达甚得上宠。有桂廷珪为达门客,乃私镌印章云"锦衣西席"。后有甘棠为洗马江朝宗婿,而棠亦有印章云"翰苑东床"。一时传赏,可为的对。

癖嗜部第九

子犹曰：耳目口体之情，大致相似也。盖自"水厄"可畏，"酪奴"不尊，而茶冤矣。故先茶而饮以欢之，而食以充之，而寝以息之，于是乎书画金石以清其玩，吟讽讴歌以畅其怀，博奕田猎以逞其欲，花木竹石以写其趣。迨香水杂陈，内外毕具，而坐客之谈谐其可少乎？凡此非富贵不办，而佞佛布施，正为生生世世富贵地耳。然而天授既殊，情缘亦异，盈缩爱憎，自然之歧也。蝍且甘带，鸱鸦嗜鼠；甲弃乙收，孰正唐、陆哭笑之是非？集《癖嗜第九》。

茶

王濛好茶，人至辄饮之。士大夫甚以为苦。每欲往候，必云："今日有水厄。"

王肃喜茗，一饮一斗，人号"漏卮"。

卢廷璧嗜茶成癖，号"茶庵"。尝蓄元僧讵可庭茶具十事，时具衣冠拜之。

耽　饮

毕卓为吏部郎。比舍郎酿酒熟，卓因醉夜至其瓮间取饮。主者谓是盗，执而缚之，已知为吏部郎，方释焉。

刘伶病酒，渴甚，从妇求酒。妻捐酒毁器，涕泣谏曰："君过饮，非摄生之道，必宜断之。"伶曰："善！吾不能自禁，唯当誓鬼神耳。便可具酒肉。"妇从之。伶跪而誓曰："天生刘伶，以酒为名，一饮一斛，五斗解酲。妇人之言，慎不可听！"仍饮酒御肉，颓然复醉。

鸿胪卿孔群好酒。尝与亲旧书云："今年田得七百斛秫米，不了曲蘖事。"王丞相劝使节饮，曰："不见酒家覆瓿布，日月糜烂？"群曰："不尔，不见糟肉乃更堪久？"

杜邠[公]饮食洪博，既饱即寝。人谏非摄生之道。杜曰："君不见布袋盛米，放倒即慢？"语意同此。

谨案：据宋钱易《南部新书》卷六校改。唐杜悰封邠国公。

郑泉字文渊，陈郡人。仕吴，官至太中大夫。临卒，语同辈曰："必葬我陶家之侧，庶百年之后，化而为土，幸见取为酒壶，实获我心矣！"

谨案：吴为三国之孙吴。

艾子好饮，一日大饮而哕。门人密袖猪脏置哕中，指示曰："凡人具五脏，今公因饮而出一脏矣，其何以生？"艾子熟视，笑曰："唐三藏尚活，况四耶？"

汝南王琎取云梦石甃"泛春渠"，以畜酒，作金银龟鱼浮沉其中，为酌酒具。自称"酿王"兼"麴部尚书"。

亭州李氏种菊数百本，通县莫敌，人称为"菊帝"。"菊帝"好对"酿王"。

善　饮

大司马彭公泽，善饮。偶访郭武定勋，问候："今年酿若何？"郭曰："小胜。"且曰："幸尚早，能小尝否？"曰："可。"延之侧室，尚不肯脱衣，曰："主人不堪酬酢。"郭曰："适有张秀才，量似可，然何足以当钜公？"彭笑曰："不妨，请见之。"使侍坐，取两银舟相对，鲑炙蔬果，以渐罗列。酒十余行，解带褫衣，[旁批：来了。]曰："进部尚可迟也！"属有微雪，又十余行，曰："部幸鲜事，可无进矣！"[旁批：趣。]轰对无算。至暮，摸其腹曰："酒太甘，当以烧酒送之。"张谢不任。乃命取前酒沃张，而自举烧酒复十觥，始去。

曾公棨伟仪雄干，善饮啖，人莫测其量。张英国辅欲试之，密使人围其腹作纸俑，置厅事后。乃邀公饮，如其饮器注俑中。竟日，俑已溢，别注瓮中，又溢。公神色不动。夜半具舆从送归第，属使者善侍之，意公必醉。公归，亟呼家人设酒劳舆隶。公取觞，复大酹。隶皆醉去，公方就寝。

食 宪 章

段文昌丞相精馔事，第中庖所榜曰"炼珍堂"，在途号"行珍馆"。自编《食经》五十卷，时称为"食宪章"。

措 大 言 志

东坡云：有二措大相与言志。一曰："我平生不足，惟饭与睡耳。他日得志，当饱吃饭了便睡，睡了又吃饭。"一云："若我吃了又吃，何暇复睡？"

善 啖

山涛酒后哺啜，折筯不休。

《癸辛杂识》：赵相温叔健啖。致仕日，召一士人同食，各啖若干。临别，士人腰间有声，疑其腹裂，问之，云："平生苦饥，以带束之。适蒙赐饱，不觉带断，非有他也。"宋太祖赐文知州食事同。

《归田录》：张齐贤每食，肥肉数斤。尝小恶，欲服天寿院黑神丸。常人服不过一丸，公命以五七两为一大剂，夹以胡饼而啖之。及罢相，知安州，与客食。厨吏置一大桶，窃视所食，如其物投桶中。至暮满桶。

元退处士年逾七十，无齿，咀嚼愈壮。常曰："今始知齿之妨物！"

江阴侯孙名铁舍者，腹大善啖，平生未尝自见其足。永乐间，至京乞恩。太宗命光禄寺茶饭,计食六十斤。谢恩,拜不能起;命两卫士挟之,因不得袭荫。后家不给,食馒头,又食煨茄,俱成箩以充饥。

王弇州《朝野异闻》

徐相存斋提学江西时,道遇毛尚书伯温舟。谒之,语小洽。毛曰:"公得无饥否?"即呼具小点心来。侍者捧大漆盘四,其二盘装炙鹅,鹅皆大脔,其二盘装馒头,如碗大者各五十许。又不置箸,以手掇之,二银碗飞酒,长啜大嚼,傍若无人。徐虽不能多食,而少年勇于酒,互举无算。至暮,欢然别曰:"公大器也!"迨毛下安南还,华亭亦副八座矣。毛食兼数人。尝主湖广鹿鸣宴,诸生七十五人,人陪二大白,不醉。

秦晋诸公多长大,善饮啖。王端毅公恕,年九十余,每辰起进食,牛羊犬豕肉或鸡凫之类三十碗,碗可一二斤;熟菜一大碗,面饼二盘,各堆高箸许;清酒三大碗,碗可盛二升。饮啖至尽,起,摩腹徐行,周还约二里所,复坐读书,以为恒。至九十三,一日食减三碗,面省可一盘,亭午而逝。杨襄毅公博,每啖面一瓯,辄两举箸,凡十六举箸,而罄八瓯。大虏深入,人人惴恐。公时在部覆疏,遣问甫毕,食肥肉三斤许,包子三十,酒数升,辄大睡,鼻息如雷。人服其器量。其后阳城王太宰国光、蒲州王大司马崇古,皆长七尺余,啖尤伟。太宰切白肉作大脔,犹以为薄,夹进之,一进必百脔,饮必三斗。大醉后苦热,不能升公座,啖巨柿四十,顷刻都尽。

王令赐绂言:其乡有令张者,善饮啖,居恒不能快意。一日邻有驴毙,其值轻,张使买之。烹适熟,而女弟之婿至,亦以善啖名,邀使共饮。婿知为驴肉也,辞以饭后。俄顷肉至,凡两大盘,盘各可十余斤,胡饼各百余,蒜葱醯酱各具,用手撮之,顷刻俱尽。视婿啖得半而止,笑曰:"果饭后耶?何屡也?为汝代之。"即以手掇啖复尽。举浊酒两斗许,起拊腹曰:"今日始得一饱。"宗戚间有呼张饭者,必先延之别室,面与肉如式,而后出与客酬酢,尚兼数人。不然,怒,竟去

矣。每烹肉，不令过熟，曰："过熟安用我脾为？"指其腹："此不堪一
大釜耶？"

嘉靖间，河南有亓副使者，官山东，分巡海右，亦以善饮啖闻。
尝按部至莱州，而怒其邑令，叱供馈出。莱守，其乡人，知内厨之不
足供也，入白："有北面一斗，侑以肉十斤，酒一瓿，不知可用否？"亓
曰："佳耳。"既闭门，进宿食啖之，不饱。使宰夫以守所馈面肉作水
角，亟熟亟进，不能供，悉出隶人佐之。不移晷，与酒俱尽。次日，谢
守曰："微公，几为若敖之馁矣！"又一日，宴于乡荐绅家。其家善事
馔，亓醉饱甚畅。归忽曰："肉虽多，不使胜食气，如何？"问："厨有
余米否？"量之得五升，悉使作饭，啖至尽而后就枕。

吾家兄名世芳者，仕至广东提学副使。其啖肉食，可立尽十余
器。每进杨梅、樱桃、柑橘，必以十斤为度，而不见核之吐。人或怪
之，笑曰："更吐核，得几许？"

王翰林钰，魁岸美姿，善饮，自云"平生唯三饱"。尝归家，外家
享之，极水陆之脭；其使朝鲜，啖刍豢，皆肴蒸体；史成，宴奉天殿，上
知其善啖，尽撤御膳赐之。后有不合，拂衣归。既家渐匮，乃炙螺
蛳、烧紫茄配饭，亦必满一锅。

嘉定人王全，以气豪一乡，徒步创娄塘镇，人称之。每食，以一
猪首、一鹅佐饭，尚不能饱。偶饥，过其弟，煮白鸡子四十食之，云：
"仅能小支胃口而已。使置腹中，当何所着？"

　　余及见许孝廉备我，亦善啖。尝往妻家称寿，留酌。许呼
饿。妻之母曰："他物未熟，室中有冷结面，少加盐醢，或可点心
耳。"许遽入室，不待盐醋，便撮食三筛都尽，比客至，无面，乃更
造之。体绝肥，尝暑月睡熟，腹下压死一蜈蚣，长数寸。

徐肺沈脾

徐晦嗜酒，日沉湎而不伤。沈傅师善餐，可兼四五人馔，恒无

患。杨嗣复戏曰："徐家肺,沈家脾,大是安稳。"

瓜齑

韩龙图赞,山东人。乡俗好以酱渍瓜啖之,谓之瓜齑。韩为河北都漕,驻大名府,诸军营多鬻此物。韩谓曰："某营者最佳,某营者次之。"赵阅道笑曰："欧阳永叔尝撰《花谱》,蔡君谟亦著《荔枝谱》,今须请韩龙图撰《瓜齑谱》矣!"

脯腊

《云仙散录》:卢记室多作脯腊。夏月,委人于十步内,扇上涂饧以猎蝇。时人呼为"猎蝇记室"。

啖梅

范汪至能啖梅。有人献一斛食,须臾啖尽。

食性异常

《南史》:刘邕爱食疮痂,以为味似(馥)[鳆]鱼。尝诣孟灵休,孟先患灸疮,痂落床上。邕取食之。孟大惊,痂未落者,悉褫取饴邕。邕去,孟与何勖书曰："刘邕向顾见啖,遂举体流血。"南康国吏二百余人,不问有罪无罪,递与鞭,疮痂常以给膳。

唐权长孺好嗜人爪。将自广陵赴阙,郡公饯饮于禅院。有狂士蒋传者,于健步及诸佣保处得爪甚多,以纸裹,候长孺酒酣,进之,曰："侍御远行,有少佳味奉献。"长孺捧视,欣然如获千金,馋涎流吻,连撮啖之,甚惬思欲。

周舒州刺史张怀肃,好服人精。唐左司郎中任正名亦有此病。国初僧泐季(泽)[潭],喜粪中芝麻,杂米煮粥食之。驸马都尉赵辉,食女人阴津月水。南京内官秦力强,喜食胎衣。南京国子祭酒刘俊,喜食蚯蚓。

　　谨案:据明陆容《菽园杂记》卷四校改。

　　剑南节度鲜于叔明,好食臭虫,时人谓之蟠虫。每散衙,令人采拾得三五升,即浮于微热水上,以泄其气。候气尽,以酥及五味熬之,卷饼而食,云"其味甚佳"。

　　《狯园》云:荆、沣之间,有一异人,着七梁冠,身衣锦绣,状甚奇古;腹如斗大,须长尺余,好饮,不谷食,人皆呼为"醉叟"。相随唯一子弟,手携竹篮,篮中贮干蜈蚣及一切毒虫。问其故,答曰:"天寒赖以佐酒。"市中儿争觅虫以献,皆擘而生嚼之。其虫之细小者辄浸杯中,顷之与酒俱尽。蜈蚣长五六寸者,则夹杂以松柏叶,去其钳,生置口中,赤爪狰狞,蜿蜒须鬓之际。观者惊怖,异人饮啖,似有盈味。尝云:"蝎味最美,惜南方所无。蜈蚣亦佳,味又次于蝎。蜘蛛则小者为贵。诸虫唯蚁不可多食,多食闷人。"

好　　睡

　　夏侯隐登山渡水,亦闭目美睡,人谓"睡仙"。

　　　相传文五峰先生亦然。每街市遇欲睡,辄以手凭童子肩曰:"好扶持,缓行。"双足不停,鼾声已如雷矣。

　　寇朝一常事陈希夷,得睡之崖略。郡南刘垂范往谒,其徒以睡告。垂范坐寝外,闻齁鼾之声,雄美可听。退而告人曰:"寇先生睡中有乐,乃'华胥调双门曲'也。"或曰:"未审谱记何如?"垂范以浓墨涂纸满幅,题曰"混沌谱",云:"即此是。"

　　　李愚欲作"蝶庵",以庄周为第一祖,陈抟配食。则寇朝一应在十哲之列。

　　南岳李岩老好睡。众人食饱下棋,岩老辄就枕。阅数着,乃一展转云:"君几局矣?"东坡曰:"岩老常用四脚棋盘,只着一色黑子。

昔与边韶敌手,今被陈抟饶先。着先自有输赢,着后并无一物。"

华亭丞谒乡绅,见其未出,座上鼾睡。顷之,主人至,见客睡,不忍惊,对座亦睡。俄而丞醒,见主人熟睡,则又睡。主人醒,见客尚睡,则又睡。及丞再醒,暮矣,主人竟未觉,丞潜出。主人醒,不见客,亦入户。张东海作《睡丞记》。

> 陆放翁诗云:"相对蒲团睡味长,主人与客两相忘。须臾客去主人觉,一半西窗无夕阳。"

书

宋晏叔原聚书甚多,每有迁徙,其妻厌之,谓之"乞儿搬漆碗"。

墨 癖

李公泽见墨辄夺,相知间抄取殆遍,悬墨满堂。《志林》。

吃 墨 看 茶

滕达道、苏浩然、吕行甫皆嗜墨汁。蔡君谟晚年多病,不能饮茶,惟日烹把玩。吃墨看茶,事属可笑。

好 草 圣

张丞相好草圣。一日得句,索笔疾书,满纸龙蛇飞动。使侄录之。当波险处,侄惘然而止,执所书问曰:"此何字?"丞相熟视久之,恚曰:"何不早问?"

兰 亭 癖

僧永禅师有三宝:一曰右军《兰亭》书,二曰神龟,三曰如意。后传弟子辨才,宝护倍至。唐太宗令人诳得其书。辨才曰:"第一宝既亡,其余何爱!"乃以如意击石,折而弃之,又投龟,伤其一足。

《明良记》云:善权居吉祥庵。一夕被火,衣钵悉无所顾,但从烈焰中持吴文定公所赠篇章,惊迸而出。或言事与此类。子犹曰:"和尚留得贵人篇章在,何愁衣钵?"

赵子固赵孟坚,字子固,宋宗室子。有米颠之癖,效米作《书画船》,尝从雪川余寿翁所易得"五字不损本"《兰亭》。喜甚,乘夜回棹。至昇山,风起舟覆,行李俱淹。子固方披湿衣,立浅水中,手持《禊帖》示人曰:"《兰亭》已在,余不足问!"

萧　字

梁武造寺,令萧子云飞白大书一"萧"字于壁。李约见而爱之,自江淮竭产致归洛中,扁于小亭,号曰"萧斋"。

王　略　帖

米元章在真州,尝谒蔡攸于舟中。攸出右军《王略帖》示之。元章惊叹,求以他画相易。攸有难色。元章曰:"若不见从,某即投此江死矣!"因大呼据船舷欲堕,攸遂与之。

碑　癖

孙何好古文,为转运使,苛急。州县患之,乃求古碑磨灭者数本,钉于馆中。孙至,读碑,辨识文字,以爪搔发垢嗅之,往往至暮,不复省录文案。

王锡甚慕秦汉碑刻,往往节口腹之奉以事之。一日语共游者曰:"近得一碑甚奇!"及出示,无一字可辨,王独称赏不已。众问:"此何代碑?"王不能答。一客曰:"我知之。"王欣然就问,客曰:"此名'没字碑'。"众一笑而散。

唐赵崇凝重清介，标质堂堂，不为文章，时号"没字碑"。后唐丞相崔协不识文字，而虚有仪表，亦号"没字碑"。

画

宜兴吴沧洲性嗜书画。弟唯积粟帛，清士常鄙之。会有持徽宗题跋《十八学士》袖轴来售者，价索千金。弟如数易之。置酒燕兄及尝鄙己者，酒半，出以相视。兄惊叹曰："今日方与平时鄙俗扯平！"

好　古

彭渊材游京师十余年，其家饘粥不给，以书召归。乃跨一驴，以一骡挟其布囊，囊皆封绊。亲知相庆曰："可脱冻馁之厄矣！"渊材喜见须眉，曰："吾富可埒国！"既开囊，乃李廷珪墨一块，文与可"墨竹"一枝，欧阳公《五代史》草藁一巨束，余无所有。

杨茂谦曰："既是错唤回来，只应仍赶出去。"

古　铜　器

张文潜尝言：近时印书盛行，而鬻书者往往皆士人，躬自负担。有一士人尽衰其家所有，约百余金，买书以入京。至中途，遇一士人，取书目阅之，爱其书而贫不能得，家有数古铜器，将以货之。而鬻书者雅有好古之癖，一见喜甚，曰："毋庸货也，我与汝估其值而两易之。"于是尽以随行之书换数十铜器，遂返其家。其妻方悦夫之回疾，视其行李，但见二三布囊，磊块铿铿有声。问得其实，乃詈其夫曰："你换得他这个，几时近得饭吃？"其夫曰："他换得我那个，也几时近得饭吃？"

吟　癖

杨处士朴，性癖，常骑驴往来郑圃。每欲作诗，即伏草中冥搜。

或得句,则跃而出。遇之者莫不惊骇。

贾岛初赴京师,一日于驴上得句云:"鸟宿池边树,僧推月下门。"已欲改"推"字为"敲",商之未定,遂于驴上吟哦,时时引手作势。时韩愈吏部权京兆尹,岛不觉冲至第三节。左右拥至尹前,尚为手势推敲未已。愈问知之,为定"敲"字。又岛骑驴天衢,得"落叶满长安"句。属对未得,因唐突京尹刘栖楚,被系一夕而释。

　　岛不善程试,每巡铺告人曰:"原夫之类,告乞一联。""原夫"者,赋中转起字也。今人欲事事求工,适足笑耳。

弄　葫　芦

王筠好弄葫芦。每吟诗,则注水于葫芦,倾已复注。若掷之于地,则诗成也。

爱杜甫、贾浪仙诗

张籍取杜甫诗一帙,焚取灰烬,副以膏蜜,顿饮之,曰:"令吾肝肠从此改易。"李洞慕贾浪仙诗,铸铜像,事之如神,常念"贾岛佛"。

好　唱

宋之愻为连州参军,好唱歌。有陈希古者,庸人也,倩之愻教婢歌。欣然就之,每日端笏立于庭中,呦呦而唱,其婢隔窗和焉。

好　音　乐

唐庄宗自言:"一日不闻乐,则饮食都不美。"方暴怒,鞭笞左右,一闻乐声,怡然自适,万事都忘焉。又善音律,或时自傅粉墨,与优人共戏。优名谓之"李天下"。

韩持国患暑,使群婢交扇,犹云"不堪"。乃使作曼声,不觉以手按拍，都忘其热。

羯　鼓

明皇好羯鼓，不好听琴。有奏琴者，弄未毕，上叱去："速召花奴，取我羯鼓来，为我解秽！"宁王子汝阳王琎，小名"花奴"。

琵　琶

范德孺喜琵琶，每就寝，必需繁弦乃寝。

毬

唐僖宗喜击毬，谓石野猪曰："朕若应击毬举，定作状元。"野猪曰："若遇尧舜作礼部侍郎，陛下未免驳放。"上大笑。

圆社中有"炼腿"之语，自僖宗始。见《类说》。

奕

李讷仆射性卞急，酷尚奕棋，每下子安详，极于宽缓。往往躁怒作，家人辈则密以奕具陈于前。讷一睹，便忻然改容，取子布算，都忘其恚矣。

郑介夫名侠，自号"一拂居士"。好奕棋，遇客必强之，有辞不能者，则留使旁观，而自以左右手对局。左白右黑，精思如真敌。白胜则左手斟酒，右手引满；黑胜反是。出陆放翁《渭南集》。

林逋曰："世间事皆能，唯不能担粪与着棋尔！"此又恶奕之已甚者。

双　陆

潘彦好双陆，生平局不离身。曾泛海遇风，船破，彦手抱局，口衔骰子,飘泊二日夜方抵岸。两手见骨,局终不舍,骰子亦在口。

　　吾乡有刘翁好酒,尝与客渡江,值厉风,舟欲颠覆。众皆慌错,翁抱持酒瓮,默然不言。既泊,问其故,答曰:"死生命耳,若翻瓮失酒,此际何以遣怀?"潘彦之见,亦犹是也。

好　　猎

齐王元吉尝言:"我宁三日不食,不可一日不猎。"

李卫公弟客师,喜驰猎,所居处鸟鹊皆识之,从而翔噪,人谓之"鸟贼"。

禽　　癖

《左传》:卫懿公好鹤,鹤有乘轩者。

冯给事亲仁坊有宅,南有山,庭院多养鹅鸭及杂禽之类,常一家人掌之,时人谓之"鸟省"。

俞华麓大夫有一语鸟,亲为饮食。鸟病,卜当死。晨起诵经,礼大士以禳之。是夕果愈。

狗　　马

　　齐幼主性爱狗马之属。马则籍以毡;将合牝牡,则设青庐,具牢馔,而亲观之。犬则于马上设褥以抱之。马及鹰犬,乃有"仪同"、"郡君"之号,故有"赤彪仪同"、"逍遥郡君"、"凌霄郡君"。斗鸡亦号"开府"。

　　始皇封松五大夫,武后封柏五品大夫,道君封石盘固侯,至狗马有封号,而爵禄不足荣矣。

花　癖

唐张籍性耽花卉,闻贵侯家有山茶一株,花大如盎,度不可得,乃以爱姬柳叶换之。人谓张籍"花淫"。

吴越钱仁杰酷好种花,人号"花精"。

梁绪,梨花时折花簪之,压损帽檐,至头不能举。

竹

李卫公守北都,唯童子寺有竹一窠,才长数尺。其寺纲维每日报竹平安。

蕉

南汉贵珰赵纯节,性惟喜芭蕉,凡轩窗馆宇咸种之。时称纯节为"蕉迷"。

松

海虞孙齐之手植一松,珍护特至。池馆业属他姓,独松不肯入券。与邻家卖浆者约,岁以千钱为赠,祈开壁间一小牖,时时携壶茗往,从牖间窥松。或松有枯须,辄假道主人,亲往检涤,毕便去。后其子林、森辈养志,亟复其业。

　　王山人稺登,赠孙有"卖宅留松树,开门借酒家"之句。

挽歌癖、松癖

晋袁山松好作挽歌,每出游,令左右唱之。时张湛好于斋前种松。时人谓张"屋下陈尸",袁"道上行殡"。

石

米元章守涟水，地接灵壁，蓄石甚富，一一品目，入玩则终日不出。杨次公为察使，因往廉焉，正色言曰："朝廷以千里郡付公，那得终日弄石！"米径前，于左袖中取一石，嵌空玲珑，峰峦洞穴皆具，色极清润，宛转翻落以示杨，曰："此石何如？"杨殊不顾。乃纳之袖，又出一石，叠峰层峦，奇巧又胜。又纳之袖，最后出一石，尽天划神镂之巧，顾杨曰："如此石那得不爱？"杨忽曰："非独公爱，我亦爱也！"即就米手攫得之，径登车去。

> 袁石公曰："陶之菊，林之梅，米之石。非爱菊、梅与石也，皆吾爱吾也。"

僧孜周有端州石，屹起成山，其麓受水可磨。米后得之，抱之眠三日。

香

梅学士询，性喜焚香。每晨起，必焚香两炉，以公服罩之，撮其袖以出，坐定撒开，浓香郁然满室，时人谓之"梅香"。

> 梅香犹胜铜臭。○盛文肃丰肌大腹，丁晋公疏瘦如削，梅询性爱焚香，窦文宾不喜修饰，经年不浴。时人语曰："盛肥丁瘦，梅香窦臭。"

浴

何修之一日洗浴十数过，犹恨不足，时人谓之"水淫"。

宋资政蒲传正，有大洗面、小洗面、大濯足、小濯足、大澡浴、小澡浴。小洗面，一易汤，用二人，额面而已。大洗面，三易汤，用五人，肩颈及焉。小濯足，一易汤，用二人，踵踝而已。大濯足，三易汤,膝股及焉。小澡浴,汤用三斛,人用五、六。大澡浴,汤用五斛,人用八、九。每日两洗面,两濯足,间日一小浴,又间日一大浴。

雏　妓

杨玉山,松之商人也,性喜雏妓。其丹帕积至数十,以为帐,号"百喜帐"。

眉　癖

莹姐,平康妓也,玉净花明,尤善梳掠,画眉每日作一样。康斯立戏之曰:"西蜀有《十眉图》,汝有眉癖若是,可作《百眉图》。更假以年岁,当率同志为修《眉史》矣!"有他宅眷不喜莹者谤之,以为"胶煤变相"。

好　外

俞大夫华麓有好外癖。尝拟作疏奏上帝,欲使童子后庭诞育,可废妇人。其为孝廉时,悦一豪贵家歌儿。与其主无生平,不欲令知。每侵晨,匿一厕中,俟其出。后主人稍觉,乃邀欢,竟留三日。主人曰:"不谓倾盖之知,顿成如兰之臭。"俞笑曰:"恨如兰之臭从厕中来耳。"

俞君宣于妓中爱周小二,于优童爱小徐,尝言:"得一小二,天下可废郎童;得一小徐,天下可废女子。"语本大夫家教来。

陕西车御史梁,按部某州,见拽轿小童,爱之。至州,命易门子。吏目以无应。车曰:"如途中拽轿小童亦可。"吏目又以小童乃递运所夫。驿丞谕其意,进言曰:"小童曾供役上官。"竟以易之。强景明戏作《拽轿行》云:"拽轿拽轿,彼狡童兮大人要。"末云:"可惜吏目却不晓,好个驿丞倒知道。"

好　谈

苏子瞻在黄州及岭外，每旦起，不招客与语，必出访客。所与游亦不尽择，谈谐放荡，各尽其意。有不能谈者，则强之使说鬼。或辞无者，则曰："姑妄言之。"

华文修曰："英雄不得志，直以说鬼消其肮脏，悲夫！"

好　客

元盛时，江右胡存斋参政好客。每虞阍人不通刺，若在家，即于门首挂一牌，云："胡存斋在家。"

沈孟渊性好客，每日设数筵酒食以待。若无客，则令人于溪上探望，唯恐不至。

誉　人　癖

王丞相拜扬州，宾客数百人，并加沾接，人人有悦色。唯临海人任颙及数胡人未洽。公徐顾任云："自君之出，临海不复有人矣！"因过胡人前弹指云："兰阇兰阇！"群胡同笑，四座并欢。兰阇，胡语褒誉之称。

好　好　先　生

后汉司马徽不谈人短，与人语，美恶皆言好。有人问徽："安否？"答曰："好。"有人自陈子死，答曰："大好。"妻责之曰："人以君有德，故此相告，何闻人子死，反亦言好？"徽曰："如卿之言，亦大好！"今人称"好好先生"，本此。

好　佛

李后主酷好浮屠，尝与后顶僧伽帽、衣袈裟诵经。僧或犯奸，令礼佛三百拜,免刑。

> 三万拜也情愿。○张子正《宦游纪闻》云:云南之南一番国,俗尚释教。人有犯罪应诛者,捕之急,趋往寺中抱佛脚悔过,愿髡发为僧,便贳其罪。今谚云:"闲时不烧香,急来抱佛脚。"皆番僧之语流于中国也。

好　施

豆卢琢好施,既为宰相,常以囊贮钱自随,行施丐者。每出,褴褛盈路。近日都御史丁宾亦然。

李相廷机好施。在礼部日,每至部,丐者攀舆接路。李不觉色喜,对僚佐强作不堪状。楚人吴化为郎,进曰:"老先生衙门,原系教化之门。"李默然,越日,化左迁。百可堂。

富　贵　癖

杨宣懿察之母,能文,而教子甚严。察省试,房心为首,察第二。母睡未起,闻报大怒,转面向壁曰:"此儿辱我如此!乃为人所压耶!"及察归,亦久不与语。后廷对,果魁天下。

董尚书浔阳公,三世三进士。庚辰科,公之长孙青芝先父释褐。报至,公携杖往视子舍。时隆山夫人以夫不获第,方按几大恸。公慰之曰:"汝子幸已贵,何哭为?吾子不第,是吾痛耳!"不觉涕泪交下。其后科,隆山亦登第。

卢思道历事周、齐。既入隋,偶与宾客日中立。内史李德林谓曰:"何不就树荫?"思道曰:"热则热矣,不能林下立。"

驴　鸣

王粲好驴鸣。将葬,文帝临其丧,顾语同游曰:"王好驴鸣,可各作一声送之。"赴客各作一驴鸣。王武子丧时,名士毕至。孙子荆后来，哭毕，向灵床曰："卿常好我作驴鸣，今为卿作之。"体似真声。戴叔鸾母好驴鸣，叔鸾每作驴鸣以悦之。

谢在杭曰："驴鸣又何可悦，而子以是悦母，友以是悦朋，君以是悦臣？皆不可晓。"

爱　　丑

《吕氏春秋》：陈有丑人名敦洽，庞眉权颡，广眼垂肩，唇薄鼻昂，皮肤皴黑。陈侯悦之，外使治国，内使制身。后为楚兵所围，发言拙僻。楚遂大怒，促兵伐陈，三月而灭。

则天时，兵部郎朱前疑貌丑，有美妻，不爱。洛中西门酒坊有婢奇丑，蓬头垢面，伛肩凸腹。前疑大悦之，殆忘寝食。一人嘲曰："宿瘤蒙爱，信哉！"一人笑曰："云龙风虎，类也！"

好　脚　臭

吴中岳乙喜闻脚臭。尝值宴集，忽不见。或曰："彼非逃酒者，殆必有故。"令人侦之，则道傍有行客，方企息，理脚缠，秽气蒸蒸，是人低回留之不去。

笑癖　哭癖

陆士龙云，有笑癖，尝着衰绖上船，水中自见其影，便大笑不已，落水几死。尝谒司空张华，华多须，以袋盛之。云见华，不及拜而笑倒。

唐衢应进士，不第。能为歌诗，意多感发。见人文章有叹伤者，读讫必哭，涕泗不能已。每与人言论，发声一号，音词哀切，莫不凄然。尝游太原，属戎帅军宴。衢得预会，酒酣言事，抗音而哭，一席不乐，为之罢会。

华文修曰:"令唐、陆相遇,一哭一笑,必有一段绝异光景。"

许伯哭世,迂也,然其题目大。阮籍哭途,狂也,然其意趣远。至唐衢直自伤不遇而已,真所谓"一哭不如一哭"！常建诗结语善用"哭"字。第一是"残兵哭辽水",第二是"坟下哭明月",第三是"哀哀哭枯骨"。嘲者曰:"一哭不如一哭!"

越情部第十

子犹曰：天下莫灵于鬼神，莫威于雷电，莫重于生死，莫难忍于气，莫难舍于财；而一当权势所在，便如鬼、如神、如雷、如电，舍财忍气，甚者不惜捐性命以奉之矣。人情之蔽，无甚于此！故余以不畏势为首，而次第集为《越情第十》。

不 畏 势

况钟谒一势阉，拜下，不答，敛揖起云："老太监想不喜拜，且长揖。"

应樘守常州，偕他郡守谒御史。樘居中，独遵宪纲不跪。他日御史见之，指曰："此山字太守也！"

不 佞 神 佛

彭脊庵七岁从乡父老入佛寺，不拜。寺僧强之，不从，反叱之曰："彼佛裸跣不衣冠，我何拜为？"

> 周文襄公在吴中，好徜徉梵刹，见佛即拜。士夫笑之。文襄曰："论年齿亦长我二三千岁，岂不值得一拜？"子犹曰："一是达者之言，一是长者之言。"

绍兴王元章，国初名士，所居与一神庙切近。爨下缺薪，则斫神像爨之。一邻家事神唯谨，遇元章毁像，辄刻木补之。如是者三四。然元章家人岁无恙，而邻之妻孥时病。一日召巫降神，诘神云："彼屡毁神，神不责。吾辄为新之，神反不我佑，何也？"巫者作怒曰："汝不置像，像何从而爨？"自是其人不复补像，而庙遂废。

李梦阳督学江右。渡江，有司请祀水神。公怒，命从者缚神投诸江,曰:"以水神投水,得其所哉! 得其所哉!"

不 畏 雷

夏侯玄倚柱读书。时暴雷霹雳破所倚柱,衣服俱焦。玄神色不异,读书如故。《世说》。诸葛诞亦然。

> 小人全要畏雷,不畏者其心放。君子要不畏雷,不畏者其神全。元四明陈子桱作《通鉴续编》,书宋太祖废周主为郑王,雷忽震其几。陈厉声曰:"老天便打折子桱之臂,亦不换矣!"做事须有此等骨力。

齐神武道逢雷雨,前有浮图一所,使薛孤延视之。未至三十步,震烧浮图。薛大声喝杀,绕浮图走,火遂灭。及还,鬓发皆焦。

不 畏 鬼 怪

嵇中散尝于夜中灯火下弹琴,有一人入室,初来时,面甚小,斯须转大,遂长丈余,颜色惨黑,单衣草带。嵇熟视良久,乃吹火灭曰:"耻与魑魅争光!"

阮德如尝于厕见鬼,长丈余,色黑而眼大,着皂单衣,平上帻,去之咫尺。阮徐视,笑语之曰:"人言鬼可憎,果然!"鬼惭而退。

唐魏元忠未达时,家贫,独有一婢。厨中方爨,出汲水还,乃见老猿为其看火。婢惊白之,元忠徐曰:"猿愍我无人力,为我执爨,甚善!"又尝呼苍头未应,狗代呼之。又曰:"此孝顺狗也,乃能代我劳。"又独坐,有群鼠拱手立其前。又曰:"鼠饥,就我求食。"乃令食之。夜中鵩鹠鸣其屋端,家人将弹。又止之曰:"鵩鹠昼不见物,故夜飞。此天地所有,不可使南走越、北走胡,将何所之?"其后遂绝无怪。

安定郡王赵德麟,建炎初,自京师挈家东下。抵泗州北城,于驿邸憩宿,薄晚呼索熟水,即有妾应声捧杯以进,而用紫盖头覆首。赵曰："汝辈既在室中，何必如是？"自为揭之，乃枯骨耳。赵略无怖容，连批其颊，曰："我家岂无人给使，要汝怪鬼何用！"叱使去。

吴邑获扁王君镈，尝卧斋中，夜将半，有鬼啸于前，其声类鸭。镈闻之无所惧，但云："汝叫自叫，吾不管汝，但勿近吾床，聒吾耳也！"鬼乃作鹅声，镈笑曰："此声亦不雅。"鬼终不去，复作禾鼓翼之声，庶几其一惧。镈曰："吾且熟睡，不听汝矣！"鬼必欲动之，遂落其床帷，覆镈身。镈曰："吾适寒，覆之甚宜。"鬼无如之何，遂寂然矣。

嘉靖中，锡人王富、张祥俱有胆，素不畏鬼。夏日同饮溪上，日且晡，未醉。王曰："隔溪丛冢中，昨送一新死人。吾能乘流而过，出其尸于棺外。"张曰："吾能黑夜出之。"王曰："果尔，输汝腊酿一瓮。"俄而日没，张子方欲入水，而王亟归家取酒。张遂过溪，迂回而上，见棺已离盖。方疑之，忽棺中出两手抱张颈。张惧，私祝曰："汝少出，俟我赌胜，明日当奠而埋汝。"言毕，抱益急。张大叫，声渐微。溪傍人家闻声，群持火来照，抱张颈者乃王也。盖诡言取酒，从阔处先渡，出尸而伏棺中耳。因相与大笑。比过溪，月已上矣。时方大瘟，而二子竟无疾。

不　近　内

北齐邢子才与妇甚疏，未尝内宿。尝昼入内阁，为犬所吠。因抚掌大笑。

世俗沉耳于闺者最多，故宁取子才。

不　恋　色

王处仲尝荒恣于色，体为之敝。左右谏之。曰："吾乃不觉耳，如此甚易。"乃开后阁，悉驱诸婢妾出，任其所之。

铁石心肠，英雄手段。

不　爱　钱

嘉兴许应逵为东平守,甚有循政。而为同事所中,得论调去。吏民哭泣不绝。许君晚至逆旅,谓其仆曰:"为吏无所有,只落得百姓几点眼泪耳。"[旁批:难得。]仆叹曰:"阿爷囊中不着一钱,好将眼泪包去,作人事送亲友。"许为一拊掌。

若囊中大锭黄白,亦未必肯送亲友。

董三泉公由蜀西充令升蓬州守,宦十数年许,仅一青布袍、一革靴。赴任时,诸子请曰:"平生志节,儿辈能谅。第大人年高,蜀中多美材,可为百岁后计也。"公曰:"唯。"既致政,诸子迎之,间请于公曰:"往者所言美材,颇择得否?"公曰:"闻之人言,杉不如柏也。"子曰:"今所具者柏耶?"公莞尔曰:"吾兹载有柏子在,种之可尔。"

不　爱　古　玩

有一朝士家藏古鉴,自言能照二百里,将以献吕文穆公。公曰:"我面不及碟子大,安用照二百里之镜乎?"不用。

谨案:宋吕蒙正谥文穆。

孙之翰,人与一砚,直三十千,云"此石呵之则水流"。翰曰:"一日呵得一担水,只直三文钱,何须此重价!"

语似俗而实达。推广此意,则一饱之需,何必八珍九鼎?七尺之躯,安用千门万户?

好　　友

何乔新守温,夜乘小艇访虞征君原璩。坐久索饮,村居无所觅。公叹:"虽酸醋亦可!"乃出新醴一瓶共酌,剧谈竟夕而别。时称"何虞醋交"。

> 醋交胜于酒友,然交到好处,亦不得不醋。

不　苛　察

王文正公旦,性量宽厚,不屑细物。有控马卒岁满辞公。公问:"汝控马几时?"曰:"五年矣。"公怪曰:"吾不省有汝。"既去,复呼回曰:"汝乃某人乎?"曰:"然。"于是厚赠之。盖平日控马,公但见其背不见其面故;因去,见其背方省也。

不　问　射　牛

奇章公牛弘有弟弼,好酒而酗,尝醉,射杀弘驾车牛。弘还宅,妻迎谓曰:"叔射杀牛!"弘直答曰:"可作脯。"

不　校　侮　嫚

娄相师德,温恭谨慎,与人无毫发之隙。弟授代州刺史,戒以勿与人竞。弟曰:"今后人唾吾面,亦自拭之耳!"师德曰:"此我所以忧汝也!凡人唾汝面,必怒汝故,拭之,是逆其心。夫唾不久自干,但当笑而受之。"

武元衡宴西川。从事杨嗣复狂酒,逼武大觥;不饮,遂以酒沐之。武拱手不动,沐讫,徐起更衣,终不令散宴。

冯道在中书。有人于市中牵一驴,以片幅大署其名于面。亲知白之。道曰:"天下同名姓何限?虑是失驴访主。"[旁批:推开得好。]

富郑公致政,归西都。尝着布直裰,跨驴出郊,逢水南巡检,威仪呼引甚盛。前卒呼骑者下。公举鞭促驴。卒声愈厉,又喝言:"不肯下驴,请官位!"公举鞭称名曰:"弼。"卒不晓所谓,白其将曰:"前有一人骑驴冲突,请官位,不得,口称'弼(弼)'。"巡检悟曰:"乃相公!"下马伏谒道左。其候赞曰:"水南巡检唱喏!"公举鞭去。

　　谨案:据宋朱彧《萍洲可谈》卷三删一"弼"字。

　　兖公陆象先为冯翊太守。参军等多名族子弟,以象先性仁厚,于是与府寮共约戏赌。一人曰:"我能旋笏于厅前,硬弩眼眶,衡揖使君,唱喏而出,可乎?"众皆曰:"诚如是,甘输酒食一席。"其人便为之,象先视之如不见。又一参军曰:"尔所为全易。吾能于使君厅前墨涂其面,着碧衫子,作神舞一曲,慢趋而出。"群寮皆曰:"不可,诚敢如此,吾辈当敛俸钱五千为所输之费。"其二参军便为之,象先亦如不见。皆赛所赌以为戏笑。其第三参军又曰:"尔之所为绝易。吾能于使君厅前作女人梳妆,学新嫁女拜舅姑四拜,则如之何?"众曰:"敢为之,吾辈愿出俸钱十千充所输之费!"其第三参军遂施粉黛,高髻笄钗,衣女人衣,向堂四拜,象先又不以为怪。景融大怒曰:"家兄为三辅刺史,今乃成天下笑具!"象先徐语景融曰:"是渠参军儿等笑具,我岂为笑哉?"

　　温公一日省墓。有父老五六辈上谒,云:"欲献薄礼。"乃用瓦器盛饭,瓦罐盛菜羹。公欣然享之。村老曰:"某等闻端明在县日讲书,村野不敢往听,今幸请教。"公讲"庶人"章。村老曰:"自'天子'章以下,有《毛诗》二句,此独无,何也?"公嘿然,谢曰:"平生未见,查明奉答。"村老大笑而去,曰:"今日听讲,难倒司马端明。"

　　杨文懿公守陈以洗马乞假,行次一驿。其丞不知为何官也,坐而抗礼,卒然问曰:"公职洗马,日洗几马?"公漫应曰:"勤则多洗,懒则少洗,无定数也。"俄报一御史且至,丞促令让上舍。公曰:"固宜,俟其至,让之未晚。"比御史至,则公门人也,跽而起居。丞惶惧,百态乞怜,公卒不较。

　　张庄懿公蓥巡按东省。初到临清,偶酒家酒标掣落其纱帽,左右失色。旦日,州守缚此人待罪。公徐曰:"此是上司过往处,今后酒标须高挂。"径遣出。

　　屠潆位冢宰。有乡人假称屠公子,沿途骚动。人以闻于公,意公大加谴责。公但呼而告之曰:"汝为我儿亦不辱,但难为若翁耳。

法有明禁,自今慎无为此。"

观乐　赠菊

柴载用按家乐于后园,有左右人窃于门隙观之。柴乃召至后园,使观其按习,曰:"隙风恐伤尔眸子。"

王荆石相公家居。晨起,带毡帽行园视菊。其邻人误为园丁,隔藩唤曰:"王老官！汝许我菊花,今有否?"既见公面,惊而走。公唤回抚慰,取菊数本与之。

荐詈己者

王元美镇郧,荐一属吏,乃其乡人常詈公者。或曰:"自今以往,凡求荐者皆詈公矣。"元美笑曰:"不然,我不荐彼,彼更詈我。"

不责僮婢

唐临性宽仁,多恕。尝欲吊丧,令家僮归取白衫,僮乃误持余衣,惧未敢进。临察之,谓曰:"今日气逆,不宜哀泣,向取白衫且止。"又令煮药不精,潜觉其故,乃谓曰:"今日阴晦,不宜服药,可弃之。"终不扬其过也。

阳城尝绝粮,遣奴求米。奴以米易酒,醉卧于路。城迎之,奴未醒,乃负以归。及奴觉,谢罪。城曰:"寒而饮,何害也?"

我苏有一乡老访友,以一仆驾舟,友人留饮,仆遂沾醉卧舟中。乡老欲归,不得已,解衣自棹。偶道上一人欲附舟,呼之。乡老愠不答。其人呼不已。仆于舟中瞑目大声曰:"便附一附何妨！"乡老愤甚,鼓棹甚急。道上人闻之,骂曰:"舟中家主已允从附,摇橹家人反不肯！"大骂不止而去。

房文烈遣婢易米,三日不反。既至,房曰:"举家无食,汝从何处来?"

不　责　盗

张率,字士简,吴人,嗜酒疏脱,忘怀家务。在新安,遣家僮载米三千斛还吴,耗失大半。张问其故。答曰:"雀鼠耗也。"张笑曰:"壮哉雀鼠!"不复研问。

柳公权尝贮杯盂一笥,缄如故,而所贮物皆亡。奴妄言不知。权笑曰:"银杯羽化矣!"不复诘。

宋沈道虔,人有盗笋者,令人止之,曰:"此笋欲成林,更有佳者相与。"令人买大笋送与之。范元琰见人盗笋,苦于过沟,乃伐树为桥与过,盗遂不为盗。

后汉戴封,字平仲,遇贼,悉掠夺财物。余缣七匹,贼不知处。封追与之。贼曰:"此贤人也!"悉还其器物。

王子敬夜卧斋中,有群偷入室,盗物都尽。王徐曰:"青毡我家旧物,可特置之。"

何宗道名伦,江山人,家贫,事母孝。年二十七,始发愤读书。盗夜入其室,窃器物。何觉而不呼。将取釜,始言曰:"盍留此,备吾母晨炊?"盗赧然,委之而去。

前二人不责内盗,后五人不禁外盗,竟亦何尝诲盗也?于肃愍公谦巡抚河南、山西时,舟行遇劫,遍搜行囊,更无贵重于腰间金带者,盗竟不忍取。又沈文卿家居,盗入其室,沈口吟一绝云:"风寒月黑夜迢迢,辜负劳心此一遭。只有破书三四策,也堪将去教儿曹。"盗亦舍去。孰谓盗无人心哉?

不　畏　劫　贼

阮简,字茂弘,为开封令。有劫贼,吏白曰:"甚急!"简方与客围棋长啸。吏曰:"劫急!"简曰:"局上劫亦甚急。"

不　怕　死

宋明帝赐王景文死。景文在江州，方与客棋，看敕讫，置局下，神色怡然。争劫竟，敛纳奁毕，徐言："奉敕赐死。"方以敕示客，因举酖谓客曰："此酒不堪相劝。"遂一饮而绝。

张黄门张融，字思光。出为封溪令，广越嶂险。獠贼执张，将杀食之。张神色不动，方作洛生咏。[旁批：大不情。]

佻达部第十一

子犹曰:百围之木,不于枝叶取怜。士之跅弛自喜、不拘小节者,其中尽有魁杰骏雄、高人才子。或潜见各途,能不尽见,吾亦姑取焉,以淘俗士之肺肠。集《佻达第十一》。

简 文 帝

简文为抚军时,床上尘不听拂,见鼠行迹,视以为佳。

张 徐 州

裴宽尚书罢郡西归汴日,晚维舟,见一人坐树下,衣服极敝。与语,大奇之,曰:"以君才识,必当富贵。"举船钱帛奴婢悉以赆之。客受赆不让,登舟,奴婢稍偃蹇,辄鞭之。裴公益异焉。其人,张徐州也。

卓老曰:"张建封易得,裴宽难逢。"

杨 铁 崖

姑苏蒋氏,巨家也。有子甫八龄,欲为求师。时杨铁崖先生居吴淞,放情山水,日携宾客妓女,以文酒为乐。蒋往延之。杨曰:"能从三事则可,帀不足计也。一无拘日课,二资行乐费,三须一别墅以贮家人。"蒋欣然从之。杨留三年,后其子俱成名士。

奇宾奇主,千古罕见。

酒　濯　足

马周初入京，至霸上逆旅。数公子饮酒，不之顾。周即市斗酒，濯足于旁。

百　　裈

梁吉士瞻少时，掷博无裈，为侪辈所侮。及为将军，得绢三万匹，为百裈，其外并赐军士。

盗

祖车骑过江时，公私俭薄，无好服玩。王、庾诸公共就祖。忽见裘袍重迭，珍饰盈列。诸公怪问之。祖曰："咋夜复南塘一出。"祖常自使健儿行劫，在事之人，亦容而不问。

　　李卓吾曰："击楫渡江，誓清中原，使石勒畏避者，此盗也。俗儒岂知！"

乞

南唐韩熙载，字叔言，肆情坦率。（鼓）[妓]乐百余人，日与荒乐。所得月俸，散与诸姬。熙载敝衣芒履，作瞽者，持独弦琴，俾门生舒雅执板挽之，随房乞食，以为笑乐。

　　按后主屡欲相熙载，嫌其后房妓妾不问出入，乃左授右庶子，分司于外。熙载上表乞留，尽出群婢。后主乃喜，以为秘书监。既拜命，群婢复集如初。

　　谨案：据宋周密《癸辛杂识》前集校改。

唱莲花道情

苏郡祝允明、唐寅、张灵,皆诞节猖狂。尝雨雪中,作乞儿鼓节,唱《莲花落》,得钱沽酒野寺中,曰:"此乐惜不令太白知之。"又尝披鬈持篮,相与跻虎丘,为道人唱。有客吟颇涩,乃借笔疾书数韵,云烟满纸,翻然而逝。客纵迹之,不得,遂疑为仙。

此真仙,又何疑?

募　　缘

唐子畏、祝希哲两公,浪游维扬,资用乏绝。戏谓盐使者课税甚饶,乃伪作玄妙观募缘道士,衣冠甚伟,诣台造请。盐使者怒咤之。两公对曰:"贫道非游食者流也。所与交,皆天下贤豪长者,即如吾吴唐伯虎、祝希哲辈,咸折节为友。明公不弃,请奏薄技。惟公所命。"御史霁威,随指牛眠石为题,命赋之。唐先祝继,立就一律,词云:"嵯峨怪石倚云间,头角峥嵘势俨然。苔藓作毛因雨长,藤萝穿鼻任风牵。长眠不食溪边草,无力难耕陇上田。怪杀牧童鞭不起,笛声斜挂夕阳烟。"御史得诗,笑曰:"诗则佳矣,意欲何为?"两公进曰:"明公轻财好施,天下莫不闻。今姑苏玄妙观圮甚,倘捐俸葺之,名且不朽。"御史大悦,即檄下长、吴二邑,资金五百为葺观费。两公遂乘扁舟归,投檄二邑,更修刺谒二尹,诈为道士,关说得金如数。乃悉召诸妓及所与游者,畅饮数日而尽。异日,盐使者按吴,诣观瞻礼,见倾圮如故,召令责之。对曰:"前唐解元、祝京兆两公自维扬来,极道明公为此胜举,金已如数界之久矣。"盐使者怅然,心知两公,然惜其才,不问也。

佣

唐子畏往茅山进香,道出无锡。晚泊河下,登岸闲步,见肩舆东来,女从如云,中有丫环尤艳。唐迹之,知是华学土宅,因逗留,请为佣书。改名华安,复宠任,谋为择妇,因得此婢,名桂华。居数日,为巫臣之逃。华令人索之,不得。久之,华偶至阊门,见书肆中一人持文翻阅,极类安。私询之,人云:"此唐解元也。"明日,修刺往谒,审视无异。及茶至,而枝指露,益信,然终难启齿。唐命酒对酌,华不能忍,稍述华安始末以挑之。唐但唯唯。华又云:"貌正肖公,不知何故?"唐又唯唯。华不安,欲起别去。唐曰:"少从容,当有所请。"酒复数行,唐命烛导入后堂,召诸婢拥新娘出拜。华愕然。唐曰:"无伤也。"拜毕,因携女近华曰:"公向言某似华安,不识桂华亦似此女否?"乃相与大笑而别。见《泾林续记》。

祝 京 兆

祝京兆有债癖。每肩舆出,则索逋者累累相随。盖债家谓"不往索,恐其复借",而京兆亦恬然不为怪也。尝托言款客,往友家借银镶钟数事。既借,主人心疑,遣仆随其舆察之,则已汲汲擘银而弃胚于外矣。仆追止之。京兆曰:"借我即我物也!汝欲用,亦拿一两事去不妨。"又岁尽乏用,遍走柬于所亲知,托言吊丧,借得白员领共五十余件,并付质库。过岁首,诸家奴云集,则皆索白员领者也。觅典票,已失之矣。

祝希哲见古法书名画,每捐业蓄之。即故昂其直,弗较。或留客,值窘时,即以所蓄易值,得初值仅什一二耳。黠者俟其窘日,持少钱米,乞文及手书,辄得。已小饶,更自贵也。一富家持厚币求公书墓文,公鄙而不许。既窘极,友人乘间为言。公曰:"必计字偿钱乃可。"富家治酒延之。公半酣,趣笔墨砚来,因令前置一器,每书一字,则投十钱于器内。既书可二、三百字,睨视器中,曰:"足矣!"欣然持器竟出。众留之不得,富家因别倩人笔焉。

白 羊 肉 羹

罗友,字他仁,襄阳人。作荆州从事。桓宣武为王车骑洽集别。友进坐良久,辞出。宣武曰:"卿向欲咨事,何以便去?"答曰:"友闻白羊肉羹,一生未曾得吃,故冒求前耳。无事可咨。今已饱,不[须]复驻。"了无怍色。

　　谨案:据《世说新语·任诞》校改。桓温,谥宣武。

裴 御 史

崔瞻在御史台,恒于宅中送食,备尽珍羞,别室独餐,处之自若。有一御史姓裴,伺瞻食,便往造焉。瞻不与交言,又不命匕箸。裴坐视瞻食罢而退。明日,裴自携匕箸,恣情饮啖。瞻曰:"君不拘小节,定名士!"于是每与同食。

《汉书》下酒

苏子美豪放好饮,在外舅杜祁公家,每夕读书,以一斗为率。公密觇之。苏读《汉书·张良传》,至良与客(祖)[狙]击秦皇帝,抚(掌)[案]曰:"惜乎击之不中!"遂满引一大白。又读至"良曰:'始臣起自下邳,与上会于留,此天以授陛下'",又抚案曰:"君臣相遇,其难如此!"复举一大白。公笑曰:"有如此下物,一斗不足多也。"

　　谨案:据宋龚明之《中吴纪闻》校改。杜衍,封祁国公。

刘 伶

刘伶恒纵酒放达。或脱衣裸形在屋中,人见讥之。伶曰:"我以天地为栋宇,屋室为裈衣。诸君何为入我裈中?"

二　张

张𪠡尝慕刘伶达生，置一锸，铭曰"死便埋我"。出或令人负之，臧获以为耻。曰："汝非伯伦仆也。"笑而置之壁间。张孝资一见大喜，持以相随，曰："此非俗人所知。"客有乞一荷者，拒之，曰："毋污此。"遇酒后，遂不肯持，曰："见者以吾党为醉，便涉相戏。"

> 昔刘伯伦尝以自随，曰："死便埋我。"坡仙曰："伯伦非达者也。棺椁衣衾，不害为达。苟为不然，死则已矣，何必更埋？"不谓千载而下更有效颦。

郭郡倅嗣焕，善张幼于。尝订夜谈，途遇张孝资，偕之径造，南面大嚼。郭不问客，张不问主。

豪　饮

石曼卿善豪饮，与布衣刘潜为友。尝通判海州，刘潜访之。曼卿与潜剧饮，中夜酒欲竭，顾瓮中有醋斗余，乃倾入酒中，并饮之。每与客痛饮，露发跣足，着械而坐，谓之"囚饮"。饮于木杪，谓之"巢饮"。一名"鹤饮"。取藁束之，引首出饮，谓之"鳖饮"。其狂纵大率如此。廨后为一庵，常过其间，名之曰"扪虱庵"。未尝一日不醉。

> 按石延年与苏舜钦辈饮名凡五：其夜不然烛，谓之"鬼饮"；饮次挽歌哭泣，谓之"了饮"。

黄门郎司马消难，尝遇高季式，与之酤饮。重门并闭，取车轮括消难颈，又自以一轮括颈。消难笑而从之。

光孟祖避难渡江，欲投胡毋彦国。初至，值彦国与谢鲲诸人散发裸祖，闭室酣饮已累日。孟祖将排户，守者不听。孟祖便于户外脱衣露顶，于狗窦中窥之而大叫。彦国惊曰："他人决不能尔，必我孟祖！"遽呼入，与饮。

酒　狂

俞华麓宦京师,有乡人邀饮,醉后大哗。某大僚居密饮所,患疾,使人请勿哗。俞曰:"尔患疾,吾亦患酒狂,各无害也。"哗如故。后俞迁闽,而某适抚闽,疏劾曰:"聊有晋人风度,绝无汉官威仪。"俞拍案笑曰:"言'绝无',可谓知己;但云'聊有',不无遗憾!"

郑　鲜　之

宋郑鲜之为人通率,为武帝所狎。上曾内殿宴饮,朝贵毕至,唯不召鲜之。坐定,谓群臣曰:"郑鲜之必当自来。"俄而外启:"尚书郑鲜之诣神兽门求启事。"帝大笑,引入。

> 按《宋书》:武帝少事戎旅,不经涉学,后颇慕风流,时或谈论,人皆依违。鲜之难必切至,须帝理屈,然后置之,时人谓为"格佞"。盖大有骨气人,不特通率而已。

饮　不　择　偶

何承裕为盩厔、咸阳二县令,醉则露首,跨牛趋府。往往召豪吏接坐引满,吏因其醉,挟私白事。承裕曰:"此见罔也,当受杖!"杖讫,复召与饮。

谢长史几卿,性通脱,会意便行。尝预乐游苑宴,不得醉而还。因诣道边酒垆,停车褰幔,与车前三驺对饮。观者如堵,谢处之自若。

袁尹疏放好酒,尝步屧白杨郊野间,道遇一士人,便呼与酣饮。明日此人谓被知遇,诣门求通。袁曰:"昨饮酒无偶,聊相共耳,勿复为烦。"

刘　公　荣

刘公荣与人饮酒，杂秽非类。人或讥之。答曰："胜公荣者，不可不与饮；不如公荣者，亦不可不与饮；是公荣辈者，又不可不与饮。"故终日共饮而醉。

王戎弱冠，诣阮籍。时刘昶在坐。阮谓王曰："仆有二斗美酒，当与君共饮。彼公荣者无预焉。"二人交觞酬酢，昶遂不得一杯，而言语谈戏，三人无异。或有问之者。阮答曰："胜公荣者，不得不与酒；不如公荣者，不可不与酒；唯公荣可不与酒。"此即以公荣语戏公荣也。

皇　甫　亮

皇甫亮三日不上省。文宣亲诘其故。亮曰："一日雨，一日醉，一日病酒。"

李　仲　元

李仲元居成都圭里，一乡皆化其德。以荐起家县令，乡人共饯之，因共酣饮月余。太守使人促行，仲元云："本不之官。"

陶　成

陶成，字懋学，号云湖，宝应人也。性至巧，尝见银工制器，效之，即出其右。小时从师，见师母，图其像，次见其女，又图之，皆逼真。师怒，逐去。及师母死，传神者皆弗逮，卒用其所图像焉。中式上公车，二月五日矣，语其婿朱升之曰："闻张家某氏丁香盛开，子其同吾游乎？"升之曰："去试仅三日，公更何往？"成不许。明旦，升之他避。笑曰："彼欲进士急耶？"买舆径下，醉其家五日。及揭晓，升之登第。其乡人醵钱为贺，曰："公婿捷矣，幸为我辈作图以往。"成曰："善。"即举笔模丁香一本，尤妙绝。家故饶，轻财好侠。尝一至京师，费白金二千。有一面交，卒推分与之。他日以挟妓事露，御史欲全之，观其诗，诡曰："此殆非陶成作也。"成曰："天下歌诗岂出陶成之右，而为他人作乎？"御史骂之，遂除名。

黄　勉　之

黄勉之风流卓越，当上春官时，适田子艺过吴门，谈西湖之胜。便辍装不北上，往游西湖，盘桓累日。

> 谨案：据田汝成《西湖游览志余》卷二十，对勉之谈西湖之胜者为田汝成。汝成字叔禾。子艺为汝成之子田艺蘅字。

徐昌谷别墅

徐昌谷构别墅，实邑之北邙，前后冢累累。或颦蹙曰："目中每见此辈，定不乐。"徐笑曰："不然，见此辈，政使人不敢不乐。"

陶　彭　泽

陶靖节在家。郡将候陶，值其酒熟，取头上葛巾漉酒。漉毕，还复着之。

颜延之为始安郡，过浔阳，日造陶潜饮。归去，留钱二万。潜悉付酒家，稍就取酒。贵贱造之者，有酒辄设。潜若先醉，便语客曰："我醉欲眠，君且去。"

江州刺史王弘造渊明。无履，弘从人脱履以给之。语左右为彭泽作履。左右请履度。渊明于众坐伸脚。及履至，着而不疑。《续阳秋》。

阮　籍

阮籍自言:"平生曾游东平,乐其风土。"司马昭大悦,即拜籍东平相。籍乘驴到郡,坏府舍屏障,使内外相望,法令清简,旬日而还。昭引为大将军从事中郎。有司言子杀母者,籍曰:"嘻! 杀父乃可,至杀母乎?"坐者怪其失言。籍曰:"禽兽知母而不知父。杀父,禽兽耳。杀母,禽兽不若!"众乃悦服。

邻家少妇有美色,当垆沽酒。籍尝诣饮,醉便卧其侧。兵家女有才色,未嫁而死。籍不识其父兄,径往哭之,尽哀而返。

籍能为青白眼,见礼俗士,以白眼对之。常言:"礼岂为我设耶?"时有母丧,嵇喜来吊。阮作白眼,喜不怿而去。喜弟康闻之,乃备酒挟琴造焉。阮大悦,遂见青眼。

投　梭

谢鲲邻家有女,尝往挑之。女方织,以梭投,折其两齿。既归,傲然长啸,曰:"犹不废我啸歌!"

追　婢

阮仲容咸,先幸姑家鲜卑婢。及居母丧,姑当远徙,初去当留婢,既发,定将去。仲容借客驴,着重服,自追之。累骑而返,曰:"人种不可失。"婢即遥集之母。阮孚,字遥集。

挟妓游行

杨用修在泸州,常醉,胡粉傅面,作双丫髻,插花,门生舁之,诸伎捧觞,游行城市,了不为怍。

康对山尝与士女同跨一蹇驴,令从人赍琵琶自随,游行道中,傲然不屑。

揖　妓

俞华麓大夫与一妓善。后有宴俞者,别召一妓侍饮。他日遇所善妓于生公石,数呼之,不应。曰:"知罪矣。"妓曰:"汝知罪,即于此长揖数十,使举山之人大笑,方赦汝。"遂如其言,见者大笑。旁客曰:"殊失观瞻。"曰:"观瞻吾不惜,但恐曩日侍饮人知之,必以此法难我耳。"

滕　元　发

滕达道微时,为范文正馆客。常私就狎邪饮,范病之。一夕,候其出,径坐达道书室,明烛读书,以俟其至。达道大醉,竟入,长揖,问范氏:"读何书?"曰:"《汉书》。"复问:"汉高帝何如人?"范逡巡走入。

收 司 成 榜

张幼于初入成均,姜大司成宝裁士如束湿,戒六院毋游行。张才至白门,先入旧院,见榜禁辄收之,谒姜曰:"请开一面之网。"姜笑曰:"吾故疑有此。"

僧壁画《西厢》

丘琼山过一寺,见四壁俱画《西厢》,曰:"空门安得有此?"僧曰:"老僧从此悟禅。"丘问:"何处悟?"答曰:"是'怎当他临去秋波那一转'。"

汤义仍讲学

张洪阳相公见《玉茗堂四记》,谓汤义仍曰:"君有如此妙才,何不讲学?"汤曰:"此正吾讲学。公所讲是性,吾所讲是情。"

谢　　尚

王、刘共在杭南,酣宴于桓子野家。谢镇西尚往尚书哀墓还,葬后三日反哭。诸人欲要之,初遣一信,犹未许,然已停车;重要,便回驾。诸人(入)门[外]迎之,把臂使下,裁得脱帻,着帽酣宴。半坐,乃觉未脱衰。

　　谨案:据《世说新语·任诞》校改。王、刘,王濛、刘惔。

王　子　猷

王子猷徽之。居山阴。夜大雪,眠觉,开室,命酌酒,四望皎然。因起傍皇,咏左思《招隐诗》,忽忆戴安道。时戴在剡,即便夜乘小船就之。经宿方至,造门不前而返。人问其故。王曰:"吾本乘兴而来,兴尽而返,何必见戴?"

王子猷出都,尚在渚下。旧闻桓子野善吹笛,而不相识。遇桓于岸上过,王在船中,客有识之者,云是桓子野。王便令人与相闻云:"闻君善吹笛,试为我一奏。"桓时已贵显,素闻王名,即便下车,踞胡床为作三调。弄毕,便上车去,客主不交一言。

张　季　鹰

贺司空入洛阳赴命,为太孙舍人。经吴阊门,在船弹琴。张季鹰本不相识,先在金阊亭,闻弦甚清,下船就贺,因共语,便大相契。问贺:"欲何之?"贺曰:"入洛赴命。"张曰:"吾亦有事北京,因路寄载。"便与贺同发。初不告家,家追问,乃知。

殷　豫　章

殷洪乔作豫章郡。临去,都下人因附百许函书。既至石头,悉掷水中,因祝曰:"沉者自沉,浮者自浮,殷洪乔不能作致书邮。"

王 敬 弘

王敬弘尝往何氏看女,敬弘女适何尚之弟述之。值尚之不在,寄斋中卧。俄顷尚之还。敬弘使二婢守阁,不听尚之前,直语云:"正热,不堪相见。君可且去。"尚之遂移于他室。

冯 道

冯道与赵凤同在馆中书。凤有女适道仲子,以饮食不中,为道夫人谴骂。赵令婢长号知院者来诉,凡数百言,道都不答。及去,但云:"传与亲家翁:今日好雪!"

风 流 学 士

解学士缙访驸马,驸马不在家。公主闻其名,欲窥之,隔帘使人留茶。解索笔题诗曰:"锦衣公子未还家,红粉佳人叫赐茶。内院深沉人不见,隔帘闲却一团花。"公主大怒,遂奏闻。太宗曰:"此风流学士,见他做甚?"

李封公阴德

李封公豪迈有逸致。尝赴人饮,或问:"石麓公以大魁拜相,公又遐龄享福,平生必有大阴德。"公应曰:"大未也,小则有之。"其人再三叩问。公曰:"我无他德,但值人家招饮,不往必预辞;往则早赴,不烦人奔走。只此自信耳。"

谨案:李春芳号石麓,嘉靖丁未状元。

合　欢　杖

佣书人蔡臣为子殴詈,屡诉张居士敉,固请鞭之。曰:"倘毙,谁任?"蔡曰:"父在。"因诱子入,密令钥户,命僮辈两杖齐下,效五代刘铢"合欢杖",嘱以父请乃止。鞭至百,匍匐而出,自是少悛。张笑谓乡人曰:"是亦为政。"

争　猫

唐裴谞为河南尹。有二妇人投状争猫,状云:"若是儿猫儿,即是儿猫儿,若不是儿猫儿,即不是儿猫儿。"谞大笑,判云:"猫儿不识主,傍家搦老鼠。两家不须争,将来与裴谞。"遂纳其猫。

矜嫚部第十二

子犹曰：谦者不期恭,恭矣;矜者不期嫚,嫚矣。达士旷观,才流雅负,虽占高源,亦违中路。彼不检兮,扬衡学步;自视若升,视人若堕,狎侮诋諆,日益骄固。臣虐其君,子弄其父,如痴如狂,可笑可怒。君子谦谦,慎防阶祸! 集《矜嫚第十二》。

负 图 先 生

季充号"负图先生",常饵菊术,经旬不语。人问何以,曰:"世间无可食,亦无可语者。"

此三代时仙人。必如此人,方可说如此语。

韩 山 石

庾信自南朝至北方,唯爱温子升作《韩山碑》。或问:"北方何如?"信曰:"唯韩山一片石堪与语,余若驴鸣犬吠耳。"

济阴王晖,称子升之文足以陵颜延之轹谢灵运,含任昉吐沈约,信北方之英矣。然天下尽有好驴鸣犬吠者,"韩山一片石"不会说话,如何如何?

福先寺碑文

裴度修福先寺,将求碑文于白居易。判官皇甫湜怒曰:"近舍湜而远取居易,请从此辞!"度亟谢,随以文属湜。湜饮酒挥毫立就,度酬以车马玩器约千缗。湜怒曰:"碑三千字,每字不值绢三匹乎?"度又依数酬之。湜又索文改窜。度笑曰:"文已妙绝,增一字不得矣。"

首　　冠

开成初,卢肇就江西解试,为试官末送。肇有谢启云:"巨鳌屃赑,首冠蓬山。"试官谓之曰:"昨恨人数挤排,深惭名第奉浼,何云首冠?"肇曰:"顽石处上,巨鳌戴之,岂非首冠?"一座大笑。

考试无凭,赖此解嘲。

殷、桓相侮

殷深源少与桓温齐名,常有竞心。桓问殷:"卿何如我?"殷云:"我与我周旋久,宁作我。"殷尝作诗示桓,桓玩侮之,曰:"汝慎勿犯我;犯我,当出汝诗示人也!"

李　　邕

李邕尝不许萧诚书。诚乃诈作古帖,令纸故暗,持示邕,曰:"此乃右军真迹,如何?"邕看称善。诚以实告之。邕复取视曰:"细看亦未能全好。"

唐太宗学虞监隶书,每难于"戈"法。一日书遇"戬"字,招世南补写其"戈",以示魏郑公,曰:"朕书何如世南?"公曰:"仰观圣作,内'戬'字'戈'法逼真。"李邕眼力大逊郑公,说好说歹,一味忌刻耳。

三　灾　石

萧颖士尝至李韶家,见歙砚颇良,语同行者曰:"君识此砚乎?盖三灾石也。"同行者不喻,退而问之。曰:"字札不奇,一灾也;文辞不优,二灾也;窗几狼籍,三灾也。"

藏　　拙

梁徐陵使于齐。时魏收有文学,北朝之秀,录其文集以遗陵,命传之江左。陵还,济江而沉之。从者问故,曰:"吾与魏公藏拙。"

崔丞相聪明

韩愈尝语李程曰:"愈与崔丞相群同年往还,直是聪明过人!"李曰:"何处过人?"韩曰:"共愈往还二十余年,不曾说着文章。"

郑元礼诗

郑元礼,崔昂妇弟;魏收,昂之妹夫。昂持元礼数诗示卢思道,曰:"元礼比来诗咏亦不减魏收。"思道曰:"未觉元礼贤于魏收,且知妹丈疏于妇弟。"

选五凤楼手

韩浦、韩洎兄弟,皆有文辞。洎常轻浦,语人曰:"吾兄为文,譬如绳枢草舍,聊蔽风雨。予之为文,是选五凤楼手。"浦闻而笑之。适有人遗蜀笺,浦作诗与洎曰:"十样蛮笺出益州,寄来人自浣溪头。愚兄得此全无用,助尔添修五凤楼。"

郄方回奴

郄方回家有伧奴,知及文章,事事有意。王右军(见刘)[向刘尹]称之。刘问:"何如方回?"王曰:"此正小人有意向耳,何得比方回?"刘曰:"若不如方回,故是常奴。"

　　谨案:据《世说新语·品藻》校改。

韩　叔　言

韩叔言性好谑浪。有投赍太荒恶者,使妓炷艾薰之。俟其人来,出而嗅之,曰:"子之卷轴何多艾气?"宋齐丘凡建碑碣,皆自为文,命韩八分书之。乃以纸塞鼻曰:"其词秽且臭!"又魏明尝携近诗诣之。韩托以目病。明请自吟,韩曰:"耳聋加剧。"

谨案:韩熙载字叔言。

夔　州　诸　咏

蔡子木酒后自歌其夔州诸咏。甫发歌,吴国伦辄鼾寝,鼾声与歌相低昂;歌竟,鼾亦止。

谨案:王士祯《香祖笔记》:"今观明卿诗品亦未能过子木。"明卿,吴国伦字。

三　分　诗

郭祥正尝出诗一轴示东坡,先自吟诵,曰:"此诗几分?"坡曰:"十分。"祥正惊喜,问之。坡曰:"七分来是读,三分来是诗。"

祥正一日梦中作《游采石诗》,明日书以示人,曰:"予决非久于世者。"人问其故。祥正曰:"予近诗有'欲寻铁索排桥处,只有杨花惨客愁'之句,非予平日所能到,忽得之,不祥。"不逾月,果死。李端叔闻而笑曰:"不知杜少陵如何活得许久?"

六　合　赋

刘孔昭昼缉缀一赋,以"六合"为名,自谓绝伦。曾以呈魏收而不拜,收忿谓曰:"赋名《六合》,已是大愚。文又愚于《六合》,君四体又愚于文。"刘不胜忿,以示邢子才。子才曰:"君此赋,正似疥骆驼,伏而无妩媚。"

文 胖

茂苑文氏皆聪颖,尤工书,独一人号文胖者,亦诸生,文与书并拙。遇岁试,俞华麓力劝勿往。惊问何故。乃曰:"如子之文,虽有衡山之书亦无用;即王守溪文,而子书之,人亦懒看矣!恐黜不尽辜,是以忧之。"

贾 岛

贾岛为僧时,居法乾寺。一日宣宗微行至寺,闻钟楼上有吟声,遂登楼,于岛案上取诗览之。岛攘臂睨之,曰:"郎君何会此?"遂夺取诗卷。帝惭,下楼去。既而岛知之,亟谢罪。乃赐御札,除长江簿。

柳 三 变

柳耆卿为屯田员外郎,初名三变。自作词云:"才子词人,自是白衣卿相。"后有荐于朝者,仁宗曰:"此人风前月下,且去填词。"由是不得志,无复检率,自称"奉圣旨填词柳三变"。

> 按柳永死日,家无余财,群妓合金葬之郊外;每春月上冢,谓之"吊柳七"。子犹曰:"生虽白衣贱,死得红裙怜。北邙冢累累,白杨风满天。卿相代有作,谁复追黄泉。呜乎柳三变,风流至今传。"

罗 隐

罗隐曾与韦贻范同舟。舟人告隐云:"此有朝官。"罗曰:"是何朝官？我脚夹笔，可以敌得数辈。"韦宣之朝，由是不复召用。

杜　审　言

杜审言将死，语宋之问、武平一曰："吾在，久压公等。今且死，固大慰，但恨不见替人。"登封中，苏味道为天官侍郎，审言预选。试判讫，谓人曰："味道必死矣！"人问其故，曰："见吾判自当羞死！"

王　稚　钦

黄冈王廷陈，字稚钦，少负奇才，然好逐街市童儿之戏。父母(挟)［抶］扑之，辄呼曰："大人奈何虐海内名士！"

　　谨案：据王世贞《艺苑卮言》七校改。

王稚钦为翰林庶吉士。故事：学士二人教习，体甚严重。稚钦独心易之，时登院署中树上，窥学士过，故作声惊之。学士大恚。后出为给事中，以建言补裕州守，益骄甚。台省监司过州，不出迎，亦无所托疾。人或劝之。怒曰："龌龊诸盲官，受廷陈迎，当不愧死耶？"

桑　悦

海虞桑悦，字民怿，十九举乡试。春闱策有"胸中有长剑，一日几回磨"等语，为吴学士汝贤所黜。又《学以至圣人之道论》云："尧以是传之舜"云云"夫子传之孟轲，孟轲传之我"，为丘学士仲深所黜。得乞榜，年才二十三，籍误以"二"为"六"，用新例不许辞，遂有泰和训导之命。按察视学者行部抵邑，不见悦，乃使吏往召之。悦曰："连宵旦雨淫，传舍圮，守妻子无暇，何暇候若！"按察久不能待，更两吏促之。悦益怒，曰："若真无耳者！即按察力能屈博士，安能屈桑先生？为若期三日，先生来；不然不来矣。"按察先受丘浚之嘱，竟不之罪。

丘学士慕桑悦名，令观所为文，绐以他人所撰。悦心知之，曰："明公谓悦不怯秽乎？奈何令悦观此？"丘不之憾而反为先容，殆今人所难矣。

故事：御史出按郡邑，博士侍左右立竟日。桑悦请曰："有犬马疾，愿假借之，使得坐谈。"御史素闻悦名，令坐说诗。少休，悦除袜，跣而爬足垢。御史不能堪，令出。寻复荐之，迁长沙倅，再调柳州。悦意不乐往。人问之，辄曰："宗元小生擅此州名久，吾一旦往，掩夺其上，不安耳。"

袁 嘏

齐诸暨令袁嘏，诗平平耳。尝自云："我诗有生气，须人捉着；不尔，便飞去。"《诗品》

殷、娄狂语

殷安尝谓人曰："自古圣贤不数出。伏羲以八卦穷天地之旨，一也。"乃屈一指。"神农植百谷，济万民，二也。"乃屈二指。"周公制礼作乐，百代常行，三也。"乃屈三指。"孔子出类拔萃，四也。"乃屈四指。"自是之后，无复屈得吾指者。"良久，曰："并安才五耳！"

黄帝、尧、舜诸公，还求发一续案。

上饶娄谅过姑苏，泊舟枫桥，因和唐人诗，有"独起占星夜不眠"之句。对客云："汝不知，我每行必动天象。"

"小人"、"天狗"，都是星象，由他夸嘴！

刘 源

刘源豪宕不羁。值汤胤绩广坐中，刘曰："汤虽出将家，学问见识，种种过人。"既曰："再加数年，依稀似我矣！"

谨案:胤绩为汤和之后。

刘　真　长

王长史语刘真长曰:"卿近大进。"刘曰:"卿仰看耶?"长史问曰:"何也?"刘曰:"不尔,何由测天之高?"

谨案:王长史即王濛。刘惔字真长。

丘　灵　鞠

沈深见王俭诗,曰:"王令文章大进。"丘灵鞠曰:"何如我未进时?"

谢　仁　祖

谢仁祖年八岁,谢豫章将送客,尔时语已神悟,自参上流。诸人咸共叹之,曰:"年少一坐之颜回。"仁祖曰:"坐无尼父,焉别颜回?"

果是颜回,不须尼父亦别;若真有尼父,恐颜回又未必属君矣!

第　一　流

王中郎年少时,江虨为仆射,领选,欲拟为尚书郎。有语王者。王曰:"自过江来,尚书郎正用第二流人,何得及我?"江闻而止。

谨案:王中郎即王坦之(文度)。

韩愈、王俭语

陆长源为宣武行军司马,韩愈为巡官。或讥其年辈相远。愈曰:"大虫、老鼠,俱为十二相属,何怪之有?"

王俭与王敬则同拜三公。徐孝嗣候俭,嘲之曰:"今日可谓连璧。"俭曰:"不意老子遂与韩非同传!"

马　曹

王子猷作桓车骑冲骑兵参军。桓问曰:"卿何署?"答曰:"不知何署,时见牵马来,似是马曹。"桓又问:"官有几马。"答曰:"不问马,何由知其数?"又问:"马比死多少?"答曰:"未知生,焉知死?"

王、孙语相似

王子猷作桓车骑参军。桓谓王曰:"卿在府久,比当相料理。"初不答,直高视,以手(扳柱)[版拄]颊云:"西山朝来致有爽气。"

谨案:据《晋书·王徽之传》校改。

孙山人太初,寓居武林。费文宪罢相归,访之,值其昼寝。孙故卧不起,久之,乃出,又了不谢送。及门,第矫首东望,曰:"海上碧云起,遂接赤城,大奇大奇!"文宪出谓驭者曰:"吾一生未尝见此人!"

二公大有超然尘外意,然冷面相向,亦大难为人矣!

谨案:费宏,嘉靖时入阁。卒谥文宪。

长柄葫芦

陆士衡初入洛,诣刘道真。刘尚在哀制中,性嗜酒,礼毕,初无他言,惟问:"东吴有长柄葫芦,卿得种来否?"陆殊悔往。

槟　榔

刘穆之好往妻兄江氏乞食,多见辱。江氏庆会,嘱勿来,穆之犹往。食毕,求槟榔。江曰:"槟榔消食,君何须此?"穆之尹丹阳,以金盘贮槟榔一斛进之。

张　　融

张思光融,尝诣吏部尚书何戢,误通尚书刘澄。融下车入门,曰:"非是!"至户外望澄,又曰:"非是!"既造席视澄,又曰:"非是!"乃去。

授　　枕

范忠宣(端)居永州,客至,必见之。对设两榻,多自称"老病,不能久坐",径就枕。亦授客一枕,使与对卧。数语之外,往往鼻息如雷。客待其觉,有至终日不得交一谈者。

> 谨案:范纯仁,谥忠宣。据宋徐度《却扫编》卷中,"端"为衍字。

王　　恬

王导子恬傲诞。谢万尝造,既坐,便入内。万以为必厚待己。久之,乃沐头被发而出,据胡床于庭中晒发,竟无宾主礼。万怅然而还。

卢　　柟

卢柟为诸生,与邑令善。令尝语柟曰:"吾旦过若饮。"柟归,益市牛酒。会令有他事,日昃不来,柟且望之,斗酒自劳。醉则已卧,报令至,柟称醉,不能具宾主。令恚去,曰:"吾乃为伧人子辱!"

> 下交美事,乃复效田丞相偃蹇,幸免骂坐,不足为辱。

大 武 生

石曼卿一日谓僧秘演曰:"馆俸清薄,恨不得痛饮。"演曰:"非久当引一酒主人奉谒。"不数日,引一纳粟牛监簿来,以宫醪十担为贽。演为传刺,曼卿愕然延之,乃问:"甲第何许?"牛曰:"一别舍介繁台之侧。"曼卿语演曰:"繁台寺阁虚爽可爱,久不一登。"牛曰:"学士倘有兴,当具酒簌从游。"曼卿因许之。一日休沐,约演同登。演预戒生大陈饮具。石、演高歌褫带,饮至落景。曼卿醉,喜曰:"此游可纪!"乃以盆渍墨,濡巨笔,题云:"石延年曼卿同空门诗友老演登此。"生拜叩曰:"尘贱之人,幸获陪侍,乞挂一名,以免贱迹。"曼卿大醉,握笔沉虑,目演曰:"大武生,捧砚用事可也!"竟题云"牛某捧砚"。永叔诗曰:"捧砚得全牛。"

郭忠恕画卷

郭恕先忠恕善画。有求者,必怒而去。意欲画,即自为之。时与役夫小民入市肆饮,曰:"吾所与游,皆子类也!"寓岐下时,有富人子喜画,日给醇酒,待之甚厚。久乃以情言,且致匹素。郭为画小童持线车放风鸢,引线数丈满之。富人子大怒,与郭遂绝。

残 客

吏部张缵与何敬容意趣不协。敬容居权轴,宾客辐辏。有诣缵者,辄拒不前,曰:"吾不能对何敬容残客。"《梁史》

又吴兴吴规,颇有才学,从邵陵王纶在郢藩,深蒙礼遇。缵出之湘镇,路经郢,纶饯之。缵见规在坐,意不能平,忽举杯曰:"吴规,此酒庆汝得陪今宴!"规不悦而去。其子翁孺知父见挫,因气结,尔夜便卒。规恨缵怵儿,悲愤兼至,信次之间,又殒。规妻深痛夫子,翌日又亡。时人谓"张缵一杯酒,杀吴氏三人"。

其轻傲皆类此。文起美曰："此晋时遗风,今人却无此习。然风气靡靡,杂交非类,不以为丑,吾犹取此耳。"

罗君章含曾在人家,主人令与座上客共语。答曰："相识已多,不烦复尔。"

蔡　公　客

王、刘每不重蔡公。蔡谟,字道明。二人尝诣蔡,语良久,乃问蔡曰："公自言何如夷甫?"答曰："身不如夷甫。"王、刘相目而笑,曰:"公何不如?"答曰："夷甫无君辈客。"

> 谨案:见《世说新语·排调》。王、刘,王濛、刘惔。夷甫,王衍字。

张　景　胤

宋张敷,迁江夏王义恭记室参军。义恭就文帝求一学义沙门。会敷赴假,还江陵,入辞,帝令以后车载沙门往,谓曰："道中可得言晤。"敷不奉诏,曰:"臣性不耐杂。"中书舍人秋当、周赳并管要务,以敷同省名家,欲诣之。赳曰："彼若不相容接,不如勿往。"当曰:"吾等并已员外郎矣,何忧不得共坐?"敷先旁设二床,去壁三、四尺;二客就席,便呼左右曰:"移我床远客!"赳等失色而去。

> 又中书舍人弘兴宗,为文帝所爱遇。帝谓曰:"卿欲作士人,当就王球坐。"及诣球,称旨就席。球举扇曰:"卿不得尔。"弘还奏,帝曰:"我便无如何。"齐纪僧真以武吏得幸,就世祖乞作士大夫列,世祖曰:"此由江斅、谢瀹,可自诣之。"纪承旨诣江,登榻。江便呼左右:"移吾床远客!"纪丧气而退,[告]世祖曰:"士大夫固非天子所命。"古人之不假借类如此。

> 谨案:据《南史·江斅传》校改。

坏　　面

支道林还东,时贤并送于征虏亭。蔡子叔蔡系,济阳人。前至,坐近林公。谢万石后来,坐小远。蔡暂起,谢移就其处。蔡还,便合褥举谢掷地,自复坐。谢冠帻俱脱,振衣就席,徐谓蔡曰:"卿奇人,殆坏我面。"蔡答曰:"我本不为卿面作计。"

张　唐　辅

文鉴大师谒成都守张逸,与华阳簿张唐辅同俟客次。唐辅欲搔发,方脱巾,睥睨文鉴,罩其首。文鉴大怒,喧呶。张召就坐,文鉴曰:"与此官素不相识,辄将幞头罩头上!"唐辅曰:"方头痒甚,幞头无处顿放,见师头闲,权放片时,不意其怒也。"

喏　　样

李(佑)[祐]守官河朔。监司怒其喏不平正。翌日,更极粗率,监司愈怒。(佑)[祐]曰:"高来不可,低来不可,乞明降一喏样!"

　　谨案:据《夷坚志丁》卷五校改。

幼 戏 郡 侯

孙周翰自幼精敏。其父穆之携见郡侯。时值春宴,侯与座客簪花。侯因命曰:"口吹杨柳成新曲。"翰曰:"头带花枝学后生。"侯笑曰:"何遽便戏老夫?"

侮　　老

杨大年弱冠,与[梁]周翰、朱昂同在禁掖,二老已皤然矣。杨每论事,则侮之曰:"二老翁以为何如?"翰不能堪,正色曰:"君莫欺老,老亦终留与君!"昂曰:"莫留与他,免得后人又欺他!"

　　谨案:据宋王暐《道山清话》校补"梁"字。

姚　彪

　　姚彪与张温俱至武昌,遇吴兴沈珩守风粮尽,遣人从彪贷盐一百斛。彪性峻直,得书不答,方与温谈论久,呼左右倒百斛盐著江中,谓温曰:"明吾不惜,惜所与耳!"

谢　方　眼

　　(南宋)谢善勋饮酒至数升,醉后辄张眼大骂,虽贵贱亲疏无所择,时谓之"谢方眼"。

　　古之营也以酒,今之营也以人。此公犹有古意。

　　谨案:事见《南史·颜协传》。谢善勋,萧梁时人,"南宋"字误。营,醉。

恃　枯　骨

　　梁朱异轻傲朝贤,不避贵戚。人或诲之,异曰:"我以寒士遭遇,诸贵皆恃枯骨见轻,我若下之,[则]为蔑尤甚,我是以先之。"

　　谨案:事见《南史·朱异传》,据补"则"字,意较明晰。

嵇　康

　　嵇康性好锻。初居贫,常与向秀共锻于大树之下,以自给。颍川钟会往造焉,康不为之礼,而锻不辍。良久会去,康谓曰:"何所闻而来? 何所见而去?"会曰:"闻所闻而来,见所见而去。"

简文云:"儁伤其道。"

> 谨案:《世说新语·品藻》:晋简文帝云:"何平叔巧累于理,嵇叔夜儁伤其道"。

祢 正 平

祢衡性傲,不肯谒曹操。操欲辱之,录为鼓吏,以帛绢制衣作一岑牟,一单绞,及小裈。鼓吏度者,皆当脱故衣,易新衣。次传衡,不肯易衣。吏呵之,衡便于操前先脱裈,次脱余衣,裸身而立,徐徐着岑牟,次着单绞,后乃着裈。复击鼓,作"渔阳"(掺)[参]挝,颜色无怍。操笑谓四座曰:"本欲辱衡,衡反辱孤。"孔融退而责之。衡许复往。操喜,敕门者有客便通。待之极(宴)[晏]。衡乃著布单衣,疏巾,手持三尺挽杖,坐大营门,以杖箠地大骂。操以其才名,不杀,令送刘表。临发,众饯之于城南,相戒云:"俟衡到,当共卧坐以折之。"衡一至,便大号。众问其故。曰:"坐者为冢,卧者为尸。尸冢之间,能不悲乎?"

> 谨案:据《后汉书·文苑传》校改。

老 兵

桓温司马谢奕,逼温饮,温走入南康主门避之。奕遂携酒引温一老兵共饮,曰:"失一老兵,得一老兵,亦何所恨!"温不之责。

刘贡父为中书舍人。一日朝会,幕次与三卫相邻。时诸帅两人出一水晶茶盂,传玩良久。一帅曰:"不知何物所成,莹洁如此!"贡父隔幕戏云:"诸公岂不识,此乃多年老冰耳。"

谢 万 好 言

谢万北征,唯以啸咏自高,未尝抚将士。谢公戒之曰:"汝为元帅,宜数唤诸将宴饮,好言以悦其心。"万从之,因召集诸将,都无所说,直以如意指四座云:"诸君皆是劲卒!"诸将甚恨。

谨案:谢公,谢万之兄谢安。

诋　夫

王浑妻钟氏,字琰,生子济。一日浑尝共琰坐,济趋庭而过。浑欣然曰:"生子如此,足慰人心!"琰曰:"若新妇得配参军,生子固不翅如此耳!"参军,浑弟沦也。

谢道韫,奕之女,适王凝之。还,甚不乐。奕曰:"王郎,逸少子,不恶。汝何恨也?"曰:"一门叔父,则有阿大、中郎,群从兄弟则有封、胡、羯、末。不意天壤之间,乃有王郎!"

字　父

王濛,美姿容,尝揽镜自照,称其父字曰:"王文开乃生此儿!"胡毋子光见其父彦国三伏坐衙,摇扇视事,呼曰:"彦国何为自贻伊戚?"

据古人立字以敬名,《春秋》称字为贤,则子思作《中庸》称仲尼,非止临文不讳也,但难为世俗道尔。

谑　父

裴勋质貌么,而性尤率易。尝侍父坦饮。坦令飞盏,每属一人,辄目其状。坦付勋曰:"矮人饶舌,破车饶楔。裴勋十分!"勋饮讫,而复盏曰:"蝙蝠不自见,笑他梁上燕。十一郎十分!"坦,第十一也。坦怒,笞之。

上梁不正,难怪矮人饶舌。

陆余庆为洛州长史,能言而艰于决判。时人语曰:"说事𠯠长三尺,判事手重千斤。"其子亦谑云:"陆余庆,陆余庆,笔头无力嘴头硬。一日受词讼,十日看不竟。"书纸迭案褥下,余庆得之,曰:"必是那狗!"遂鞭之。

父 子 相 谑

后赵京兆公韦叟,字宪道,深博,善著述,然性不严重。尝戏其子伯阳曰:"我高我曾,重光累徽;我祖我考,父父子子。汝为我对,正值恶抵。"伯阳曰:"伯阳之不肖,诚如尊教。尊亦正值软抵耳。"叟惭无言。

李西涯子兆先,有才名,然好游狎邪。一日,西涯题其座曰:"今日柳巷,明日花街。诵读诗书,秀才秀才!"子见之,亦题阿翁座曰:"今日猛雨,明日狂风。燮理阴阳,相公相公!"

> 按兆先以游(侠)[狭]无度早夭,西涯公竟不嗣。

王 令 公

王中令铎罢镇,将避地浮阳。过魏,乐彦(桢)[祯]礼之甚至。彦祯有子曰从训,素无赖,利其行李,伺铎至甘陵,以轻骑数百尽掠其橐装姬妾而还;铎与宾客皆遇害。及奏朝廷,云:"得贝州报:某日有劫杀一人,姓王名令公。"其忽诞如此。

> 谨案:据宋孙光宪《北梦琐言》校改。

报 栗

梁萧琛预御筵,醉伏。武帝以枣投琛。琛便取栗掷帝,正中面。帝动色。琛曰:"陛下投臣以赤心,臣敢不报以战栗!"

> 虽说得好,终是欠雅。

参 军 苍 鹘

五代徐知训狎侮吴王,无复君臣之礼。尝与王为优,自为参军,使王为苍鹘。《纲目》

《辍耕录》曰:"副净为参军,副末为苍鹘,以副末能击副净也。"子犹曰:"如此说,尚有个尊卑在。"

狗　脚　朕

高澄侍宴,以大觞属孝静帝,帝不胜忿,曰:"自古无不亡之国,朕安用生为?"澄怒曰:"朕!朕!狗脚朕!"

始乎谑,卒乎骂。渐不可长,信然!

贫俭部第十三

子犹曰：贫者，士之常也；俭者，人之性也。贫不得不俭，而俭者不必贫，故曰"性也"。然则俭不可乎？曰：吝不可耳。夫俭非即吝，而吝必托之于俭。俭而吝，则虽堆金积玉，与贫乞儿何异？故吾统而名之曰《贫俭第十三》。

齿声

供奉官罗承嗣住州西。邻人每夜闻击物声，达旦不辍，穴隙视之，乃知寒冻齿相击耳。

谨案：见宋江休复《嘉祐杂志》。下云："赠之毡，坚不受。妻母来，见其女方食其枕中豆，赠之米面，亦不敢纳。"

桶中人

吕徽之安贫乐道。尝冒雪往富家易谷种，闻阁中吟哦声，乃一人分韵得"滕"字，未就。先生因请以"滕王蛱蝶"事足之。问其姓名，不言，刺船而去。众疑为吕处士，遣人遥尾其后，路甚僻远，识其所而返。雪霁往访焉，唯草屋一间，值先生不在。忽米桶中有人，乃先生妻也，因天寒无衣，故坐桶中。

谨案：见《辍耕录》。吕徽之，元人。"滕王蛱蝶"事，唐滕王李元婴，善画蝶。王建宫词有"内中数日无呼唤，拓得滕王蛱蝶图"之句。

无　裤　吟

义兴储遇家贫,冬月无裤,作口号云:"西风吹雨声索索,这双大腿没下落。朝来出榜在街头,借与有裤人家著。"

谨案:储遇,明时人。事见明蒋一葵《尧山堂外纪》卷九一。

簇酒、敛衣

《叙闻录》:辛洞好酒而无资。尝携楎登人门,每家取一盏投之,号为"簇酒"。

《搔首集》:伊处士从众人求尺寸之帛,聚而服之,目曰"敛衣"。

夏侯妓衣

夏侯豫州亶,性极吝。晚年好音乐,有妓妾数十,无被服姿容。客至,常隔帘奏乐。时呼帘为"夏侯妓衣"。

谨案:夏侯亶,南朝梁武帝时官豫州刺史。

小　宰　羊

时戢为青阳丞,洁以勤民,肉味不知,日市豆腐数个,邑人呼豆腐为"小宰羊"。

如此羊,定不怕踏破菜园。然丞亦有小俸入,何处支销?

谨案:陆云《笑林》:有人常食蔬茹,忽食羊肉,梦五脏神曰:"羊踏破菜园。"

双　枯　鱼

东郡赵咨为东海(郡)[相],以俭化俗。人遗其双枯鱼者,唉之,三岁不尽。

> 谨案:据谢承《后汉书》校。

献　姜

孔琇之为临(川)[海]太守,在任清约。罢郡还,献干姜二片。武帝嫌其少,知琇之清,乃叹息。

> 比医家一剂药尚少一片。太矫! 太矫!

> 谨案:《南齐书·孔琇之传》:"出为临海太守,在任清约。罢郡还,献干姜二十斤。"是二片为二十斤之误。而误自明董斯张《广博物志》。

鲁学士祝寿

赵司(城)[成]永,号类庵,京师人。一日过鲁学士铎邸。鲁曰:"公何之?"赵曰:"忆今日为西涯先生诞辰,将往寿也。"鲁问:"公何以为贽?"赵曰:"帕二方。"鲁曰:"吾贽亦应如之。"入启笥,无有。踌躇良久,忆里中曾馈有枯鱼,令家人取之。家人报已食,仅存其半。鲁公度家无他物,即以其半与赵俱往称祝。西涯烹鱼沽酒,以饮二公,欢甚,即事倡和而罢。

> 古以束修为礼之至薄,若枯鱼而止半,太不成文矣! 子犹曰:"西涯公亦不全靠鲁学士祝仪。"

> 谨案:据《元明事类钞》卷二五校。鲁铎,弘治十五年状元,与赵永皆李东阳(西涯)门生。

御　史　自　渔

粤西韦广为御史归,贫甚,居荒村。故人按部,广意其必来访,无所得馔,自渔于江。故人猝至,驺从既过,广登岸即走,逾后垣入,衣冠肃客。客曰:"公何汗流渍发?"广曰:"适在近村,闻公至,竭蹶趋迎故耳。"左右窃笑曰:"绝似江中打渔人。"

谨案:韦广于明正统间为御史。

郑　余　庆

郑余庆极清俭。一日,忽召亲朋官数人会食。众皆惊讶,侵晨赴之。日高,余庆方出,闲话移时,众腹已枵。余庆呼左右曰:"分付厨家烂蒸去毛,莫拗折项!"众相顾,以为必蒸鹅鸭之类。又久之,盘出,酱醋亦极香新,但见每人前下粟饭一碗,蒸葫芦一枚,皆匿笑强进。一作卢怀慎事。

> 俭子筵席,固不易吃。○张约斋镃,性喜延山林湖海之士。一日午酌,数杯后,命左右作"银丝供",且戒之曰:"调和教好,又要有真味。"众客谓必鲙也。良久,出琴一张,请琴师弹《离骚》一曲。二事绝相类。

谨案:郑余庆,唐德宗、顺宗时宰相。

王　罴

《北史》:王罴性俭率。镇河东日,尝有台使至,罴为设食,乃裂去薄饼缘。罴曰:"耕种收获,其功已深,春簸造成,用力不少。尔之选择,当是未饥!"命左右撤去之。使者愕然。又尝与客食瓜。客削瓜皮侵肉稍厚,罴就地取食之。

> 王公自是有用之才,此等亦似不近人情。

变　家　风

范氏自文正公贵显,以清苦俭约称于世,子孙皆守其家法。忠宣正拜后,尝留晁美叔同匕箸。美叔退谓人曰:"丞相变家风矣!"或问之。晁答曰:"盐豉棋子上有肉两簇,岂非变家风乎?"闻者大笑。

谨案:范仲淹,谥文正。其子纯仁谥忠宣。

翟参政请客

翟公巽,字汝文,绍兴初为参政。虽身历两府,自奉甚于贫士。一日招客,未饮时,先极言近世风俗侈靡,燕乐之间尤甚,因正色曰:"德大于天子者,然后可以食牛;德大于诸侯者,然后可以食羊。"客自度今日之集,必无盛馔,已而果以恶草具进。

陈　孟　贤

陈孟贤素斋。同僚造一谑笑云:腊月廿四,天下灶神俱朝上帝。众尽皂衣,一人独白。上帝怪之。曰:"臣陈孟贤家灶神也。诸神俱烟薰,故黑。臣在孟贤家,自三餐外不延一客。臣衣何由得黑?"后人凡言冷淡事,辄曰"陈家灶神"。

食　韭

庾景行杲之清贫,食唯韭菹、瀹韭、生韭杂菜,任昉戏之曰:"谁谓庾郎贫?一食常有二十七种。"

韭唯勤生,俗号"懒人菜",故宜清士饔餐。

魏李崇为尚书令,家富而俭,食常无肉,止有韭茹、韭菹。

李元祐曰:"李令公一食十八种。"意同此。

庾太尉亮见陶公侃,陶公雅相赏重。陶性俭斋,及食啖薤,庾因留白。问:"用此何为?"庾云:"故可种。"于是大叹庾"非唯风流,兼有治实"。

直是投其俭性,何治实之有?

王　导

王导性俭。帐下有甘果,不忍食,至春烂败,弃之者犹曰:"勿使大郎知!"

王　戎

王戎从子婚,与一单衣,后更责之。家有好李,卖之,恐人得种,恒钻其核。

> 京师有李,名"牛心红",核必中断,相传是王戎钻核遗迹。可见吝到至诚处,亦能感通造化。或曰:湖湘间有"湘妃竹",斑痕点点,云是舜妃洒泪。有"舜哥麦",其穗无芒,熟时望之焦黑,若火燎然,云是舜后母炒熟麦,令其播种,天佑之而生。"王莽竹",每竿著二三节,必有剖裂痕,云是莽将篡位,藏铜人于竹中以应符谶而然。此皆附会之说。子犹曰:也要附会得来。

和　峤

和峤性至俭,家有好李,诸弟往园食李,皆计核责钱。王武子求之,与不过数十。武子因其上直,率将少年持斧诣园,共饱啖毕,伐之。送一车枝与和公,问曰:"何如君李?"和唯笑而已。

> 华文修曰:"杜元凯谓峤有钱癖。然自有高韵,与今之守钱虏异矣!"

> 谨案:王济字武子。杜预字元凯。

沈　峻

沈峻欲赠张温,入内检视良久,出语温曰:"欲择一端布送卿,而无粗者。"竟不送。

虞　玩　之

齐虞玩之为少府。高帝镇东府时,帝取其屐视,断处以芒接,玩之曰:"着已三十年。"

不意一屐,与晏子狐裘同寿。

谨案:事见《南齐书·虞玩之传》。

裴　璩

裴司徒璩靳啬。其廉问江西日,凡什器屏帐皆新,特置闲屋贮之,未尝施用。每有宴会,转于朝士家借。《北梦琐言》

还是无福受用。

饮　牛

江湛字徽深高介,然性俭。所畜牛饿,御人求草。湛良久曰:"可与饮。"

何不用诸葛丞相木牛?

谨案:事见《宋书》本传。

子　孙　榼

江西俗俭,果榼作数格,唯中一味或果或菜可食,余悉充以雕木,谓之"子孙榼"。又不解熔蔗糖,亦刻木饰其色以代匮。一客欲食,取之,方知赝物,便失笑。覆视之,底有字云:"大德二年重修。"

省　夕　餐

桐城方某性吝。其兄晚从乡来,某欲省夕餐,托以远出。兄草草就宿。忽黄鼠逐鸡,某不觉出声驱之。兄唤云:"弟乃在家乎?"某仓卒对曰:"不是我,是你家弟妇。"

即弟妇,岂不能治一夕餐? 不通之甚!

醋

夏侯信常以一小瓶贮醋一升自食,家人不沾余沥。仆云"醋尽",信必取瓶合掌,尚余数滴,以口吸之。

盐

广州录事参军柳庆,独居一室,器用食物,并致卧内。奴有私取盐一撮者,庆鞭之见血。

齑　肉

夏侯彪性吝。奴尝盗食齑肉,彪大怒,乃捉蝇与食,令呕出齑。

谨案:夏侯彪事详见卷十五《贪秽部》"抱鸡养竹"条。

妇　取　百　钱

厍狄伏连位大将军,甚鄙吝。妇尝病剧,私以百钱取药。伏连后觉,终身恨之。

谨案:厍狄伏连,北齐时人。

羊 脾

归登常烂一羊脾，旋割旋啖，封其残者。妇于封处割少许食。登验之，大怒，誓不食肉。

鸭 子

韶州邓佑，家巨富，奴婢千人，庄田绵亘，未尝设客。孙子将一鸭子费用，佑以擅破家赀，鞭二十。

故 席

韦庄数米而炊，秤薪而爨。幼子卒，妻瘗以时服。庄剥取，易故席裹尸。殡讫，仍擎其席归。庄忆子最悲，惟吝财物耳。

珊瑚笔格

《归田录》：钱思公性俭约。子弟非时不能取一钱。有珊瑚笔格，平生爱惜，子弟窃之。公榜以十千购之。子侁为求得以献，欣然以十千与之。一岁率五七如此。

谨案：北宋钱惟演，谥思。

归 廉 泉

吴人归副使廉泉大道，富、吝俱极。暑月暴水日中浴之，省爨薪也。生平家食，未尝御肉。客至，未尝留款。一日，有内亲从远方来，必欲同饭。乃解袖中帨角上五钱，使人于熟店批数片肉。肉至无酱，复解一钱。市得，便嫌其不佳，使还之，仍取钱。已问："酱楪何在？尚有余咸味足消此肉也。"幼儿见食条糖者而泣。值租入时，乳母奉内命，将米半升易糖。公适自外来，见之，诘其故，乃取糖一根,自折少许尝之,复抑少许置儿口,谓曰:"味止此耳,何泣为?"即还糖取米。卖者言糖已损,乃手撮数粒偿之。

　　谨案:归大道,明苏州长洲人。

半 边 圣 人

　　《百可堂》云:有一士夫,性极贪。取人不遗锱铢;而己之所有,分毫不舍。或讥其吝。答曰:"'一介不与',圣人之道也。"或曰:"'一介不取',君以为何如?"曰:"学而未能。"曰:"然则君只好学得半边圣人。"

汉 世 老 人

　　《广记》:汉世老人家富俭啬,恶衣蔬食,侵晨而起,侵夜而息,营理产业,聚敛无厌,而不敢自用。人或从之求丐者,不得已,入内取钱十,自堂而出,随步辄减,比至于外,才余半在。闭目以授乞者,复嘱云:"我倾家赡君,慎勿他说,令相效而来。"老人俄死,田宅没官。

孙景卿、邓差

　　《三辅决录》:平陵孙奋,字景卿,富闻京师,性俭吝。尝宿客舍,顾钱甚少。主人曰:"君惜钱如此,欲作孙景卿耶?"奋后为梁冀征其家财,下狱死。

　　《广五行记》:邓差,南郡临沮人,大富。道逢贾人,相对共食,罗布殊品,呼差与焉。差曰:"君远行商贾,势不在丰,何为顿尔珍羞美食?"贾人曰:"人生在世,终止为身口耳。一朝病死,安能复进甘味乎? 终不如临沮邓生,平生不用,为守钱奴尔!"差不告姓名,归至家,宰鹅自食,动筋咬骨,鲠其喉而死。

靳　　赏

萧衍长围既立,齐师屡败。帝东昏侯犹惜金钱,不肯赏赐。茹法珍叩头请之。帝曰:"贼来独取我耶? 何为就我求物?"后堂储数百具榜。启为城防,帝曰:"拟作殿。"竟不与。

吝　　祸

金华有豪民李甲,剋众肥家。居近古刹,有二僧颇为村人所钦仰,往求施,人多喜舍,亦时时受甲妻之密惠。甲知之,衔忌尤深。一日,二僧以事至其家,甲故为殷勤之态,而私令仆干作四饼,置毒其中,以出劝二僧。僧方饭饱,不下咽,乃怀其饼归寺。明旦,二小儿采衣垂发,入寺游观。问之,则甲之两子也。惊曰:"此李公爱子,可以果饵延之。"命其徒遍搜于房,弗得,唯饼在几上,即取以饲之。二儿各食其一,仍怀其一还家。入门大呼腹痛,并仆地踯躅以死。甲莫喻其故,询其仆,搜其身,余饼在焉。乃知中毒而亡,吞声饮泣而已。

余曾举此故事似一吝者。吝者曰:"君言吝祸,自我言之,还受不吝之累。若我并惜四饼,那有此祸?"

置　　产

常州苏掖,仕至监司,家富甚啬。每置产,吝不与值,所争一文,必至失色。后因置别墅,与售者反复受苦。子在旁劝曰:"大人可增少金,我辈他日卖之,亦可得善价也。"掖愕然,自尔少改。

郭进有才略,治第方成,聚族人宾客落之。下至土木之工,皆与宴。设诸工之席于东庑。人咸曰:"诸子安可与工徒齿?"进指诸工曰:"此造宅者。"指诸子曰:"此卖宅者,固宜坐造宅者下。"

汰侈部第十四

　　子犹曰：余稽之上志，所称骄奢淫佚，无如石太尉矣。而后魏河间犹谓："不恨我不见石崇，恨石崇不见我。"章武贪暴多财，一见河间，叹羡不觉成疾，还家卧三日不能起。人之侈心，岂有攸底哉？自非茂德，鲜克令终。金谷沙场，河间佛寺，指点而嗟咨者，又何多也！一日为欢，万年为笑。集《汰侈第十四》。

杜 邠 公

　　杜邠公悰，厚自奉养，常言："平生不称意有三事。其一为澧州刺史；其二贬司农卿；其三，自西川移镇广陵，舟次瞿塘，为骇浪所惊，呼唤不暇，渴甚，自泼汤茶吃也。"

　　按邠公出入将相，未尝荐一幽隐，时号为"秃角犀"。凡莅藩镇，不断一狱，囚无轻重，任其殍殢。人有从剑门拾得裹漆器文书，乃成都具狱案牍。朝廷将富贵付此等人，那得不乱？

李 昊

　　李昊事前后蜀五十年，资货巨万，奢侈逾度，妓妾数百。尝读《王恺》、《石崇传》，骂为"穷俭乞儿"。

　　此等乞儿，恐难为布施财主。

虞 孝 仁

　　隋虞孝仁性奢侈。伐辽之役，以骆驼负函盛水，养鱼以自给。

人　抱　瓮

羊琇冬月酿,常令人抱瓮,须臾复易人,酒速成而味好。

蒸　狍

武帝食王武子家蒸狍,肥美异常,怪而问之。答曰:"以人乳饮。"帝甚不平,不毕食便去。

狍儿无用,殆有甚者,武帝自不悟耳。

谨案:狍儿,指晋武帝太子惠帝也。

宋　景　文

宋景文好设重幕,内列宝炬,歌舞相继。坐客忘疲,但觉漏长,启幕视之,已是二宿。

按子京为翰苑时,晏相元献爱其才,欲旦夕相见,遂税一第于旁近,延居之。遇中秋,启宴召宋,出妓饮酒,赋诗达旦方罢。翌日,晏罢相,宋当草词,极其丑诋。方挥毫之际,余醒犹在。观者殊骇,以为薄德。则宋之为人可知矣。其好客,亦如屠沽儿团饮,岂真能致客哉?

宋郊居政府,上元夜读《周易》。弟学士宋祁点华灯,拥歌妓,醉饮达旦。翌日,郊令人云:"相公寄语学士:闻昨夜烧灯夜宴,穷极奢侈,不知记得那年上元,同在州学吃斋煮饭否?"祁答曰:"寄语相公:不知那年在州学吃斋煮饭为甚的?"

原来只为这个! 可叹,可叹!

谨案:宋祁,字子京,谥景文。其兄宋郊,后改名宋庠。

金　莲　盆

段文昌富贵后,打金莲[花]盆盛水濯足。或规之。答曰:"人生几何? 要酬生平不足也!"

　　谨案:据《北梦琐言》卷三校改。

索银盆盥洗

宁庶人宸濠既就擒,拘宿公馆,以铜盆与盥洗。怒曰:"纵乏金盆,独无银者耶!"其习于奢侈如此!

蔡太师厨中人

宋时一士夫,京中买一妾,自言蔡太师府厨中人。命作包子,辞以不能。诘之曰:"既是厨中人,何曰不能?"妾曰:"妾乃包子厨中缕葱丝者。"曾无疑,乃周益公门下士也。有委之作志铭者,无疑援此事为辞,曰:"某于益公之门,乃包子厨中缕葱丝者也,岂能作包子哉?"

　　谨案:蔡太师,蔡京。周必大,南宋孝宗时丞相,封益国公。

厨　　娘

　(中)[京]都[中]下户每生女,则爱护如捧璧。甫长成,则随其姿质教以艺业,用备士大夫采择。其名目不一,有所谓"身边人"、"本事人"、"供过人"、"针线人"、"堂前人"、"杂剧人"、"拆洗人"、琴童、棋童、厨娘等项。就中厨娘最为下色,然非极富贵之家,必不可用。宝祐中,有太守某者,奋身寒素,不改儒风。偶奉祀居里,饮馔粗率,忽念昔留某官处,(庖)[晚]膳出京都厨娘,调羹极可口。有便介如京,谩作承受人书,托以物色,费不屑较。未几,承受人复书曰："得之矣。其人年可二十余，近回自府第，有容艺，能书算，旦夕遣以诣直。"不旬月，果至。初憩五里［头］时，遣脚夫先申状来，乃其亲笔也，字画端楷，历序"庆幸，即日伏侍左右"，末"乞以四轿接取，庶成体面"。辞甚委曲，殆非庸女子可及，守为之破颜。及入门，容止循雅，翠袄红裙，参视左右，乃退。守大过所望。少选，亲朋集贺，厨娘亦遽致试厨之请。守曰："未可展会，明日且具常食。"厨娘请食菜品资次，守书以示之。厨娘谨奉旨，举笔砚具物料，内"羊头签"五分，各用羊首十个，葱薤五碟，合用五十斤，他物称是。守固疑其妄，然未欲遽示以俭鄙，姑从之，而密觇其所用。翌旦，厨娘发行奁，取锅、铫、盂、杓、汤盘之属，令小婢先捧以行，灿烂耀目，皆黄白所为，大约已该五七十金。至如刀砧杂器，亦一一精致，旁观者啧然。厨娘更团袄围裙，银索（扳）［攀］膊，掉臂而入。据坐胡床，徐起切抹批脔，方正惯熟，条理精通，真有运斤成风之势。其治羊头，漉置几上，剔留脸肉，余悉掷之地。众问其故，厨娘曰："此皆非贵人所食矣！"众为拾顿他所。厨娘笑曰："汝辈真狗子也！"众虽怒，无语以答。其治葱韭，取葱辄微过汤沸，悉去须叶，视碟之大小，分寸而裁截之；又除其外数重，取心条之细似韭之黄者，以淡酒醯浸渍，余弃不惜。凡所供备，馨香脆美，济楚细腻，难以尽其形容。食者举箸无余，俱各相顾称好。既撤席，厨娘整襟再拜曰："此日试厨，幸中各意，后须照例支犒。"守方检例。厨娘曰："岂非待检例耶？"探囊取数幅纸以呈上，曰："是昨在某官处所得支赐判单也。"守视之，其例每展会支赐［帛绢百匹、钱］或至三二百千。守破悭勉从，私叹曰："吾辈力薄，此等厨娘不宜常用！"不两月，托故遣还。

谨案：据宋洪巽《旸谷漫录》校改。

小 四 海

孙承祐尝馔客，指其盘筵曰："今日坐中，南之蟛蜞，北之红羊，东之虾鱼,西之枣栗,无不毕备,可谓富有小四海矣!"

大 饼

王蜀时,有赵雄武者,累典名郡,精于饮馔。又能造大饼,每三斗面擀一枚,大于数间屋。[或大内宴聚],或豪家广(席)[宴],辄请献一枚,剖用之犹有余。其方不传。众因号为"赵大饼"。

谨案:据孙光宪《北梦琐言》逸文卷二校改。

大卵、大馒头

正德时,守备、中贵人竞为奢靡。有取鸡卵或鹅、鸭卵破之,不知何术分黄白,而以牛胞刮净,裹其外,约斗许大,熟而献客,曰:"此驼鸟卵也。"又作馒头大于斗,蒸熟,而当席破之,中有二百许小馒头,各有馅而皆熟。《朝野异闻》

吴 馔

张江陵相公奔丧归。所坐步舆,则真定守钱普创以供奉者。前为重轩,后寝室,以便偃息,傍翼两庑,庑各一童子立而左右侍,为挥箑炷香。凡用卒三十二舁之。始所过州邑邮,牙盘上食,水陆过百品,居正犹以为无下箸处。而真守无锡人,独能为吴馔。居正甘之,曰:"吾行路至此,仅得一饱餐!"此语闻,于是吴中之善为庖者召募殆尽,皆得善价。

李后主姬

宋时,江南平,大将获李后主宠姬,见灯辄闭目,云"烟气"。易以蜡烛,亦闭目云:"烟气愈甚!"曰:"然则宫中未尝点烛耶?"云:"宫中本阁,每至夜,则悬大珠,光照一室,如日中。"观此,则李氏之豪侈可知矣。

杨 国 忠 妓

杨国忠凡有客设酒,令妓女各执其事,号"肉台盘"。冬月,令妓女围之,号"肉屏风"。又选妾肥大者于前遮风,谓之"肉障"、"肉阵"。

孙晟每食不设几案,使众妓各执一器环立,亦号"肉台盘"。杭州别驾杜驯,亦有"肉屏风"事。

烛 围

韦(涉)[陟]家宴,使群婢各执一烛,四面行立,呼为"烛围"。《长安后记》

唐宁王"灯婢",申王"烛奴",皆刻香木为之,韦为侈矣!

谨案:据唐冯贽《云仙杂记》卷五校改。

唾 壶

苻朗尝与朝士宴。时贤并用唾壶。朗欲夸之,使小儿跪而张口,唾而含出。

朗善识味。或杀鸡以食之,朗曰:"此鸡栖恒半露。"问之,如其言。又食鹅炙,知白黑之处。或试而记之,无毫厘之差。亦异人也!

谨案:事见《晋书·苻朗传》。朗为苻坚从兄,降东晋。

南宋谢景仁裕性整洁。每唾,辄唾左右人衣。事毕,即听一日浣濯。每欲唾,左右争来受之。

谨案:此南宋为南朝之刘宋。

严世蕃吐唾,皆美婢以口承之。方发声,婢口已巧就。谓曰"香唾盂"。

肉　双　陆

尚书王天华取媚世蕃,用锦罽织成点位,曰"双陆图";别饰美人三十二,衣装缁素各半,曰"肉双陆",以进。每对打,美人闻声,该在某点位,则自趋站之。世蕃但一试,便不复用。

严氏溺器

严分宜父子溺器,皆用金银铸妇人而空其中,粉面彩衣,以阴受溺。

淫　筹

严氏籍没时,郡司某奉台使檄往,见榻下堆弃新白绫汗巾无数。不省其故,袖其一,出以咨众。有知者,掩口曰:"此秽巾。每与妇人合,辄弃其一。岁终数之,为淫筹焉。"

诸　葛　昂

隋末,深州诸葛昂性豪侠。渤海高瓒闻而造之,为设鸡豚而已。瓒小其用,明日大设,屈昂客数十人,烹猪羊等,长八尺[薄饼,阔丈余,裹馅,粗如庭柱],盘作酒碗行巡,自为金刚舞以送之。昂至后日,屈瓒客数百人,大设,车行酒,马行炙,挫碓斩脍,磑轹蒜韭,唱夜叉歌、狮子舞。瓒明日杀一奴子,十余岁,呈其头颅手足。座客皆攫喉而吐之。昂后日报设,先令爱妾行酒。妾无故笑,昂叱下,须臾蒸此妾,[旁批:何说。]坐银盘,仍饰以脂粉,衣以绫罗,遂擘胁肉以啖。瓒诸客皆掩目。昂于奶房间撮肥肉食之,尽(饷)[饱]而止。瓒羞之,夜遁去。昂后遭离乱,狂贼来求金宝,无可给,缚于橡上,炙杀

之。［旁批:恶报。］

谨案:据《说郛》卷三二上引张鹭《耳目记》校改。

炼　炭

乾符中,有李使君出牧罢归,深感一贵家旧恩,欲召诸子从容。托敬爱寺僧圣刚者致之。僧极言其奢侈,常馔必以炭炊,恐不惬意。李曰:"若象髓猩唇,或未能致,他非所患也。"于是择日邀致,备极丰洁。诸子遇肴羞,略不入口。主人揖之再三,唯沾果实而已。及设餐,俱置一匙于口,各攒眉相盼,有似啮蘗。李不能解,但以失饪为谢。明日托僧往质其故,言:"燔炙煎和,俱未得法。"僧曰:"他物纵不可食,餐出炭炊,又何嫌?"乃曰:"凡炭必暖令熟,谓之炼炭,方可入爨。不然,犹带烟气。"僧拊掌曰:"此则非贫道所知矣!"及巢寇陷洛,昆弟与僧同窜山谷,饿至三日,贼锋稍远。出河桥,见小店有脱粟饭,僧倾囊中钱,买于土杯同食,甚觉甘美。僧笑曰:"此非炼炭所炊!"皆低头惭嘿。

王　黼

王黼宅与一寺为邻。有一僧,每日在黼宅沟中取流出雪白饭颗,漉出洗净晒干。不知几年,积成一囤。靖康城破,黼宅骨肉绝食。此僧即用所囤之米,复用水浸蒸熟,送入黼宅。老幼赖之无饥。

若无沟中饭,早作沟中瘠。此又是奢侈人得便宜处。

四　尽

梁鱼弘,襄阳人,尝言:"我为郡有四尽:水中鱼鳖尽,山中麋鹿尽,田中米谷尽,村里人庶尽。"

贪秽部第十五

子犹曰：人生于财，死于财，荣辱于财。无钱对菊，彭泽令亦当败兴。倘孔氏绝粮而死，还称大圣人否？无怪乎世俗之营营矣！究竟人寿几何，一生吃着，亦自有限，到散场时，毫厘将不去，只落得子孙争嚷多，眼泪少。死而无知，直是枉却；如其有知，懊悔又不知如何也！吾苏陆念先，应徐少宰记室聘。比就馆，绝不作一字。徐无如何，乃为道地游塞上，抵大帅某，以三十镒为寿。既去戟门，陆对金大恸，曰："以汝故获祸者多矣！吾何用汝为？"即投之泂水中。人笑其痴，孰知正为痴人说法乎？集《贪秽第十五》。

如　　意

《风俗通》云：齐人有女，二家同往求之。东家子丑而富，西家子好而贫。父母不能决，使其女偏袒示意。女便两袒。母问其故。答曰："欲东家食，西家宿。"

昔有四人言志。一云"吾愿腰缠万贯"，一云"愿为扬州刺史"，一云"愿跨鹤仙游"，末一人云："吾志亦与诸君不殊，但愿腰缠十万贯，骑鹤上扬州耳。"故坡仙题竹云："若对此君仍大嚼，世间那有扬州鹤？"余观今人口谈贤圣，眈眈窥权要之津；手握牙筹，沾沾博慷慨之誉；惰农望岁，败子怨天，大率此类也，何独笑齐女哉？

衡公岳知庆阳，僚友诸妇会饮，金绮烂然，公内子荆布而已。既罢，颇不乐。公曰："汝坐何处？"曰："首席。"公曰："既坐首席，又要服华美，富、贵可兼得耶？"斯乃知足者。

《归田录》云：国初，通判常与知州争权，每云"我是郡监"。有钱昆者，浙人，嗜蟹，常求补外，曰："但得有蟹无通判处则可。"东坡诗云："欲问君王乞符竹，但忧无蟹有监州。"

同舍生刘垂，有口才，曾号"虚空锦"。说他日得志事，曰："有钱当作五窟堂：吴香窟，尽种梅花；秦香窟，周悬射脐；越香窟，植岩桂；蜀香窟，栽椒；楚香窟，畦兰。四时草木，各占一时。予日入麝窟，便足了一生。死且为香鬼，况于生乎？"其后仕而贪，财不副心而卒。

舍　利

张虔钊镇沧州日，因旱民饥，发廪赈之。方上闻，帝甚嘉奖。他日秋成，倍斗征敛，朝野鄙之。在蜀，问一禅僧云："如何是舍利？"对曰："剩置傲居，即得'舍利'。"张但惭笑。

谨案：帝，五代时后唐明宗。

抱鸡、养竹

《广记》：唐新昌县令夏侯彪之，初下车，问里正曰："鸡卵一钱几颗？"曰："三颗。"彪之乃遣取十千钱，令买三万颗，谓里正曰："未便要，且寄鸡母抱之。"遂成三万头鸡，经数月长成，令县吏："与我卖。"一鸡三十钱，半年之间，成三十万。又问："竹笋一钱几茎？"曰："五茎。"又取十千钱付之，买得五万茎。谓里正曰："吾未须笋，且林中养之。"至秋竹成，一茎十文，积成五十万。其贪鄙不道皆此类。

《谑浪》载：太守罗姓者，官江右，以旧丝及锅铁照斤数发出，易人网巾、钢针。智与此类。

卖　粪　天　子

唐少府监裴［匪］舒,奏请卖马粪,计岁得钱二十万缗。刘仁轨曰:"恐后代称唐家卖马粪,非佳名也。"乃止。

　　谨案:据《资治通鉴》卷二百二校改。

婢　担　粪

王夷甫妻郭氏贪,令婢路上担粪。王平子年十四五,谏之。郭怒曰:"夫人以小郎嘱新妇,不以新妇嘱小郎!"捉澄衣裙,将与杖。平子力争得脱。

　　谨案:王澄,字平子,王夷甫(衍)之弟。

鬻　水

前燕太傅慕容评,屯兵潞川,以拒王猛。鄣固山泉,鬻水与军人,绢一匹得水二石,积钱帛如山。士卒怨愤而败。

　　兵家列营,先择水草便地,岂奇货可居耶? 若水从耿恭井中出,价当更倍。

假　子　猷

解宾王作利漕,将代还,凡有行衙所在,竹皆伐卖之,时人呼为"假子猷"。"解"、"假"同音。

钱　当　酒

苏五奴妻善歌舞,亦有姿色。有邀请其妻者,五奴辄随之。人欲醉五奴以狎其妻,多劝之酒。五奴曰:"但多与我钱,虽吃䭔亦醉,不须酒也。"

偷 鞋 刺 史

郑仁凯性贪秽。尝为密州刺史，家奴告以鞋敝，即呼吏新鞋者，令之上树摘果，俾奴窃其鞋而去。吏诉之。仁凯曰："刺史不是守鞋人。"

匿 金 叵 罗

魏神武帝宴僚属，于坐失金叵罗。窦(太后)[泰]令饮者皆脱帽，果在祖孝徵髻中。见者以为深耻，孝徵怡然自若。又孝徵饮司马世云家，藏铜叠三面，为厨人搜出。

　吴下莫生学室，亦有窃疾。为张伯起家狎客。一日，忽言疝气，痛不可忍，少卧便起，曲腰蹒珊而出。张疑之，使童子检视，已失古铜炉矣。张不言，明日诣别业召莫。莫至，言疾愈。张取其所簪银挖耳玩之，伴称好，命童付银工看样，而密授以意。童径往莫家，语其妻曰："汝家官人云：'有一古铜炉欲货。'命吾来取，以挖耳为信。"妻不疑，取炉相授。张得炉，命别置他室案上，而徐引步入。莫见炉，张目曰："汝足亦能行耶？"恬不为怪。

　谨案：据《北齐书·祖珽传》校改。珽字孝徵。神武帝，高欢，时为东魏丞相。

银　佛

张林奏毁佛寺。有苏监察者，检天下废寺，凡银佛一尺以下，多袖归，人号"苏扛佛"。温庭筠笑曰："好对'蜜陀僧'。"

献　罗　汉

曹翰下江南日，尽取其金帛宝货，连百余舟，私盗以归。无以为名，乃取庐山东林寺罗汉，每舟载十余尊，献之，诏赐相国寺。时谓之"押扛罗汉"。

子孙为乞丐时，百余舟安在？

盗　伪　辇

王镇恶性贪。既破姚泓，盗取府库无算。刘裕念其功，不问。又盗泓伪辇。裕惊，使人觇之。镇恶剔取其金银，弃辇于垣侧。裕大笑。

科　钱　造　像

唐瀛州饶阳县令窦知范贪污。有一里正死，范集里正二百人，为之造像，各科钱一贯。既纳钱二百千。范曰："里正地下受罪，先须救急。我先选得一像，且以（贷）[与]之。"于袖中出像，仅五寸许。

此令乃化缘和尚现宰官身者。

谨案：据《朝野佥载》卷三校改。

取油客子金

蜀简州刺史安重霸，黩货无厌。州民有油客子者，姓邓，能棋，其力粗赡。安召与对敌，只令立侍。每落子，俾其退立于西北牖下："俟我算路，乃进。"终日不下十数子而已。邓生久立，饥倦不堪。次日又召。或讽邓子曰："此侯[好]贿，本不为棋，何不献效而自求退？"邓生然之，以中金（数）[十]铤获免。

谨案:据《北梦琐言》卷一校改。

张 鹭 鸶

开宝中,神泉县令张某,外廉而内实贪。一日自榜县门云:"某月某日是知县生日。告示门内(典级)[与给使]诸色人,不得辄有献送。"有一曹吏与众议曰:"宰君明言生日,意令我辈知也。言不得献送,是谦也。"众曰:"然。"至日各持缣献之,命曰"[续]寿衣"。宰一无所拒,感领而已。复告之曰:"后月某日,是县君生日,更莫将来。"无不嗤者。众进士以鹭鸶诗讽之云:"飞来疑似鹤,下处却寻鱼。"

谨案:据《说郛》卷三九下引李畋《该闻录》校改。

赎 命

北齐和士开,见人将就戮,多所营救。得免,即责其珍宝,谓之"赎命物"。

人尽有宁舍命不舍钱者,和未免干折人情。

张、赵征钱名

《唐宋遗史》:张崇帅庐州,不法,民苦之。既入觐,人谓"渠伊必不来"。后还,征"渠伊钱"。人不敢言,但捋须而已,崇又征"捋须钱"。

《五代史补》:赵在礼自采石移永兴,人曰:"眼中拔却钉矣!"后在礼还任,每日征"拔钉钱"。

人 须 笔

岭南兔不常有。郡收得其皮,使工人削笔。醉失之,大惧,因剪己须为笔,甚善。更使为之,工者辞焉。诘其由,因实对。遂下令,使一户输人须,不能致,辄责其值。

负　绢　布

后魏胡太后幸藏库,见布绢充盈,恣从官所取。唯章武王融与陈留侯李崇负绢过任,遂至颠仆。崇伤腰,融损足。太后使侍者夺其绢,令其空出。时人笑焉。

燕宋该性贪。太祖欲厌其贪,赐布百匹,令自负归。重不能胜,乃至僵项。

> 凡人"财帛宫"亦有天限。人但知多负者力过则蹶,而不知多藏者禄过则绝也。

> 谨案:宋该,仕前燕慕容氏。太祖,指慕容㒞。

利　赐　予

南汉、闽、蜀皆称帝。高从诲利其赐予,所向称臣。诸国贱之,谓之"高无赖"。

> 所向称臣,如乞儿叫"老爹奶奶",便不值钱了。

利　赙　给

宋张璪使契丹,老病强行。故事:死于使者,本朝及北朝赙给甚厚。璪利之,在道日食生冷,求病死,卒不死。

> 此等性命,方是值钱! 失此好机会,未免入"枉死城"中。

一门贪鄙

唐崔湜为吏部侍郎,贪纵。兄凭弟力,父挟子威,咸受嘱求,赃污狼籍。父挹为司业，受选人钱，湜不知也，长名放之。其人诉曰：
"公亲将赂去，何不与官？"湜曰："所亲为谁？吾捉取鞭杀！"曰："鞭
即遭忧！"湜大怒惭。

裴佶姑夫

唐裴佶尝话少时，姑夫为朝官，有雅望。佶至宅，会其退朝，深
叹曰："崔照何人？众口称美，必行贿也！如此安得不乱？"言未讫，
门者报寿州崔使君候谒。姑夫怒，呵门者，将鞭之。良久，束带强
见。须臾，命茶甚急，又命酒馔，又命速为饭。佶姑曰："何前倨而后
恭？"及入门，有德色，揖佶曰："憩学中！"佶未下阶，出怀中一纸，乃
赠官绝千匹。

元诞不贪

元诞为齐州刺史，在州贪暴。有沙门为诞采药还。诞曰："师从
外来，有何得？"对曰："唯闻王贪，愿王早代。"诞曰："齐州七万家，
吾每家未得三升钱，何得言贪？"

谨案：元诞，北魏人，袭封济阴王。

尉　景

北齐尉景性贪。厍狄干与景在神武坐，请作御史中尉。神武
曰："何意下求卑官？"干曰："欲捉尉景。"神武大笑，令优者石董桶
戏之。董桶剥景衣曰："公剥百姓，董桶何为不剥公？"

壮观、牧爱

正德中，陈民望为黄州守，更新谯楼，榜以"壮观"二字。同知王
卿，陕人也，颇有清誉，指题谓邓震卿曰："何名'壮观'？自我西音，

乃'赃官'也。"相与一笑。又绍兴府有扁云"牧爱"。戚编修谓时守曰:"此扁可撤去。自下望之,乃'收受'字耳。""牧爱""壮观"是的对。

谨案:戚编修,指戚澜。

菜 瓮

聂豹,字文蔚,永丰人。好讲阳明之学,而天性贪狡。为苏州时,纳贿无算。尝封金于瓮,为李通判所见,佯云:"以菜寄父。"李曰:"拙妻正思菜。"遂取十二瓶去。豹不敢问。

还亏曾讲学,故不敢与李通判争竞。

麻 鞋 一 屋

《颜氏家训》:邺下一领军贪甚,及籍没,麻鞋亦满一屋。

钱 癞

严相嵩父子,聚贿满百万,辄置酒一高会。凡五高会矣,而渔猎犹不止。京师名之曰"钱癞"。

不 动 尊

刘宣武铸铁为算子。子薄游妓家,妓求钗奁,刘子辞之。姥曰:"君家库中青铜,号为'不动尊',可惜朽烂!"刘子云:"吾父唤算子作'长生铁',况钱乎?彼日烧香祷祝天地,要钱生儿,绢生孙,金银千百亿化身,岂止'不动尊'而已!"

谨案:刘宣武,名钱民。事见宋陶谷《清异录》。

欺　心　报

《耳谈》：李士衡奉使高丽，武人余英副焉。所得礼币及诸赠遗，士衡皆不关意。余英虑船漏，以士衡之物籍船底，己物置其上。无何，遇大风，船几覆。舟人请减所载，仓忙不暇拣择，信手拈出，弃之中流，舟始定，盖皆余英物也。

死　友

《耳谈》：孝感县民刘尚贤、张明时二人，约为死友，实以利合也。偶夜行，见火燐燐，识其地，掘之，见银笋蠹起。二人大喜，谓宜具牲礼祭祷，然后凿取。刘已置毒盏中，令张服之。张亦腰斧而来，乘醉击刘死，而不知己已中毒也。两人者皆死，其家人往视银笋，濯濯无迹。万历乙未年事。

太仓库偷儿

太仓库，于万历戊戌中，有偷儿从水窦中入，窦隘，攒以首，无完肤矣。亦得一大宝，置顶际，如前出。至窦之半，不意复有偷儿入，俱不能退，两顶相抵槁死，而宝在其中。久之，拥水不流，治渎始见。见邸报。

神　仙　酒

《狯园》：浙东桐庐县旧有酒井，相传有道人诣一酒肆中取饮，饮毕辄去，酿家亦不索值。久之，道人谓主媪曰："数费媪酒，无以报。有少药投井中，可不酿而得美酒。"乃从渔鼓中泻出药二丸，色黄而坚，如龙眼大，投井中而去。明日井泉腾沸，挹之皆甘醴，香味逾于造者，俗呼为"神仙酒"。其家用此致富。凡三十年，而道人复来，阖门敬礼。道人从容问曰："君家自有此井以来，所入子钱几何？"主媪曰:"酒则美矣,奈乏糟粕饲猪,亦一欠事!"道人叹息,以手探井中,药即跃出,置渔鼓中,井复如旧。

古　　物

江夏王义恭,性爱古物,常遍就朝士求之。侍中何勖已有所送,而征索不已。何意不平,尝出行道中,见狗枷、败犊鼻,命仆取归,饰以箱,送之。笺曰:"承复(需)[须]古物,今奉李斯狗枷,相如犊鼻。"

谨案:据唐赵璘《因话录》校改。

铜　　臭

崔烈入钱五百万,为司徒。及辞帝,帝曰:"悔不少靳,可至千万。"子均,字孔平,亦有时名。烈问均曰:"我作公,天下谓何如?"对曰:"大人少有高名,不谓不当为公,但海内嫌其铜臭!"

贪　位　附

夏侯嘉正性贪,常言:"若能见水银成银一钱,知制诰一日,死亦无恨!"

则天时,夏官侍郎侯知一,以年老敕令致仕。知一乃诣朝堂,跳跃驰走,以示轻捷。时谓"不伏致仕"。

《朝野佥载》:滕王为隆州刺史,多不法。参军裴聿谏止之。王怒,令左右捆拓。他日聿入计,具诉于帝。帝问聿:"曾被几拓?"聿曰:"前后八拓。"即令迁八阶。聿归叹曰:"何其命薄!若言九拓,当入五品矣!"闻者哂之,号"八拓将军"。

谨案:唐滕王李元婴,高祖子。此为高宗时事。

鸷忍部第十六

子犹曰：人有恒言，曰"贪酷"。贪犹有为为之也，酷何利焉？其性乎！其性乎！非独忍人，亦自忍也！尝闻嘉靖间，一勋戚子好杀猪，日市数百猪，使屠者临池宰割，因而观之，以为笑乐。又吾里中一童子，见狗屠缚狗，方举棍，急探袖中钱赠之，曰："以此为酒资，须让此一棍与我打。"自非性与人殊，奚其然？集《鸷忍第十六》。

以 人 命 戏

《汉书》：江都王建专为淫虐。游章台宫，令四女子乘小船，建以足蹈覆其船，四人皆溺，二人死。后游雷波，天大风，建使郎二人乘小船入波中，船覆，两郎溺，攀船，乍见乍没。建临观大笑，令勿救。宫人姬八子姬妾，官名。有过，辄令裸立击鼓，或置树上，久者三十日，乃得衣。或纵狼令啮杀之，建观而大笑。又欲令人与禽兽交而生子，强令宫人裸而四据，与羝羊及狗交。

北齐文宣淫暴。杨愔虽宰辅，每使进厕筹。又尝置愔棺中，载以车，几下钉者数四。每视朝，群臣多无故行诛。乃简取罪人随驾，号为"供御囚"，手自刃杀，持以为戏。

时有都督战伤，其什长路晖礼不能救。帝命刳其五脏，使九人分食之，肉及秽恶皆尽。

齐主问南阳王绰："在州何事最乐？"对曰："多聚蝎于皿器，置蛆其中，观之极乐。"帝即命索蝎一斗，置浴斛，使人裸卧斛中，呼号宛转，帝与绰喜噱不已。因让绰曰："如此乐事，何不驰驿奏闻？"

唐成王千里使岭南，取大蛇长八九尺，以绳缚口，横于门限之下。州县参谒,呼令入门。忽踏蛇,惊惶僵仆,被蛇绕数匝,良久解之,以为戏笑。又取龟及鳖,令人脱衣,纵龟等啮其体,终不肯放,死而后已。其人痛号欲绝,王与姬姜共看,以为玩乐。然后以竹刺龟鳖口,或用艾炙背,乃得放。人被惊者,皆失魂,至死不平复矣。

水　狱

汉主龑聚毒蛇水中,以罪人投[之],谓之"水狱"。

谨案:据《资治通鉴》卷二八三校改。

剖视肠腹

闽主曦谓学士周维岳曰:"[维]岳身甚小,何饮酒之多?"左右曰:"酒有别肠,不必长大。"曦欣然命捽维岳下殿,欲剖视其酒肠。或曰:"杀[维]岳,无能侍陛下剧饮者。"乃舍之。

谨案:据《资治通鉴》卷二八三校改。

宋后废帝好杀。游击将军孙超有蒜气,剖腹视之。

佳　射　的

齐高帝为宋中领军。苍梧直入府,时暑热,帝袒裼。苍梧画帝腹为射的,自射之。王天恩曰:"领军腹大,是佳射的。一箭便死,后无复射,不如以骲箭射之。"

谨案:苍梧,宋苍梧王刘昱,即前条之"后废帝"。齐高帝萧道成,时为宋臣。

针

《典论》:刘表设大针于杖端。客有被酒,劖之以验醉醒。《晋史》:(武)[惠]帝太子恶舍人杜锡亮直,置针于锡坐毡中,刺之流血。语云"如坐针毡",本此。

> 谨案:据《晋书·愍怀太子传》,此太子为愍怀太子,为晋惠帝子。

吞 鳝

梁邵陵王纶为南徐州刺史。尝微服游市里,问卖鳝者曰:"刺史何如?"答言"躁虐"。纶怒,令吞鳝以死。

试 荆

隋燕荣为幽州总管。道次,见丛荆堪为笞箠,取以试人。人自陈无罪。荣曰:"后有罪当免。"及后犯细过,将挝之。人曰:"前许见宥。"荣曰:"无过尚尔,况有过乎?"搒捶如初。

食鳖杖左右

隋崔弘度为太仆卿,尝戒左右曰:"无得诳我!"后因食鳖,问侍者曰:"美乎?"曰:"美。"弘度曰:"汝不食,安知其美?"皆杖焉。长安语曰:"宁食三斗醋,不见崔弘度。"

吊 民 伐 罪

周瀛州刺史独孤庄酷虐。有贼问不承,庄引前曰:"若健儿也,能吐,且释汝。"贼并吐之。有顷,庄曰:"将我作具来!"乃一铁钩,长尺余,甚利,以绳挂于树间,谓贼曰:"汝不闻'健儿钩下死'?"令以胲钩之,遣壮士掣其绳,则钩出于脑矣。谓司法曰:"此法何如?"答曰:"'吊民伐罪',深得其宜!"庄大笑。

周　　兴

周兴性酷,每法外立刑,人号"牛头阿婆"。百姓怨谤。兴乃榜门判曰:"被告之人,问皆称枉;斩决之后,咸息无言。"

谨案:"阿婆"即"阿旁"。

周兴有罪,诏来俊臣鞫之。俊臣方与兴对食,谓兴曰:"囚多不承,奈何?"兴曰:"此易耳。内囚大瓮中,炽炭周之,何事不承?"俊臣命取瓮炽炭,徐起揖兴曰:"有内状推兄,请入瓮!"《南部新书》云:江融为左史,后罗织受诛,其尸起而复坐者三,虽断其头,似怒不息。无何,周兴败。

陈锡玄曰:薛文杰为闽王造槛车,谓古制疏阔,乃更其制:令上下通,中以铁芒内向,动辄触之。文杰首被其毒。文杰尝诬杀吴英,后因英军士愤怒,即以槛车送之。卢多逊之贬朱崖也,李符白赵普,请改窜春州。普不答。及符被贬,竟得春州,不浃旬死。语曰:"张机者中于机,设槛者中于槛。"作法之弊,岂独一商君知悔耶!

肉　　雷

来绍天禀鸷忍。尝宰郃阳,创铁绳千条,或有问不承,则急缚之,仍以其半挝手,往往委顿。每虐威一奋,百囚俱断,轰响震惊,时号为"肉雷"。

来绍乃唐酷吏来俊臣之裔孙,谁谓善恶无种?

肉　鼓　吹

李匡达性忍,一日不断刑,则惨然不乐。尝闻捶楚之声,曰:"此一部肉鼓吹也!"

发 墓 沥 血

梁豫章王综，母吴淑媛先侍齐东昏，及幸于武帝，七月而生综。综年十四五，频梦一少年肥壮，自挈其首对综。淑媛询梦中形色，颇似东昏，为言其故。综乃私发东昏墓，出其骨，沥血试之，骨渗，有征矣。在西州生次男，月余，潜杀之。既瘗，夜遣人发取其骨，又试之。

杀 婢 妾

石太尉崇，每邀宴集，令美人进酒。客饮不尽，使黄门斩美人。王丞相与大将军尝共访崇。丞相素不能饮，辄自勉强，至于沉醉。至大将军，故不饮，以观其气色。已斩三人，丞相劝敦使尽。敦曰："彼自杀人，于我何与？"

恶人遇恶人，只是婢妾晦气。觉吕太后筵席殊散淡。

谨案：吕太后筵席，指吕后设筵，以朱虚侯刘章监酒，斩诸吕一人事。

《诗话》：杜大中自行伍为将，与物无情，西人呼为"杜大虫"。虽妻有过，以公杖杖之。有爱妾，才色俱绝，大中笺表皆出其手。尝作《临江仙》词，有"彩凤随鸦"之句。一日大中见之，怒曰："鸦且打凤！"掌其面，折项而毙。

彩凤随鸦，鸦荣多矣，不识何以反怒？

一瓜杀三妾

曹操宴诸官于水阁。时盛夏，酒半酣，唤侍妾用玉盘进瓜。妾捧盘低头以进。操问："瓜熟否？"对曰："极熟。"操怒斩之。坐客莫敢问故。操更呼别妾进瓜。群妾皆惊，内一妾聪敏，遂整容而前。操问如初，对曰："不生。"操怒，复斩之，再呼进瓜，无敢前者。一妾名兰香,操所深昵,众妾皆逊之。香乃擎盘齐眉而进。操问曰:"瓜味如何?"曰:"甚甜。"操大呼:"速斩之!"坐客皆拜伏请罪。操曰:"公安坐,听诉其罪。前二妾吾斩之者,久在承应,岂不知进瓜必须齐眉而捧盘耶? 及答吾问,皆开口字。斩其愚也! 兰香来未久,极聪慧,高捧其盘,是矣;复对以合口字,足知吾心。吾用兵之人,斩之以绝其患!"见《花木考》。

凶　　僧

僧慧林,谈经吴门。村中有孀妇,素佞佛,制禅履馈之。僧疑妇悦己,夜持刀逾垣而入,直逼妇榻。妇不从,斩妇头,及其一婢,复逾垣而去。适妇死之前一日,有族伯索逋税,与妇哄。邻疑伯之杀妇也,讼于太仓丞陆楷。陆讯之急,遂诬服。索其首不得,苛掠不已。伯之女方十四,痛父甚,乃自经,嘱父断己首代之。时妇已死月余,女首淋漓若生。陆讯其故,伯不得已,以实对。陆心悸,遂发病,梦有神告曰:"古刹慧林。"以其名访之,果谈经僧也,已逃矣。遣捕密侦,获于镇江,自云:"已杀女子五十辈矣。"搜其囊,得妇首,漆而与俱,每兴至,则熟视,其淫暴如此。

苻　　生

前秦苻生,字长生,健之第三子。无一目。七岁时,祖洪戏之,谓侍者曰:"吾闻瞎儿一泪,信乎?"侍者曰:"然。"生怒,引佩刀自刺出血,曰:"此亦一泪也!"洪大惊,鞭之。生曰:"性耐刀槊,不堪鞭捶!"后即位,凶暴。时虎狼为虐,不食六畜,专务食人。群臣请禳之。生曰:"野兽饥则食人,饱自当止,何禳之有?"

食　　人

朱粲有众二十八万,剽掠汉淮间。军中乏食,教士卒烹妇人婴儿啖之,曰:"肉之美者,无过于人。但使他国有人,何忧于馁?"置揭磨寨,以人为粮。及降唐,段确乘醉侮粲曰:"闻卿好啖人,人作何味?"粲曰:"啖醉人正如糟豘肉耳!"遂杀确,烹食之。

唐张茂昭为节镇,频吃人肉。及除统军到京,班中问曰:"闻尚书在镇,好食人肉,虚实?"茂昭笑曰:"人肉腥而且臊,争堪吃?"

靖康丙午岁,金狄乱华。六七年间,山东、京西、淮南等路,荆榛千里,米斗至数千钱,且不可得。盗贼官兵以至民居,更互相食。人肉之价,贱于犬豕,肥壮者一枚不过十五钱。全躯暴以为腊。登州范温率忠义之人,泛海到钱塘,有持至行在充食。老瘦男子谓之"饶把火",妇人少艾者名之为"(美)[不羡]羊",小儿呼为"和骨烂",又通目为"两脚羊"。

> 兵荒之惨,即此三条已不忍道。彼无识狂生,少不得志,辄拍几思乱,何哉?

谨案:第三条据《鸡肋编》卷中校改。

食　人　胆

五代赵思绾反。尝言"食人胆至千,刚勇无敌",每杀人,辄取胆以酒吞之。后为郭从义所擒。

生　食　人　耳

宋王彦升俘获胡人,置酒宴饮,以手裂其耳,咀嚼久之,徐引卮酒。俘者流血被面,痛楚叫号,彦升谈笑自如。

勇　士　相　啖

《吕氏春秋》:齐勇者,一居东郭,一居西郭。途遇而饮,索肉不得,乃笑曰:"子,肉也;我,肉也。何别求肉为?"因抽刀割肉,相赠啖之,肉尽而死。

汲　桑

汲桑盛暑中睡,重裘累茵,使十余人扇。不得凉,斩扇者。军中谣曰:"奴为将军何可羞,六月重茵被狐裘,不识寒暑断人头。"

高　昂

高昂与郑严祖握槊。刘贵召严祖,昂不时遣,枷其使。使曰:"枷时易,脱时难!"昂即以刀就枷刭之,曰:"何难之有?"贵不敢校。

李　凝　道 以下"卞急"

唐龙游令李凝道褊性。姊男才七岁,故恼之,即往逐。不遂,以饼诱得之,咬其胸背流血。

皇　甫　湜

皇甫湜尝命其子松录诗数首,一字小误,诟詈且跃,手杖不及,则啮腕血流。尝为蜂螫手指,乃大躁。散钱与里中儿及奴辈,箕敛蜂窠,山聚于庭,命槌碎绞汁,以酬其痛。

穆　宁

唐穆宁为刺史。其子已为尚书、给事,皆分值供馔,少不如意,必遭笞杖。一日给事当值,出新意,以熊白、鹿脯合而滋之,其美异常。宁食之致饱。诸子咸羡,以为行有重赏。及食饱,仍杖之,曰:"如此佳味,何进之晚?"

石　虎

石虎命太子邃总百揆。邃以事为可呈,呈之。虎恚曰:"此小事,何足呈?"时有所不闻,虎复恚曰:"何以不呈?"诮责笞箠,月至再三,邃甚恨,遂谋逆。

王　述

王蓝田述,性急。尝食鸡子,以箸刺之不得,便大怒,举以掷地。鸡子于地圆转未止,仍下地以履齿碾之。又不得,瞋甚,复于地取纳口中,啮破即吐之。

王　思

魏王思为司农,性急。尝书,蝇集笔端,驱去复来再三。思自起拔剑逐蝇,不得,取笔掷地踏坏之。

陈 都 宪 事

都御史陈智,性刚而躁,挞左右人无虚日。洗面时用七人,二人揽衣,二人揭衣领,一人捧盘,一人捧漱水碗,一人执牙梳。稍不如意,便打一掌。至洗毕,鲜有不被其掌者。方静坐,若左右行过,履有声者,即挞之。有相知劝以宽缓。乃置一木简,刻"戒暴怒"三字于上以示儆。及有忤之者,辄举木简,挞之无数。

陈都宪尝坐堂,偶有蝇拂其面,即怒,叱从者(擒)[曰]:"拿!"从者纷然,东奔西突,为逐捕状。少顷,俟其怒解,禀问:"拿何人?"乃叱之曰:"是蝇!"又尝岸帽,取银簪剔指甲,失坠于地。怒而起坐,自拾簪触地砖数次方已。

谨案:据《元明事类抄》卷四十校改。

丰 南 隅 事

鄞县丰南隅坊,以建言有直声。居乡性最暴。朋友稍拂意,即命干人酖杀之。其人应命,必阴以告友。友即伪为中毒仆地。坊见之必大笑,尽诉其胸中之怒。良久,命昇出。次日,此友复来。骇问所以不死状,佯应曰:"家中急救得解。"坊即与欢好如初,亦不追诘。虽至厚之交,一岁必三四酖焉。

丰礼部尝要沈明臣结忘年交。岁余,人或恶之曰:"是尝笑公文者。"即大怒,设醮诅之上帝,凡三等,云:"在世者宜速捕之;死者下无间地狱,勿令得人身。"一等皆公卿大夫与有睚眦者,二等文士布衣,沈为首;三等则鼠、蝇、蚤、虱、蚊也。

斩石人　骂伍胥

刘子光出征,道喝无水。山南见一石人,问:"何处有水?"石人不答,拔剑斩之,须臾水出。

吴郡王闿渡钱塘江,遭风,船欲覆。闿拔剑砍水,痛骂伍胥。风稍缓,获济。

王　君　廓 以下"忿嫉"

王君廓往击窦建德。将出战,李靖谒之。君廓发愤大呼,目及鼻、耳一时流血。

> 又是一位蔺相如。相如叱秦王,目皆流血。

郭　崇　韬

郭崇韬素疾宦者,谓魏王继岌曰:"大王他日得天下,骟马亦不可乘之。"

投　溷

李贺有表兄,与贺有笔砚之旧,恨贺傲忽。贺死,复绐取其稿,尽投溷中。

碎　碑

乾符中,颜(摽)[标]典鄱阳郡鞠场。公宇初构,请姚岩杰纪其事。文成,粲然千余言。(摽)[标]欲删去二字,岩杰不从。(摽)[标]怒,时已刊石,命碎其碑。

　　谨案:据《唐摭言》卷十校改。

范　廷　召

宋范廷召恶飞鸟,见必射之,所居处鸟必绝种。又最恶驴鸣,闻之辄为击杀。

独　步　来

梁安成王萧伣,博雅擅文章。吏部尚书柳信言差堪拟敌。一日闻伣卒,宾从往候信言。信言乃屈一脚跳出,连称曰:"独步来! 独步来!"众宾舞蹈为贺。

忿　撤　乐

乾道中,众客赴郡宴。妓乐甚盛。一少年勇于见色。甫就席,一客以有服辞,固请撤乐。少年忿然责之曰:"败一席之欢者,尔也! 真所谓'不自殒灭,祸延过客'者耶?"宾主哄堂。

截肠　塞创以下"神勇"

北齐彭乐,与周文决战。被刺肠出,纳之不尽,截去复战。

隋张定和,虏刺之中颈。定和以草塞创而战,神气自若,虏遂败。

杜 伏 威

唐杜伏威与陈稜战。射中伏威额,怒曰:"不杀汝,箭不拔!"驰入稜阵,获所射将,使拔箭已,斩之。

任 城 王 以下"绝力"

魏任城王(章)[彰],善左右射,好击剑,百步中于悬发。乐(闻)[浪]国献虎彪,文如锦斑,以铁为槛,骁勇之徒,莫敢轻视。(章)[彰]曳虎尾以绕臂,虎弭无声。时南越献白象。(章)[彰]在帝前,手顿其鼻,象伏不动。

　　谨案:据王嘉《拾遗记》卷七校改。曹彰,曹操之子。

桓 石 虔

晋桓石虔有材干,矫捷绝伦。随父豁在荆州,于猎围中见猛兽被数箭而伏。诸督将素知其力,戏令拔箭。石虔因急往拔一箭,猛虎踞跃,石虔亦跳,高于猛兽,复拔一箭而归。时人有患疾者,谓曰"桓石虔来"以怖之,病者多愈。

羊 侃

《南史》:羊侃膂力绝人,所用弓至二十石,马上用六石弓。尝于兖州尧庙,蹋壁直上至五寻,[横行得七迹]。(西)[泗]桥有数石人,长八尺,大十围,侃执以相击,悉皆破碎。少时仕魏为郎,以力闻。魏帝尝谓曰:"郎官谓卿虎,岂羊质虎皮乎?试作虎状。"侃因伏,以手抉殿(槛)没指。

　　谨案:据《南史·羊侃传》校改。

彭 博 通 等

唐河间人彭博通,曾于讲堂阶上,临阶而立,取鞋一辆,以臂夹,令有力者后拔之。鞋底中断,彭脚终不移。牛驾车正走,彭倒曳车尾,却行数十步。曾游瓜步,江有急风张帆。彭捉尾缆,挽之不进。

元时攸县张子云者,身长八九尺。为人担米,肩各一石,首戴五斗,而行无窘步。尝卧石桥上,其首去地数寸。

欧千斤,洪武初京师列校也,幼以膂力得名。城中少年数辈欲侮之。欧乃脱衣,以手挽起廊柱,聚衣裙压于柱下。众皆眙愕走避。适西域入贡回回善扑跌者,自号"铁力汉"。朝廷募欧与较,胜之。即日改授太仓卫百户。后虽老,尝乘马过独板桥,马踞蹐不能行。欧以右臂挟其马,高步而过,人皆伟之。

容悦部第十七

子犹曰：南荒有兽，名曰狤，见人衣冠鲜采，辄跪拜而随之，虽驱击，不痛不去；身有奇臭，唯膝骨脆美，谓之"媚骨"，土人以为珍馔。余谓凡善诒者皆有媚骨者也。汲黯不拜大将军，大将军贤之；王祥不拜司马晋王，晋王重之；朱序不拜苻坚，苻坚宥之；薛廷珪不拜朱温，朱温礼之；张令浚私拜田令孜，卒为所轻；陶谷拜赵检点，竟遭摈弃。诒人者亦何益哉？集《容悦第十七》。

天 后 好 诒

襄州胡延庆，以丹漆书龟腹曰"天子万年"，进之。凤阁侍郎李昭德，以刀刮之并尽，奏请付法。则天曰："此非恶心也。"舍而不问。

朱前疑上书则天云："臣梦见陛下御宇八百岁。"后大喜，即授拾遗。又刑寺系囚将决，乃共商于狱墙内外作大人迹，长五尺，至夜分，众大叫。内使推问，对云："有圣人现，身长三丈，面黄金色，云'汝等皆坐冤，然勿忧，天子万年，即有恩赦'。"后令把火照视，有巨迹，遂大赦天下，改为大足元年。

捏鼻头即得官，掘地孔即免罪。以天后之英明，岂不知其伪，正谓"此非恶心"耳。

赤 心 石

武后时争献祥瑞。洛滨居民有得石而剖之中赤者，献于后，曰："是石有赤心。"李昭德曰："此石有赤心，其余岂皆谋反耶？"见《唐史》。或作李日知事，误。

朱温一日出大梁门外数十里,憩柳树下,久之,独语曰:"好大柳树!"宾客各避席对曰:"好大柳树!"有顷,又曰:"好大柳树,可作车头!"末坐五六人起对曰:"好作车头!"温厉声曰:"柳树岂可作车头?我见人说秦时指鹿为马,有甚难事!"悉擒言作车头者扑杀之。温虽草贼,此举胜天后远矣!

代 牺 图

天后疾,遍祭神庙。给事中阎朝隐尝诣少室,因亲撰祝文,以身代牺,沐浴伏于俎盘,令僧道迎至神所,观者如堵。后病愈,特加赏赍。张元一乃画《代牺图》以进。后大笑。

霍献可 郭弘霸

霍献可以希旨为忠。一日头触玉阶,请诛狄仁杰、裴行本,遂至损额。故以绵帛裹于巾下,常令露出,冀后见之。

郭(弘)霸自陈:"讨徐敬业,誓抽其筋,食其肉,饮其血,绝其髓。"武后大悦,授御史,时号"四其御史"。

熨 衣

宋武帝虽衣浣衣,而左右必须鲜洁。尝有侍臣衣带卷折,帝怒曰:"卿衣带如绳,欲何所缚?"吏部何敬容希旨,常以胶清刷须。衣裳不整,伏床熨之;暑月,背为之焦。

七 岁 尚 书

梁武伐齐,袁昂不屈,后梁以为民部尚书。帝谓曰:"齐明帝用卿为黑头尚书,我用卿为白头尚书,良以多愧!"对曰:"臣生四十七年于兹矣。四十以前,臣之自有;七年以后,陛下所养。七岁尚书,未为晚达。"

前后若两截人,此语是他供状。

谀　　　语

桓玄篡位,床忽陷。殷仲文曰:"圣德深厚,地不能载。"

建兴四年,西都倾覆。元皇帝始为晋王,四海宅心。其年十月中,新蔡县吏任侨妻胡氏,产二女相向,腹心合,自胸以上、脐以下分,盖[天下]未(有)[一]之妖也。时内史吕会上言:"案《瑞应图》云:异根同体,谓之'连理'。草木之属,犹以为瑞。今二人同心,[旁批:好说。]天垂灵象。故《易》云:'二人同心,其利断金。'斯盖四海同心之瑞。不胜喜跃,谨画图上。"识者哂之。

> 谨案:据晋干宝《搜神记》卷七校改。建兴为西晋愍帝年号,此年十一月西晋亡。元皇帝指东晋元帝。

北齐武成生齼牙,诸医以实对。帝怒。徐之才曰:"此是智牙,主聪明长寿。"帝大悦。

> 谨案:武成,北齐武成帝高湛。

王世充有异志。道士桓法嗣自言解图谶,取《庄子·人间世》、《德充符》二篇以进,曰:"上篇言'世',下篇言'充'。言相国当德被人间而应符命也。"世充大悦。

> 妖为德祐,病亦福征,六经反作妖言,诸子皆成符命。态臣贡谀,亦何不至哉!

教　　　诒

陈太仆万年,内行修美,然善事人。丞相丙吉病,中二千石上谒问疾,遣家丞出谢。谢已皆去,万年独留,昏夜乃归。吉荐之为御史大夫。[旁批:留之效如此。]子咸,字子康,年十八,有异材,抗直敢言。

万年尝病,召咸教戒于床下。语至夜半,咸睡,头触屏风。万年大怒,欲杖之,曰:"乃公教戒,汝乃不听耶?"咸叩头谢曰:"具晓所言,大要教咸谄也!"万年乃不复言。

张昌宗、元载

天后宠幸张昌宗。其弟昌仪为洛阳令,请嘱无不从者。尝早朝,有选人姓薛,以金五千两并状赂之。昌仪受金,以状授天官侍郎张锡。数日,锡失其状,以问昌仪。昌仪曰:"我亦不记,但姓薛者即与之。"锡惧,退索在铨姓薛者,六十余人,悉留注官。

元载弄权舞智,政以贿成。有丈人来从载求官,但赠河北一书而遣之。丈人不悦。行至幽州,私发书视之,无一言,唯(置)[署]名而已。丈人不得已,试谒判官。闻有载书,大惊,立白节度使,遣大校以箱受书,馆之上舍,赠绢千匹。

此等权势,不得不谄。有此等谄人,那得不要权势?

谨案:据《资治通鉴》卷二二四校改。

偷　　媚

宋张说为承旨,士争趋之。时富川王质、吴兴沈瀛,夙负声誉;及同官枢属,交以谄说为戒。众闻而壮之。一日,质潜往谄说。升堂,瀛已先在,相视愕然。竟迫清议而去。

齐卢思道久仕不达。或劝谄和士开。卢素自高,欲往,恐为人所见,乃未明而行。比至其门,遥见一时诸名胜,森然与槐柳齐列,因鞭马疾去。弘治中,权阉李广以左道进,后仰药死,搜得纳贿簿籍,中载"黄米"、"白米"数太多。上讶之。左右曰:"黄白即金银也。"言官请按籍究问,凡与名者,昏暮赴戚畹求援,不期而会者凡十三人。月下见轿影幢幢,而一人独乘女轿。事虽得寝,而姓名传播,渐就罢黜。呜呼! 权门如市,从来远矣! 徐存翁在相位,语所知曰:"老夫今日譬如鸡母方宿,若行动,定有一群雏随去。君辈慎勿相近!"斯语可思。

改　姓

令狐相绹,奋自单族,每欲繁其宗党,与崔、卢抗衡。人有投者,不吝通族,由是远近争趋,至有姓胡冒"令"者。进士温庭筠戏为词曰:"自从元老登庸后,天下诸胡悉带令。"又有不得官者,欲进状,请改姓"令狐",尤可笑。

杨升庵云:唐时重族系。李氏十三望,陇西第一,虽帝系亦自屈居第三。而李氏妄称陇西者,反冒为宗室,曰"天潢仙派"。夫宰相之势,不过十年,而人竟改姓附之,况天子乎? 陇西李氏,高自标榜,有女,人不敢求婚,及年长,父母以囊装,昏夜潜送于少年无妻者。是求荣反以得辱也。

冒　族

崇宁末,策进士,蔡嶷以阿附得首选。往谒蔡京,认为叔父。京命二子攸、絛出见。嶷亟云:"向者大误! 公乃叔祖,二尊乃诸父行也!"

割股、放生

王荆公为相。每生日,朝士献诗为寿。光禄卿巩申不娴书,以大笼贮雀鸽,擂筦开笼,每一鸽一雀,叩齿祝之曰:"愿相公一百二十岁。"时有边塞之主妻病,而虞候割股以献者,时嘲之曰:"虞候为夫人割股,大卿与丞相放生。"

杨茂谦曰:"定知申短于笔,不则锦轴金字,俵颂功德矣。"

子犹曰:"当今锦轴金书,岂尽长于笔者耶?荆公作业太重,多多放生,或致冥祐,巩卿大通佛法。"

唐大理正成敬奇视姚崇疾,置生雀数头,一一手执而放之,曰:"愿令公速愈!"姚相恶之。巩申盖有所本。

程师孟、张安国

程师孟尝请于荆公曰:"公文章命世,某幸与公同时,愿得公为墓志,庶传不朽。"公问:"先正何官?"程曰:"非也。某恐不得常侍左右,预求以俟异日。"又王死,张安国披发藉草,哭于枢前,曰:"公不幸未有子,今夫人有娠,某愿死,托生为公嗣。"京师嘲曰:"程师孟生求速死,张安国死愿托生。"

鸡 鸣 犬 吠

韩平原作南园于吴山上,其中有所谓村庄者,竹篱茅舍,宛然田家气象。韩游其间,甚喜,曰:"撰得绝似,但欠鸡鸣犬吠耳!"既出游他所,忽闻庄中鸡犬声。令人视之,乃府尹赵师睪所为也。韩大笑,遂亲爱之。有太学生嘲以诗曰:"堪笑明庭鸳鹭,甘作村庄犬鸡。一日冰山失势,汤镬煮刀刲。"后平原败,复有诗云:"侍郎自号东墙,曾学犬吠村庄。今日不须摇尾,且寻土洞深藏。"

谨案:韩侂胄封平原郡公。

松 寿

程松谄事韩侂胄,自钱塘令拜谏议。满岁未迁,殊怏怏,乃市一妾[献之],名曰"松寿"。韩曰:"奈何与大谏同名?"答曰:"欲使贱名常达钧听。"

谨案:据《宋稗类钞》卷五校改。

金 作 首 饰

太监怀恩得赐金二锭,转奉钱溥。溥忻然受之,曰:"当与房下作首饰,常常顶戴太监。"

贡 女

唐进士宇文翃,有女国色,不轻许人。时窦璠年逾耳顺,方谋继室,翃以其兄谏议正有气焰,遂以女妻璠。

红颜命薄,遭此诒父。

献 妾

锦衣廖鹏,以骄横得罪。有旨封其宅舍,限五日逐去。其妾"四面观音"者,请见朱宁而解之。宁一见喜甚,留之五日,则寂然无趣行者矣,治事如初。宁自是常过鹏宿,从容语鹏:"曷赠我?"鹏曰:"捐以侍父,则不获效一夕杯酒敬,奈何? 不若为父外馆。"宁益爱昵之。

夺 妻

刘太常介继娶美艳,冢宰张綵欲夺之,乃问介曰:"我有所求,肯从我,始言之。"介曰:"一身之外,皆可奉公。"曰:"我所求者,新嫂也。敢谢诺。"少顷,强舆归矣。

有刘瑾做坐媒,何愁不谐? 奉人者须防此一着!

谨案:刘介与刘瑾为同乡。

敬　名

冯道门客讲《道德》首章，有"道可道，非常道"。门客见"道"字是冯名，乃曰："不敢说，可不敢说，非常不敢说。"

> 冯老子身事十主，门客效颦。

熊安生将通名见徐之才、和士开。二人适同坐。熊以之才讳"雄"，士开讳"安"，乃称"触触生"。群公哂之。

薛昂谨事蔡元长，至戒家人避其名。与宾客会饮，有犯"京"字者，必举罚。平日家人辈误犯，必加叱詈。或自犯，则自批其颊以示戒。宣和末，有朝士新买一婢，颇熟事。因会客，命出侑樽。一客语及"京"字，婢遽请罚酒。问其故。曰："犯太师讳。"一座骇愕，询之，则薛太尉家婢也。

> 又同时蔡经国，以"经"、"京"音似，奏乞改名"纯臣"，尤可笑。

方巨山，名岳，为赵相南仲幕客。赵父名方，乃改姓万。已而又为丘山甫端明属；丘名岳，于是复改名为万山。

王彦，父名师古，尝自讳砚为"墨池"，鼓为"皮棚"，犯者必校。一日，有李彦古往谒，刺云"永州司户参军李墨池皮棚谨祗候参"。彦大喜，示其子弟曰："奉人当如此矣！"

章惇拜相，安惇为从官，因嫌名，见时但称"享"。或作诗嘲曰："富贵只图安享在，何须损却一生名。"

《觚不觚录》谦称

王元美云：余旧闻正德中一大臣，投刺刘瑾，云"门下小厮"。嘉靖中，一仪部郎谒翊国公，云"渺渺小学生"。今复有自称"将进仆"、"神交小子"、"未面门生"、"沐恩小的"，皆可呕哕。

徐侍御如珪谪出，复以迁廷评入。不欲忘旧衔，投台中刺曰"台末"，于他刺曰"台驳"。又有太常少卿白若珪，性谦下，投诸贵人刺曰"渺渺小学生"。好事者作罟云："台末台驳，渺渺小学，同是一珪，徐如白若。"闻者绝倒。又杨太傅一清为中书舍人。及提学时，士以举业从游者众。迨位显，从者益众，然不过借师生义以求进取。邝编修灏始谒杨，即执弟子礼。杨讶其未曾著录。答曰："灏少时诵法公文，遂至有成，是灏乃私淑门生也。"元美所云不虚耳。○隋伐高丽。其王上表称"辽东粪土臣"。帝悦，遂罢兵。则谦称信有效矣。

万　　拜

朱浚，晦翁曾孙也。谄事贾似道，每进札子，必曰"某万拜"。时人谓之"朱万拜"。

后元兵入建宁，执浚欲降之。曰："岂有朱晦翁孙而失节者！"遂自经。其谄事似道又何也？子犹曰："世情性命犹可舍得，富贵处却舍不得。"

跪

尹旻偕卿贰欲诣汪直，属王越为介，私问："跪否？"越曰："安有六卿跪人者乎？"越先入。旻阴伺越跪白叩头，及旻等入，皆跪。越尤之，旻曰："吾见人跪，特效之耳。"

谀　　足

宋彭(生)[孙]为李宪洗足，曰："中尉足何香也！"宪以足蹴其项曰："奴不亦谀乎？"

　　谨案：据苏轼《仇池笔记》卷下校改。彭孙本一招安之劫盗,亦不当言"生"。

洗　鸟

大学士万安,老而阴痿。徽人倪进贤以药剂汤洗之,得为庶吉士。授御史时,人目为"洗鸟御史"。

咽　唾

日陆眷本出西辽,初为库傉官家奴。诸大人会集,皆持唾壶,惟库傉官独无,乃唾入陆眷口。陆眷悉咽之,曰:"愿使主君之智慧禄相,尽携入我腹中。"

谨案:据《魏书》,日陆眷为徒河段就六眷之祖。

作　马　镫

唐张岌谄事薛师怀义,掌擎黄幰随薛师后,于马傍伏地,为其马镫。世庙时,严世蕃用事,戏呼王华曰"华马"。王即伏地候乘。而白郎中亦其狎客也,即伏地作马杌,严因践而乘之。

尝　秽

魏元忠病,御史郭弘霸往候,视便溺,即染指尝,贺曰:"甘者病不瘳。今味苦,当愈。"魏恶而暴之。又尝来俊臣粪秽。

和士开为尚书,威权日盛,偶患伤。医云:"应服黄龙汤。"士开有难色。有候之者请先尝,一举而尽。

谄　马

赵元楷为交河道行军大总管,谄事元帅侯君集。君集马病颡疮,元楷指沾其脓嗅之。

父　诒　子

蔡京未去位,朝廷差童贯偕子攸往取辞位表。[旁批:丑甚。]京失措,并子呼为"公"。严嵩溺爱其子,诸曹以事白,初尚曰"与小儿语",至后曰"与东楼语"。东楼,世蕃别号也。

　　蔡攸尝诣京,京正与客语。攸甫入,遽执手为诊视状,曰:"大人脉势舒缓,有恙乎?"京曰:"无之。"攸遽去。客以问京。京曰:"此儿欲以疾罢吾耳!"父子争权,古未有也。若东楼原非嵩子,复何怪?○又晁错父亦呼错为"公"。陈锡玄曰:"此由太公呼汉高为帝来。"

怀　相　国　诗

嘉靖末,金陵吴扩有诗名,曾有《元日怀严分宜相国》诗。一友见之,戏曰:"开岁第一日,怀朝中第一官,如此便做到腊月晦,亦未怀及我辈也!"吴虽笑而甚惭。

江陵相公事

　　张居正父初死。都御史陈瑞,癸丑所取士也,驰至江陵,乘幔舆以谒。入门,从者易白服毕,解纱帽,出麻冕于袖而戴上,已复加绖,伏哭。尽哀毕,则请见太夫人;不出,跪于庭。良久,太夫人出,复伏哭,前谒致慰,乃侍坐。有小阉者,居正所私留以役也。太夫人睨而谓:"陈君幸一盼睐之。"瑞拱立揖阉曰:"陈瑞安能为公公重?如公公乃能重陈瑞耳。"

　　江陵奔丧至楚。楚方伯至披衰绖,代孝子守苦次。江陵大悦,不逾年,方伯遂抚楚。

　　中官魏朝奉太夫人北上,所经由浒步,皆设席屋,张彩幔。徐州兵备副使林绍,至身杂挽船卒中,为之道护。

张相国病,百僚俱为设醮祝厘。每行香,宰官大僚执炉暍日中,当拜章,则并跪竟夕弗起。至有赂道士,俾数更端以息膝力者。南都效之,尤以精诚相尚,其厚者亦再三举。一中丞夸于人曰:"三举而吾与者三,膝肿矣!"

> 居正初病,百僚设醮。已而病剧,大臣复有举者。次相申汝默笑曰:"此再醮矣!"

祭文谄语

王相国荆石宅忧。某县令作祭文,称相国为"元圣",封公为"启圣夫子",王却之。

> 云间李中条见夤缘尊贵者,笑曰:"一措大上书宰执,称述功德,何异火居道士称臣上表玉皇大帝乎?吁!上书且不可,况擅上尊号,渎反甚矣!"○余在娄江时,曾闻荆石公宴一巨室家。庖人进馒首,公方取一枚,值客语酬对,偶以手按而扁之。主人疑是公所好,明日特送馒首一大盒,约百余,皆扁者。

> 谨案:王锡爵,号荆石。嘉靖榜眼。万历时入阁。

看　墓

杜宣猷除宣城,中官力也。(宣城)[闽]为中官区薮。杜每寒食,散遣将吏,挈酒食祭诸宦先冢。时人谓之"敕使看墓"。

> 谨案:此条有误。《新唐书·吐突承璀传》:当时谓闽为中官区薮。咸通中,杜宣猷为福建观察使,每岁时遣吏致祭其先,时号敕使墓户。宣猷卒用群宦力,徙宣歙观察使。

奔　丧

《唐书》:高力士父丧,左金吾大将军程伯献、少府监冯绍正,直就其丧所披发痛哭，甚于己亲。《宋史》：梁师成妻死，苏叔党、范温皆衰绖临哭。尤可笑。

前代宦者亦有妻。汉丞相御史条奏石显恶，免官，与妻子徙归故郡。唐高力士娶吕玄晤女。李辅国娶元擢女。干妻已自可笑，况复生儿！〇《汉书》：灵帝崩时，市贾小民有相聚为宣陵孝子者，诏皆除太子舍人。北齐和士开母丧，托附者咸往奔哭。邺中富商丁邹、严兴并为义孝。

敬　无　须

唐中宗时，宦官用事。窦从一一名怀贞。为雍州，见讼者无须，必曲加承接，每有误者。

不　敢　须

少司徒王祐谄事太监王振。振一日问曰："王侍郎何故无须？"曰："老爷无须，儿子岂敢有须？"

疯　汉　及　第

刘蕡，杨相嗣复门生也，对策以直言忤时，中官尤恨。中尉仇士良谓杨曰："奈何以国家科第，放此疯汉及第耶？"杨大悚惧，即答曰："嗣复昔与及第时，犹未疯耳。"

冯　希　乐

冯希乐善佞，尝谒长林县令，赞云："仁风所感，猛兽出境。昨入县界，见虎狼相尾西去。"少顷，村老来报："昨夜大虫连食三人。"令诘之。冯曰："是必便道掠食。"

答　誉

三原王公恕,巡抚江南。云间钱学士溥,面誉盛德不已。公曰:"得无有干乎?"钱曰:"即此明哲,非人所能也!"以讼状出诸袖中。公曰:"此事难行。"钱曰:"彼怜我,数至数馈,似不可恝。"公许之。又出一状于袖中,曰:"谚云:'一客不发两主。'"公笑曰:"足以答公誉矣!"

势　利

徽州某上舍不读书,而好为势交。一日,里人有读陶公《归去来辞》者,至"临清流而赋诗",遽问曰:"是何处临清刘副使?幸携带往贺之。"里人曰:"此《归去来辞》语。"乃曰:"只疑见任上京,若归去者,吾不往矣。"

贺美之与伊德载饮一富民家。民以德载贵人也,谄奉之,而不识"伊"字,屡呼曰"尹大人",酬酢重沓,略不顾贺。贺斟大觥呼之曰:"尔且与我饮一杯,不要'旁若无人'!"

有吴生者,老而趋势。偶赴广席,见布衣者后至,略酬其揖,意色殊傲。已而见主人恭甚,私询之,乃张伯起也,更欲殷勤致礼。张笑曰:"适已领过半揖,但乞补还,勿复为劳。"

　　谨案:张凤翼,字伯起。张幼于之兄。

颜甲部第十八

子犹曰：天下极无耻之人，其初亦皆有耻者也。冒而不革，习与成昵。生为河间妇人，死虽欲为谢豹，亦不可得矣。余尝劝人观优，从此中讨一个干净面孔。夫古来笔乘，孰非戏本？只少一副响锣鼓耳！集《颜甲第十八》。

《金楼子》载子路事

孔子尝游于山，使子路取水，逢虎于水所。与共战，揽尾得之，纳怀中。取水还，问孔子曰："上士杀虎如何？"子曰："上士持虎头。"又曰："中士杀

虎如何？"子曰："中士捉耳。"又问曰："下士杀虎如何？"子曰："捉虎尾。"子路出尾弃之。

贫儿得粥自豪，不知他人有吃饭者。

晋 明 帝 诏

明帝函封诏与庾公(信)[亮]，误致王丞相。既开视，末云"勿使冶城公知"。丞相居冶城，故云。丞相答曰："伏读明诏，似不在臣。臣开臣闭，无有见者。"帝甚愧，数月不敢见王公。

丞相太尖酸。

谨案：据《太平御览》卷五九三引《语林》校改。王丞相，王导。

急泪　无泪

宋世祖至殷贵妃墓,谓刘德愿慎曰:"卿等哭妃若悲,当加厚赏。"刘应声号恸,涕泗交横,即拜豫州刺史。帝又令羊志哭,羊亦鸣咽甚哀。他日有问羊者:"卿那得此副急泪?"羊曰:"我尔日自哭亡妾耳。"

两个花脸固可笑,然此墓岂可使他人有泪?

王元景使梁,刘孝绰送之,泣下。元景无泪,谢刘曰:"卿勿怪我,别后当阑干耳。"

此处用得着一副急泪,恨无处买。

廖恩无过

熙宁中,福建贼廖恩聚徒党于山林。已听招抚出降,朝廷赦罪,授右班殿直。既至,有司供"脚色"一项云:"历任以来,并无公私过犯。"见者哂之。

人但知廖恩可笑,孰知荐剡中说清说廉,墓志上称功称德,皆是廖恩脚色,安然不惭,独何也?

宗权非反

蔡州秦宗权,继黄巢称僭。十年之间,屠脍生聚。既为汴帅朱全忠所擒,槛送至京。京尹孙揆率府县吏阅之。宗权即槛中举首曰:"宗权非反,大尹哀之。"观者皆笑。

唐宋士子

唐时,有士子奔马入都者。人问:"何急如此?"答曰:"将赴'不求闻达'科!"宋天圣中,置"高蹈丘园"科,许本人于所在自投状求试。时人笑之。

萧子鹏应"怀材抱德"诏,后拨工部办事,为堂官负印前驰。人戏曰:"萧君真有'抱负'!"凡虚名应诏,皆此类耳。

韩　麒　麟

韩麒麟为齐州刺史,寡于刑罚。从事刘普庆说以立威。韩曰:"人不犯法,何所戮乎? 若必须斩断以立威名,当以卿应之。"刘惭惧而退。

天后时三疏

则天革命,拜官不可胜数。张鷟为谣曰:"补阙连车载,拾遗平斗量,杷推侍御史,腕脱校书郎。"有沈全交者续云:"评事不读律,博士不寻章,面糊存抚使,眯目圣神皇。"御史纪先知弹劾,以为谤讪,宜付法。则天笑曰:"但使卿等不滥,何虑天下人语? 不须与罪!"先知甚惭。

拾遗张德生男,私宰羊饮宴。同僚补阙杜肃怀肉上表以闻。明日,太后谓德曰:"闻卿生男,何从得肉?"德叩头请罪。太后曰:"朕禁屠宰,吉凶不预。卿自今召客,亦须择人!"因出表示之。肃大惭。

周御史彭先觉无面目。如意年中,断屠极急。先觉知巡事,定鼎门草车翻,得两腔羊,门家告御史。先觉奏:"合宫尉刘缅当屠不觉察,决一顿杖,肉付南衙官人食。"缅惶恐,缝新裈待罪。明日,则天批曰:"御史彭先觉奏决刘缅,不须;其肉乞缅吃却。"举朝称快。先觉于是乎惭。

天后作事,往往有大快人意者。宜卓老称为"圣主"也!

费 祭 酒

《双槐岁钞》:凤翔太学生虎臣上疏,谏万岁山勿架棕棚。宪庙奇之。祭酒费闇不知也,惧贾祸,乃会六堂,鸣鼓声罪,铁索锁项以待。俄官校宣臣至左顺门,传温旨劳之曰:"尔言是,棕棚即拆卸也。"闇闻大惭。

背剌尽忠字

嘉靖中,南京礼部右侍郎黄绾为言官所诋,自言背剌"尽忠报国"四字。下南京法司复勘,天下笑之。按正德五年,锦衣卫匠余刁宣上疏,自言背剌"精忠报国"字。诏本卫执之,杖三十,发海南充军,著国史。[旁批:快杀羞杀。]黄见之不当愧入地耶? 嗟乎! 岳武穆事宁可再哉?

自 宫

宣德中,金吾卫指挥同知傅广自宫,请效用内庭。上曰:"此人已三品,更欲何为,而勇于自残,以希进用? 下法司问罪,还职不得复任事!"

《纲目分注》记南汉宦官之横云:凡群臣有才能及进士状头,皆先下蚕室,然后得进;亦有自宫求进者。由是宦者近二万人,贵显用事,大抵此辈。又永乐末,诏天下学官考绩不称者,许净身入宫训女官辈。时有十余人,王振亦与焉,后为司礼监,竟成己巳之祸。始知竖刁覆齐,千古永戒。宣庙英明,岂寻常哉!

皇 后 阿奢

景龙二年冬,召王公近臣入阁守岁。酒酣,上谓御史大夫窦从一曰："闻卿久旷,今夕为卿成礼。"窦拜谢。俄而内侍引烛笼步障,金缕罗扇,其后有人衣缕衣花钗,令与窦对坐。却扇易服,乃皇后老乳母王氏,本蛮婢也！上与侍臣大笑,诏封"营国夫人",嫁为窦妻。俗称乳母之婿曰"阿奢"。窦每进表,自称"翊圣皇后阿奢",欣然有自负之色。

　　绝好一出丑净戏文！

路　　岩

　　唐路岩出镇坤维,开道中衢,恣为瓦石所击。时薛能权京尹,岩谓能曰："临行劳以瓦砾相饯。"能徐举手板对曰："旧例:宰相出镇,府司无例发人卫守。"岩有惭色。

任　　佃

　　嘉靖间,任佃以御史谪江陵知县。或有公移与邻界知县,辄称"即将某人如何、某事如何"。邻县知县不堪,因署其公移尾答之曰:"即将即将又即将,即将二字好难当。寄语江陵任大尹,如今不是绣衣郎。"任见之默然。

误 解 卦 影

　　唐坰知谏院,费孝先为作"卦影":有一衣金紫者,持弓矢射落一鸡。荆公生命属酉,唐即抗疏弹之,冀得擢用。上怒,谪监广州军资库。坰叹曰："射落之鸡乃我也！"

　　若到底不认错,落得做个豪杰。

卢 多 逊

　　卢相多逊南迁,入于道傍逆旅。有老妪颇能言京邑事。卢问其何为居此,妪辈蹙曰:"我本中原士夫家,子任某官。卢多逊作相,令吾子枉道为某事。吾子不从,卢衔之,中以危法,尽室窜南荒。未周岁,骨肉沦没,唯老身流落山谷间。彼卢相者,妒贤怙势,恣行无忌,终当窜;幸未死间,或可见之耳!"多逊闻妪言,默然趣驾。

万　安

宪宗晏驾,内监于宫中得书一小箧,皆房中术也,悉署曰"臣安进"。太监怀恩袖至阁下,示万安曰:"是大臣所为乎?"安惭汗不能出一语。已而科道劾之,怀恩以其疏至内阁,令人读之。安跪而起,起而复跪。恩令摘内牙牌,曰:"请出矣!"乃逡巡奔出,索马归第。初安久在内阁,不去。或微讽之,答曰:"安惟以死报国!"及被黜,在道看"三台星",犹冀复用也。

不 肯 丁 忧

唐御史中丞李谨度,遭母丧,不肯举发,哀讣到,皆匿之。官僚苦其无耻,令本贯瀛州申"谨度母死",尚书牒御史台,然后哭。又员外郎张栖贞被讼,诈遭母忧,不肯起对。

巢 由 拜

郭昱(侠)[狭]中诡僻。登进士,耻赴常选,献书宰相赵普,自比巢、由。朝议恶其矫激,久不调。后复伺普,望尘自乞。普笑谓人曰:"今日甚荣,得巢、由拜于马首。"

　　谨案:据《宋史·范杲传》校改。

月 犯 少 微

谢敷隐居会稽山,初月犯少微,占云"处士当之"。少微。一名处士星。时吴国戴逵名重于敷,甚以为忧。俄而敷死。会稽士子嘲云:"吴中高士,一时求死不得[死]。"

谨案:据《晋书·隐逸传》校改。

桓温似刘琨

桓温自以雄姿风气,是宣帝、刘琨之俦。及伐秦还,于北方得一巧作老婢,访之,乃刘琨婢也。一见温,便潸然泣曰:"公甚似刘司空!"温大悦,出外整理衣冠,又呼问之。婢云:"面甚似,恨薄;眼甚似,恨小;须甚似,恨赤;形甚似,恨短;声甚似,恨雌。"温于是褫冠解带,昏然而睡,不怡者累日。

王　建

王建尝坐徒刑,但无杖痕。及得马涓为从事,涓好诋诃,建恐为所讥,因问曰:"窃闻外议,以吾曾遭徒刑,有之乎?"涓曰:"有之。"建恃无杖痕,对众袒背示涓曰:"请足下试看,遭责杖而肌肉如是?"涓乃抚背曰:"大奇! 当时何处得此好膏药来?"宾佐失色。

王建讳杖,殊无豪杰气,马涓教诲得好!

谨案:《北梦琐言》逸文卷五记一事,与此相近,而马涓作俳优王舍城。

王　庐　江

王含作庐江郡,贪浊狼籍。王敦护其兄,故于众坐称:"家兄在郡定佳,庐江人士咸称之。"时敦以震主之威,一座畏敦,击节而已。何充为敦主簿,在坐,正色曰:"充即庐江人,所闻异于此!"敦默然。

誉 词 成 句

黔郡刺史新任,公宴时伶人致词曰:"为报吏民胥庆贺,灾星退去福星来!"刺史喜其善誉,问谁撰此,将遗赍之。伶人对曰:"此郡中迎官成句。"

> 凡府县官临去任,有遗爱者,百姓争为脱靴,著于仪门,以代甘棠之思。近有为贪令脱靴者,令讶曰:"我何德而烦汝?"答曰:"是旧规。"近吾邑又有伪为脱靴,而以敝靴易去其佳者,盖衔恨之极也,尤可笑。

冒 从 侄

王凝侍郎按察长沙日,有新授柳州刺史王某者,将赴任,抵于湘川。谒凝,启云:"某是侍郎诸从子侄,合受拜。"凝问其小名,答曰:"通郎。"乃令左右促召其子,至,诘曰:"家籍中有通郎否?"子沉思少顷,乃曰:"有之,合是兄矣。"凝始命邀王君,受以从侄之礼。因问:"前任何官?"答曰:"昨罢北海盐院,旋有此授。"凝闻之不悦。既退,语其子曰:"适来王君,资历颇杂,非吾枝也。"遽征属籍,果有通郎,已于某年某日物化矣。凝睹之怒。翌日,厅内备馔招之。王望凝欲屈膝,忽被二壮士挟而扶之,鞠躬不得。凝前语曰:"使君非吾宗也。昨误受君拜,今谨奉还!"遂拜之如其数,讫,乃令坐与餐,复谓曰:"当今清平之代,不可更乱入人家也!"在庭吏卒悉笑。王惭赧,食不下咽,斯须踧踖而出。

唐庞严及第后,"登科录"讹本倒书名姓为"严庞"。有江淮举子姓严者,乃冒为从侄,往京谒庞。延纳极喜,会同食,问及族人,都非庞姓,乃讶之,因问:"君何姓?"举子怪曰:"叔姓严,侄亦姓严,何更相诘?"庞大笑曰:"君谬矣!余自名严,何事见攀为族?"举子狼狈谢去。

林逋孙　鹤山后

陈嗣初太史家居,有求见者,称林逋十世孙。坐少选,陈取林传俾其读之。读至和靖终身不娶无子,客默然。嗣初因赠诗曰:"和靖当年不娶妻,如何后代有孙儿? 想君自是闲花草,不是孤山梅树枝。"

苏有魏芳者,自称鹤山后,请为公建祠,因规奉祀。公裔孙白其诈,芳不能争,竟得罪,而犹自诧为公后不已。或问:"文靖去君几世?"曰:"十世。"因戏云:"若尔君家十世祖媪,应配彼翁,大是不堪!"

谨案:宋魏了翁,号鹤山。

误认从叔

进士何儒亮自外州至,访其从叔,误造郎中赵需宅,自云同房。会冬至,需家致宴,儒亮既是同房,便令入宴,(何氏)姑姊妹尽在坐焉。馔毕徐出,需大笑。儒亮羞不敢出京师。人因号需为"何[需]郎中"。

出妻献子,博得一番哺啜。毕竟后来相见,如何称谓?

谨案:据《唐国史补》校改。赵家之宴,所谓"姑姊妹"者,自非何氏,乃赵需家也。冯评亦误。按此事《唐语林》卷六辨其误传。

鲍　当

真宗时,薛尚书映知河南府。法曹鲍当先失其意,后献《孤雁诗》,遂沐优渥。薛尝暑月诣其廨舍,当方露顶,狼狈入,易服抱板而出,忘其幞头。薛严重,左右莫敢言者。坐久之,月上,当顾见发影,大惭，以公服袖掩头而走。

李 庆 远

中郎李庆远初事皇太子，后因恃宠请托，遂屏之，然犹以见亲给人。一日，对客腹痛作楚曰："适太子赐瓜，多食致病。"须臾霍乱，吐出粗粝饭及黄臭韭虀。客大嘲笑。

谨案：事出《朝野金载》，皇太子即后来之唐中宗。

刘 生

刘生者好夸诩，尝往吊无锡邹氏。客叩曰："君来何晏？"生曰："昨与顾状元同舟联句，直至丙夜，是以晏耳！"少顷，顾九和至。问："先生何姓？"客曰："此昨夜联句之人也。"生默然。他日又与华氏子弟游惠山，手持华光禄一扇。群知其伪也，不发。时光禄养疴山房，徐引入揖坐。生不知为光禄，因示以扇。光禄曰："此华某作，先生何自求之？"生曰："与仆交好二十年，何事于求？"光禄曰："得无妄言？"生曰："妄言当创其舌！"众笑曰："此公即华光禄也！"相与哄堂。锡人为之语曰："状元联句，光禄题诗。"

第二遍就不说谎。

谨案：华汝德，官光禄寺丞，精书画鉴赏。

方 相 侄

《启颜录》：唐有士人姓方，好矜门第，但姓方贵人，必认为亲。或戏之曰："丰邑公相何亲也。"遽曰："再从伯父。"戏者叹曰："既是方相侄，只堪吓鬼！"丰邑坊，造卖凶器所也。

修 史 人

李至刚修国史,只服士人衣巾,辄自称"修史人李至刚"。时馆中诸公闻之,大笑,遂呼为"羞死人李至刚"。

庐 陵 魁 选

吉州士子赴省,书先牌云"庐陵魁选"。欧阳伯乐或诮之曰:"有客遥来自吉州,姓名挑在担竿头。虽知汝是欧阳后,毕竟从来不识'修'!"

闵 子 骞 后

宋何昌为吏部尚书。有一客姓闵求官。问曰:"君是谁后?"答曰:"子骞后。"何掩口而笑,谓坐客曰:"遥遥华胄!"

元 昊 榜

夏竦常统师西伐,揭榜塞上,云:"有得赵元昊头者,赏钱五万贯,爵为西平王。"元昊使人入市买箔,陕西获箔甚高,倚之食肆门外,佯为食讫遗去。至晚,食肆窃喜,以为有所获也,徐展之,乃元昊购竦之榜,悬箔之端,云:"有得夏竦头者,赏钱两贯文。"比竦闻之,急令藏掩,而已喧播远近矣。竦大惭沮。

看 命 司

司者,官府之称。中都有谈天者,设肆于市,标其门曰"看命司",其术颇售。同辈忌之,明日乃于对衢设肆,亦竖牌云"看命西司"。其人愧赧搬去。

《笑林》评:"不言司命,而言命司,犹悲天称院,何为不可？"

三百瓮盐齑

王状元未第时，醉堕汴河，为水神扶出，曰："公有三百千料钱，若死于此，何处消破？"明年遂登进士。有久不第者，亦效之，佯醉落河。河神亦扶出。士大喜曰："我料钱几何？"神曰："我不知也。但三百瓮盐齑无处消破耳！"

山东好人

青州鲁聪，以白丸药往外郡卖之。遇一宦，强其贱售。鲁不从，遂至诟詈。宦曰："何处人？"鲁曰："山东。"宦曰："可知愚騃。山东何曾有好人！"鲁曰："山东信无好人，只有一孔夫子！"宦有惭色。

近有于考试日，鄙徐州无人才者。徐州一生出曰："敝州止出徐达等八人。"谈者愧之。苏郡文风，惟崇明为下。有陈生者，巨擘也，馆于太仓。同馆者乃本州廪生，数以海县侮之。陈艴然曰："崇明人固不才，然非我；太仓人固多才，然非汝。何得相欺？"馆生默然。

骂　武　弁

尚书王复怒众武弁，骂曰："此辈皆狗母所生！"一千户禀曰："宋某之母，乃太宗皇帝永宁公主！"王惭悔。

谨案：王复，明英宗时为兵部尚书。太宗，指明成祖。

党　姬

陶谷得党太尉家姬。遇雪，取雪水烹茶，谓姬曰："党家儿识此味否?"姬曰:"彼粗人,安知此? 但能于销金帐中,浅斟低唱,饮羊羔酒尔。"陶默然。

与唐太宗、萧妃事相似。

放　　生

北使李谐至梁。武帝与之游历。偶至放生处,帝问曰:"彼国亦放生否?"谐曰:"不取,亦不放。"帝惭之。

真正禅机!

冒诗并冒表丈

唐李播典蕲州。有李生来谒,献诗。播览之,骇曰:"此仆旧稿,何乃见示?"生惭愧曰:"某执公卷行江淮已久,今丐见惠。"播曰:"仆老为郡牧,此已无用,便奉赠。"生谢别,播问:"何之?"生曰:"将往江陵谒表丈卢尚书。"播曰:"尚书何名?"生曰:"弘宣。"播大笑曰:"秀才又错矣! 卢乃仆亲表丈,何复冒此?"生惶恐谢曰:"承公假诗,则并荆南表丈一时曲取。"播大笑而遣之。

偷　　诗

杨衡初隐庐山,有盗其文登第者。衡后亦登第,见其人,问曰:"'一一鹤声飞上天'在否?"答曰:"此句知兄最惜,不敢偷。"衡曰:"犹可恕也!"

争　　诗

唐国子祭酒辛弘智诗云:"君为河边草,逢春心剩生。妾如台上镜,照得始分明。"同房学士常定宗为改"始"字为"转"字,遂争此诗,皆云我作。乃下牒见博士,罗道宗判云:"昔五字定表,以理切称奇;今一言竞诗,取词多为主。诗归弘智,'转'还定宗。"

　　张乖崖诗:"独恨太平无一事。"萧楚改"恨"为"幸",遂呼为"一字师"。词多为主,尚非确语。

诋　诗

　　张率年十六,作赋颂二千余首。虞讷见而诋之。率乃一旦焚毁,更为诗示焉,托云沈约。讷更句句嗟称,无字不善。率曰:"此吾作也!"讷惭而退。

　　韩昌黎应试《不迁怒贰过》题,见黜于陆宣公。翌岁,公复典试,仍命此题。韩复书旧作,一字不易,公大加称赏,擢为第一。以韩之才,陆之鉴,文无定价如此,又何怪乎虞讷也!

和少陵诗

　　夔峡道中有杜少陵题诗,是天字韵,榜之梁间,自唐迄宋无敢赓者。一监司过之,和韵大书其侧。后有人亦和韵嘲之,末联云:"想君吟咏挥毫日,四顾无人胆似天。"

　　扬雄拟《易》,王通拟《论语》,杜少陵诗偏拟不得? 近有人题诗虎丘殿壁者,后写"某人顿首书"。或戏续其下云:"似虎丘老先生正之。"亦足一笑。

高　霞　峰

　　白门贾竖高霞峰者,好以俚句涂抹寺壁,且无处不到。偶诸御史游鸡鸣寺,一道长指壁上诗戏高姓御史云:"此高霞峰,想是贵族,不然那得如此美才?"高公问住持:"此何等人? 好拿来枷号示众!"霞峰闻此语,觅数人各寺洗诗,潜踪累月。

陆　居　仁

陆居仁每谓人曰:"吾读书至得意时,见庆云一朵,隐隐头上,人不能睹。一日读《诗经》注,有不安处,思易之。忽于梦中见尼父拱立于前,呼吾字曰:'陆宅之,朱熹误矣,汝说是也!'"一友谑曰:"足下得非禀受素弱乎?"居仁曰:"何为?"友曰:"吾见足下眼目眊眩,又梦寐颠倒耳!"遂赧不复言。

四　本　论

钟会撰《四本论》谓才姓同离异合。始毕,甚欲使嵇公一见。置怀中,既定,畏其难,怀不敢出,于户外遥掷,便回急走。

此子可教!

要　誓

北齐孙搴,学浅行薄,尝问温子升:"卿文何如我?"子升谦曰:"不如卿。"搴要其为誓。子升笑曰:"但知劣于卿,何劳旦旦?"搴曰:"卿不为誓,事可知矣。"

竞　射

开元七年,赐百僚射。金部员外卢廙、职方郎中李畲,俱非善射,箭不及垛,而竞言工拙。畲戏曰:"与卢箭俱三十步。"左右不晓。曰:"畲箭去垛三十步,卢箭去畲三十步。"

鹤　败　道

彭渊才迂阔好诞,尝畜两鹤,客至,夸曰:"此仙禽也。禽皆卵生,而此独胎生。"语未半,园丁报曰:"鹤夜产一卵如梨。"渊才面赤，叱去。此鹤两展其胫，伏地逾时。渊才以杖惊使起，复诞一卵。乃咨叹曰："鹤亦败道！"

　　羊叔子有鹤善舞，尝向客称之。客试使驱来，氄氀而不肯舞。然则鹤惯是不凑人趣也。子犹曰："惟不迎合人，是为仙禽。"晋刘爰之，少为殷中军所知，荐之庾公。庾忻然便取为佐。及与语，不称望，遂名之为"羊公鹤"。

萧　　韶

　　萧韶童时与庾信有断袖之欢。及萧刺郢州，庾上江陵，过之，萧接庾甚薄。引入宴，坐之别榻，有自矜色。庾不堪，酒酣，径上床，直视韶面曰："官今日形容，大异昔日！"韶大惭。

嘴　　尖

　　詹大和坚老来京师，省试罢，坐微累下大理。李传正端初为少卿（秉笔），詹哀鸣之。李以俚语诟曰："子嘴尖如此，诚奸人也！"因困辱之。后获释，不相闻者十年。李为淮南转运使，及瓜，坚老自郎官出代。既相见，李不记前事，因曰："郎中若有素者，岂尝邂逅朝路中耶？风采堂堂，非昔日比也！"坚老答曰："风采堂堂，非某所见。但不知比往时嘴不尖否？"李方悟，大愧。

　　谨案：据宋王明清《挥麈余话》卷二校，原无"秉笔"二字。

长　须　僧

　　伪蜀时，有长须长老，拥百余众，自江湖入蜀，先谒枢密使宋光嗣。宋问："何不剃须？"答曰："落发除烦恼，留须表丈夫。"宋大恚曰："吾无髭，岂是老婆耶？"遂揖出，俟剃却方引朝见。徒众既多，旬日盘桓，不得已，剃髭而入。徒众耻其失节，悉各散亡。蜀人为之语曰:"作事何愚,折却长须。"

陈 苌

阳道州城,居无蓄积,唯服用不阙。然客称某物佳,辄喜而赠之。有陈苌者,候其方请月俸,辄往称钱帛之美,月有获焉。

谨案:唐阳城曾为道州刺史。

临 安 民

小说:临安民沈,居官巷,自开酒垆,又买钱塘门外丰乐楼库,日往监沽,偶就宿焉。淳熙初,忽有巨舫夜泊。五贵人锦衣花帽,叩扉而入,登楼索饮,姬侍歌舞之盛,同行未睹。酒阑命赏,郑重致谢。沈生贪而黠,心知为"五通神"也,再三虔拜,乞一小富贵。客笑而颔之,呼一卒,耳语良久。卒去,少顷负一布囊来,以授沈,摸索之,皆银酒器也。沈大喜,拜受。俄而鸡鸣,客去。沈不复就枕,虑怀宝为罪,乃连囊槌击,更加束缚。待旦负归,妻尚卧,亟呼之起,曰:"速觅秤来,我获横财矣!"妻惊曰:"夜半闻柜中奇响,起视无所见,心方疑之,岂即此耶?"既开钥,则空空然。盖两处所用器,每夜皆聚此中。神以其贪痴,故侮之耳。沈重加工,费值数十千,羞涩不出城者累旬。

聂以道断钞

聂以道曾宰江右一邑。有人早出卖菜,拾得至元钞十五锭,归以奉母。母怒曰:"得非盗而欺我?况我家未尝有此,立当祸至。可速送还!"子依命携往原拾处,果见寻钞者,付还其人。乃曰:"我原三十锭!"争不已,相持至聂前。聂推问村人是实,乃判云:"失者三十锭,拾者十五锭,非汝钞也!可自别寻。"遂给贤母以养老。闻者快之。

僧　题　壁

霍尚书韬,尝欲营寺基为宅,况县令逐僧。僧去,书于壁云:"学士家移和尚寺,会元妻卧老僧房。"霍愧而止。

换　羊　书

宋韩宗儒性饕餮,每得东坡一帖,于殿帅姚(鳞)[麟]换羊肉[十]数斤。黄鲁直戏东坡云:"昔右军字为换鹅,今当作换羊书矣。"公在翰苑,一日以生辰制撰纷冗,宗儒又致简以图报书。来人督索甚急,公笑曰:"传语本官今日断屠。"

謹案:据宋赵德麟《侯鲭录》卷一校改。

驴　乞　假

胡趣者,昭宗时优也,好博奕。常独跨一驴,日到故人家棋,多早去晚归。每至其家,主人必戒家僮曰:"与都知于后院喂饲驴子!"胡甚感之,夜则跨归。一日非时宣召,胡仓忙索驴,及牵至,则喘息流汗,乃正与主人拽硙耳,趣方知从来如此。明早复展步而(去)[至],主人复命喂驴如前。胡曰:"驴子今日偶来不得。"主人曰:"何也?"胡曰:"只从昨回[宅],便患头旋恶心,起止未得,且乞假将息。"主人亦大笑。

謹案:据《太平广记》卷二五二引《玉堂闲话》校改。

林　叔　大

嘉兴林叔大性吝,然多交名流以要誉。其宴达官,品馔甚丰,此外唯素汤饼而已。一日,延黄大痴作画,多士毕集,而此品复出,讥谑交作。叔大忍惭揖潘子素求题其画。潘即书云:"阿翁作画如说法,信手拈来种种佳。好水好山涂抹尽,阿婆脸上不曾搽。"大痴笑曰:"好水好山,言达官也;阿婆脸不搽,言素面也。"言未已,潘复加一句云:"诸佛菩萨摩诃萨!"众俱不解。潘曰:"此即僧家忏悔语。"哄堂大笑。叔大数日羞见客。

奠 金 别 用

丁讽好色病废,常令女侍扶掖见客。客出不能送,每令一婢传谢,故宾客选访者益多。既而有传讽死者,京师诸公竞往致奠,意有窥觊。讽出谢曰:"酒堪充饮,奠金且留别用。异日不幸,勿烦再费。"

脔　婿

唐人榜下择婿,号"脔婿",多有势迫而非所愿者。一少年美风姿,为贵族所慕,命群仆拥至其第。少年忻然而行,略无避逊。既至,观者如堵。须臾,有衣金紫者出曰:"某有女颇良,愿配君子。"少年鞠躬言曰:"寒微得托高门,固幸!待归家与妻子商量如何?"众皆大笑而散。

李 庚 女 奴

湖南观察使李庚,有女奴名却要,美容止,善辞令。李有四子,所谓大郎、二郎、三郎、五郎,咸欲烝之而不得。尝遇清明夜,大郎遇之樱桃花影中,乃持之求偶。却要取茵席授之曰:"可于厅中东南隅停待。"又遇二郎调之,曰:"可于厅中东北隅相待。"又逢三郎求之,曰:"可于厅中西南隅相待。"又遇五郎握手不可解,曰:"可于厅中西北隅相待。"四郎皆持所授茵席,各趋一隅。顷却要然炬豁扉照之,曰:"阿堵贫儿,争敢向这里觅宿处!"四子各弃所携,掩面而走。

姚 江 书 生

董太史云:一姚江书生,使其馆童入内,从主母索一丝发。主母怪之,便从屋后马坊中摘取牡马尾鬃一根持与。[旁批:妙绝。]其人至夜书符作法,坊中之马不胜淫怒,掣断缰勒,奔号至书舍中,直突书生。书生惶遽,便跳上屋梁。马亦跃上,栋宇墙壁悉被蹄圮。书生乃穿屋而下,疾走投眢井中。马亦随入,寻被啮死。见者称快。

不啮死亦当羞杀。

城 中 女

《烟霞小说》:城中有女,许嫁乡间富室。及期来迎,其夕失女所在,盖与人私为巫臣之逃矣。诘旦,家人莫为计,姑以女暴疾辞,而来宾已洞悉之。婿家礼筵方启,嘉仪纷沓,翘企以待。比迎者至,寂然。主人叩从者,皆莫能对。傧以袂掩口,附耳告曰:"新人少出。"

闺诫部第十九

子犹曰:女德之凶,无大于淫妒,然妒以为淫地也。譬如出仕者,中无贪欲,则必不忌贤而嫉能矣。然丈夫多惧内,自天子以至于庶人皆不免焉,则又何也?语曰:"当断不断,反受其乱。"集《闺诫第十九》。

潘　　妃

东昏侯宠畏潘妃,动遭呵杖,不敢忤意。乃敕虎贲不得进大荆子。

真正"杖夫"!

宜　城　公　主

唐裴(选)[巽]尚宜城公主。(选)[巽]有外宠一人。公主遣阍人执之,截耳劓鼻,剥其阴皮,缦驸马面上,令出厅判事。僚吏骇笑。上闻之,怒降公主为郡主,驸马左迁。

谨案:据《新唐书·公主传》校改。

胭　脂　虎

陆慎言妻朱氏,沉惨狡妒。陆宰尉氏,政不在己。吏民语曰"胭脂虎"。

畏　妇　除　官

杨弘武为司戎少常伯,尝除一人官,高宗问曰:"某人何因,辄授此职?"弘武曰:"臣妇韦性悍,昨以此见属,臣不从,恐有后患。"帝嘉其不隐,笑遣之。

或谓其讽君语,不知却是佞后语。

谨案:《新唐书·杨弘武传》云弘武"以讽帝用后言也,帝笑不罪"。

裴　谈

裴谈素奉释氏,妻悍妒。谈谓人曰:"妻有可畏者三:少妙时,视之如生菩萨,安有人不畏生菩萨?男女满前,视之如九子魔母,安有人不畏九子魔母?及五十、六十,薄施妆粉,或青或黑,视之如鸠盘荼,安有人不畏鸠盘荼?"

唐中宗时,优人进《回波词》,曰:"回波尔时栲栳,怕妇亦是大好。外面只有裴谈,内面无如李老。"后闻之,乃厚赐优。当时君臣皆以惧内为固然矣。

李　大　壮

吴儒李大壮畏服小君,万一不遵号令,则叱令正坐,为绾扁髻,中安灯碗燃灯。大壮屏气定体,如枯木土偶,人目之曰"补阙灯檠"。又尝值妻病,求鸦为药。大壮积雪中多方引致,仅获一枚。友人戏之曰:"圣人以凤凰来仪为瑞,君获此免祸,可谓黑凤凰矣!"

如此肉身灯,正合供养生菩萨,但不应复杀生耳。

水　香　劝　盏

扈戴畏内特甚。未仕时,欲出,则谒假于细君。细君滴水于地,水不干须归。若去远,则燃香印,掐至某所,以为还家之验。因宴聚,方三行酒,戴色欲遁。众客觉之,哗曰:"扈君恐砌水隐形、香印过界耳,是当罚也!吾徒人撰新句一联,劝请酒一盏。"众以为善,乃俱起,一人捧瓯吟曰:"解禀香三令,能遵水五申。"逼戴饮尽。别云:"细弹防事水,短爇戒时香。"别云:"战兢思水约,匍匐赴香期。"别云:"出佩香三尺,归防水九章。"别云:"命系逡巡水,时牵决定香。"戴连沃六七巨觥,吐呕淋漓。既上马,群噪曰:"若夫人怪迟,但道被水香劝盏留住。"

王　夷　甫

王夷甫妇,郭泰宁女,才拙而性刚,聚敛无厌,干预人事,夷甫患之而不能禁。时其乡人幽州刺史李阳,京都大侠,犹汉之楼护,郭氏惮之。夷甫骤谏,乃曰:"非但我言卿不可,李阳亦谓卿不可!"郭氏小为之损。

> 麻胡止啼,石虔断谑,李阳止炉,即此便是活神道。
> 坡仙书孙公素责扇云:"披扇当年笑温峤,握刀晚岁战刘郎。不必戚戚如冯衍,但与时时说李阳。"用此。

九　锡

王丞相以曹夫人性忌,乃密营别馆,众妾罗列,男女成行。一日,夫人于(蔬园)[青疏]中,望见两三小儿骑(羊)[牛],脸端正可念,语婢:"汝出问,是谁家儿?"给使不达旨,乃云:"此是第四、五等诸郎。"曹惊恚,便命车驾,将黄门及婢二十人,持食刀自出寻讨。王亦飞辔出门,左手扳车栏,右手提麈尾,以柄打牛,狼狈奔驰,仅得先至。蔡司徒闻之,谓王曰:"朝廷欲加公九锡。"王自叙谦志。蔡曰:"不闻他物,唯闻短辕犊车、长柄麈尾耳。"王大笑。

> 谨案:据《艺文类聚》卷三五引《妒记》校改。王丞相,王导。蔡司徒,蔡谟。

王　中　令

王中令铎，镇渚宫，为都统以拒黄寇，兵渐近。先是，赴镇以姬妾自随，其内未行，本以妒忌。忽报夫人离京在道。中令谓从事曰："黄巢渐以南来，夫人又自北至。旦夕情味，何以安处？"幕僚戏曰："不如降黄巢。"公亦大笑。

安　鸿　渐

安鸿渐滑稽惧内。妇翁死，哭于路。妇性素严，呼入幕中，诟之曰："何因无泪？"安曰："以帕拭干。"妇曰："来日早临棺，须见泪！"安计窘，来日以宽巾纳湿纸于额上，大叩其额而恸。恸罢，其妇又呼入，诟之曰："泪出于眼，何故额流？"安曰："岂不闻'水出高源'？"

四　畏　堂

王钦若夫人悍妒，不畜姬侍。王于后圃作堂，名"三畏"。杨亿戏曰："可改作'四畏'。"王问其说。曰："兼畏夫人。"王深以为恨，卒无嗣。

还是修斋诵经不到。

为　婢　取　水

周益公夫人妒。有媵，公盼之，夫人縻之庭。公适过，时炎暑，以渴告，公酌以水。夫人窥于屏内曰："好个相公，为婢取水！"公笑曰："独不见建义井者乎？"

车　武　子　妇

车武子妇妒。武子偶偕妇兄夜归，留宿外馆，取一绛裙挂屏上。

妇出窥,疑有所私,拔刀径上床;发被,乃其兄也,惭而退。

谨案:车胤,字武子。

池 水 清

《王氏见闻录》云:渠州人韩伸善饮博,多留连于花柳之间。其妻怒甚,时复自来驱趁同归。尝游谒东川,经年方返,复致妓与博徒同饮。妻闻之,率女仆潜匿邻舍,俟其宴合,遂持棒伺于暗处。伸不知,方攘臂浮白,唱“池水清”,声犹未绝,脑后一棒,打脱幞头,扑灭灯烛,伸即蹲于饭床之下。有坐客暗遭毒挞。复遣二青衣把髻子牵行,一步一棒决之,骂曰:“这老汉,何落魄不归也!”烛下照之,乃是同座客。蜀人传笑,遂呼韩为“池水清”。

击 僧

渭溪张氏族多惧内,少宗伯午峰公之兄号一山者尤甚。一日忤其妇,妇逼之急,匿房后树上。妇持竹竿驱下,用铁索系之柱。宗伯公见之,乃曰:“我将见嫂请释。”兄摇手低声曰:“且慢且慢!待她性过自放。”又二日,被责,潜逃邻寺,妇竟追至寺。一僧方酣卧。妇不暇详视,竟以大杖击僧。僧张目曰:“小僧无罪!”妇踉跄而归。

谢太傅夫人

刘夫人帏诸婢使作技。太傅暂见,便下帏。太傅索更一开。夫人拒之曰:“恐伤盛德!”

谢公既深好音乐,颇欲立妓妾。兄子外甥辈微达此旨,共问讯刘夫人,因方便称《关雎》、《螽斯》有不忌之德。夫人知以讽己,乃问:“谁撰此诗?”云:“是周公。”夫人曰:“周公是男子相为耳,若使周姥撰诗,当无此言!”

李 福

李福妻裴氏,性极妒。一日乘裴沐浴,伪言腹痛,召一女奴。奴既往,左右告裴曰:"相公腹痛不可忍。"裴竟跣步,以药投儿溺中,进之。明旦,监军使悉来候问,李具以实告,因曰:"一事无成,已矣,所恨者虚咽一瓯溺耳!"

谨案:李福,唐末任西川节度使。

妒无须人

荀氏妇庾,妒甚,不容无须人与荀语。邻有少年近荀,庾便索刀杖。少年不平,候庾前,便与斗,捽庾至地,打垂死。庾终不悔。

妒 画

刘瑱妹为鄱阳王妃,性极妒。王为明帝所诛,妃追伤成疾。瑱不能止,乃令殷蒨画王与宠妃照镜状,如欲偶寝,以示妃。妃唾骂曰:"故宜早死!"病亦寻愈。

谨案:明帝,指南齐明帝。

妒 花

《妒女记》:武历阳女嫁阮宣。武绝忌。家有一桃树,花叶灼耀。宣叹美之。即便大怒,使婢取刀斫树,摧折其花。

任 瑰 二 姬

太宗赐任尚书瑰二艳姬。妻妒,烂其发秃尽。帝闻之怒,伪为酖,敕柳:"饮之,立死;如不妒,即不须饮。"柳氏拜敕曰:"妾与瑰俱出微贱,更相辅翼,遂至荣官。今多内嬖,诚不如死!"竟饮尽,无他。帝谓瑰曰:"人不畏死,不可以死恐。朕尚不能禁,卿其奈何?"二女令别宅安置。

　　谨案:太宗,指唐太宗。

妒 妇 津

　　临济有妒妇津。传言晋太始中,刘伯玉妻段氏,字明光,性妒忌。伯玉常于妻前诵《洛神赋》,语其妻曰:"得妇如此,吾无憾矣!"段曰:"君重水神而轻我。吾死,何患不为水神?"某夜乃自沉而死。死后七日,见梦于刘。刘自是不敢复渡此水。有妇人渡此水者,皆毁妆而济,不尔,风波暴发。其丑妇虽加妆饰,神亦不妒也。

　　唐高宗将幸汾阳官,道出妒女祠。并州长史李冲玄惑于俗忌,欲发数万人别开御道,微狄仁杰谏止,则天子反避妒妇矣。子犹曰:"此是李老家法,又何怪?"

人 鸡 相 妒

　　河间卫千户胡泰,母死十年,父再娶。弘治己酉,忽梦母曰:"我已托生为雌鸡,毛色黔黄。明日为屯军之贽,来汝家也。"及旦,泰外出,果有屯军携鸡来者。家欲烹以享军。鸡作人语曰:"毋烹我,侍泰儿还!"家人以为怪。泰还,鸡绕泰喃喃叙其家事甚悉。泰涕泣告父,畜之。既久,飞啄后妻,诟詈不已。泰出,后妻逐入炕下,扑杀之。

二 洪 之 乐

　　洪迈与兄适皆畏内,虽少年贵达,家有声妓,往往不能快意。王宣子知饶州。适家居丧偶,宣子吊焉。适延客至内斋,唤酒。甫举杯,群妾坌出,酒行无算。适半酣,握王手曰:"不图今日有此乐!"后二十年,宣子谢事归越,迈来为守,时已鳏居。暇日宣子造郡斋,迈留款,亦出家姬侑席,笑谓王曰:"家兄有言:'不图今日有此乐!'"王为绝倒。

贺 丧 妻

解学士尝吊友人丧妻,入门曰:"恭喜!"继曰:"四德俱无,七出咸备。呜呼哀哉,大吉大利!"盖学士夫人亦悍也。

不 乐 富 贵

《韩非子》云:卫人有夫妻祷者而祝曰:"使我无故得百束布。"其夫曰:"何少也?"对曰:"益是,子将以买妾。"上(浴)[洛]都尉王琰以功封,其妻大哭于家。人问之。曰:"如此富贵,必更娶妾矣!"

谨案:据唐马总《意林》卷五校改。王琰,三国时魏将。

竞 宠

郭尚父二姬竞宠。上赐金帛簪环,命宫人载酒和之。方欲歌以送酒,一姬畜怒犹盛,歌未发,遽引满置觞于席,曰:"酒尽,不须歌矣!"上闻笑之。

谨案:郭尚父,郭子仪。

面 首

宋文帝姊山阴公主,适何戢,谓帝曰:"陛下六宫数百,妾唯驸马一人,太不均!"帝笑为置面首三十人。面取美貌,首取美发。

唐 无 家 法

武三思通于韦后。或升御床,与韦博戏,中宗从旁为之典筹。

贵妃中酒,微露其乳。帝扪之,曰:"软温新剥鸡头肉。"安禄山在旁曰:"滑腻初凝塞上酥。"帝笑曰:"信是胡儿只识酥!"

易 　 内

《左传》:齐庆封好田而嗜酒,以其内实迁于卢蒲氏,易内而饮。

不解两内何以相愿?

不 禁 内

北齐徐之才见其妻与男子私,仓惶走避,曰:"恐妨少年嬉笑。"南唐韩熙载,后房妓妾数十,房室侧建横窗,络以丝绳,为窥觇之地,旦暮亦不禁其出入。时人目为"自在窗"。或窃与诸生淫,熙载过之,笑而趋曰:"不敢阻兴!"或夜奔客寝,客赋诗有"最是五更留不住,向人枕畔着衣裳"之句。

刘 氏 诗 题

许义方妻刘氏,端洁自许。义方出经年始归,语妻曰:"独处无聊,亦与邻里亲戚妪家往还乎?"刘曰:"自君之出,足未尝履阈。"义方咨叹不已,又问:"何以自娱?"答曰:"唯时作小诗以适情耳。"义方欣然索诗观之,开卷第一题云《月夜招邻僧闲话》。

委蜕部第二十

子犹曰:项籍之瞳,不如左丘之眇;喑夫之口,不知咎繇之喑;郑瞒之长,不如晏婴之短;夷光之艳,不如无盐之陋;庆忌之足,不如娄公之跛。语曰:"豹留皮,人留名。"此言形神之异也。故窘极生巧,足或刺绣;愤极忘死,胸或发声。是皆有神行焉。借以为笑可,执以为可笑则不可。集《委蜕第二十》。

体　重

安禄山三百五十斤。司马保八百斤。孟业一千斤。

肥

咸通中,以进士服用僭侈,不许乘马。时场中不下千人,皆跨"长耳"。或嘲之曰:"今年敕下尽骑驴,短辔长鞭满九衢。清瘦儿郎犹自可,就中愁杀郑昌图。"郑肥伟,故云。

顾子敦肥伟,号"顾屠"。尹京时,与从官同集慈孝寺。子敦凭几假寐,东坡大书案上曰"顾屠肉案",同会皆大笑。乃以三十钱掷案上,子敦惊觉。东坡曰:"且片批四两来!"

山阴张倬,景泰初为昆山学(博)[训],年未三十,以聪敏闻。典史姜某体极肥,尝戏张云:"二三十岁小先生。"张应云:"四五百斤肥典史。"同僚大笑。

谨案:据《菽园杂记》卷二校改。

赵[伯]翁肥大,夏日醉卧,孙儿辈缘其腹上,戏以李八九枚投脐中。后日李大溃烂,翁乃泣谓家人曰:"我肠烂,将死。"家人料理其脐,得核,乃知孙儿辈所纳李也。

谨案:据《太平御览》卷三七一引《笑林》校改。

垂　　腹

申王有肉疾,腹垂至骭。每出,则束以白练。至暑月,常苦热。玄宗诏南方取冷蛇赐之。蛇长数尺,色白,不螫人,握之如冰。王腹有数约,夏月置约中,不复知烦暑。

申王每醉,使宫妓将锦彩结成软轿,抬归寝室,号曰"醉舆"。或言此妓必魁肥者。子犹曰:"不然,正要使习惯。"

周比部岱,体甚肥,腹垂至膝。每当暑月,琢水精为腹带,日三易之,犹云不堪,自为文以告上帝,祈速化。

伟　　妓

东坡尝饮一豪士家。出侍姬佐酒。内一善歌舞者,容虽丽而躯甚伟,尤豪所钟爱。向公乞诗,公戏题四句云:"舞袖翩跹,影摇千尺龙蛇动;歌喉宛转,声撼半天风雨寒。"妓赧然。

姚、张绰号

魏光乘任左拾遗,题品朝士。丞相姚元之长大行急,目为"趁蛇鹳"。坐此贬。左司郎中张元一腹粗脚短,项缩眼突。吉项目为"逆流虾蟆"。

短

汤既伐桀,让于务光。光笑曰:"以九尺之夫而让天下于我,形吾短也!"羞而沉于水,有咫尺之鱼,负之而去。

按《庄子注》云:"务光身长八寸,耳长七寸。"

谨案:《庄子》郭象注仅言务光耳长七寸,无"身长八寸"语。

《南史》云:汉光武时,颍川张仲师长一尺二寸。

谨案:《南史·刘杳传》云:"仲师长尺二寸,唯出《论衡》。"而今本《论衡·齐世篇》则云:"王莽之时,长人生长一丈,名曰霸出。建武年中,颍川张仲师长一丈二寸"。按此处张衡本言人长短寿夭之差别,上言霸出(即巨毋霸)之长,下言张仲师之短。是今本《论衡》有误,《南史》所引为是。

短　　小

尚书令何尚之与太常颜延之少相好狎。二人并短小。何尝谓颜为猿,颜目何为猴。同游太子西池,颜问路人曰:"吾二人谁似猿?"路人指何为似。颜方矜喜,路人曰:"彼似猿,君乃真猴。"二人俱大笑。

赵璘仪质琐陋,成名始婚。薛能为傧相,谑以诗,略云:"巡关每傍樗蒲局,望月还登乞巧楼。第一莫教娇太过,缘人衣带上人头。"又曰:"不知元在鞍鞯里,将谓空驮席帽归。"又曰:"火炉床上平身立,便与夫人作镜台。"

谨案:赵璘,唐人,即《因话录》作者。

貌　寝　陋

朱泚乱。裴佶与衣冠数人佯为奴,求出城。佶貌寝,自称曰"甘草"。门兵曰:"此数子必非人奴,如甘草,不疑也。"

袁应中,博学者,有时名,以貌寝,诸公莫敢荐。绍圣间,蔡元度引之,乃得对。袁鸢肩,上短下漏,又广颡尖额,面多黑子,望之如洒墨,声嘎而吴音。哲宗一见,连称"大陋",袁错愕不得陈述而退。缙绅目为"奉敕陋"。

郑畋少女好罗隐诗,常欲委身。一日隐谒畋。畋命其女隐帘窥之。见其寝陋,遂终身不读江东篇什。举子或以此谑隐。答曰:"以貌取人,失之子羽。"众皆启齿。

> 白傅与李赞皇不协。每有所寄文章,李缄之一箧,未尝开视,曰:"见词翰则回吾心矣!"郑女终身不读江东篇什,亦是恐回心故。予谓李相、郑女乃真正怜才者。

长安仁和坊,兵部侍郎许钦明宅。[钦明]与中书令郝处俊乡党亲族。两家子弟类多丑陋,而盛饰车马以游里巷。京洛为之语曰:"衣裳好,仪观恶。不姓许,即姓郝。"

> 谨案:据《太平御览》卷一百八十校改。

王元美宴弇州园,偶与画士黄鹄联席。鹄貌极陋。元美曰:"人皆谓我命带桃花煞,果然!"人问:"何也?"曰:"得与美人联席。"吴人皆举为口实,凡见貌陋者,必曰"命带桃花"。

短 而 伛

武德中,崔善为历尚书左丞,甚得时誉。诸曹恶其聪察,因其身短而伛,嘲之曰:"崔子曲如钩,随例得封侯。膊上全无项,胸前别有头。"

身 短 面 长

桑维翰身短面长,每引镜自叹曰:"七尺之躯,何如一尺之面!"后登第,同榜四人,陈保极戏谓人曰:"今岁有三个半人及第。"以桑短,谓之半人。

> 习凿齿有蹇疾,苻坚亦谓之半人。

面　狭　长

梁宗如周尚书面狭长。萧戏之曰:"卿何为谤经?"如周曰:"身自来不谤经。"蔡大宝曰:"卿不谤余经,正应不信《法华经》耳。"盖《法华》云:"闻经随喜,面不狭长。"如周乃悟。

《荀子》载:"卫灵公有臣曰公孙吕,身长七尺,面长三尺,广三寸,鼻目耳具,而名动天下。"

西　字　脸

有川知州,面大横阔。时嘲曰:"襄上幞头西字脸。"宦者已先闻之寿皇。及得郡陛辞,寿皇忆前语,大笑,云:"卿所奏不必宣读,朕留览。"愈笑不已。川出外曰:"早来天颜甚悦,以某奏札称旨也。"

谨案:宋孝宗尊号为寿皇圣帝。

面　黑

陈伯益面黑而狭,多髯。谢希孟见写真挂壁上,戏题云:"伯益之面,大无两指,髭髯不仁,侵扰乎旁而不已。于是乎伯益之面,所存无几。"

王介甫面黄黑,问医,医曰:"此垢污,非疾也。"进澡豆,令王洗之。王曰:"天生黑于予,澡豆其如予何!"

焦阁老芳,面黑而长,如驴。尝谓西涯曰:"君善相,烦一看。"李久之乃曰:"左相象马尚书,右相象卢侍郎,必至此地位。""马"与"卢"合,乃一"驴"字,始知其戏。

黑　白　不　均

崔涯者,吴越狂生,嘲妓李端端诗云:"黄昏不语不知行,鼻似烟卤耳似铛。独把象牙梳插髻,昆仑山上月初生。"端得诗,忧心如病,乃拜候道旁,战栗祈哀。涯改绝句粉饰之曰:"觅得黄骝(鞍)[被]绣鞍,善和坊里取端端。扬州近日浑(成错)[相诧],一朵能行白牡丹。"于是居豪大贾竞臻其户。或谑之曰:"李家娘子才出墨池,便登雪岭,何期一日,黑白不均。"

　　谨案:据唐范摅《云溪友议》校改。

涅　文

　　狄青、王伯庸同在枢府。王每戏狄之涅文,云:"愈更鲜明!"狄云:"莫爱否? 当奉赠一行。"伯庸大惭。

中　古　冠

　　文中丞白湖,头止七寸,时人称其帽为"中古冠"。《孟子》云:"中古棺七寸。"

缩　头

　　祖广字渊度,范阳人,仕至护军长史。广行常缩头。诣桓南郡,始下车,桓曰:"天甚晴明,祖参军如从屋漏中来。"

尖　头

　　北魏古弼头尖,太武常名之曰"笔头",时人呼为"笔公"。

项　安　节

　　慈圣后尝梦神人语云"太平宰相项安节"。神宗密求诸朝臣,无有此人。久之,吴仲卿为上相,瘰生颈间。一日立朝,项上肿如拳。后见之,告上曰:"此真'项安(节)[瘤]'也!"

　　谨案:据宋朱彧《萍洲可谈》卷一校改。慈圣光献曹皇后,英宗嗣母,神宗立,尊为太皇太后。

秃

　　秀州李公衡,善与人款曲,无所不狎侮,少发,号"葫芦"。时有作小词谑之,云:"家门希差,养得一枚依样画。百事无能,只去篱边缠倒藤。几回水上,千捺不翻真个强。无处容他,只好炎天晒作巴。"

白 发 白 须

　　进士李居仁尽摘白须。其友惊曰:"昔则皤然一公,今则公然一婆!"

　　　有郎官老而多妾,须白,令妻妾共镊之。妾欲其少,去其白者;妻忌之,又去其黑者。未几,颐颔遂空。亦可笑。

　　顾太仆居忧,发须尽白。起复北上,以药黑之。人笑曰:"须发亦起复矣!"

　　桃源罗汝鹏,年四十,须大半白矣。偶吊一丧家,司宾惊曰:"公方强仕,何顿白乃尔?"罗曰:"这是吊丧的须髯。"

咏 白 发

　　海昌女子朱桂英,尝咏白发云:"白发新添数百茎,几番拔尽又还生。不如不拔由他白,那有工夫与白争!"

貌 类 猴

　　安西牙将刘文树,口辩,善奏对,明皇每嘉之。文树髭生颔下,貌类猴。上令黄幡绰嘲之。文树切恶猿猴之号,乃密赂幡绰不言。

幡绰许,而进嘲曰:"可怜好个刘文树,髭须共颊颐别住。文树面孔,不似猢狲;猢狲面孔,强似文树。"上知其遗赂,大笑。

大 小 胡 孙

刘贡父送墨与孙莘老,吏误送孙巨源。刘责吏,吏曰:"皆姓孙而同为馆职,莫能别耳。"刘曰:"何不取其髯别之?"吏曰:"又皆髯。"刘曰:"既皆髯,宜以身之大小别之。"于是馆中以莘老为"大胡孙学士",巨源为"小胡孙学士"。

两 头 羝

钟会、钟毓皆多髯。兄弟盛饰,同坐车上,行至城西门,逢一女子微笑曰:"此车中央殊高。"二钟殊不觉。车后门生曰:"有女子戏公云'中央高'。"公问:"云何?"答曰:"夫中央高者,两头低。此戏公二人为'两头羝'也!"后二钟更不同车,畏逢此女子。

麻 胡

成郎中貌陋多髭。再娶之夕,岳母陋之,曰:"我女一菩萨,乃嫁麻胡!"索成催妆诗。成便书云:"一桩两好世间无,好女如何得好夫?高卷珠帘明点烛,试教菩萨看麻胡。"

青 衣 须 出

屠赤水有青衣渐长。友曰:"须出矣!"屠笑曰:"西出阳关无故人。"

偏 盲

杜钦字子夏,目偏盲。茂陵杜邺与钦同姓字,俱以材能称。京师谓钦为"盲杜子夏"以相别。钦讳之,乃为小冠,高广才二寸。由是更谓钦为"小冠杜子夏",而邺为"大冠杜子夏"云。

桓南郡玄与殷荆州仲堪语次,因共作危语。桓曰:"矛头淅米剑头炊。"殷曰:"百岁老翁攀枯枝。"顾[恺之]曰:"井上辘轳卧婴儿。"殷有参军在坐,云:"盲人骑瞎马,夜半临深池。"殷曰:"咄咄逼人!"殷侍父疾,误以药手拭泪,遂眇一目。

> 谨案:据《世说新语·排调》校改。

湘东王眇一目,邵陵王纶赋诗戏之,曰:"湘东有一病,非哑复非聋。相思下只泪,望直有全功。"又尝与刘谅游江滨,叹秋望之美。谅对曰:"今日可谓'帝子降于北渚'!"王觉其刺己,从此衔之。《离骚》:"帝子降于北渚,目渺渺而愁予。"

> 湘东王兵起。王伟为侯景作檄,云:"项羽重瞳,尚有乌江之败;湘东一目,宁为赤县所归!"后竟以此伏诛。

徐妃以帝眇一目,知帝将至,为半面妆。帝见之,大怒而出。

> 谨案:帝,梁元帝,即前湘东王萧绎。

聂大年眇一目,聘至京,有欲识之者。童大章曰:"何必识其人?彼但多一耳,少一目而已。"

徐篆庵和,眇一目,尝赞千眼观音云:"汝有千目,众皆了了。我有双目,一明一眇。多者忒多,少者忒少!"

> 乌珠如此值钱,师旷薰目以精音,又何也?

假　睛

唐立武选,以高上击毬,较其能否而黜陟之,至有置铁钩于毬仗以相击。周宝尝与此选,为铁钩所摘,一目睛失。宝取睛吞之,复击毬,获头筹,遂授泾原。敕赐木睛代之。

> 注:木睛莫知何木,置目中无所碍,视之如真睛矣。

施肩吾与赵嘏同年，不睦。旧失一目，以假珠代其睛。故施嘲之曰："二十九个人及第，五十七只眼看花。"

聋

北齐杜台卿为尚书左丞。省中以其耳聋，戏弄之。下辞不得理者，至大骂，台卿见其口动，谓为自陈，训对每致乖越。令史不晓谕，反以为笑端。

卷　耳

韦庆本两耳如卷，朝士多呼为"卷耳"。适女选为妃，长安令杜松寿见而贺之，曰："仆固知足下女得妃。"韦曰："何以知之？"杜乃自摸其耳而卷之曰："《卷耳》，后妃之德也。"

三 耳 秀 才

隋董慎为冥府追为右曹录事，仍辟常州张审通为管记。慎令作判申天府。后有天符来云："申甚允当。"慎乃取方寸肉擘为耳，安审通额上，曰："与君三耳，可乎？"审通复活，后数日，觉额痒，涌出一耳，尤聪。时人笑曰："天有九头鸟，地有三耳秀才。"亦呼"鸡冠秀才"。

口　吃

魏邓艾口吃，语称"艾艾"。晋文王戏之曰："卿言艾艾，定是几艾？"对曰："'凤兮凤兮'，故是一凤。"

后周郑伟口吃。少时逐鹿，失之，问牧竖，牧竖亦吃。伟以牧故为效己，竟扑杀之。

　　吾吴俞漳水工画艺而足跛。尝过王府基，有跛妪先行，傍一童子戏效之。妪方怒詈，俞适踵至，遂大恚，曰："彼顽童作短命事耳,乃衣冠者亦复为之耶?"因极口骂辱。俞自陈再四,终不听信。事类此。

唐时进士及第,放榜后即谒宰相,其导词答语,一出榜元。时卢肇有故不赴,次及丁棱,口吃。迨引见致词,本欲言"棱等登科"。而棱乃言"棱等登、棱等登",竟不能发其后语。翌日,友人戏之曰:"闻君善筝,可得闻乎?"棱曰:"无之。"友曰:"昨日闻'棱等登、棱等登',岂非筝声耶?"

黄山谷与赵挺之等同在馆修书。每日庖丁请食品,赵口吃,曰:"来日吃蒸饼。"山谷笑之。一日酒会,拟以三字离合成字为令。赵首云:"禾女委鬼魏。"一云"戊丁成皿盛",一云"王白珀石碧",一云"里予野土墅"。末当山谷,应声曰:"来力敕正整。"与"来日吃蒸饼"同声。众哄堂大笑。赵赧然。

谨案:事见宋沈作喆《寓简》卷十及王明清《挥麈后录》卷六,而说各有异。《寓简》云是刘莘老事,《挥麈录》虽云是赵挺之事,但无中间二人之令,且云"五字离合为令"。本篇似合二说为之者。又,赵挺之为赵明诚之父。

华原令崔思海口吃,每与表弟杜延业递相戏弄。杜尝语崔云:"弟能遣兄作鸡鸣。但有所问,兄须即报。"傍人讶之,与杜私赌,杜将谷一把,问崔云:"此是何物?"崔云:"谷谷谷。"旁人大笑,因输延业。

刘贡父、王汾同在馆中。汾病口吃,贡父为之赞曰:"恐是昌家周,又疑非类韩。未闻雄名扬,只有艾气邓。"

宣、正间,有御史茂彪者,舌秃言涩,侍西班。有东班御史误入西班,彪乃面纠曰:"臣是西班御史茂彪,有东班与臣一般御史,不合走入西班。"然"彪"言为"包","班"言为"邦"。滑稽者因其言为一绝,曰:"闾阖门开紫气高,含笑尝得近神尧。东邦莫入西邦去,从此人人惮茂包。"

王　少　卿

鸿胪王少卿,善宣玉音,洪亮抑扬,殊耸观听,而所读多吃误,其貌美髯而秃顶。朝士遂为诗以嘲之曰:"传制声无敌,宣章字有讹。后边头发少,前面口须多。"有问京师新事者,或诵此诗。其人遽曰:"此必王少卿也!"

没　牙　儿

马都督老而无牙。郭定襄戏曰:"昨闻邻妇哭甚哀。"马问:"何哭?"郭曰:"其妇丧夫,抚孤哭曰:'痛汝没爷儿。'"

　　谨案:明景泰中,郭登以功封定襄伯。

损　　臂

兴化诜公,城居三十余年,老矣,犹迎送不已。云峰悦禅师尝诫之。郡僚多爱诜,久不果。一日送大官出郊,堕马损臂,以书诉悦。悦作偈戏云:"大悲菩萨有千手,大丈夫儿谁不有? 兴化和尚折一枝,犹有九百九十九。"

枝　　指

祝枝山右手骈拇指。或戏曰:"君之富于笔札,应以多指。"枝山应曰:"(诚)[成]不以富,亦祇指以异。"

　　谨案:《诗·小雅·我行其野》:"成不以富,亦祇以异。"

臀　　大

唐左司郎中封道弘,臀最大。尝入内奏事,步履蹒跚。李勣后曳道弘曰:"一言语公。"道弘惊转,敛容曰:"敬闻教。"曰:"尊臀斟酌坐得即休,何须尔许大?"

三　　短

北魏李谐因瘿而举颐,因跛而缓步,因謇而徐言,人言谐"善用三短"。

善用,三短亦致妍;不善用,三长反为累。

秃眇跛偻同聘

《穀梁传》:季孙行父秃,晋郤克眇,卫孙良夫跛,曹公子首偻,同时而聘于齐。齐使秃者御秃,使眇者御眇,使跛者御跛,使偻者御偻。萧同叔子齐侯母。从台上笑之,客怒。

三　　无

王广文竹月者,年迈,须齿已落,更阙一耳。其同僚戏为语曰:"竹月号三无,无齿之齿无,然而无有耳,则亦无有胡。"偶御史莅府,各县属候见于官署中,谈及斯语,以为笑谑。及入谒,忽睹竹月状,思及前语,不觉失笑。御史疑令慢己,诘之。令因以实对,御史亦大笑。

恶　　疾

北齐崔氏,世有恶疾,多寡眉。李庶无须,时呼为天阉。崔谌调之曰:"教弟种须法:以锥遍刺颔作孔,插以马尾。"庶曰:"持此先施贵族,艺眉有验,然后树须。"

刘贡父晚年得恶疾,须眉堕落,鼻梁断坏。一日与苏东坡会饮,苏引古人一联戏曰:"大风起兮眉飞扬,安得猛士兮守鼻梁!"

风　之　始

吴给士女敏慧,后归名儒陈子朝。陈惑一妾,遂染风疾。一日亲戚来问,吴指妾曰:"此'风之始也'。"

> 谨案:《诗序》:"《关雎》,后妃之德也,风之始也。"

陈　癫　子

《玉堂闲话》:唐营丘有豪民陈姓,病风疾,众目之为"陈癫子"。陈极讳之,家人或误言,必遭怒笞。宾客亦不敢犯,或言所苦减退,具得丰款。有游客谒之,初谓:"君疾近日尤减。"陈欣然命酒。将撤,又问:"某疾果退否?"客曰:"此亦添减病。"曰:"何谓也?"客曰:"添者,面上添渤沤子。减者,减却鼻孔。"长揖而去,数日不怿。又每年五月,值生辰,必召僧道启斋宴,伶伦百戏俱备。斋罢,赠钱数万。一伶既去,复入,谓曰:"蒙君厚惠,偶忆短李相诗一联,深叶圣德。"陈曰:"试诵之。"时陈坐碧纱帏中,左右环侍。伶曰:"诗云:'三十年前陈癫子,如今始得碧纱幪。'"遭大诟而去。

> 谨案:唐相国李绅,为人短小,时号短李。"三十年来尘扑面,如今始得碧纱笼",本王播诗,《玉堂闲话》误为李绅。

夫　妇

五代杨光远病秃,妇又跛足。后举兵反,欲图大事。人语之曰:"世宁有癫痢天子、拐脚皇后耶?"

田元钧狭而长。其夫人,富彦国女弟也,阔而短。石曼卿戏目之为"龟鹤夫妻"。

政和、景泰二榜

政和间,状元何㮚,字文缜。次潘良贵,皆少年有风貌,而第三人郭孝友颇古怪。时曰:"状元真何郎,榜眼真潘郎,探花真郭郎也!"古有郭姓而秃者,故傀儡号为"郭郎",亦曰"郭秃"。

景泰五年,状元孙贤,河南人,面黑。榜眼徐溥,宜兴人,面白。探花徐,武进人,面黄。时谓"铁状元,银榜眼,金探花"。

异　　相

《云仙散录》:郭汾阳每迁官,则面长二寸,额有光气,久之乃复。

《桯史》:嘉定间,赵南仲为淮阃,貌古怪,两眼高低,一眼观天,一眼观地。人望而畏之,不敢仰视。

《异苑》:贾弼梦鬼易其头,遂能半面笑,半面啼。

妇 人 异 相

九真女子赵妪,乳长数尺。冯宝妻洗氏长二尺,暑热,则担于肩。李光弼之母,须数十根。皆异表也。

人　　疴

大历中,东都天津桥有乞儿,无双手,以右足夹笔,写经乞钱。欲书时,先用掷笔高尺许,以足接之,未尝失落。书字端楷,若有神助。

《戒庵漫笔》:嘉靖间有丐妇,年二十许,自云常州人,幼患风,双手拳挛在胸,不能举动;两膝曼转,著地而行;由膝之下,双脚虚擎向上,遂能以双脚指纺棉花、捻线、穿针、缝纫、饮食,凡事与手不异。曾在予家试之,果然。后四五年再来,生一儿,颇壮伟。又能以脚戏弄,左右丢掷,及以箸夹饭食喂之,甚便。

《狯园》：京师有丐妇，年四十余，全无两臂，两肩如削。每梳头鬌，右足夹栉，左足绾发。及系衣洗面，亦如之，轻便比手无异。或掷钱赠，亟伸足取贯绳上，略无碍滞。又段文晔言：景德中至岳下，见一妇人无双肩，但用两足刺绣鞋袜，织致与巧手相若。衣服颇洁。每止处，观者如堵，竞以钱投之。

> 钱象先曰："世有无籍之人，手足俱完，且不能自食，不如此二妇人之足也，悲夫！"子犹曰："俗眼爱奇僻，虽好不如丑，但求布施多，何须手足有。重瞳困箄瓢，骀驼贵无偶。由来公道衰，千秋一漂母。假髻先入官，吾亦愿蓬首。"

嘉靖中，京师有人手足俱无。父盛以布囊，仅满二尺，俨如鱼形，挟之出，观者如堵。面巨而声雄，能就地打滚。

项下吹曲

嘉靖庚辰，赵宪伯凤自曲江携一道人归三衢，项下有窍，能吹箫；凡饮食，则以物窒之，不然，水自孔中溢出。每作口中语，则塞喉间；作喉间语，则以手掩口。先是三十年，沙随程先生尝于行在见一道人，以笛拄项下吹曲，其声清畅而不近口。不知所以然，疑即一人也。

> 陈锡玄曰：阿那律陀，无目而见；跋难陀龙，无耳而听；殑伽神女，非鼻闻香；骄梵钵提，异舌知味；舜若多神，无身觉触。世间诸变化相，信有不可穷诘者，于二道人何异？

绛树两歌、黄华二牍

《志奇》：绛树一声能歌二曲，二人细听，各闻一曲，一字不乱。人疑一声在鼻，竟不测其何术。当时有黄华者，双手能写二牍，或楷或草，挥毫不辍，各自有意。

无　头　人

崔广宗为张守珪所杀,仍不死,饥渴即画地作字,世情不替,更生一男。四五年后,忽画地云:"后日当死。"果然。

监左帑龙舒尝言:有亲戚官游西蜀,路经湘汉。晚投一店,忽见店左侧上有一人无首,骇以为鬼。主人曰:"尊官不须惊,此人也。往年因患瘰疬,势蔓衍,一旦头忽坠脱。家人以为不可救,竟不死。自此每所需,则以手画,日以粥汤灌之,故至今犹存耳。"又云:岳侯军中一兵犯法枭首,妻方怀娠。后诞一子,躯干甚伟,而首极细,仅如拳,眉目皆如刻画。则知胞胎所系,父母相为感应。

绍兴二十五年,忠翊郎刁端礼,随邵运使往江西,经严州淳安道上。晚泊旅邸,日未暮,乃纵步村径二三里,入一村舍少憩。其家夫妇春谷,问其姓氏,曰"姓潘"。妇瀹茗以进。闻傍舍喷喷有声,试窥之,乃一无头人织草履,运手快疾。刁大惊愕。潘生曰:"此吾父翁也。宣和庚子岁,遭方贼之乱,斩首而死,手足犹能动,肌体皆温。不忍殓殡,用药傅断处。其后疮愈,别生一窍,欲饮食则啾啾然。徐灌以粥汤,故赖以活。今三十六年,翁已七十矣!"刁亟亟反傶邸,神志不宁者累日。后每思之,毛发辄悚。

半　头

段安节于天复中避乱出京,至商山中逆旅,见一老妇人,无一半头,坐床心缉麻,运手甚熟。其儿妇言:"巢寇入京,为贼所伤,自鼻一半已上并随刃去。有人以药封裹之,手足微动,眷属以米饮灌口中,久而无恙,今已二十余年矣。"

头　断　复　连

正德时,济下一秀才遭流贼乱,奔避不及,被贼砍,觉头落胸间而喉不断,亟以手捧头置之项上,热血凝结,痛极遂死。久之稍苏,卧野田间。寇退,家人求尸舁归,旬日不死,颇能咽汤粥。百日痂脱,视其颈,瘢痕如緪,入腮下。

勇 士 庙

汉朱遵仕郡功曹。公孙述僭号,遵拥郡人不伏。述攻之,乃以兵拒,述埋车绊马而战死。光武追赠辅汉将军。吴汉表为置祠。一曰:遵失首,退至此地,绊马讫,以手摸头,始知失首。于是土人感而义之,乃为置祠,号为"健儿庙"。后改"勇士庙"。见《新汉县图记》。

无 头 亦 佳

贾雍出界讨贼,为贼斫去头,复上马还营。营中将士争来看。雍从胸中语曰:"诸君视有头佳、无头佳乎?"吏泣曰:"有头佳。"雍曰:"不然,无头亦佳!"言毕而绝。

人 妖

宋卿家九代祖,如小儿,在鸡窠中,不饮不食,不知年岁。子孙朔望罗拜,垂头下视。太原王仁裕远祖母约二百余岁,形才三四尺,饮啖甚少,往来无迹。唯床头有柳箱,戒子弟勿启。一日无赖孙醉启之,唯一铁笸。自此竟不回。

池州村祖翁媪二人,各长三尺,绵衾拥体,坐佛龛中。两眼能动,蘸酒口中,亦能舐之。皮皆粘骨,不知年岁。

夏县尉胡顼尝至金城县界,止于人家。方具食,见一老母长二尺,来窃食。新妇搏其耳,曳入户。云是七代祖姑,寿三百余矣。苦其窃,常絷槛中,兹偶逸耳。

唐三原县董桥店有孟媪,年百余岁而卒。店人皆呼为"张大夫店"。媪自言:"二十六嫁张訔,訔为郭汾阳所任。訔之貌酷类某,訔卒,吾遂为丈夫衣冠,投名为訔弟,得继事汾阳。寡居十五年。自汾阳薨,吾已年七十二,军中累奏兼御史大夫。忽思茕独,遂嫁此店潘老为夫。迩来复诞二子,曰滔、曰渠。滔五十有五,渠五十有二云。"见《乾𦠿子》。

谲智部第二十一

子犹曰:人心之智,犹日月之光。粪壤也,而光及焉;曲穴也,而光入焉。智不废谲,而有善有不善,亦宜耳。小人以之机械,君子以之神明。总是心灵,唯人所设,不得谓智偏属君子,而谲偏归小人也。集《谲智第二十一》。

魏　武

魏祖少游荡,叔父数言于其父嵩。祖患之,伪败面口偏。叔父见,云"中风"。又告嵩。嵩惊呼曰:"叔父言汝中风,已差乎?"对曰:"初不中风,但失爱于叔父,故见罔耳。"自是叔父所告,嵩皆不信。

魏武常言人欲危己,己辄心动。因语所亲小人曰:"汝怀刃密来我侧。我必说心动,执汝行刑。汝但勿言某使,无他,当厚相报。"此人信之,被执不惧,遂斩之。

　　啖野葛及梦中杀人,皆诈也。独此举,三岁小儿恐亦难欺。老瞒所亲,夫岂木偶?必是此老有心,预择一极愚蠢者,谬加亲爱,而借之以实其诈耳。智囊之首、黠贼之魁乎!

　　谨案:魏祖、魏武皆言曹操。曹操平日习啖野葛、少饮鸩酒,又自言能梦中杀人,以防人酖害。

体　认　天　理

《西堂纪闻》:湛甘泉若水,每教人随处体认天理。居乡时,凡山川佳胜、田庄膏腴者,假以建书院、置学田为名,必得之为自殖计,皆资势于当路之门生。乡人常曰："此甘泉随处体认天理也！"

不是随处体认天理，还是随处体认"地理"。

《朝野佥载》两孝子事

东海孝子郭纯丧母，每哭，则群乌大集。使检有实，旌表门闾。后讯，乃是每哭即撒饼于地，群乌争来食之。其后数如此，乌闻哭声，莫不竞凑，非有灵也。

田单妙计，可惜小用。然撒饼亦资冥福，称孝可矣。

河东孝子王燧家猫犬互乳其子，州县上言，遂蒙旌表。乃是猫犬同时产子，取猫儿置犬窠中，取犬子置猫窠内，饮惯其乳，遂以为常耳。

即使非伪，与孝何干？

崔、张豪侠

进士崔涯、张祜下第后，游江淮，嗜酒狂吟，以侠相许。崔尝有诗云："太行岭上三尺雪，壮士怀中三尺铁。一朝若遇有心人，出门便与妻儿别。"[旁批："便"字换"不"字更胜。]由是侠名播于人口。一夕，有非常人，装饰甚武，腰剑，手囊贮一物，流血于外，入门曰："此张侠士居耶？"曰："然。"张揖客甚谨。既坐，客曰："有一仇人，十年莫得，今夜获之，喜不可已。"指囊曰："此其首也！"问："有酒否？"张命酒，客饮嚼甚壮，曰："闻公义气，薄有所请，可乎？"张唯唯。客曰："此去三数里，有一义士，余所深德。君可假十万缗，立欲酬之。[旁批：要酬便不是义士了。]若济，则平生恩仇毕矣。此后赴汤蹈火，亦无所惮。"张且不吝，深喜其说，乃筹其缣素中品之物，罄以畀之。客曰："快哉！死无恨！"乃留囊首而去，期以却回。及期不至，五鼓绝声，东曦既驾，杳无踪迹。张虑囊首彰露，客既不来，将遣家人埋之，开囊,乃豕首也。方悟见欺,迩后豪侠之气顿丧。

　　按张祜字承吉,苦吟时,妻孥唤之不应,以责祜,祜曰:"吾方口吻生花,岂惜汝辈?"后知南海罢,但载罗浮石归,不治产。虽一事见欺,不愧豪士矣。

干　红　猫

　　《夷坚支》:临安北门外西巷,有卖熟肉翁孙三者,每出必戒其妻曰:"照管猫儿,都城并无此种,莫使外人闻见;或被窃,绝我命矣!我老无子,此当我子无异也!"日日申言不已,邻里数闻其语,心窃异之,觅一见不得。一日忽拽索出,到门,妻急抱回。见者皆骇,猫干红深色,尾足毛须尽然,无不叹羡。孙三归,痛箠厥妻。已而浸浸达于内侍之耳,即遣人唉以厚值,孙峻拒。内侍求之甚力,反复数四,竟以钱三百千取去。孙涕泪,复箠其妻,竟日嗟怅。内侍得猫喜极,欲调驯然后进御。已而色泽渐淡,才及半月,全成白猫。走访孙氏,既徙居矣。盖用染马缨绋之法,积日为伪,前之告戒箠怒,悉奸计也。

　　谨案:此条在今本《夷坚三志己集》卷九。

贷　金

　　《耳谭》:嘉靖间,一士人候选京邸。有官矣,然久客橐空,欲贷千金,为所故游客谈。数日,报命曰:"某中贵允尔五百。"士人犹恨少。客曰:"凡贷者,例以厚贽先。内相家性,苟得其欢,何不可?"士人拮据凑贷器币,约值百金,为期入谒。及门,堂轩丽巨,苍头庐儿,皆曳绮缟,两壁米袋充栋,皆有"御用"字。久之,主人出。主人横肥,以两童子头抵背而行。享礼微笑,许贷八百。庐儿曰:"已晚,须明日。"主人曰:"可。"士人既出,喜不自任。客复属耳:"当早至,我俟于此。"明日至,寥然空宅,堂下两堆煤土,皆袋所倾。问主宅者,曰:"昨有内相赁宅半日,知是谁何?"客亦失迹,方知中诈。

一钱诳百金

《湖海奇闻》:胠箧唯京师为最黠。有盗能以一钱诳百金者,作贵游衣冠,先诣马市,呼卖胡床者,与一钱,戒曰:"吾即乘马,尔以胡床侍。"其人许诺。乃谓马主:"吾欲市骏马,试可乃已。"马主谨奉羁靮。其人设胡床而上,盗上马疾驰而去。马主追之。盗径扣官店,维马于门,云:"吾某太监家人,欲段匹若干,以马为质,用则奉价。"店睹其良马,不之疑,如数畀之。负而去。俄而马主迹至店,与之争马,成讼。有司不能决,为平分其马价云。

乘 驴 妇

《耳谭》:有三妇人雇驴骑行,一男子随之。忽少妇欲下驴择便地,呼二妇曰:"缓行俟我!"方其下驴,男子佐之,少妇即与调谑若相悦者。已乘驴,曰:"我心痛,不能急行。"男子既不欲强少妇,追二妇又不可得,乃憩道旁,而不知少妇反走久矣。是日三驴皆失。

京 都 道 人

北宋时,有道人至京都,称得丹砂之妙,颜如弱冠,自言三百余余岁。贵贱咸争慕之,输货求丹、横经请益者,门如市肆。时有朝士数人造其第,饮啜方酣,阍者报曰:"郎君从庄上来,欲参觐。"道士作色叱之。坐客或曰:"贤郎远来,何妨一见?"道士颦蹙移时,乃曰:"但令入来。"俄见一老叟,须发如银,昏耄伛偻,趋前而拜。拜讫,叱入中门,徐谓坐客曰:"小儿愚騃,不肯服食丹砂,以至此,都未及百岁,枯槁如斯。常日斥至村墅间耳。"坐客愈更神之。后有人私诘道者亲知,乃云:"伛偻者,即其父也。"

丹　客

客有以丹术行骗局者,假造银器,盛舆从,复典妓为妾,日饮于西湖。鹢首所罗列器皿,望之皆朱提白镪。一富翁见而心艳之,前揖问曰:"公何术而富若此?"客曰:"丹成,特长物耳!"富翁遂延客并其妾至家,出二千金为母,使炼之。客入铅药,炼十余日,密约一长髯突至,绐曰:"家罹内艰,盍急往!"客大哭,谓主人曰:"事出无奈何,烦主君同余婢守炉,余不日来耳。"客实窃丹去,又嘱妓私与主媾。而不悟也,遂堕计中,与妓绸缪数宵而客至。启炉视之,佯惊曰:"败矣!汝侵余妾,丹已坏矣!"主君无以应,复出厚镪酬客。客作怏怏状去,主君犹以得遣为幸。

嘉靖中,松江一监生,博学有口,而酷信丹术。有丹士先以小试取信,乃大出其金,而尽窃之。生惭愤甚,欲广游以冀一遇。忽一日,值于吴之阊门。丹士不俟启齿,即邀饮肆中,殷勤谢过。既而谋曰:"吾侪得金,随手费去。今东山一大姓,业有成约,俟吾师来举事。君肯权作吾师,取偿于彼,易易耳!"生急于得金,许之。乃令剪发为头陀,事以师礼。大姓接其谈锋,深相钦服,日与款接,而以丹事委其徒辈,且谓师在,无虑也。一旦复窃金去,执其师,欲讼之官。生号泣自明,仅而得释。及归,亲知见其发种种,皆讪笑焉。

　　以金易色,尚未全输,但缠头过费耳。若送却头发,博"师父"一声,尤无谓也。

《耳谭》二谲僧

有僧异貌,能绝粒,瓢衲之外,丝粟俱无,坐徽商木筏上,旬日不食,不饥。商试之,放其筏中流,又旬日,亦如此。乃相率礼拜,称为"活佛",竞相供养。曰:"无用供养。我某山寺头陀,以大殿毁,欲从檀越乞布施,作无量功德。"因出疏,令各占甲乙毕,仍期某月日入寺相见。及期，众往询，寺绝无此僧，殿即毁，亦无乞施者。方与僧骇之，忽见伽蓝貌酷似僧，怀中有簿，即前疏。众诧神异，喜施千金，恐泄语有损功德，戒勿相传。后乃知始塑像时，因僧异貌，遂肖之，作此伎俩。而不食，乃以干牛肉裹大数珠数十颗，暗噉之。皆奸僧所为。

阌乡一村僧，见田家牛肥硕，日伺牛在野，置盐己首，俾牛舐之，久遂娴习。僧一夕至田家，泣告曰："君牛乃吾父后身。父以梦告我，我欲赎归。"主驱牛出。牛见僧，即舐僧首。主遂以牛与僧。僧归杀牛，丸其肉，置空杖中，又以坐关不食欺人焉。后有孟知县者，询僧便溺，始穷其诈。

吞 舍 利

《广记》：唐洛中顷年有僧持数粒所谓"舍利"者，贮于琉璃器中，昼夜香火，檀越之礼日无虚焉。有贫士子无赖，因诣僧，请观舍利。僧出瓶授与，遽取吞之。僧惶骇无措，复虑外闻之。士子曰："与我钱，当服药出之耳。"赠二百缗，乃服巴豆泻下。僧欢然濯而收之。

易 术

凡幻戏之术，多系伪妄。金陵人有卖药者，车载大士像。问病，将药从大士手中过，有留于手不下者，则许人服之，日获千钱。有少年子从旁观，欲得其术，俟人散后，邀饮酒家。不付酒钱，饮毕竟出，酒家如不见也。如是三。卖药人叩其法，曰："此小术耳，君许相易，幸甚！"卖药曰："我无他。大士手是磁石，药有铁屑，则粘矣。"少年曰："我更无他。不过先以钱付酒家，约客到绝不相问耳。"彼此大笑而罢。

巫

夏山为巫,自谓灵异。范汝舆戏曰:"明日吾握糖饵,令汝商之。言而中,人益信汝。"巫唯唯。及明降神,观者如堵。范握狗矢问之。巫曰:"此糖饵耳。"范佯拜曰:"真神明也!"即令食之。巫恐事泄,忍秽立尽。

> 谨案:明陆粲《说听》上记此事,末云:范暴其受欺,众哄然而散。

女　巫

京师闾阎多信女巫。有武人陈五者,厌其家崇信之笃,莫能治。一日含青李于腮,绐家人疮肿痛甚,不食而卧者竟日。其妻忧甚,召女巫治之。巫降,谓五所患是名疔疮,以其素不敬神,神不与救。家人罗拜恳祈,然后许之。五佯作呻吟甚急,语家人云:"必得神师入视救我可也。"巫入按视。五乃从容吐青李视之,捽巫批其颊,而叱之门外。自此家人无信崇者。

> 以舍利取人,即有借舍利以取之者。以幻术愚人,即有托幻术以愚之者。以神道困人,即有诡神道以困之者。"无奸不破,无伪不穷",信哉!

黄　铁　脚

黄铁脚,穿窬之雄也。邻有酒肆,黄往贳,肆吝与。黄戏曰:"必窃若壶,他肆易饮。"是夕肆主挈壶置卧榻前几上,户甚固,遂安寝。比晓失壶,视镝如故,亟从他肆物色,壶果在。问所得,曰:"黄某。"主诣黄问故,黄用一小竿窍其中,俾通气,以猪溺囊系竿端,从罍引竿,纳囊于壶,乃嘘气胀囊,举而升之,故得壶也。

窃 磬

乡一老媪向诵经,有古铜磬。一贼以石块作包,负之至媪门外,人问何物。曰:"铜磬,将鬻耳。"入门见无人,弃石于地,负磬反向门内曰:"欲买磬乎?"曰:"家自有。"贼包磬复负而出,内外皆不觉。

伪跛伪躄

阊门有匠凿金于肆。忽一士人巾服甚伟,跛曳而来,自语曰:"暴令以小过毒挞我,我必报之!"因袖出一大膏药,薰于炉次,若将以治疮者。俟其熔化,急糊匠面孔。匠畏热,援以手。其人已持金奔去。又一家,门集米袋,忽有躄者垂腹甚大,盘旋其足而来,坐米袋上。众所共观,不知何由。匿米一袋于胯下,复盘旋而去。后失米,始知之。盖其腹衬塞而成,而躄亦伪也。

何大复《躄盗篇》

有躄盗者,一足躄,善穿窬。尝夜从二盗入巨姓家,登屋翻瓦,使二盗以绳下之。搜资入之柜,命二盗系上。已复下其柜,入资上之,如是者三矣。躄盗自度曰:"柜上,彼无置我去乎?"遂自入坐柜中。二盗系上之,果私语曰:"资重矣!彼出必多取,不如弃去!"遂持柜行大野中。一人曰:"躄盗称善偷,乃为我二人卖!"一人曰:"此时将见主人翁矣!"相与大笑欢喜,不知躄盗乃在柜中。顷二盗倦坐道上,躄盗度将曙,又闻远舍有人语笑,从柜出大声曰:"盗劫我!"二盗惶讶遁去。躄盗顾乃得金资归。

智 妇

《耳谭》:某家娶妇之夕,有贼来穴壁,已入,会其地有大木,贼触木倒,破头死。烛之,乃所识邻人,仓惶间恐反饵祸。新妇曰:"无妨。"令空一箱,纳贼尸于内,舁至贼家门首,剥啄数下,贼妇开门见箱,谓是夫所盗,即举至内。数日,夫不返,发视,乃是夫尸,莫知谁杀,亦不敢言,以瘗之。

诘　盗　智

胡汲仲在宁海日,偶出行,有群妪聚庵诵经。一妪以失衣来诉。汲仲命以牟麦置群妪掌中,令合掌绕佛诵经如故。汲仲闭目端坐,且曰:"吾令神督之。若是盗衣者,行数周,麦当芽。"中一妪屡开视其掌,遂命缚之,果盗衣者。

以其惑佛,因而惑之。

谨案:元胡长孺,字汲仲。

刘宰之令泰兴也,富室亡金钗,唯二仆妇在。置之有司,咸以为冤。命各持一芦,曰:"非盗钗者,当自若。果盗,则长于今二寸。"明旦视之,一自若,一去其芦二寸矣。讯之具伏。

陈述古知蒲城县,有失物,莫知为盗,乃绐曰:"其庙有钟能辨盗,为盗者,摸之则有声。"阴使人以墨涂而帷焉。令囚入帷摸之,唯一囚无墨,执之果盗。

海　刚　峰

有御史怒某县令。县令密使嬖儿侍御史,御史昵之,遂窃其符逾墙走。明晨起视篆,篆箧已空,心疑县令所为,而不敢发,因称疾不视事。海忠肃时为教谕,往候御史。御史闻海有吏才,密诉之。海教御史夜半于厨中发火。火光烛天,郡属赴救。御史持篆箧授县尹,他官各有所护。及火灭,县令上篆箧,则符在矣。

黠　竖　子

西邻母有好李,苦窥园者,设井墙下,置粪秽其中。黠竖子呼类窃李,登垣,陷井间,秽及其衣领,犹仰首于其曹:"来来! 此有佳李!"其一人复坠。方发口,黠竖子遽掩其两唇,呼"来来"不已。俄一人又坠。二子相与诟病。黠竖子曰:"假令二子者有一人不坠井中,其笑我终无已时!"

小人拖人下浑水,使开口不得,皆用此术。

日　　者

赵王李德诚镇江西。有日者,自称"世人贵贱,一见辄分"。王使女妓数人,与其妻滕国君同妆梳服饰,偕立庭中,请辨良贱。客俯躬而进曰:"国君头上有黄云。"群妓不觉皆仰首。日者曰:"此是国君也!"王悦而遣之。

孙兴公嫁女

王文度坦之。弟阿智虔之。恶乃不翅,年长失婚。孙兴公绰有女,亦僻错无嫁娶理,因诣文度,求见阿智。既见,便扬言:"此定可,殊不如人所传,哪得至今未有婚处? 我有一女,乃不恶,欲令阿智娶之。"文度忻然以启蓝田述,蓝田惊异。既成婚,女之顽嚣乃过于婿,方知兴公之诈。

阿智得妇,孙女得夫,大方便,大功德,何言诈乎?

匿　　年

凌景阳与京师豪族孙氏成姻,嫌年齿,自匿五岁。既交礼,乃知其妻匿十岁。王素作谏官,景阳方馆职,坐娶富民女论罢。上知景阳匿年以欺女氏,素因奏孙氏所匿,上大笑。

谨案:时上为宋仁宗。

节 日 门 状

刘贡父为馆职。节日，同舍遣人以书筒盛门状，遍散人家。刘知之，乃呼所遣人坐于别室，犒以酒肴，因取书筒视之，凡与己一面之旧者，尽易以己门状。其人既饮食，再三致谢，遍走巷陌，实为刘投刺，而主人之刺遂已。

智 胜 力

王卞于军中置宴，一角抵夫甚魁岸，负大力。诸健卒与较，悉不敌。坐间一秀才自言能胜之，乃以左指略展，魁岸者辄倒。卞以为神，叩其故。秀才云：“此人怕酱，预得之同伴。先入厨，求得少许酱，彼见辄倒耳。”

术 制 继 母

王阳明年十二，继母待之不慈。父官京师。公度不能免，以母信佛，乃夜潜起，列五托子于室门。母晨兴，见而心悸。他日复如之，母愈骇，然犹不悛也。公乃于郊外访射鸟者，得一异形鸟，生置母衾内。母整衾，见怪鸟飞去，大惧，召巫媪问之。公怀金赂媪，诈言：“王状元前室责母虐其遗婴，今诉于天，遣阴兵收汝魂魄。衾中之鸟是也。”后母大恸，叩头谢不敢，公亦泣拜良久。巫故作恨恨，乃蹶然苏。自是母性骤变。

谨案：王守仁之父王华，成化间状元。

制 妒 妇

《艺文类聚》：京邑士人妇大妒，常以长绳系夫脚，唤便牵绳。士密与巫妪谋，因妇眠，士以绳系羊，缘墙走避。妇觉，牵绳而羊至，大惊,召问巫。巫曰:"先人怪娘积恶,故郎君变羊。能悔,可祈请。"妇因抱羊痛哭悔誓。巫乃令七日斋,举家大小悉诣神前祷祝。士徐徐还,妇见泣曰:"多日作羊,不辛苦耶?"士曰:"犹忆啖草不美,时作腹痛。"妇愈悲哀。后略复妒,士即伏地作羊鸣。妇惊起,永谢不敢。

制 使 酒

朱[匡]业为宣州刺史,好酒凌人,性复威厉,饮后恣意斩决,无复谏者。唯其妻钟氏能制之,褰帏一呼,慑慄而止。张易领通倅之职,至府数日,[匡]业为易启宴。酒未三爵,易乘宿醒,掷觥排席,讻嚷蜂起。[匡]业怡声屏障间,谓左右曰:"张公使酒,未可当也!"命扶易而出。此后[匡]业无复使酒焉。

谨案:据《十国春秋》卷二二校改。

敖 上 舍

韩侂胄既逐赵汝愚至死,太学生敖陶孙赋诗于三元楼壁吊之。方纵笔,饮未一二行,壁已异去矣。敖知必为韩所廉,急更衣,持酒具下楼,正逢捕者,问:"敖上舍在否?"对曰:"方酣饮。"亟亡命走闽,韩败,乃登第一。

科 试 郊 饯

科试故事,邑侯有郊饯。酒酸甚,众哗席上。张幼于令勿喧,保为易之,因索大觥满引为寿。侯不知其异也,既饮,不觉攒眉,怒惩吏,易以醇。

金 还 酒 债

荆公素喜俞清老。一日谓荆公曰:"吾欲为浮屠,苦无钱买祠部牒耳。"荆公欣然为具僧资,约日祝发。过期寂然,公问故。清老徐曰:"吾思僧亦不易为,祠部牒金,且送酒家还债。"公大笑。

肯出钱与买僧牒,何不肯偿酒债? 清老似多说一谎。

下 马 常 例

宋时有世赏官王氏,任浙西一监。初莅任日,吏民献钱物几数百千,仍白曰"下马常例"。王公见之,以为污己,便欲作状,并物申解上司。吏辈祈请再四。乃令取一柜,以物悉纳其中,对众封缄,置于厅治,戒曰:"有一小犯,即发!"由是吏民惊惧,课息俱备。比终任荣归,登舟之次,吏白厅柜。公曰:"寻常既有此例,须有文牍。"吏赍案至,俾舁柜于舟,载之而去。

不矫不贪,人己两利,是大有作用人,不止巧宦已也。

月 儿 高

袁凯忤太祖,诡得疯疾。上每念曰:"东海走却大鳗鱼,何处寻得?"遣使拜为本郡学博。凯瞠目熟视使者,唱《月儿高》一曲。使者还奏,乃置之。

谨案:明太祖。

儇弄部第二十二

子犹曰：古云"稚子弄影，不知为影所弄"，然则弄人即自弄耳。虽然，不自弄，将不为造化小儿弄耶？傀儡场中，大家搬演将去，得开口处便落便宜，谓之"弄人"可，谓之"自弄"可，谓之"造化弄我"、"我弄造化"，俱无不可。集《儇弄第二十二》。

石　动　筩

北齐高祖尝宴近臣为乐。高祖曰："我与汝等作谜，可共射之：卒律葛答。"诸人皆射不得，或云是子箭。高祖曰："非也。"石动筩云："臣已射得。"高祖曰："是何物？"动筩对曰："是煎饼。"高祖笑曰："动筩射着是也。"高祖又曰："汝等诸人为我作一谜，我为汝射之。"诸人来作，动筩为谜，复云："卒律葛答。"高祖射不得，问曰："此是何物？"答曰："是煎饼也。"高祖曰："我始作之，何因更作？"动筩曰："乘大家热铛子头，更作一个。"高祖大笑。

高祖称郭璞诗绝佳。石动筩曰："臣诗胜郭一倍。"上大不怡，诘之曰："哪见胜处？"动筩曰："读《游仙诗》云：'青溪千余仞，中有一道士。'臣则曰'青溪二千仞，中有两道士'，不胜一倍乎？"上大笑。

捕　獭　狸

《赵后外传》：樊嬺语飞燕曰："忆在江都时，阳华李姑畜斗鸭水池上，苦獭啮鸭。时下朱里芮姥者，求捕獭狸献。姥谓姑曰：'是狸不他食，当饭以鸭。'姑怒，绞其狸。"

能　言　鸭

陆龟蒙居(震)［笠］泽，有斗鸭一栏。有内养自长安使杭州，出舍下，挟弹毙其绿头者。龟蒙手一表骇云："此鸭善人言，持附苏州上进天子，使者毙之，奈何？"内养信其言，大恐，遂以囊中金酬之，因徐问："其鸭能作何言？"龟蒙曰："能自呼其名。"内养愤且笑。龟蒙还其金，大笑曰："吾戏耳！"

　　谨案：据宋曾慥《类说》卷五三引《谈薮》校改。

靴　值

　　冯道、和凝同在中书。一日，和问冯曰："公靴新买，其值几何？"冯举左足曰："五百。"和性褊急，顾吏责曰："吾靴何用一千？"冯徐举其右曰："此亦五百。"

酒　令

　　贾时彦善谑。赴宴，酒半，主人请令。贾曰："乞诸君射一谜。不中，浮以大白。曰：'天不知地知，尔不知我知。'"举座不解。罚遍，贾举一足置案上，曰："我靴底有腐孔也！"

　　甘露寺僧性空，善饮。一客掷色行旧令，云："补不足，庆有余。"初掷"不足"，曰："僧饮。"又掷"有余"，亦曰："僧饮。"众客俱不解。客曰："候令毕当言之。"既毕令而僧醉矣，执盏言曰："酒不敢辞，请明其故？"客曰："不足者，无发；有余者，多一头。"众大笑。

　　王元美与客讌集。王偶泄气，众客皆匿笑。王即设令，要经书中"譬"字一句。王举"能近取譬"。众客于"譬如北辰"、"譬若掘井"等语尽举之，王皆以不如式论罚。众客不服。王曰："我'譬'在下，不若公等'譬'乃在上。"

石学士善谑

　　石中立，字表臣。在中书时，盛度禁林当直，撰《张文节公神道碑》，进御罢，呈中书。石卒问曰："是谁撰？"盛不觉对曰："度撰。"

满堂大笑。

五代广成先生杜光庭，多著神仙家书，悉出诬罔，如《感遇传》之类，故人谓妄言为"杜撰"。或云杜默，非也，盛文肃公在杜默之前矣。然俗有杜田、杜园、杜酒等语，恐是方言，未必有指。

盛度体丰肥，一日自殿前趋出，宰相在后，盛初不知。忽见，即欲趋避，行百步，乃得直舍，隐于其中。石学士见其喘甚，问之。盛告其故。石曰："相公问否？"盛曰："不问。"别去十余步乃悟，骂曰："奴乃以我为牛！"

鸣 鞭 为 度

焦芳初还朝，失记朝仪。李西涯曰："以鸣鞭为度，一鞭走两步，再鞭又走两步，三鞭上御道。"芳诺之，旋悟曰："公乃戏我！"

偷 驴

张玉阳思咏，河南人。一日语陈玉垒公曰："官贫，幸得俞蒲石道长送一人，卢瑞峰吏部送一马。"公曰："人是俞送，马是卢送，可谓恰当。"盖河南人有"偷驴贼"之号，公以谑之。

宋学士尝过洛。士人挽留之信宿，不从，牵去其驴。公怒，作诗曰："蹇驴掣断紫丝缰，却去城南趁草场。绕遍洛阳寻不见，西风一阵版肠香。"今河南人曰"偷驴贼"曰"版肠"，本此。

谨案：明叶盛《水东日记》卷三一，云是宋祭酒事，又云：一说是宋学士。宋学士指宋濂，宋祭酒指宋讷。

弄 僧

一僧从雪中来，唐六如戏之曰："闻孟老相期郊外寻梅，信乎？"

僧曰："非孟也,张也。"六如曰："张公多颠倒,大须防之。"时有匿笑者,僧悟云："却被唐公弄我半日!"六如曰:"怪道硬将起来!"

铁　　牛

陶谷,小字铁牛。李涛出典河中,尝寄陶书云:"每至河源,即思灵德。"陶初不为意,久之方悟。盖河中有张燕公铸系桥铁牛故也。

侯　　白

侯白好俳谑。一日杨素与牛弘退朝,白谑之曰:"日之夕矣!"素曰:"以我为'羊牛下来'耶?"

　　牛僧孺善为文,杨虞卿善谈说。京师语曰:"太牢手,少牢口。"从来杨姓为牛带累久矣。

王　　韦

王韦作诗,为诸老所赏。储瓘称之曰:"绝似温、李!"陆深戏曰:"本是王韦!"盖指王摩诘、韦苏州谑之。

胡 思 乱 量

何㮚当京城已陷,虏人入视帑藏仓庾。时有胡思者为司农卿,具诸仓米麦数白㮚。临去,送至厅事旁,遽言曰:"大卿切勿令乱量。"应曰:"诺。"至客次,方悟其戏。盖谚有"胡思乱量"语也。

　　好个救时宰相!

　　谨案:据《宋史》本传,金兵长驱汴京城下,钦宗方拜㮚为相。及城陷,㮚被扣留金营,不食而死。

刘贡父谑

孙莘老形貌古奇,熙宁中,论事不合,责出,世谓"没兴孔夫子"。孔宗翰宣圣之后,气质肥厚。刘贡父目为"孔子家小二郎"。元祐中,二人俱为侍郎。二部争事于殿门外幄次中,刘贡父过而谓曰:"吾党之直者异于是。"坐中有悟之者,大笑。

> 谨案:《论语·子路》:叶公语孔子曰:"吾党有直躬者,其父攘羊,而子证之。"孔子曰:"吾党之直者异于是,父为子隐,子为父隐,直在其中矣。"

米 老 庵

米元章筑室于甘露寺,榜曰"米老庵"。寺大火,唯庵与李卫公塔独存。元章诗云:"神护卫公塔,天存米老庵。"有谑之者,添云:"神护李卫公塔,天存米老娘庵。"盖元章母入内为老娘,以母故命官也。

兰 玻

《耳谭》:青州东门皮工王芬,家渐裕,弃去故业。里人谋为赠号,芬喜,张乐设宴。一點少曰:"号兰玻,可乎?"众问何义,曰:"兰多芬,故号兰玻,从名也。"芳大喜,重酬少年。诸人俱不觉其义,后徐思"兰玻",依然"东门王皮"也。

爱 东 坡

陆宅之善谐谑,每语人曰:"吾甚爱东坡。"时有问之者,曰:"东坡有文,有赋,有诗,有字,有东坡巾。君所爱何居?"陆曰:"吾甚爱一味东坡肉!"闻者大笑。

曝　鼻　裈

阮咸,籍兄子也,居道南,诸阮居道北。北阮皆富,南阮贫。七月七日,法当晒衣,北阮庭中烂然,莫非绨锦。咸时总角,乃竖长竿标大布犊鼻裈,曝于庭中,曰:"未能免俗,聊复尔耳!"

对　　语

关獬推官貌不扬。过南徐,客次,见一绯衣客倨坐。关揖而问之,对曰:"太子洗马高乘鱼。"良久,还询关,关答曰:"某乃是皇后骑牛低钓鳖。"朝士骇曰:"是何官?"关笑曰:"且欲与君对语切耳。"

王丞相珪云:"马子山骑山子马。"马给事,字子山;穆王八骏有山子马之名。久之,人对曰:"钱衡水盗水衡钱。"钱某为衡水,令人谢之,曰:"止欲作对尔,实非有盗也。"

李　章　题　壁

一故相远派,在姑苏嬉游,书其壁曰:"大丞相再从曾侄孙某至此。"士人李章好谑,题其旁曰:"混元皇帝三十七代孙李章继至。"

堂　候　官

张小江觅侯门教读札付,归荣里中,冠带锦绣,谒一富人。富人乃黠者,服梨园具出迎。张骇曰:"兄是贵职?"答曰:"弟是牛丞相堂候官。"

鸟　　官

陈太卿尝畜小鸟,作笼为官船样,上列卤簿,榜其船曰"鸿胪寺"。人问之,笑曰:"鸿胪故是鸟官。"

戈　寿　官

下雉地方有戈寿官者，富而憨。夏月赴亲家喜宴，着大红绢员领以往。主者故与百拜，啜以沸汤，汗流竟踵，及久始曰："请更衣。"其人不觉失声曰："亲家此言，万代公侯！"主者曰："公侯须汗马，不宜汗亲家。若然，请到凉亭再脱衣拭汗，始把杯，岂不万万代公侯乎？"

古　　物

李寰建节青州。表兄武恭性诞妄，又称好道，多蓄古物。遇寰生日，特以箱擎一皂袄子遗之，书云："此李令公恢复京师时所着，愿尚书功业一似西平。"寰以书谢。后遇恭诞，寰以箱盛一破腻脂幞头饷恭，云："知兄深慕高真，求得洪崖先生初得仙时幞头，愿兄得道一如洪崖。"

> 以皂袄易得破帽，此番古董交易，折本多矣！

齐公子嗜古器物。龙门子谒之，公子历出三代秦汉之器。龙门子曰："公子所藏非古也。必若古者，其庖牺氏之物乎？"公子斋三日，龙门子乃设几布筵，置宝椟其上，籍以文锦，各再拜而兴，启椟视之，乃宓羲氏之八卦也。

晶饭毳饭

进士郭震、任介，皆西蜀豪逸之士。一日，郭致简于任曰："来日请餐晶饭。"任往，乃设白饭一盂，白萝卜、白盐各一碟，盖以三白为晶也。后数日，任亦招郭食"毳饭"。郭谓必有毛物相戏，及至，并不设食。郭曰："何也？"任曰："饭也毛，萝卜也毛，盐也毛。只此便是毳饭。"郭大笑而别。晶音孝，蜀音无曰毛。

此条见《魏语录》,他书作苏、黄相谑,殊误。

马　郁

后唐马郁,滑稽狎侮。每赴监军张承业宴,出异方珍果,食之必尽。一日承业私戒主膳者,唯以干莲子置前。郁知不可啖,异日靴中置铁锤,出以击之。承业大笑,曰:"为公易馔,勿败予案。"

张　咸　光

《玉堂闲话》:梁龙德间,有贫衣冠张咸光,游丐无度,复有刘月明者亦然。每游贵门,即遭虐戏,方餐时,夺其匕箸,则袖中出而用之。梁驸马温积权判开封,咸光忽遍诣豪门告别。问其所诣,曰:"往投温谏议。"问:"有何绍介?"答曰:"顷年大承记录,此行必厚遇也。大谏尝制《碣山潜龙宫上梁文》云:'馒头似碗,胡饼如筛。畅杀刘月明主簿,喜杀张咸光秀才。'以此知必承顾盼。"闻者绝倒。

驼　峰

尚书吕震与学士解缙,一日谈及食中美味。吕曰:"驼峰甚美,未之尝也。"解缙曰:"仆尝食之,诚美矣。"吕知其绐也,他日得死象蹄胫,语解曰:"昨有驼峰之赐,宜共飨之。"解大嚼去,吕谑以诗曰:"翰林有个解痴哥,光禄何曾宰骆驼。不是吕生来说谎,如何嚼得这般多?"解大笑。

安　石　榴

李汉碎胡玛瑙盘,盛送王莒,曰"安石榴"。莒见之不疑,既食乃觉。

张 端

张端为河南司录。府当祭社,买猪,已呈尹,其夜突入录厅,即杀之。吏白尹,尹问端。答曰:"按律诸无故入人家,登时杀之勿论。"尹大笑,为别市猪。

钱 文 相 谑

钱同爱,字孔周,其家累代以小儿医名吴中,所谓"钱氏小儿"者是也。一日,请文征仲泛舟石湖,知文性不近妓,故匿妓于舟尾。船既发,乃出之。文一见,仓惶求去。钱命舟人速行。文窘迫无计。钱平生极好洁,有米南宫、倪云林之僻。文真率不甚点检服饰,其足纨甚臭,至不可向迩。文即脱去袜,以足纨玩弄,遂披拂于钱头面上。钱不能忍,即令舟人泊船,纵文登岸。

竹 堂 寺

唐伯虎、祝希哲与文征仲气谊甚深,而情尚迥异,两公每欲戏之。一日,偕游竹堂寺,近寺故多劣妓。唐预使人持东金示之,嘱云:"此来若何衣冠者,文君也,其人多狎邪游,而喜人媚,不善媚人。若辈有能得其欢者,即以此金为酒资矣。"妓信之,伺文至,争先献笑,牵衣挽袂,坚不肯释。文五色无主,见唐、祝匿笑,悟曰:"两公谑我耳!"明剖其故,一笑而散。

杨 南 峰

俗传三月三为浴佛日,六月六为浴猫狗日。有客谒杨南峰循吉,值三月三日,杨以浴辞。客不解,谓其傲也,思以报之。杨乃于六月六日往拜,客亦辞以浴。杨戏题其壁曰:"君昔访我我洗浴,我今访君君洗浴。君访我时三月三,我访君时六月六。"《谑浪》误作唐伯虎事。

杨南峰尝观优而善之,谓优曰:"汝曹第努力,当以一金劳汝,恨目前未便耳。"因索纸判赏付之,期明日来取。优喜于得赏,毕献所长,杨极欢而罢。次日,群优持票征赏。杨笑曰:"汝真欲赏乎?我爱汝戏,快活竟日。汝贪我赏,亦快活一夜。我与汝两准可也!"又有僧额患癣。杨自诧有秘方:取风仙花捣烂,使以帕裹于额上,三日即效。如期开视,染成红额。僧弥月不敢见客。

先是,吴中皇甫氏最贵盛,而治家素宽。杨南峰献寿图,题诗其上曰:"皇老先生,老健精神,乌纱白发,龟鹤同龄。"皇甫公大喜,悬之堂。有识者笑曰:"此詈公也。盖上列'皇老乌龟'四字。"公乃悟。

有富翁乡居,求杨南峰门对一联。此翁之祖曾为人仆。杨乃题云"家居绿水青山畔,人在春风和气中",上列"家人"二字。见者无不匿笑。

有丧家,其子不戚。杨南峰为诸生时,特制宽巾往吊,既下拜,巾脱,滚入座下。杨即以首伸入穿之,幕中皆笑,杨遽出。此子遂蒙不孝声。

> 南峰作事刻薄,每每如此。后子孙微甚,其墓为群乞儿薮,今呼为"杨家坟"者是也。志之以为永戒。

王　梦　泽

黄冈王梦泽太史善谑。一日往谒郭桐冈太府,见府前有枷犯,乃其家用之锯匠也。顾谓郭曰:"既常解锯矣,而于此犹枷颈焉。"郭大笑,遂释之。又客有患癣者,王曰:"何不敷盐于患处,以砖烧热,徐擦之,自愈。"久而不效,以问王。王曰:"砖盐癣,则绝无可知。此古方也。"又客有患赤鼻者。王教以油梳子炽热擦患处,自愈。及用之,愈赤,又以问王。王曰:"吾但知苏子游赤壁耳。"

谨案:《论语·学而》:子曰:"巧言令色,鲜矣仁。"朱熹《集注》云:"专言'鲜',则绝无可知。"

曲江春宴

乾符四年,新进士曲江夏宴,甲于常年。有温定者,久困场籍,坦率自恣,尤愤时之浮薄,因设奇以侮之。至其日,蒙衣肩舆金翠之饰,复出于众,侍婢皆称是,徘徊柳荫之下。俄顷,诸公自露棚移乐登鹢首,既而谓是豪贵,其中姝丽必矣,因遣促舟而进,莫不注视于此,或肆调谑不已。群兴方酣,定乃于帘间垂足露膝,胫极伟而长毳。众忽睹之,皆掩袂,亟命回舟避之。或曰:"此必温定也!"

庄　乐

庄乐,国初名医也,好诙谑。同郡李庸遣家僮持柬诣乐,误称其名。乐绐之曰:"若家欲借药磨耳,汝当负去。"但书片纸以复云:"来人面称姓名,罚驮药磨两次。"庸得书大笑,即令负还。《烟霞小说》误作朱达悟事。

朱　达　悟

朱达悟善谑,凡里中宴会,无不与者。一日,诸少年游石湖,背朱往。既解缆,喜曰:"搭户不知也!"朱忽在舵楼跃出曰:"予在矣!"盖预知背己,赂舟子藏以待也。众惊笑,延朱即席,且饮且进。朱曰:"湖有宝积寺幽洁,主僧善予,盍一登?"众从之,挈榼以往。酒数行,朱佯醉卧僧榻,日西犹未醒。呼而掖之,辄摇首曰:"眩莫能起。"僧亦固留,众乃先发。朱从间道疾归,时已暝,乃濡其衣履,披发,击诸同游者户,仓惶告曰:"不幸舟触石,沉于湖,余偶得渔者援焉。"闻者长少惊啼趋往,至枫桥相值,皆无恙,惟相笑而已。

孙兴公

褚公、孙兴公同游曲阿后湖,中流风猛,舫欲倾覆。褚公曰:"此舫人皆无可以招天谴者,惟孙兴公多尘滓,正当以厌天欲耳。"便欲提掷水中。孙据栏大啼曰:"季野卿念我!"

谨案:褚裒,字季野。孙绰,字兴公。东晋人。

巡按许挈家

麻城侍御董公石,述其同年进士某,亦作御史,往贵州巡按,未行。一日有他御史过其家,知某素惧内,其室甚悍,戏之曰:"朝廷今有特恩,凡云贵巡按,皆许挈家自随。"悍妻于屏后听之,信以为然,遂装束,坚欲同行。御史曰:"世无此理,彼戏言耳。"妻曰:"君子无戏言。老贼欲背家娶妾为乐耶?"某托亲党再三晓譬,终不听,某竟以此请告不行。

石鞑子

吴中有石生者,貌类胡,因呼为"石鞑子",善谑多智。尝因倦步至邸舍,欲少憩,有小楼颇洁,先为僧所据矣。石登楼窥之,僧方掩窗昼寝。窗隙中见两楼相向,一少妇临窗刺绣。石乃袭僧衣帽,开窗向妇而戏。妇怒,告其夫,因与僧闹。僧茫然莫辩,殴去,而石安处焉。

石生在太学时,每苦司成之虐,夜半于公座粪焉,植小竹枝为纸旗,而书己名。司成晨出登座,旗折,举火视之,污秽狼籍矣。见石名,呼欲加责。石流涕称冤曰:"谁中伤者?止由大宗师不相爱故耳。岂有某作此事,而自标求责者乎?"司成以为有理,竟不之罪。

翟 永 龄

翟永龄,常州人。初入泮宫,师长日以五更升堂讲课,同辈苦之。永龄因伏短墙下,伺其走过,疾取其帽,置土地神头。师遍觅得之,以为怪,大惧,不复早行。

翟永龄平日不诣学官。师怒,罚作一文,以"牛何之"命题。翟操笔立就,结云:"按何之二字,两见于《孟子》之书。一曰'先生将何之',一曰'牛何之',然则先生也、牛也,一而二、二而一者也。"

翟永龄赴试,苦无资,乃买枣,泊舟市墟,呼群儿,与枣一掬,教之曰:"不要轻,不要轻,今年解元翟永龄。"常州至京,民谣载道,大获贶助。

> 毕竟天下势利者多,故翟得行其诈。然用此等钱殊不罪过。

翟母皈心释氏,日诵佛不辍声。永龄佯呼之,母应诺。又呼不已,母愠曰:"无事何频呼也?"永龄曰:"吾呼母三四,母便不悦。彼佛者日为母呼千万声,其怒当何如?"母为少止。

袁 汝 南

吴人袁汝南,诣友人师子乔家,辄竟日狂饮。子乔之妻深厌之。子乔曰:"此仙人,不可慢也。"问:"何以见为仙乎?"曰:"凡吾举动,虽细微,无不知者。"妻犹未信。子乔乃阴与汝南为约。次早闻叩门声,子乔心知为汝南矣,谬曰:"清早谁耐烦,且图欢耳。"使妻持己之势。已而叩门愈急,妻问为谁。应曰:"我袁汝南也。"妻曰:"彼昨夜未归。"汝南曰:"子乔既不在,嫂手中所持何物?"子乔谓妻曰:"我固知仙人不可欺耳!"妻自此终不敢慢汝南矣。

薛 昭 纬

唐薛侍郎昭纬未第时，就肆买鞋。肆主曰："秀才脚第几？"对曰："昭纬作脚来，未曾与立行第。"

薛昭纬使梁。梁祖宴会间话及鹞子，辄以为赠。昭纬戒仆曰："令君所赐，真须爱惜，可将纸裹韛袋中。"

　　薛后遭黄巢乱，流离饥困，遇旧识银工，延之饮馔，甚丰。昭纬以诗谢曰："一碟膻根数十皴，盘中犹更有鲜鳞。早知文字多辛苦，悔不当初学冶银。"膻根，羊肉也。

孔 纬

孔纬拜官，教坊优伶继至，各求利市。石野猪先至，公有所赐，谓曰："宅中甚阙，不得厚致。若见诸野猪，幸勿言也。"复有一伶善笛，公唤近阶，指笛窍问曰："何者是《浣溪沙》孔？"诸伶大笑。

好 嬉 子

吾衍子行尝作一小印，曰"好嬉子"。盖吴中方言。一日，魏国夫人作马图，传至子行处。子行为题诗后倒用此印。观者咸疑其误。魏公见之，骂曰："此非误也，他道妇人会作画，'倒好嬉子'耳！"《荻楼杂抄》。

　　谨案：赵孟頫封魏国公，魏国夫人即管道升。

画 葡 萄

柏子庭和尚攻画葡萄，又善饮啖，醉饱方落笔。曾有一富室延之，礼待甚腆。其家先已绷绢，食毕，以十指蘸墨，乱点绢上而去。主人茫然。少顷，索笔扫干布叶而成，点皆子也。自题其上曰："昨夜园林雨过,葡萄长得能大,东海五百罗汉,一人与他一个。"

画　　梅

陈白沙善画梅,人持纸求索者,多无润笔。白沙题其柱云:"乌音人又来。"或诘其旨,乃曰:"不闻乌声曰'白画白画'?"客为之绝倒。

景 清 假 书

景清游太学时,同舍生有秘书,清求,不与,固请,约明旦即还。生旦往索,清曰:"吾未尝假书与汝。"生忿讼于司成,清即持书往见曰:"此清灯窗所业书。"即诵终卷。生则不能诵一词。司成叱生退。清出,即以书还生曰:"以子珍秘太甚,特相戏耳。"

李 西 涯 题 画

大僚吴某家藏陈图南小像,亦名笔也,遍求在京名公题咏。邵半江诗先成,求质于李西涯公。公绐曰:"尚有一二字未稳,俟予更之。"因嘿记其诗,先题吴公画上。邵见之,抚掌大笑。

　　按邵诗云:"盘陀石上净无尘,岳色江声共此真。莫怪吴侬浑不醒,百年俱是梦中人。"

　　谨案:陈抟,字图南。

祀 真 武

贾秋壑会客,庖人进鳖,一客不食,曰:"某奉祀真武,鳖似真武案下龟,故不食。"盘中复有蔗,又一客曰"不食"。秋壑诘其故,客曰:"某亦祀真武,蔗不似真武前旗竿乎?"满座大笑。

　　谨案:贾似道,字师宪,号秋壑。

王 戎 后 身

庐江尹李公有门子甚荷宠。一日诸僚毕集,共谀之,或云"龙阳",或云"六郎"。霍山尹罗公独曰:"此王戎后身。"李惊问故。罗曰:"因前生钻李,今索债耳。"

滕 元 发

司马温公劾奏王广渊,乞诛之以谢天下。滕元发为起居注,既归,王就问:"早来司马君实上殿乞斩某以谢天下,不知圣语如何?"滕戏曰:"只听得圣语云:'依卿所奏。'"

王 中 父

王介,字中父,性轻率,每语言无伦,人谓其有风疾。出守湖州,王介甫以诗送之云:"东吴太守美如何,柳浑诗才未足多。遥想郡人迎下檐,白苹州渚正沧波。"其意以水值风即起波也。介谕其意,遂和十篇,盛气而诵于介甫。其一曰:"吴兴太守美如何,太守从来恶祝鮀。生若不为上柱国,死时犹合代阎罗。"介甫笑曰:"阎罗见缺,请速赴任!"

王中父与刘贡父同考试。中父以举人卷子用"小畜"字,疑"畜"字与御名同音。贡父争以为非。中父不从,固以为御名。贡父曰:"此字非御讳,乃中父之家讳也!"因相诟骂。贡父坐罢,同判太常礼院,罚铜归馆。有启谢执政云:"虚船触舟,忮心不怨。强弩射市,薄命何逃?"时雍子方为开封推官,戏曰:"据罪名当决臀杖十三。"贡父曰:"吾已入文字,云:'窃见雍子方身材长大,臀腿丰肥,臣实不如,举以自代。'"

龙 德 化

黄都龙太渠,官郡守,致仕。其子名德化,以乡举选官为府判。临之任,太渠治觞饯之,嘱曰:"尔平日好谑,今日居官不得复尔。"德化起立应曰:"堂尊承教了!"太渠不觉失笑。

丁 谓

丁谓在秘阁日,凝寒近火,尝以铁箸于灰烬间书画。同舍伺公暂起,烧火箸使热,公至仍书,为箸所烙,曰:"昨宵通晓不寐,为四邻弦管喧呼所聒。"同舍曰:"是必嫁娶之家也。"公曰:"非是。时平岁稔,小人辈共乐烙。其父母祖先耳!"

才 宽

才太守宽,高才抗节。尝谒抚台,一主事丁忧还家,亦来谒。门适闭,才曰:"何不击木鱼自通?"主事不可。才乃戏曰:"座上木鱼敲夜月。"主事不答。才曰:"可对'檐前铁马打秋风'。"主事大怒而去。才曰:"如此大气,不见人亦可。"

呼 如 周 名

度支尚书宗如周,有人诉事,谓其曾作如州官也,乃曰:"某有屈滞,故来诉如州官。"如周曰:"尔何人,敢呼我名?"其人惭谢曰:"只言如州官作如州,不知如州官名如周,早知如州官名如周,不敢唤如州官作如州。"如周大笑曰:"令卿自责,见侮反深。"众咸服其雅量。

中 官 性 阴

太监谷大用,迎驾承天,所至暴横。官员接见,多遭叱辱,必先问曰:"你纱帽哪里来的?"一令略不为意。大用喝问如前,令曰:

"我纱帽在十王府前三钱五分白银买来的！"大用一笑而罢。令出，众问之。曰："中官性阴，一笑更不能作威矣！"众叹服。

宋太祖乡邻

宋太祖虑囚，一囚诉称"臣是官家乡邻"。太祖疑为微时比舍，亟问之。乃云："住东华门。"帝大笑，亦竟释之。

刘　贡　父

刘贡父为试官，出"临以教思无穷论"。举人上请曰："此卦大象如何？"刘曰："要见大象，当诣南御苑可也。"时马默为台官，弹奏攽轻薄，不当置在文馆。贡父叹曰："既云马默，岂合驴鸣？"

论　扬　子　云

王介甫与东坡论扬子云投阁为史臣之妄，《剧秦美新》之作亦后人诬子云。东坡曰："轼亦疑一事。"荆公曰："疑何事？"东坡曰："不知西汉果有子云否？"众大笑。

陆　平　泉

相嵩诞日，诸翰林称寿，争献其面。时菊花满堂，陆平泉独退处于后，徐曰："不要挤坏了陶渊明。"

谨案：相嵩，严嵩。陆树声，号平泉。

箕　　仙

有请箕仙者，仙至，自云何仙姑。一顽童戏之，于掌心书一"卵"字，问姑曰："此何字？"箕遂判云："似卵原非卵，如邜不是邜。仙家无用处，转赠与尊堂。"见《诗话》。

押 衙 诗

湘江北流至岳阳,达蜀江,夏潦后,蜀江涨势高,遏住湘波,让而退,溢为洞庭湖,凡阔数百里,君山宛在水中。秋水归壑,此山复居陆,唯一条湘川而已。前辈许裳《过洞庭》诗最为首出,后无继者。诗僧齐已驻锡巴陵,欲吟一诗,竟未得意。有都押衙蔡姓者,戏谓已公曰:"某有诗已绝,诸人不必措词。"已公坚请口札。押衙朗吟曰:"可怜洞庭湖,恰到三冬无髭须。"以其不成湖也。已公大笑。

张 幼 于 谜

吴门张幼于,使才好奇。日有闯食者,佯作一谜粘门,云:"射中许入。"谜云:"老不老,小不小,羞不羞,好不好。"无有中者。王百谷射云:"太公八十遇文王,老不老;甘罗十二为丞相,小不小;闭了门儿独自吞,羞不羞? 开了门儿大家吃,好不好?"张大笑。

痔 字

近谑云:叶仲子一日论制字之妙,因及"疾""病"二字:"从丙、从矢,盖言丙燥矢急。燥急,疾病之所自起也。"友人故以"痔"字难之。沈伯玉笑曰:"因此地时有僧人往来,故从寺。"众方哄堂,一少年不解,向叶问之。叶徐曰:"异日汝当自解。"众复哄堂。

比 玉 居

有王生行一者,美甚,人多嬖之。沈伯玉过其家,见斋额颜曰"比玉居"。伯玉曰:"此额殊有意,移'比'字易出'居'内之'古',分明是'屁古'二字。'玉'字亦'王'、'一'二字也。分合言之,乃'王一屁古'四字。"

朱　古　民

　　朱古民文学善谑。一日，在汤生斋中，汤曰："汝素多智术，假如今坐室中，能诱我出户外立乎？"朱曰："户外风寒，汝必不肯出。倘汝先立户外，我则以室中受用诱汝，汝必从矣。"汤信之，便出户外立，谓朱曰："汝安能诱我入户哉？"朱拍手笑曰："我已诱汝出户矣！"

机警部第二十三

　　子犹曰：昔三徐名著江左，而骑省铉尤其白眉。及入聘，颇难押伴之选。艺祖令殿前司具殿侍中不识字者十人以闻，而点其一，曰："此人可。"举朝错愕不解，殿侍者亦不敢辞。既渡江，骑省词锋如云，其人不能答。强聒之，徒唯唯。居数日，既无与之酬复，骑省亦倦且默矣。人谓"此大圣人举动，不屑与小邦争口舌之胜"，不知尔时直是无骑省对手，傥得晏婴、秦宓其人，滑稽辩给，奏凯而还，大国体面，更当何如？孔门恶佞，而不废言语之科，有以也。集《机警第二十三》。

晏　　子

　　齐景公问："东海枣华而不实，何也？"晏子曰："秦穆公黄布裹［蒸］枣，至海上而投其布，故华之不实。"公曰："吾佯问耳。"对曰："佯问者，亦当佯对。"

　　谨案：据《艺文类聚》卷八七校改。

　　晏子至楚，王赐晏子酒。酒酣，吏缚一人前曰："此齐人也，坐盗。"王视晏子曰："齐人固多盗乎？"晏子避席对曰："婴闻之，橘生淮南则为橘，生于淮北则为枳。今民在齐不盗，入楚则盗，意者楚之水土耶？"王笑曰："圣人非所与嬉也，寡人反取病焉。"

晏子马氏语相似

　　晏子使楚。楚人以晏子短，为小门于大门之侧，而延之。晏子曰："臣不使狗国，安得从狗门入？"傧者更道从大门入。见楚王。王曰："齐无人耶？"晏子对曰："临淄三百里，张袂成阴，挥汗成雨，何为无人?"王曰:"然则何为而使子?"对曰:"齐命使各有所主:其贤者使使贤王,不肖者使使不肖王。婴最不肖,故使楚矣。"

袁隗妻马氏,是季(子)长女,少有才辩。融家势丰豪,装遣甚盛。隗问曰:"妇奉箕帚而已,何乃过珍丽乎?"对曰:"慈亲垂爱,不敢逆命。君若欲慕鲍宣、梁鸿之高,妾亦愿从少君、孟光之事矣!"隗又曰:"弟先兄举,世以为笑。今处姊未适,先行可乎?"对曰:"妾姊高行殊邈,未遭良匹,不似鄙薄苟然而已。"

谨案:据《后汉书·列女传》校改。马融字季长。

尔　汝　歌

晋武帝问孙皓:"闻南人好作《尔汝歌》,汝能为不?"皓正饮酒,因举觞劝帝而言曰:"昔与汝为邻,今与汝为臣。上汝一杯酒,令汝寿万春。"帝悔之。

伊　籍

先主以伊籍使吴。孙权闻其才辩,欲逆折以辞。籍适入拜,权曰:"劳事无道之君乎?"对曰:"一拜一起,未足为劳。"

赵　迁

后秦姚苌与群臣宴。酒酣,谓赵迁曰:"诸卿皆与朕北面秦朝,今忽相臣,得无耻乎?"迁曰:"天不耻以陛下为子,臣等何耻为臣?"苌大笑。

诸　葛　恪

诸葛恪父瑾,面长似驴。孙权大会客,使人牵驴入,题其面曰:"此诸葛子瑜。"恪请笔续两字于下曰"之驴"。举坐欢笑。乃以赐恪。

　　谨案：小题原作"诸葛瑾"，据文义改。诸葛瑾字子瑜。

元　孚

　　(五代周)元孚好酒，短而秃。文帝于室内置酒十瓶，各加帽以戏孚。孚入见，便云："吾兄弟无礼，何为入王室中坐？宜早还宅。"因持酒去。

　　谨案：元孚为北魏宗室。此事在西魏时，尚未入北周。文帝为宇文泰追谥。

贾　玄

　　待诏贾玄侍宋太宗棋，饶玄三子，常输一路。太宗知玄诈不尽其艺，乃曰："此局复输，当榜汝！"既满局，不生不死。太宗曰："亦诈，更一局，汝胜，赐汝绯，不则投汝水中！"局既卒，不胜不负。太宗曰："我饶汝子而复平，是不胜也！"命左右投之水中。乃呼曰："臣握中尚有一子！"太宗大笑，赐以绯衣。

陈　君　佐

　　太祖时，陈君佐以诙谐得幸，屡遭危险，以口舌免。尝与物食之，敕其言善则免。与醋饮，问曰："酒何如？"对曰："折腹。"谓酸也，即"折福"。与生牛皮食，问曰："肉何如？"对曰："难消。"谓硬也。又以宽大员帽赐戴之，罩项，问曰："何如？"对曰："带不浅。"谓深也，即感戴。一日又欲一字笑。请明日从驾至金水河，预令孤老瞽者沿河排立。驾至，陈呼曰："拜！"众皆依赞拜堕水中，上大笑。又从游苑中，上停马，命随口作一诗。即呈曰："君王停马要诗篇，杜甫诗中借一联：金勒马嘶芳草地，玉楼人醉杏花天。"

薛　综

蜀使张奉使于孙权,前以姓名嘲阚泽,泽不能答。薛综下行酒,因劝云:"蜀者何也? 有'犬'为'獨',无'犬'为'蜀'。横'月'勾身,'虫'入其腹。"奉曰:"不当复说君吴耶?"即应声曰:"无'口'为'天',有'口'为'吴'。君临万邦,天子之都。"众坐喜笑,而奉无对。

秦　宓

吴使张温来聘,问秦宓曰:"天有头乎?"宓曰:"有。"温曰:"在何方?"宓曰:"诗云:'乃眷西顾。'以此推之,在西方。"温曰:"天有耳乎?"曰:"天处高而听卑。诗云'鹤鸣九皋,声闻于天'。"温曰:"天有足乎?"宓曰:"诗云:'天步艰难。'无足何以步之?"温曰:"天有姓乎?"宓曰:"姓刘。"温曰:"何以知之?"曰:"天子姓刘,以此知之。"

东　方　朔

武帝时,有献不死之酒者,东方朔窃饮之。帝怒,欲杀朔。朔曰:"臣所饮,不死之酒也,杀臣,臣亦不死。臣死,酒亦不验。"

《韩非子》中射之士事同。

谨案:见《韩非子·喻老》。

汉武游上林,见一好树,问东方朔。朔曰:"名'善哉'。"帝阴使人识其树。后数岁,复问朔。朔曰:"名为'瞿所'。"帝曰:"朔欺久矣! 名与前不同,何也?"朔曰:"夫大为马,小为驹;长为鸡,小为雏;大为牛,小为犊;人生为儿,长为老。且昔为'善哉',今为'瞿所',长少死生,万物败成,岂有定哉?"帝乃大笑。

《说苑》:子路、颜回浴于洙水,见五色鸟。颜回问。子路曰:"荣荣之鸟。"他日见之,又问。曰:"同同之鸟。"回曰:"何一鸟而二名?"子路曰:"譬如丝绢,煮之则为帛,染之则为皂,不亦宜乎?"

孔 文 举

孔文举年十岁,随父到洛。时李元礼有盛名,为司隶校尉,诣门者,俊才清称及中表亲戚乃通。文举至门,谓吏曰:"我是李府亲。"既通,前坐。李曰:"君与仆有何亲?"对曰:"昔先人仲尼与君先人伯阳有师资之亲,是仆与君奕世为通好也。"膺问:"欲食乎?"曰:"须食。"膺曰:"教卿为容之礼:但让,不须谢主。"融曰:"教公为主之礼:但置食,不须问客。"膺叹服,曰:"恨吾将死,不及见卿富贵。"融曰:"公殊未死。"膺问何故。答曰:"'人之将死,其言也善。'公向言殊未善。"适大夫陈韪后至,闻斯语,曰:"小时了了,大未必佳。"融曰:"想君小时,必当了了!"

贾 嘉 隐

贾嘉隐年七岁,以神童召见。时长孙无忌、徐勣于朝堂立语。徐戏之曰:"吾所倚何树?"贾曰:"松树。"徐曰:"此槐也,何言松?"贾云:"以公配木,何得非松?"长孙复问:"吾所倚何树?"曰:"槐树。"公曰:"汝不能复矫对耶?"贾曰:"何烦矫对?但取其鬼木耳。"徐叹曰:"此小儿作獠面,何得如此聪明!"贾云:"胡头尚为宰相,獠面何废聪明?"徐状胡,故谑之。

王 元 泽

王元泽安石子。数岁时,客有以一獐一鹿同器以献,问元泽:"何者是獐?何者是鹿?"元泽实未识,良久对曰:"獐边者是鹿,鹿边者是獐。"客大奇之。

丘　浚

中丞丘浚谒释珊，珊殊傲。顷之，有州将子弟来谒，珊降阶接之甚恭。丘不平，问曰："和尚接浚甚傲，而接州将子弟何其恭耶？"珊曰："接是不接，不接是接。"浚勃起打珊曰："打是不打，不打是打！"

悲　彭　城

尚书令王肃，曾省中咏《[悲]平城》诗云："悲平城，驱马入云中。阴山常晦雪，荒（风）[松]无罢风。"彭城王勰甚嗟其美，欲使更咏，乃失语云"悲彭城"。肃笑之，勰有惭色。祖莹在座，即云："固有《悲彭城》，王公未见。"肃曰："可为诵之。"莹应声云："悲彭城，楚歌四面起。尸积石梁亭，血流睢水里。"勰大悦，退谓莹曰："卿定是神口！"

谨案：据《魏书·祖莹传》校改。

裴　略

唐初有裴略者，宿卫考满，兵部试判，为错一事落第。略因诣温彦博陈诉。温时与杜如晦语，不理其诉。略云："少小已来，自许明辨，至于通传言语，堪作通事舍人；并解文章，兼能嘲谑。"温即指竹使嘲。略应声曰："庭前数竿竹，风吹青肃肃。凌寒不肯凋，经冬子不熟。虚心未能待国士，皮上何须生节目？"温云："既解通传言语，可传语厅前屏墙。"略走至墙下，大声语曰："方今圣明在上，辟四门以待士，君是何物，久在此妨贤路？"即推倒之。温曰："此意着博也。"略曰："不但着博，亦当着杜！"彦博、如晦俱大喜，即令送吏部与官。[旁批：温、杜大贤人。]

朱贞白尝谒贵人不礼，题格子屏风曰："道格何曾格，言糊又不糊。浑身都是眼,还是识人无。"亦此意。

里 行 御 史

则天时,里行御史聚立门内。有令史不下驴,冲过其间。诸御史大怒,将杖之。令史云:"今日之过,实在此驴。乞数之,然后受罚。"谓驴曰:"汝技艺可知,精神极钝,何物驴,敢于御史里行?"于是众羞赧而止。

隋　　士

隋一士,慧而吃,杨素喜与之谈。一日设难曰:"倘忽命公作将军,城最小,兵不过一千,粮仅充数日,城外敌兵数万,公何以处之?"士曰:"有有救兵否?"曰:"只缘无救,所以策公。"士曰:"审审如公言,不免致败。"素大笑。素又问:"坑深一丈,公入其中,何法得出?"士沉思曰:"有有梯否?"公曰:"有梯何须更问?"士又沉思曰:"是白白日,是是夜地?"素曰:"亦何须辨白日夜地?"士曰:"若若不是夜地,眼不瞎,何何为陷入?"素大笑。又值腊月,素问:"家人被蛇伤,若为医治?"士曰:"取取五五月五日南墙下雪雪涂之,即愈。"素曰:"五月何得有雪?"士曰:"若若五月无雪,腊月何处有蛇?"素复大笑。

侯　　白

隋侯白尝与杨素并马,见路傍有槐树,憔悴欲死。素曰:"侯秀才道理过人,能令此树活否?"白曰:"取槐子悬树枝,即活。"素问其说。答曰:"《论语》云:'子在,回何敢死?'"回、槐同音。

开皇中,有人姓出,名六斤,欲参杨素,赍名纸至省门,遇侯白,请为题其姓。乃书曰"六斤半"。名既入,素召其人问曰:"卿姓六名斤半耶?"答曰:"是出六斤。"曰:"何为六斤半?"曰:"向请侯秀才题之,当是错矣。"即召白至,谓曰:"卿何(谓)[为]错题人姓名?"对曰:"不错。"素曰:"若不错,何因姓出名六斤,请卿题之,乃言六斤半?"对曰:"向在省门,会卒,无处觅秤,既闻道是出六斤,斟酌只应是六斤半。"

　　谨案:据《太平广记》卷二四八校改。

　　陈尝令人聘隋。不知其使机辩深浅,密令侯白变服为贱人供承。客果轻之,乃傍卧放气,问白曰:"汝国马价贵贱如何?"白云:"马有数等,若伎俩筋脚好,形容不恶,堪乘骑者,值二十千已上。若形容粗壮,虽无伎俩,堪驮物,值四五千已上。若弥尾燥蹄,绝无伎俩,傍卧放气,一钱不值!"使者大惊,问其姓名,知是侯白,方愧谢。

　　侯白在散官隶属。杨素爱其能剧谈,每上番日,即令谈戏弄。或从旦至晚始得归,才出省门,即逢素子玄感。乃云:"侯秀才,可与玄感说一个好话。"白被留连,不获已,乃云:"有一大虫欲向野中觅肉,见一刺猬仰卧,谓是肉脔,便欲衔之。忽被猬卷着鼻,惊走,不知休息,直至山中,困乏不觉昏睡。刺猬乃放鼻而去。大虫忽起,欢喜走至橡树下,低头见橡斗,乃侧身语云:'旦来遭见贤尊,愿郎君且避道!'"

蔡　　潮

　　方伯蔡潮,谈笑风生。有同官迎都宪于江中,冬月群拥炉坐。公至,哄然曰:"蔡公至矣! 请一谑谈!"蔡曰:"无也! 但昨闻江中盗劫商船,俱檀降牙香。相与谋曰:'卖之利微,弃之可惜,吾辈为此事久矣,向赖天保护,盍焚此香答之?'香气透天,上帝将谓人间作好事,令二力士访之:非也,乃一群老强盗在此向火耳!"满座大笑。

梁　伯　龙

　　梁伯龙《浣纱记》成。一浙友谑之曰:"君所编吴为越灭,得无自折便宜乎?"梁笑曰:"苎罗之美,吴人试之;吴宫之秽,越人尝之。如此便宜,固亦足矣!"

张　五　湖

王荆石相公赴京,苏中亲友醵金治舟于虎阜候送。至晚杳然,有疑改期者,有疑夜渡者。正彷徨引领间,遇邑人张五湖乘小舟至。众素知张善谑,拉至舟中小饮,固要张说一笑话。张曰:"一老翁无子,每以无人送终为苦。至八十余,一岁中婢妾连举数子。亲邻毕贺,翁凄然泪下。众惊问之,乃曰:'我年如许,虽幸有多儿,不知送得老爷着否?'"众虽愠其刻,而终服其捷。

刘　贡　父

熙宁始尚经术,说《诗》者竞为穿凿,如"伊其相谑,赠之以芍药",谓此为淫泆之会,必求其为士赠女乎,女赠士乎。刘贡父曰:"芍药能行血破胎气,此盖士赠女也。若'视尔如荍,贻我握椒',则女之赠士也。《本草》云'椒性温,明目暖水脏'故耳。"闻者绝倒。

神 锥 神 槌

钟雅语祖士言:"我汝颍之士利如锥,卿燕赵之士钝如槌。"祖曰:"以我钝槌,打汝利锥。"钟曰:"自有神锥,不可得打。"祖曰:"既有神锥,亦有神槌。"

谨案:祖纳,字士言,祖逖之兄。

参　禅　谒

佛印方丈成,乞东坡颜额。东坡未暇,佛印自题曰"参禅谒"。东坡一日见之,戏续云:"硬如铁。"佛印接云:"谁得知?"东坡笑云:

"徒弟说。"鲁直在座,绝倒。

六　眼　龟

苏子瞻谒吕微仲,值其寝,久之乃出。苏不堪,见一菖蒲盆畜绿毛龟,苏云:"六眼龟更难得。"吕问:"出何处?"苏曰:"昔唐庄宗时,一国进六眼龟。伶人敬新磨进口号曰:'不要闹,不要闹,听取这龟儿口号:六只眼儿分明,睡一觉抵别人三觉!'"

> 按史传实有六眼龟。郭景纯《江赋》:"龟有六眸。"宋太始二年八月丙寅,六眼龟见于东阳,太守刘勔得之,以献睿宗。先天三年,江州献灵龟六眼,腹下有玄文。又岭南钦州出六眼龟。然实止两眼耳,外四眼乃斑点花纹,圆长中黑,与真目并列,端正不偏,人莫能辨也。

虱　辨

东坡闲居日,与秦少游夜宴。坡因扪得虱,乃曰:"此垢腻所生。"秦曰:"不然,绵絮成耳。"辩久不决,期明日质疑佛印,理曲者罚设一席。及酒散,秦先往嘱佛印:"明日若问,可答生自绵絮,容胜后当作酥饦会。"既去,顷之坡至,亦以垢腻嘱,许作冷淘。明日果会,具道诘难之意。佛印曰:"此易晓耳,乃垢腻为身,絮毛为脚,先吃冷淘,后吃酥饦。"二公大笑,具宴为乐。

解　缙

解缙尝从游内苑。上登桥,问缙:"当作何语?"对曰:"此谓'一步高一步'。"及下桥,又问之。对曰:"此谓'后边又高似前边'。"上大悦。一日,上谓缙曰:"卿知宫中夜来有喜乎? 可作一诗。"缙方吟曰:"君王昨夜降金龙。"上遽曰:"是女儿。"即应曰:"化作嫦娥下九重。"上曰:"已死矣!"又应曰:"料是世间留不住。"上曰:"已投之水矣。"又应曰:"翻身跳入水晶宫。"上本欲诡言以困之,既得诗,深叹其敏。

尝有人召仙,请作梅花诗。仙箕遂写"玉质亭亭清且幽"。其人云:"要红梅。"即承云:"着些颜色点枝头。牧童睡起朦胧眼,错认桃林去放牛。"又一箕题鸡冠花诗:"鸡冠本是胭脂染。"其人云:"要白者。"即承云:"洗却胭脂似雪妆。只为五更贪报晓,至今犹带一头霜。"

解缙四岁出游市中,偶跌,众笑之。吟曰:"细雨落绸缪,砖街滑似油。凤凰跌在地,笑杀一群牛。"

三 教 图

马远尝画《三教图》,释迦中坐,老子俨立于傍,孔子乃作礼于前。盖内珰故令作此以侮圣人也。理宗诏江子远万里作赞。江赞云:"释氏趺坐,老聃傍睨。惟吾夫子,绝倒在地。"遂大称之。

鄢 天 泽

姑苏鄢天泽者,略涉书,好摘人诗文句字供姗笑。偶读瞿文懿"王立沼上"义,讶曰:"沼固惠王池也,破何得言'所立非其地'?"已诵诗至"流莺啼到无声处",即又曰:"啼则有声,何谓无声?"诸所戏侮圣言多类是。一日独坐,有青衣二人捽之去。至一所,殿宇庄严。天泽跽阶下,遥见柱帖云:"日月阎罗殿,风霜业镜台。"始知已死。王问天泽:"知过否?"因引业镜照之,具得其罪状。王复命青衣引天泽还阳世道其事。比出门,天泽辄又谓青衣曰:"属见殿柱帖,政自不佳,何独阎罗殿偏有日月乎?"青衣者怒曰:"汝尚敢尔尔!"扶之,俄遽然醒。

谨案:明瞿景淳,谥文懿。

镜　新　磨

五代伶官镜新磨,尝奏事,殿中多恶犬,新磨去,一犬起逐之。新磨倚而呼曰:"陛下毋纵儿女噬人!"庄宗家世夷狄,讳狗,故以此讥之。庄宗大怒,弯弓将射之。新磨急呼曰:"陛下无杀臣,臣与陛下为一体,杀之不祥。"庄宗惊问其故。对曰:"陛下开国改元同光,且同,铜也,若杀镜新磨,则无光矣。"帝大笑,释之。

安　辔　新

李茂贞入关时,放火烧京阙民居殆尽。及入朝,赐宴,优人安辔新目之为"火龙子"。既已,茂贞惭怒,欲"杀此竖子"。因请告往岐下谒之。茂贞一见,大诟曰:"此贼何颜敢来求乞?"安曰:"只思上谒,非敢有干也。"茂贞色稍定,曰:"贫俭若斯,何不求乞?"安曰:"京城近日但卖麸炭,便足一生,何必求乞?"茂贞大笑而厚赐之。

黄　幡　绰

玄宗在蜀,黄幡绰陷在贼中。贼党就擒,有谓:"幡绰忘上恩宠,与贼圆梦,每顺其情。如禄山梦见衣袖长拖至阶下,则解曰'垂衣而治'。又梦见殿中槅子倒下,则解曰'革故鼎新'。"上诘幡绰。幡绰曰:"非也。逆贼梦衣袖长,是'出手不得'。又梦槅子倒,是'糊不得'。"上笑释之。

公　猴

三杨当国时,有一妓名齐雅秀,性极巧慧。一日命佐酒,众谓曰:"汝能使三阁老笑乎?"对曰:"我一入便令笑也。"乃进见。问:"何来迟?"对曰:"看书。"问:"何书?"对曰:"《烈女传》。"三阁老大笑,曰:"母狗无礼!"即答曰:"我是母狗,各位是公猴。"一时京中大传其妙。

江　南　妓

江南一妓有殊色,且通文。滁州胡尚书于许学士席上见之,问其名,曰"齐下秀"。胡公戏曰"脐下臭"。妓踧曰:"尚书可谓闻人。"胡怒曰:"此妓山野。"妓踧曰:"环滁皆山也。"为之哄席。见《西堂纪闻》。《谑浪》作欧文忠公事,或误。

谨案:胡松,滁州人,嘉靖时官礼部尚书。

酬嘲部第二十四

子犹曰：谈锋之中人，如风触墙，鲜不反矣。其不反者，非大愚人，则大佷毒人。鱼军容所谓"怒犹常情，笑乃不可测"者也。是故能酬者不病嘲，而能嘲者亦反乐于得酬。旗鼓相向，为鹤为鹅。或吴艎之复归，或赵帜之遽拔。虽使苏、张复生，谁能射辕门之戟？傥亦凭轼者之大观乎？集《酬嘲第二十四》。

杨玠

杨玠，北人，巧应对。京兆杜公瞻戏曰："君既姓杨，阳货实辱孔子。"玠曰："君既姓杜，杜伯尝射宣王。"又殿内将军牛子充戏曰："吾羊有玠，恐不任厨。"玠曰："君牛既充，正当烹宰。"又太仓张策戏曰："卿本无德量，忽共叔宝同名。"玠曰："尔既少才猷，敢与伯符连讳！"又太子洗马萧翊，兰陵人，戏曰："流共工于幽州，易北恐非乐土。"玠曰："放驩兜于崇山，江南岂是胜地？"

> 谨案：《太平御览》卷三七一亦引《谈薮》作"杨玠"，《太平广记》卷一七四亦引《谈薮》，却作"阳玠"。玠，隋人。卫玠字叔宝。孙策字伯符。

张裔

张君嗣在益州，为雍闿缚送与吴。武侯遣邓芝使吴，因便请裔。裔在吴流徙伏匿，吴主未之知。临发引见，问曰："蜀卓氏女亡奔相如，贵土风俗何以乃尔？"裔曰："愚以为卓氏寡女，犹贤于买臣之妻。"

谨案：张裔字君嗣，为蜀汉益州太守。郡人雍闿叛通孙权，遂有缚张裔送吴之事。

诸　葛　恪

吴主权尝燕见费祎，逆敕群臣，使祎至，伏食勿起。祎至，权为辍食，而诸人不起。祎调之曰："凤凰来翔，麒麟吐哺，驴骡无知，伏食如故。"诸葛恪应曰："爰植梧桐，以待凤凰。有何燕雀，自称来翔？何不惮射，使还故乡。"

孙权使太子嘲诸葛恪曰："恪食马矢一石。"答曰："臣得戏君，子得戏父？"权曰："可。"恪曰："乞太子食鸡卵。"权曰："人令卿食马矢，卿令人食鸡卵，何也？"恪曰："所出同耳。"权大笑。

徐　陵　聘　魏

徐陵至魏馆，是日甚热，魏收嘲陵曰："今日之热，当为徐常侍来。"徐即答曰："前王肃至此，为魏始制礼仪。今我来聘，使卿复知寒暑。"收大惭。

《月赋》《秋月诗》

孝武尝问魏延之曰："谢庄《月赋》何如？"答曰："庄始知'隔千里兮共明月'。"帝召庄，以延之语语之。庄应声曰："延之作《秋月诗》，始知'生为久别离，死为长不归'。"

赵孟頫、周草窗对

赵魏公孟頫有一私印，曰"水晶宫道人"。周草窗以"玛瑙寺行者"对之，赵遂不用此印。后见草窗同郡崔进之药肆悬一牌曰"养生主药室"，赵以"敢死军医人"对之，崔亦不复设此牌。赵语人曰："我今日方为水晶宫吐气！"

苏、刘

刘贡父晚得癞疾，鼻陷，又坐和苏子瞻诗罚金。元祐中同为从官。贡父曰："前于曹州，有盗夜入人家，室无物，但有书数卷耳。盗忌空还，取一卷而去，乃举子所著五七言也。就库家质之。主人喜事，好其诗，不舍手。明日盗败，吏取其书。主人赂吏而私录之。吏督之急，且问其故。曰：'吾爱其语，将和之也。'吏曰：'贼诗不中和他！'"子瞻亦曰："少壮读书，颇知故事。孔子尝出。颜、仲二子行而过市，而卒遇其师。子路矫捷，跃而升木。颜渊懦缓，顾无所之，就市中所谓石幢子者避之。既去，市人以贤者所至，遂更其名曰'避孔子塔'。"坐者绝倒。

狼　　驴

袁元峰阁老与郭东野同朝。郭戏袁曰："今日东门报一猿走入，西门又报一狼走入。已知皆是狼，然则猿亦似狼乎？"袁曰："今日有人索题居扁者。予问居在何处？曰：在郭东野外。因题之曰：郭东野庐。"

谨案：袁炜号元峰。嘉靖四十年入阁参机要。本条似是其任礼部侍郎时事。

陶谷使吴越

陶谷在翰林日，念宣力已久，意希大用，使同类乘间探之。艺祖曰："翰林草制，皆检前人旧本，俗所谓'依样画葫芦'耳。"谷题一绝于玉堂署，云："官职须从生处有，才能不管旧时无。堪笑翰林陶学士，年年依样画葫芦。"艺祖见之，薄其怨望。后奉使吴越，忠懿王宴之，因食蝤蛑，询其族类。忠懿命自蝤蛑至蟛蜞凡十余种以进。谷曰："真所谓一蟹不如一蟹！"以讽忠懿之不如钱镠也。宴将毕，或进葫芦羹相劝,谷不举筋。忠懿笑曰:"先王时庖人善制此羹,今依样馔来者。"谷嘿然。

原父酬欧公

刘原父晚年再娶。欧公作诗戏之云:"仙家千载一何长,浮世空惊日月忙。洞里桃花莫相笑,刘郎今是老刘郎。"原父得诗不悦,思报之。初,欧公与王拱辰同为薛简肃公婿,欧公先娶王夫人姊,再娶其妹,故拱辰有"旧女婿为新女婿,大姨夫作小姨夫"之戏。一日三人会间,原父曰:"昔有一学究训学子诵《毛诗》,至'委蛇委蛇',学子念从原字。学究怒而责之曰:'蛇当读作姨字,毋得再误!'明日,学子观乞儿弄蛇,饭后方来。问:'何晏也?'曰:'遇有弄姨者,从众观之。先弄大姨,后弄小姨,是以来迟。'"欧公亦为之噱然。

> 按简肃公墓文,王拱辰两为公婿。而《诗话》等书皆称欧公,未解。

何　承　天

何承天年老,为著作佐郎。诸佐郎并名家年少。荀伯子嘲之,呼为"奶母"。何曰:"卿当云'凤凰将九子',何言'奶母'?"

> 谨案:何承天,刘宋时人,因罪系狱,遇赦出,方为著作佐郎,而时已年老。

王、范

王文度、范荣期常同诣简文。范齿胜,王爵胜,王遂在范后。王因谓范曰:"簸之扬之,糠秕在前。"范曰:"淘之汰之,砂砾在后。"

祝　石　林

给事祝石林,曾为黄陂博士。偶入郡,与黄冈令刘联坐。令心易之,而嗔其抗直,曰:"吾乡士人有一破,乃'大哉尧之为君'一节题。破云:'以齐天之大圣,极天下之无状焉。'"祝曰:"吾亦有一破,题是'不得已而之景丑氏宿焉'。破云:'处无可奈何之地,遇大不相干之人。'"同官绝倒。明年,祝及第,刘以县令考察为民。

王　清

王清系掾吏,初授卑官,有异才,累迁嘉兴府同知。以督责海塘有功,擢两淮金宪。逾半年,请告归。在嘉时,偕太守行香文庙。太守戏指先师,谓公曰:"认得此位老先生否?"清曰:"认得。这老先生人品极高,只是不曾发科。"太守默然。

只夸科第,不论人品,此位老先生,太守反不认得。

仕　宦　迟　速

魏周泰为新城太守。司马宣王使钟毓调曰:"公释褐政府三十六日,拥[麾]盖,守兵马郡。乞儿乘小车,一何驶乎!"泰曰:"君名公之子,小有文采,故守吏职。猕猴骑土牛,又何迟也!"

谨案:据《太平御览》卷二五九引《世语》校改。

陆兵曹、张给事

陆式斋容一日与张给事宴,投壶中耳。给事曰:"信是陆兵曹,开手便中帖木耳。"式斋答云:"可惜张给事,闭口常学磨兜坚。"给事有惭色。

谨案：宋袁文《瓮牖闲评》卷八：谷城国门外有石人，刻其腹曰："磨兜坚，慎勿言。"

费侍郎对

费宏官侍郎，其兄奉常。公宴，以长少易位，刘瑾适过之，曰："费秀才以羊易牛。"公答曰："赵中贵指鹿为马。"

侍郎谑

景泰间，兵、刑二部僚佐会坐。时于公谦为兵书，俞公士悦为刑书。刑侍郎戏谓兵侍郎曰："于公为大司马，公非少司驴乎？"兵侍郎即应之曰："俞公为大司寇，公非少司贼乎？"

崔副使允，京山侯元之弟也。初登第时，偕同年王侍郎寅之子允修，谒王之一乡前辈。其人问崔何人。王云："崔驸马弟也。乃兄驸马，此为驸驴。"崔答曰："此王侍郎儿。乃父侍狼，此为侍狗。"

洗马

刘定之升洗马，朝遇少司马王伟。王戏之曰："太仆马多，洗马须一一洗之。"刘笑曰："何止太仆，诸司马不洁，我亦当洗。"

太常卿、大学士

陈师召擢南京太常，门生会饯，有垂涕者。李西涯大学士在席，为句云："师弟重分离，不升他太常卿也罢。"公应声曰："君臣难际会，便除我大学士何妨？"一座绝倒。

按陈音，莆田人，李东阳同榜，性宽坦。在翰林时，夫人尝试之。会客至，呼茶，曰："未煮。"公曰："也罢。"又呼干茶，曰："未买。"公曰："也罢。"客为捧腹。时因号"陈也罢"。

增广、检讨

内乡县李蓘,字子田,官翰林检讨。其弟名荫,字袭美,久滞增广生。蓘遗书荫曰:"尔今年增广,明年增广,不知增得几多? 广得几多?"荫答书曰:"尔今日检讨,明日检讨,不知检得甚么? 讨得甚么?"

试 官 举 子

唐制:举人试日,既暮,许烧烛三条。主文权德舆于帘下戏云:"三条烛尽,烧残举子之心。"举子遂答云:"八韵赋成,惊破侍郎之胆。"

僧 赞 宁 等

僧赞宁辞辩纵横,人莫能屈。时有安鸿渐者,文辞隽敏,尤好嘲咏。尝街行,遇赞宁与数僧相随,鸿渐指而嘲曰:"郑都官不爱之徒,郑谷诗:爱僧不爱紫衣僧。时时作队。"赞宁应声答曰:"秦始皇未坑之辈,往往成群。"

　　安鸿渐素好谑。凌侍郎策,其父曾为镇所由。父携拜鸿渐乞名。鸿渐命名曰"教之"。盖言"所由生"也。策后颇衔恨之。

潘阆常谑惠崇曰:"崇师尔当忧狱事。吾去夜梦尔拜我,尔岂当归俗耶?"惠崇曰:"此乃秀才忧狱事尔。惠崇,沙门也。惠崇拜,沙门倒也。秀才得无诣沙门岛耶?"

包山寺在苏州太湖。僧天灵者,博学通文。有一秀才嘲之曰:"秃字如何写?"僧应声曰:"秀字掉转尾就是。"

僧录惠江、中书程紫霄,俱辩捷。江素充肥,会暑袒露。霄见之,曰:"僧录琵琶腿。"江曰:"先生髇栗头。"又见骆驼数头,霄指一大者曰："此必头陀也。"江曰："此辈滋息，亦有先后。此先生，非头陀。"

僧贯休有机辩。杜光庭羽士欲挫其锋，每相见，必俟其举措以戏调。一日，因舞謽于通衢，贯休马坠粪。光庭连呼："太师！太师！数珠落地！"贯休徐曰："大还丹！大还丹！"

儒　匠

有木匠颇知通文，自称儒匠。尝督工于道院，一道士戏曰："匠称儒匠，君子儒，小人儒？"匠遽应曰："人号道人，饿鬼道，畜生道？"古今巧对。

刘　潜　夫

杨平舟栋以枢掾出守莆阳，刘潜夫克庄，(兄)弟［希仁］，俱以史官里居。郡集，(公)寓［公］王朣轩迈戏之云："大编修，小编修，同赴编修之会。"潜夫云："欲属对不难，不可见怒。"王愿闻之。乃云："前通判，后通判，但闻通判之名。"盖王凡五得倅而不上云。王又尝拆刘名调之云："十兄二十年前何其壮，二十年后何其不壮？"刘应之曰："二兄二十年前何其遇，二十年后何其不遇？"

谨案：据宋周密《齐东野语》卷一七校改。

东坡、佛印

佛印原儒家流，书无不读，与东坡友善。神庙时祷旱，命僧人入内修演。东坡谓佛印冒侍者入观盛事，上见魁伟，遂赐披剃。心颇衔恨。一日东坡戏曰："往尝与公谈及古诗，如'时闻啄木鸟，疑是叩门僧'，又如'鸟宿池边树，僧敲月下门'，未尝不以'鸟'对'僧'也。不意今日公身犯之。"佛印曰："所以老僧今日得对学士。"东坡大笑。

又旧传佛印尝访坡公。公不在，值小妹卧纱帷中。佛印曰："碧纱厨里卧佳人，烟笼芍药。"小妹应声曰："清水池中洗和尚，水浸葫芦。"佛印笑曰："和尚得对佳人，已出望外矣。"按此乃后人好事者之为，公虽旷远，印不应直入卧阃也。又传小妹夏月昼寝，坡公过之。妹戏吟曰："露出琵琶腿，请君弹一弹。"公应曰："理上去不得，要弹也不难。"亦可笑。

东坡为佛印题小像云："佛相，佛相。把来倒挂，只好擂酱。"一日佛印亦与东坡题真云："苏胡，苏胡。比上不足，比下有余。"相与大笑。

师　　公

徐之才父祖并善医，世传其业。祖孝征戏之才为"师公"。之才曰："既为汝师，复为汝公，在三之义，顿居其两。"众大笑。

粪　　堑

丁公度、晁公宗懿，往因同馆，喜相谐谑。晁迁职，以启谢丁。丁戏晁曰："启事更不奉答，当以粪堑一车为报。"晁答曰："得堑胜于得启。"因大笑。

钱　索　子

刘阁老尝议丘文庄著述，戏曰："丘仲深有一屋散钱，只欠索子。"丘应曰："刘希贤有一屋索子，只欠散钱。"

　　谨案：刘健，字希贤，明弘治间入阁。丘浚，字仲深，谥文庄。

羊　　蟹

尤延之极短小。寿皇尝问："外廷谓卿为秤锤,何故?"对曰:"秤锤虽小,斤两分明。"上喜之。杨诚斋尝戏呼尤延之为蝤蛑,延之呼诚斋为羊。一日食羊白肠。延之曰:"秘监锦心绣肠,亦为人所食。"诚斋笑吟曰:"有肠可食何须恨,犹胜无肠可食人。"世称蟹为"无肠公子"。一座大笑。

　　谨案:尤延之,名袤,与蝤蛑谐音。蝤蛑即梭子蟹。杨万里,号诚斋,其为秘书监在光宗时。

梁宝、赵神德

梁宝好嘲戏,至贝州,闻赵神德能嘲,即令召之。宝面甚黑,厅上凭案以待。须臾,神德入,两眼俱赤,至阶前,宝即云:"赵神德,天上既无云,闪电何以无准则?"答云:"入门来,案后唯见一挺墨。"宝又云:"官里科朱砂,半眼供一国。"又答云:"磨公小拇指,涂得太社北。"宝无以对,愧谢遣之。

欧阳、长孙

欧阳询为人瘦小,极其寝陋,而聪敏绝伦。太宗常宴近臣,互令嘲谑,以为娱乐。长孙无忌先嘲询曰:"耸膊成山字,埋肩不出头。谁令麟阁上,画此一猕猴?"询应声曰:"缩头连背暖,漫裆畏肚寒。只缘心浑浑,所以面团团。"太宗笑曰:"询殊不畏皇后闻耶?"

补唇先生

方干唇缺,有司以为不可与科名,连应十余举,遂隐居鉴湖。后数十年,遇医补唇,年已老矣,人号曰"补唇先生"。又性好侮人。尝与龙丘李主簿同酌。李目有翳，干改令讥曰："措大吃酒点盐，军将吃酒点酱。只见门外著篱，未见眼中安障。"李答曰："措大吃酒点盐，下人吃酒点鲊。只见手臂着襴，未见口唇开袴。"

王琪、张亢

王琪、张亢同在晏元献幕。张肥大，王以太牢目之。王瘦小，张以猕猴目之。一日有米纲至八百里村，水浅当剥载，张往督。王曰："所谓'八百里剥'也。张曰："未若'三千年精'矣。"琪尝嘲亢曰："张亢触墙成八字。"亢应声曰："王琪望月叫三声。"

吴原墅、王玉峰

苏州吴原墅麻脸胡须，莆田王玉峰面歪而眼多白。王戏云："麻脸胡须，羊肚石倒栽蒲草。"吴应云："歪腮白眼，海螺杯斜嵌珍珠。"二人同部，闻者鼓掌。

苏　小　妹

东坡有小妹，善词赋，敏慧多辩，其额广而如凸。东坡尝戏之曰："莲步未离香阁下，梅妆先露画屏前。"妹即应声云："欲扣齿牙无觅处，忽闻毛里有声传。"以坡公多须髯，遂亦戏答之，时年十岁耳。

　　一说云："去年一点相思泪，至今流不到腮边。"以坡公长额也。

多　　髯

李从(俨)[曮]生辰，贺客秦凤[使]陋而多髯，魏博[使]少年如美人。魏[博使]戏云："今日不幸与水草大王接坐。"秦[凤使]曰：

"夫人无多言。"四座皆笑。

> 谨案:据《五代史补》卷四校改。李从曒为凤翔节度使,其生辰,各道遣使来贺,故有秦凤、魏博诸道使者。

徐 之 才

魏收戏徐之才曰:"君面似小家方相。"之才曰:"若尔,便是卿之葬具。"

张 玄 祖

张玄祖八岁亏齿。先达知其不常,戏之曰:"君口复何为狗窦?"答曰:"正使君辈从此中出入。"

严、高二相公

常熟严相公面麻,新郑高相公作文用腹草。前后在翰林时,高戏严曰:"公豆在面上。"严应声曰:"公草在腹中。"

> 谨案:严讷,常熟人,嘉靖末入阁。高拱,新郑人,万历初入阁。

杨梅、孔雀

梁国杨氏子六岁,甚聪慧。孔君平诣其父,呼儿出见。为设果,果有杨梅。孔指以示儿曰:"此是君家果。"儿应曰:"未闻孔雀是夫子家禽。"

> 谨案:皆晋人。事见《世说新语·言语》。

虞　寄

虞寄年数岁。客候其父,遇寄于门,戏曰:"郎子姓虞,必当少智。"寄应曰:"字义不辨,岂得非愚?"客大惭。

何、顾

隋何妥八岁。顾良戏曰:"汝何是荷叶之荷,抑河水之河?"妥曰:"先生姓顾,是坚固之固,抑新故之故?"众异之。

郭、曾

泰和曾给事忾,与郭工部恺饮间,曾嘲曰:"汝犬羊之鞟乎,虎豹之鞟乎?"郭应曰:"尔何曾比予于是!"

二柳孤杨

柳机、柳昂在周朝,俱历要任。隋文帝受禅,并为外职。时杨素方用事,戏语机云:"二柳俱摧。"机曰:"不若孤杨独耸。"

> 谨案:按《隋书·柳机传》所载与此不同,云:素戏机曰:"二柳俱摧,孤杨独耸。"坐皆欢笑,机竟无言。

归、皮

皮日休谒归仁绍,不遇,作龟诗嘲归曰:"硬骨残形知几秋,尸骸终是不风流。顽皮死后钻应遍,都为平生不出头。"归作气毬诗嘲皮云:"八片尖皮切作毬,水中浸了火中揉。一团闲气如常在,惹踢招拳卒未休。"

卢、狄

狄仁杰戏同官郎卢献曰："足下配马乃作驴。"献曰："中劈明公，乃成二犬。"杰曰："狄字犬傍火也。"献曰："犬边有火，是煮熟狗。"

韩卢后

（苻坚）〔张天锡〕遣韩博使晋。博有口才，桓温令刁彝嘲之。彝谓博曰："卿是韩卢后。"博亦曰："卿是韩卢后。"温笑曰："刁以君姓韩故耳。彼姓刁，那得是韩卢后耶？"博曰："明公脱未之思，短尾者为刁也。"一坐皆笑。

> 谨案：据《晋书·张天锡传》，是晋凉州刺史张天锡为苻坚所攻，遣从事中郎韩博，奉表与大司马桓温，约同大举。故此首句改"苻坚"为"张天锡"。

崔季珪

冀州崔季珪琰，九岁应秀才举。时陈元方为州刺史，嫌其幼。琰曰："昔项橐八岁为孔子师，今自恨年已过矣。"元方戏之曰："卿宗与崔杼近远？"琰曰："如明公之与陈恒。"

卢、陆

卢志字子通，范阳人，尚书珽少子。于众坐问陆士衡："陆逊、陆抗是君何物？"答曰："如卿于卢毓、卢珽。"

谢、刘二子

谢庄子谢瀹，尝与刘涵子刘浚饮，推让久之。浚曰："谢庄儿不可云不能饮。"瀹曰:"苟得其人,自可流湎(十)[千]日。"浚惭之。

　　谨案:据《南史·谢瀹传》校改。

殷、何二子

　　殷淳与何勖共食莼羹。[淳羹]尽,勖曰:"益殷莼羹。"勖,司空无忌子也。淳徐辍箸曰:"何无忌惮!"

　　谨案:据《山堂肆考》卷一三九校改。

庾、孙二子

　　庾园客庾翼子。诣孙监盛,见齐庄放在外,尚幼,而有神意。庾试之曰:"孙安国何在?"即答曰:"庾稚恭家。"庾大笑曰:"诸孙大盛,有儿如此!"又答曰:"未若诸庾之翼翼!"还语人曰:"我故胜,得重唤奴父名。"

王　　慈

　　琅琊王僧虔长子慈,年十岁,共时辈蔡约入寺礼佛,正见沙门等忏悔。约戏之曰:"众僧今日何乾乾?"慈应声答曰:"卿如此不知礼,何以兴蔡氏之宗?"约,兴宗之子也。谢超宗见慈学书,谓之曰:"卿书何如虔公?"答曰:"慈书与大人,如鸡之比凤。"超宗,凤之子。

伍伯、驵侩

　　晋庾纯之父尝为伍伯,贾充之先尝为驵侩。充置酒而纯(未)[末]至,充曰:"君行常在人先,今何后?"纯曰:"会有小市井事未了,是以后耳。"

　　谨案:据《说郛》卷三十二下引《善谑集》校改。事初见《晋书·庾纯传》,作"充尝宴朝士而纯后至"。

酬外祖戏

王彧子绚,年六岁,读《论语》至"周监于二代",外祖何偃曰:"可改'爷爷乎文哉'。"彧、郁同音。○吴、蜀间呼父为爷。绚曰:"尊者之名安可戏,宁可云'草翁之风必舅'?"偃父何尚之,绚之外祖翁也。

申、许二公

许公国与申公时行,相约诣一所公议。申诣许拉之。许曰:"此才午时,已行乎?"申应曰:"既以身许国,不得不尔。"

达毅、王达

达毅、王达同为郎中。一日金公移,王戏曰:"每书衔名,但以公上为我之下。"毅应曰:"君子上达,小人下达。"

吕扩、谢晖

吕扩、谢晖亦以名相嘲。谢云:"无才终入广。"吕云:"不日便充军。"二人因而成隙。

演《琵琶记》

闽中蔡大司马经,初姓张。一日与龚状元用卿共宴,看演《琵琶记》。至赵五娘抱琵琶抄化,蔡戏龚曰:"状元娘子何至此!"后至张广才扫墓,龚指曰:"这老子姓张,如何与蔡家上坟?"

  谨案:蔡经后复姓张,《明史》传作张经,嘉靖间官南京兵部尚书。

罗　隐　对

罗隐与顾云同谒淮南高骈。云为人素雅重，而隐性傲睨。高公留云而远隐。隐欲归武林，骈与宾幕饯于云亭。时盛暑，青蝇入座，高命扇驱之。云因谑隐曰："青蝇被扇扇离席。"隐见白泽图钉在门，应曰："白泽遭钉钉在门。"《郡阁闲谈》谓是寇豹、谢冠，误也。

胡　　旦

舍人胡旦饮酒面赤，学士谢泌戏之曰："舍人面色如袍色。"时胡服绯也。胡答曰："学士心头似幞头。"谢为之色沮。

铁　冠　道　人

铁冠道人张景和，江右方士。结庐钟山下。梁国公蓝玉携酒访之，道人野服出迎。玉以其轻己，不悦，酒行，戏曰："吾有一语请先生属对，云'脚穿芒履迎宾，足下无礼'。"道人指玉所持椰杯复之曰："手执椰瓢作盏，尊前不忠。"后玉竟以逆诛。

杨、李二公

邃翁冬天气盛，而西涯怯寒。二公同坐，西涯屡以足顿地作声。邃翁曰："地冻马蹄声得得。"西涯见其吐气如蒸，戏云："天寒驴嘴气腾腾。"

　　谨案：杨一清号邃翁。李东阳号西涯。

陆　封　公　对

太仓陆封公陆瑜之父。貌黑而齿白，与乡绅金纹者相善。一日陆造纹，纹揖而戏之曰："黑象口中含白齿。"陆揖甫毕，即应声曰："乌龟背上列金纹。"

地　讳

李时尝以"腊鸡独擅江南味"戏夏言，夏即应以"响马能空冀北群"。人嘲江西以腊鸡，畿辅以响马，故二公各指为戏。

李西涯在翰林时，与河南一学士相谑。河南公谒李，见檐曝有枯鱼，嘲曰："晓日斜穿学士头。"李应声曰："秋风正灌先生耳。"盖湖广有"干鱼头"，河南有"偷驴贼"之谣，又谚云"秋风灌驴耳"故也。见《旧雨记谈》。《耳谈》以为高中玄、张太岳，殊误。

> 谨案：高拱号中玄，河南新郑人。张居正号太岳，湖广江陵人。而李东阳虽为湖广茶陵人，但籍居京师，生长于北京。

刘宝遇女媪

刘道真宝遭乱，于河侧自牵船，见采莲女子，嘲之曰："女子何不调机弄杼而采莲？"女子答曰："丈夫何不跨马挥鞭而牵船？"道真又尝素盘共人食，有妪青衣，将二子行。道真嘲曰："青羊将二羔。"妪应声曰："两猪同一槽。"

真、扬二娼

江、淮、闽、浙土俗，各有公讳，如杭之"佛儿"、苏之"呆子"、常之"欧爷"之类，细民或相犯，至于斗击。宣和中，真州娼迎新守于维扬。扬守置酒，大合两邦妓乐。扬州讳"缺耳"，真州讳"火柴头"。扬娼恃会府，轻属城，故令茶酒兵爇火而有烟，使小僮戒之，已而不止，呼责曰："贵客大厅张筵，何烧炭不谨，却着柴头！"咄詈再四。真娼笑语兵曰："行者三四度指挥，何得不听？汝有耳朵耶，没耳朵耶？"扬娼大惭。

小试冒籍

华亭人冒籍上海小试,愤其不容,大书通衢曰:"我之大贤与,人何所不容? 我之不贤与,如之何其拒人也?"上海人答云:'我之大贤与,何必去父母之邦? 我之不贤与,焉往而不三黜?"

戴釜山鹿鸣

严司空震,梓州盐亭县人,所居枕戴釜山,但有鹿鸣,即严氏一人必殒。一日有表亲野坐,闻鹿鸣,其表曰:"戴釜山中鹿又鸣。"严曰:"此际多应到表兄。"表接曰:"表兄不是严家子,合是三兄与四兄。"不日严氏子一人果亡。是何异也?

塞语部第二十五

子犹曰：天下之事，从言生，还可从言止。不见夫射者乎？一夫穿杨，百夫挂弓。何则？为无复也。心心喙喙，人尽南越王自为耳。不得真正大聪明人，胸如镜，口如江，关天下之舌而予之以不然，隙穴漏卮，岂其有窒？若夫理外设奇，厄人于险，此营丘士之智也，吾无患焉。集《塞语第二十五》。

祠灵山河伯

齐大旱，景公欲祠灵山。晏子曰："不可。夫灵山，以石为身，以草木为发。天久不雨，发将焦，身将热，彼独不欲雨乎？祠之何益？"公曰："祠河伯可乎？"晏子曰："不可。河伯以水为国，以鱼鳖为民。天久不雨，百川竭，国将亡，民将灭矣，彼独不雨乎？祠之何益？"

骆猾氂好勇

墨子谓骆猾氂曰："吾闻子好勇。"曰："然。吾闻其乡有勇士焉，吾必与斗而杀之。"墨子曰："天下莫不予其所好，夺其所恶。今子闻其乡有勇士，而斗而杀之，是恶勇，非好勇。"

弹　雀

宋艺祖一日后苑挟弓弹雀。有臣僚称其急事请见。及见，乃常事。帝曰："此事何急？"对曰："亦急于弹雀。"

禁　酿　具

蜀先主尝因旱俭禁酿酒。吏于人家检得酿具，以其欲酿，将议

罚。时简雍从先主游,见一男女行道,谓先主曰:"彼人欲行淫,何以
不缚?"先主曰:"何以知之?"雍曰:"彼有淫具。"先主大笑,命原欲
酿者。

禁　松　薪

唐昭宗时,李茂贞榷油以助军资,因禁松薪。优人张廷范曰:
"不如并月明禁之。"茂贞笑而弛禁。

　　谨案:见《新五代史·李茂贞传》,禁松薪,以其可为炬照
明也。

陶　母　剪　发　图

元岳柱八岁时,观画师何澄画《陶母剪发图》,指陶母手中金钏
诘之曰:"有此可易酒,何用剪发?"何大惭,即易之。

新　　衣

桓冲不好新衣。浴后,妇故送新衣与冲。怒,催使持去。妇更
持还,传语云:"衣不经新,何由而故?"桓笑着之。

彭　祖　面　长

汉武帝对群臣云:"相书云:鼻下人中长一寸年百岁。"东方朔大
笑。有司奏不敬。朔免冠云:"不敢笑陛下,实笑彭祖面长。"帝问
之。朔曰:"彭祖年八百。果如陛下言,则彭祖人中长八寸,面长一
丈余矣。"帝亦大笑。

仙　　福

有术士干唐六如,极言修炼之妙。唐云:"如此妙术,何不自为,

乃觌及鄙人？"术士云："恨吾福浅。吾阅人多矣，仙风道骨，无如君者。"唐笑曰："吾但出仙福，有空房在北城，甚僻静，君为修炼，炼成两剖。"术士犹未悟，日造门，出一扇求诗。唐大书云："破布衫中破布裙，逢人便说会炼银。如何不自烧些用，担水河头卖与人。"

六如尝题《列仙传》云："但闻白日升天去，不见青天走下来。忽然一日天破了，大家都叫阿瘹瘹。"亦趣。吴俗小儿辈遇可羞事，必齐拍手，叫"阿瘹瘹"。

医　　意

欧文忠公语东坡曰："昔有乘船遇风而得疾者，医家取多年舵牙，为舵工手汗所渍处刮末，和丹砂伏神之剂煎饮，疾遂愈。乃知医者，意也。"东坡曰："如公言，今学者昏惰，当令多食笔墨灰。"

轮 回 报 应

一人盛谈轮回报应："慎无轻杀，凡一牛一豕，即作牛豕以偿；至蝼蚁亦罔不然。"时许文穆曰："莫如杀人。"众问其故，曰："那一世责债，犹得化人也。"

为　　宅

徐孺子，南昌人，十一岁与太原郭林宗游。同稚还家。林宗庭中有一树，欲伐去之，云："为宅之法，正如方口。'口'中有'木'，'困'字不祥。"徐曰："为宅之法，正如方口。'口'中有'人'，'囚'字何殊？"郭无以难。

谨案：徐稚，字孺子。

蔡元定地理

蔡元定善地理,每与乡人卜葬改定,其间吉凶,不能皆验。及贬,_{坐朱晦庵党,为胡纮所劾。}有赠诗者,曰:"掘尽人家好丘陇,冤魂欲诉更无由。先生若有尧夫术,何不先言去道州?"

　　先辈有云:"若伤天理以求地理,而复有灵验,是天亦怕老婆矣!"此语虽戏,亦可醒迷。

　　谨案:邵雍,字尧夫。韩侂胄禁"伪学",元定谪道州。

哈　立　麻

永乐四年,西僧哈立麻至京,启建法坛,屡著灵异。翰林李继鼎私曰:"若彼既有神通,当作中国语,何待译者而后知乎?"

请　僧　住　院

晏景初请一名僧住院,僧辞以穷陋不可为。景初曰:"高才固易耳。"僧曰:"巧媳妇煮不得无米粥。"景初曰:"若有米,拙媳妇亦自能煮。"

　　谨案:晏敦复,字景初。南宋初官尚书。

辟　僧

欧阳公家儿小名有僧哥者。一僧谓公曰:"公不重佛,安得此名?"公笑曰:"人家小儿要易长,往往以贱物为小名,如狗、马、牛、羊之类是也。"僧大笑。

昆山学博张倬与一僧谈。僧曰:"儒教虽正,不如佛学之玄。如僧人多能读儒书,儒人不能通释典。本朝能通释典者,宋景濂一人而已。"张笑云："不然。譬如饮食,人可食者,狗亦能食之;狗可食者,人决不食之矣。"

重袈裟

赵(悦)[阅]道罢政闲居,喜僧而拒士。有士往谒再四,阍者不为通。士曰:"参政直得如此敬重和尚?"阍者曰:"寻常僧亦平平,相公只是重袈裟。"士曰:"我这领蓝衫怎地不值钱?"阍者曰:"也半看佛面。"士曰:"也半看孔夫子面。"

> 谨案:赵与懽,字悦道,南宋时人。赵忭,字阅道,北宋神宗时参知政事。事见宋王暐《道山清话》,书在赵与懽前,故应是赵阅道事。

辨　鬼

阮宣子闻人说人死有鬼,宣独以为无,曰:"今见鬼者,云着生时衣服。若人死有鬼,衣服亦有鬼耶?"

> 王弱生驳之曰:"人梦中穿衣服,将谓衣服亦有梦耶?"余谓生时衣服,神气所托,能灵幻出来,正是有鬼处。

《鬼董》辨十王

佛言琰魔罗统摄一素诃世界,三千大千世界,素诃其一也;南瞻部,特素诃中之一洲耳。今讹为阎罗。又《阿含》等经有十八王,王主一狱,乃阎罗僚属。十王之说,不知何来?转轮王王四天下,亦非主冥道,乃概列于十王。余如宋帝、五官之类,又皆无稽。又七七日而所历者七王,自小祥以后二年,乃仅经二王,何疏密太悬耶?

论　神　佛

北魏简平王浚，年八岁，谓博士卢裕曰："祭神如神在，为有神也，无神也？"对曰："有。"浚曰："有神当云'神在'，何烦'如'字？"

张商英，字天觉，夜执笔，妻向氏问何作，曰："欲作《无佛论》。"向曰："既无矣，又何论？"公骇其言而止。后阅藏经有悟，乃作《护法论》。

苏　公　论　佛

范蜀公不信佛，苏公常求其所以不信之故。范云："平生事非目见即不信。"苏曰："公亦安能然哉？设公有疾，令医切脉，医曰寒，则服热药，曰热，则服寒药。公何尝见脉而后信之？"

谨案：范镇，字景仁，封蜀郡公。

妓　歌　佳

郭洗马入洛，听妓歌，大称佳。石季伦问："何曲？"郭曰："不知。"季伦笑曰："不知安得言佳？"郭曰："譬如见西施，何必识姓，然后知美？"

换曲换调，换姓亦换面乎？此喻误矣。

谨案：西晋郭讷，官至太子洗马。石崇，字季伦。

观　灯

司马温公夫人，元宵夜欲出观灯。公曰："家自有灯。"夫人曰："兼看游人。"公笑曰："我是鬼？"

范文正欲求退，子弟请治园圃。公曰："西都园林相望，孰障吾游？"语意类此。

歌　哭

司马温公死,当明堂大飨,朝臣以致斋,不及奠,肆赦毕,苏子瞻率同辈往。程颐固争,引《论语》"子于是日哭则不歌"以阻之。子瞻曰:"不云歌则不哭。"

红　米　饭

《樗斋雅谑》云:近一友有母丧,偶食红米饭。一腐儒以为非居丧者所宜。诘其故,谓:"红,喜色也。"友曰:"然则食白米饭者,皆有丧耶?"

理　学　新　说

理学家多主新说。有解'年四十而见恶焉,其终也已',曰:"人当其年尚见可恶之人,则德不进可知矣。"周元孚笑曰:"'惟仁者能好人,能恶人',应是三十九岁时也。"

道　学　语

有一道学每曰:"天不生仲尼,万古如长夜。"刘翰林谐曰:"怪得羲皇以上圣人,尽日燃烛而行也!"

谐性刻薄而有口才。析产时,从其父巨塘公乞一干仆。父以与其兄,谐争之。父曰:"兄弟左右手耳,彼此何别!"一日父小恙,适谐来候,舒右手使搔痒。谐故取左手搔之。父曰:"误矣。"谐曰:"左右手彼此何别?"其虽亲,必报如此。

《列子》辨日

孔子东游,见二儿争辨日远近。一曰:"日出之时,大如车轮;日中之时,小如盘,岂非日出之处去人近,近见大而远见小乎?"一曰：
"日出之时,苍苍凉凉;日中之时,热如探汤,岂非日出之处去人远,
远者凉而近者热乎?"孔子不能决。

不　读　书

王荆公初参政,视庙堂如无人。一旦行新法,怒目诸公曰："此
辈坐不读书耳!"赵清(简)[献]公同参知政事,独折之曰："君言失
矣! 如皋、夔、稷、契之时,有何书可读?"公默然。

谨案:据宋邵博《邵氏闻见后录》卷二十校改。赵抃,谥
清献。

字　说

王荆公作《字说》,穿凿杜撰。刘贡父问之曰："牛之体壮于鹿,
鹿之行速于牛。今'犇'、'麤'二字,其意皆反之,何也?"坡公亦问
曰："以竹鞭马为'笃',不知以竹鞭犬有何可'笑'?"又尝举"坡"字
问荆公何义。公曰："坡者土之皮。"坡公笑曰："然则滑者水之骨
乎?"荆公并无以答。

又东坡尝语荆公："'鸠'从九亦有说。"荆公欣然就问。东坡
曰："'鸣鸠在桑,其子七兮。'连娘带爷,恰是九个。"张文潜尝问张
安道方平："司马君实直言王介甫不晓事,是如何?"安道云："贤只
消去看《字说》。"文潜云："《字说》也只是二三分不合人意。"安道
云："若然则足下亦有七八分不晓事矣。"

牧　誓

唐高定七岁时,读书至《牧誓》,问："奈何以臣伐君?"父郢曰：
"应天顺人耳。"曰："'用命赏于祖,不用命戮于社。'岂是顺人?"郢
不能答。

论　　诗

李西涯尝有《岳阳楼》诗云："吴楚乾坤天下句,江湖廊庙古人情。"杨文懿公亟称之。有同官不以为然,驳之曰："吴楚乾坤之句,本妙在'坼'字'浮'字。今去此二字,则不见其妙矣。"杨曰："然则必云'吴楚东南坼乾坤日夜浮天下句'而后为足耶?"

　　谨案:杨守陈谥文懿。据明安磐《颐山诗话》,"驳之"者为彭民望。

方棠陵豪以广东宪副入贺。张昆仑山人以诗饯之。方曰："君诗虽佳,而非情实,如无山称山,无水赋水,非欢而畅,不戚而哀。予诗虽劣,情实俱在。"答曰："诗人婉辞托物,若文王之思后妃,岂必临河洲见雎鸠耶? 即如饯行,何必携百壶酒而云'清酒百壶,唯笋及蒲'? 若据情实,则老酒一瓶、豆腐面筋耳。"京师闻者大笑。

秽　　里

梁刘士章为南康相。郡人有姓赖,居秽里,投刺谒刘。刘嘲之曰："君有何秽而居秽里?"赖应声曰："未审孔丘何阙而居阙里?"孔庙东南五百步,有双石阙,故名阙里。

赋　　柳

李泌赋诗讥杨国忠曰："青青东门柳,岁晏复憔悴。"国忠诉于明皇。上曰："赋柳为讥卿,则赋李为讥朕可乎?"

争　　田

余肃敏公为户部时,两势家争田未决,部檄公理之。甲以其地名与己同姓,执是故产,公笑曰："然则张家湾张产耶?"

无 为 子

杨次公自号无为子。佛印问其说。次公曰:"我生无为军耳。"印曰:"公若生庐州,便可称庐子矣!"

　　谨案:杨杰字次公。

六 字 地 名

杨用修在史馆,有湖广土官水尽源通塔平长官司进贡。"水尽源通塔平",盖六字地名。有同列疑为三地名,添之云"三长官司"。杨取《大明官制》证之:"此一处,非三地也。"同列笑曰:"楚、蜀人近蛮夷,故宜知之,我内地人不知也。"杨戏应之曰:"司马迁《西南夷传》、班固《匈奴传》叙外域如指掌,班、马亦蛮夷耶?"

争 姓 族

诸葛令㧑、王丞相导共争姓族先后。王曰:"何不言葛王,而云王葛?"令曰:"譬之驴马,不言马驴,驴宁胜马耶?"

牝 牡 雄 雌

周丞相与客闲步园中玩群鹤,问曰:"此牝鹤耶,牡鹤耶?"客从旁曰:"兽称牝牡,禽为雌雄。"丞相曰:"'雄狐绥绥',狐非兽乎?'牝鸡之晨',鸡非禽乎?"客不能对。

　　一从牛,一从佳,自是禽兽之别。雄狐牝鸡,文人之巧言耳。《考工记》曰"天下大兽五",则禽亦可谓之兽。《礼记》曰"猩猩能语,不离禽兽",则兽亦可谓之禽。五行有木而无草,则草亦可谓之木。《洪范》言"庶草蕃芜"而不及木,则木亦可谓之草。

诸 葛 恪

孙权大会将佐，命诸葛恪行酒。次至张辅吴^昭，先有酒色，不肯饮，曰："此非养老之礼也。"权谓恪曰："卿但令张公辞屈乃饮耳。"恪即难张曰："昔尚父九十，秉旄仗钺，犹未告老。今军旅之事，将军在后，酒食之事，将军在前，何谓不养老也？"张无辞，遂为尽爵。

曾有白头鸟集吴殿前。孙权问群臣："此何鸟也？"诸葛元逊对云："此名白头翁。"张昭自以坐中最老，疑戏之，因曰："恪欺陛下，未尝闻鸟名白头翁者。试令恪复求白头母。"元逊曰："鸟名鹦母，未必有对。试使辅吴复求鹦父？"张不能答。

犯 夜

张观知开封日，有犯夜巡者，缚致之。观曰："有证见乎？"巡者曰："若有证见，亦是犯夜矣。"

捕 蝗 檄

钱穆甫为如皋令。会岁旱蝗发，而泰兴令独绐郡将云"县界无蝗"。已而蝗大起，郡将诘之。令辞穷，乃言："县本无蝗，悉自如皋飞来者。"仍檄本县严捕，无令侵及邻境。穆甫得檄，判云："蝗本天灾，非令不才。既自敝邑飞去，却请贵县押来。"或作米元章，误也。

谨案：钱勰字穆父（穆甫），苏轼好友。

举 人 大 帽

祖制：京官三品始乘轿，科道多骑马，后来皆私用轿矣。王化按浙,一举人大帽入谒。按君不悦,因问曰:"举人戴大帽,始自何年?"
答曰:"始于老大人乘轿之年。"

西　安　令

俞君宣性懒,选得衢州之西安。友人规之曰:"清慎,君所有余,
第在冲要地,不可不勤。"俞曰:"何以知冲要也?"曰:"是四轮之地,
不然,何以谓之衢州?"俞曰:"是偏安之邑,不然,何以谓之西安?"
友人无以难。

贪　令

某令贪,监司欲斥之。陈渠为中丞,笑曰:"此地穷苦,不比贵
乡,墨不满橐也。"监司曰:"盗劫贫家,岂得无罪?"

海瑞非圣人

海忠肃抚江南,为华亭公处分田宅,奉行者稍过,遂致不堪。缙
绅咸为华亭解纷,谓海曰:"圣人不为已甚。"海艴然曰:"诸公岂不
知海瑞非圣人耶?"缙绅悉股栗而退。

谨案:徐阶,华亭人。

鳖　媪

田巴居于稷下,是三王而非五帝,一日屈千人,其辩无能穷之
者。弟子禽滑厘出,逢鳖媪揖而问曰:"子非田巴之徒乎? 宜得巴
之辩也。媪有大疑,愿质于子。"禽滑厘曰:"媪姑言之,我能析其
理。"媪曰:"马鬣生向上而短,马尾生向下而长,其故何也?"禽滑
厘笑曰:"此易晓耳。鬣上抢势逆而强,故短。尾下垂势顺而逊,
故长。"媪曰:"然则人之发上抢,逆也,何以长? 须下垂,须也,何

以短?"滑厘茫然自失,乃曰:"吾学未足以臻此,当归咨师。媪幸留此,我其有以奉酬。"即入见田巴,曰:"适出遇鳖媪,以鬐尾长短为问,弟子以逆顺之理答之,如何?"曰:"甚善。"滑厘曰:"然则媪申之以须顺而短,发逆而长,则弟子无以对。愿先生析之,媪方坐门以候。"巴俯首久之,乃以行呼滑厘曰:"禽大!禽大!幸自无事,也省可出入!"

怀 绳 见 王

齐大夫邾石父谋叛,宣王诛之,欲灭其族。邾之族大以蕃,咸泣拜于艾子之庭,祈请于王。艾子曰:"得一绳可免。"邾氏以为戏言,亦不敢诘,退而索绹以馈。艾子怀其三尺以见王,曰:"为逆者一石父,其宗何罪而戮之?"王曰:"先王之法不敢废也。政典曰:与叛同宗者,杀无赦。"艾子顿首曰:"臣亦知王之不得已也。窃有一说:往年公子巫以邯郸降秦,非王之母弟乎?然则王亦叛臣之族,理合随坐,愿王即日引决,勿惜一身而伤先王之法。"因献短绳三尺。王笑而起曰:"先生且休,寡人赦之矣。"

营 丘 士

营丘士性不通慧,好折难而不中理。一日造艾子,问曰:"凡大车之下与橐驼之项,多缀铃铎,其故何也?"艾子曰:"车驼之为物甚大,且多夜行,忽狭路难避,借鸣声相闻,使为计耳。"营丘士曰:"佛塔之上,亦设铃铎,岂谓塔亦夜行而使相避耶?"艾子曰:"君不通事理乃至如此!凡鸟鹊多托高以巢,粪秽狼籍,故塔之铃所以警鸟鹊也,岂以车驼比耶?"营丘士曰:"鹰鹞之尾,亦设小铃,安有鸟鹊巢于鹰鹞之尾乎?"艾子大笑曰:"怪哉君之不通也!夫鹰隼击物,或入林中,而绊足挦线,偶为木所绾,振羽之际,铃声可寻而索也。岂谓防鸟鹊之巢哉!"营丘士曰:"吾尝见挽郎秉铎而歌,不究其义,今乃知恐为木枝所绾,而便于寻索也。抑不知(绊)[绾]郎之足者,用皮乎?

用线乎?"艾子愠而答曰:"挽郎乃死者之导也,为死人生前好诘难,故铎以乐其尸耳!"

　　谨案:据《苏轼全集校注》佚文编之《艾子杂说》校改。

雅浪部第二十六

子犹曰：谑浪，人所时有也。过则虐，虐则不堪，是故雅之为贵。雅行不惊俗，雅言不骇耳，雅谑不伤心，何病乎唇弄？何虞乎口戒？何惮乎犁舌地狱？集《雅浪第二十六》。

千　岁

魏王知训陪烈祖曲宴，引金觞赐酒曰："愿我弟千岁！"魏王引他器匀之，进曰："愿与陛下各享五百！"

谨案：南唐烈祖李昇，原为徐温养子，名徐知诰，篡吴后方改名李昇。魏王知训为徐温之子。此事发生时，徐温尚在。

舍命陪君子

李西涯在翰林时，一日陪郡侯席，过饮大觥，醉而言曰："治生今日舍命陪君子矣！"郡侯笑曰："学生也不是君子，老先生不要轻生。"

鸡　肋

刘伶尝因大醉，与俗人忤。其人攘袂奋拳而往。伶徐曰："鸡肋不足以安尊拳。"其人笑而止。

父子围棋

王长豫幼便和令，丞相导爱恣甚笃。每共围棋，丞相欲举行，长豫按指不听。丞相笑曰："讵得尔？相与似有瓜葛。"

谨案:王悦字长豫,王导长子。疏亲方称瓜葛。

靳 阁 老 子

丹徒靳阁老有子不肖,而其子之子却登第。阁老每督责之。曰:"翁父不如我父,翁子不如我子,我何不肖?"阁老大笑而止。

谨案:靳贵,正德间入阁。

吴江吴太学益之,由富而贫,因县征逋急,诣县求宽。阍人报:"吴相公进谒。"县尹刘曰:"何物吴相公!得非好丈人的女婿,好女婿的丈人乎?"盖吴为王荆石相公婿,而其女嫁沈进士也。

旱 雷

有人别谢公,公流涕,此人不悲。左右云:"向客殊[自]密云。"公曰:"非徒密云,乃(是)[自]旱雷。"

谨案:据《艺文类聚》卷二九校改。谢公应指谢安。

大 雷

北齐崔儦尝谓同座曰:"昨夜大雷,吾睡不觉。"卢思道在坐戏曰:"如此震雷,奈何不能动蛰?"坐间大笑。

口 欢 手 怒

和鲁公慷慨厚德,每滑稽,则哄堂大笑。时博士杨永符能草圣,有省郎闻鲁公笑声,戏谓杨曰:"丞相口欢。"永符曰:"予忝事笔墨,方挥扫之际,亦谓'太博手怒'耶?"

谨案:五代和凝,后汉封鲁国公。

小戊子 雌甲辰

程文惠与庞公同戊子生,程已贵,庞尚为小官。尝戏庞曰:"君乃小戊子也。"庞后大拜。程曰:"今日大戊子却为小小戊子矣!"

谨案:庞籍,宋仁宗时入相。

或以槐瘿遗裴晋公。郎中庾威在坐,曰:"此是雌树生者。"公偶及年甲,对云:"与公同是甲辰。"公笑曰:"郎中便是雌甲辰。"

谨案:唐裴度,宪宗时以平蔡功封晋国公。

安给事生辰

安给事磐,蜀人,初度避生。同僚尾至所在,蔡巨源戏曰:"闻一老鼠避一瓶中,猫捕之不得,以须略鼠,鼠因喷嚏。猫在外呼曰:'千岁!'鼠曰:'汝岂真为我寿?诱我出欲嚼我耳。'"安遂出。

太 公 年

人尝言太公八十遇文王。宋玉楚词又云"太公九十显荣兮",东方朔云"太公体仁行义,七十有二,见用周武"。东坡笑曰:"太公赖东方朔减了八岁,却被宋玉增了十岁。"

世传梁灏八十二登第,其谢表云:"少伏生之八岁,多太公之二年。"而洪容斋《随笔》详辨其生年致仕之岁,谓此联好事者为之。以灏在本朝,而年岁尚有讹传者,恐太公真八字未可问也。

何次道志勇

何次道充往瓦官寺礼拜甚勤。阮思旷裕语之曰:"卿志大宇宙,勇迈千古。"何曰:"卿今日何故忽见推?"阮曰:"我图数千户郡尚不能得,卿乃图作佛,不亦大乎?"

謹案:俱东晋初人。

墨 磨 人

石昌言蓄李廷珪墨,不许人磨。或戏之曰:"子不磨墨,墨将磨子。"

守财虏孳孳为利,一文不肯屈使,亦当告之曰:"子不用钱,钱将用子。"

吃 衣 着 饭

杨医官传"食绢方",为神仙上药。又一方,有寒疾者,盖稻席当愈。或嘲之曰:"君吃衣着饭,大是奇方。"

"吃衣着饭",可对"枕流嗽石"。

玄 龄 不 死

裴玄本好谐谈。为户部郎中时,左仆射房玄龄疾甚。省郎将问疾,玄本戏曰:"仆射病可,须问之;既甚矣,何须问也?"有泄其言者,既而随例看玄龄。玄龄笑曰:"裴郎中来,玄龄不死也!"

死 后 佳

叶衡罢相归。一日病,问诸客曰:"某且死,但未知死后佳否?"一士人曰:"甚佳。"叶惊问曰:"何以知之?"士人曰:"使死而不佳,死者皆逃归矣。一死不返,以是知其佳也。"满座皆笑。

大 八 字

有以星术见王元美者，座客争扣吉凶。元美曰："吾自晓'大八字'，不用若算。"问："何为大八字?"曰："我知人人都是要死的。"

娵 隅

郝隆为桓公南蛮参军。三月三日会作诗，不能者罚酒三升。隆既受罚，揽笔便作一句云："娵隅跃清池。"桓问："娵隅是何物?"隆曰："蛮名鱼为娵隅。"又问："作诗何用蛮语?"隆曰："千里投公，始得蛮府参军，那得不作蛮语?"

　　谨案：桓公为桓温。

鲇鱼上竹竿

梅圣俞以诗知名三十年，终不得一馆职。晚年预修《唐书》，语其妻刁氏曰："吾之修书，可谓猢狲入布袋矣。"刁曰："还是鲇鱼上竹竿。"

　　《闲燕尝谈》云：大观中，薛肇明和上皇御制诗，有曰："欢声似凤来衔诏，喜气如鸡去揭竿。"韩子仓戏为更之，曰："窘如老鼠入牛角，难似鲇鱼上竹竿。"时谓的对，尤胜于梅。

枝 头 干

元祐初，用治平故事，令大臣荐士试馆职。一时名士在馆者，率论资考次迁，未有越次进用者。张文翰、晁无咎俱在其间。一日，二人阅朝报，见苏子由自中书舍人除户部侍郎，无咎以为平缓，曰："子由除不离核。"谓如果之粘核者。张曰："岂不胜汝枝头干乎?"

梓州郪县

唐李镇恶谒选,授梓州郪县令。与友人书云:"州带子号,县带妻名。由来不属老夫,并是儿妇官职。"

孙少卿

北魏孙绍历职内外,垂老始拜太府少卿。谢日,灵太后曰:"公年似太老。"绍拜曰:"臣年虽老,臣卿太少。"后笑曰:"是将正卿。"

唐、宋二宗雅谑

曲江池,本唐开元中疏凿为胜境,南即紫云楼、芙蓉院,西即杏园、慈恩寺,花卉环周,烟水明媚。都人游赏,盛于中和、上巳节。即赐宴臣僚,会于山亭,赐太常教坊乐,池备彩舟,唯宰相、三使、北省官、翰林学士登焉,倾动皇州,以为盛观。裴休廉察宣城,未离京,值曲江池荷花盛发,同省阁名士游宴。自慈恩寺屏左右,随以小仆,步至紫云楼,见教坊人坐于水滨,裴与朝士憩其傍。中有黄衣,半酣,轩昂自若,指诸人笑语轻脱。裴意稍不平,揖而问曰:"贤所任何官?"率尔对曰:"喏,即不敢,新授宣州广德令。"反问裴曰:"押衙所任何职?"裴效之曰:"喏,即不敢,新授宣州观察使。"于是狼狈而步,同座亦皆奔散,朝士抚掌大笑。不数日,布于京华。后于铨司访之,云有广德令请换罗江。宣皇在藩邸,闻是说,与诸王每为戏谈。其后龙飞,裴入相,因书麻制,谓枢近曰:"喏,即不敢,新授中书门下平章事矣。"见《松窗杂录》。

寇准在中书,每召两制就第饮宴,必闭关苟留之。李宗谔尝于门扉下出走。后为修宫使,恩顾渐深。一日召至玉宸殿赐酒,宗谔坚辞以醉,且云"日暮"。上令中使附耳语云:"此中不须从门扉下出。"

宋 太 宗 语

宋丁谓尝以文谒王禹偁。禹偁称其文与孙何可比韩、柳，名遂大振。既而何冠多士，谓登第四，自以为与何齐名，耻居其下，胪传之际，殿下有言。太宗曰："甲乙丙丁，合居第四，复何言？"

可笑事　洛中新事

则天朝，蕃人上封事多加官赏，有为右台御史者。则天尝问左司郎中张元一："在外有何可笑事？"元一曰："朱前疑着绿，逯仁杰着朱。罗知微骑马，马吉甫骑骡。将名作姓李千里，将姓作名吴栖梧。左台胡御史，右台御史胡。"左台谓胡元礼，御史胡，盖蕃人为御史者。

王拱辰营地甚侈，尝起屋三层，最上曰"朝元阁"。时司马君实穿地丈余作一室。邵尧夫见富郑公。富曰："洛中有何新事？"邵曰："近有一巢居者，一穴处者。"以二公对。富大笑。

大夏男　新建伯

卢询祖袭封大夏男爵。有朝士戏曰："大夏初成。"卢答云："且得燕雀相贺。"

王文成公封新建伯，戴冕服入朝，有帛蔽耳。某公戏曰："先生耳冷？"公笑曰："我不耳冷，先生眼热。"

送还乡里

礼侍叶盛转吏侍。礼书姚夔设宴郑重，因曰："敝乡亲友，烦公垂念。"叶唯唯。不久，姚进太宰，叶携酒往贺，执杯献姚曰："今日送乡里还先生矣。"

崖　　州

丁晋公自崖州还,坐客谓:"天下州郡,何地最雄盛?"公曰:"唯崖州地望最重。"客问其故,答曰:"宰相只作彼司户、参军,他州何可及?"

不是崖州地望最重,还因宰相地望太轻。

张海水旱疏

给事中张海劾奏尚书杨鼎、王复、薛远、南部侍郎钱溥,谓"四方水旱,皆四人妨政失职所致"。时钱溥进表至京,冢宰尹旻询江南时事。溥答曰:"南直隶大熟,请以归诸公。北直隶大水,皆溥等当之。"旻笑曰:"谚云:'女婿牙疼,却灸丈母脚跟。'"众为哄然。

按针灸书,脚底有"丈母穴"。

周　文　襄

宋宣和六年,有卖青果男子孕而生女。国朝周文襄在姑苏日,有报男子生儿者,公不答,但目诸门子曰:"汝辈慎之!"

谨案:周忱谥文襄。

东　王　公

辛恭静见司马太傅。问:"卿何处人?"答曰:"西人。"太傅戏曰:"在西见西王母否?"辛曰:"在西不见西王母,过东已见东王公。"太傅大(笑)[愧]。

谨案:据《艺文类聚》卷二五校改。司马懿时为太傅。

石　学　士

石曼卿尝出游报宁寺，驭者失控，马惊走，曼卿堕地，戏曰："幸是石学士，若瓦学士，岂不破碎？"

大　理　寺

江晴渌以大理属使滇，至普安驿，供亿不具。左右欲笞其吏，江曰："翰林科道，人闻而惮之。若大理寺，远方之人且谓与报恩寺、大慈寺等，其官属亦善世、住持之类耳，恶乎笞？"

铜　司　业

国子监钱粮，例不刷卷，故谚曰"金祭酒，银典簿"。陆深升司业，稽考钱粮，其实空虚，适送供堂皂隶银数两至，色如黑铜。陆笑曰："正好谓之铜司业矣！"

延　平　府

武林邹虞知延平。延素产绣补，亲友皆索之。后抵任，四时多笋，补绝少，曰："吾任'损有余，补不足'也！"

三　甲　进　士

王伯固令太和，一士昂然而进曰："一等生员告状。"伯固敛容徐答曰："三甲进士不准。"

在他矮檐下，怎敢不低头？

孔　掾　吏

元皇庆间，浙江有孔掾吏，身躯短小，仅与小公案相等，凡呈牍文,必用低凳立。脱欢丞相以先圣子孙,每礼遇之。时有许文正公从祀孔子庙庭,公子孙知政事,恶孔风度不雅,以小过叱之退。脱欢曰:"他祖公容参政之父祖坐,参政反不容他子孙立?"相与一笑。

谨案:许衡,谥文正。

高　晋　陵

高爽尝经晋陵,诣刘葥,了不相接。高甚衔之。俄爽代葥为县,葥迎赠甚厚。爽受饷,答书署"高晋陵"。人问其故。爽曰:"刘葥自饷晋陵令耳,何关爽事?"

鲁　直　律　语

黄鲁直为礼部试官。或以柳枝来,有法官曰:"漏泄春光有柳条。"鲁直曰:"榆条准此。"盖律语有"余条准此"也。一坐大噱。

如　厕　谑

彭彦实一日往文渊阁东如厕,值少保陈方洲公亦来,却立。公疾行而过,笑曰:"以缓急为序。"他日公如厕,周赞善尧佐先在内。公戏曰:"人生何处不相逢。"

唐时一丞,偶因马上内逼急,诣大优穆刁绫宅。已登溷轩,而优适至。丞惭谢之。优曰:"侍郎他日内逼,再请光访。"

目　送　美　姝

王忠肃公不喜谈谐。一日朝退,见一大臣目送美姝,复回顾之。忠肃戏云:"此姝甚有力!"(先生)[大臣]曰:"(大臣)[先生]何以知之?"王应曰:"不然,公头何以掣转?"

谨案:据文义改。

西 施 山

西施教歌舞之地,名西施山。袁宏道与陶望龄同游。陶诗云:"宿几夜娇歌艳舞之山。"袁曰:"此诗当注明,不然,累君他日谥'文恪公'不得。"

钟 馗 图

刘廷美珏有《钟馗图》,求刘原博题诗于上,元旦悬之中堂。京师节日主人皆出贺,唯置白纸簿并笔砚于几,贺客至,书其名。是日朝士至者,见诗,各摘簿一叶录之而去,顷间簿已尽矣。明日复置一簿,亦如之。中书金本清戏曰:"此钟馗乃耗纸鬼也。"

原博诗曰:"长空糊云夜风起,不忿成群跳狂鬼。倒提三尺黄河冰,血洒莲花舞秋水。飞萤负火明月羞,栎窠影黑啼鹎鹐。绿袍乌帽逞行事,礫脑刳肠天亦愁。中有巨妖诛未得,盍驾飙轮驱霹雳。如何袖手便忘机,回首东方又生白。"

梅 河 豚

梅圣俞有《河豚诗》:"春洲生荻芽,春岸飞杨花。河豚于此时,贵不数鱼虾。"时盛传之。刘原甫戏曰:"郑都官有鹧鸪诗,人称郑鹧鸪。圣俞有河豚诗,当呼梅河豚矣。"

宋鲍当有《孤雁》诗:"天寒稻粱少,万里孤难进。不惜充君庖,为带边城信。"时人谓之"鲍孤雁"。谢逸有咏蝶诗三百首,如云"身似何郎全傅粉,心如韩寿爱偷香",又有"飞随柳絮有时见,舞入梨花无处寻",人盛称之,因呼为"谢蝴蝶"。明无锡黄公禄善方脉而能诗,尝咏雪毯云:"六花平地卷成毯,不待云斤月斧修。万古太阴深合处,一团元气未开头。金盆忽送来瑶岛,银索难将挂彩楼。只恐明朝易消歇,长江滚滚逐东流。"
人亦称为"黄雪毯"。

银　花　合

张昌龄、苏味道俱有诗名。一日昌龄曰:"某诗所以不及相公者,为无'银花合'也。"苏有《观灯》诗"火树银花合,星桥铁锁开"之句。苏曰:"公虽无'银花合',还有'金铜钉'。"张有《赠张昌宗》诗曰"昔日浮丘伯,今同丁令威",故云。相与抚掌。

黄鹂自古少

熊眉愚与江箓萝同官棘寺。一日江曰:"此中不乏佳树,惜黄鹂甚少。"熊曰:"黄鹂自古少也。"江问:"何以见之?"熊曰:"杜诗云'两个黄鹂鸣翠柳',那得多?"

杜　宗　武

杜甫子宗武以诗示阮兵曹,答以石斧一具,并诗还之。宗武曰:"斧,父斤也。使我呈父加斤削也。"阮闻之曰:"误矣! 欲子斫断其手。此手若存,天下诗名又在杜家矣。"

不　廉

沈约戏朱异曰:"卿年少,何乃不廉?"异逡巡未达其旨。约乃曰:"天下唯有文义棋书,卿一时将去,安得称廉?"

梦　仙　诗

王介甫尝见郑毅夫《梦仙》诗云:"授我碧简书,奇篆蟠丹砂。读之不可识,翻身凌紫霞。"大笑曰:"此人不识字,不勘自招。"毅夫曰:"不然,吾用李太白诗句耳。"王又笑曰:"自首减等!"

文 选

张凤翼刻《文选纂注》。一士夫诘之曰:"既云《文选》,何故有诗?"张曰:"昭明太子著作,于仆何与?"曰:"昭明太子安在?"张曰:"已死。"曰:"既死,不必究他。"张曰:"便不死,亦难究。"曰:"何故?"张答曰:"他读得书多。"

徒 以 上 罪

欧阳公与人行令,作诗两句,须犯徒以上罪者。一云:"持刀哄寡妇,下海劫人船。"一云:"月黑杀人夜,风高放火天。"欧云:"酒粘衫袖重,花压帽檐偏。"或问之,答曰:"当此时,徒以上罪亦做了。"

待 汤

李西涯在京邸,款同乡会试。酒数行,诸君告起,欲赴他席。公曰:"且住,有一题商之:'东面而征西夷怨'二句,诸君安知所以然乎?"众默然。公笑曰:"无他意,只是'待汤'。"

制 馄 饨 法

乔仲山家制馄饨得法,常苦宾朋索食。一日,于每客前先置一帖,且戒云:"食毕展卷。"既而取视,乃置造方也,大笑而散。自后无复索者。

得方胜得食。

李 康 靖 柬

韩忠献亿、李康靖若谷同游,至汝州。太守赵学士请康靖为门客，尤敬待韩，每至，即设猪肉。康靖尝柬韩云："久思肉味，请兄早访。"

　　谨案：据《宋名臣言行录》《言行龟鉴》，此是韩亿为布衣时事，与李若谷皆甚贫。

海　蜇

王敏道食海蜇，曰："人何苦嗜之哉？一响而已。"

　　岁中纸爆，亦只一响。好事者乃以纱绢装花为饰，每枚价至数十钱，更为可笑。万钱之费，不过一饱。长夜之欢，不过一醉。回想纷陈，皆海蜇耳。夫玉楼金谷，能得几时，花貌红颜，本非常住。而早暮驰逐不休，无非争此一响而已，岂不愚哉！

春　菜　诗

　　黄鲁直尝和东坡《春菜》诗云："公如端为苦笋归，明日春衫诚可脱。"苏戏语客云："吾固不爱做官，鲁直遂欲以苦笋硬差致仕。"

错着水、为甚酥

　　东坡在黄州时，尝赴何秀才会，食油果甚酥，因问主人："此名为何？"主人对以无名。东坡又问："为甚酥？"坐客皆曰："是可以为名矣！"又潘长官以东坡不能饮，每为设醴。坡笑曰："此必错着水也。"他日忽思油果，作小诗以求之，云："野饮花前百事无，腰间唯系一葫芦。已倾潘子错着水，更觅君家为甚酥。"

伐　冢

　　子由秉政，子瞻在翰苑。有故人欲干子由，因见子瞻，求其转言，冀得差遣。公徐曰："旧闻一人贫甚，无以为生，乃谋伐冢。遂破一墓,见一人裸体而坐,曰:'我杨王孙也,无物济汝。'复凿一冢,用力颇艰,既入,见一王者,曰:'我汉之文帝,遗制圹中无纳金玉,器皆陶瓦,汝可速出。'复二冢相连,乃先穿其左者,久之方透,见一人羸瘠而有饥色,曰:'我伯夷也,饿死首阳,安得应汝之求?'其人叹曰:'用力勤矣,竟无所获,不若更穿西冢,庶几有得。'羸瘠者谓曰:'劝汝别谋于他所。汝视我形骸如此,舍弟叔齐岂能为人也?'"故人大笑而去。

酒 肉 地 狱

东坡倅杭,不胜杯酌。奈部使者重公才望,朝夕聚首,疲于应酬,乃目杭倅为"酒肉地狱"。后袁谷代倅,适郡将与诸司不协,倅亦相疏。袁语人曰:"闻此郡为酒肉地狱,奈何我来,乃值狱空?"传以为笑。

龙 潭 寺 暗 室

陆氏兄弟游龙潭寺,见一暗室。弟曰:"此黑暗地狱也。"兄曰:"不然,是彼极乐世界。"

破 僧 戒

虎丘僧人长于酒肉,彼之视腐菜,如持戒者之视鱼肉,不胜额之蹙也。一日友人小集,有楚客长斋,特设素供。楚客意僧必持戒,揖与共席。吴兴凌彼岸笑语之曰:"毋为此僧破戒!"

李 得 雨

开成间,京师大旱,李德裕拜相,即日大雨。京师喜曰:"相公乃李得雨也。"

待阙鸳鸯社

朱子春未婚，先开房室，帷帐甚丽，以待其事。时人谓之"待阙鸳鸯社"。见《妆楼记》。

试守孝子

王仆射在江州，为殷、桓所逐，奔窜豫章，存亡未测。王绥在都，既忧戚在貌，居处饮食，每事有降。时人语为"试守孝子"。

> 谨案：王仆射，王愉。王坦之次子，时为江州刺史。殷、桓，殷仲堪、桓玄，二人推王恭为盟主，刻期同趋京师。是年八月，杨佺期及桓玄兵掩至，王愉无备，奔临川，后为桓玄兵所获。王绥，王愉之子也。

床　衣

陆龟蒙居笠泽，有一竹禅床，每用偃憩。时十月，天已寒，侍僮忘施毡褥。龟蒙已坐，急起呼曰："此节日，翁须是与些衣服，不然，他寒我也寒。"

骡耳马足

罗汝敬、马铎同在馆阁。严冬沍寒，罗不戴暖耳，马不穿毡袜。时戏之曰"骡耳马足"。

唐明皇骷髅

长安有安氏，家藏唐明皇骷髅，作紫金色，其家事之甚谨，因尔家富达，遂为盛族。后其家析居，争骷髅，斧为数片。张文潜闻之，即语曰："明皇生死为姓安人极恼。"合坐大笑。时秦少游方为贾御史弹，不当授馆职，文潜戏少游曰："千余年前贾生过秦，今复尔也。"闻者以为佳谑。

> 谤周公者，陈贾，而宋时劾朱子者亦名陈贾。汉有胡广，号中庸，而我朝胡文穆公名广，亦有中庸之号。事之巧乃有若此者。

焚 项 羽 庙

全椒旧有项羽庙，余翔为令，一炬焚之。王元美曰："此殆为咸阳三月火复仇耳。"

侯 景 熟

侯景围台城。或问陆法和云何。陆曰："待侯景熟。"问者不解。陆曰："凡取果，既熟，不撩自落。今侯景未熟耳。"

> 俗谓年老为熟，本此。

僧 诵 经

有僧诵经，至"无眼、耳、鼻、舌、身、意"。黄紫芝曰："焉用诵此？僧秃其头，而无眼、耳、鼻、舌，更成何物？"僧大笑。

猫 五 德

万寿僧彬师尝对客，猫踞其旁。谓客曰："人言鸡有五德，此猫亦有之。见鼠不捕，仁也；鼠夺其食而让之，义也；客至设馔则出，礼也；藏物甚密而能窃食，智也；每冬月辄入灶，信也。"

《阿房宫赋》两句

东坡在玉堂，一日读《阿房宫赋》，凡数遍，每一遍讫，即再三赏叹,至夜分犹不寐。有二老兵给事左右,坐久,甚苦之。一人长叹曰:"知他有甚好处,夜久寒甚不肯睡,连作冤苦声。"其一人曰:"也有两句好。"先一人怒曰:"你又理会得甚的?"曰:"我爱他道'天下之人不敢言而敢怒'。"叔党卧而闻之,明日以告东坡。东坡笑曰:"这汉子也有鉴识!"

　　谨案:苏过,字叔党,苏轼子。

天下极贱人

　　梁次公与一友夜谈,每至极快处,其友唯唯而已。次公问其故。友曰:"曾听过。"次公谑之曰:"汝是天下极贱人。"友骇问。次公曰:"天下极快之语,一经汝听过,便不值钱,非贱而何?"友亦大笑。

马　湘　兰

　　金陵名妓马湘兰,以豪侠得名。有坐监举人请见,拒之。后中甲榜,授礼部主事。适有讼湘兰者,主事命拘之。众为居间,不听。既来见,骂曰:"人言马湘兰,徒虚名耳!"湘兰应曰:"唯其有昔日之虚名,所以有今日之奇祸。"主事笑而释之。湘兰死后,哀挽成帙。或谓张宾王曰:"闻君有祭文甚佳。"张曰:"吾乃仿《赤壁赋》作者。"使诵之。张但举一语云:"此固一世之雌也,而今安在哉?"闻者绝倒。

呼　公　子

　　俞君宜少时,随父华麓公之官。有衙役呼以公子,公怒曰:"凡粗暴之性加人,必呼为太监性、牛性、公子性。等之太监与牛,辱吾甚矣!"

曹娥秀

名妓曹娥秀,色艺(具)[俱]绝。鲜于伯机尝以羲之呼之。一日,伯机宴客,因事入内,命曹行酒递遍。伯机出,曹曰:"伯机未饮。"客笑曰:"以伯机相呼,可为亲爱之至。"伯机佯怒曰:"小鬼头也敢无礼!"曹曰:"我呼伯机便无礼,只许尔叫王羲之?"坐客大笑。

谨案:据《说郛》卷七八下引《青楼集》校改。另《山居新话》卷二亦无"鲜于伯机尝以羲之呼之"一句。

徐月英

徐月英,江淮间娟也。金陵徐氏诸公子宠一营妓,死,乃焚之。月英送葬,谓徐公子曰:"此娘平生风流,没亦带焰。"

文戏部第二十七

子犹曰:迂士主文而讳戏,俗士逐戏而离文。其能以文为戏者,必才士也。尼父之戏也以俎豆,邓艾之戏也以战阵,晦翁之戏也以八卦,何独文人而不然?且夫视文如戏,则文之兴益豪;而虽戏必文,则戏之途亦窄,或亦砭迂针俗之一助云尔。集《文戏第二十七》。

成　语　诗

林观过年七岁,嬉游市中,以鬻诗自命。或戏令咏泄气,云:"视之不见名曰希,听之不闻名曰夷。不啻若是其口出,人皆掩鼻而过之。"

改《观音经》语

《观音经》云:"咒诅诸毒药,所欲害身者,念彼观音力,还着于本人。"东坡居士曰:"观音慈悲,若说还着本人,岂其心哉?"乃改云:"念彼观音力,两家都没事。"

坡语虽趣,然非所以止咒也。经之意深,坡之意浅。

改　苏　诗

苏诗:"无事此静坐,一日似两日。若活七十年,便是百四十。"近有任达者更之曰:"无事此游戏,一日似三日。若活七十年,便是二百一。"

子犹尝反其诗云:"多事此劳扰,一日如一刻。便活九十九,凑不上一日。"

旧 律 易 字

广东二贡士争名,至相殴。友人用旧诗更易诮之曰:"南北斋生多发颠,春来争榜各纷然。网巾扯作黑蝴蝶,头发染成红杜鹃。日落二人眠阁上,夜归朋友笑灯前。人生有打须当打,一棒何曾到九泉。"

> 谨案:宋高翥《清明日对酒》:南北山头多墓田,清明祭扫各纷然。纸灰飞作白蝴蝶,泪血染成红杜鹃。日落狐狸眠冢上,夜归儿女笑灯前。人生有酒须当醉,一滴何曾到九泉。

旧 绝 句 易 字

元微之贬江陵,过襄阳,夜召名妓剧饮。将别,作诗云:"花枝临水复临堤,也照清江也照泥。寄语东风好抬举,夜来曾有凤凰栖。"宋谢师厚作襄倅,闻营妓与二胥相好,此妓乞书扇,遂用元诗改末句云:"夜来曾有老鸦栖。"

南昌张相公、兰溪赵相公,皆与张江陵相左,由翰林谪州同。后屡迁,俱于辛卯入内阁。太仓王元驭当国,以诗戏之曰:"龙楼凤阁城九重,新筑沙堤拜相公。我贵我荣君莫羡,十年前是两州同。"

《西堂纪闻》云:"昨夜阴山贼吼风,帐中惊起黑髯翁。平明不待全师出,连把金鞭打铁骢。"此诗不知谁作,颇为边人传诵。有张师雄者,居洛中,好以甘言媚人,洛人呼为"蜜翁翁"。会官塞上,一夕传虏犯边,师雄仓惶震恐,衣皮裘两重伏土窟中。秦人呼土窟为土空。有人改前诗以嘲之曰:"昨夜阴山贼吼风,帐中惊起蜜翁翁。平明不待全师出,连着皮裘入土空。"

> 谨案:此条初见宋魏泰《东轩笔录》卷一五。

用旧诗句

杭有一妇,夫死,未终七即嫁,被讼于官,浼金编修为居间。临审时,金佯问问官云:"此辈何事?"官曰:"丈夫身死未终七,嫁与对门王卖笔。"金曰:"月移花影上阑干,春色恼人眠不得。"官笑而从末减。

改用旧诗句

方于鲁,徽人,用造墨起家,多荐绅交。有长安贵人寄兰州绒与方,时夏四月矣,方急制为衣,服之以夸示宾客。或作诗嘲之曰:"爱杀兰州乾鞑绒,寄来春后趱裁缝。寒回死等桃花雪,暖透生憎柳絮风。忽地出神挦细脚,有时得意挺高胸。寻常一样方于鲁,才着绒衣便不同。"或云此诗汪南溟作也。

谨案:宋杜子野诗:寻常一样窗前月,才有梅花便不同。汪道昆,字南溟,嘉靖间官兵部侍郎。

太仓一富人宴客,王元美与焉。馔有臭鳖及生梨子。元美曰:"世上万般愁苦事,无过死鳖与生梨。"坐客大噱。

谨案:杜甫诗:生离与死别,自古鼻酸辛。

缩字诗

石曼卿登第,有人讼科场,覆考落者数人,曼卿在焉。方与同年期集,使至,追所赐敕牒。余人皆泣而起,独曼卿笑语终席。次日,放黜者受三班借职。曼卿作诗曰:"无才且作三班借,请俸争如录事参。从此免称乡贡进,且须走马东西南。"

歇 后 诗

有时少湾者,延师颇不尽礼,致其师争竞而散。或用吴语赋歇后诗嘲之曰:"少湾主人吉日良时,束修且是爷多娘少。身材好象夜叉小鬼,心地犹如短剑长枪。三杯晚酌金生丽水,两碗晨餐周发商汤。年终算账索筵席《百家姓》有"索咸席赖"句,劈拍之声一顿相打。"

相传嘲监生诗云:"革车买得截然高大帽,周子窗前草满腹包。有朝一日高曾祖考,焕乎其有文章没分毫。"

云间求忠书院,为方正学建也。一日院观风,有儒童告考,张郡侯命学博往书院试之,缄二题,一曰"人力所通",一曰"鼻之于臭也"。时人为之语曰:"贡院求忠书,监场方考孺。不见人力所,但闻鼻之于。"

《千文》歇后诗

《启颜录》:唐封抱一任栎阳尉,有客过之,面黄身短,又患眼及鼻塞。抱一用《千字文》语嘲之曰:"面作天地玄,鼻有雁门紫。既无左达承,何劳罔谈彼?"

袁景文凯初甚贫,尝馆授一富家。景文性疏放,师道颇不立,未几辞归。其家别延陈文东璧。陈惩前事,待子弟甚严,然无他长,但善书耳。一日景文来访,文东适出,因大书其案云:"去年先生靡恃己,今年先生罔谈彼。若无几个始制文,如何教得犹子比。"

诸 理 斋 诗

凤林夏五,名景倩,延师周四维训子。以不称,欲再延。妻曰:"何为又增人口?"夫不从,又延罗成吾。时诸理斋亦馆于夏,戏曰:"夏五本是五,增口便成吾。四维尚未去,如何又请罗?"又夏五甚短,妻极长,每同立,仅齐妻乳。理斋作歇后语谑曰:"夏五官人'罔谈彼'，夏五娘子'靡恃己'。有时堂前相遇见，刚刚撞着'果珍李'。"

谨案：诸燮，号理斋，明嘉靖时名儒。

广 文 嘲 语

广文先生之贫，自古记之。近日士风日趋于薄，有某学先生者，人馈之肉，乃瘟猪也。先生嘲之曰："秀才送礼，言之可羞。瘦肉一方，'尧舜其犹'。"又有以铜银为贽者，又嘲之曰："薄俗送礼，不过五分，启封视之，'尧舜与人'。"或作破云："时官之责门人也，言必称尧舜焉。"

谨案：《论语·雍也》："尧、舜其犹病诸。"《孟子·离娄下》："尧、舜与人同。"

缩 脚 诗

旧有赋阙唇者云："多闻疑，多见殆，吾犹及史之，君子于其所不知。"盖四语皆出《四书》，皆隐"阙"字，而末句尤奇。吴江一老翁，貌似土地，沈宁庵吏部亦用此体赋云："入疆辟，入疆芜，诸侯之宝三，狄人之所欲者吾。"又吴中有顾秀才名达者，不学而狂。同学者嘲之云："在邦必，在家必，小人下，不成章不。"并堪伯仲。

谨案：一隐"土地"字："入疆土地辟"、"入疆土地荒芜"……全用《孟子》。一隐"闻"字，全用《论语》。

贯酸斋　解大绅

钱塘有数衣冠士人游虎跑泉，饮间赋诗，以"泉'字为韵。中一人但哦"泉、泉、泉"，久不能就。忽一叟曳杖而至，问其故，应声曰：

"泉、泉、泉,乱迸珍珠个个圆。玉斧砍开顽石髓,金钩搭出老龙涎。"众惊问曰:"公非贯酸斋乎?"曰:"然、然、然。"遂邀同饮,尽醉而去。

> 谨案:元贯云石,号酸斋,辞官后卖药钱塘。

寿春道士以小像乞解学士题咏。解作大书"贼、贼、贼",道士愕然。续云:"有影无形拿不得。只因偷却吕仙丹,而今反作蓬莱客。"

十 七 字 诗

正德间,有无赖子好作十七字诗,触目成咏。时天旱,府守祈雨未诚,神无感应。其人作诗嘲之曰:"太守出祷雨,万民皆喜悦。昨夜推窗看,见月!"守知,令人捕至,曰:"汝善作十七字诗耶? 试再吟之,佳则释尔。"即以别号"西坡"命题。其人应声曰:"古人号东坡,今人号西坡。若将两人较,差多!"守大怒,责之十八。其人又吟曰:"作诗十七字,被责一十八。若上万言书,打杀!"守亦哂而逐之。

> 一说:守坐以诽谤律,发配郧阳。其母舅送之,相持而泣。泣止,曰:"吾又有诗矣:发配在郧阳,见舅如见娘。两人齐下泪,三行。"盖舅乃眇一目者也。

吴、翟戏笔

霍山进士吴兰,高才玩世,以主事居乡。乡富人持大士像索赞。赞曰:"一个好奶奶,世间那里有。左边一只鸡,右边一瓶酒。只怕苍蝇来,插上一枝柳。"又有持寿星图求题,图有长松、明月、玄鹤、白鹿、灵龟。吴题云:"一枝松遮半边月,一只黄狗带着雪。若无老翁持杖赶,老鹰飞来抓去鳖。"

翟永龄偶过靖江,人咸以相公称之。时有一吏在坐,亦称相公。翟意谓人不加敬。后有出扇求诗者,此吏捉笔竟题于前。次至永龄,故为不能之状,题曰:"山不山,水不水,一片板上两个鬼。扇景:

一船二人。一吹笛,一摇橹。一个吹火通,一个舒火腿。吓得鸡婆,飞上天去。扇上画雁。世间名画见千万,不知此画出何许。"询知海槎,众人甚叛。

二 苏 诗

东坡夜宿曹溪,读《传灯录》,灯花堕卷上,烧一僧字,即以笔记于窗间,曰:"山堂夜沉寂,灯下读传灯。不觉灯花落,荼毗一个僧。"

苏子由见白足妇洗衣,作诗嘲佛印云:"玉箸插银河,红裙蘸绿波。再行三五步,浸入老僧窠。"

七 十 新 郎

王雅宜七十娶妾。许高阳嘲曰:"七十作新郎,残花入洞房。聚犹秋燕子,健亦病鸳鸯。戏水全无力,衔泥不上梁。空烦神女意,为雨傍高唐。"

谨案:许元复,明代书法家。

骂 孟 诗

李太伯贤而有文章,素不喜佛,不喜孟子,好饮酒。一日有达官送酒数斗,太伯家酿亦熟。一士人无计得饮,乃作诗数首骂孟子。其一云:"完廪捐阶未可知,孟轲深信亦还痴。岳翁方且为天子,女婿如何弟杀之。"又云:"乞丐何曾有二妻?邻家焉得许多鸡?当时尚有周天子,何必纷纷说魏齐。"李见诗大喜,留连数日,所与谈,莫非骂孟子也。无何酒尽,乃辞去。既而闻又有送酒者,士人再往,作《仁义正论》三篇,大率诋佛。李览之,笑曰:"公文采甚奇。但前次酒被公饮尽,后极索寞,今次不敢相留。"

蜘　蛛　诗

洛阳歌妇杨苎罗,聪慧有才思。杨凝式甚怜之。时有僧云辨者,善讲经,杨令对歌者讲。忽蜘蛛垂丝飔云辨前,杨笑谓歌者曰:"试嘲得着,奉绢二匹。"歌者应声曰:"吃得肚婴撑,寻思绕寺行。空中设罗网,只待杀虫生。"辨体充肚大,故嘲之。杨见诗绝倒,大叫:"和尚将绢来!"云辨惭且笑,与绢五匹。

谨案:杨凝式,唐末五代大书法家。

杨　公　复　诗

南京大理少卿长兴杨公复,在京甚贫,家畜一豕,日命童于玄武湖壖采萍藻为食。吴思庵时握都察院章,以其密迩厅事,拒之。杨戏作小诗送云:"太平堤下后湖边,不是君家祖上田。数点浮萍容不得,如何肚里好撑船?"谚云:宰相肚里好撑船。

嘲　林　和　靖

隐士林和靖傲许洞。许嘲之云:"寺里掇斋饥老鼠,林间咳嗽老猕猴。豪民送物鹅伸颈,好客临门鳖缩头。"

四　十　翁

庐陵欧阳重巡抚云南,以不给军粮夺职归。每过馆驿,必题诗壁上,大抵怨望之辞也。时年甫四十,称"涯翁书"。有无名氏书二绝于其诗后,云:"怨辞随处满垣飞,闻道先生放逐归。四十称翁非太早,人生七十古来稀。""醉翁千古号文宗,此日涯翁姓偶同。却想齐名就充老,世间安有四旬翁?"

近考庐陵谪滁,号醉翁,年止四十,作诗者未知也。然中丞之窃比文宗,诚可诮。

谨案:欧阳重,嘉靖间官御史。《明史》有传。

钱　鹤　滩

状元钱鹤滩已归田。有客言江都张妓动人,公速治装访之。既至,已属盐贾。公即往叩。贾重其才名,立日请饮。公就酒语求见。贾出妓,衣裳缟素,皎若秋月,复令妓出白绫帕请留新句。公即题云:"淡罗衫子淡罗裙,淡扫蛾眉淡点唇。可惜一身都是淡,如何嫁了卖盐人?"

谨案:钱福,松江华亭人,弘治三年状元。有《鹤滩集》。

欧　阳　景

有僧金銮,求欧阳景书与玉峰长老荐用。景封书曰:"金銮求与玉峰书,金玉相乘价倍殊。到底不关藤蔓事,葫芦自去缠葫芦。"

谨案:欧阳景,官太子洗马。《宋史》言其猾横不法。宋曾慥《类说》卷一六引《见闻杂录》,云是金鉴长老以阙斋供,将贷米于玉泉长老。

食　菌

松阳诗人程渠南,滑稽士也,与僧觉隐同斋。食菌,觉隐请渠南赋菌诗。应声作四句云:"头子光光脚似丁,只宜豆腐与菠薐。释迦见了呵呵笑,煮杀许多行脚僧。"闻者绝倒。

谨案:觉隐,明叶子奇《草木子》卷四作"道元"。

唐解元二诗

吴令命役于虎丘采茶。役多求，不遂，谮僧。令笞僧三十，复枷之。僧求援于唐伯虎，伯虎不应。一日过僧所，戏题枷上云："官差皂隶去收茶，只要纹银不要赊。县里捉来三十板，方盘托出大西瓜。"令询之，知为唐解元笔，笑而释僧。

伯虎尝出游遇雨，过一皂隶家。乞纸笔求画，唐遂画海蛳数百，题其上云："海物何曾数着君，也随盘馔入公门。千呼万唤不肯出，直待临时敲窟臀。"

采蟾酥差

太医院有采蟾酥差，差时仪从甚都。某院判欲以炫耀其友，枉道过焉。友作诗嘲曰："白马红缨出禁城，喧天金鼓拥霓旌。穿林过莽多豪气，拿住虾蟆坏眼睛。"

梦　鳝

南京王祭酒尝私一监生，其人忽梦鳝出胯下，以语人。人因为句曰："某人一梦甚跷蹊，黄鳝钻臀事可疑。想是翰林王学士，夜深来访旧相知。"见《耳谈》。

应履平诗

应履平为德化令，满考，吏部试论，文优而貌不扬，不得列上。乃题诗都门前云："为官不用好文章，只要须胡及胖长。更有一般堪笑处，衣裳糨得硬绷绷。"不书姓名。吏呈冢宰，曰："此必应知县也。"遂升考功。

谨案：应履平，明初人，《明史》有传。

裁　缝　冠　带

有业缝衣者,以贿得奖冠带。顾霞山嘲曰:"近来仕路太糊涂,强把裁缝作士夫。软翅一朝风荡破,分明两个剪刀箍。"

周　秀　才

东都周默未尝作东。一日请客,忽风雨交作。宋温戏曰:"骄阳为虐已成灾,赖有开筵周秀才。莫道上天无感应,故教风雨一齐来。"见《文酒清话》。

龙　宫　海　藏

正德中,御史某按浙,以"龙宫海藏"命题试,且云:"记出处者东立,不记者西退。"东西各半。已而东立者所作不称意,无赏。西退者作诗诮之曰:"东廊且莫笑西廊,我笑东廊枉自忙。海藏龙宫无你分,大家随我度钱唐。"

写　　真

姑苏蒋思贤父子写真。一日交写,皆不肖。时人嘲之曰:"父写子真真未像,子传父像像非真。自家骨肉尚如此,何况区区陌路人。"

弄　瓦　诗

无锡邹光大连年生女,俱召翟永龄饮。翟作诗嘲云:"去岁相召云弄瓦,今年弄瓦又相召。寄诗上覆邹光大,令正原来是瓦窑。"

独　眼　龙

吴中小集,有便宜行事之令,较拳高下,最后者为老儒,使之行酒。有行酒者,方病目,一睛红赤。众以"红"字为韵赋诗,唯刘元声最胜,诗云:"赢得人称独眼龙,怪来青白总非同。怜他满座能行酒,也算当场一点红。"

恶　字

李郁为荆南从事。有朝士寄书,字体殊恶。李寄诗曰:"华缄千里到荆门,章草纵横任意论。深荷故人相爱处,天行时气许教吞。"言堪作符也。

柏子庭诗

至元丙子,松江亢旱。闻方士沈雷伯道术高妙,府官遣吏赍香币过嘉兴迎之。比至,傲甚,谓雨可立致。结坛仙鹤观,行月孛法,下铁简于湖泖潭井,日取蛇燕焚之,了无应验,羞赧宵遁。柏子庭和尚素称滑稽,有诗一联云:"谁呼蓬岛青头鸭,来杀松江赤练蛇。"闻者绝倒。

　　子庭又有《可憎诗》云:"世间何物最堪憎,蚤虱蚊蝇鼠贼僧,船脚车夫并晚母,湿柴爆炭水油灯。"

东坡戏联

东坡谪惠州日,与一村校书为邻。年已七十,其妾生子,为具邀公。公欣然往。酒酣乞诗。公问妾年几何。曰:"三十。"乃戏赠一联云:"圣善方当而立岁,顽尊已及古稀年。"一时大噱。

东坡居惠,广守月馈酒六壶,吏尝跌而亡之。坡有诗云:"不谓青州六从事,翻成乌有一先生。"

而　已　诗

洪舜俞为考功郎,应诏言事,论台谏失职,词甚剀切。内有"其相率勇往而不顾者,惟恭请圣驾款谒景灵宫而已"句,遂为台官所谪,谓"祇见宗庙,重事也,而舜俞乃云'而已',有轻宗庙之意",因被落三官。舜俞自为诗云:"不得之乎成一事,却因而已失三官。"

宋艺祖幸朱雀门,指门额问赵普:"何不止书'朱雀门',乃着'之'字?"普曰:"语助耳。"艺祖曰:"之乎者也,助得甚事?"洪语本此。

谨案:洪舜俞,南宋时人。

榜　后　诗

孙山应举,缀名榜末。朋侪以书问山得失。答曰:"解名尽处是孙山,余人更在孙山外。"览者大笑。

王十朋正榜第一,李三锡副榜第一。时有戏正榜尾者曰:"举头虽不窥王十,伸脚犹能踏李三。"

周师厚在郑獬榜及第,只压得陈传一人。自赋诗云:"有眼不堪看郑獬,回头犹喜见陈传。"

长　妓　瘦　妓

杜牧为宣州幕。时有酒妓肥大,牧赠诗曰:"盘祖当时有远孙,尚令今日逞家门。一车白土将泥脸,十幅红绡补破裈。瓦棺寺里逢行迹,华岳山前见掌痕。不须啼哭愁难嫁,待与将书问岳神。"牧同时澧州酒纠崔云娘,形貌瘦瘠,每戏调,举罚众宾;兼恃歌声,自以为郢人之妙。李宣古当筵一咏,遂至箝口。诗曰:"何事最堪悲,云娘只自奇。瘦拳抛令急,长嘴出歌迟。只见肩侵鬓,唯忧骨透皮。不须当户立,头上有钟馗。"

生　张　八

北都有妓美色,而举止生梗,土人谓之"生张八"。因宴会,乞诗于处士魏野。野赠曰："君为北道生张八，我是西州熟魏三。莫怪尊前无笑语，半生半熟未曾谙。"一作"也难缠"。

谨案：魏野，宋真宗时人。宋北都为大名府。

贫　娼

吴生恋一娼，其人家甚贫。友人李云卿赋其事曰："可笑梨园地，翻为寂寞场。当街为客座，隔壁是厨房。屋柱悬灯挂，泥坯甃火厢。烟烟三幅幔，旧旧一张床。草荐累堆厚，绵衾襹襹胖。竹竿衣架短，麻布手巾长。双陆无全马，棋盘少二将。恐惶之茂甚，不可也之当。"一时传笑。吴生耻，遂绝往。

通　判

有以知县转管粮通判者，一郎中作诗贺之云："最妙无如转判通，州官门报气何雄。班联喜得先推府，尊重何须羡老同。丞簿晚生今已矣，教官侍教且从容。更有一般堪羡处，下仓攒典列西东。"后郎中亦谪济南通判，先通判者官德州，其属吏也。到任时，僚属满堂，即书此诗，持轴往贺之。及言其故，无不绝倒。

药　名　诗

陈亚好用药名为诗，曾知祥符县，亲故多干托借车牛。因作诗曰："地名京界足亲知荆芥，托借寻常无歇时全蝎。但看车前牛领上车前子，十家皮没五家皮五加皮。"亚尝言："药名用于诗，无不可，而斡运曲折，使各中理，存乎其人。"或曰："延胡索可用乎？"沉思久之，吟曰："布袍袖里怀漫刺，到处迁延胡索人。此可赠游谒措大。"

陈亚药名诗百首，如"风雨前湖近前胡，轩窗半夏凉半夏。""棋为腊寒呵子下呵子，衣嫌春暖（缩砂）［宿纱］裁缩砂。"《咏白发》云："若是道人头不白道人头，老君当日合乌头乌头。"《赠乞雨自曝僧》云：

"不雨若令过半夏半夏,定应晒作葫芦粑葫芦粑。"最脍炙人口。

萧凤仪《桑寄生传》四诗亦佳,然终避其奇巧。

謹案:据吴处厚《青箱杂记》卷一校改。

吃　语　诗

东坡作吃语诗《戏武昌王居士》云:"江干高居坚关扃,犍耕躬稼角挂经。篙竿系舸菰茭隔,笳鼓过军鸡狗惊。解襟顾景各箕踞,击剑赓歌几举觞。荆笄供脍愧搅聒,干锅更戛甘瓜羹。"

一孝廉口吃,谢在杭与徐兴公各赠绝句以难之。谢二首云:"绿柳龙楼老,林萝岭路凉。露来莲漏冷,两泪落刘郎。"又:"梨岭连连路,兰陵累累楼。流离怜冷落,郎辇懒来留。"兴公一首云:"留恋兰陵令,淋漓两泪热。岭萝凉弄濑,路柳绿连楼。"

反　酒　箴

《汉书》:陈遵与张竦相善,而操行不同。竦居贫无宾客,而遵昼夜酣呼。先是,黄门郎扬雄作《酒箴》以谏成帝,或为酒客难法度士,(云)譬之于物,[云]:"子犹瓶矣。观瓶之居,居井之眉。处高临深,动常近危。酒[醪]不(沾)[入]口,臧水满怀。不得左右,牵于纆徽。一旦叀碍,叀,上绢反,县也,犹云挂碍。为甕所轠。甕,丁浪反,砖甓井也。轠,音雷。身提黄泉,骨肉为泥。自用如此,不如鸱夷。韦囊,以盛酒。鸱夷滑稽,腹大如壶。尽日盛酒,人复借酤。常为国器,托于属车。天子属车,常载酒食。出入两宫,经营公家。由是言之,酒何过乎?"遵大喜,谓竦曰:"吾与尔犹是矣!"

謹案:据《汉书·游侠传》校改。

反 金 人 铭

孙楚《反金人铭》曰:晋太庙左阶前有石人焉,大张其口,而书其胸曰:"我古之多言人也,无少言,少言少事,则后生何述焉?夫惟立言,名乃长久,胡为(槐)[块]然,(自缄)[生钳]其口?"

谨案:据《艺文类聚》卷一九校改。

仿《春秋》

雪川月河莫氏称望族,家世以《春秋》驰声。至一酒楼饮,见壁间题云:"春王正月,公与夫人会于此楼。"盖轻薄子携妓来饮所题也。莫即援笔题其下云:"夏大旱,秋饥,冬雨雪,公薨。君子曰:不度德,不量力,其死于饥寒也宜哉!"见者大笑。

笋 墓 志

傅奕病,未尝问医。忽酣卧,蹶然曰:"吾死矣乎?"即自志曰:"傅奕,青山白云人也,以醉死,呜呼!"陶谷戏效之,作《笋墓志》曰:"边幻节,字脆中,晋林琅玕之裔也,以汤死。建隆年月日立石。"

曲 中 月 令

指挥陈铎善嘲,作《曲中月令》。其二月有云:"是月也,壁虱出,沟中臭气上腾,妓靴化为鞋。"

辊 卦

宋末淮南潘纯戏作"辊卦"。其词曰:"辊,亨,可小事,亦可大事。《彖》曰:辊,亨,天地辊而四时行,日月辊而昼夜明,上下辊而万事成。辊之时义大矣哉!《象》曰:地上有木,辊。君子以容身固位。

初六,辊,出门无咎。《象》曰:出门便辊,又何咎也? 六二,传于铁
辖。《象》曰:传于铁辖,天下可行也。六三,君子终日辊辊,厉无咎。
《象》曰:终日辊辊,虽危无咎也。九四,模棱吉。《象》曰:模棱之
吉,以随时也。六五,神辊。《象》曰:六五神辊,老于事也。上六,或
锡之高爵,天下揶揄之。《象》曰:以辊受爵,亦不足敬也。"切中輓
近膏肓,可发谐笑。

赋 韦 舍 人

天成年,卢文进镇邓,宾从祖饯。舍人韦吉年老,无力控驭,既
醉,马逸驰桑林中,被横枝胃挂巾冠,露秃而奔。仆夫趋救,则已坠
矣。旧患肺风,鼻癗疹而黑,卧于道周。幕客无不笑者。左司郎中
李任(戏为赋)、[祠部员外任瑶各占一韵而赋之,赋略]云:"当其厅
子潜窥,衙官共看,喧呼麦垄之中,偃仆桑林之畔。蓝挼鼻孔,(直)
[真]同生铁之椎;觑甸骷髅,宛似熟铜之罐。"闻者无不绝倒。

　　谨案:据《太平广记》卷二五二校改。

齑 赋

范文正公少时作《齑赋》,其警句云:"陶家瓮内,淹成碧绿青
黄;措大口中,嚼出宫商角徵。"盖亲尝忍穷,故得齑之妙处云。

偷 狗 赋

滕达道读书潜山僧舍。僧有犬,烹之。僧诉于县,县命作《偷狗
赋》。有警联云:"撤梵宫之夜吠,充绛帐之晨羞。团饭引来,喜掉续
貂之尾;索绹牵去,惊回顾兔之头。"令叹赏。

张公吃酒李公醉赋

郭景初夜出,为醉人所诬。官召景初诘其状,景初叹曰:"谚所

云'张公吃酒李公醉'！"官即命作赋。郭云："事有不可测，人当防未然。清河丈人，方肆杯盘之乐；陇西公子，俄遭酩酊之愆。"笑而释之。

成 语 赋 谑

三衢一子弟，淫其里锻工之女，为工所擒，不忍杀，以铁钳缺其左耳，纵之去。诸理斋作赋谑之，内一联云："君子将有为也，载寝之床；匠人斫而小之，言提其耳。"

会稽马殿干有美姬，善歌，时出佐酒。马死，有梁丞得之，亦侑觞。时陈无损酒酣，属句谑云："昔居殿干之家，爰丧其马。今入邑丞之室，无逝我梁。"一座绝倒。

倒 语 赋

熙宁未改科前，有吴俦贤良为庐州教授，尝诲诸生："作文须用倒语，如'名重燕然之勒'之类，则文势自然有力。"庐州士子遂作赋嘲之云："教授于庐，名俦姓吴。大段意头之没，全然巴鼻之无。"

典淮郡谢启

文本心典淮郡，萧条甚，谢贾相启有云："人家如破寺，十室九空；太守若头陀，两粥一饭。"

谨案：文本心，南宋末人，贾相即贾似道也。

须 虱 颂

王介甫、王禹玉同侍朝见。虱自介甫襦领而上，直缘其须。上顾之而笑，介甫不自知也。朝退，禹玉指告，介甫命从者去之。禹玉曰："未可轻去，愿颂一言。"介甫曰："何如？"禹玉曰："屡游相须，曾经御览。"众大笑。

贺侧室育子启

陆伯麟侧室育子,友人陆象翁以启戏贺之,曰:"犯帘前禁,寻灶下盟。玉虽种于蓝田,珠将还于合浦。移夜半鹭鹚之步,几度惊惶;得天上麒麟之儿,这回喝采。既可续诗书礼乐之脉,深嗅得油盐酱醋之香。"

谢 遣 妓 启

陶榖奉使江南,韩熙载遣家妓以奉厄匜。及旦,以书谢云:"巫山之丽质初临,霞侵鸟道;洛浦之妖姿自至,月满鸿沟。"韩召妓讯之,云是夕忽当浣濯。

末 名 柬

翟永龄与陆廉伯并以才学驰名,后陆发解,而翟名最后,以书柬所亲曰:"至矣尽矣,方知小子之名;颠之倒之,反在诸公之上。"

东 坡 制 词

东坡以吕微仲丰肥,戏之曰:"公真有大臣体,《坤》六二所谓'直、方、大'也。"及吕拜相,东坡制其词,曰:"果艺以达,有孔门三子之风;直大而方,得坤卦二爻之动。"

医 官

卢质好谐谑,为庄宗管记。会医官陈玄补医学博士,所司请稿。质立草云:"既怀厚朴之才,宜典从容之职。"庄宗览之,久为启齿。

戏吴主事句

吴江为刑部主事,差还复命。鸿胪寺官语之曰:"声音要洪大,正选通政时也。起身不要背上。"至日晷,吴果努力高声,亦无音节,又横走下御街西。孝庙为之解颜。时同僚杨郎中茂仁作一对句云:"高叫一声,惊动两班文武;横行几步,笑回万乘君王。"

　　谨案:孝庙,明孝宗。

决　僧　判

双渐尝为令,入僧寺中。主僧半酣矣,因前曰:"长官可同饮三杯。"渐怒,判云:"谈何容易,邀下官同饮三杯;礼尚往来,请上人独吃八棒!"

李翱尚书初守庐江,有僧相打,断云:"夫说法则不曾跌坐而坐,相打则偏袒左肩右肩。领来佛面前,而作偈言。各笞去衣十五,以例三千大千。"

买　僮　券

王褒买僮,名便了。僮曰:"欲使便了,皆当上券。不上券,便了不能为也。"褒乃为券曰:"神爵三年正月十五日,资中男子王子渊,从成都安志里女子杨惠买夫时户下髯奴便了,决卖万五千。奴从百役,不得有二言。晨起早扫,饮食洗涤,居常穿臼,缚帚裁盂,凿井浚渠,缚落锄园,研陌杜埤。地刻大枷,屈竹作杷,削治鹿卢。出入不得骑马载车,跰足大吷,下床振头。垂钩刈刍,织履作麤。粘雀张乌,结网捕鱼。缴雁弹凫,登山射鹿。入水捕龟,(浚)[后]园纵(鱼)[养]。雁鹜百余,驱逐鸱鸟。持捎牧猪,种姜养芋。长育豚驹,粪除堂庑,喂食马牛。鼓四起坐,夜半益刍。舍中有客,提壶行沽,汲水作餔。但当食豆饮水,不得嗜酒。欲饮美酒,惟得沾唇渍口,不得倾盂覆斗。不得晨出夜入,交关伴偶。多取蒲茅,益作绳索。雨堕无所为,当编蒋织薄。植种桃李,梨柿柘桑,三丈一树,八树为行,果类相从,纵横相当。果熟收敛,不得吮尝。犬吠当起,惊告邻里。撑门拄户,上楼击柝,持盾曳矛,环落三周。勤心疾作,不得遨游。筋老力索,种莞织席,事讫欲休,常舂一石。夜半无事,浣衣当白。若有私钱,主给宾客,不得奸私,事事关白。若不听教,当笞一百。"

谨案:据《艺文类聚》卷三五校改。

题　小　像

唐伯刚题郏仲谊小像云:"七尺躯威仪济济,三寸舌是非风起。一双眼看人做官,两只脚沿门报喜。仲谊云:是谁是谁? 伯刚云:是你是你!"

岳正再起再废。有自京师来者,传天子语于正曰:"岳正倒好,只是大胆。"正因写小像,遂隐括其辞题于上曰:"岳正倒好,只是大胆。唯帝念我,必当有感。如或赦汝,再敢不敢?"

化　须　疏

沈石田有《化须疏》,其序曰:"兹因赵鸣玉髯然无须,姚存道为之告助于周宗道者,于其于思之间,分取十鬣,补诸不足,请沈启南作疏以劝之。"疏曰:"伏以天阃之有刺,地角之不毛,须需同音,今其可索,有无以义,古所相通。非妄意以干,乃因人而举。康乐著舍施之迹,崔谌传插种之方。唯小子十茎之敢分,岂先生一毛之不拔! 唯有余以补也,宗道广及物之仁;乞诸邻而与之,存道有成人之美。使离离缘坡而饰我,当楀楀击地以拜君。把镜生欢,顿觉风标之异;临流照影,便看相貌之全。未容轻拂于染羹,岂敢易捻于觅句? 感矣荷矣,珍之重之! 敬疏。"

烹 鸡 诵

唐六如游僧舍,见雌鸡,请烹为供。僧曰:"公能作诵,当不斩也。"援笔题曰:"头上无冠,不报四时之晓;脚跟欠距,难全五德之名。不解雄先,但张雌伏。汝生卵,卵复生子,种种无穷;人食畜,畜又食人,冤冤何已。若要解除业障,必先割去本根。大众先取波罗香水,推去头面皮毛,次运菩萨慧刀,割去心肠肝胆。咄! 香水源源化为雾,镬汤滚滚成甘露。饮此甘露乘此雾,直入佛牙深处去,化生彼国极乐土!"僧笑曰:"鸡得死所。无憾矣!"乃烹以侑酒。

献 海 螺 简

舒雅才韵不在人下,以戏狎得韩熙载之心。一日得海螺甚奇,宜用滑纸,以简献于熙载,云:"海中有无心斑道人,往诣门下。若书材糙涩逆意,可使道人驯之,即证发光地菩萨。"熙载喜受之。发光地,十地之一,出《华严经》。

行 人 司 告 示

行人司闲僻,官吏罕到,市人每日取汲厅前,顽童戏坐公座。或有戏揭告示云:"示仰各吏典,以后朔望日,仍要赴司作揖。凡男妇汲水者,毋得仍前擅坐公座。"

策 结

有二编修谒李西涯。公曰:"近有一策题:'两翰林九年考满,推擢何官?'"二君笑云:"策破未有,先有一结:执事,事也,执事,责也,愚生何有焉?"公大笑,题升宫坊。

词

　　徐渊子舍人善谐谑。丁少詹与妻有违言,弃家居茶寮,茹斋诵经,日买海物放生,久而不归。妻求徐解之,徐许诺,见卖老婆牙者,买一篮饷丁,作词曰:"茶寮山上一头陀,新来学得么? 蝤蛑螃蟹与乌螺,知他放几多? 有一物,似蜂窠,姓牙名老婆。虽然无奈得他何,如何放得他?"丁大笑而归。

　　一人取妻,无元。袁可潜赠之《如梦令》云:"今夜盛排筵宴,准拟寻芳一遍。春去已多时,问甚红深红浅,不见不见,还你一方白绢。"

叶祖义诗词

　　叶祖[义]负隽声,尝曰:"世间有不分[不]晓事,吾因一联咏之:醉来黑漆屏风上,草写卢仝月蚀诗。"后以多语去官,独西湖二三僧相善,为之祖饯。僧曰:"世事如梦而已。"叶曰:"如梦如梦,和尚出门相送。"闻者绝倒。

　　谨案:据《夷坚支志景集》卷六校改。小题原阙"义"字。

词　　曲

　　张明善尝作《水仙子》讥时,云:"铺唇苦眼早三公,裸袖揎拳享万钟,胡言乱语成时用。大纲来都是哄,说英雄谁是英雄? 五眼鸡岐山鸣凤,两头蛇南阳卧龙,三脚猫渭水飞熊。"

　　王威宁越尤善词曲,尝于行师时见村妇便旋道傍,遂作《塞鸿秋》一曲:"绿杨深锁谁家院? 见一女娇娥,急走行方便。转过粉墙东,就地金莲,清泉一股流银线。冲破绿苔痕,满地珍珠溅,不想墙儿外,马儿上,人瞧见。"

　　元关汉卿嘲秃指《醉扶归》云:"十指如枯笋,和袖捧金樽。挡杀银筝字不真,搔痒天生钝。纵有相思泪痕,索把拳头揾。"

弘治间,王骐以进士授吴桥知县,仅八月免官,居家以词曲自乐。尝有妓为人伤目,睫下有青痕,遂作《沉醉东风》,曰:"莫不是捧砚时太白墨洒?莫不是画眉时张敞描差?莫不是檀香染?莫不是翠钿瑕?莫不是蜻蜓飞上海棠花?莫不是明皇宫坠下马?"

王西楼磐,平生不见喜愠之色。其家尝走失鸡,公戏作《满庭芳》云:"平生澹泊,鸡儿不见,童子休焦。家家都有闲锅灶,任意烹炮。煮汤的贴他三枚火烧,穿炒的助他一把胡椒。到省了我开东道。免终朝报晓,直睡到日头高。"

西安一广文,博学而廉介有气。罢官归,贫甚,戏作《清江引》云:"夜半三更睡不着,恼得我心焦躁。圪蹬的响一声,尽力子吓一跳,把一股脊梁筋穷断了!"

云间酒淡,有作《行香子》云:"浙右华亭,物价廉平,一道会买个三升,打开瓶后,滑辣光馨。教君霎时饮,霎时醉,霎时醒。听得渊明,说与刘伶,这一瓶约摸三斤。君还不信,把秤来称。有一斤酒,一斤水,一斤瓶。"

巧言部第二十八

子犹曰:古人戒如簧之舌,岂不以巧哉? 然"谈言微中,可以解纷",夫独非巧言乎? 如止曰谐谑而已,功与罪两不居焉,则诸公口中三寸,真有天孙机杼在矣! 集《巧言第二十八》。

花 名

温庭筠曰:"葡萄是赐紫樱桃,黄葵是镀金木槿花。"

黄 幡 绰

明皇与诸王会食。宁王错喉,喷上须。王惊惭不遑。上顾其悚悚,欲安之。黄幡绰曰:"此非错喉。"上曰:"何也?"对曰:"是喷帝。"上大悦。嚏,音帝。

玄宗尝登苑北楼望渭水,见一醉人临水。上问左右是何人,左右不知。黄幡绰曰:"此是年满典史。"上曰:"何以知之?"对曰:"更一转入流。"上笑。

玄宗小字三郎。幸蜀时过梓潼县,上停驿问黄幡绰曰:"车上铃声颇似人语。"对曰:"似言'三郎郎当'、'三郎郎当'。"后因名琅珰驿。

三 果 一 药

刘贡父觞客,苏子瞻有事欲先起。刘以三果一药调之曰:"幸早里,且从容。"苏答曰:"奈这事,须当归。"

投　壶

邵康节与李君锡投壶,君锡末箭中耳。君锡曰:"偶尔中耳。"康节曰:"几乎败壶。"

尹　字

苏颋幼时,有京兆[尹过瑰],令咏"尹"字。乃云:"丑虽有足,甲不全身。见君无口,知伊无人。"

　　谨案:据唐郑处诲《明皇杂录》卷上校改。瑰,苏瑰,颋之父。

姓　名　谑

郭忠恕嘲司业聂崇义云:"近贵全为聤,攀龙只是聋。虽然三个耳,其奈不成聪!"聂应声曰:"莫笑有三耳,何如蓄二心!"

王、甘姓

唐时有甘洽者,与王仙客友善,因以姓相嘲。洽曰:"王,计尔应姓田,为你面愈懒,抽却你两边。"仙客应声曰:"甘,计尔应姓丹,为你头不曲,回脚向上安。"

王、卢

北齐徐之才善谑,尝嘲王昕姓云:"有言则訏,近犬则狂,加颈足为马,拖角尾成羊。"嘲卢元明云:"卿姓在亡为虐,在丘为虚,生男为虏,配马成驴。"

麦、窦

隋麦铁杖为汝南太守，因朝集，考功郎窦威嘲之曰："麦是何姓？"铁杖曰："麦豆不殊，何忽见怪？"威赧然无以应。

沈、陈姓对

归安沈筠谿先生少绝敏颖，弱冠补博士弟子，与弟偕之城。时风雨暴作，遇陈方伯兄弟于邸。方伯戏曰："大雨沉沉，二沈伸头不出。"公矢口曰："狂风阵阵，两陈摇尾不开。"人称巧绝。

乂　名

张乂（天）〔入〕太学为斋长，其人渺小，动以苛礼律诸生。林叔弓作赋嘲云："身材短小，欠曹交六尺之长；腹内空虚，乏刘乂一点之墨。"又诗云："中分乂两段，风使十横斜，文上（全）〔元〕无分，人前强出些。"

谨案：据宋周密《齐东野语》卷一三校改。

安　石　名

刘邠与王安石最为故旧，尝拆安石名戏之曰："失女便成宕，无宀真是妡。下交乱真如，上头误当宁。"王大惭。宀，音绵。

王汾、刘攽、王觌

王彦和汾与刘贡父攽同趋朝。王戏刘曰："内朝日日须呼汝。"盖常朝知班吏，多云"班班"，谓之"唤班"。攽音班，故戏之。刘应声曰："寒食年年必上公。"汾、坟音近。刘又尝戏王觌云："公何故见卖？"王答曰："卖公值甚分文！"

治平初，濮安懿王原寝皆用红泥杂饰。刘贡父谓王汾曰："顷闻王坟赐绯，得非子有银章之命耶？"

陈亚、蔡襄

陈少卿亚，维扬人，善诗，滑稽尤甚。尝与蔡君谟会于僧舍。君谟题诗屏间曰："陈亚有心终是恶。"亚即索笔对曰："蔡襄无口便成衰。"

上官弼

陈亚知润州，幕中有上官弼，为亚所亲。任满将去，谓亚曰："郎中才行无玷，宜简调谴。"亚曰："君乃上官弼也，如下官口何？"弼笑而去。

贾黄中、卢多逊

贾黄中与卢多逊俱在政府。一日，京中有蝗虫，卢笑曰："某闻所有乃假蝗虫。"贾应声曰："亦闻不伤禾，但芦多损耳。"

苏子瞻、姜制之

苏子瞻与姜制之饮。姜举令云："坐中各要一物，是药名。"乃指子瞻曰："苏子。"子瞻应声曰："君亦药名也。若非半夏，定是厚朴。"众请其故。子瞻曰："非半夏，非厚朴，何故曰姜制之？"

章 得 象

章郇公得象，与石资政中立素相善。而石喜谈谴，尝戏章云："昔时名画有戴嵩牛、韩干马，今又有章得象也。"

华　嵩

京卫指挥华嵩以宿娼枷示。时中书夏仲昭以画竹名，适过马师桓家，因教坊相近，欲易便服，拉师桓往游。师桓戏曰："你不见华嵩事，又来画竹！"

黑齿常之

张文成工为俳谐诗赋。时大将军黑齿常之将出征，或勉之曰："公官卑，何不从行？"文成曰："宁可且将朱唇饮酒，谁能逐你黑齿尝脂？"

许敬宗

吏部侍郎杨思玄，贵恃外戚，倨待选流，为选者夏侯彪所讼，又为御史中丞郎余庆奏免。时中书许敬宗曰："杨必败矣！"人问之，许曰："一彪一狼，共着一羊，岂得不败？"

李素、杜兼

李素替杜兼时，韩吏部愈自河南令除职方员外郎归朝，问："前后之政如何！"对曰："将缣来比素。"

羽　晴

裴子羽为下邳令，张晴为县丞，二人俱有声气而善言语。论事移时，一吏窃议曰："县官甚不和。"或问其故。答曰："长官称雨，赞府道晴，终日如此，那得和？！"

谢伋、司马伋

绍兴末，谢景思守括苍，司马季思佐之，皆名伋。刘季高以书与景思曰:"公作守,司马九作倅,想事事皆'如律令'也。"闻者绝倒。

陆 远

陆楚生远,系进士陆大成从堂叔。大成发解南畿,颇有声望。远每对人呼"大成舍侄",人多厌之。时弇州在座,谑云:"当不得他还一句'远阿叔'也。"众为捧腹。

谨案:王世贞号弇州山人。

戚胡、陈鉴

戚学士澜美髯,院中呼"戚胡"。与陈司成鉴会宴,投漆木壶。陈顾戚曰:"戚胡投漆壶,真壶也,假壶也?"戚应声曰:"陈鉴看《臣鉴》,善鉴与,恶鉴与?"

马承学、钱同爱

吴人马承学,性好乘马,喜驰骤。同学钱同爱戏曰:"马承学,学乘马,汲汲而来。"马应曰:"钱同爱,爱铜钱,孳孳为利。"

侣钟、强珍

都宪侣钟与通政强珍同席。强执壶劝曰:"要你饮四钟。"侣应声曰:"你莫要强斟。"

林瑀、王轨

林瑀、王轨同作直讲。林谓王曰:"何相见之阔也?"王曰:"遭此霖雨。"瑀云:"今后转更疏阔。"王问其故。瑀云:"逢此短暑。"盖讥王之侏儒。

才宽、叶琪、史瑾

郡守才宽善谐谑,尝与尚书叶琪、知州史瑾同饮,各以名为戏。才曰:"作就衣裳穿不得,裁宽。"叶曰:"锣鸣鼓响军不动,拽旗。"史默无以应。才以大觥罚史,饮毕,才曰:"拼死吃河豚,屎灌。"

聂豹、郑洛书

永丰聂豹、三山郑洛书,为华亭、上海知县,同时有俊声,然议论殊不相下。一日同坐察院门侧,人报上海秋试罕中式者。聂公笑曰:"上海秀才下第,只为落书。"郑公应声曰:"华亭百姓当灾,皆因(业)[孽]报。"人咸以为妙对。

张更生、方千里

方千里一日会张更生。方作一令戏曰:"古人是刘更生,今人是张更生。手内执一卷《金刚经》,问尔是胎生、卵生、湿生、化生?"张答曰:"古人是马千里,今人是方千里。手执一卷《刑法志》,问尔是三千里、二千里、一千里?"

谨案:小题原误作"马千里"。

石　员　外

石中立员外,尝与同列观上南园所蓄狮子。主者曰:"县官日破肉十斤饲之。"同列曰:"吾侪反不及此。"石曰:"吾辈皆员外郎,敢比园内狮子?"

职方、翰林

陆式(齐)[斋]在水部最久,复还职方。李西涯戏之曰:"先生其知几乎,曷为又人职方也?"陆应曰:"太史非附热者,奈何只管翰林耶?"

> 谨案:据《元明事类抄》卷一七改。陆容,字文量,号式斋。

给事、尚书

夏忠靖公与给谏周大有同事治水。一日偕宿天宁寺,周早如厕,夏戏曰:"披衣拖履而行,急事急事!"周应声曰:"弃甲曳兵而起,尝输尝输!'

> 谨案:明叶盛《水东日记》卷二三,"急事急事"作"给事给事","尝输尝输"作"尚书尚书"。夏原吉谥忠靖。

先生、提举

浙江花提举与鄞县学官交往,后升佥事,提举至鄞,以旧谊,戏出对曰:"鸡卵与鸭卵同窠,鸡卵先生,鸭卵先生?"学官乃福建人,姓颜,应声曰:"马儿与驴儿并走,马儿蹄举,驴儿蹄举?"

陆、陈谑语

陆文量参政浙藩,与陈启东震饮,见其寡发,戏之曰:"陈教授数茎头发,无计可施。"启东曰:"陆大人满脸髭髯,何须如此。"陆大赏叹,笑曰:"两猿截木山中,这猴子也会对锯。"启东曰:"有犯,幸公勿罪。"乃云:"匹马陷身泥内,此畜生怎得出蹄?"相与抚掌竟日。

> 谨案:"计"与"笄"谐音。陈震,字启东,正德时官兵部侍郎。

佛　经　语

隋令卢思道聘陈。陈主用《观世音》语弄思道曰:"是何商人,赍持重宝?"思道即以《观世音》语报曰:"忽遇恶风,漂堕罗刹鬼国。"陈主大惭。

薛道衡为聘南使。时南朝一僧甚辩捷,道衡向寺礼拜,至佛堂门,僧大声读《法华经》云:"鸠盘荼鬼,今在门外。"道衡即应声还以《法华经》答云:"毗舍阇鬼,乃在其中。"众僧愧服。

《四书》语

虞集未遇时,为许衡门客。虞有所私,午后辄出馆。许每往不遇,因书于简云:"夜夜出游,'知虞公之不可谏'。"虞回,即对云:"时时来扰,'何许子之不惮烦'!"

秦少游自负髯美,语东坡曰:"君子多乎哉!"东坡应声曰:"小人樊须也!"一座绝倒。

余进士田,与汤进士日新相善,因戏曰:"'汤之《盘铭》曰苟'者,君乎?"汤即应声曰:"'卿以下必有圭'者,君也。"

> 谨案:《大学》:"汤之《盘铭》曰'苟日新⋯⋯'。"《孟子·滕文公上》:"卿以下必有圭田"。

詹侍御与苏大行五鼓行长安街,呵道声相近。苏问:"前行为谁?"从者曰:"通里詹爷。"苏曰:"詹之在前。"詹问:"后来为谁?"从者曰:"行人司苏爷。"回首曰:"后来其苏。"相顾一笑。

袁太冲七岁时,与群儿戏,自称"小相公"。彭鲁溪公出对云:"愿为小相。"袁应声曰:"窃比老彭。"

吕望之提举市易,曾子宣劾其违法。曾反坐,吕治事如故。刘贡父曰:"岂意'曾子避席','望之俨然'。"

> 谨案:前句出《孝经》,后句出《论语》。

浙解张巽才,名平等。郡守王公试题"'暮春者'至'风乎舞雩'",破中有"天地"二字,王赏其恰当,取居首。及乡试,总裁王公、监临王公皆无异赏。守力荐拔解,中丞公亦若不满,谓张曰:"赠汝一对,曰:'考诸"三王"而不谬,建诸"天地"而不悖。'"闻者绝倒。

沈括字存中,方就浴,刘贡父遽哭之曰:"存中可怜已矣!"众惊问之。曰:"死矣盆成括!"

石动箭尝诣国学,问博士曰:"孔门达者七十二人,几人冠?几人未冠?"博士曰:"经传无文。"动箭曰:"先生读书,岂合不解?冠者三十人,未冠者四十二人。"博士曰:"据何文解之?"动箭曰:"'冠者五六人',五六得三十也;'童子六七人',六七四十二也。"皆大笑。

一说:又问:"三千弟子,后来作何结果?"答曰:"二千五百人为军,五百人为旅。"

二 刘 谑 语

龙图刘烨,尝与刘筠聚会饮茗,问左右:"汤滚未?"皆言已滚。筠曰:"金曰鲧哉!"烨应声曰:"吾与点也。"一日连骑趋朝,筠马病足行迟。烨问;"马何迟?"筠曰:"只为五更三。"烨曰:"何不七上八?"言马蹄既点,该落步行。

俗 语 歇 后

吴中黄秀才相掀唇,人呼"小黄窍嘴",读书寺中。一日寺僧进面,因热,伤手拭地。黄作歇后语谑之曰:"光头滑,光头浪,光头练,光头勒。"谓"面荡拭拭"也。僧即应声戏曰:"七大八,七青八,七孔八,七张八。"盖隐"小黄窍嘴"四字。黄亦绝倒。

五 经 语

王三名观,恃才放诞。陆子履行四,性慎默,于(是)[事]无所可否,观尝以方直少之。然二人极相善。观尝寝疾,子履往候之。观以方帽包裹坐复帐中。子履笑曰:"体中小不佳,何至是?所谓王三惜命也。"观厉声曰："王三惜命,何如'六四括囊'?"

　　谨案:据宋朱弁《曲洧旧闻》校改。《易·坤》"六四:括囊,
　　无咎无誉"。

郑玄家奴婢皆读书。尝怒一婢,拽着泥中。一婢问曰:"胡为乎
泥中?"答曰:"薄言往愬,逢彼之怒。"

齐王俭为吏部尚书时,客有姓谭者,诣俭求官。俭曰:"'齐桓灭
谭',那得有汝?"答曰:"'谭子奔莒',所以有仆。"卒得职焉。

古　文　语

一士人家贫,与其友上寿,无从得酒,乃持水一瓶称觞曰:"君子
之交淡如。"友应声曰:"醉翁之意不在。"

杨大年亿,方与客棋,石曼卿自外至,坐于·隅。大年因诵贾谊
《鵩赋》以戏之曰:"止于坐隅,貌甚闲暇。"石遽答云:"口不能言,请
对以臆。"

黄州黄解元麻,荆州张状元(茂)[懋]修,相遇蓟门。黄年少有
貌,而张相君之子。黄故谑之曰:"思公子兮未敢言。"张即应声曰:
"怀佳人兮不能忘。"

　　谨案:万历八年庚辰状元张懋修,湖广荆州府江陵人,首辅
　　张居正子。居正败,革职为民。前句《九歌·湘夫人》,后句汉
　　武帝《秋风辞》。

西昌剧贼刘富年七十余,子侄六七人,曰尧,曰舜,暨禹、汤、文、
武、盘庚辈,时时行劫。张职方大来令西昌时,悬赏捕获,悉毙之杖
下,盗警始息。监司郡侯语次及之,张曰:"'圣人不死,大盗不止。'
犹龙氏已云矣!'众大笑。

　　谨案:犹龙氏,老子。

先 儒 成 语

李本建尝与文士饮汪司马斋中。有巧样苏制嵌铜锡壶,以火猛,烧流而化。李曰:"此所谓'流而不息,合同而化'也。"汪方停杯嗔仆,闻之大笑,其怒遂解。

> 谨案:汪司马,汪道昆南溟,官兵部侍郎。句出《礼记·乐记》。

陆通明世居洞庭,有吴生客于山。一日,陆内人临蓐。吴讯曰:"曾弄璋未?"陆曰:"暮生一女,已溺之矣。"吴嘲其讳曰:"先生极明,这事欠通了。"陆讶之。吴曰:"岂不闻'溺爱者不明'耶?"

> 谨案:朱熹《大学章句》:"溺爱者不明,贪得者无厌。"洞庭,指苏州洞庭山。

李 可 及

《唐阙史》:咸通中,优人李可及,因延庆节缁黄讲论毕,次及倡优为戏,乃褒衣博带,斋心升座,自称"三教论衡"。上问:"释迦是何人?"可及曰:"妇人也。"上骇曰:"有据乎?"可及曰:"《金刚经》云:'(跌)[敷]坐而坐。'(有夫有儿,非妇人而何)[或非妇人,何烦夫坐然后儿坐也]?"上为启齿,又问:"太上老君是何人?"可及曰:"妇人也。"上曰:"此何据?"可及曰:"《道德经》云:'吾有大患,为吾有身。'若非妇人,安得有娠乎?"又问:"文宣王何如人?"可及曰,"亦妇人也。"上曰:"此复何据?"可及曰:"《论语》曰:'沽之哉! 沽之哉! 我待价者也!'若非妇人,何乃待嫁?"上复大笑,宠赉有加。

> 谨案:据唐高彦休《唐阙史》卷下校改。"儿坐"之"儿"为妇人自称,不可改。

医　诀　语

《谐史》：蜀进士熊敦朴号陆海，负才不羁，自史馆改兵部，后左迁别驾。往辞座师江陵张相公。公曰："公与我同馆出身，痛痒相关，此后仕途宜着意。"熊曰："老师恐未见痛。"公曰："何以知之？"熊曰："王叔和《医诀》云：'痛则不通，通则不痛。'"公大笑。

《琵琶》、《荆钗记》成语

王元美为郎时，适有宴会，严世蕃与焉，候久方至。元美问之，曰："忽伤风耳。"元美笑曰："爹居相位，怎说出伤风？"时客大笑，亦有为咋舌者。

谨案：《琵琶记》："爹居相位，怎说着伤风败俗非理的言语？"

徐文贞公阶婿顾某，谒一缙绅。有坐客问云："此君何人？"缙绅戏曰："当朝宰相为岳丈。"

谨案：见《荆钗记》。

文贞公弟达斋，初宦都下，南归。江陵张居正为文贞门生，与诸君共饯之。临别而达斋醉甚，乃拊江陵背曰："去时还有张老来相送，来时不知张老死和存。"张甚衔之。语亦出《琵琶记》。

杂　成　语

尤延之为太常卿，杨诚斋为秘书监，皆善谑。一日延之诵一句请诚斋对，曰："杨氏为我。"出《孟子》。诚斋应曰："尤物移人。"出《左传》。

金给谏士希，本西域人。科中戏曰："贤哉回也！"出《论语》。失偶再娶，又相贺曰："这回好个风流婿！"出《琵琶记》。

恒　　言

张磊塘善清言。一日赴徐文贞公席,食鲳鱼、鳇鱼。庖人误不置醋,张云:"仓惶失措。"文贞腰扪一虱,以齿毙之,血溅齿上,张云:"大率类此。"文贞解颐。

病　　疟

中朝有小儿,父病,行乞药。主人问:"何病?"曰:"患疟也。"主人曰:"尊侯明德君子,何以病疟?"答曰:"来病君子,所以为疟耳。"

典《书经》

周愿好谐谑,尝谒尚书李巽。适李有故人子落魄不事。李遍问书籍古画,悉云卖去。复问云:"有一本虞永兴手写《书经》在否?"其子不敢言卖,暂云"典钱"。愿曰:"此《尚书》大灾。"李问:"何灾?"愿曰:"已遭《尧典》、《舜典》,又被此子典之。"李怒颜大开。

李趋儿　明鼓儿

陈亚少曾为于潜令,好以利口戏浪,人或厌之。太守马忠肃召戒于庭。俄有通刺谒者,称"大词郎李过庭"。公骂曰:"何人家子弟?"亚卒尔云:"想是李趋儿。"公徐悟之,大笑。

> 谨案:唐赵璘《因话录》卷四作姚岘及姚南仲事。《论语·季氏》:"鲤趋而过庭。"

(蔡)[刘]元城为谏议,论一执政,再三不降。朝路中见刘贡父,曰:"若迟回不去,当率全台论之,孔子所谓'鸣鼓而攻之'者。"刘应曰:"将谓暗箭子,元来鸣鼓儿。"先生素严毅,亦有笑容。

> 谨案:事见宋马永卿《元城语录》卷上。元城即北宋刘安

世,书中以"先生"称之。

陆　伯　阳

潘沧浪邂逅一客,扣姓字。客曰:"姓陆字伯阳。"潘笑曰:"齐景公有马千驷,民无得而称焉。六百羊值甚的?"

王　和　尚

吴僧姓王,因兄登第,还俗娶妇,而气极骄,众甚鄙厌。一日,偶同宴会,众谓优人曰:"王和尚颇作怪,汝可诮之。"因演《苏季子》传奇,起课者有"黄河尚有澄清日,岂可人无得运时"之语。优念云;"王和尚有成亲日,起课人无得运时。"众大笑,王逃席去。

铁　炮　杖

万历初,吴中优人有铁炮杖者,以黑短得名,善谑浪。某百户以红袍赴新亲宴,坐客嘱优嘲之。适演考试事,出"纸灰飞作白蝴蝶",铁炮杖对曰:"百户变了红蜻蜓。"一座大笑。

娄 师 德 园

袁德师尝买得娄师德故园地,起书楼。洛中人语曰:"昔日娄师德园,今乃袁德师楼。"

无 法 无 聊

都人陈延之,见一僧与中贵游金陵诸刹,因叙款曲,戏曰:"二君不是无法,即是无聊。"

家 兄 孔 方

袁中郎与江箂萝分宰长、吴二邑,中郎一无问馈。时兄石浦在翰林,江嘲中郎曰:"他人问馈,以孔方为家兄。君不问馈,以家兄为孔方耳。"

> 谨案:袁宏道,字中郎。其兄宗道号石浦。江盈科,号箂萝山人。

吴 妓 张 兰

吴妓张兰,色丽而年已娘行。一日客携游山,陆龙石戏曰:"老便老,还是个小娘。"陆有太医札付。张应声曰:"小便小,也是个老爹。"众皆鼓掌。《耳谈》作杜生、张好儿事。

丑 妇 八 字

南里先生娶妻,求国色,故久而不就。一旦为媒氏所欺,反奇丑。艾子往贺,因询其庚甲,欲为推算。南里先生闭目摇首而答曰:"辛酉戊辰,乙巳癸丑!"

谈资部第二十九

子犹曰：古人酒有令，句有对，灯有谜，字有离合，皆聪明之所寄也。工者不胜书，书其趣者，可以俟目，可以解颐。集《谈资第二十九》。

李先主雪令

李先主南唐烈主李昪。欲讽动僚属，雪天大会，出一令，借雪取古人名，仍词理通贯。时宋齐丘、徐融在座。昪举杯为令曰："雪下纷纷，便是白起。"齐丘曰："着屐过街，必须雍齿。"融意欲挫昪，遽曰："明朝日出，争奈萧何？"昪大怒，是夜收融，投于江。自是唯齐丘与谋。

谨案：时徐知诰（即李昪）尚以齐王专国政，有代吴之谋。

卦 名 令

苏子瞻倡酒令，以两卦名证一故事。一人云："孟尝门下三千客，'大有''同人'。"一人云："光武兵渡滹沱河，'既济''未济'。"一人云："刘宽婢羹污朝衣，'家人''小过'。"苏云："牛僧孺父子犯罪，先斩'小畜'，后斩'大畜'。"盖为荆公父子云。

二十八宿令

东坡谓佛印起令，曰："要头是曲名，尾是二十八宿，四个字不间。"东坡曰："'黄莺儿'，扑蝴蝶不着，'虚张尾翼'。"佛印应声答曰："'二郎神'，绕佛阁，想是'鬼奎危娄'。"

贾 平 章 令

咸淳中,贾平章似道宴马丞相廷鸾、江丞相万里。贾举令曰:"我有一局棋,寄与'洞中仙'。'洞中仙'不受,云:'自出洞来无敌手,得饶人处且饶人。'"《洞中仙》,曲名。下二句,古诗也。马云:"我有一渔竿,寄与'渔家傲'。'渔家傲'不受,云:'夜静水寒渔不饵,满船空载月明归。'"江云:"我有一犁锄,寄与'使牛子'。'使牛子'不受,云:'且存方寸地,留与子孙耕。'"盖讥似道也。

韩 襄 毅 公 令

韩襄毅公雍与夏公埙饮,各出酒令。公欲一字内有大人小人,复以谚语二句证之,曰:"伞字有五人。下列众小人,上侍一大人。所谓'有福之人人伏事,无福之人伏事人'。"夏云:"爽字有五人。旁列众小人,中藏一大人。所谓'人前莫说人长短,始信人中更有人'。"

> 谨案:韩雍、夏埙皆明英宗、宪宗时大臣。

陈 祭 酒 令

云间陈祭酒询,每酒酣耳热,有不平事及人有过,辄面发之。在翰林时,忤一权贵,出为州同。同僚饯行,有倡酒令各用二字,分韵相协,以诗书一句结之。陈学士循云:"轰字三个车,余斗字成斜。车车车,'远上塞山石径斜'。"高学士谷云:"品字三个口,水酉字成酒。口口口,'劝君更尽一杯酒'。"又一人云,'犇字三个牛,田寿字成畴。牛牛牛,'将有事乎(田)[西]畴'。"陈云:"蟲字三个直,黑出字成黜。直直直,'焉往而不三黜'!"合席大笑。

> 谨案:"将有事乎西畴",见陶渊明《归去来辞》。"焉往而

不三黜",见《论语》。陈询,景泰时为祭酒。

梅、郭二令相同

蜀人杜渭江朝绅令麻城,居官执法,不敢干以私。一日宴乡绅,梅西野倡令,要拆字,入俗语二句。梅云:"单奚也是奚,加点也是溪,除却溪边点,加鸟却为鸡。俗语云:'得志猫儿雄似虎,败翎鹦鹉不如鸡。'"毛石崖云:"单青也是青,加点也是清。除却清边点,加心却为情。俗语云:'火烧纸马铺,落得做人情。'"杜答云:"单相也是相,加点也是湘。除却湘边点,加雨却为霜。俗语云:'各人自扫门前雪,莫管他家瓦上霜。'"又云:"单其也是其,加点也是淇。除却淇边点,加欠却为欺。俗语云:'龙居浅水遭虾戏,虎落平阳被犬欺。'"

谨案:杜朝绅,嘉靖时进士。

苏州钱兼山、郭剑泉二宦,初甚相善,晚以小嫌成讼。袁节推断之,未服。某官置酒解和,并邀袁公。郭为令曰,"良字本是良,加米也是粮。除却粮边米,加女便为娘。语云:'买田不买粮,嫁女不嫁娘。'"盖有所刺也。钱曰:"其字本是其,加水也是淇。除却淇边水,加欠便成欺。语云:'马善被人骑,人善被人欺。'"袁曰:"禾字本是禾,加口也是和。除却和边口,加斗便成科。语云:'官无悔笔,罪不重科。'"某官执酒劝曰:"工字本是工,加力也是功。除却功边力,加系便成红,语云:'人无千日好,花无百日红。'"

刘端简公令

古亭刘端简公居乡,邑大夫或慢之。值宴会,端简公出令佐酒,各用唐诗一句,附以方言,上下相属。刘云:"'一枝红杏出墙来':见一半,不见一半。"含有诮意。一士夫云:"'旋斫松柴带叶烧':热灶一把,冷灶一把。"邑大夫云:"'杖藜扶我过桥东':我也要你,你也要我。”一时喧传,以为绝唱。

一说又云:“‘隔断红尘三十里’:你也看不见我,我也看不见你。”解之者曰:“‘点溪荷叶叠青钱’:你也使不得,他也使不得。”

谨案:刘采,麻城人,嘉靖时进士。历任南京吏部尚书,改南京兵部尚书。谥端简。

沈 石 田 令

沈石田、文衡山、陈白阳、王雅宜,游饮虎丘千人石上。时中秋,月色大佳,石田行令云:“取上一字,下拆两字,字义相协。”倡云:“山上有明光,不知是日光、月光。”文云:“堂上挂珠帘,不知是王家的、朱家的。”陈云:“有客到舘驿,不知是舍人、官人。”王云:“半夜生孩儿,不知是子时、亥时。”各赏大觥。

高 丽 僧 令

高丽一僧陪宴朝使,戏行一令曰:“张良、项羽争一伞。良曰凉伞,羽曰雨伞。”朝使信口曰:“许由、晁错争一葫芦。由曰油葫芦,错曰醋葫芦。”

都 宪 令

有镇边都宪与兵官不合。都宪于酒席间出令云:“天上有天河,地下有萧何。萧何手里持一本律,口称‘犯法之事莫做,发病之物莫吃’。”有所指于兵官也。兵官云:“天上有太阳,地下有张良。张良手里持一把剑,口称‘钢刀虽快,不斩无罪之人’。”时一太监在座,欲为分解,即云:“天上有雪山,地下有寒山。寒山手里持一把扫帚,口称‘各人自扫门前雪,莫管他家瓦上霜’。”遂一笑而散。

罗状元令

《豫章诗话》云：罗状元念庵，与邹公、某公有寺观之集。邹指塑像出令曰："祖师买巾，价只要轻。以是买不成，披发到于今。"某曰："玉皇买伞，价只要减。以是买不成，头顶一片板。"罗曰："观音买鞋，价只要捱。以是买不成，赤脚上莲台。"

> 谨案：明罗洪先，嘉靖八年状元。学宗王阳明。"祖师"，指玄武大帝。

《四书》令

有人为令云："子路百里负米，不知是熟米、糙米？若是熟米，'子路不对'；若是糙米，'子路请祷'。"一人云："子路宿于石门，不知开门、闭门？若是开门，'由也升堂'；若是闭门，'子路拱而立'。"

薛　涛　令

薛涛辨慧。有黎州刺史作《千字文》令，带鱼禽鸟兽。乃曰："有虞陶唐。"涛曰："佐时阿衡。"其人谓语中无鱼鸟，行罚，薛曰："衡字内有小鱼字。使君'有虞陶唐'，都无一鱼。"坐客大笑。又高骈镇成都，命涛为一字令，曰："须得一字象形，又须逐韵。"高曰："口，有似没梁斗。"涛曰："川，有似三条椽。"节度曰："如何一条曲？"涛曰："相公为西川节度使，尚使一没梁斗。至于穷酒佐，三条椽内一条曲，又何足怪？"

各 言 土 产

昔周益公、洪容斋尝侍寿皇宴，因谈肴核。上问："洪卿乡里所产？"洪，鄱阳人也，对曰："沙地马蹄鳖，雪天牛尾狸。"又问周。周，庐陵人也,对曰:"金柑玉版笋,银杏水晶葱。"上吟赏。又问一侍从,忘其名,浙人也,对曰:"螺头新妇臂,龟脚老婆牙。"四者皆海鲜也。上为之一笑。

昔人以"四海习凿齿,弥天释道安",及"云间陆士龙,日下荀鸣鹤"为美谈。当是创者易为工耳。

谨案:周必大,封益国公。洪迈,号容斋。寿皇,南宋孝宗禅位光宗后,上尊号寿皇圣帝。

仙　对

江西有提学出对云:"风摆棕榈,千手佛摇折叠扇。"诸生不能应,乃相与祈鸾仙。降书自称李太白,对云:"霜凋荷叶,独脚鬼戴逍遥巾。"

刑部郎中黄暐亦尝召仙,令对"羊脂白玉天"。乩云:"当出丁家巷田夫口。"公明日往试之,其一耕者锄土甚力。问:"此何土?"耕者曰:"此鳝血黄泥土也。"公大嗟异。他如"雪消狮子瘦,月满兔儿肥","七里山塘,行到半塘三里半;九溪蛮洞,经过中洞五溪中","菱角三尖,铁裹一团白玉;石榴独蒂,锦包万颗珍珠",皆乩仙笔,可称名对。

又相传有俗对云:"塔顶葫芦,尖捏拳头捶白日;城头箭垛,倒生牙齿咬青天。"亦工而可笑。

鬼　对

旧一举子,旅店中闻楼下一人出对云:"鼠偷蚕茧,浑如狮子抛毬。"思之不能对。至死,魂常往来楼中诵此对,人不敢止。后一举子强欲上楼,夜中果有诵此对者,乃对曰:"蟹入鱼罾,却似蜘蛛结网。"怪遂绝响。

一说:对云"独立溪桥,人影不随流水去;孤眠野馆,梦魂常到故乡来"。

高 则 成

高则成六七岁,颖异不凡。邻有尚书某,绯袍出送客。高适自塾归,时衣绿衣。尚书呼语之曰:"出水蛙儿穿绿袄,美目盼兮。"高应声曰:"落汤虾子着红衫,鞠躬如也。"尚书大惊异,称为奇童。

谨案:高明,字则成,《琵琶记》作者。

蒋 涛

苏郡蒋涛,幼聪慧善对。一日,有父执武弁者同游佛寺,指殿上三佛出对曰;"三尊大佛,坐狮、坐象、坐莲花。"涛对曰:"一介书生,攀凤、攀龙、攀桂子。"既出寺,某部军牵涛衣,问:"适间本官出何对?"涛以所出告之。又问:"汝对若何?"涛曰:"我对'一个小军,偷狗、偷猫、偷芥菜'。"

涛对多可采者,如"三跳跳下地,一飞飞上天","冻雨洒窗,东二点,西三点;切糕分客,上七刀,下八刀。"皆精切。

杨 大 年 对

旧学士院壁间有题云:"李阳生,指李树为姓,生而知之。"久无对者。杨大年为学士,乃对云:"马援死,以马革裹尸,死而后已。"

谨案:杨亿,字大年。宋真宗时为翰林学士。

李 空 同 对

李空同督学江西,有士子适用其姓名。公呼而前曰:"汝不闻吾名而敢犯乎?"对曰:"名命于父,不敢更也。"公思久之,曰:"我且出一对试汝,能对,犹可恕也。曰:蔺相如,司马相如,名相如,实不相如。"其人思不久,辄应曰:"魏无忌,长孙无忌,彼无忌,此亦无忌。"公笑而遣之。

> 谨案:李梦阳,号崆峒。明中叶文坛前七子领袖。

唐状元对

唐皋以翰林使朝鲜。其主出对曰:"琴瑟琵琶,八大王一般头面。"皋即应对曰:"魑魅魍魉,四小鬼各自肚肠。"主大骇服。

> 谨案:唐皋,正德九年甲戌状元。

五字一韵对

边尚书贡继妻胡氏,能通书义。边多侍姬,胡常反目。一日宴客,客举令曰:"讨小老嫂恼。"边不能对。胡以片纸书"想娘狂郎忙"五字,云:"何不以此对之?"坐客大笑。

> 谨案:边贡,弘治进士,官至户部尚书。前七子之一。

徐晞为郡吏日,偶随守步庭墀中。见一鹿伏地,守得句云:"屋北鹿独宿。"晞应声曰:"溪西鸡齐啼。"守大惊异,遂不以常礼遇之。

> 谨案:徐晞,明正统间官至兵部尚书。

冯损之对

慈溪冯益,字损之。其叔为僧,益往访之。叔戏出对曰:"荷叶荷花,似青凉伞盖佳人之粉面。"对曰:"瓠藤瓠子,如黄麻绳系和尚之光头。"

　　谨案:冯益,永乐时举人。《水东日记》称其有虚名而无实才。

董　通　判　对

　　常州府同知吴、通判董,至无锡饮红白酒而醉。吴出对云:"红白相兼,醉后不知南北。"董云:"青黄不接,贫来卖了东西。"

陆　采　对

　　东郊巡按苏松,刷卷许御史戏云:"北台东御史,西人巡按南方。"东不能属。陆公采私为对云:"冬官夏侍郎,春日办完秋税。"又李空同在江西,有对云:"孤雁渡江,顾影徘徊如得偶。"人不能对。陆云:"老翁照镜,鉴形仿佛似传神。"

　　谨案:东郊,正德时为巡按御史。

于　肃　愍　对

　　于肃愍谦公幼时,其母梳其发为双角,日游乡校。僧人兰古春见之,戏曰:"牛头喜得生龙角。"公即对曰:"狗口何曾出象牙!"僧已惊之。公回对母曰:"今不可梳双髻矣。"他日古春又过学馆,见于梳成三角之发,又戏曰:"三角如鼓架。"公又即对曰:"一秃似雷槌。"古春遂语其师曰:"此儿救时之相也!"墓志载古春为此。

吕　升　对

　　杨季任金浙宪时,见数童从社学归,中一生手抛书囊而戏。季任召至前,见其秀异,出对曰:"童子六七人,无如尔狡。"生应声曰:"太守二千石,莫若公……"其尾一字不言,且请赏。许之,乃曰:"莫若公廉。"季任诘之曰:"设不赏云何?"答曰:"莫若公贪。"季任大奇之。生名吕升,官至江西佥宪。

谨案:吕升,永乐间人。历官清慎,后入为大理少卿。

莫廷韩对

屠赤水与莫廷韩一日游顾园,酒酣,屠偶吟云:"檐下蜘蛛,一腔丝意。"莫信口云:"庭前蚯蚓,满腹泥心。"

谨案:屠隆,号赤水。莫是龙,字廷韩。皆为嘉靖间江南名士。

泰兴令对

泰兴令胡瑶壁一门子,忽见一掾挑之与密语,以为嫌,问掾何语。掾急遽曰:"渠是小人表弟,语家事耳。"令即出一对曰:"表弟非表兄表子。汝能对,免责。"掾应声曰:"丈人是丈母丈夫。"令笑而觞之以酒。

此令犹能惜才。

俗 语 对

一布政守官尽职,不求汲引,执政失于迁擢。入觐将回,乡人为侍郎者饯之,因邀同部会饮。中一人见止布政一客,戏出对曰:"客少主人多。"众未及应,布政遽曰:"某有一对,诸大人幸勿见罪。"乃对曰:"天高皇帝远。"众愕然。

他如"狗毛雨,鸡脚冰","口串钱,脚写字","掘壁洞,开天窗","立地变,报天知","将见将,人吃人","护儿狗,抛娘鸡","伸后脚,讨饶头","贼摸笑,鬼见愁","半缆脚,直栌头","奶婆种,长工坯","下镶涨,上场浑","眼里火,耳边风","赶茶娘,偷饭鬼","将脚屋,泻肚街","王姑李,郁婆斋","长脚狗,矮忐猪","开路神,压壁鬼","硬头皮,老脚底","拔短梯,使暗箭","一脚箭,两面刀","坐坛遣将,排门起夫","剜肉做疮,忍屎凑饱","酒肉兄弟,柴米夫妻","三灯火旺,六缸水浑","两手脱空,四柱着实","将酒劝人,赔钱养汉","灰勃六秃,泥半千秋","大话小结果,东事西出头","猫口里挖食,虎头上做窠","钟馗捉小鬼,童子拜观音","口甜心里苦,眼饱肚中饥","吹鼓打喇叭,吃灯看圆子","捏鼻头做梦,挖耳朵当招","板板六十四,掷掷幺二三","好心弗得好报,痴人自有痴福","看孤山守白浪,吃家饭屙野屎","东手接来西手去,大船撑在小船边","强将手下无弱兵,死人身边有活鬼","缺嘴口里咬跳虱,癞痢头上拍苍蝇","好汉吃拳弗叫痛,败子回头便做家","茶弗来,酒弗来,那得山歌唱出来;爷在里,娘在里,搓条麻绳缚在里",俱称绝对。

陈启东善属对,尝思"约颈葫芦"四字未就,方浴而得之,曰:"空心萝卜,天生语也!"喜而跃,浴盘顿破。

重　字　对

陈启东训导分水,一人题桥上云:"分水桥边分水吃,分分分开。"启东过而见之,对曰:"看花亭下看花回,看看看到。"皆其地名也。

国初,有某解元及第后,偕伴至妓馆。妓知其才名,欲试之,乃瀹茶止一瓯,而三分之以进,曰:"三分分茶,解解解元之渴。"即应声曰:"一朝朝罢,行行行院之家。"

金　用　对

苏士金用元[宾],每嘲人,诗歌俳语顷刻立就,争相传笑。一日在文内翰家,浪谑,蒙师潘［老,潘］愠曰:"吾有一语,能对甘侮。曰:'王大夫昆季筑墙,一土蔽三人之体。'"金即曰:"潘先生父子沐发,番水灌两牛之头。"满座大笑。

> 谨案:据明陆粲《说听》卷下校改。金用,字元宾。小题原作"金用元对",今删去"元"。文内翰,文徵明,曾入翰林。

三光日月星

元祐初,东坡复除翰林学士,充馆伴北使。辽使素闻其名,思以奇困之。其国旧有一对,曰"三光日月星",无能属者,首以请于坡。坡唯唯,谓其介曰:"我能而君不能,亦非所以全大国之体。'四诗风雅颂',天生对也,盍先以此复之?"介如言。使方叹愕,坡徐对曰:"四德元亨利。"使睢盱欲起辨。坡曰:"而谓我忘其一耶?谨閟而舌,两朝兄弟邦,卿为外臣,此固仁祖之庙讳也。"使出其不意,大骇服。

> 近张幼于以"六脉寸关尺"对,亦佳。

> 震泽吴闻之翰林善作对,每言"日月星"为天文门,"风雅颂"殊为假借,更对云"一阵风雷雨",见者谓有神助。又旧对"新月如弓,残月如弓,上弦弓,下弦弓;朝霞似锦,晚霞似锦,东川锦,西川锦"。吴谓上下弦用历语,东西川殊不类,更对云:"春雷似鼓,秋雷似鼓,发声鼓,收声鼓。"盖历有"雷始发声"、"雷乃收声"语也。

刘　季　孙

王荆公尝举《书》句语刘季孙曰:"'念兹在兹,释兹在兹,名言兹在兹。'有何可对?"季孙应声曰:"揭谛揭谛,波罗揭谛,波罗僧揭谛。"安石大笑。

谨案："揭谛揭谛"云云见《心经》。刘季孙,字景文,死事大将刘平之子。

戴大宾对

戴大宾八岁游泮,主师指厅上椅属对云:"虎皮褥盖学士椅。"即对云:"兔毫笔写状元坊。"主师大奇之。十三中乡试,有贵公来谒其父,见戴戏庭侧,尚是一婴稚,以为业童子艺也,出一对曰"月圆",即应曰"风扁"。问:"风何尝扁?"曰:"侧缝皆入,不扁何能?"又出一对曰"凤鸣",即应曰"牛舞"。问:"牛何尝舞?"曰:"百兽率舞,牛不在其中耶?"贵公大加叹赏,询之,即大宾也,已成乡举矣。对语皆含刺云。

谨案:戴大宾,明正德进士,时方弱冠。

随口对

文皇尝谓解学士曰:"有一书句甚难其对,曰'色难'。"解应声曰:"容易。"文皇不悟,顾谓解曰:"既云易矣,何久不属对?"解曰:"适已对矣。"文皇始悟,为之大笑。

李西涯居政府时,庶吉士进谒,有言"阁下李先生"者。公闻之,既相见,因曰:"请诸君属一对,云'庭前花始放'。"众疑其太易,转思未工。各沉吟间,公曰:"何不对'阁下李先生'?"相赞而笑。

蔡霞山对

蔡霞山督学楚中,行部试士,见一生坐小舟读书。蔡呼生至,令其属对曰:"未明求衣。"生未答。蔡曰:"何不对'临渴掘井'?"

孙临对

韩玉汝治秦州,尚严。人语曰:"宁逢暴虎,莫逢韩玉汝。"孙临滑稽,尤善对。或问曰:"'莫逢韩玉汝',当(何)以[何]对?"临应声曰:"(何)[可]怕李金吾!"闻者赏之。

　　谨案:据《东坡志林》校改。韩缜字玉汝,暴虐骄奢。

世宗朝长对

　　世宗皇帝修玄,学士争献青词为媚。时远方有献灵龟者,上自出对云:"赤水灵龟双献瑞。天数五,地数五,五五二十五数,数数合于道。道号元始天尊,一诚有感。"一词臣对云:"丹山彩凤两呈祥。雌声六,雄声六,六六三十六声,声声闻于天。天生嘉靖皇帝,万寿无疆。"上喜甚,厚赍之。

朱 云 楚

　　赣妓朱云楚子卿,警慧知书。赵时逢遘可为守,尝会客,果实有炮栗。赵指之曰:"栗绽缝黄见。"坐客属对,皆莫能。楚辄曰:"妾有对。"取席间藕片以进曰:"藕断露丝飞。"赵大奇之。见《谈薮》。

妓 对

　　有郡丞席上作对,属云:"酒热不须汤盏汤。"一妓对曰:"厅凉无用扇车扇。"见《文酒清话》。

古人姓名谜

　　元祐间,士夫好事者,取达官姓名为诗谜,如"长空雪霁见虹霓,行尽天涯遇帝畿。天子手中执玉简,秀才不肯着麻衣",谓韩绛、冯京、王珪、曾布也。又取古人而传以今事,如"人人皆戴子瞻帽,君实新来转一官。门状送还王介甫,潞公身上不曾寒",谓仲长统、司马迁、谢安石、温彦博。

"佳人佯醉索人扶,露出胸前白玉肤。夏入帐中寻不见,任他风雨满江湖。"隐贾岛、李白、罗隐、潘阆名谜。

灯　　谜

"十谒朱门九不开,满头风雪却回来。归家懒睹妻儿面,拨尽寒炉一夜灰。"一药名:常山、砒霜、狼毒,焰硝;一病名:喉闭、伤寒、暴头、火丹。

陈　亚　谜

陈亚自为亚字谜曰:"若教有口便哑,且要无心为恶。中间全没肚肠,外面任生棱角。"

辛未状元谜

辛未会试,江阴袁舜臣作谜诗于灯上,云:"六经蕴籍胸中久,一剑十年磨在手。杏花头上一枝横,恐泄天机莫露口。一点累累大如斗,掩却半床何所有。完名直待挂冠归,本来面目君知否!"唯苏州刘瑊一见能识之,乃"辛未状元"四字。

招　饮　答　谜

《古今诗格》:有遗书招客云:"板户公堂,斫脚露丧。"答云:"斑犬良赋,趋龟空肚。"板户,木门,"闲"字;公堂,官舍,"馆"字;斫脚,斩足,"趄"字;露丧,尸出,"屈"字,谓"闲馆趄屈"也。斑犬,文苟,"敬"字;良赋,尚田,"当"字;趋龟,走卜,"赴"字;空肚,欠食,"饮"字,谓"敬当赴饮'也。

开　元　寺

乾符末,有客寓广陵开元寺,不为僧所礼,题门而去。题云:"毚龙去东涯,时日隐西斜。敬文今不在,碎石入流沙。"僧众皆不解。
有沙弥知为谤语,是"合寺苟卒"四字。

大 明 寺

令狐相镇淮海日,尝游大明寺,见西壁题云:"一人堂堂,二曜
同光,泉深尺一,点去水傍。二人相连,不欠一边。三梁四柱烈火
然,除却双钩两日全。"诸宾幕莫辨。有支使班蒙曰:"一人,'大'
字。二曜者日月,'明'字也。尺一者,十一寸,非'寺'字乎?去
点,为'水'。二人相连,'天'字。不欠一边,'下'字。三梁四柱
而烈火,'無'字。两日除双钩,'比'字也。是言'大明寺水,天下
无比'。"

谨案:令狐绹,唐懿宗时镇淮海,后入相。

皇 华 驿

《博异记》云:广州押衙崔庆成抵皇华驿,夜见美人,鬼也,掷书
曰:"川中狗,百姓眼,马扑儿,御厨饭。"庆成不解。后丁晋公曰:
"川中狗,蜀犬也。百姓眼,民目也。马扑儿,瓜子也。御厨饭,官食
也。乃'独眠孤馆'。"

谨案:丁谓,封晋国公。

顾 圣 之 谜

吴人顾圣之作一谜云:"两头两头,中间两头。两头大,两头小。
两头破,两头好。两头光,两头草。两头竖,两头倒。"乃二僧两头
宿也。

祝 枝 山 谜

祝枝山学佛语作叉袋谜云："无佛不开口,开口便成佛。盘多罗,诘多罗,佛多刹多,佛多难陀。"

微词部第三十

子犹曰：人之口，含阴而吐阳。阳也而阴用之，则违之而非规，抑之而非谤，刺之而非怨，嫉之而非仇，上可以代虞人之箴，而下亦可以当舆人之诵。夫是非与利害之心交明，其术不得不出乎此，余于《春秋》定、哀之际三致意焉。集《微词第三十》。

凌　阳　台

陈惠公大城，因起凌阳之台，未终而坐法死者数十人，又执三监吏。孔子适陈，闻之，见陈侯，与俱登台而观焉。孔子曰："美哉台也！贤哉王也！自古圣王之为城台，焉有不戮一人而能致功若此者！"陈侯阴使人赦所执吏。见《孔丛子》。

支　解　人

齐景公时，民有得罪者。公怒，缚至殿下，召左右支解之。晏子左手持头，右手持刀而问曰："古明主支解人，从何支始？"景公离席曰："纵之！"

按《左传》，时景公繁刑，有鬻踊者。踊，刖者所用。公问晏子曰："子之居近市，知孰贵贱？"对曰："踊贵屦贱。"公悟，为之省刑。此讽谏之祖，滑稽之首也。

枉　死　人　面

刘玄佐镇汴，尝以谗怒，欲杀军将翟行恭，无敢辩者。处士郑涉能谐隐，见玄佐曰："闻翟行恭抵刑，付尸一观。"玄佐怪之。对曰：

"尝闻枉死人面有异,一生未识,故借看耳。"玄佐悟,乃免。

　　谨案:刘玄佐,唐德宗时为汴宋节度使。

油　衣

　　高宗出猎遇雨,问谏议大夫谷那律魏州人,淹识群书,褚遂良目为"九经库"。曰:"油衣若为不漏?"对曰:"以瓦为之则不漏。"上因此不复出猎。

　　谨案:唐高宗。

抽　税

　　南唐时,关司敛率繁重,商人苦之。属畿甸亢旱,烈祖宴于北苑,谓群臣曰:"外境皆雨,独不及都城,何也?"申渐高曰:"雨不敢入城,惧抽税耳。"烈祖大笑,即除之。

使 宅 鱼

　　钱氏时,西湖渔者日纳鱼数斤,谓之使宅鱼;有不及数者,必市以供,颇为民害。罗隐侍坐,壁间有《磻溪垂钩图》,武肃指示隐索诗。隐应声曰:"吕望当年展庙谟,直钩钓国更谁如。若教生在西湖上,也是须供使宅鱼。"武肃王大笑,遂蠲其征。

　　谨案:五代吴越国王钱镠,谥武肃。江东罗隐有诗名,依镠为参佐,好讥讽,而钱能怡然不怒。

臣 书 帝 书

　　齐高帝尝与王僧虔书,毕,帝曰:"谁为第一?"僧虔曰:"臣书臣中第一,陛下书帝中第一。"帝大笑曰:"卿善自谋。"

徘　徊

仁宗赏花钓鱼宴,赐诗,馆阁侍从和篇,皆押"徘徊"字。诗罢就坐。教坊进杂剧,为数人寻税第者,诣一宅观之,至前堂,观玩不去。问其所以,曰:"徘徊也。"又至后堂、东西序,复然。问之,则又曰:"徘徊也。"其一人笑曰:"可则可矣,但未免徘徊太多耳!"

二　胜　环

绍兴初,杨存中在建康,诸军之旗中有双胜交环,谓之"二胜环",取两宫北还之意。因得美玉,琢成帽环以进,高庙日(常)[尚]御裹。偶有一伶人在傍,高宗指环示之:"此杨太尉进来,名二胜环。"伶人接奏云:"可惜二胜环俱放在脑后。"高宗为之改色。此所谓"工执艺事以谏"者也。

> 一说:伶人作参军坐椅上,忽坠幞头,见双环。诘之,答曰:"此二胜环。"一人扑其首曰:"汝但坐太师椅乞恩泽足矣,二圣环且丢脑后可也!"盖以讥桧云。

> 谨案:据宋张端义《贵耳集》卷下校改。杨存中即杨沂中,南宋初大将。死后封和王。

馄　饨　不　熟

高宗时,饔人瀹馄饨不熟,下大理寺。优人扮两士人相貌,各问其年。一曰"甲子生",一曰"丙子生"。优人告"合下大理"。帝问故。优人曰:"馉子饼子皆生,与馄饨不熟者同罪耳。"上大笑,赦原饔人。

当 十 钱

宣和间用当十钱。伶人以为当十钱买水者,水一杯一钱,于是必令饮十杯,至于委顿。上见之笑,遂废不用。

芭 蕉

宣和间,乐部焦德以谐谑被遇,时借以讽谏。一日,从幸禁苑。上指花竹草木以询其名。德曰:"皆(巴)[芭]蕉也。"上诘之。对曰:"禁苑花竹,皆取于四方。道里远涉,巴至上林,则已焦也。"上大笑。

谨案:据宋周辉《清波杂志》卷六校改。

阿 丑

成化末,刑政多颇。阿丑于上前作六部差遣状,命精择之。一人云:"姓公名论。"主者曰:"公论如今无用。"一人曰:"姓公名道。"主者曰:"公道如今难行。"后一人曰:"姓胡名涂。"主者曰:"胡涂如今尽去得。"

中官阿丑每于上前作院本。时王越、陈钺媚汪直,结为死党。丑作直持双斧趋跄而行。或问故,曰:"吾将兵唯仗此两钺耳!"问钺何名。曰:"王越、陈钺也!"

和 峤

和峤为武帝所亲重。语峤曰:"东宫顷似差进,卿试往看。"还,问何如。答曰:"皇太子圣质如初。"

谨案:太子即后来的晋惠帝,资质愚钝。和峤时为侍中,颇为太子不令怀社稷忧。

李 纬 须

唐太宗以李纬为民部尚书。会有自京师来者,帝曰:"玄龄闻纬为尚书谓何?"曰:"唯称纬好须,无他语。"帝遽改太子詹事。

谨案:太宗时在终南山之翠微宫。

三 百 里 湖

南唐冯谧,尝对诸阁老言及玄宗赐贺知章三百里湖事,因曰:"他日赐归,得玄武湖二十里足矣。"徐铉答曰:"主上尊贤下士,岂爱一湖?所乏者,贺知章耳。"众大笑。

刺 李 西 涯

刘大夏自作《寿藏记》。李西涯戏云:"天下皆如公,翰林文章无用也。"公曰:"先生辈文章宜记大功德者,予何敢相累哉?"盖西涯先为刘瑾作碑文,公嘲之也。

正德间,大臣议攻刘瑾,李西涯俯首不语。后刘健、谢迁被斥,李祖道涕泣。刘曰:"当日出一语,不用今日泣也。"又吕柟斥回,陆完亦祖道相送。陆曰:"公去矣,予亦将行。"吕曰:"如真去,我在三十里外相候。"或作吕柟、陆完事,误。

文 潞 公

文潞公八十四再起。时学士郑穆表请致仕,刘贡父为给事中,问同舍曰:"郑年若干?"答曰:"七十三。"刘遽云:"莫遂其请,且留取伴八十四底。"潞公闻之,甚不怿。

谨案:文彦博,封潞国公。元丰六年七十八岁以太师致仕,元祐元年年八十一起用。

锯　匠　诗

赵东山里中有二挚友,其一因投荒过家,其一以磨勘需调,皆栖栖桑榆,犹恋鸡肋者。一日同访东山,见庭下有锯匠解木,因以命题。东山口占绝句曰:"一条黑路两人忙,傍晚相看鬓已霜。你去我来何日了,亏他扯拽度时光。"二挚友知诗意讽己,相与感叹罢去。

谨案:赵汸,休宁人。元末大儒,入明不仕,隐居著述,作东山精舍,并以为号。

远　　志

谢公始有东山之志,后就桓公司马。会有馈桓公药,中有远志。桓取以问谢:"此药又名小草。何一物有二称?"谢未及答,郝隆在座,应声曰:"此甚易解:处则为远志,出则为小草。"谢有愧色。

李卓老云:"郝言误矣!宜云处则为小草,出则为远志。"

兔　　册

冯道形神庸陋,及为宰相,士人多笑之。刘岳与任赞偶语,见道行而复顾,赞曰:"新相回顾何也?"岳曰:"定见忘持《兔[园]册》来。"北中村墅,多《兔园册》训蒙,以是讥之。册乃徐、庚文体,亦非俚语,但家藏一本,人多贱之。

道闻斯语,因授岳秘书监,赞散骑常侍,盖精于黄老者。

谨案:据《北梦琐言》卷一九校改。

刺　严　相

世庙时,宫中尝见鬼,多手多目。以问张真人,张不能对。或以王元美博识,往询之。元美曰:"何必博识?《大学》云'十目所视,十手所指',是说甚么?"盖刺严相也。严闻而衔之。

题何吉阳轴

何吉阳迁,故与黄庠士某以学问友善。吉阳巡抚江西,过家。某青衫来谒,门者不即为通,因散步堂上,环视壁间悬轴,其首则严分宜笔也。遂索前刺,书一绝曰:"椒山已死虹塘谪,天下谁人是介翁?今日华堂诵诗草,始知公度却能容。"嘱门者投之,遽拂衣去。吉阳得诗自惭,亟遣追之,舟去远矣。

谨案:何迁,严嵩党,官至刑部侍郎,严败被谪。杨继盛号椒山,王宗茂号虹塘。

二 相 公 庙

韩持国兄弟皆拜相,客欲扁其堂为"三相"。俄持国罢相,东坡戏之曰:"今只可云'二相公庙'矣!"有朱福二相公庙甚灵。

谨案:韩维,字持国。其兄弟为韩绛、韩缜。持国与苏轼同为旧党,和韩绛、韩缜政见不同。二相公庙在京师,所祀传为子游、子夏。"朱福"疑有误。

荆 公 水 利

王介甫为相,大谋天下水利。刘贡父尝造之,值一客献策曰:"梁山泊(沃)[决]而涸之,可得良田万顷,但未择得利便之地储许水耳。"介甫倾首沉思。贡父抗声曰:"此甚不难!"介甫欣然以为有策,遽问之。曰:"别穿一梁山泊,则足以贮此水矣!"介甫大笑,遂止。

谨案:据宋司马光《涑水记闻》卷十五校改。

蝗虫感德

王荆公罢相,出镇金陵。时飞蝗自北而南,江东诸郡皆有之。百官饯王于城外。刘贡父后至,追之不及,见其行榻上有一书屏,因书一绝以寄之,云:"青苗助役两妨农,天下嗷嗷怨相公。唯有蝗虫偏感德,又随车骑过江东。"

刺章子厚

章子厚生辰会客,门人林特以诗为寿。客指诵德处[云:"只是海行言语。道人须道著,乃为]工。"特颇不平,忽曰:"昔有令画工传神,以其不似,命别为之。凡三四易,画工怒曰:'若画得似,是甚模样?'"满席哄然。

> 谨案:据宋王暐《道山清话》校改。

苏长公在惠州,[寻又迁儋州,]天下传其已死。后七年北归,时章丞相方贬雷州。东坡见南昌太守叶祖洽,叶问曰:"世传端明已归道山,今尚尔游戏人间耶?"坡曰:"途中见章子厚,乃回反耳。"

> 谨案:据宋彭乘《墨客挥犀》卷七校改。苏轼曾为端明殿学士。

夏　言

夏言在礼部时,内阁唯李时一人,夏日夕望入阁。修九庙瓴甋瓴甋不堪者,皆运积东长安街侧,多为有力者潜取用。李时偶与郭武定勋言:"瓴甋类旧皆满目,今何其零落?"郭笑曰:"孰敢窃?皆夏宗伯搬去礼部,踩以望内阁耳。"言虽戏,实得夏心。是年冬,夏遂入阁。

> 谨案:夏言,嘉靖初以议礼得上宠眷,后为严嵩倾陷弃市。

郭勋为开国勋臣郭英后,袭封武定侯。与严嵩相结。

神 童

赵司寇乃费阁老同年,每投谒,书"年晚生"。屠应埈曰:"赵老真神童!"人问其故。云:"费鹅湖二十作状元,年最少。今渠称'年晚生',非神童而何?"

> 谨案:费宏,号鹅湖。成化二十三年状元。正德至嘉靖三为阁臣。赵鉴,嘉靖二年为刑部尚书。

束 玉

嘉靖间,席都御史书以议大礼称旨,擢礼部尚书,洊加少保兼太子太保。一内臣见其束玉,阳为不识,曰:"此带无乃大理石所为?"

> 谨案:嘉靖初,议礼之前,席书已由右都御史迁兵部右侍郎。

衣 金 紫

穆宗登极,诏五品以上致政者进阶一级。有一州守被革者,遂称朝列大夫,衣金紫。其弟亦大僚,忽莞尔曰:"恨不数赦,吾兄且腰玉矣!"

讳 出 外

熙宁中,王仲荀谒一朝士,阍者以不在辞之。王勃然叱曰:"凡人死称不在,汝乃敢出此言!"阍者拱谢曰:"然则当何辞?"王曰:"第云出外可也。"阍者愀然蹙额曰:"我主宁死,却讳'出外'字面。"

> 谨案:此事见《桯史》卷七,此处所录与原文差异甚大,无法

校改。谨节录《桯史》原文如下：

秦桧为相久。有王仲荀者，一日坐于秦府宾次，曰："昔有一朝士，出谒未归。有客投刺于门，阍者告之以'某官不在'。客忽勃然发怒，叱阍曰：'汝何敢尔？凡人之死者乃称不在。我与某官厚，故来相见，某官独无讳忌乎，而敢以此言目之耶？'阍拱谢曰：'若以为不可，当复作何语以谢客？'客曰：'汝官既出谒未回，第云某官出去可也。'阍愀然蹙额曰：'我官人宁死，却是讳"出去"二字。'"满坐皆大笑。

清　凉　散

刘子仪不能大用，称疾不出。朝士问疾。刘云："虚热上攻。"石文定在座，云："只消一把清凉散。"两府用清凉伞也。

谨案：宋石中立，景祐中为宰相，谥文定。

束　薪　监　察

唐赵仁奖（在）［住］王戎墓侧，善歌《黄獐》。景龙中，负薪一束诣阙，云："助国调鼎。"即除台官。中书令姚崇曰："此是黄獐耶？"授以当州一尉。惟以黄獐自炫。宋务光嘲之曰："赵仁奖出王戎墓下，入朱博台中。舍彼负薪，登兹列（指）［柏］。行人不避骢马，坐客惟听黄獐。"有顷，见一夫负两束薪，宋指曰："此合拜殿中。"人问其由。曰："赵以一束拜监察，此两束，岂不合授殿中？"

谨案：据宋计敏夫《唐诗纪事》卷一五校改。

不　语　唾

宪庙永年，言官噤不敢言朝事。孙御医者素善谑。人问："生疥何以愈之？"曰："请六科给事中舔之。"人问故，曰："不语唾，可治疥也。"

言之无择,不如无言。请看近来章疏,视宪庙时虚实何如?勿欺而犯,吁,难言矣!

谨案:明宪宗在位二十三年。

元　　稹

武儒衡在中书时,元稹贪缘宦官,得知制诰,儒衡鄙之。会食瓜,蝇集其上。儒衡挥扇曰:"[适]从何处来,遽集于此!"

谨案:据《新唐书·武儒衡传》校改。"适"字不可省。

有　气　力

崔湜为吏部侍郎,掌铨。有选人自陈:"某能翘关负米。"湜曰:"若壮,何不兵部选?"答曰:"外人皆云:崔侍郎下有气力者便得。"

谨案:唐时兵部武选考试有"翘关负米"一目。崔湜为吏部侍郎是景龙间事,旋因赃被谪。

泰 山 之 力

张说婿郑鉴,随上封禅,以九品骤至五品。黄幡绰戏曰:"此乃泰山之力也!"泰山有丈人峰,故云。后人称妇翁本此。

安 石 配 享

初,崇宁既建辟雍,诏以荆公封舒王,配享宣圣庙,肇创坐像。未几,其婿蔡下方烜赫用事,议欲升安石于孟子之上。优人尝因对御戏,为孔子正坐,颜、孟与安石侍侧。孔子命之坐,安石揖孟子居上,孟辞曰:"天下达尊,爵居其一。轲仅蒙公爵,相公贵为真王,何必谦光如此?"遂揖颜子,颜曰:"回也陋巷匹夫,平生无分毫事业。公为名世真儒,位貌有间,辞之过矣。"安石遂处其上。夫子不能安席,亦逊位。安石惶惧,拱手云:"不敢。"往复未决,子路在外,愤愤不能堪,径趋从祀堂,挽公冶长臂而出。公冶为窘迫之状,谢曰:"长何罪?"乃责数之曰:"汝全不救护丈人,看取别人家女婿!"其意以讥卞也。

钻 弥 远

史丞相弥远用事,选者改官,多出其门。一日制闱设宴,优人扮颜回、宰予。予问回曰:"汝改乎?"曰:"'回也不改'。"回曰:"汝何独改?"予曰:"钻遂改。汝何不钻?"回曰:"非不钻,但'钻之弥坚'耳。"予曰:"钻差矣。何不钻弥远?"

有以贿改庶吉士者,假托故事嘲之曰:孔子昔日曾为馆选座师,齐宣王馈兼金万镒,因簪笔而就试焉。卷呈,孔子曰:"王庶几改。"宰我食稻衣锦,私饷旧谷新谷若干,试日,倩游、夏代笔,予直昼寝而已。已而送卷,孔子曰:"于予与改。"颜渊善言德行,乃曰:"钻之弥坚,不若既竭吾才,吾见其进也。"试毕阅卷,孔子以"如愚"置之,曰:"回也不改。"他日回请故,曰:"汝箪瓢陋巷,出寄百里之命足矣,何复望华选乎?"回因痛哭而死。《笑林》评曰:"孔子非仲尼,乃孔方兄耳!"

孔 门 弟 子

嘉定间,选人淹滞。遇内宴,优人扮古衣冠数人,皆称待选,系是孔门弟子。既而通名,有曰"常从事'者,有曰"于从政"者,有曰"吾将仕"者,各相叹惋,曰:"吾辈久淹于此,日月逝矣,奈何?"旁有一人谓曰:"汝等不在七十二人之列,盍诣颜、闵而请教焉?"诸人一时俱往。颜、闵同声答曰:"此夫子事,尔辈须见夫子。"及进见祈哀,夫子不答。众人因退而相谓曰："钻燧改火,期可已矣。吾辈有文学,且留中国教授。有圭田者,不若退而耕于野也。"于是烘然而散。

韩 侂 胄

韩侂胄兄弟专权。优人为日者。有问官禄之期,日者厉声曰:"若要大官,须到大寒! 要小官,须到小寒!"

嘉泰末年,平原公恃有扶日之功,凡事自作威福,政事皆不由内出。会内宴,伶人王公瑾曰:"今日政如客人卖伞,不油里面。"

又韩侂胄尝以冬月携家游西湖,置宴南园。有献丝傀儡为土偶小儿者,名为"迎春黄胖"。韩命族子判院者咏之,即赋一绝云:"脚踏虚空手弄春,一人头上要安身。忽然线断儿童手,骨肉都为陌上尘。"韩怫然。

五 经 题

孝宗时,程学士敏政主试,鬻题。优人持鸡出曰:"此鸡价值千金。"问曰:"何鸡而价高如此?"对曰:"程学士家名为五更啼也!"

头 场 题

万历丙午浙试,一有力者以钱神买初场题中式。主试者锁闱日,得罪杭郡公,郡公衔之。撤棘后,郡公宴主试,密令优人刺之。其日演《荆钗记》,无从发挥。至"承局寄书"出,李成问:"足下何来?"局答:"京城来。"成曰:"有新闻否?"曰:"关白内款矣。"成曰:"旧闻。"曰:"贡方物矣。"成曰:"何物?"曰:"一猪。"成曰:"猪何奇而贡之?"曰:"绝大。"成曰:"驴大乎?"曰:"不止。""牛大乎?"又曰:"不止。""象大乎?"又曰:"不止。"成曰:"大无过此矣!"曰:"大不可言。且无论其全体,只猪头、猪肠、猪蹄,你道易价几何?"成曰:"多少?"曰:"只头肠蹄亦卖千金!"成曰:"何人买得起?"曰:"一收古董人家。"盖指中式者董姓耳。主试闻之,赤颊,不欢而罢。

钟 庸 大 鹤

魏了翁既当路,未及有经略而罢。临安优人装一生儒,手持一鹤。别一生儒与之邂逅,问其姓名,曰:"姓钟名庸。"问所持何物,曰:"大鹤也。"因倾盖欢然,呼酒对饮。其人大嚼洪吸,酒肉靡有孑遗,忽颠扑于地,群数人曳之不动。一人乃批其颊,大骂曰:"说甚《中庸》、《大学》,吃了许多酒食,一动也动不得!"遂一笑而罢。或谓有使其为此以姗侮君子者,京尹乃悉黥其人。

谨案:事见宋罗大经《鹤林玉露》卷三,首句原文为"魏鹤山督师,亦未及有设施而罢"。"督师"仅为督视江淮京湖军马,与"当路"义出入较大。

刺 大 言

光化中,朱朴好大言,自《毛诗》博士登庸。对敠之日,面陈时事数条,每言"臣为陛下致之"。洎操大柄,一无施展,自是恩泽日衰,中外腾沸。内优穆(刁)[刀]陵作念经行者,至御前,曰:"若是朱相,即是非相。"翌日出官。

谨案:据五代孙光宪《北梦琐言》卷六校改。《金刚经》:"一切诸相,即是非相。"

胡昉大言夸诞,当国者以为天下奇才,力加荐引,[命之以官,曾未数年为两浙漕。]一日语坐客云:"朝廷官爵,是买吾曹头颅,岂不可畏!"一客趋前云:"也买脱空。"众大笑。

谨案:据宋王明清《挥麈三录》卷三校补。胡昉,南宋孝宗时人。

一 片 白 云

金华一诗人游食四方,实干谒朱紫,私印云"芙蓉山顶一片白云"。商履之曰:"此云每日飞到府堂上。"

半 日 闲

有[数]贵人游僧舍,酒酣,诵唐人诗云:"因过竹院逢僧话,又得浮生半日闲。"僧闻而笑之。贵人问僧何笑,僧曰:"尊官得半日闲,老僧却忙了三日。"

> 谨案:据宋周紫芝《竹坡诗话》校补。

送 吏 部 郎

《宋书》:何尚之迁吏部郎,告休定省,倾朝送别于冶渚。及至郡,父叔度问:"相送几客?"答曰:"殆数百人。"叔度笑曰:"此是送吏部郎耳,何关何彦德事?"

> 谨案:事出《南史·何尚之传》,不见《宋书》。

孙 凤 洲 诗

长沙有朝士某者还乡,意气盈满,宾至,鼓吹喧阗。一挚友来访,朝士问曰:"翁素好诵诗,近日诵得何诗?"答曰:"近诵孙凤洲赠欧阳圭斋诗,甚有味。"乃朗诵曰:"圭斋还是旧圭斋,不带些儿官样回。若使他人登二品,门前箫鼓闹如雷。"朝士大惭,即辍鼓吹。

> 谨案:元欧阳玄,字原功,号圭斋。两为国子监祭酒,人称一代宗师。

照样应容庵

临海金贲亨、仙居应大猷，以道义相友善。金谢事家居，应复起用，诣金言别。金曰："君此出，他日回来，要将一照样应容庵还我。"

谨案：应大猷，嘉靖时官至刑部尚书。

惜　人　品

《谐史》云：某司寇讲学著名。一日于酒次得远信，读毕惨然欲泪。坐中一少年问其故。答曰："书中云某老生捐馆，不佞悲之，非为其官，惜其人品佳耳！"少年应曰："不然，近日官大的人品都自佳。"司寇默然。

封公便请乡饮，富家便举善人，中解元、会元便推文脉。末世通弊，贤者不免，悲夫！

元　祐　钱

崇宁初，斥远元祐忠贤，禁锢学术。凡偶涉其时所为所行，无论大小，一切不得志。伶者对御为戏，推一参军作宰相，据坐宣扬朝政之美。一僧乞给公凭游方。视其戒牒，则元祐三年者，立涂毁之，而加以冠巾。一道士失亡度牒，问其披戴时，亦元祐也，剥其羽衣使为民。一士人以元祐五年获荐，当免举，礼部不为引用，来自言，即押送所属屏斥。已而主管宅库者附耳语曰："今日于左藏库请得相公料钱一千贯，尽是元祐钱，合取钧旨。"其人俯首久之，曰："从后门搬入去！"副者举所持梃杖其背曰："你做到宰相，元来也只好钱！"是时至尊亦解颐。

谨案：崇宁元年蔡京为右仆射，次年为左仆射。

善 天 文

张循王名(后丕)［俊］善货殖。伶为术人善天文者，云："世间贵人。必应天象。用浑天仪窥之，则见星不见人。今可用一铜钱代。"令窥帝，曰："此帝星也。"窥秦桧，曰："相星。"韩世忠，曰："将星。"至循王，则曰："不见星。"众骇，再令窥之，曰："终不见星，但见张王在钱眼里坐。"满坐大噱。

按张循王家多银，每千两铸一毬，目为"没奈何"。子犹曰：本是臭腐之物，而父非此不云慈，子非此不云孝，生非此不遂，名非此不立，虽大圣、大贤、大英雄到此，只得唤他作"没奈何"也！

谨案：据《宋稗类钞》卷二四校改。张俊死后追封循王。

动 手

商则为廪丘尉，值县令、丞多贪。一日宴会，起舞，令丞皆动手，则但回身而已。令问其故。则曰："长官动手，赞府亦动手，唯有一个尉，又动手，百姓何容活耶？"

赵 良 臣

《西堂纪闻》：梅西野尝与邑大夫会饮。论及时事，云："先时百姓称官长，止云某老爹。今则不问尊卑，俱呼爷爷矣。"因言：吾乡有赵良臣者，延一西宾教子。其宾避主人讳，至《孟子》"我能辟土地"章，改"良臣"二字为"爷爷"，命其子读云："今之所为爷爷，古之所为民贼也。"

江蒃萝刺时语

田大年主政丁忧家居,语江盈科曰:"里中人见我贫,有两种议论。一曰:'这人蠢,作县六年,尚无房住。'一曰:'这人巧,富而不露。'说蠢可耐,说巧不可耐也!"江曰:"里中俗儿重富不重廉,说我巧倒耐得。"

割　　碑

颍川有姚尚书墓,其神道碑穹窿高厚,四面均焉。国初州人侍郎某者,欲割三分之一以刻墓表,告之州守。守曰:"何不割三分之二?"或问其故。守曰:"吾欲使后人割侍郎碑者,犹得中分耳。"侍郎闻之,惭悔。

道　余　录

姚广孝著《道余录》,识者非之。张洪曰:"少师于我厚,今死矣,吾无以报,但见《道余录》辄为焚弃耳。"

赵挺之尝曰:"乡中最重润笔,每一志文成,则(大)[太]平车中满载相赠。"黄山谷笑曰:"想俱是萝卜瓜齑耳!"赵衔之,自是(挤)排[挤]不遗余力,卒有宜州之贬。

谨案:据宋王明清《挥麈后录》卷六校改。

明文　天话

近日有达官自刻其文,且问于作者曰:"吾文何如古人?"或对曰:"一代之兴有一代之文,故汉曰汉文,唐曰唐文。公之文可谓明文也。"其人不悟。

谨案:葬人所用冥器称明器,明文亦指冥文。

杨升庵云：滇中有一先辈，谕诸生读书为文之法甚悉。语毕，问诸生曰："吾言是否？"一人应曰："公天人，所言皆天话也！"吴下谓大言曰天话。

鞋 底

杨文公亿，在翰林时草制，为执政者多所涂削。杨甚不平，因取涂处加以浓墨，如鞋底样，题其旁曰："世业杨家鞋底。"人问之，杨曰："此语见别人脚迹。"当时传以为笑。后草制被墨黜者，相谑曰"又遭鞋底"。

耻 见 妻 子

吏部侍郎李迥秀好机警。有选人被放，诉云："羞见来路。"李曰："从何来？"曰："从浦津关来。"李曰："取潼关路去。"曰："耻见妻子。"李曰："贤室本是相谑，亦应不怪。"

谨案：唐张鷟《朝野佥载》卷六作李安期事。

罗 隐 不 第

沈嵩与罗隐从事浙西幕下。主帅出妙妓，众以嫦娥誉之。嵩曰："嫦娥甚陋，安可及？"帅惊曰："书记识嫦娥乎？"曰："嵩两度到月宫折桂，何为不识？"

或云：嵩此言，盖讥隐之不第也。又，江南李氏尝遣使聘越。越人问："见罗隐给事否？"使人云："不识，亦不闻名。"越人云："四海闻有罗江东，何拙之甚！"使人云："只为榜上无名。"子犹曰："我爱心中锦，人尊榜上名。"

腹　负

党太尉尝食饱，扪腹叹曰："我不负汝！"左右曰："将军不负此腹，恨此腹负将军。"言未尝少出智虑。

书　午　字

李义安谒富人郑生，生辞以出。义安乃于门上大书一"午"字而去。盖讥牛不出头也。

"书牛"可对"题凤"。

纳　粟

岐山王生，循故例纳粟三千斛，授官助教。以厚价市骏马骑乘，每不惬意。医者李生故称壮健，以为价贱。王怪问之，李曰："驮得三千斛谷，岂非壮健耶？"

边　面

武臣陈理从军三十余年，立功十次，谓贺子忱曰："朝廷推赏，一次轻一次。"贺笑曰："只为边面一次近一次。"

理宗朝，欲举推排田亩之令，廷绅有言，未行。至贾似道当国，卒行之。时人嘲之曰："三分天下二分亡，犹把山河寸寸量。纵使一丘添一亩，也应不似旧封疆。"亦此意。

谨案：陈理为将，正当北宋末至南宋初之时。

太 平 幸 民

康定中，西戎寇边，王师失律。当国一相以老谢去，亲知就第为贺。饮酣,自矜曰:"某,一山民耳,遭时得君,告老于家,当天下无事之辰,可谓太平幸民矣!"石中立曰:"只有陕西一伙窃盗未获。"

谨案:西戎,指西夏赵元昊。事见于宋释文莹《续湘山野录》,"王师失律",指任福大败于好水川事,在康定二年(即庆历元年)。

庾　　亮

庾亮击苏峻,屡败。陶侃曰:"古人三败,君侯始二。当今事急,不宜数败。"

丛 公 厉 禁

丛兰巡抚淮安,务汰冗费,未免已甚。一滑稽生进言曰:"公尚有禁革未尽者。"丛忻然请教。曰:"裤以蔽形,今两股,是虚费也。去一存一,所有多矣。"丛良久曰:"得无不便于行乎?"生曰:"公但禁之,谁敢言不便者?"丛知刺己,乃稍弛厉禁。

谨案:丛兰,正德时人,《明史》有传。

六 千 兵

国朝保国私役营兵二千治第。伶人为诵诗句曰:"楚歌吹散六千兵。"一人曰:"八千也!"解者曰:"那二千兵为保国公盖宅去矣!"

谨案:明宪宗时封朱永为保国公,世袭。此即宪宗时事,保国应是朱永。而所谓伶人实为宦官阿丑。

预　　借

《行都纪事》:某邑宰因预借违旨,遭按而归。某府府将乃宰公之故旧,因留连而燕饮之。有妓慧黠,得宰罢官之由,时方仲秋,忽歌《渔家傲》:"十月小春梅蕊绽。"宰曰:"何太早耶?"答曰:"乃预借也。"宰大惭。

妲己赐周公

五官将既纳袁熙妻,孔文举与曹公书曰:"武王伐纣,以妲己赐周公。"曹公以文举博学,信以为然。后问文举,答曰:"以今度之,想当然耳。"

谨案:曹操灭袁氏时,曹丕为五官中郎将。孔融字文举。

滕甫类虞舜

滕甫有弟申,狠暴无礼,其母独笃爱,用是数凌侮其兄,而阃政多紊。章子厚与甫旧狎,一日语之曰:"公多类虞舜,然亦有不似者。"甫究其说。子厚曰:"类者父顽、母嚚、象傲。不类者,克谐以孝耳。"

马　希　声

马殷卒,子希声居丧不戚,葬之日,顿食鸡数盘。其臣潘起讥之曰:"昔阮籍居母丧,食蒸豚,何代无贤!"

谨案:马殷,五代十国之楚国开创者。

鸳　鸯　楼

谢希孟每狎娼,陆象山责之曰:"士君子下昵贱娼,独不愧名教乎?"希孟敬谢,请后不敢。他日复为娼建鸳鸯楼,陆又以为言。谢曰:"非特建楼,且有记。"陆喜其文,不觉曰:"楼记云何?"即口占首句云:"自逊、抗、机、云之死,而天地英灵之气,不钟于世之男子,而钟于妇人。"陆默然。

> 谨案:陆九渊,南宋大儒,创象山书院,世称象山先生。谢
> 希孟为象山门人。据宋庞元英《谈薮》,所狎妓亦陆姓。

妖 鸟 啼 春

方圭好为恶诗,逢人即诵数千言,喋喋可憎。一日宋丞相[庠]
宴客于平山堂,圭谈诗座上。宋恶之。时望见野外一牛,就树磨痒,
宋顾坐客胡恢曰:"青牛恃力狂挨树。"恢应曰:"妖鸟啼春不避人。"
合席大笑。圭奋拳击恢,众护得免。

> 谨案:据《宋稗类钞》卷二四校改。

河 豚 赝 本

米元章精于临摹,每借古画,即以临本并还,还使自择,人不能
辨其真赝也。杨次翁守丹阳,米过郡,留数日。将去,次翁曰:"今日
为君作河豚羹。"其实他鱼,米遂疑而不食。次翁笑曰:"公勿疑,此
河豚赝本耳。"

> 米以临摹夺人书无数。在涟水时,客鬻戴嵩牛图。米借留
> 数日,欲以摹本易之,竟不得。客谓原本牛目中有牧童,摹则无
> 也。子犹曰:造伪工,有时穷。米南宫,输戴嵩。

元 钦 师

元钦,字思若,色甚黑,时人号为黑面仆射。钦曾托青州人高僧
寿为子求师。师至,未几逃去。钦以让僧寿。僧寿性滑稽,反谓钦
曰:"凡人绝粒七日乃死,始经五朝,便尔逃遁,去食就信,实有所
阙。"钦乃大惭,自是待客稍厚。

谨案:元钦,北魏宗室,官至右仆射。

棘　刺　丸

孙搴尝服棘刺丸。李谐戏之曰:"卿[棘刺]应自足,何假外求?"

谨案:据《北齐书·孙搴传》校改。棘刺,言不学而胸中多阻涩也。

刺　　医

王仲舒为郎官,与马逢友善,责逢曰:"贫不可堪,何不寻碑志相救?"逢曰:"适见(谁)[人]家走马呼医,君可待也。"

谨案:据唐李肇《唐国史补》卷中校改。

光　福　地

袁了凡好谈地理,曾访地至光福,问一村农曰:"颇闻此处有佳穴否?"曰:"小人生长于斯,三十余年矣,但见带纱帽者来寻地,不见带纱帽者来上坟。"袁默然而去。

谨案:明袁黄,号了凡,苏州吴江人。光福山,在苏州城西南。

陆　念　先

陆念先口无择言,时出微词,乃足绝倒。故与王太守中表戚。太守富甲吴中,而终日麑迫,甚于窭人。尝对念先忧贫,语次,念先忽拊髀大呼曰:"嗟乎! 如某者,安得三千金以快吾意!"太守亦惊曰:"知兄居贫,唯是朝夕计急耳,胡所费而骤须三千金?"念先曰:

"然,故有所用之。"因屈一指曰:"千金以赡三党戚属暨穷交兄弟。"再屈一指曰:"千金以饭僧暨恤无告乞儿。"又屈一指曰:"千金即以赠弟,令汝展一日眉头也。"

张 伯 起

苏州王氏仆吴一郎,富而恣,以资得官。尝乘四人轿赴姻家席,张伯起恶之,时有关白之警,乃遽谓吴曰:"近阅邸报,关白已就擒矣。"吴欣然来问。张曰:"关白原是一怪,身长数丈,腰大百围,截其头,重数百斤,碎之而后能举也。"吴曰:"那有此事?"张曰:"只一个鼻头,亦用四人抬之。"吴不终席而去。吴下称奴为鼻头。

　　谨案:丰臣秀吉入侵朝鲜时,明朝一度误以关白为日酋之名。

舜 禹 诗

元祐中,大官有婚于中表者,已涉溱洧之嫌。及夜深,女家索诗。傧者张仲素朗吟曰:"舜耕余草木,禹凿旧山川。"坐有李程者应声笑曰:"'舜、禹之事,吾知之矣!'"

　　谨案:《三国志·魏志·文帝纪》注引《魏氏春秋》,言曹丕篡汉,受献帝禅让,礼毕,谓群臣曰:"舜禹之事,吾知之矣。"

忠 孝 奴

一人年老纳二宠,托友祝枝山命名。祝以"忠奴""孝奴"名之。其人曰:"何所取义?"祝曰:"孝当竭力,忠则尽命。"众大笑。

乡 老 垦 荒

郎瑛与一乡老游山,见荒地数顷,土人曰:"欲送人召粮者。"老人默然久之,语郎曰:"即当载米及铁器,令若干人来垦此地,数年可富矣。"郎曰:"还须载生铁数百斤。"老人曰:"何用?"郎曰:"铸汝不死耳。"

　　谨案:郎瑛,正德、嘉靖间人。名笔记《七修类稿》作者。

三　星

　　北京吏部前诸小儿卖食物者,常云:"相公每都是三星的才得到此。"予初不知,问之。曰:"举人进士是福星,岁贡是寿星,纳监的是财星也。"

洗　儿　诗

　　东坡频年谪居,尝作《洗儿诗》,曰:"人家养子爱聪明,我为聪明误一生。但愿生儿愚且鲁,无灾无害到公卿。"

　　国初瞿存斋宗吉一诗云:"自古文章厄命穷,聪明未必胜愚蒙。笔端花语胸中锦,赚得相如四壁空。"其意本东坡《洗儿诗》来。近时杨宗伯月湖,又反其意作诗曰:"东坡但愿生儿蠢,只为聪明自占多。愧我生平愚且蠢,生儿何怕过东坡。"

打　甲　帐

　　凡交易事,居间者索私赠,名为"打夹帐"。马仲良督浒墅关,出羡余市田以赡学宫,其价稍厚,一时居间者皆乘之要利。或作语嘲之云:子路与申枨同坐。子路讥申曰:"枨也欲,焉得刚?"枨遂曰:"由也不得其死然。"子路大怒,诉之夫子。夫子曰:"罪在枨。"用牌大书"打申枨"三字送子夏。适子夏丧明,认字不真,惊曰:"谁人打甲帐?"

寓　言

子思荐苟变于卫侯。一日子思适卫,变拥篲郊迎,执弟子仪甚恭。变有少子,亦从。子思讶问何人,左右曰:"此苟弟子孩儿。"

有梦至上清谒天帝者,见一人戎服带剑而无首,颈血淋漓,手持奏章,而进其词曰:"诉冤臣秦国樊于期,得罪亡奔在燕,有不了事卫荆轲借去头颅一个,至今本利未还。燕太子丹见证,伏乞追给。"天帝览之,蹙额而言曰:"渠自家手脚也没讨处,何暇还你头颅?"

钟馗生日,其妹具礼贺之。一大鬼愿挑担去。妹作书云:"酒一尊,鬼一个,挑来与兄作庆贺。兄若嫌鬼小,挑担的凑两个。"馗喜,俱命庖人烹之。二鬼相向而泣,小鬼曰:"我被捉来无奈,谁教你挑这担儿?"

明皇与贵妃双陆,命力士伏地,以背承盘。明皇呼"红",贵妃呼"六"。久之,力士在下呼曰:"须放奴婢起来也掷掷幺!"隐"直直腰"。

佛经:昔者菩萨身为雀王,慈心济众。有虎食兽,骨挂其齿,因饥将终。雀王入口啄骨,日日若兹,骨出虎活。雀飞登树,说佛经曰:"杀为凶虐,其恶莫大。"虎闻雀诚救声,勃然恚曰:"尔始离吾口,而敢多言!"雀速飞去。

口碑部第三十一

子犹曰:古来不肖之人,皇灵不能使忌,天谴不能使霅,而独畏匹夫匹妇之口,何也? 皇灵天谴皆不必,而匹夫匹妇之口必也。郑侨采乡校之议,宋华避东门之讴,而輓近庸君如宋理宗,亦谓谏官曰:"尽忠由你,只莫将副本传将外去。"人之多口,信可畏夫! 而犹有甘心遗臭由人笑骂者,彼何人哉? 集《口碑第三十一》。

世 修 降 表

蜀主孟昶命李昊草降表。前王蜀之亡于唐也,降表亦昊为之。蜀人夜书其门曰:"世修降表李家。"

真正独行生意。

谨案:李昊在前蜀为翰林学士,后蜀封赵国公,加司空、弘文馆大学士。入宋为工部尚书。

阎立本、姜恪

阎立本精于画,朝野珍之。既辅政,但以俗材应务,无宰相器。时姜恪以战功擢左相。时人为之语曰:"左相宣威沙漠,右相驰誉丹青。"

源休、郭倪

唐源休受朱泚伪官,自比萧何之功,入长安日,首收图籍。时人笑之,目曰"火迫酂侯"。宋南渡,有郭倪为将,自比诸葛。酒后辄咏

"三顾频繁,两朝开济"之句,而屏风、便面一一皆书此二句。未几败于江上,仓惶涕泣而匿。时谓之"带汁诸葛"。正可作对也。

姜师度、傅孝忠

唐河中尹姜师度好沟洫,所在必发众穿凿,虽时有不利,而成功益多。先是,太师令傅孝忠善占星纬。时人为之语曰:"傅孝忠两眼看天,姜师度一心穿地。"

陈和叔、孔文仲

陈和叔为举子,通率少检,后举制科,骤为质朴,时号"热熟颜回"。时孔［文］仲（举）对制策,言"天下有可叹息痛哭者"。既被斥,和叔曰:"孔生真杜园贾谊也。"王平甫闻之曰:"'杜园贾谊',好对'热熟颜回'。"

> 谨案:据宋魏泰《东轩笔录》卷六校改。原文为"孔文仲举制科",此处误连"仲举"为人名,而小题更误为"孔仲誉"。陈绎字和叔,《宋史》有传。

张、董万举

张鷟,号"青钱学士",以其万选万中。时有明经董万举,九上不第,时嘲曰"白（腊）［蜡］明经"。时以为的对。

> 谨案:据宋朱胜非《绀珠集》卷三引《朝野佥载》改。

孔　太　守

孔太守在任时,聂双江初到,有"三耳无闻,一孔不窍"之谣。近年又有"松江同知贪酷,拚得重参;华亭知县清廉,允宜光荐"之对。时潘天泉为同知,名仲骖;倪东洲为华亭县尹,名光荐故也。

谨案:聂双江即聂豹,《明史》有传。正德时为松江知县,嘉靖时任苏州知府。

严 子 陵

凌某拜严介溪为父,人称"严子陵"。后有缙绅王姓者,抱他人子为孙,世即对为"王孙贾"。

谨案:严嵩号介溪。

鸥 鹎 公

《水南翰记》:南京国子监有鹎鸣。祭酒周洪谟令监生能捕者,放假三日,人目为"鸥鹎公"。其后刘先生俊为祭酒,好食蚯蚓。监生名之曰"蚯蚓子",以为对。

谨案:周洪谟,成化间为南京国子监祭酒。

陈仪、董俨

梁颢在翰林时,胡旦知制诰院,赵昌言为枢密副使,陈仪、(窦)[董]俨俱为三司盐铁副使。五人者旦夕饮会,茶觞壶矢,未尝虚日。每沉醉,夜分方归。金吾吏逐夜候马首声喏。仪醉,以鞭指其吏曰:"金吾不惜夜,玉漏莫相催。"于是谚曰:"陈三更,(窦)[董]半夜"。

谨案:据《宋史·赵昌言传》校改。原小题亦误作"窦俨"。

汤 一 面

汤胤勣博学英发,成化初,言者荐以将才,有"才兼文武,可当一面"之语,时号"汤一面"。及镇陕西孤山,有故人来谒,留饮。值报虏薄城下,汤语故人曰:"先生姑且酌,吾往,生擒胡雏来并睹。"方出城,有胡匿沟中,一箭中咽而死,人又号曰"汤一箭"。

沈度、许鸣鹤

永乐间,沈度以能书为学士,许鸣鹤以能文为中书。朝中语曰:"学士不能文,中书不能书。"

晋 帝 奕

晋帝奕夙有痿疾,使左右向龙与内侍接。生子以为己子。百姓歌之曰:"凤凰生一雏,天下莫不喜。本言是马驹,今定成龙子。"

　　谨案:司马奕即东晋废帝海西公。

和 事 天 子

中宗朝,监察御史崔琬对弹宗楚客,楚客忿然作色。上命结为兄弟,以和解之。时人谓之"和事天子"。

昭 宗 尊 号

唐昭宗尝曰:"朕东西所至,祸难随之。愿避贤者路。"人戏上尊号曰"避贤招难存三奉五皇帝"。三,谓一后二昭仪;五,谓朱全忠、王行瑜、李克用、李茂贞、韩建五镇。

恶 发 殿

钱武肃王镠所居殿,名"握发"。吴音"握""恶"相乱。钱唐人遂谓曰:"此大王恶发殿也。"

麒 麟 楦

唐杨炯每呼朝士为麒麟楦。或问之,曰:"今假装麒麟,必修饰其形,覆之驴上。及去其皮,还是驴耳。"

两　李　益

李君虞以礼部尚书致仕。有宗人庶子同名,俱出于姑臧。时人谓尚书为"文章李益",庶子为"门户李益"。

李尚书门地不薄,而以文章独伸,孰谓文章不值钱?

谨案:李君虞即传奇《霍小玉传》之李益。

三不开相公

五代废帝时,马胤孙为相,时号"三不开相公":入朝印不开,见客口不开,归宅门不开。

谨案:五代后唐废帝。

三　旨　相　公

王珪相神宗十六年,无所建明。时称"三旨宰相":进呈云"取圣旨",可否讫云"领圣旨",退谕禀事者云"已得圣旨矣"。

三　觉　侍　郎

赵叔问为天官侍郎,肥而喜睡,又厌宾客,在省还家,常挂歇息牌于门首。呼为"三觉侍郎",谓朝回、饭后、归第也。

《外史梼杌》二事

徐光溥为相,喜论事,为李昊等所嫉。后不言,每聚议,但假寐而已,时号"睡相"。

蜀韦毂,唐相贻范之子。仕孟昶时,历御史中丞,性多依违,时号"软饼中丞"。

阁 老 饼

丘文庄自制饼软腻适口,托中官进上。食之,喜,命司膳监效为之。不中式,俱被责,因请之丘,丘靳不以告。由是京师盛传为"阁老饼"。

> 谨案:丘浚,谥文庄。

刘 棉 花

成化中,内阁刘吉丁外艰起复,百媚科道,以免弹劾。弘治改元,侍读张升数其十罪,反为御史魏璋所劾左迁。世以吉耐弹,目为"刘棉花"。

两 字 尚 书

成化间,上患舌涩,诸司御前奏事,准行者苦答"是"字。鸿胪卿施纯彦请易"照例"二字,上答甚便,寻擢尚书。时人嘲曰"两字尚书"。

襄 样 节 度

襄阳人善为漆器,天下取法,谓之"襄样"。及于司空为帅多暴,郑元镇河中,亦暴。远近呼为"襄样节度"。见《国史补》。

> 谨案:于頔,唐德宗时为山南东道节度使,镇襄阳。宪宗时入朝拜司空。

白 兔 御 史

王弘义始贱时,求旁舍瓜,不与。及为御史,乃腾文言园有白兔。县为集众捕逐,畦莸无遗。内史李昭德曰:"昔闻苍鹰狱吏,今见白兔御史。"

驮 官 人

曹钦谋逆,已杀寇深,又索王尚书翱。王正在一室,窘迫。一主事长大多力,遽负之逸。王后擢此人要津。时呼为"驮官人"。

杨仲嗣、魏伯起

《佥载》云:杨仲嗣躁率,魏光乘目为"热鏊上蝴㹴"。《北史》:魏伯起在京洛,轻薄尤甚,人号为"惊蛱蝶"。

谨案:北齐魏收,字伯起。

李 拾 遗

周右拾遗李[良]弼奉使北蕃,匈奴以木盘盛粪饲之,临以白刃。弼惧,勉食,一盘并尽,乃放还。人诮之曰:"李拾遗能(食)[拾]突厥之遗。"

谨案:据《朝野佥载》卷四校改。此周为武周。

度 宗 榜

度宗崩,幼君谅阴。榜第一名王龙(潭)[泽],二名路万里,三名胡幼黄。京师为之语曰:"龙在(潭)[泽],飞不得;万里路,行不得;幼而黄,医不得。"

谨案:据元杨一清《钱塘遗事》校改,《宋史》亦作王龙泽。恭帝嗣位,年仅四岁。即位二年,元兵入临安,帝后俱被俘。

城隍墙上画

洪武间,有人画僧顶一冠,一道士顶十冠,蓬松其发;一断桥,甲士与民各左右立而待渡,揭于城隍墙上。朝廷见之,敕教坊司参究其事以奏。明日奏云:"僧顶冠,有官无法;道士十冠,官多法乱;军民立桥边,过不得。"自后法网稍宽,盖以滑稽而谏者。

朱勔

宣和间,亲王及戚畹入宫者,辄得金带、关子。得者旋填姓名鬻之,即卒伍屠沽,自一命以上皆可得,朱勔家奴服金带至有数十人。时云:"金腰带,银腰带,赵家世界朱家坏。"

师王

韩侂胄擅权日,一时献佞者皆称"师王"。参议钱象祖尝谏用兵,与有隙,史弥远因与合谋,既罢相,遂私批杀之,宁宗不知也。都下语曰:"释迦佛中间坐,胡汉神立两傍。文殊、普贤自斗,象祖打杀师王。"

十七字谣

淳祐间,史嵩之入相。以二亲年耄,虑有不测,预为起复之计。时马光祖未卒哭,起为淮东总领,许堪未终丧制,起为镇江守臣。里巷为十七字谣曰:"光祖做总领,许堪为节制。丞相要起复,援例。"

淳祐间,车驾幸景灵宫,太学、武学、宗学诸生俱在礼部前迎驾。有作十七字诗曰:"驾幸景灵宫,诸生尽鞠躬。头乌身上白,米虫。"盖讥其岁糜廪禄,不得出身,年年唯迎驾耳。

张士诚有养士之誉,凡不得志于时者,争趋附之,美官丰禄,富贵赫然。有为北乐府讥之云:"皂罗辫儿紧扎梢,头戴方檐帽。穿领阔袖衫，坐个四人轿，又是张吴王米虫儿来到了。"语本此。后城破，无一人死难者。

伪周用(王)[黄]敬夫、蔡彦文、叶德新三人谋国事，而抵于亡。丁未春，伏诛于南京，风干蔡、叶之尸于称竿者一月。先是，民间作十七字诗云："丞相做事业，专用黄、蔡、叶。一夜西风来，干鳖。"后竟验焉。

谨案：据《明史·五行志》校改。张士诚国号为周。

王婆醋钵

张士诚据有平江日，松江俞俊以贿通伪尹郑焕，署宰华亭，用酷刑朘剥，邑民恨入骨髓。袁海叟有诗曰："四海清宁未有期，诸公衮衮正当时。忽然一日天兵至，打破王婆醋钵儿。"或者不知醋钵之义，以问叟。叟曰："昔有不轨伏诛，暴尸于竿。王婆买醋，经过其下。适索朽尸坠，醋钵为其所压，着地而碎。王婆年老无知，将谓死者所致，顾谓之曰：'汝只是未曾吃恶官司来！'"闻者皆绝倒。

谨案：袁凯，号海叟，华亭人。明初著名诗人，有《海叟集》传世。

落指君子

晋江刘明府震臣，先年令常熟，极有吏才，但法尚严峻。尝枉征财课，百姓瘐狱中，毙杖下者，十而九矣。又拷掠之惨，至于手足指堕。于是虞人歌之曰："落指君子，民之父母。"

桑渐

桑渐为孟州佥判。或誉县长"明似镜，平似秤"。渐不然其言，抑之曰："却被押司走上厅，打破镜，踏折秤。"

常 州 守 谣

《马氏日抄》云：常州守莫愚巧于取贿，而纠察郡吏使无所得。郡人为之语曰："太守摸鱼，六房晒网。"继莫者叶蓁，有廉操，而律下不严，吏曹得行其诈。又为语曰："外郎作鲜，太守拽罾。"言劳而无获也。

　　近来贪吏，多与六房通气揽事。时又语曰："六房结网，知县摸鱼。"

刘　宠　庙

一钱太守刘宠庙，在绍兴钱清镇。王叔能过庙下，赋诗曰："刘宠清名举世传，至今遗庙在江边。近来仕路多能者，也学先生拣大钱。"

　　今日拣大钱者，必要生祠碑记，正为刘宠之有庙也。

　　谨案：刘宠，东汉人。为会稽太守，有惠政。将去任，山阴父老六七人，各持百钱以赠行。宠谢之，只取一大钱，故号一钱太守。

杨太守、刘知县

成化中，有汝宁杨太守甚清，其附郭汝阳刘知县甚贪。太守夜半微行，至一草舍。有老妪夜绩，呼其女曰："寒甚。"命取瓶中酒。酒将尽，女曰："此一杯是杨太爷也。"复斟一杯，曰："此是刘太爷。"盖酒初倾，则清者在前，后则浊矣。闻者赋诗曰："凭谁寄语临民者，莫作人间第二杯。"

洪　奉　使

宋绍兴辛巳,葛王篡位,使来修好。洪景卢往报之,入境,与其伴使约用敌国礼。伴许诺。故沿路表章,皆用在京旧式。未几,乃尽却回,使依近例易之。景卢不可。于是扃驿门,绝供馈,不得食者一日。又令馆伴者来言。景卢惧留,不得已,易表章授之,供馈乃如礼。景卢素有风疾,头常微掉。时人为之语曰:"一日之饥禁不得,苏武当时十九秋。寄语天朝洪奉使,好掉头时不掉头。"

谨案:洪迈,字景庐。《容斋随笔》、《夷坚志》作者。其父洪皓曾使金,被扣十五年,人誉为当代苏武。葛王,金主完颜雍。

景　龙　嘲　语

景龙中,洛下淋雨百余日。宰相令闭场市北门以弭之,卒无效。人嘲曰:"礼贤不解开东阁,燮理唯能闭北门。"

天　竺　观　音

孝宗时大旱,有诏迎天竺观音就明庆寺请祷。或作诗曰:"走杀东头供奉班,传宣圣旨到人间。太平宰相堂中坐,天竺观音却下山。"赵温叔雄由是免相。

谨案:此南宋孝宗时事。

贩　　盐

贾似道令人贩盐百艘至临安。太学生有诗云:"昨夜江头涌碧波,满船都载相公醝。虽然要作调羹用,未必调羹用许多。"贾闻之,遂以士人付狱。

量　田

成化初,邢公宥为苏州,以郡中久荒,陂荡起税,民心颇怨。有投诗刺之者,曰:"量尽山田与水田,只留沧海共青天。渔舟若过闲洲渚,为报沙鸥莫浪眠。"一作杨贡事。

　　谨案:邢宥,《明史》有传,称其"治苏严而不苛"。

尹翰林诗

宣德中,简太学生年五十以上放归田里,而儒生应贤良方正举者,辄得八品官。尹翰林岐凤有诗曰:"五十余年做秀才,故乡依旧布衣回。回家及早养儿子,保了贤良方正来。"

修《续通鉴》

景泰间,修《续通鉴纲目》。开馆时,三阁下奏本院官怠缓,完期不可必,因各荐所知。于是丁参议理等皆被召。聂大年教授扶病入馆,退食松林下,经宿物故。又章主事诹病,刘治中实老。时刘宣化讥之曰:"昔人云,生、老、病、死、苦,史馆备矣。"一日丁参议与宋尚宝怀尚气,失色忿詈。馆中陈缉熙成一诗,谑云:"参议丁公性太刚,宋卿凌慢亦难当。乱将毒手抛青史,故发伧言污玉堂。同辈有情难劝解,外郎无礼便传扬。不知班、马、韩、苏辈,曾为修书闹几场?"明日,二人悔恨,自解谢曰:"勿更贻斯文笑也。"

　　谨案:北宋魏泰《东轩笔录》卷九有一则,言熙宁间中书有生、老、病、死、苦之说,或为此事之本。

魏　扶

大中元年,魏扶知礼闱,入贡院,题诗曰:"梧桐叶落满庭阴,锁闭朱门试院深。曾是昔年辛苦地,不将今日负前心。"及牒出,为无名子削为五言以讥之。

丁丑、庚辰榜

万历丁丑,张太岳子嗣修榜眼及第。庚辰,懋修复登鼎元。有无名子揭口占于朝门曰:"状元榜眼姓俱张,未必文星照楚邦。若是相公坚不去,六郎还作探花郎。"后俱削籍。故当时语曰:"丁丑无眼,庚辰无头。"

徐干《中论》

正德某科士子,中场用徐干《中论》全篇而得高第。明年,海内之士交相谓曰:"徐干《中论》,翰林先生所最重也。"于是购《中论》而读者纷然。京师为之语曰:"秀才好请客,徐干偶撞席。也只好一遭,良会难再得。"

吴 伯 通

吴伯通为浙省学道,取士专看工夫。时初学作文多不根,取者甚少,乃群往御史台求试。御史复发吴公。吴出题"鼋鼍蛟龙鱼鳖生焉",论题乃一"滚出来"。文难措辞,而论又性理,甚为吴所辱。有嘲之者曰:"三年王制选英才,督学无名告柏台。谁知又落吴公网,鱼鳖蛟龙滚出来。"

> 谨案:"滚出来",或为"一滚出来",为宋明理学话头,故言"论又性理"。

被 黜 诗

天顺初,有欧御史校士,去留多不公。富室子弟惧黜者,或以贿免。昆山郑文康送一被黜生诗,末云:"王嫱本是倾城色,爱惜黄金自误身。"

倭 房 公

万历初,有房御史督学,以贿著。轻薄子改杜牧之《阿房宫赋》为"倭房公"以讥之。首云:"沙汰毕,督学一。文运厄,倭房出。横行一十三府,扰乱天日。"中云:"米麦荧荧,乱圈点也。枷锁扰扰,假公道也。湖流涨腻,苞苴行也。批挞横斜,门子醉也。雷霆乍惊,试案出也。人人骇忧,漫不知其所谓也。孔方先容,虽嫱亦研。十目所视,而莫掩焉。有不可闻者,遗臭万年。"详载《戒庵漫笔》。

楚中二督学

嘉靖间,楚中督学吴小江有爱少之癖,冠者多去巾为髫年应试。嘲者曰:"昔日峨冠已伟然,今朝丱角且从权。时人不识予心苦,将谓偷闲学少年。"其后曾省吾代之,所拔亦多弱冠。一生遂自去其须,及入试,居四等,应朴责。曾乃恕年长者而责少者,此生遂以无须受责。嘲者曰:"昨日割须为便考,今朝受责加烦恼。头巾纱帽不相当,[旁批:此语透绝。]有须无须皆不好。"见《谐薮》。

童 生 府 试

浙直童子试,府取极难,非大分上,即晁、董不自必也。湖州一朝士,妻舅乃显者;又一士,脱细君簪珥营之,俱获进院入泮。长兴吴生戏为令曰:"湖州有一舅,乌程添一秀。舅与秀,人生怎能勾!佳人头上金,才子头上巾。金与巾,世间有几人?外面无贵舅,家中无富婆。舅与婆,命也如之何!"

胡御史、张少傅

嘉靖壬辰,北直隶学院胡明善待士惨刻,庠序甚怨。以私取房山所窠石为碑,事发,拟侵盗园林树木,以石窠近皇陵故也。是年七月间,彗星见东井,自辛卯至是已三见,有旨令大臣自陈,张少傅孚敬遂致仕。或为句以纪其事,云:"石取西山,胡明善殃从地起;星行东井,张孚敬祸自天来。"又曰:"彗孛扫除无驻足,石碑压倒不翻身。"

赵鹤、江潮

赵鹤督学东省过严,竟以此罢官。江潮代之,亦风裁凛然。诸生题壁云:"赵鹤方剪羽翼,江潮又起风波。"

真 希 元

端平间,真希元应召而起。百姓仰之,若元祐之仰涑水也。时楮轻物贵,市井喁喁为之语曰:"若要百物贱,直待真直院。"及入朝进对,首以"正心诚意"为言。愚民无知,以为不切时务,遂续前语曰:"吃了西湖水,打作一锅面。"继参大政,未及有所建置而薨。

谨案:真德秀,字希元。涑水,指司马光。

王文成二高弟

陆澄,字原静,王文成公之高弟也。始张、桂议大礼,澄以刑部主事上疏攻之,旋以忧去。服阕至京,复上疏,称张、桂为正论,而悔前之失言。上理其前疏,谪广东高州通判。又徐珊,亦文成高弟也。癸未会试,以策问诋文成学,拂衣而出,天下高之。后选得辰州贰府,坐侵军饷事缢死。时人为之语曰:"君子学道则害人,小人学道则缢死也。”

　　《谑浪》云：耿宗师倡道南畿，令有司聚徒讲学。吾松生员杨井孙、林士博为首。及井孙以杀嫂致狱，林执手送之别，泣甚哀，曰：“吾道南矣！”闻者捧腹。

　　谨案：嘉靖时，耿定向曾督南京学政。

金　鼓　诗

　　至正间，风纪之司，赃污狼籍。是时金鼓音节迎送廉访使，例用二声鼓、一声锣。起解强盗，则用一声鼓、一声锣。有轻薄子为诗嘲曰：“解贼一金并一鼓，迎官两鼓一声锣。金鼓看来都一样，官人与贼不争多。”

　　海寇郑广既受招安，使主福之延祥兵。每朔望谒阃帅，群僚鄙之不与言。一日，群僚方坐论诗，广忽起曰：“某亦有拙句，白之可乎？”众属耳。乃吟曰：“郑广有诗上众官，文武看来总一般。众官做官却做贼，郑广做贼却做官。”然则官贼之溷，自宋已然矣。

痴　床

　　宋时，侍御史号杂端，最为雄剧。台中会聚，则于座南设横榻，号南床，又曰“痴床”，言登此床者，(踞)［倨］傲如痴。

　　谨案：据宋朱胜非《绀珠集》卷七校改。

南　吏　部

　　国朝吏部之权俱在北曹，南曹殊落莫。唯考察年，南京官五品以下，黜调皆在其手，声势赫奕，过此则又如常矣。都下谣曰：“今日南京真吏部,明朝吏部又南京。"

名 帖 大 字

近来宦途好胜,书名竞作大字。有人嘲云:"诸葛大名垂宇宙,今人名大欲如何? 虽于事体无妨碍,只恐文房费墨多。"

> 谨案:《元明事类钞》卷一七引《泳化编》,云"成化间,一御史性颇狂,以居言路,署名字大寸许。或贴之口占"云云。与此条有异。

海 公

海公巡抚南国,意主搏击豪强,因而刁风四起。有投匿名状者,曰:"告状人柳跖,告为势吞血产事:极恶伯夷、叔齐兄弟二人,倚父孤竹君历代声势,发掘许由坟冢。被伊族告发,恶又贿求嬖臣鲁仲连得免。今某月日,挽出恶兄柳下惠,捉某箍禁孤竹水牢,日夜痛加炮烙极刑,逼献首阳薇田三百余亩。有契无文,崇侯虎见证。窃思武王至尊,尚被叩马羞辱,何况区区蝼蚁? 激切上告。"海公见状,颇悔前事,讼党少解。

> 谨案:海瑞。

杨妃病齿图

冯海粟题《杨妃病齿图》云:"华清宫,一齿痛;马嵬坡,一身痛;渔阳鼙鼓动地来,天下痛!"

九 龙 庙

同州澄城县有九龙庙,然只一妃,土人谓冯瀛王之女也。司马仲才戏题诗云:"身既事十主,女亦配九龙。"过客读之,无不笑。

谨案:冯道,后周时死,追封瀛王。

荒 年 谣

荒年百物腾涌,颇艰饮啖。杭人戏作诗曰:"丰年人不觉,家家喜饮酒。荒年要酒吃,除却酒边酉。"言饮水也。又曰:"丰年人不觉,鹅肉满案绕。荒年要鹅吃,除却鹅边鸟。"言杀我也,谑亦有意。

郑 世 尊

或谓:"不肖子倾产破业,所病不瘳,其终奈何?"司马安仁曰:"为郑世尊而已。"盖郑子以李娃故,行乞于市,几为馁鬼。佛世尊欲与一切众生结胜因缘,遂于舍卫次第乞食。合二义以名之。

谨案:郑子,即郑元和,见传奇《李娃传》。

龟 兹 王

乌孙公主遣女至汉学鼓琴,还过龟兹。龟兹王绛宾留以为夫人,上书言得尚汉外孙,愿与公主女俱入朝。自是数来朝贺,乐汉衣服制度,归其国,治宫室,作徼道周卫,出入传呼,撞钟鼓,如汉家仪。外国胡人皆曰:"驴非驴,马非马,若龟兹王,所谓骡也。"

凡婢效夫人妆,田舍翁好清,小家子通文,暴富儿学大家规矩,三脚猫拽拳使棒,皆可唤作"龟兹王"矣。

灵迹部第三十二

子犹曰：凡有道术者，皆精神之异于常人者也。真有真精神，幻亦有幻精神。冬起雷，夏造冰，几于镂天雕地矣，非精神能感召，其然耶？下至一技之工，一虫之戏，亦必全副精神与之娴习而后能之。拜树而树应，诵驴而驴灵，非真并非幻也，精神之至也。精神无伪，伪极亦是真也。恒言遇所不能，辄谓仙气，余意凡道术止是如此，无二法门。集《灵迹第三十二》。

顶穴乳穴

唐时，西域僧伽居京师之荐福寺，常独居一室。顶上有穴，恒以絮窒之。夜则去絮，烟气从顶穴中出，芬芳满室。

石勒时，有佛图澄者，左乳旁有一穴，恒就水洗濯肠肺，以絮窒之。夜欲读书，辄拔絮，则光自穴出，一室洞明。

二小儿登肩

天竺僧鸠摩罗什阐教于秦。一日忽下高座，谓秦主兴曰："有二小儿登吾肩，欲障，须妇人。"兴遂以宫女进之，一交而生二子。自尔别立廨舍，供给丰盈。诸僧有欲效之者，什聚针盈钵，谓曰："若能相效食此者，乃可畜室。"因举匕进针，不异常食。

鸤鸠和尚

《云溪友议》云：邓州和尚日食二鸠。有贫士求餐，分二足与食。食既，僧盥嗽，双鸠从口出，一能行，一匍匐在地。士惊愕吐饭，二足亦出。号"南阳鸤鸠和尚"。

香 阇 黎

香阇黎者,莫测其来,止益州青城山寺。时俗每至三月三日,必往出游赏,多将酒肉酣乐。香屡劝之,不断。后因三月,又如前集。香令人穿坑,方丈许,忽曰:"檀越等常自饮噉,未曾见及,今日须餐一顿。"诸人争奉肴酒,随得随尽,若填巨壑。至晚曰:"我大醉饱,扶我就坑,不尔污地。"及至坑所,张口大吐。雉肉自口出,即能飞鸣;羊肉自口出,即能驰走;酒浆乱泻,将欲满坑;鱼虾鹅鸭,游泳交错。众咸惊嗟,誓断宰杀。

昝 老

长寿寺僧(昝)〔晉〕言:他时在衡山,村人为毒蛇所噬,须臾而死,发解,肿起尺余。其子知昝老有术,遂迎昝至。乃以灰围其尸,开四门,先曰:"若从足入,则不救矣。"遂踏步握固,久之,蛇不至。昝大怒,乃取饭数升捇蛇形,(咀)〔诅〕之,忽蠕动出门。有顷,饭蛇引一蛇从死者头入,径吸其疮。尸肿渐低,蛇跑缩而死,村人乃活。

　　谨案:据唐段成式《酉阳杂俎》卷五校改。

孤 月

僧孤月擅异术。行桥上,会女妇乘肩舆至,骂僧不避。顷之,舁夫下桥复上,往返数度,犹不能去。旁人曰:"必汝犯月大师耳,可拜祈之。"僧曰:"吾有何能,尔自行耳。"言讫,舁夫足轻如故。

散 圣 长 老

《狯园》:江长老者,桃源江副使盈科之族也,受良常山上真秘法,号"散圣长老"。能取生鸡卵二十枚,置臼中杵之,鸡卵纷然跃起,复入臼中,如是者数四,无一损坏。

左　元　放

左慈,字元放,庐江人也。曹公尝闭一石室中,使人守视。断谷期年,乃出之,颜色如故。公谓必左道,欲杀之。慈已预知,为乞骸骨。公曰:"何以忽尔?"对曰:"欲见杀,故求去。"公曰:"无之。"乃为设酒。慈拔簪画杯,酒中断,即饮半,半与公。公未即饮,慈尽饮之。饮毕,以杯掷屋栋,举坐莫不视杯,良久乃坠,已失慈矣。寻问之,还其所居。公益欲杀之,敕收慈,慈走入群羊中。俄有大羊前跪而曰:"为审尔否?"吏相谓曰:"此跪羊,慈也。"欲收之。群羊咸向吏言曰:"为审尔否?"

《神仙传》云:曹公害左慈。慈目眇,葛布单衣。至市视之,一市十万人,皆眇一目、单衣,无非慈者,竟不知所在。

笔　　仙

昔有高士,置笔竹筒,买者置钱其中,笔自跃出。号"笔仙"。

咒　桃　斗

樊夫人与夫刘纲俱有道术,各自言胜。中庭有两桃树,夫妻各咒其一,桃便斗。纲所咒桃走出篱外。

种　　瓜

吴时有徐光者,尝从人乞瓜,其主勿与。便索瓜子种之。俄而瓜生蔓延,生花成实,乃取食之,因遍给观者。鬻者反视所出卖,皆亡耗矣。

殷 七 七

道人殷七七，尝在一官僚处饮酒，有佐酒倡优共笑侮之。殷白主人，欲以二栗为令。众喜，谓必有戏术。乃以栗巡行，接者皆闻异香，唯笑七七者，栗化作石，缀在鼻，掣拽不落，秽气不可闻。二人共起狂舞，花钿委地，相次悲啼；鼓乐皆自作。一席之人，笑皆绝倒。久之祈谢，石自鼻落，复为栗，花钿悉如旧。

轩 辕 集

罗浮先生轩辕集，善饮，虽百斗不醉。夜则垂发盆中，其酒沥沥而出。唐宣宗召入内庭，坐御榻前。有宫人笑集貌古，须臾变成老妪，遂令谢先生，而貌复故。

陈 七 子

陈复休者，号陈七子。尝于巴南太守筵中为酒妓所侮。陈笑视其面，须臾，妓者髯长数尺。泣诉于守，为祈谢。陈咒酒一杯，使饮之，髯便脱落。

孙 道 人

孙道人有异术。尝画墨圈于掌中，遥掷人面，虽洗之不去。顷之，以手挥曰："当移着某人臂上。"虽重裘之内，而圈已在臂矣。尝至吴中，为小妓所侮。孙顾卖桃人担云："借汝一桃。"遂拾以掷其面，妓右颊遽赤肿如桃大，楚不可忍。哀祈再四，乃索杯咒之，取下仍是一桃，妓肿遂消。此万历己酉年间事。

又孙道人至一大家，见鱼池绝大，问："鱼有数否？"主人曰："不知。"孙曰："可数也。"乃命二童子持长绳跨池相向而立，孙按绳徐掠池水，至半，止，连呼"双来双来"。顾童子曰："紧持而数之。"鱼大小成对,从绳上跃过。一童大笑,绳脱,鱼遂群跃焉。

李 秀 才

《广记》:虞部郎中陆绍,元和中,尝看表兄于定水寺。因为院僧具蜜饵时果,并招邻院僧,良久,与一李秀才偕至。乃环坐,笑语颇剧。院僧顾弟子煮茗,巡将匝而不及李。陆不平,为言之,院僧颇出谩语。李怒,僧犹大言不止。李乃白座客:"某不免对贵客作造次矣。"因袖手据两膝,叱其僧曰:"粗行阿师,争敢无礼?拄杖何在,可击之!"其僧房门后有筇杖子,忽跃出,连击其僧。时众亦有(闭)[蔽]护,杖伺人隙捷中,若有物执持者。李复叱曰:"捉此僧向墙!"僧乃负墙拱手,色青气短,唯言乞命。李又曰:"阿师可下阶。"僧又趋下,自投无数,衄鼻败颡不已。众为请之,李徐曰:"缘衣冠在,不能杀此为累。"因揖客而去。僧半日方能言,如中恶状,竟不之测矣。

谨案:据《酉阳杂俎》卷五校改。

针 奴 脚

前凉张存善针。有奴好逃亡,存行针缩奴脚,不得动。欲使,更以针解之。

杖 虎

于子仁湖广武冈州人,洪武乙丑进士。知登州府,部有诉其家人伤于虎者。子仁命卒持牒入山捕虎,卒泣不肯行。子仁笞之,更命他两卒。两卒不得已,入山,焚其牒。火方息而随至,弭耳帖尾,随行入城,观者如堵。虎至庭下,伏不动。子仁厉声斥责,杖之百而舍之。虎复循故道而去。

　　按子仁有异术,以妖惑被讦,逮诏狱死,弃其尸。家人既发丧,一夕忽闻叩门声,问之,则子仁也,自言不死。亦不自晦,日与故旧游宴。或泛舟,不用篙楫,舟自逆水而上,以为戏乐。里人刘氏,其怨家也。以铁索系之,诣阙奏状。一日忽失子仁所在,但存铁索而已。刘坐欺妄,得重谴云。

葛 孝 先

葛玄,字孝先。尝与宾同坐,复有来者,出迎之,坐上又有一玄与客语。时天寒,玄谓客人曰:"贫居不能人人得炉火,请作火,共使得暖。"玄因张口吐气,赫然火出,须臾满屋,客尽得如在日中。尝与客对食,食毕,嗽口,口中饭尽成大蜂数百头,飞行作声。良久张口,群蜂还飞入口中,玄嚼之,故是饭也。手拍床,虾蟆及诸虫飞鸟燕雀鱼鳖之属,使之舞,皆应弦节如人。玄止之,即止。

瓶 隐

申屠有涯,放旷云泉。常携一瓶,时跃身入瓶中。时人号为"瓶隐"。

马 湘

马湘字自然,杭州盐官人。治道术,尝南游霍桐山,夜投旅舍宿。主人戏言:"客满无宿处,道士能壁上睡,即相容。"湘跃身梁上,以一脚挂梁倒睡。适主人夜起,引烛照见,大惊异。湘曰:"梁上犹能,况壁上乎?"俄而入壁渐没,主人拜谢乃出。或言常州城中鼠极多,湘书一符,令帖于南壁下。有一大鼠相率群鼠,莫知其数,出城门去,自是城内绝鼠。

蓝 乔

蓝乔字子升,循州龙川人。与吴子野同登汴桥,买瓜欲食。乔曰:

"尘埃扑瓜,当与子入水中啖尔。"因持瓜踊身入河。吴注目以视,时有瓜皮浮出水面,至夜不出。吴往候其邸,已酣寝矣,徐张目曰:"波中待子食瓜,何久不至?"

纸月、取月、留月

《宣室志》云:杨晦八月十二日夜谒王先生。先生刻纸如月,施垣上,洞照一室。又唐周生有道术,中秋谓客曰:"我能取月。"以箸数百条,绳而驾之,曰:"我梯此取月。"俄以手举衣,怀中出月寸许,清光照烂,寒气入骨。

《三水小牍》云:桂林韩生嗜酒,自言有道术。一日欲自桂过湖,同行者二人,与俱止郊外僧寺。韩生夜不睡,自抱一篮,持匏杓出就庭下。众往视之,见以杓酌取月光,作倾泻状。韩曰:"今夕月色难得,恐他夕风雨夜黑,留此待缓急尔。"众笑焉。及明日,空篮敝杓如故,益哂其妄。舟至邵平,共坐至江亭上,各命仆市酒期醉。会天大风,日暮,风益急,灯烛不能张。众大闷,一客忽念前夕事,戏嬲韩曰:"子所贮月光今安在?"韩抚掌曰:"几忘之!"即狼狈走舟中,取篮杓一挥,则白光燎焉见于梁栋间。如是连数十挥,一坐遂尽如秋天晴夜,月光潋滟,秋毫皆睹。众乃大呼痛饮,达四鼓,韩复酌取而收之篮,夜乃黑如故。

孙　福　海

成化间,金陵孙福海有妻子而精道教,凡祈天遣鬼,无不应者。又有戏术。尝与少年辈同纳凉,有美妇四五至,少年目孙而笑。孙曰:"汝欲见其足耶?"即画地为"一"字。妇至,见画处如巨沟然,即跃而足见。

张　七　政

唐张七政,荆州人,有戏术。尝画一妇人于壁,酌酒满杯,饮之至尽,画妇人面赤。

金　箔　张

《狯园》云:国初,平阳金箔张者,以世造金箔得名。其子二郎聪隽不凡,少遇仙流,授以《鹿卢蹻经》一卷,遂得乘蹻之术,闾里骇其所为。一日有羽衣人过其门,曰:"家师亦挟小奇术。二郎不弃,明日遣骑相迎。"黎明,果有两童子,各乘一龙,自云中下,复牵一龙,请二郎乘坐。龙狞甚,昂首不伏,童子出袖中软玉鞭鞭之,二郎乃腾身而上。行数里,至一山谷中,极花木泉石之胜。俄达茅庵,羽衣人已在门矣。传呼延入,见一道人庞眉古服,坐匡床之上,双足卸挂壁间,相去犹寻丈也。二郎欲拜,道人曰:"且止勿前。老汉久卸膝盖骨以自便,倚足于壁,不踏世上红尘矣。今日不免为郎君一下床也。"于是挥手招壁间,双足自行,前著膝上,辐(凑)[辏]如常人。遂下床,具宾主礼,呼室中童子煮新茶供客。茶至,则一无首童子也。道人责曰:"对佳宾乃简率若此乎? 可速戴头来!"童子举手扪其颈,遽入室取头戴之,复出,供茶如初。

　　谨案:据明钱希言《狯园》卷二校改。

李　福　达

李福达一日至苏州,欲税宅城中。遍阅数处,辄憎湫隘。侩人怪之。李曰:"卿莫管我,所挈细小什器颇多,必须宽敞始得。"侩人以为戏言。后看下一大姓空宅子,前厅后堂,洞房连闼,意甚乐之。与税赁毕,李便入宅,从容袖中摸出小白石函,纵横不离数寸,凡衣服、饮食、床褥卧具、屏障几席、釜甑一切资生之物,尽从中出。又于函中挈出妇人男子凡数辈,皆其妾媵使令。又有十余小儿,皆衣五彩。侩人震怖,便狂走,李笑而不言。久之将行,还复挈此妇人、男子、小儿、诸器玩,一一悉纳石函中,仍袖而去。

最后福达客黄浦上朱恩尚书家。朱公好道,礼为上客。或厨傅稍有不饬,李知是内人慢之,咒其室中器皿服玩使斗击,庭下所曝筐筥一一历阶而上。内人悔过,乃止。

外 国 道 人

《灵鬼志》:有道人外国来,解含刀吐火。行见一人担担,上有小笼子,可受升余。语担人云:"吾步行疲极,欲寄君担。"担人以为戏也,应曰:"自可尔。君欲何许自厝?"答云:"若见许,正欲入笼子中。"担人愈怪之,乃下担。入笼中,笼更不大,其人亦不更小,担之亦觉重于先。既行数里,树下住食。担人呼共食,云:"我自有食。"不肯出,止住笼中,饮食器物罗列,肴膳丰腆亦办,乃呼担人食。未半,语担人"我欲妇共食",腹中吐出一女子,年二十许,衣裳容貌甚美,二人共食。食欲竟,其夫便卧。妇语担人曰:"我有外夫,欲来共食。夫觉,君勿道之。"妇便口中出少年丈夫,此笼中便有三人。有顷,其夫动如欲觉,妇便以外夫内口中。夫起,语担人曰:"可去。"即以妇内口中,及食器物。此人既至国中,有一家大富贵,财巨万而性悭吝。语担人云:"试为君破悭。"即至其家,有好马,甚珍之,系在柱上,忽失去,寻索不得。明日见马在五升罂中,终不可破。便语曰:"君作百人厨,以周一方穷乏,马得出耳。"主人如其言,马还在柱下。明早其父母在堂上,忽然不见,举家惶怖。开装器,忽然见父母在泽壶中,不知何由,复往请之。其人云:"君更作千人饮食以饴百姓穷者。"当时便见父母在床也。

前段与《广记》阳羡书生寄鹅笼中事同。

负 笈 老 翁

隋开皇初,广都孝廉侯遹入(蜀)[城],至剑门外,忽见四黄石,皆大如斗。遹收之,藏于书笼,负之以驴。因歇鞍取看,皆化为金,至城货之,得钱百万。沽美妾十余人,大开第宅,又置良田别墅。后春日,尽载妓妾出游,下车张饮。忽一老翁负大笈至,坐于席末。遹怒而诟之,命苍头扶出,曳不动,亦不嗔恚,但引满啖炙而笑云:"君不记取吾金乎? 吾此来求偿债耳。"尽取妓妾十余人投之书笈,亦不觉其窄,负而趋,走若飞鸟。遹令苍头逐之,不及。自后遹家日贫,十余年却归蜀。到剑门,又见前老翁携所将之妾游行,傔从极多,见遹,皆大笑。问之不言,[旁批:真好笑,不好说。]忽失所在。访剑门前后,并无此人,竟不能测。

谨案:据《太平广记》卷四百校改。

胡　媚　儿

唐贞元中,扬州丐者自称胡媚儿。[怀中出一]琉璃瓶,可受半升,曰:"施此满,足矣。"人与百钱,见瓶间大如粟。与千钱至万钱,亦然。好事以驴与之,入瓶如蝇。俄有数十车纲至,纲主戏曰:"能令诸车入瓶乎?"曰:"可。"微侧瓶口,令车悉入,有顷不见,媚儿即跳入瓶。纲主大惊,以梃扑瓶,破,一无所有。

谨案:据《太平广记》卷二八六校改。

方朔偷桃法

戏术有方朔偷桃法。以小梯植于手中,一小儿腾之而上,更以梯累承之。儿深入云表,人不能见,顷之,摘桃掷下,鲜硕异常。最后儿不返,忽空中有血数点坠下。术者哭曰:"吾儿为天狗所杀矣!"顷之,头足零星而坠。术者悲益甚,乞施棺殓之资。众厚给之,乃收泪荷担而去。至明日,此小儿复在前市摘桃矣。

幻　戏

嘉、隆间,有幻戏者,将小儿断头,作法讫,呼之即起。有游僧过,见而哂之。俄而儿呼不起,如是再三,其人即四方礼拜,恳求高手放儿重生,便当踵门求教。数四不应,儿已僵矣。其人乃撮土为坎,种葫芦子其中。少顷生蔓,结小葫芦。又仍前礼拜哀鸣,终不应。其人长吁曰:"不免动手也。"将刀斫下葫芦。众中有僧头欻然落地,其小儿便起如常。其人即吹烟一道,冉冉乘之以升,良久遂没。而僧竟不复活矣。

板桥三娘子

《古今说海》:唐汴州西有板桥店。店娃三娘子者,独居,鬻餐有年矣,而家甚富。多驴畜,每贱其估以济行客。元和中,许州客赵季和将诣东都。过客先至者,皆据便榻。赵得最深处一榻,逼主房。既而三娘子致酒极欢,赵不饮,但与言笑。二更许,客醉。合家灭烛而寝。赵独不寐,忽闻隔壁窸窣声。偶于隙中窥之,见三娘子向覆器下取烛挑明,巾箱中取小木牛、木人及耒耜之属,置灶前,含水噀之,人牛俱活。耕床前一席地讫,取荞麦子授木人种之。须臾麦熟,木人收割,可得七、八升。又安置小磨,即硙成面。却收前物仍置箱中,取面作烧饼。鸡鸣时,诸客欲发。三娘子先起,点灯设饼。赵心动,遽出,潜于户外窥之。乃见诸客食饼未尽,忽一时踣地作驴鸣,顷之,皆变驴矣。[三娘子尽]驱入店后,而尽没其财。赵亦不告于人。后月余,赵自东都回。将至板桥店,预作荞麦烧饼大小如前,复寓宿焉。其(席)[夕]无他客,主人殷勤更甚。天明,设饼如初。赵乘隙以己饼易其一枚,言烧饼某自有,请撤去以俟他客,即取己者食之。三娘子具茶,赵曰:"请主人尝客一饼。"乃取所易者与啖。才入口,三娘子据地即变为驴,甚壮健。赵即乘之,尽收其木人等,然不得其术。赵策所变驴,周游无失,日行百里。后四年,乘入关,至岳庙旁,见一老人拍手大笑曰:"板桥三娘子何得作此?"因捉驴谓赵曰:"彼虽有过,然遭君已甚,可释矣。"乃从驴口鼻边,以两手掰开,三娘子从皮中跳出,向老人拜讫,走去,不知所之。

谨案:据《太平广记》卷二八六校改。

贵竹幻术

贵竹地羊驿,民夷杂处,多幻术,能以木易人之足。郡丞某过其地。记室二人,皆游于淫地。一人与淫,其夫怨,易其一足。一人不与淫,妇怨,易其一足。明日行于庭,见丞。骇问,始知其故,即逮二家至,惧以罪。二人各邀其人归,作法,足遂复。

神　巫

吴景帝有疾,求觇视者,得一人。帝欲试之,乃杀鹅埋苑中,架小屋,施床几,以妇人屐履服物著其上。使觇视之,曰:"若能说此冢中鬼妇人状,当加赏。"竟夕无言。帝推问之急,乃曰:"实不见鬼,但见一头白鹅立墓上耳。"

谨案:吴景帝即三国时东吴孙休。

数　学

管辂精于数学。乡里范玄龙苦频[失]火。辂云:"有角巾诸生,驾黑牛故车来,必留之宿。"后果有此生来,范固留之。生急求去,不听,遂宿。主人罢人。生惧图己,乃持刀门外,倚薪假寐。忽有一物以口吹火,生惊斫之,死,视之,狐也。自是不复有灾。

谨案:据宋刘敬叔《异苑》卷九校改。

卜天津桥　万寿寺

唐天宝末,术士钱知微尝至洛,居天津桥卖卜,一卦帛十匹。历旬,人皆不诣之。一日,有贵公子意其必异,命取帛如数,卜焉。钱命蓍(而)[布]卦成,曰:"君戏耳。"其人曰:"卜事甚切,先生岂误乎!"钱请为隐语曰:"两头点土,中心虚悬,人足踏跋,不肯下钱。"其人本意卖天津桥绐之。其精如此。

> 谨案:据段成式《酉阳杂俎》卷五校改。

相传吴下张东谷精于卜算,设肆于万寿寺前。或往卜,问是住宅。卦成,张云:"三日内合当迁毁。"其人指万寿寺曰:"吾戏卜佛住居也。千年香火,安得有此?"大笑而去。后三日,按台下檄,改寺为长洲新学,果如其言。

射　覆

朱允升,早从资中黄楚望泽游,偕同郡赵沨受经,余暇遂得六壬之奥。偶访友人,见案上置四合。戏谓:"君能射覆乎?中则奉之,否则为他人饷也。"朱更索一合书射语,亦合而置之,曰:"少俟则启。"适有借马者,友人令奴于后山牵驴应之。朱即令一时俱启,前四合皆鱼也。射语云:"一味鱼,两味鱼,其余两味皆是鱼。有人来借马,后山去牵驴。"宾主为之绝倒。

拆　字

谢石润夫,成都人。宣和至京师,以(拆)[相]字言人祸福。求相者但随意书一字,即就其字离析而言,无不奇中。名闻九重,上皇因书一"朝"字,令中贵人持往试之。石见字,即端视中贵人曰:"此非观察所书也。"中贵人愕然曰:"但据字言之。"石以手加额曰:"朝字,离之为'十月十日'字,非此月此日所生之天人,当谁书也?"一座尽惊。中贵驰奏。翌日召至后苑,令左右及宫嫔书字示之,论说俱有精理。锡赉甚厚,补承信郎。缘此四方求相者其门如市。有朝士,其室怀娠过月,手书一"也"字,令其夫持问。是日坐客甚众。石详视字,谓朝士曰:"此阁中所书否?"曰:"何以言之?"石曰:"谓语助者,‘焉、哉、乎、也’。固知是公内助所书。[尊]阁盛年三十一否?”曰:“是也。”“以‘也’字上为‘三十’,下为‘一’字也。然吾官寄此,当力谋迁动而不可得否?”曰:“正以此为挠耳。”“盖‘也’字,着水则为池,有马则为驰。今池运则无水,陆驰则无马。是安可动也?又尊阁父母兄弟、近身亲人皆当无一存者。以‘也’字着人则是他字,今独见也字,而不见人故也。又尊阁其家物产亦当荡尽否?以‘也’字着土,则为地字,今不见土,只见‘也’。俱是否?”曰:“诚如所言。”朝士即谓之曰:“此皆非所问者。但贱室忧怀娠过月,所以问耳。”石曰:“是必十三个月也。以‘也’字中有‘十’字,并两傍二竖、下画为‘十三’也。”石熟视朝士曰:“有一事似涉奇怪。固欲不言,则吾官所问,正决此事。可尽言否?”朝士因请其说。石曰:“也字着虫为虵字。今尊阁所娠,殆蛇妖也。然不见虫,则不能为害。谢石亦有薄术,可为吾官以药下验之,无苦也。”朝士大异其说,(固)[因]请至家。以药投之,果下数百小蛇。都人益共神之,而不知其竟挟何术。

后石拆“春”字,谓“秦头太重,压日无光。”忤相桧,死于戍。

谨案:据宋何薳《春渚纪闻》卷二“谢石拆字”条校改。

建炎间,术者周生善相字。车驾至杭,时虏骑惊扰之余,人心危疑。执政呼周生,偶书“杭”字示之。周曰:“惧有警报。”乃拆其字,以右边一点配“木”上,即为“兀术”。不旬日,果传兀术南侵。当赵、秦庙谟不协,各欲引退。二公各书“退”字示之。周曰:“赵必去,秦必留。‘日’者君象,赵书‘退’字,‘人’去‘日’远,秦书‘人’字密附‘日’下,[日]字(在)左笔下连,而‘人’字左笔斜贯之。踪迹固矣,欲退得乎?”既而皆验。

谨案:据宋郭彖《睽车志》卷四校改。

往年有叩试事者,书“串”字。术士曰:“不特乡闱得隽,南宫亦应高捷。盖以'串'寓二'中'字也。"一生在旁,乃亦书"串"字令观。术者曰:"君不独不与宾兴,更当疾。"询其所以,曰:"彼以无心书,故当如字。君以有心书,'串'下加'心',乃'患'字耳。"已而果然。

　　蔡君谟美须髯。一日内宴,上顾问曰:"卿髯甚美,夜间将覆之衾下乎,将置之外乎?"君谟谢不知。及归就寝,思上语,以髯置之内外悉不安,竟夕不寐。有心之为害,大率如此。

临 安 术 士

　　临安术士,自榜曰"铁扫帚",设卜肆于执政府墙下,言多验。淳熙甲辰季冬,一细民来问命。告之曰:"君星数甚恶,明春恐不免大戮。若禁足一月,可免。"民颇不信,而以所戒悻切,勉为杜门。至正月晦日,度已无恙,乃往咎其不验,术士再为推测,布局才就,复云:"今日尚是正月,犹虑有人命之危。"民忿恚,诋其诞妄,相与争詈不已,不胜忿,曰:"我只打杀汝以验汝术!"奋脚中胁,立死,遂得罪。

神 画

　　南唐后主坐碧落宫,召冯延巳论事。至宫门,逡巡不进。后主使使促之。延巳云:"有宫娥着青红锦袍当门而立,故不敢径进。"使随共行谛视,乃八尺琉璃屏画《夷光独立图》。问之,董源笔也。此与孙权弹蝇何异。

　　谨案:孙权使曹不兴画屏风,误落笔点素,因就成蝇状。权疑其真,以手弹之。

神 篆

　　章友直伯益以篆得名,召至京师。翰林院篆字待诏数人闻其名,未心服也。俟其至,俱来见之,云:"闻妙艺久矣,愿见笔法。"伯益命粘纸各数张,作二图,即令沘墨濡毫。其一纵横各十九画,成一棋局;一作十圆圈,成一射帖。其笔之粗细疏密,毫发不爽。众大惊服,再拜而去。

谨案:章友直,北宋仁宗时人。

神　　射

隋末有督君谟,善闭目而射,志其目则中目,志其口则中口。有王灵智者,学射于君谟。久之,曲尽其妙,欲射杀君谟,独擅其美。君谟时无弓矢,执一短刀,箭来辄截之。末后一矢,君谟张口承之,遂啮其镝,于是笑曰:"汝学射三年,(不)[未]教汝啮镞法耳。"

陈文康尧咨善射。有卖油翁曰:"无他,但手熟耳。"公怒曰:"尔安敢轻吾射?"翁曰:"以我酌油知之。"取一葫芦,以钱覆其口,以杓酌油自钱孔入,而钱不污。子犹曰:因争道而悟书,取酌油而喻射。天下道理,横竖总只一般,但人自为洴澼洸耳。

谨案:据《太平广记》卷二二七校改。

张　　芬

张芬曾为韦皋行军,多力善弹。每涂墙方丈,弹成"天下太平"字,字体端严,如人摸成。曾有一客,于宴席上以筹碗中绿豆击蝇,十不失一,一座惊笑。芬曰:"无费吾豆。"遂指起蝇,拈其后脚,略无脱者。

河北将军

建中初,有河北将军姓夏,弯弓数百斤。常于毬场中累钱十余,走马以击鞠杖击之,一击一钱飞起,高六七丈。其妙如此。又于新泥墙安棘荆数十,取烂豆,相去一丈,掷豆贯于刺上,百不差一。又能走马书一纸。

杨大眼绝技

后魏杨大眼,武都氏难当之孙,少有胆气,跳走如飞。高祖南伐,李冲典选征官。大眼求焉,冲不许。大眼曰:"尚书不见知,为尚书出一技。"便以绳长三丈,系髻而走,绳直如矢,马驰不及。见者莫不惊叹。

汪节等

神策将军汪节有神力。尝对御俯身负一石碾,碾上置二丈方木,又置一床,床上坐龟兹乐人一部,奏曲终而下,无压重之色。

谨案:唐德宗时人。

唐乾符中,绵竹王俳优者有巨力。每遇府中饷军宴客,先呈百戏。王腰背一船,船中载十二人,舞《河传》一曲,略无困乏。

德宗时,三原王大娘,以首戴十八人而舞。

力者无其巧,巧者无其力,技而仙矣!

善走

徐州人张成善疾走,日行五百里。每举足辄不可禁,必着墙抱树方止,体犹振动久之。

近岁海虞顾生亦能之,后以酒色自奉,步渐短,亦如黄公之赤刀御虎也。

木僧

将作大匠杨务廉甚有巧思。尝于沁州市内刻木作僧,手执一碗,自能行乞。碗中投钱,关键忽发,自然作声云:"布施。"市人竞观,欲其作声,施者日盈数千。

谨案:唐中宗时人。

东 岳 精 艺

蒋大防母夫人云:少日随亲谒太山东岳,天下之精艺毕集。人有纸一百番,凿为钱,运如飞。既毕举之,其下一番未尝有凿痕之迹,其上九十九番则纸钱也。又一庖人,令一人袒背,俯偻于地,以其背为刀几,取肉二斤许,运刀细缕之。撤肉而拭其背,无丝毫之伤。

针　　发

魏时,有句骊客,善用针,取寸发斩为十余段,以针贯取之,言发中虚也。见《广记》。

谚讥苏人为"空心头发",是未检段成式语。北人有以空发讥予者,予笑谓曰:"吾乡毛发玲珑,不似公等七窍俱实。"讥者嘿然。

谨案:此条《广记》引段成式《酉阳杂俎》,故言"段成式语"。

雕 刻 绝 艺

《狯园》云:吴人顾四刻桃核作小舸子,大可二寸许,篷樯舵橹纤索莫不悉具。一人岸帻卸衣,盘礴于船头,衔杯自若,一人脱巾袒卧船头,横笛而吹,其傍有覆笠一人蹲于船尾,相对风炉,扇火温酒,作收舵不行状。船中壶觞竹案,左右皆格子眼窗,玲珑相望。窗楣两边有春帖子一联,是"好风能自至,明月不须期"十字。其人物之细,眉发机榱,无不历历分明。又曾见一橄榄花篮,是小章所造也,形制精工,丝缕若析。其盖可开合,上有提,当孔之中穿绦,与真者无异。又曾见小顾雕一胡桃壳,壳色摩刷作橘皮文,光泽可鉴。揭开,中间有象牙壁门双扇。复启视之,则红勾栏内安紫檀床一张,罗帏小开,男女秘戏其中。眉目疑画,形体毕露,宛如人间横陈之状。施关发机,皆能摇动如生,虽古棘刺木猴无过也。其弟子沈子叙,亦良工有名。

　　谨案:今本《狯园》卷一六首句作"曾见沈生刻桃核作小舸子"。

虫　戏

《辍耕录》云:在杭州尝见一弄百禽者。畜虾蟆九枚,先置一小墩于席中,其最大者乃踞坐之,余八小者左右对列。大者作一声,众亦一声;大者作数声,众亦数声。既而小者一一至大者前,点首作声,如作礼状而退。谓之"虾蟆说法",又谓"虾蟆教学"。

　　说法、讲学,总为要钱。

　　谨案:见《辍耕录》卷二二,无"又谓虾蟆教学"一句。

王兆云《湖海搜奇》云:京师教坊赤、黑蚁子列阵,能按鼓合金退之节,无一混淆者。又予在山东,见一人卖药。二大鼠在笼中。人求药,呼鼠之名曰:"某为我取人参来!"鼠跃出笼,衔人参纸裹而至。又呼其一曰:"某为我取黄连来!"亦复如是,百不失一,不知何以教导也。

荒唐部第三十三

子犹曰：相传海上有驾舟入鱼腹，舟中人曰："天色何陡暗也？"取炬燃之。火热而鱼惊，遂吞而入水。是则然矣，然舟人之言，与其取炬也，孰闻而孰见？《本草》曰：独活有风不动，无风自摇。石髀入水即干，出水则湿。出水则湿，诚有之矣；入水即干，何以得知？言固有习闻而不觉其害于理者，可笑也。既可笑，又欲不害理，难矣。章子厚做相，有太学生在门下，素有口辩。子厚一日至书室，叩以《易》理。其人纵横辩论，杂以荒唐不经说。子厚大怒曰："何故对吾乱道！"命左右擒下杖之，其人哀鸣叩头乃免。而同时坡仙，乃强人妄言以为笑乐。以理论，子厚似无害，究竟子厚一生正经安在？赢得死后作猫儿，何如坡仙得游戏三昧也？集《荒唐第三十三》。

镇阳二小儿

公孙龙见赵文王，将以夸事炫之，因为王陈大鹏九万里、钓连鳌之说。文王曰："南海之鳌，吾所未见也。独以吾赵地所有之事报子。寡人之镇阳有二小儿，曰东里，曰左伯，共戏于渤海之上。须臾有所谓鹏者，群翔水上。东里遽入海以捕之，一攫而得。渤海之深，才及东里之胫。顾何以贮也，于是挽左伯之巾以囊焉。左伯怒，相与斗，久之不已。东里之母乃拽东里回。左伯举太行山掷之，误中东里之母，一目眯焉。母以爪剔出，向西北弹之。故太行山中断，而所弹之石，今为恒山也。子亦见之乎？"公孙龙逡巡丧气而退。弟子曰："嘻，先生持大说以夸炫人，宜其困也。"

三　老　人

尝有三老人相遇。或问之年，一人曰："吾年不可记，但忆少年时与盘古有旧。"一人曰："海水变桑田时，吾辄下一筹。尔来我筹已满十间屋。"一人曰："吾所食蟠桃，弃其核于昆仑山下，今与昆仑山齐矣。"

坡仙曰："以予观之，三子者，与蜉蝣朝菌何以异哉！"子犹曰：于今知有坡仙，不知有三老人姓名，虽谓三老人夭而坡仙寿可也。

赵　方　士

赵有方士好大言。人问："先生寿几何？"方士哑然曰："余亦忘之矣。忆童稚时，与群儿往看宓羲画八卦，见其蛇身人首，归得惊癎，赖宓羲以草头药治余，得不死。女娲之世，天倾西北，地陷东南，余时居中央平稳之处，两不能害。神农播百谷，余以辟谷久矣，一粒不曾入口。蚩尤犯余以五兵，因举一指击伤其额，流血被面而遁。苍氏子不识字，欲来求教，为其愚甚，不屑也。庆都十四月而生尧，延余作汤饼会。舜为父母所虐，号泣于旻天。余手为拭泪，敦勉再三，遂以孝闻。禹治水经余门，劳而觞之，力辞不饮而去。孔甲赠龙醢一卣，余误食之，于今口尚腥臭。成汤开一面之网以罗禽兽，尝亲数其不能忘情于野味。履癸强余牛饮，不从，置余炮烙之刑，七昼夜而言笑自若，乃得释去。姜家小儿钓得鲜鱼，时时相饷，余以饲山中黄鹤。穆天子瑶池之宴，让余首席。徐偃称兵，天子乘八骏而返。阿母留余终席，为饮桑落之酒过多，醉倒不起。幸有董双成、绿萼华两个丫头相扶归舍，一向沉醉至今，犹未全醒，不知今日世上是何甲子也。"问者唯唯而退。俄而赵王堕马伤胁，医云："须千年血竭敷之乃瘥。"下令求血竭，不可得。人有言方士者。王大喜，密使人执方士,将杀之。方士拜且泣曰:"昨日吾父母皆年五十,承东邻老姥携酒为寿,臣饮至醉,不觉言辞过度,实不曾活千岁。"王乃叱而赦焉。

古强 李泌

昔有古强者,敢为虚言,云:"尧、舜、禹、汤皆历历目击。孔子常劝我读《易》,曰:'此良书也。'西狩获麟,我语孔子曰:'此非善祥。'又稽应谦谢不敢。使君曾以一玉厄赠强。强后忘之,忽语稽曰:'昔安期先生以此相遗。'"[旁批:后应谦谢不敢。]

李泌为相,以虚诞自任。尝对客令家人:"速洒扫,今夜洪崖先生来宿。"[旁批:直是游戏。]有人携美酝一榼,有客至,乃曰:"麻姑送酒来,与公同饮。"饮未毕,门者曰:"某侍郎取酒榼。"泌命还之,了无愧色。

古强不知何许人,乃李泌贤相亦效之,何也? 子犹曰:安期厄,麻姑酒,对面谎说,当场出丑。

张 怀 素

方士张怀素好大言,自云:"道术通神,能呼遣飞走之属。孔子诛少正卯,我尝谏以为太早;楚汉成皋相持,我屡登高观战。"蔡元度深信之,谓陈莹中曰:"怀素殆非几百岁内人也!"后事败,牵引士类,获罪者甚众。

斥 仙

项曼都学仙十年,归家,诈云:"到泰山,仙人以流霞饮我,不饥渴。忽思家,到帝前谒拜,失仪见斥。"河东因号"斥仙"。

姜 识

慈圣光献皇后薨,上悲慕甚。有姜识自言神术,可使死者复生,上试其术,数旬不效。乃曰:"臣见太皇太后方与仁宗宴,临白玉栏干赏牡丹,无意复来人间也!"上知诞妄,但斥于彬州。蔡承禧进挽词曰:"天上玉栏花已折,人间方士术何施。"

谨案:慈圣光献太皇太后卒在宋神宗时。

醒　　神

万历壬辰间,一老人号"醒神"。自云数百岁,曾见高皇、张三丰。又自诡为王越,至今不死。又云历海外诸国万余里。陈眉公曰:"听醒神语,是一本活《西游记》。"

《稗史》载:正德末年,道人曾见威宁伯于终南山,石室石床,左右图史。记其年,百二十余岁矣。或云,青莱王侍郎亦然。古谓"英雄回首即神仙",未必尽妄,但假托如"醒神"之流,必非有道之士耳。

谨案:王越,成化间封威宁伯。

《妖乱志》吕用之事

高骈末年惑于神仙之说。吕用之用事,自谓"磻溪真君",公然云与上仙来往。每对骈,或叱咄风云,顾揖空中,谓见群仙方过。骈随而拜之。用之指画纷纷,略无愧色。

中和元年,诏于广陵立骈生祠,并刻石颂。差县人采碑材于宣城。及至扬子院,用之一夜遣人,密以(犍)[健]牯五十,牵至(县)[州]南,凿垣架濠,移入城内。及明,栅缉如故。因令扬子县申府:"昨夜碑石不知所在。"遂悬购之。至晚,云:"被神人移置街市。"骈大惊,乃于其傍立一大木柱,金书其上,云:"不因人力,自然而至。"即令两都出兵仗鼓乐,迎入碧筠亭。至三桥拥闹之处,故埋石以碍之,伪云"人牛拽不动"。教骈朱篆数字,帖于碑上,须臾去石,乃行。

观者互相谓曰："碑动也！"识者恶之。明日扬子有一村姬，诣府陈牒云："夜来里胥借耕牛牵碑，误损其足。"远近传笑焉。

骈常与丞相郑公不协，用之知之。忽曰："适得上仙书，宰执间阴有图令公者，使一侠士来，夜当至。"骈惊悸问计，用之徐曰："张先生守一少年时，（常）〔尝〕学斯术于深井里聂夫人，〔旁批：亏他想得到。〕近日不知肯为否。若得此人当之，无不齑粉者！"骈立召守一语之，对曰："老夫久不为此戏，手足生疏。然为令公，有何不可！"及朝，骈衣妇人衣，匿于别室。守一寝骈卧内，至夜分，掷一铜铁于阶砌，铿然有声，遂出皮囊中龁血洒于庭户间，如格斗状。明日骈泣谢守一再生之恩，乃躬辇金玉及通天犀带酬之。

有萧胜者，亦用之党也，以五百金赂用之。用之问何故，曰："欲得知盐城监耳。"乃见骈为求之。骈以当任者有绩，颇有难色。用之曰："用胜为盐城，非为胜也。昨得上仙书，云有一宝剑在盐城井中，须一灵官取之。胜乃秦穆驸马上仙左右人，故欲遣耳。"骈俛仰许之。胜至盐数月，遂匣一铜匕首献骈。用之稽首曰："此北帝所佩，得之，则百里之内，五兵不敢犯矣。"骈遂饰以宝玉，常置座隅。

时广陵久雨，用之谓骈曰："此地当有火灾，郭邑悉合灰烬。近日遣金山下毒龙以少雨濡之，自此虽无火灾，亦未免小惊。"于是用之每夜密遣人纵火，荒祠坏宇无复存者。

渤海王预策资中郡开元佛寺，十年当有秃丁之乱，乃答逐众僧以厌之。可谓神矣！而受欺于用之，如小儿然，岂知困于髡及耶？说者罗隐尝不礼于骈，《广陵妖乱志》出其手，未必实录，然温公已取之矣。

谨案：据唐罗隐《罗昭谏集》卷七《广陵妖乱志》校改。高骈封渤海王。

术　人

韩熙载常服术。因服桃李，泻出术人长寸许。

章　惇　为　猫

宋虞仙姑年八十，有少女色，能行大洞法。诣蔡京，见一大猫，拊其背曰："此章惇也！"

林甫口蜜腹剑，谓之"李猫"。惇之为猫，亦无怪也。但不知此后几世为牛几世娟耳。

水　华　居　士

李蓬一日谒水华居士于烟雨堂。语次，偶诵祭东坡文，有"降邹阳于十三世，天岂偶然；继孟轲于五百年，吾无间也"之句。水华曰："此老夫所为。"因论降邹阳事。水华述刘贡父梦至一官府，案上文轴甚多，偶取一轴展开，云："在宋为苏轼，逆数而上十三世，在西汉为邹阳。"李摇首曰："玄虚。"

谨案：钱世雄，字济明，号水华居士。

巫　尪

《左传》："夏大旱，僖公欲焚巫尪。"注云：尪者仰卧屋外，上帝怜之，恐雨入其鼻，故不雨。

金　元　七

长洲刘丞不信鬼物。子病，妻乘夫出，延巫降神问休咎。巫方伸两指谩语，适丞归见之，怒使隶执巫。将加杖，诘问："汝何人？"巫犹伸两指跪曰："小人是金元七总管。"丞笑而遣之。

何意刘丞得金[元]七总管跪称小人，然巫竟以诙免责。

《朝野佥载》琵琶卜二事

唐张鷟至洪州，闻土人何婆善琵琶卜，与郭司法往质焉。士女填门，饷遗塞道，何婆心气殊高。郭再拜下钱，问其品秩。何婆乃调弦柱，和声气，唱曰："个丈夫富贵，今年得一品，明年得二品，后年得三品，更后年得四品。"郭曰："何婆错矣！品少者官高，品多者官小。"何婆改唱曰："今年减一品，明年减二品，后年减三品，更后年减四品。更得五六年，总没品。"郭大骂而起。

唐崇仁坊阿来婆弹琵琶卜，朱紫填门。张曾往视之，见一将军，紫袍玉带甚伟，下一匹细绫请卜。来婆鸣弦柱，烧香合眼而唱："东告东方朔，西告西方朔，南告南方朔，北告北方朔，上告上方朔，下告下方朔。"将军顶礼曰："既告请甚多，必望细看，以决疑惑。"遂即随意支配。

卜 东 方 朔

《搜神记》：汉武帝与越王为亲，乃遣东方朔泛海求宝，唯命一周回，朔经二载[乃至]。未至[间]，帝闻有孙宾者善卜，帝乃更庶服潜行，与左右赍绢二匹往叩宾门。宾出迎延坐，帝乃启卜。卦成，知是帝，惶惧起拜。帝曰："朕来觅物，卿勿言。"宾曰："陛下非卜他物，乃卜东方朔也。朔行七日必至，今在海中，面西招水大叹。到日请话之。"至日朔至，帝讶其迟。朔曰："臣不敢稽程，探宝未得也。"帝曰："七日前，卿在海中面西招水大叹，何也？"朔曰："臣非叹别事，叹孙宾不识天子，与帝对坐。"帝深异之。

谨案：今本干宝《搜神记》无此。本条实引自明董斯张《广博物志》卷二二，据校改。

巨　灵

汉武时，东都献五寸短人，能行案上。东方朔问之曰："阿母健否？"盖王母使者巨灵也。

藻　兼

汉武帝与群臣宴未央，忽闻语云"老臣"，寻觅不见。梁上有一公，长九寸，拄杖偻步。帝问之，公下，稽首不言，仰视屋，俯指帝脚，忽不见。东方朔曰："是名为'藻兼'，水土之精。以陛下好兴宫室，愿足于此也。"帝为暂止。后幸河渚。闻水底有弦歌之声。前梁上公及年少数人，绛衣素冠，皆长八九寸，挟乐器凌波而出，向帝称谢。

女　人　星

武帝时，张宽从祀甘泉。至渭桥，有女子浴于渭水，乳长七尺。上怪问，女曰："帝后第七车知我。"乃宽也。对曰："主祭者斋戒不洁，则女人星见。"

寿　星

宋章圣皇帝践祚之明年，有异人长才三尺许，身与首几相半，丰髯秀耳，乞食辇下。叩其所自来，曰："将益圣人寿。"上召见内殿，讯其能，曰："能酒。"命之饮，一举一石。俄失其人。翌日，太史奏"寿星(缠)[躔]帝座"。

　　　谨案：据周亮工《书影》卷七引《濯缨亭记》校改。章圣皇帝，宋真宗。

修　月

《广记》：郑仁本表弟游嵩山，见一人枕（巘）[襆]，呼之。其人曰："君知月乃七宝合成乎？月势如丸，其影则日（落）[烁]其凹处，常有八万二千户，每岁修之。"因开（巘）[襆]，有斤斧凿数事，两裹玉屑。

谨案：据段成式《酉阳杂俎》卷一校改。

牵 牛 借 钱

道书云："牵牛娶织女，向天帝借二万钱下礼。久之不偿，被驱在营室间。"则天亦有嫁娶，亦有聘财，亦有借贷。而牵牛之负债不还，天帝逼债报怨，皆犯律矣。可笑。

龙　妒

绍兴年间，姑苏郭（二）[三]雅，妻陆氏死去二日更生。言有龙王嬖妾，遭夫人妒忌，以箠死。鞫讯天狱，累年不决。上帝以陆贞洁，敕令断之。就刑特在信宿，至期且有大异。数日后，平江忽起大风，疾雨惊潮，漂溺田庐数百里。

谨案：据《夷坚甲志》卷二十校改。

龙 争 食

《法苑珠林》云：贞观十八年，文水县大雷震，云中落一石，大如碓。敕问西域僧，云："是龙食。二龙相争，误落下耳。"

虎 好 谀

《广异记》云：凤翔李将军为虎所取，蹲踞其上。李频呼："大王乞一命!"虎弭耳如喜状,遂释之。

雷　公

唐代州西有大槐树,震雷击之,中裂数丈。雷公为树所夹,狂吼弥日。众披靡不敢近。狄仁杰为都督,逼而问之。乃云:"树有乖龙,所由令我逐之。落势不堪,为树所夹。若相救者,当厚报德。"仁杰命锯匠破树,方得出。

> 雷公被树夹,已异矣;能与人言,尤可怪也。又叶迁韶曾避雨,亦救雷公于夹树间,翌日,雷公授以墨篆。与仁杰事政同。

土 地 相 闹

国初,某天官见一谒选者短而髯,曰:"此土地也!"其人归,暴死,赴部土地任。而其地已有土地,不纳,相闹。夜复见梦于天官曰:"天曹一语,冥已除注。第赴任无所,奈何?"天官讶然,知已有是语,而不虞以死授也,命于承发科另立土地庙。至今吏部有二土地,而此独灵显。

> 国初天官皆奉公无私,故戏言亦灵。

落 星 潭

后唐长兴中,庐山落星潭有钓者,得一物如人状,为积岁莓苔所裹,不甚分辨,比木则重,比石则轻,弃之潭侧。后数日,风日剥落,又经雨淋洗,忽见两目俱开,则人也!欻然而起,就潭水盥手面。渔者惊异,共观之。其人具悉本地山川之名及朝代年月。语讫,复入水中。吏民为建祠于潭上。

橘　叟

有巴邛人,不知姓名。家有橘园,因霜后诸橘尽收,余有两大橘,如三斗盎。巴人异之,即令摘下,轻重亦如常橘。剖开,每橘有二老叟,身长尺余,须眉皤然,肌体红明,皆相对象戏,谈笑自若,剖开后亦无惊怖,但相与决赌。赌讫,一叟曰:"君输我海龙王第七女髪发十两,智琼额黄十二枚,紫绡帔一副,绛台山霞实散二庾,瀛洲玉尘九斛,阿母疗髓凝酒四钟,阿母女态盈娘子(济)[跻]虚龙缟袜八(两)[纳],后日于王先生青城草堂还我耳。"又一叟曰:"王先生许来,竟待不得。橘中之乐,不减商山,但不得深根固蒂,为愚人摘下耳!"又一叟曰:"仆饥矣,当取龙根脯食之。"即于袖中出一草根,方圆径寸,形状宛如龙,毫厘罔不周悉,因削食之,随削随满。食讫,以水噀之,化为一龙。四叟共乘之,足下泄泄云起,须臾风雨晦冥,不知所在。

　　郿延长吏有大竹凌云,可三尺围。伐剖之,见内有二仙翁相对,云:"平生深根劲节,惜为主人所伐。"言毕乘云而去。事类似。〇仙翁既能藏身橘、竹中,何必令橘、竹奇大?当是好名之累。

　　谨案:据《太平广记》卷四十校改。

朝　荣　观

李凉公镇朔方,有甿园,树下产菌一本,其大数尺。上有楼台,中有二叟对博。刻成三字,曰"朝荣观"。公令甿掘地数尺,有巨蟒目光如镜,吐沫成菌。是夜公梦黄衣人致命曰:"黄庐公昨与朝荣观主博,为愚人持献公。"

　　阿房、铜雀,金穴木妖,皆"朝荣观"也,人自不识耳。

谨案:李逢吉,封凉国公,元和中为相。

树 中 乐 声

万历丁酉,河南巩县大道,有木匠持斧往役于人,憩树下。忽闻鼓乐声,不知其自。谛听之,乃出树中,遂将斧击树数下。其内曰:"不好不好,必砍进矣!"匠益重加斧,乃有细人长三、四寸,各执乐器自树中出地上,犹自作乐数叠。来观者益多,乃仆地。

谨案:末句似缺"而灭"两字。

龙 宾

玄宗御墨曰"龙香剂"。一日,墨上有小道士如蝇而上。叱之,即呼"万岁",曰:"臣墨之精,黑松使者。凡世人有文者,墨上皆有龙宾十二。"上神之,以墨赐掌文官。

五 寸 舟

杭州徐副使,清苦之士。致仕后,偶巡行小院,凭栏观缸中菡萏盛开。忽有物蟞然堕于水面,视之,乃一小舟也。其长五寸许,篙橹帆楫,合用之物,无不毕具。有三人皆寸半,操篙把舵,与生人不异。大以为怪,呼其儿二官者同玩。其喧呼运转,俨若世态,有时舟欹侧,亦复手足纷纭,若救护之状。已而三人同拽一帆张之,帆与竹叶等,驭风排空而去。竟莫喻其怪。按干宝《搜神记》,汉时池阳有小人,所操持之物,大小悉称,其即此类耶?

龙 蛰 耳

薛主事机,河东人,言其乡人有患耳鸣者,时或作痒。以物探之,出虫蜕,轻白如鹅翎管中膜。一日与其侣并耕,忽雷雨交作,语其侣曰:"今日耳鸣特甚,何也?"言未既,震雷一声,二人皆踣于地。其一复醒,其一脑裂而死,即耳鸣者,乃知龙蛰其耳,至是化去也。戴主事春,松江人,言其乡有卫(舅公)[生]者,手大指甲中红筋时或曲直,或蜿蜒而动。或惧之曰:"此必承雨濯手,龙集指甲也!"卫因号其指曰"赤龙甲"。一日与客泛湖,酒半,雷电绕船,水波震荡。卫戏与坐客语曰:"吾家赤龙将欲去耶!"乃出手船窗外,龙果裂指而去。此正与青州妇人青筋痒则龙出事相类。传云:神龙或飞或潜、能大能小者也。

謹案:据明陆容《菽园杂记》卷二校改。

王　布　衣

《续仙传》:终南王布衣卖药洛阳市。富人柳信唯一子,眉上生一肉块。布衣采药一丸傅之。须臾块破,一小蛇突出,渐及一丈许。布衣乘蛇而去。

巴　妪　项　瘿

《幽怪录》:伶人刁俊朝妻巴妪,项瘿如数斛囊,作琴瑟笙磬声。妻欲以刀决拆之,瘿忽坼裂,一猱跳出而去。明日,有黄冠叩门曰:"予(泰山)[瘿中走出之]猱也!本是老猴精,解致风雨,与老蛟往还。天诛蛟,搜索党与,故匿夫人[蝤蛴]之(额)[领]。于凤凰山神处,得其灵膏,涂之即愈。"如言果验。

謹案:据唐牛僧孺《玄怪录》卷三校改。

《志怪录》二事

往年莽门一媪,年逾五十,令人剔其耳,耳中得少绢帛屑。以为偶遗落其中,亦不异之。已而每治耳,必得少物,丝线谷粟稻穗之属,为品甚多。始大骇怪,而无如之何,久亦任之,不为惊异,且每收置之。迨年七八十而卒,核其所得耳物,凡一斛焉。

《狯园》载处州村妪耳中爬出五谷,日可得升许,不测所从来。村人戏呼其子为“苍耳子”。

永乐中,吴城有一老父偶治耳,于耳中得五谷金银器皿等诸物,凡得一箕。后更治之,无所得。视其中洁净,唯正中有一小木椅,制甚精妙。椅上坐一人,长数分,亦甚有精气。其后亦无他异。

《五杂俎》载:近时兵书(漆)[涞]水张公患疮在告。一日闲坐,忽臂内作痒,搔之,觉有物在指下。摘之,抽出肉内红线五六寸。初疑是筋,详视,实线也。

谨案:张鹏,涞水人,成化间为兵部尚书。

兜　玄　国

薛君(曹)[胄]见二青衣驾赤犊出耳,谓薛曰:“兜玄国在吾耳中。”一童子倾耳示薛,别有天地花卉。遂扪耳投之,至一都会,城池楼堞,穷极瑰丽。因作《思归赋》,忽自童子耳中落。

谨案:据《太平广记》卷八三校改。

《神异经》四事

阎浮提中及四天下有金翅鸟,名“伽楼罗王”。此鸟业报,应食诸龙,日食一龙王及五百小龙。此鸟两翅相去六千余里。以翅搏海水擗龙,见而取食之。龙取袈裟戴于顶上,乃得免。

如意珠,是摩竭大鱼脑中出。鱼身长二十八万里。此珠名“金刚坚”。

西北海外有人长二千里,两脚中间相去千里,腹围一千六百里。

但日饮天酒五斗,即甘露也。名曰"无路之人"。

据此脚之开,腹之大,几乎方矣!且以五斗天酒,置一千六百里之腹中,更何所有?此荒唐之尤者。

按龙伯国人,长三十丈。又东得大秦国人,长十丈。又东得佻国人,长三丈五尺。又东十万里得中秦国人,长一丈。天之东南西北极,各有铜头铁额兵,长三千万丈。《淮南子》曰:"东方之人长。"据《太平御览》,"东方之人长"后有"一丈"二字

南方有人长七尺,朱衣缟带,赤蛇绕项。唯食恶鬼,朝吞三千,暮吞八百。名曰"赤郭"。

夸父支鼎石

辰州东有三山,鼎足直上,各数千丈。古老传曰:邓夸父与日竞走,至此煮饭。此三山者,夸父支鼎石也。

鞭 石

秦始皇欲过海观日出处,作石桥于海上。有神人驱石,去不速,鞭之流血。今石桥色犹赤云。

树 生 儿

《广博物志》:海中有银山,其树名女树,天明时皆生婴儿。日出能行,至食时皆成少年,日中盛壮年,日晚老年,日没死。日出复然。

花 中 美 女

许汉阳舟行,迷入一溪,夹岸皆花苞。忽一鹦鹉唤"花开"一声,花苞皆拆,中各有美女长尺许,能笑言。至暮花落,女亦随落水中。

见《花木考》。

　　谨案:详见《博异记》。

蘁　蒲

　　《白虎通》云:王者孝道至则蘁蒲生。昔尧之时,生于庖厨。叶大于门[扇],不摇自搧,饮食[清凉],以助供[养]。

　　　自古孝莫如舜、文,不闻蘁蒲之生,何也? 且如门之叶以搧饮食,其铛釜亦必如五石瓮,又未免妨尧俭德矣!

　　谨案:据《白虎通义》卷五校改。

异　蝇

　　儒生张益夜卧一室,见二蝇飞集几上,忽变为人,将张抚抑,遂不能语。其一人抱首,一人尽力以拽其足,觉身随拽而长,与屋檐等。二人仍变蝇飞去。张晨起,顿长三尺,举家惊异。遂弃儒,奏作大汉将军。

　　　如此异蝇,矮人又急撞不着。

奇　酒

　　张茂先《博物志》云:昔有人名[刘]玄石,从中山酒家饮,与之千日酒而忘语其节[度]。归日尚醉,而家人不知,以为死也,棺殓葬之。酒家经千日忽悟,而往告之,发冢适醒。

　　齐人田及之,能为千日酒,饮过一升,醉卧千日。有故人赵英饮之,逾量而去。其家以尸埋之。及之计千日当醒,往至其家,破冢出之,尚有酒气。

　　　按张华有九酝酒,每醉,必令人转展久之。尝有故人来与共饮,忘救左右。至明,华悟。视之,腹已穿,酒流床下。又王子年《拾遗记》:张华为酒,煮三薇以渍麹蘖。蘖出羌,麹出北胡,以酿酒,清美醇酽。久含令人齿动,若大醉不摇荡,令人肠腐。俗谓"消肠酒"。

谨案:《天中记》卷四四引《鬼神至怪录》,"田及之"作"田乃之"。

枸楼国有水仙树,腹中有水,谓之"仙浆"。饮者七日醉。

眉 间 尺

眉间尺仇楚,逃之山,道逢一客曰:"吾能为子报仇,然须子之头与子之剑。"尺与之头。客之楚,献王。王以镬煮其头,七日不烂。自临视之,客从后截王头入镬,两头相啮。客恐尺头不胜,自拟其头入镬,三头相咬。七日后,一时俱烂。乃分其汤葬之,名曰"三头冢"。

梁武前生是蟮

梁有桔头师者极精进,为武帝所敬信。一日敕使唤至。帝方与人奕,欲杀一段,应声曰:"杀却!"使遽传命斩之。奕罢召师,使者曰:"已得旨杀却矣。"帝惊叹,因问:"死时何言?"使曰:"师云前劫为沙弥时,以锹划地,误断一曲蟮。帝时为蟮,今此报也。"

前生杀蟮,今生偿命。轮回报应,毫厘不漏矣。但不知曲蟮前世有何积德,今世便得皇帝做?

天 帝 召 歌

贺道养工卜筮。经遇工歌女人病死,筮之曰:"此非死,天帝召之歌耳。"乃以土块加其心上,俄顷而苏。

人想天乐,天帝复想人歌。正如中土人愿生西方,西方人闻我中国衣冠礼乐之盛,复愿来生中国也。

谨案:贺道养,南朝刘宋人,精天文。

城　　精

梁武逼郢城。己未夜,郢城有数(万)[百]毛人逾堞且泣,因投黄鹄矶,盖城之精也。

谨案:据《南史·梁本纪》校改。

妖异部第三十四

子犹曰：妖祥无定名也，如有定，则人力无如何矣。屈轶指佞，獬豸触奸，物之上瑞也。然以指佞触奸之事，而徒责之一草一兽，安用人为？且圣世无奸佞，又何以章屈轶、獬豸之奇乎？圣世既不必有，而末世又不见有，则屈轶、獬豸亦虚名耳。虽然，圣世德胜，妖祥皆虚，末世祥多虚而妖多实，鬼以之灵，物以之怪，人以之疵厉，此其故可思也。集《妖异第三十四》。

草　　异

灵帝光和中，陈留、济阴诸郡路边草生似人状，操矛弩牛马，万状备具。

太康中二异

太康中，幽州有死牛头能作人言。又有山石状似蹲狗，行人近辄咬之。后石勒称王。

肉　　异

前赵嘉平四年，有流星坠于平阳北十里。视之，则有肉长三十步，广二十七步，臭闻于平阳，肉旁常有哭声，昼夜不止。已而刘后产一蛇一虎，各害人而走，寻之不得，顷之乃在陨肉之旁。后卒，乃失此肉，哭声亦止。

好块大肉，贪嘴者观此必当流涎。

画　异

石虎武殿初成，图画自古圣贤、忠臣、孝子、烈士、贞女，皆变为胡状。旬余，头悉缩入肩中。后石闵以胡人不为己用，悬赏令赵人斩胡首，一日杀二十余万，于是高鼻多须者无不滥死。

莲　异

《北齐书》：后主武平中，特进侍中崔季舒宅中，池内莲茎皆作胡人面，仍着鲜卑帽。俄而季舒见杀。

谨案：今《北齐书》无此记载，但《太平御览》卷九七五记此事，云出自《北齐书》。

天　画

滕涉，天圣中为青州太守。盛冬浓霜，屋瓦皆成百花之状，以纸摹之。又《大金国志》：金末，河冰冻成龟文，又有花卉禽鸟之状，巧过绘缕。此天画也。

谨案：天圣，宋仁宗年号。

弘治二异

弘治最为盛世，而己酉、庚戌间一时奇变。如浙江奏景云县屏风山有异物成群，其状如马，大如羊，其色白，数以万计，首尾相衔，从西南石牛山凌空而去，自午至申乃灭。居民老幼男女，无弗见者。又陕西庆阳府雨石无数，大者如鹅卵，小者如鸡头实。说长道短，刺刺不休。皆见之奏章，良可怪也。

水　斗

宋高宗时，[乐平县河冲里田陇数十百顷，田中水类为物所吸，聚为一直行，高平地数尺，不假堤防而水自行。里南]程氏家井水溢，[亦]高数尺，夭矫如长虹，声如雷，穿墙毁楼。二水斗于杉墩，且前且却，约十余刻乃解。

　　谨案：二水斗，仅言一水，据《宋史·五行志》补。

土　斗

唐天宝中，汝南叶县有二土块相斗血出，数日方止。

石　臼　斗

武清县民家石臼，与邻家碌碡，皆自滚至麦地上，跳跃相斗。乡人聚观，以木隔之，木皆损折，斗不可解，至晚方息。乡人怪之，以臼沉污池中，以碡坠深坎，相去各百余步。其夜碡与臼复斗于池边地上，麦苗皆坏。秀才李廷瑞闻之，亟往观焉。斗犹不辍，乍前[乍]却，或磕或触，砳然有声，火星炸落，三日乃止。

　　谨案："乍"字据文意补。

铛　异

《广记》：唐宰相郑絪与弟少卿缊同居昭国里。一日厨馔将备，其釜忽如物于灶中筑之，离灶尺余，连筑不已。旁有铛十余所，并烹庖将熟，皆两耳慢摇，良久悉腾上灶，每三铛负一釜而行，其余列行引从，自厨中出地。有足折久废者，亦跳踯而随之。出厨东过水渠，诸铛并行无碍，而折足者不能过。举家惊异聚观，有小儿咒之曰："既能为怪，折足者何不能前？"诸铛乃弃釜庭中，却返，每两铛负一折足者以过,往入少卿院堂前排列。乃闻空中轰然如崩屋声,[其铛釜]悉为[黄]埃(烬矣)[黑煤,尽日方定。其家莫测其故。数日,少卿卒,相国相次而薨]。

谨案:据《太平广记》卷三六五校改。

冰　　柱

《丹铅要录》:正德中,文安县河水每僵立。是日天大寒,遂冻为柱,高围俱五丈,中空而旁有穴。[后]数日,流贼过县,乡民入穴中避之,赖以全者甚多。

谨案:据明杨慎《丹铅总录》卷二校改。

牛　犬　言

晋惠泰安中,江夏张骋晨出,所乘牛言曰:“天下乱,乘我何之?”骋惧而还。犬又曰:“归何早也?”

犬　猫　异

《广记》:唐左军容使严遵美一旦发狂,手足舞蹈。家人咸讶。猫谓犬曰:“军容改常也,颠发也!”犬曰:“莫管他! 从他!”

《朝野佥载》:鄱阳龚纪与族人同应进士举。唱名日,其家众妖竞作,牝鸡或晨鸣,犬或巾帻而行,鼠或白昼群出。至于器皿服用之物,悉自变常。家人惊惧,召巫治之。时尚寒,巫向炉坐,有一猫卧其侧。家人谓巫曰:“吾家百物皆为异。不为异者,独此猫耳。”于是猫人立拱手言曰:“不敢。”巫大骇而出。后数日,捷音至,(三)[二]子皆高第。

按遵美因异乞休,竟免于难,而龚氏反为吉征。乃知妖祥非人所测。

谨案：唐昭宗天复间诛宦官殆尽，唯严遵美、张承业等数人获免。又案：次条为《古今说海》及《天中记》所引，皆作"二子"，是。

蝇　异

术士相牛僧孺，若青蝇拜贺，方能及第。公疑之。及登第讫，归坐家庭，有青蝇作八行立，约数万，折躬再三，良久而去。

黄　鼠　怪

无锡县龙庭华家，氏族甲于江左。有宗人某，堂中大柱内忽穿二穴，常见走出两矮人，可二三寸许。主人怪之，择日延道士诵经为厌胜之法。两矮人复出听经，逐之，则又无迹。命塞其穴，而旁更穿一穴，出入如故。主人治药弩，令奴张以伺之。既出，毙其一，一疾走去，视之，乃雌黄鼠也。少顷，忽有矮人百余辈出与主人索命，仆从哗噪而走。又少顷，复有七八人以白练蒙首，出堂中恸哭，仍复逐去。久之，闻柱中发铃钹声，众谓送葬。又久之，闻柱中起箫鼓声，众谓鼠中续偶。闭其堂经月，怪便寂然。

鼠　殡

《搜神记》：豫章有一家，婢在灶下，忽有人长数寸，来灶间。婢误以履践杀一人。遂有数百人著缞麻持棺迎丧，凶仪皆备，出东门，入园中覆船下。就视，皆是鼠。妇作汤浇杀，遂绝。

玉　真　娘　子

程迥者，伊川之后。绍兴八年，来居临安之[后]洋街。门临通衢，垂帘为蔽。一(旦)[日]有物如燕，瞥然自外飞入，径著于堂壁。家人(近)[就]视，乃一美妇，仅长五六寸，而形体皆具，容服甚丽。

见人殊不惊,小声历历可辨,自言:"我是玉(贞)[真]娘子,偶然至此,非为灾祸。苟能事我,亦甚善。"其家乃就壁为小龛,香火奉之。能预言休咎,皆验。好事者争往求观,人输百钱,方为启龛。至者络绎,程氏为小康。如是期年,忽复飞去,不知所在。

　　谨案:据宋郭彖《睽车志》卷三校改。小题原误作"玉贞娘子"。

孔　升　翁

龙门寺异蜂,大如鹊。僧网至笼中。明日大蜂至笼边,呼"孔升翁"。僧异而放之。见《韵府》。

　　谨案:事初见于《酉阳杂俎续集》卷二。此条所引《韵府》截略过当,大失原意。仅补后半相关文字如下:

　　又一日,其类数百,有乘车舆者,其大小相称,积于笼外,语声甚细,亦不惧人。禅师隐于柱听之,有曰:"孔升翁为君筮不祥,君颇记无?"有曰:"君已除死籍,又何惧焉?"……语皆非世人事,终日而去。禅师举笼放之。

虱　诵　赋

扬州苏隐夜卧,闻被下有数人念杜牧《阿房宫赋》,声紧而小。急开被视之,无他物,唯得虱十余,其大如豆。杀之即止。

鱼念佛　鸡卵念佛

唐天宝间,当涂民刘成、李晖以巨舫载鱼。有大鱼呼"阿弥陀佛",俄而万鱼俱呼,其声动地。

敬宗朝,宫中闻鸡卵内念"南无观世音"。

镟 中 佛 像

常熟丘郡家食橱内,锡镟置熟鸡半只,忘之矣。偶婢检器皿,见橱边光焰,发视之,乃镟中鸡蒸气结成一小殿宇,中坐佛一尊,如世间大士像,眉目分明。婢奔告郡,郡移于堂上,率家人罗拜之。三日犹不灭,召巫者束一草船,浮之于城河。时万历癸未正月初六日。见《戒庵漫笔》。

此鸡疑即唐敬宗朝鸡卵种也。又唐询家烹鸡,忽火光出釜中,视之,有未产卵现菩萨像坐莲花。自是誓不杀生。

蛤蜊、蚌异

唐文宗方食蛤蜊,一蛤蜊中现二菩萨像,螺髻璎珞,足履菡萏。命致之兴善寺。隋炀帝亦有此事。

吴兴郡宗益剖蚌,中有珠,现罗汉像,偏袒右肩,矫首左顾。宗益奉以归慈感寺。

鳖 异

万历己卯,严州建德县有渔者获一鳖,重八斤。一酒家买之,悬室中,夜半常作人声。明日割烹之,腹有老人长六寸许,五官皆具,首戴皮帽。大异之,以闻于县与郡。郡守杨公廷诰时入觐,命以木匣盛之,携至京师,诸贵人传观焉。又丁未年,遂昌县民宋甲剖一鳖,中有比丘端坐,握摩尼珠,衫履斩然。俱见邸报。

颍川王户部在通州时,一日宴客,庖人烹鳖。剖之,有鬼、判各一。朱发蓝面,皂帽绿袍;左执簿,右执笔,种种皆具,刻画所不能及。王自是遂断兹味。

菜 花 现 佛

　　《笔谈》云：李及之知润州，园中菜花悉变莲花。仍各有佛坐花中，形如雕刻。

鸡 生 方 卵

　　弘治末，崇明县民有鸡生一方卵。异而碎之，中有弥猴，才大如枣。

石 中 男 女

　　成化间，漕河筑堤，一石中断，中有二人作男女交媾状。长仅三寸许，手足肢体皆分明，若雕刻而成者。高邮卫某指挥得之，以献平江伯陈公锐。锐以为珍藏焉。

　　　石犹有情，人何以免！

狐 假 子 路 以下"精怪"

　　东昌宣圣殿，设空体木像。正德中，子路忽人语云："我仲由也。夫子命我主此土祸福。"人争祭奠，必令祭者暂出闭门，顷之入视，肴核都无余者。一御史经其地，曰："此必妖也！"多设烧酒劝之，俄而无声，乃一狐寐于侧。御史笑曰："以汝希仲由，乃学宰予耶？"

鬼 畏 面 具

　　金陵有人担面具出售，即俗所谓"鬼脸子"者。行至石灰山下，遇雨沾湿，乃借宿大姓庄居。庄丁不纳，权顿檐下，愁不能寐。而面具经雨将坏，乃拾薪爇火熯之。首戴一枚，两手及两膝各冒其一，以近燎。至三更许，有一黑大汉，穿一黑单衣，且前且却。其人念必异物,惧其面具而然,乃大声叱之。黑汉前跪曰:"我黑鱼精也。""家何在?"曰:"在此里许水塘中。与主人之女有交,故每夕来往。不意有犯尊神,望恕其责。"其人叱之使去。明旦,访主人之女,果病祟,遂告之故。竭塘渔之,得乌鱼,重百余斤,乃腌而担归。

鬼 张 以下"鬼"

弘治中,高邮张指挥无嗣,求妾未得。偶出湖上,见败船板载一女甚丽,波浮而来。问之,曰:"妾,某邑人。舟覆,一家皆没。妾赖板得存,幸救我。"张援得之,甚宠爱。逾年生子。女栉沐必掩户。一日婢从隙窥之,见女取头置膝上,绾结加簪珥,始加于颈。大惊,密以启张。张未信。他日张觇之,果然。知为妖,排户入斩之,乃一败船板耳。子已数岁,无他异,后袭职。至今称"鬼张指挥"云。

无 鬼 论

阮瞻素执无鬼论。忽有客通名诣瞻,寒温毕,聊谈名理。良久,及鬼神事,反复甚苦。客遂屈,作色曰:"鬼神,古圣所传,君何得独言无? 即仆便是鬼!"于是变为异形,须臾消灭。

《麈谈》云:闽仆顺童雨夜暮归,见一人持灯就伞。偕行良久,语童曰:"闻此地有鬼,汝曾遇否?"童笑曰:"吾行此多年,未之见也。"将适通衢,寄伞者曰:"汝试看我面。"视之,乃无领颊者。仆狂叫而走。相传世间人鬼半,但人不见鬼耳。

鬼 巴

《夷坚志》:临川王行之,为广东龙泉尉。表弟季生来访,泊船月明中。夜半,有鬼长二尺,靘身朱发,倏然而入,渐逼卧席,冉冉腾身,行于腹上。季素有胆,引手执之,唤仆共击。叫呼之声甚异,顷刻死,而形不灭。明旦,剖其肠胃,以盐腊之,藏箧中,谓之"鬼巴"。

或与谈神怪事,则出示之。

药　鬼

刘池苟家有鬼,常夜来窃食。刘患之,乃煮野葛汁二升泻粥上,覆以盂。其夜鬼来发盂啖粥,须臾在屋上吐,遂绝。

　　谨案:事见于《太平广记》卷三二二引《广古今五行记》,是晋人刘遁事。而《太平御览》卷八五九引《续搜神记》作刘池苟。

髑　髅　言

御用监奉御来定,五月间差往南海子公干。从五六骑出城,舁酒肴为路食。日午,至羊房南大柳树下,脱衣卸鞍,坐树根上,以椰瓢盛酒,捣蒜汁濡肉自啖。回顾一髑髅在旁,来夹肉濡蒜,戏纳髑髅口中,问之曰:"辣否?"髑髅即应之曰:"辣!"终食之顷,呼辣不已。来惊悸,令人去其肉,呼亦不已。遂启行至海子。毕事而回,呼辣之声随其往还,入城始绝。数日后,来遂病死。见《马氏日抄》。

　　《江湖纪闻》载至元丙子,习家湖髑髅呼盐事,类此。

白　骨

刘先生者,河朔人。尝至上封,归路遇雨。视道旁一冢有穴,遂入以避。会昏暮,因就寝。夜将半,睡觉,雨止,月明透穴,照圹中历历可见。甓甃甚光洁,北壁有白骨一具,自顶至足俱全,余无一物。刘方起坐,近视之,白骨倏然而起,急前抱刘。刘极力奋击,乃零落堕地。刘出,每与人谈其事。或曰:"此非怪也,刘真气壮盛,足以翕附枯骨耳。"

鬼姑神

南海小虞山中有鬼母,一生千鬼。朝产之,暮食之。今苍梧有鬼姑神是也。虎头龙足,蟒目蛟眉。

蛤精疾 以下"奇疾"

《北齐书》:右仆射徐之才善医术。时有人患脚跟肿痛,诸医莫能识。之才曰:"蛤精疾也。得之当由乘船入海,垂脚水中。"疾者曰:"实曾如此。"为割之,得蛤子二个如榆荚。

食鸡子疾

褚澄彦回弟。善医术。一人有冷疾,澄为诊脉,云是食白瀹鸡子过多所致,令取苏子一升煮服之。始一服,乃出一物如(升)[丸,涎裹之,动]。开看是雏鸡,翅距具足,能行走。澄曰:"未也!"更服之,又吐,得如向者鸡二十头,乃愈。

> 谨案:据《册府元龟》卷八五九校改。南齐褚渊字彦回。

铜枪

《述异记》:汉末时,有一人腹内痛,昼夜不眠,敕其子曰:"吾气绝后,可剖视之。"死后,其子果剖之,得一铜枪。后华佗闻之,便往,出巾箱内药投之,枪即化为清酒。

临甸寺僧

齐门外临甸寺,有僧年二十余,患蛊疾,五年不瘥而死。僧少而美,性又淳,其师痛惜之,厚加殡送。及荼毗,火方炽,忽爆响一声,僧腹裂,中有一胞。胞破,出一人,长数寸,面目肢发,无不毕具,美须蔚然垂腹。观者惊异。

张　　锷

秘书丞张锷嗜酒，得奇疾，中身而分，左常苦寒，右常苦热。虽盛暑隆冬，着袜裤，纱绵相半。

饮　不　饮

元载不饮，其鼻闻气已醉。人以针挑其鼻尖，出一小虫，曰："此酒魔也！"由是日饮一斗。

镇阳有士人嗜酒，日常数斗，至午后，兴发不可遏，家业遂废。一夕大醉，呕出一物如舌。初视无痕窍，至欲饮时，眼遍其上，蠢然而起。家人沃之以酒，立尽，如常日所饮之数。遂投烈火中，忽爆烈为数十片。士人由是恶酒。

《说储》载异疾三条

宋知制诰吕缙叔得疾，身渐缩小，乃如小儿。姜愚忽不识字，数载方复。宋时一女子，视直物皆曲，弓弦界尺之类尽如钩。

肠　　痒

傅舍人为太学博士日，忽得肠痒之疾：满腹作痒，又无搔处；欲笑难笑，欲泣难泣。数年方愈。

徐　　氏

参政孟庚夫人徐氏，有奇疾。每发于闻见，即举身战栗，至于几绝。（见母与弟皆然，至死不明。）［其见母与弟皆逐去，母至死不相见。］又恶闻徐姓，及打铁打银声。尝有一婢，使之十余年，甚得力，极喜之。一日偶问其家所为业，婢曰"打铁"，疾遂作，更不欲见，竟逐去之。医（遂）［祝］无能施其术。

谨案：据宋庄绰《鸡肋编》卷中校改。

腹 中 击 鼓

陈子直主簿之妻，有异疾。每腹胀，则中有声如击鼓，远闻于外，腹消则声止。一月一作。

喉 声 合 乐

《酉阳杂俎》云：许州有一老僧，自四十年已后，每寐熟，即喉声如鼓簧，若成均节。许州伶人伺其寝，即谱其声，按之丝竹，皆合古奏。僧觉亦不自知。

空 中 美 人

《北齐书》：天统中，武成酒色过度，恍惚不恒。曾病发，自云："初见空中有五色物，稍近，变成一美妇人，去地数丈，亭亭而立。食顷，变为观世音。"之才云："此色欲多，大虚所致。"

谨案：齐武成帝高湛。

应 声 虫

《文昌杂录》：［余友］刘伯时，（常）［尝］见淮西士人杨勔，自言中年得异疾，每发言应答，腹中辄有虫声效之，数年间，其声浸大。有道士见而惊曰："此应声虫也！久不治，延及妻子。宜读《本草》，过虫所不应者，当取服之。"如言，读至"雷丸"，虫忽无声。乃顿饵数粒，遂愈。［余］始未以为信，其后至长汀，遇一丐者，亦是疾，［环］而观者甚众。因教之使服雷丸。丐者谢曰："某贫无他技，所求衣食于人者，唯借此耳。"

应声虫，本病也，而丐者以为衣食之资，死而不悔。又安知世间功名富贵，达人不以为应声虫乎？噫，衣食误人，肯服雷丸者鲜矣！

谨案：据《说郛》卷二五上引《遁斋闲览》校改。

活　玉　窠

《清异录》：蝥屋吏魁召士人训子弟，馆于门。士人素有蛀牙，一日复作，左腮掀肿。遂张口卧，意似懵腾。忽闻有声发于龈腭，若切切语言，人物喧哗，渐出口外，痛顿止。至半夜，却闻早来之声，仍云：“小都郎回活玉窠也。”似呼喝状，颊上蠢然，直入口。弹指顷，齿大痛。诘旦具告主人，劝呼符咒治之，痛止肿消。竟不知何怪。

谢在杭云：余同年历城穆吏部深，家居得疾，耳中常闻人马声。一日闻语曰：“吾辈出游郊外。”即似车马骡驴以次出外，宿疾顿瘳。至晡，复闻人马杂逻，入耳中，疾复如故。穆延医治，百计不效。逾年自愈。始信陶谷所载不谬。

一胎六十年以下“产异”

《百缘经》云：佛在世时，王舍城中有一长者，财宝无量，不可称计。其妇足满十月，便欲产子，然不肯出。寻重有身，足满十月，复产一子，先怀者住在右胁。如是次第怀妊九子，各满十月而产，唯先一子故在胎中，不肯出外。其母极患，设汤药以自疗治，病无降损。嘱及家中：“我腹中子故活不死。今若设终，必开我腹，取子养育。”迨母命终，诸亲眷属，载其尸骸诣诸冢间，请太医耆婆破看之，得一小儿，形状故小，头发皓白，俯偻而行，四向顾视，语诸亲言：“汝等当知，我由先身恶口骂辱众僧，故处此热藏中，经六十年，受是苦恼。”

一生四十子

周哀公之八年，郑有人一生四十子。其二十人生，二十人死。

肉带悬儿

《稗史》：宋孝廉所亲家有婢，产出肉带子一条，带上共悬十八小儿，面目形体，无不具备，联络如缀。观者云集。其母惧而弃之。

窦母等

《五杂俎》云：汉窦武之母，产一蛇、一鹤。晋枹罕令严根妓，产一龙、一女、一鹅。刘聪后刘氏，产一蛇、一虎。唐大顺中，资州王全义妻孕，而渐下入股，至足大拇指，拆而生珠，渐长大如杯。宋潮州妇人产子如指大，五体皆具者百余枚。《狯园》云：万历己酉，石湖民陈妻许氏产一白鱼。壬子，苏城吴妻娠身，产一金色大鲤鱼，长四尺许，鳞甲灿然。其家大骇，投诸清泠之渊。里人呼其父曰"渔翁"。

产法马

万历丁未，吴县石湖民陈妻许氏，产夜叉、白鱼。后又妊，过期不产。一日请治平寺僧在家转经祈佑。其夕功未毕，内呼腹痛急，忽产下一胞，讶是何物，破而视之，乃一秤银铜法马子也！举家大骇，权之，重十两。视其背，有铸成字样，验是"万历二十二年置"七字，迹甚分明，至今尚在。比邻章秀才偕同学方生亲诣其庐，传玩而异之。或疑铜精所交，或疑五郎所幻，未可知。

产钱

徐州吴瑞者，秀才玠之弟，行第八，年二十余。妻初产子，历五十四日，忽呕出水数合，有铜青气。家人曰："此儿伤重，何为出水绿色耶?"明旦,遂哕出三角物数十。其家怪而洗之,乃成二钱,分为四块,平正无大小之殊。五六日,连下数升,合之得大钱七十二文,皆有年号,轮郭周正,体面无一不符。遂以胶粘而固之。闻者皆求观,州有司亦至。其儿竟无他异。

产《本际经》

张衡之女玉兰,幼而洁素,不食荤血。年十七岁,梦朱光入口,因而有孕。父母索之,终不肯言。唯侍婢知之。一日谓侍婢曰:"我死,尔当剖腹以明我心。"其夕遂殁。父母不违其言,剖腹得一物,如莲花初开,其中有白素金书十卷,乃《本际经》也。十余日间,大风雨晦暝,遂失其经。

谨案:张衡,即张道陵之子,天师道之嗣师。

产　掌

鄞县民出贾,妻与其姒同处,夫久不归,见夫兄,私心慕之,成疾阽危。家人知所以,且怜之。计无所出,强伯氏从帷外以手少拊其腹,遂有感成孕。及产,唯一掌焉。

额　产

晋安帝义熙中,魏兴李宣妻樊氏怀妊。过期不育,而额上有疮,儿穿之以出。长为将,今犹存,名胡儿。见《异苑》。

非族部第三十五

子犹曰：学者少所见，多所怪。穷发之国，穴胸反趾，独臂两舌，殊风异尚，怪怪奇奇，见于记载者侈矣。不阅此不知天地之大，不阅此不知中国之尊。予特采其尤可骇笑者著焉，而附以蛇虎之属，若曰"夷狄禽兽"云尔。是为《非族第三十五》。

南海异事三条

南海男子女人皆缜发。每沐，以灰投流水中，就水以沐，以硙膏涂其发。至五、六月，稻禾熟，民尽髡，鬻于市。既髡，复取硙膏涂之，来岁五六月又可鬻。

解牛多女人，谓之"屠婆"、"屠娘"。皆缚牛于大木，执刀数其罪："某时牵若耕，不得前；某时乘若渡水，不得行。今何以免死耶？"以策举颈，挥刀斩之。

贫民妻方孕，则诣富室指腹以卖之，俗谓"指腹卖"。或己子未胜衣，邻之子稍可卖，往贷以鬻。折杖以识其短长，候己子长与杖等，即偿贷者。鬻男女如粪壤，父子两不戚戚。

蜜 唧 唧

右江西南多獠民，好为"蜜唧唧"。鼠胎未瞬、通身赤蠕者，渍之以蜜，置盘中，犹嗫嗫而行，以箸挟取咬之，唧唧作声，故曰"蜜唧唧"。

吴人以酒渍蟛蜞食之。或入酒未深者，才举箸，皆走出盘外。此与"蜜唧唧"何异？

产　翁

《南楚新闻》云：南方有獠妇，生子便起。其夫卧床褥，饮食皆如乳妇，稍不卫护，疾亦如之。其妻了无所苦，炊爨樵苏自若。又越俗：妻诞子经三日，便澡身于溪河。返，具糜饷婿。婿拥衾抱雏坐于寝榻，称为"产翁"。其颠倒如此！

土獠蛮俗

土獠蛮俗：男子十四五，则左右击去两齿，然后婚娶。无匙箸，手搏饭而食之。足蹑高橇，上下山坡如奔鹿。人死，以棺木盛之，置千仞颠崖之上，以先堕者为吉。

倭　国

《北史》云：倭国王以天为兄，以日为弟。未明时出听政，日出便停理务，曰"委我弟"。

占　城

占城国酿酒法：以米和药入瓮中，封固日久，俟糟生蛆为佳酝。他日开封，用长节竹竿三四尺，插入糟瓮，量人多少入水。以次吸竹，则酒入口。吸尽，再入水。若无味则止；有味，封留再饮。岁时，纵人采生人胆鬻官。其酋或部领得胆入酒中，与家人同饮，又以浴身，谓之"通身是胆"。

头　飞

占城国妇人有头飞者，夜飞食人粪。夫知而固封其项，或移其身，则死矣。陈刚中在安南，有纪事诗曰："鼻饮如瓴甋，头飞似辘轳。"《嬴虫集》载：老挝国人鼻饮水浆，头飞食鱼。

谨案：陈刚中，元人，曾出使安南。

岭南溪洞中，往往有飞头者，故有"飞头獠子"之号。头将飞一日前，颈有痕匝项如红缕，妻子遂看守之。其人及夜，状如病，头忽生翼，脱身而去。乃于岸泥寻蟹蚓之类食之。将晓飞还，如梦觉，其腹实矣。

吴时，将军朱桓有婢，每夜卧后，头辄飞去。或从狗窦，或从天窗中出入，以耳为翼，将晓复还。数数如此，旁人怪之，夜视，唯有身无头，其体微冷，乃蒙之以被。至晓头还，碍被不得安，再三堕地，而其体气急疾，若将死者。乃去被，头复起附，如常人焉。

谨案：朱桓婢，乃南征时得于虫落部者。

吐　蕃

唐贞元中，王师大破吐蕃于青海，临阵杀吐蕃大兵马使乞藏遮，或云是尚结赞。吐蕃乃收尸归，有百余人行哭随尸，威仪绝异。使一人立尸旁代语，问以"疮疾痛乎？"代应曰"痛"，即膏药涂之。又问："食乎？"应曰"食"，即为具食。又问："衣乎？"应曰"衣"，即命裘衣之。又问："归乎？"应曰"归"，即具舆马载尸而去。若此异礼，必国之贵臣也。

契　丹

契丹俗：每正月十三日，放国人为贼三日，唯不许盗及十贯以上。北呼为"鹘里叵"，华言"偷时"也。

谚云："禽兽淫，无耻而有节；人淫，有耻而无节。"余亦云：虏偷不禁而有时，中国偷禁而无时。

契丹牛马有熟时，如南方之养蚕也。有雪而露草寸许，牛马大熟。若无雪，或雪没草，则不熟。

契丹主至临城，得疾，至杀胡林而卒。国人剖其腹，实盐数斗，载之北去。晋人谓之"帝羓"。

夷　　妇

萧岳峰《夷俗记》：夷妇乳长，垂至腹下。时当刺绣，儿辄从腋后索而食之。

鞑　　鞑

鞑鞑肠极细，如猪肠。人身瘦长而阔膊。不畏死，得胜则唱，败则哭。鞑妇至中国，人戏弄其乳则喜，以为是其子也。至隐处亦不为意。唯执其手则怒，谓执手为夫妇，动挟刃刺其人。

浑　　脱

北人杀小牛，自脊上开一孔，逐旋取去内头骨肉，外皮皆完。揉软，用以盛乳酪酒湩，谓之"浑脱"。

种　　羊

大汉迤西人能种羊。取羊骨，以初冬未日埋地中，初春未日为吹箛咒语，即有小羊从地中出。

中国有种蚶、种鳖法，种羊未是凿空。

回　　鹘

回鹘酋长共为一堂，塑佛像其中。每斋必刲羊，以指染血涂于佛口，或捧其足而呵之，谓之亲敬。

木　乃　伊

回回地面,有年老自愿舍身济众者,乃澡身绝食,口啖蜂蜜。数月,便溺皆蜜矣。既死,国人殓以石椁,仍以满蜜浸之,镌志年月。俟百年启视之,则已成蜜剂,名曰"木乃(尹)〔伊〕",人有损折肢体者,食少许立效。见《博物志补》。

　　谨案:据《辍耕录》卷三校改。原小题亦误作"木乃尹"。

大食国木花

大食国西南二千里外,山谷间有木,生花如人首,与语辄笑,则落。

古　　莽

古莽之国,其人多眠,五旬一觉。以梦之所为为实,昼之所见为虚。

白　狼　国

西夷有白狼国者,依山以居,垒石为室,如浮图然。以梯上下,货藏于上,人居于中,畜圂于下。见《纲目》。

　　谨案:见《通鉴纲目》东汉永平十七年"集览"引《方舆胜览》,但所言为汶山氏羌之冉駹,非白狼国。

裸　　人

《天宝实录》云:日南厩山连接,不知几千里,裸人所居,白民之后也。刺其胸前作花,有物如粉而紫色,画其两目下,去前二齿,以为美饰。

大　宛

大宛国人，皆深目多须髯。善贾市，争分铢。贵女子，女子所言，丈夫乃决正。

女　国

女国在葱岭之南。其俗妇人轻丈夫，而性不妒忌。男女皆以彩色涂面，一日之中，或数度变改之。人皆被发。见《隋书》。

金　齿　蛮

金齿蛮俗，处女淫乱同狗彘。未嫁而死者，所通之男子持一幡相送，有至百人者，父母哭曰："女爱者众，何期夭逝？"

麻　逸

麻逸国，族尚节义。夫死，其妇削发绝食，与夫尸同寝，多与并逝者。逾七日不死，则亲戚劝以饮食。

吐　火　罗

吐火罗国，都葱岭西五百里，与挹怛杂居。都城方二里，胜兵者十万人，皆习战。其俗奉佛。兄弟同一妻，迭寝焉。每一人入房，户外挂其衣以为志。生子属其长兄。

暹　罗

暹罗国，婚姻先请僧迎男子至女家。僧取童女喜红点于男子额，名曰"利市"，然后成亲。过三日后，又请僧送女归男家，则置酒张乐待宾。丧礼：凡富贵人死，用水银灌腹而葬；平人，则舁至郊外海边沙际，为鸟所食，食尽飞去，余骨号泣弃海中，谓之"鸟葬"。

輆沐

越东有輆沐国。长子生，则解而食之，谓之"宜弟"。父死，则负其母而弃之，言"鬼妻不可与共居"。楚之南，炎人之国。其亲戚死，刳其肉而弃之，然后埋其骨，乃成孝子。秦之西有义渠之国。其亲戚死，聚柴焚之，薰其烟上腾，谓之"登遐"，然后为孝。见《墨子》。

罗罗

罗罗即乌蛮俗尚男巫，号曰"大奚婆"。以鸡骨占吉凶，事无巨细皆决焉。凡娶妇，必先与大奚通，次则诸房兄弟，皆喜之，然后成婚，谓之和睦。夫妇之礼，昼不相见，夜则同寝。生儿未十岁不得见父。酋长死，以豹皮裹尸焚之，葬其骨于山，非至亲莫知其处。葬毕，用七宝偶人藏之高楼，盗取邻境贵人之首以祭。如不得，终不祭祀。

爪哇

爪哇国，凡主翁死，殡之日，妻妾奴婢皆带草花满头，披五色手巾，随尸至海边或野地。舁尸俾众犬食，食尽为好。食不尽则悲歌泣号，积柴于旁，众妇坐其上，良久，纵火烧柴而死。盖殉葬之礼也。

大耳国

《山海经》：有大耳国，其人寝，常以一耳为席，一耳为衾。

暑月又可作扇。以玄德方之，渺乎小矣。

聂 耳 国

聂耳国,其人与兽相类。在无腹国东。其人虎文,耳长过腰,手捧耳而行。

辰 韩

辰韩国,儿生,以石压其头,欲其扁。今辰韩人皆扁头。见《魏志》。

鹄 国

陈章与齐桓论云:西海之外有鹄国,男女皆长七寸。为人自然有礼,好拜跪。寿皆三百岁。其行如飞,日行千里。百物不敢犯,唯畏海鹄,海鹄遇辄吞之,亦寿三百岁。此人在海鹄腹中不死,而鹄亦飞千里。

勒 毕

勒毕国人长三寸,有翼,善言语戏笑,因名"语国"。

陈玄锡曰:"传云'僬侥三尺',短之至也。假令僬侥而适勒毕,必且诧为临洮长人矣!"

小 人

西北荒中有小人焉,长一寸,朱衣玄冠,乘辂车导引有威仪。人遇其乘车,并食之。其味辛楚,终不为虫豸所咋。并识万物名字,杀腹中三虫。

谨案:此条似引自明董斯张《广博物志》卷八。《太平广记》卷四八二,"乘辂车导引有威仪"句作"乘辂车马,引为威仪"。

大　人

咸熙二年,有大人见于襄武,身长二丈,脚迹三尺二寸。苻坚时,河中得一大屐,长七尺三寸;又有桃核,可容五斗。

长　人

成化辛丑,苏州卫军人数十泛海遭风。漂至一岛,人皆长三四丈,以藤穿我一人于树间。其人逸出,至海边,忽前舟返,载之。而长人追至,船已离岸,从岸上用手挽船,船人剑截其一指。辨之,乃中指一节,以尺度之,尺有四寸。遇嘉定令取视,留置库中。

长布巾、长衣

《苏州府志》云:有直指使诣学宫,大风吹下一布巾,横直皆丈余,以贮郡库。又某年海上浮一衣来,长二丈,两袖倍之。

无启民、录民、细民

无启民,居穴食土。其人死,其心不朽,埋之百年化为人。录民,膝不朽,埋之百二十年化为人。细民,肝不朽,埋之八年化为人。

含　涂　国

含涂国贡其珍怪。其使云:去王都七万里,鸟兽皆能言语。鸡犬死者,埋之不朽。经历数世,其家人游于山河海滨,地中闻鸡犬鸣吠。主乃(握)[掘]取还家养之。毛羽虽秃落更生,久乃悦泽。

　　谨案:据晋王嘉《拾遗记》卷六校改。

卖 龙

秦使者甘宗所奏西域事云:外国方士能神咒者,临川禹步吹气,龙即浮出。初出,乃长数十丈。方士吹之,一吹则龙辄一缩。至长数寸,乃取置壶中,以少水养之。外国常苦灾旱。于是方士闻旱,便赍龙往出卖之。一龙值金数十斤,举国会敛以顾其值。乃发壶出龙,置渊中,复禹步吹之,长数十丈。须臾,雨四集矣。见《抱朴子》。

盐 龙

萧注从狄殿前之破蛮洞也,收其宝货珍异。得一龙,长尺余,云是盐龙,蛮人所豢也。籍以银盘,中置玉盂,以玉箸撩海盐饮之。每鳞中出盐,则收用。以酒送一匕,专主兴阳。后因蔡元度就其体舐盐而龙死。其家以盐封其遗体,三数日用亦大有力。后闻此龙归蔡元长家。

谨案:狄殿前,狄青。

龙 鳞

武昌熊维祯谈其邑因江涨,漂一物如鱼鳞于田间,大如席。或曰龙鳞也。

大 鹏

嘉靖中,海上曾坠一大鹏鸟毛。万元献亲见在某郡库中。毛以久尽,独见孔,横置在地,平步入之无碍。又海边人家,忽为粪所压没,从内掘出。粪皆作鱼虾腥,质半未化。盖大鹏鸟过遗粪也。

林尚书瀚于内库见大鹏翎一支,长丈许,管中可容两人坐。公自作记。

海　雕

正德末，有鸟黑色，大如象，舒翅如船篷，飞入长安门内大树上。弓弩射之皆不入。民家所养鹅，被啄而食之，如拾蛆虫然。数月方去。人以为海雕也。

海　凫

晋时，有人得鸟毛，长三丈。以示张华，华惨然曰："此海凫毛也！出则天下乱。"

海　大　鱼

《崇明志》：海上有大鱼，过崇明县，八日八夜，其身始尽。

海舟泛琉球，夜见山起接云，两日并出，风亦骤作，撼舟欲覆。众皆骇惑。舟师摇手令勿言，但闭目坐。久始不见，舟师额手贺曰："我辈皆重生矣！"起接云者，鲸鱼翅也；两日，目也。见《使琉球录》。

宋高宗绍兴间，漳浦海场有鱼高数丈。割其肉数百车，至剸目乃觉，转鬣而旁舰皆覆。近时刘参戎炳文过海洋，于乱礁上见一巨鱼横沙际。数百人持斧，移时仅开一肋。肉不甚美。肉中刺骨亦长丈余，刘携数根归以示人。想皆此类耳。见《狯园》。

南海人常从城上望见海中推出黑山一座，高数千尺，相去十余里，便知为大鱼矣。此鱼偶困而失水，蜿蜒岛上。居人数百，咸来分割其脂为膏，经月不尽。又有贪取鱼目为灯，相与攀援腾踏而上。其目大可数石，计无能取，失足溺死于中者同时七人，乃止。见《狯园》。

昔人有游东海者，既而风恶船破，补治不能制，随风浪莫知所之。一日一夜，得一孤洲。(共)［其］侣欢然下石植缆，登洲煮食，食未熟而洲没。在船者斫断其缆,船复漂荡。向者孤洲,乃大鱼也!吸波吐浪,去疾如风。在"洲"上死者十余人。

  谨案:据《太平广记》卷四六六校改。

鲟　　鱼

  大街袁六房曾网一鲟鱼,长而极瘦。始怪之,肚中得一糙碗,盖为此物所磨,瘦者以此。见《狯园》。

汉泉井中鱼

  河阴南广武山,汉高皇庙在其麓。殿前有八角井,曰"汉泉"。井中三鱼,一金鳞,一黑,一如常,而半边鳞肉与骨俱无,独其首全,与二鱼并游无异,但其游差缓,不复有扬鬐拨剌之势。俗传汉皇食鲙,庖入治鱼及半而楚军至,仓惶弃鱼井中而遁。

奔　　鲜

  奔鲜,一名灟,非鱼非蛟,大如船,长二三丈,若鲇,有两乳在腹下,雄雌阴阳类人。取其子着岸上,声如婴儿啼。顶上有孔通头,气出吓[吓]作声,必大风,行者以为候。相传懒妇所化。杀一头,得膏三四斛,取之烧灯,照读书纺绩辄暗,照欢乐之处则明。

  谨案:据《酉阳杂俎》卷一七校改。

鲵鱼、鲋鱼

  《双槐岁抄》:鲵鱼出峡中,如鲇,四足长尾,能上树。天旱辄含水上山,茹草叶覆身。张口,俟鸟来饮水,因吸食之,声如小儿。[峡中人](将)食[之],先缚之树,鞭之,出汁如白汗,乃无毒。鲋鱼,出四川雅州。似鲵,亦能缘木。蜀人食之。孟子谓"缘木求鱼",理所必无,不知天壤间正不可穷也。

谨案:据《酉阳杂俎》卷一七校改。

人　鱼

宋待制查道,奉使高丽。晚泊一山,望见沙中有一妇人,红裳双袒,髻鬟纷乱,肘后微有红鬣。查曰:"此人鱼。"命水工以篙扶于水中,勿令伤。妇人得水,偃仰复身,望查拜手感恋而没。

闻北方有人鱼,身白皙,牝牡交感,与人无异。鳏寡多取畜池中。未知即此种否。

鮥　鱼

《异苑》云:鮥鱼,凡诸鱼欲产,[鮥]辄以头冲其腹,世谓"众鱼之生母"。

谨案:明杨慎《异鱼图赞笺》卷二:《杂俎》:凡诸鱼欲产,鮥鱼辄舐其腹,世谓之众鱼之生母。

横　公　鱼

北方荒外有石湖,出横公鱼,夜化为人。刺之不入,煮之不死,以乌梅二十七煮之即烂,可已邪病。

鼍　市

南海之滨,有鼍市焉。鼍暴背海隅,边幅广修不知几百里也。居民视为石洲,渐创茅茨,鳞列成市,亦不知几何时也。异时有穴其肩为铁冶者,天旱火炽,鼍不胜热,怒而移去,没者凡数千家。

红尘中大都"鼍市"也,特未遭漂没,故不知耳。

在 此

太仓董氏尝捕得一鳖，人首，出水作叹息声。惧而杀之。按《酉阳杂俎》，名曰"在此"。鳖身人首，鸣则若云"在此"，故以名之。

蟹

松江干山人沈宗正，每深秋，设簖于塘，取蟹入馔。一日见二三蟹相附而起。近视之，一蟹八腕皆脱，不能行，二蟹舁以过簖。

千侯入蛇腹

上虞徐孝廉计偕京师，与一千侯同舍，蜀人也，貌甚伟而鳞文遍体，皱如青赤松皮，面有斑痕隐起，类三当钱大，状若癞风者然。讯之，具言少年嗜酒，落魄不羁。一日从所亲会饮野次，时天色渐暮，归不及城，便醉卧道旁草积间。夜半，宿醒始醒，觉闷甚，首如蒙被，展转反侧，不知身在何所。已而扪之，微温，嗅之，腥不可忍。寻思腰间有匕首，急抽而割之，得肉一脔，复嗅之，臊甚，弃去。旋割旋弃，如此者凡数十脔，渐渐漏明，于是悉力以从事。俄而此窍渐广，顷之如土穴也。因踠身跃出，睨之，乃一大蛇也，遂惊仆地。明日家僮消息至其所，见主人与蛇并死于道。奔告邻里，急舁归营救。复苏，而肤间痒不可耐矣。幸遇明医得不死，三月而痒止。及起，则肤革变色，几类漆身。

神 蛇

《搜神记》：蛇千年则断而复续。《淮南子》云：神蛇自断而自续。隋炀帝遣人于岭南边海穷山，求得此蛇数四[而]至洛下。长可三尺而色黄黑，其头锦文金色。不能毒人，解食肉。若欲其身断，则先触之令怒，使不任愤毒，则自断为三四。其断处如刀截，亦微有血痕。然久而怒定,则三四断稍稍自相就而连续,体复如故。隋著作郎邓隆云:"此灵蛇,类能自断,不必千岁也。"

谨案:据《太平广记》卷四五七校改。

喷嚏惊虎

唐傅黄中为越州诸暨令。有部人饮大醉,夜中山行,临崖而睡。忽有虎临其上而嗅之。虎须入醉人鼻中,遂喷嚏声振,虎惊,跌落崖下,遂为人所得。

荆溪三虎

荆溪吴康侯尝言:山中多虎,猎户取之甚艰,然有三事可资谈笑。其一,山童早出,往村头易盐米,戏以藤斗覆首。虎卒搏之,衔斗以去,童得免。数日,山中有自死虎,盖斗入虎口既深,随口开合,虎不得食而饿死也。其一,衔猪跳墙,虎牙深入,而墙高难越,豕与夹墙而挂,明日俱死其处。其一,山中酒家,一虎夜入其室,见酒窃饮,以醉甚不得去,次日遂为所擒。

啮　虎

近岁有壮士守水碓,为虎攫而坐之。碓轮如飞,虎视良久。士且苏,手足皆被压,不可动。适见虎势翘然近口,因极力啮之。虎惊,大吼跃走。其人遂得脱。

昔人撩虎须,今人乃吮虎卵乎!

大蝶、大蜈蚣

物之瘦者蜈蚣,轻者蝴蝶。《岭南异物志》:见有物如蒲帆过海,将到舟,竞以物击之,破碎坠地,视之,乃蝴蝶也。海人去其翅足,称肉得八十斤,噉之极肥美。葛洪《遐观赋》:蝈蚣大者长百步,头如车箱。屠(烈)[裂]取肉,白如瓠。《南越志》云:大者其皮可以覆鼓;其肉暴为脯,美于牛肉。

谨案:据《太平御览》卷九四六校改。

天宝四载,广州府因海潮漂一蝈蚣陆死,割其一爪,则得肉一百二十斤。

狒　狒

《物类相感志》曰:狒狒出西南蛮。宋建武中,安昌县进雌雄二头。帝曰:"吾闻狒狒能负千斤。既力若此,何能致之?"对曰:"狒狒见人喜笑,笑则上唇掩其额,故可钉之。"发可为髲,血可染衣。身似猴,人面而红,作人言鸟声,知人生死。饮其血,使人见鬼。帝命工图之。

按狒狒亦名费费,又曰枭阳。披发反踵。获人,则持其臂而大笑,笑止即伤人矣。土人截大竹为筒,络于项下,纳手筒中。狒狒既笑,则上唇蔽额,人从筒中出手,以钉钉其唇于额上,然后聚众而擒之。元稹诗:"狒狒穿筒格,猩猩置屐馴。"

讹　兽

《神异记》:西南荒中出讹兽,其状若菟,人面能言。常欺人,言东而西,言恶而善。其肉美,食之言不真矣。

谨案:《神异记》应是《神异经》之误。

貀

狗缨国献一兽,名貀,吴大帝时尚有见者。其兽善遁入人室中,窃食已，大叫。人觅之，即不见矣。故至今吴俗以空拳戏小儿曰：
"吾唊汝。"已而开拳曰："貌！"

山　獭

有山獭，淫毒异常，诸牝避之，无与为偶。往往抱树枯死，其势
入木数寸。

躲　破　鼓

兵部郎中郑狮南家，曾养二猿。其牝者甚淫，一旦失牡猿，叫号
不已。主人遍觅不得。越宿，乃自破鼓中出。今号人之避内差为
"躲破鼓"。

> 邓震卿曰：临水登山，僧房道院，皆破鼓也。节欲养生者不
> 可不知。

杂志部第三十六

子犹曰:史传所载,采之不尽;稗官所述,阅之不尽;客座所闻,录之不尽。中流失船,一壶千金。谈谐方畅,谑笑纷沓,忽焉喙短词穷,意败矣;尔时得一奇事,如获珍珠船。因不忍遗,置为《杂志第三十六》。

勇 可 习

魏杜袭为西鄂长。刘表攻西鄂时,柏孝长在城中,入室闭户,牵被覆头。相攻半日,稍敢出面。其明,侧立而听。二日,出户问消息。四五日后,乃负楯亲斗,语袭曰:"勇可习也!"

谨案:西鄂为南阳郡属县,柏孝长为南阳郡功曹,恰在西鄂。

真 主 奇 征

我太祖幼时,尝见群鹅游于庭。戏以青白二纸旗左右竖立,命之曰:"青者立青旗下,白者立白旗下。"群鹅应声如命而往。一花鹅不知所适,往来于青白之间。

周 尹 氏

周尹氏贵盛,五叶不别。天饥,作粥会食,声闻数里外。

八 字 无 凭

昔赵韩王时,有军校与同年、月、日、时。若赵有一大迁除,军校则一大责罚；小迁转，则军校微有谴叱。

　　谨案：赵普，真宗时追封韩王。

帝 王 言 命

　　太祖尝至国子监，有厨人进茶，偶称旨，诏赐冠带。有老生员夜独吟云："十载寒窗下，何如一盏茶。"帝微行，适闻之，应声云："他才不如你，你命不如他。"

岳 神 戏 梦

　　浮碧山之神，唯东岳最灵，凡以梦祈者应如响。邑中有父子同应乡试者，祷于岳。以梦示曰："汝往问秦枣三孺人可矣。"二人未解所谓。偶下山，见一丐妇浣于河，问之曰："秦枣三孺人者为谁？"其妇张目咤曰："汝奚问为？"盖此妇与邑少年秦枣三狎，故有是号，忽闻其语而心怪之也。二人犹未悟，对曰："吾欲问我父子谁中？"其妇骂曰："入你娘的到会中！"其年，父果中。

　　谨案：浮碧山，在慈溪。

造 化 弄 人

　　万历癸未，管明府九皋，始与同侪赴公车选，梦神人属以七题。次早，购坊间文佳者熟读之。及入试，七题果符所梦。因信笔以所熟文写就，不暇构思，自喜得神助，必中矣。乃是年主考厌薄旧文，尽括坊间文入内磨对，凡同者掷之。管以是下第，选授富顺令。

　　莆田一秀才往九鲤湖求梦。梦曰："明日所遇官，即尔功名。"次日遇钟御史、李大参，皆其里人。生大喜，告以故。李曰："学钟先生。"钟曰："学李先生。"皆言当如其官也。后仅以岁荐任教职卒，人始悟为"学中先生"、"学里先生"云。

恶 虫 啮 顶

天顺间,征士吴与弼到京。英宗御文华殿召对,吴默然无应,唯曰:"容臣上疏。"众方骇异,上不悦,驾起。吴出至左顺门,除帽视之,有蝎在顶,螫皮肉红肿,方知其适不能答者,以螫故也。宋淳熙间,史寺丞轮对。适言高宗某事,史忽泪下。上问故,对曰:"因念先帝旧恩耳!"孝宗亦下泪。明日御批史为侍郎。不知当时乃为蜈蚣所啮,故下泪也。呜呼,均为恶虫啮顶,敬君者不遇,欺君者蒙恩,岂非数哉!

张 生 失 金

嘉靖时,杭人张姓者,自幼为小商,老而积金四锭,各束以红线,藏于枕。忽夜梦四人白衣红束,前致辞曰:"吾等随子久,今别子去江头韩饼家。"觉而疑之,索于枕,金亡矣。踌躇叹息,之江头询韩,果得之。张告韩曰:"君曾获金四锭乎?"韩惊曰:"君何以知?"张具道故。韩欣然出金示张,命分其半,张固辞谢,遂出门。韩留饧之,举一锭分为四,各裹饼中,临行贶之。张受而行,中途值乞者四,求之哀,各济以饼一。四乞者计曰:"此饼巨而冷,不可食,何不至韩易小而热者乎?"遂之韩,韩笑而易之。

奇 蹇

昔淮南卢婴,平生奇蹇,谓至人家,其家必遭横祸,或小儿堕井,幼女失火。[山阳]王休(佑)[祐]所执木手板,得者必不祥。近雍瞻若野王,多能而贫甚。始客鲁,鲁人皆避畏之,呼为"耗神"。已造一讼者及病者家,二家俱败死。比至京,京中复闻斯语。会二人博,而雍坐负者旁。或语负者,谓胜者教之。负者怒,殴之几死。

谨案:"木手板"事见《南史·庾道愍传》,为宋山阳王刘休祐事，此条误以为山阳人王姓者。

嫁娶奇合

嘉靖间，昆山民为男聘妇，而男得痼疾。民信俗有"冲喜"之说，遣媒议娶。女家度婿且死，不从。强之，乃饰其少子为女归焉，将以为旬日计。既草率成礼，男父母谓男病，不当近色，命其幼女伴嫂寝，而二人竟私为夫妇矣。逾月，男疾渐瘳。女家恐事败，绐以他故邀假女去，事寂无知者。因女有娠，父母穷问得之，讼之官狱，连年不解。有叶御史者，判牒云："嫁女得媳，娶妇得婿。颠之倒之，左右一义。"遂听为夫妇焉。吴江沈宁庵吏部作《四异记》传奇。

赵母奇语

赵母桐乡令东郡虞韪妻，颍川赵氏女。嫁女，女临去，敕之曰："慎勿为好！"女曰："不为好，当为恶耶？"母曰："好尚不可为，况恶乎？"

一日得二贵子

杨公某，关中盩厔人。妇李氏生一子，才七岁，公复贾于闽漳浦，主蘗氏家。蘗新寡，复为其家赘婿，生一子，冒姓蘗氏，亦已三岁。倭夷突犯海上诸郡，略公以去。居十九年，髡跣跳战，皆倭习矣。后又随众犯闽。会闽帅败之去，而公得遁归，为累囚，属绍兴郡丞杨公世道者厘辨之："夷耶？民耶？"公曰："我闽中民也。"因道其里族妻子名姓，多与己合，异之，归以问母。母令再谳，而听于屏后。不数语，大呼曰："而翁也！"起之囚中，拜哭皆恸，洗浴更衣，庆忭无极。次朝蘗公知公得翁，举羔雁为贺。公觞之，翁出行酒，蘗公问翁何由入闽，翁言其始末，又与蘗公家里族妻子名姓合。异之，亦归以问母。其日翁来报谒，蘗公觞之，而母窃听其语，又大呼曰："而翁也！"其为悲喜犹杨丞家。于是闽郡黎老欢忭，呼为循吏之报，士大夫羔雁成群。盖守丞即异地各姓,实同体兄弟。而翁以髡跣跳战之卒,且为累囚,一日而得二贵子、两夫人,以朱幡千钟养焉。其离而合,疏而亲,贱而荣,岂非天故为之哉?

醉殴奇祸

甲乙二人俱醉,遇于途。甲殴乙仆,视之,死矣,径去。总甲见之,亟白于官。时已暮,姑以苇席四悬障尸,众寝卫于外。夜半,乙稍寤,已迷前事,思:"安得处此?必犯夜禁。"潜起逸归。及明,守者失尸,惊惧。须臾官来,谓受贿弃尸,痛加箠楚。守者诬服,请取尸来,乃共往伺于郊。一人醉而来,众前扑杀之,舁之苇室。而乙方大醒,记得曾被甲殴,诣甲喧。甲以贿求解。比官以杀人捕甲,甲邀乙往白。官讯守者尸所来,不能讳,坐死。

世 事 翻 覆

曹咏侍郎夫人厉氏,余姚大族女。始嫁四明曹秀才,与夫不相得,仳离而归,乃适咏。时咏尚为武弁。不数年,以秦桧之姻党,易文阶,骤擢至直徽猷阁,守鄞。元夕张灯州治,大合乐宴饮。曹秀才携家来观,见厉服用精丽,左右供侍,备极尊严,语其母曰:"渠乃合在此中居厚享。如此富贵,吾家岂能留?"叹息久之。咏日益显,为户部侍郎。桧殂,咏贬新州而亡,厉领二子扶丧归葬。二子复不肖,家资荡析,至不能给朝晡。赵德光之妻,厉之从父妹也,怜其老且无聊,招置四明里第,养之终身。厉间出访亲旧,见故夫婿曹秀才家门庭整洁,花木翁茂,谓侍婢曰:"我当时能自安于此,岂有今日?"因泣下数行。二十年间,夫妻更相悔羡。

卫青服役平阳公主家,后为大将军。公主仳离择配,贵显无逾大将军者,迄归之。丁晋公治甲第,巨丽无比,杨景宗躬负土之役。后景宗以外戚起家,丁第竟为杨有。钱思公治装,银工龚美—作刘美。实为之。后龚美贵,而美所手制皆归之。王诜为侍禁三班,院差监修主第,语同事曰:"吾辈辛苦造成,不知谁居此?"不逾时,诜尚主,竟居焉。陆都督炳,治第京师,督工甚严苦。未几陆败,工某由外戚贵,即以陆第赐之。"河阳花,今朝如土昔如霞;武昌柳,春作青丝今作帚。"世事翻腾,大都如此。

东 坡 奇 梦

《东坡志林》云:予在黄州,梦至西湖上,梦中亦知为梦也。湖上有大殿三重,其东一殿,额云"弥勒下生"。梦中云:"是仆昔年所书。"众僧往来行道,大半相识。辨才、海月皆在,相见惊异。仆散衫策杖,谢诸人曰:"梦中来游,不及冠带。"

投 牒 自 祸

三山苏大璋,治《易》有声。戊午乡试,梦为第十一,向人道之。有同经人诉于郡,谓其自许之确如此,必与试官有成约。及将揭榜,第十一名卷果《易》也。主司既闻外议,乃谋于众,命以陪卷之首更换。所换者,乃大璋卷,而换去者,正投牒之人也。众咸谓天道之公,榜遂定。明年,苏冠南宫。

戴 探 花

莆田戴大宾字寅仲。八岁游泮,十三中乡试,十四以探花登第。亡何卒,其家以丧归。父母悲甚,必欲发柩省视。及发,乃一白须叟,大骇异之,弃尸于地。诘责其奴,奴无以自明。其夜梦大宾曰:"叟,吾前身也。上帝悯其苦学,白首不第,托生汝家,暂享荣名,以酬吾志。变形者,不忘其初也。"父母由是止哀。

晚　　达

绍兴中，黄公度榜，第三名陈修。唱名时，高宗问："年几何？"对曰："七十三矣。"问："有几子？"对曰："未娶。"遂召宫人施氏嫁之。时人戏曰："新人若问郎年几，五十年前二十三。"《鹤林玉露》。

> 《清暇录》又谓：詹义登科后，解嘲曰："读尽诗书五六担，老来方得一青衫。逢人问我年多少，五十年前二十三。"《清波杂志》又谓闽人韩楠。未知孰是。

晚　　娶

闽人陈峤，六旬余始获一名。还乡娶儒家女，至新婚，近八十矣。合卺之夕，文士咸集，悉赋催妆诗，咸有"生荑"之讽。峤亦自成一章，其末曰："彭祖尚闻年八百，陈峤犹是小孩儿。"座客皆绝倒。

幽州有坛长近八十岁，即都校之元昆也。每归俗家，以其衰老，令小青扶持，因而及乱，遂要反初，以青为偶。乃谓偶曰："平生不谓有此欢畅，悔知之晚！"

陈觊五十方娶。有庆之者曰："处士新婚燕尔。"答曰："仆久处山谷，莫预出仕，不知衣裙之下，有此珍美！"

曾　偶　然

泰和曾状元鹤龄，永乐辛丑会试，与浙江数举子同舟。率年少狂生，议论蜂出。见曾缄默，因是共举书中疑义问之，逊谢不知。窃笑曰："夫夫也，偶然预荐耳。"遂以"曾偶然"呼之。既而众皆下第，曾独首榜。乃寄以诗曰："捧领乡书谒九天，偶然趁得浙江船。世间因有偶然事，岂意偶然又偶然。"

陆　孝　廉

长洲陆孝廉世明,省试不第,归过临清钞关,错以为商,令纳税。陆呈一绝云:"献策金门苦未收,归心日夜水东流。扁舟载得愁千斛,闻说君王不税愁。"主事见诗惊愧,亟迎入,款赠甚厚。

白　公　裂　诗

裴令公居守东洛。夜宴半酣,公索句。时元、白首唱,次至杨汝士。杨援笔书曰:"昔日兰亭无艳质,此时金谷有高人。"白知不能加,遽裂之曰:"笙歌鼎沸,勿作冷淡生活。"

文士相妒,自古而然,护前者宁独吴老公!

谨案:裴度官终中书令。

筼筜谷笋诗

筼筜谷,在洋州。文与可尝令苏子瞻作《洋州园池三十咏》,筼筜谷其一也。子瞻诗曰:"汉川修竹贱如蓬,斤斧何曾赦箨龙。料得清贫馋太守,渭滨千亩在胸中。"是日与可与妻游谷中,正烧笋晚食,发函得诗,大笑。

谨案:文同时官洋州知州。

一　句　诗

谢无逸尝以书问潘邠老大临:"近作新诗否?"答曰:"秋来景物,件件是佳致。昨日清卧,闻搅林风雨声,遂起题壁曰'满城风雨近重阳',忽催税人至,败意。止此一句奉寄。"

吕 常 题 画

中山武宁王玄孙徐某,一日与吴小仙、孙院使宴饮。命吴画女乐诸子及孙、吴陪饮之图。画毕,徐喜曰:"惜欠风流题客。"后以属太常卿吕常,曰:"不必我谀,但须写当日实事耳。"吕为制长歌,铺叙家乐,援引故典,末云:"吴生吴生欲阐扬,自画白皙居侯旁。如何更著孙思邈,中酒却要千金方。"徐大笑曰:"是日果中酒也!"闻者绝倒。

李 龙 眠 画

元祐间,黄、秦诸君子在馆。暇日观画,山谷出李龙眠所作《贤己图》,博奕樗蒲之俦咸列焉:博者六七人,方踞一局。骰迸盆中,五皆臬而一犹旋转不已。一人俯盆疾呼,旁观者皆变色起立。纤秾态度,曲尽其妙,相与叹尝,以为卓绝。适东坡从外来,睨之曰:"李龙眠天下士,顾乃效闽人语耶?"众咸怪,请其故。东坡曰:"四海语音,言六皆合口,唯闽音则张口。今盆中皆六,一犹未定,法当呼六,而疾呼者乃张口,何也?"龙眠闻之,亦笑而服。

吴文定书扇

吴文定公居忧时,尝送客至门外,见卖扇儿号泣于途。问之,乃缘持扇假寐,为人盗去数事,恐家人笞骂耳。公命取所遗扇来,尽书与之。儿不知,反以为污其扇,复大哭不已。旁人谕令必得重价。然后卖儿持扇甫出门,竞致去,所得数十倍。儿归,具道其事。再持扇来乞书,公但笑而遣之。

　　谨案:吴宽,成化壬辰状元,官至礼部尚书,谥文定。《明史》入《文苑传》。

李十八草书

宋时,有刘十五论李十八草书,谓之"鹦哥娇",盖谓鹦鹉能言,不过数句,大率杂以鸟语。十八后稍进,以书问十五:"近日比旧如何?"十五曰:"可称秦吉了矣!"

> 谨案:李十八,李公择。刘十五,刘贡父。皆苏轼之友。

登床夺字

唐太宗赐宴玄武门,援笔作飞白。众乘酒就帝手中相竞,常侍刘顺登御床引手得之。有不得者言顺不敬,宜付法。帝笑曰:"昔闻婕妤辞辇,今见常侍登床。"

钳诏请署

安乐公主,中宗最幼女也,嫁武三思子崇训,光艳动天下。尝自作诏,钳其前,请帝署日。帝笑而从之。

王准恃宠

王(拱)[铁]之子准,为卫尉少卿,出入宫闱,以斗鸡侍左右,恃宠骄恣。尝率其徒过驸马王繇私第,繇望尘趋拜。准挟弹中繇冠上,折其玉簪,以为笑乐。

> 谨案:据唐郑处诲《明皇杂录》卷上校改。《杂录》及《太平广记》卷一八八王繇俱误作王瑶,据《唐会要》,定安公主与王皎之子名王繇。

都 都 知

咸通中,俳优恃恩,咸为都知。一日(奏)乐[工]喧哗,上召都知止之,三十人并进。上曰:"止召都知,何为毕至?"梨园使奏曰:"三十人皆都知也。"乃命李可及为"都都知"。

后王铎为都都统,袭此。〇我苏新入泮者,广文先生督其赘仪,必分上、中、下户,以为隆杀。近谓上户未厌,更立"超超户"名色,取赘倍常。"超超户"可对"都都知"。

谨案:据宋钱易《南部新书》卷三校改。

垂 柳 赐 姓

炀帝开河成,取吴越民间女年十五六者五百人,谓之"殿脚女"。至于龙舟,每采缆一条,女十人牵之,间以羊十口。时盛暑,虞世基献计,请用垂柳栽于汴梁两堤上,一则树根四出,鞠护河堤,二则牵舟之女获其荫,三则牵舟之羊食其叶。上大喜,诏民间有柳一株(卖)[赏]一缣,百姓竞献之。帝自种一株,群臣次第种,方及百姓栽。栽毕,帝御笔赐垂柳姓杨,曰"杨柳"。

谨案:据唐佚名《开河记》校改。

拔 河 戏

唐时,清明有拔河之戏。其法以大麻绹两头各系十余小索,数人执之对挽,以强弱为胜负。时中宗幸梨园,命侍臣为之。七宰相、二驸马为东朋,三[宰]相五将[军]为西朋。仆射韦巨源、少师唐休璟年老无力,随绹踣地,久不能起。上以为笑。

谨案:据宋王谠《唐语林》卷五,此则始言清明民间拔河之戏,大致为"以大麻绹长四五十丈,两头分系小索数百条",此为迁就宫中之戏而以意减其数目规模。

手　搏

唐主存勖尝与李存贤手搏,贤不尽技。唐主曰:"汝能胜我,当授藩镇。"存贤乃仆唐主。及即位,以贤镇幽州,谓曰:"手搏之约,我不食言。"

赌　官

《文海披沙》云:宋文帝与羊立保赌,立保胜,遂得宣城太守。陈敬瑄与[杨]师立、牛(勉)[勖]、罗元(果)[杲]以打毬争三川,敬瑄获头等,遂授节钺。识者笑之。然偏安乱朝,固不足怪。宋艺祖开宝四年廷试,例以先纳卷为魁。时王嗣宗与陈识同纳卷子,上命二人角力以争之。嗣宗得胜,遂为第一,识次之。创业之主,亦为此儿戏,可笑也。《涑水记闻》云嗣宗与赵昌言手搏角力。恐误,昌言系太平兴国元年胡旦榜第二人。

谨案:争三川事据《资治通鉴》卷二五二校改。

打　毬　赌

熙宁初,神宗与二王禁中打毬子。上问二王欲赌何物,徐王曰:"臣不赌别物,若赢时,只告罢了新法。"

微　行

王黼虽为相,然事徽考极亵。宫中使内人为市,黼为市令,若东昏之戏。一日上故责市令,挞之取乐。黼窘,乃曰:"告尧舜免一次。"上笑曰:"吾非唐虞,汝非稷契也!"一日又与逾墙微行,黼以肩承帝趾,墙峻,微有不相接处。上笑曰:"耸上来司马光。"黼亦应曰:"伸下来神宗皇帝。"

五国城中有此快乐否?

饶　州　人

绍兴末,朝士多饶州人。或谓之曰:"诸公皆不是痴汉。"谚云:饶人不是痴汉。又有监司荐人以关节,欲与饶州人。或规其当先孤寒,监司愤然曰:"得饶人处且饶人!"

勋臣诨语

洪武甲子开科取士,诸勋臣不平,曰:"此辈善讥讪,初不自觉。且如张九四厚礼文儒,及请其名,则曰'士诚'。"圣祖曰:"此名甚美。"答曰:"《孟子》有'士诚小人也'之句,彼安知之?"帝自此览天下所进表笺,多罹祸者。

科　举　弊

宋承平时,科举之制大弊,假手者用薄纸书所为文,揉成团,名曰"纸毬",公然货卖。

今怀挟蝇头本,其遗制也。万历辛卯,南场搜出某监生怀挟,乃用油纸卷紧,束以细线,藏粪门中。搜者牵线头出之,某推前一生所弃掷。前一生辩云:"即我所掷,岂其不上不下,刚中粪门? 彼亦何为高耸其臀,以待掷耶?"监试者俱大笑。

徐相国善答

世宗好言长生。乙丑会试题"夫政也者,蒲芦也",又"民之秉夷,好是懿德"。上问辅臣:"蒲芦是何物? 夷是何义?"徐阶对曰:"夷是有恒之义,蒲芦是长生之物。"

讲《咸丘蒙章》

嘉靖初，讲官顾鼎臣讲《孟子·咸丘蒙章》。至"放勋殂落"语，侍臣皆惊。顾徐云："尧是时已百有二十岁矣。"众心始安。

掌 院 名 言

国初，一上舍任左都掌院。群僚忽之，约二三新差巡按者请教。掌院者厉声云："出去不可使人怕，回来不可使人笑！"群属凛然。

祝瀚批宁府帖

逆濠有鹤带牌者，民家犬噬之。濠牒府欲捕民抵罪。南昌守祝瀚批曰："鹤虽带牌，犬不识字。禽兽相争，何与人事？"

谨案：逆濠，宁王朱宸濠，正德末年谋反被诛。

铲 头 会

国初，恶顽民窜入缁流，聚犯数十人，掘泥埋其身，十五并列，特露其顶，用大斧削之，一削去头数颗，名"铲头会"。后因神僧示化，屡铲复生，遂罢此会。

僧家奸恶，不可枚举。近日吾苏葑门外，有乡民于所亲借银三两完官。适是日官冗，免比限。民姑以银归，将还所亲，偶为同行相识者述之。时天已暮矣，忽见有挑包客僧随其后，意彼已窃闻，然犹未甚疑也。既出城里许，同行者别去，顾僧犹在后，心稍惧。复里许，新月惨淡，回首失僧，详视，乃在井亭中解衣。民惧甚，前有石桥，急诣桥下自匿，微窥之。见僧裸体持铁箍棒，疾驰上桥，左右视，大声曰："何处去了？"复下桥前驰。民潜出退走，至井亭，见僧包裹衣服作一堆。度僧去远，急束缚负之而趋,从他道直走阊门,就饭店宿,取酒痛饮而卧。黎明,闻街前念佛声云:"夜来被劫,乞布施僧衣遮体。"窗隙窥之,见裸体者,即所遇僧也。解其包,有白金二十两许。民伺僧去,潜携归焉。呜呼!如此恶僧,人那得知?那得不铲头?

边将隐匿

各边以太宗有旨,虏入杀人五名以上,虏畜产九头以上,边将皆坐死,遂相与隐匿,人畜死亡至千百者,皆云"四人八头"。

谨案:太宗,明成祖。

李　　实

成化中,闲住右都御史李实,以进房中秘方行取至京。试不验,遣归。实上疏谓"忽召忽遣,不知其故",诏姑与致仕。

分明扎皇帝火囤!

黄　葱　贵

武宗在宫中,偶见黄葱,实气促之作声为戏。宦官遂以车载进御,葱价陡贵数月。

朝廷一颦一笑,不可轻易如此!

武庙南巡事

武宗南巡,过淮安,谓孟都御史凤曰:"汝非一乳二子而并显者耶?"兄麟,官至方伯。以网命之渔。凤举网奋张,仅如一笠。帝曰:"官许久,尚不解渔耶?"

武庙南巡时,蒋瑶为扬州守,不肯横敛以媚权幸。一日上捕得大鲤，谋所鬻者。左右正欲中公，曰："莫如扬州知府宜。"上乃呼而属之。公归括女衣并首饰数事，蒲伏而进曰："鱼值无所取，唯妻女衣妆在焉。臣死罪死罪！"上熟睨之曰："汝真酸子耶？吾无须于此。其亟持归，鱼亦不取值矣！"

江彬诱上亲征宁王，驻跸南京，往牛首山打虎，后湖网鱼，得虾蟆。一内侍谀曰："此值五百金。"上曰："汝买之！"

武庙嬖南院一妓，每行必从。百官咸贿以求媚。一日上侵晨从外入，妓翁尚卧，拥被欲走匿。上从其旁疾趋，曰："免起。"已而上去。少选，忽闻门外鼓吹声，乃都察院送匾至，金书"免起堂"三字。

萧 颖 士 仆

萧颖士该通三教，性褊无比。常使一佣仆杜亮，每一决责，便至力弹。亮养疮平复，为其指使如故。或劝之行，答曰："岂不知？但慕其博奥，以此恋恋不能去耳！"

　　世间怜才者何人，此乃仆隶之不如也！

温 公 二 仆

司马温公家一仆，三十年止称"君实秀才"。苏子瞻学士来谒，闻而教之，明日改称"大参相公"。温公惊问，仆实告。公曰："好一仆，被苏东坡教坏了！"

温公一日过独乐园，见创一厕屋，问守园者何以得钱。对曰："积游赏者所得。"公曰："何不留以自用？"对曰："只相公不要钱？"

高德基《平江纪事》二条

嘉定近海处，乡人自称曰"吾侬"、"我侬"，称他人曰"渠侬"、"你侬"，问人曰"谁侬"。夜闻有叩门者，主人问曰："谁侬？"外客曰："我侬。"主人不知何人，开门方认，乃曰："却是你侬！"后人因名其处为"三侬之地"。

　　"谁侬"、"我侬",此等问答可已。苏人途中相遇,问者曰:"何往?"答者曰:"在此间。"此等套话,亦最可厌。《白獭髓》载行都语言无实,如语"年甲"则曰"本来",语"居止"则曰"在前面",语"家口"则曰"一牙齿",语"仕禄"则曰"小差遣"。行都,谓临安也。

吴人自相呼为"呆子",又谓之"苏州呆"。每岁除夕,群儿绕街呼叫云:"卖痴呆!千贯卖汝痴,万贯卖汝呆。见卖尽多送,要赊随我来。"

　　近日苏州不闻此语,杭人开口曰某呆,岂呆有运,已自苏而杭耶?

老人、贵人、妇人八反

老人、贵人、妇人各有数反。夜不卧而昼睡;子不爱而爱孙;近事不记而记远事;哭无泪而笑有泪;近不见而远却见;打却不痛,不打却痛;面白却黑,发黑却白;如厕不能蹲,作揖却蹲。此老人"八反"也。夜宜卧而饮宴;早当起而高卧;心当逸而劳,身当劳而逸;当使钱处不使,不当使处却使;无病常服药,有病却不肯服药;人未做时争做,人皆做时却不做;请人必欲人来,人请却不肯去;买贱物不嫌贵,买贵物必要贱;美妻妾不甚爱,平常侍儿却爱。此贵人"八反"也。不爱长子而爱少子;不爱子而爱女;不信人而信鬼;惜小钱而不惜大钱;为姑时定怨嫂,为嫂时却嫌姑;最忌讳,却最咒诅;最怕不到老,又最怕人说老;丈夫举动,最善防闲,丫环淫奔,却不介意。此妇人"八反"也。

　　谨案:南宋倪思《经锄堂杂志》已有"贵人十反"之说,云:"贵人十反:夜当卧而饮宴,早当起而醉卧;心当逸而劳,身当劳而逸;吝束修不请师教子弟,而以大钱顾教声妓;药饵无病而服,有病不肯服;果蔬尚新不待熟;食物取细失正味;山水不喜真境而喜图画;器用不贵金银而贵铜甓。"

世 事 相 反

今世人事亦有相反者。达官不忧天下,草莽之士忧之;文官多谈兵,武官却不肯厮杀;有才学人不说文章,无学人偏说;富人不肯使钱,贫人却肯使;僧道茹荤,平人却多持素;闾阎会饮却通文,秀才却粗卤;有司官多裁势豪,乡官却把持郡县;官愈尊则愈言欲退休,官愈不达则愈自述宦绩。

附录　序古笑史

　　予友竹笑居士，卓荦魁奇，性无杂嗜，惟嗜饮酒读书，饮中狂兴，可继七贤而八，八仙而九；乃书则其下酒物也。仲姜玉，季宫声，亦具饮癖，而量稍杀。皆好读书，读之不已，又从而笔削之；笔削之不已，又从而剞劂之。虑其间或有读而不快，快而不甚快者。是何异于旨酒既设，肴核杂陈，而忽有俗客冲筵，腐儒骂座，使饮兴为中阻，不可谓非酒厄，必扶而去之，以俟洗盏更酌：此《古今笑》之小碍小删，删而不得不重谋剞劂也。人谓石钟昆季于此为读书计，乌知其为饮酒计乎？是编之辑，出于冯子犹龙，其初名为《谭概》，后人谓其网罗之事，尽属诙谐，求为正色而谈者，百不得一，名为《谭概》，而实则笑府，亦何浑朴其貌而艳冶其中乎？遂以《古今笑》易名，从时好也。噫！谈笑两端，固若是其异乎！吾谓谈锋一辍，笑柄不生，是谈为笑之母。无如世之善谈者寡，喜笑者众，咸谓以我之谈博人之笑，是我为人役，苦在我而乐在人也。试问伶人演剧，座客观场，观场者乐乎？抑演剧者乐乎？同一书也，始名《谭概》，而问者寥寥，易名《古今笑》，而雅俗并嗜，购之唯恨不早，是人情畏谈而喜笑也明矣。不投以所喜，悬之国门奚裨乎？竹笑居士笔削既竣，而问序于予。予请所以命名者："仍旧贯乎？从时尚乎？"彼笑曰："予酒人也，左手持蟹螯，右手持酒杯，无暇为晋人清谈，知有笑而已矣。但冯子犹龙之辑是编，述也，非作也；予虽稍有搏节，然不敢旁赘一词，又述其所述者也。述而不作，仍古史也，在昔为今者，在今则又为古，遂名《古笑史》。"予曰："善，古不云乎：'嘻笑怒骂，皆成文章。'是集非他，皆古来绝妙文章，但去其怒骂者而已，命曰《笑史》，谁曰不宜？"

李　　渔